国家社科基金
GUOJIA SHEKE JIJIN HOUQI ZIZHU XIANGMU
后期资助项目

国家社科基金后期资助项目(19FZWB032)研究成果

从新时期到新世纪：
女性小说叙事形式的社会性别研究

孙桂荣　著

山东大学出版社
SHANDONG UNIVERSITY PRESS
·济南·

图书在版编目(CIP)数据

从新时期到新世纪:女性小说叙事形式的社会性别研究/孙桂荣著. —济南:山东大学出版社,2022.5
ISBN 978-7-5607-7445-9

Ⅰ. ①从… Ⅱ. ①孙… Ⅲ. ①妇女文学—小说研究—中国 Ⅳ. ①I207.42

中国版本图书馆 CIP 数据核字(2022)第 065550 号

责任编辑 张铭芳
封面设计 王秋忆

出版发行 山东大学出版社
社　　址 山东省济南市山大南路 20 号
邮政编码 250100
发行热线 (0531)88363008
经　　销 新华书店
印　　刷 济南乾丰云印刷科技有限公司
规　　格 720 毫米×1000 毫米 1/16
　　　　 21.75 印张 400 千字
版　　次 2022 年 5 月第 1 版
印　　次 2022 年 5 月第 1 次印刷
定　　价 79.00 元

国家社科基金后期资助项目
出版说明

后期资助项目是国家社科基金设立的一类重要项目，旨在鼓励广大社科研究者潜心治学，支持基础研究多出优秀成果。它是经过严格评审，从接近完成的科研成果中遴选立项的。为扩大后期资助项目的影响，更好地推动学术发展，促进成果转化，全国哲学社会科学工作办公室按照“统一设计、统一标识、统一版式、形成系列”的总体要求，组织出版国家社科基金后期资助项目成果。

全国哲学社会科学工作办公室

目　录

绪论　女性小说叙事形式研究的可能性及其研究路径

本书试图以代表性文学文本、文学现象的解读为中心，对从新时期到新世纪的女性小说叙事形式进行深入探讨，分析其各要素在近 40 年来的发生、发展、流变过程中所体现的社会性别蕴含。它的研究对象包括叙事形式视角下社会性别研究的理论资源，新时期以来中国女性文学从内容到形式的社会性别研究理路变迁，叙述视角、人称、引语方式等女性小说形式要素从新时期到新世纪的性别话语表达，从个人型叙事到集体型叙事、从碎片性结构到碎片性微文本、从“她写作”到“她阅读”的文本方式流转等。内容涉及叙事形式层面上 20 世纪 80 年代女性小说的发生，20 世纪 80 年代到 90 年代以及新世纪文学的女性小说叙事形式方面的微妙变化与调整，新媒体语境下新的叙事形态的生成及其社会性别原因，叙事形式与读者接受及其性别建构间的关系等。

一个时代的社会性别意识在文学文本的叙述形式要素中会有所体现。从理论上说，这是形式对文学的内容表达产生深刻而广泛影响的一种反映。内容决定形式、要表达怎样的内容就需要有与之相匹配的形式这种传统文艺观念，正在为越来越多的学者所摒弃，“‘有意味’的形式”理念则越来越深入人心，通过题材的中介，形式可以直接影响（甚至最终决定）内容的建构。童庆炳甚至提出形式并非消极适应题材，而是最终“形式征服题材”[①] 的观点。中国古典文论里“草蛇灰线法”“背面敷粉法”“横云断山法”等极具特色的叙述手法，对典雅、含蓄、蕴藉的中国传统审美趣味的形成，起到了举足轻重的作用。文学中的社会性别观念亦不止表现在人物、情节走向等可意释、转述的内容层面，通过叙述人称、视角、距离、修辞等表征故事与话语相区别的形式元素也可以鲜明地体现出来。后现代批评家詹姆逊（Fredric Jameson）提出了形式是可以“作为内容来理

① 童庆炳:《谈谈形式征服内容》,《语文建设》2009 年第 5 期。

解”的“形式的意识形态”概念①。中国文艺理论家赵毅衡也说，相对于内容，结构、节奏、语言、修辞等形式层面的各种变动，才更深刻地表现了文化生产语境对文本的各种推动、固置或制约。对于文学文本而言，叙事形式之重要性不言而喻。不过，受中国传统“文以载道”意识及近现代以来意识形态观念的影响，将文学文本看成思想载体而直奔内容的研究一直是中国学界的主流，通过形式阐释意义的形式研究尚相对薄弱，这在女性文学研究中亦有所体现。本书欲针对这一相对薄弱与边缘的研究环节进行探析考察。

一、性别形式研究关键词

在此绪论部分，首先让我们从辨析关键词出发对本书的研究问题、视域、思路、前人成果梳理、方法体例、创新之处等进行一番总体性说明。笔者拟对本书的研究主旨提炼出四个关键词：女性小说、叙事形式、形式演进、社会性别研究。

1. 女性小说

女性小说（与之相联系的是女性文学、女性写作）似乎是个太常见的说法，乃至于有人怀疑其是否是个学术概念。事实上，正如女性批评崛起之时有关其研究对象是“女性写的”还是“写女性的”的普遍疑虑一样，“女性小说”也并非一个不言自明的概念。学界在这方面一般有两种界定思路：一是采取相对宽泛的说法，从写作者的女性身份与写作对象的女性故事角度，对其进行宽泛的界定，像“以女性为主角并且注重审视女性的心理特征和生存境遇的写作”②；二是强调思想蕴含中的女性主体性，尤其是与作为理论思潮的女性主义相联系，像“具有程度不等的女性主义意识和倾向的创作，同一般的女性文学区别开来”③，或者强调“女性主体意识”作为“女性写作”核心特征的重要性④等。20 世纪 90 年代西方女性主义理论在中国反响强烈、女性批评风生水起之时，第二种观点影响力更大一些，因为其在研究范式与理论支撑上更明确一些。但这种相对狭义的“女性小说/文学/写作”观念也有其主观性的一面，从而在研究实践中造成了某些问题。如果要以女性主体意识和女性主义理念作为界定女性小

① 参见〔美〕弗雷德里克·詹姆逊：《政治无意识：作为社会符号行为的叙事》，王逢振、陈永国译，北京，中国社会科学出版社，1999，第 98～99 页。

② 陈晓明：《勉强的解放：后新时期女性小说概论》，《当代作家评论》1994 年第 3 期。

③ 王又平：《顺应·冲突·分野——论新女性小说的背景与传统》，《荆州师范学院学报》（社会科学版）2000 年第 3 期。

④ 参见陈顺馨：《中国当代文学的叙事与性别》，北京，北京大学出版社，2007，第 27 页。

说的基础，可以反问一下：究竟是哪一层面上的女性主体意识或女性主义理念，谁有判断什么是女性主体意识或女性主义理念的权力？考虑到“女性主体”“女性主义”概念本身的复杂与含混，这往往是些见仁见智的问题，若再以此为基础来界定“女性小说”可能会将问题人为复杂化、模糊化了。另外，过分强调女性主体性、女性主义理念的女性小说研究，在研究实践中往往会更看重那些女性意识鲜明而强烈的文本，而忽略那些面向社会历史的、将性别立场与其他人文关怀结合在一起的作品，这在20世纪90年代的女性小说研究中并非没有先例。

因此，本书对“女性小说”的理解更倾向于第一种相对宽泛的界定，有学者提出，“和强调女性主义因素的概念相比，宽泛的定义能够避免本质主义的局限，能够容纳较长历史时期的创作，因而更能看出女性小说发展变化的痕迹”①。笔者对这一观点表示赞同。此外，宽泛的“女性小说”概念能够避免对女性主义先入为主的先验性理解，有利于本书在对其叙事形式进行具体论证过程中阐释其所蕴含的形式性别意味，也有利于在一个相对较长的时间范围和相对较广的文本范围中寻求代表性文本和文化现象，以对其“变”与“不变”的形式性别蕴含进行具体探讨。

2. 叙事形式

与“叙事形式”相近的说法是“叙述形式”“文体形式”等，本书之所以用“叙事形式”而非“叙述形式”或“文体形式”作为标题选择，是基于这些语词在叙事学上内涵与外延的不同侧重。“叙事”与“叙述”尽管在目前的学术研究中时常被混用，但其内涵还是有一定细微区分的。北京大学申丹解释道：从汉语词汇构成来说，“叙述”是联动结构，重复指涉叙述行为（叙＋述）；“叙事”是动宾结构，指涉讲述行为（叙）和所述对象（事）。② 从这个角度上来说，“叙述”更多是用来表达写作行为，是“叙述人”“叙述方式”“叙述视角”等词语的重要基点；而“叙事”的涵盖面则会更广泛一些，既有表达写作行为的“叙”的一面，也有表达写作结果、写作对象的“事”的一面，成为叙事作品、叙事结构、叙事语言、叙事风格的关键性语素。因此，“叙事”相对于“叙述”，更能全面性、包容性地涵盖文学文本的各类形式要素指涉。笔者也是在此意义上将本书命名为《从新时期到新世纪：女性小说叙事形式的社会性别研究》的，以示对文学文本形式要素的多方位观照（既涵盖“述”层面的叙述者、受述

---

① 陈淑梅：《声音与姿态：中国女性小说叙事形式演变》，广州，中山大学出版社，2011，第2页。

② 参见申丹、王亚丽：《西方叙事学：经典与后经典》，北京，北京大学出版社，2011，“导言”第1页。

者、叙述视角、叙述方式等，也包括“事”层面的叙事结构、叙事语言、叙事风格等）。不过，本书并不是一刀切地在一切地方均用“叙事”一词来代替“叙述”一词，为了顺应汉语的习惯，在表述写作行为本身时，笔者仍然沿袭“叙述者”“叙述视角”“叙述人称”等学界通行的说法，用“叙述”呼之；而在表述写作对象时则用“叙事”一词，用来指称叙事作品、叙事结构等。

“文体”与“叙事”也是一个既相联系又相区别的语词，二者在中国现当代文学研究的语境中时常被混用，但其严格的学理意涵也有不同。迈克尔·土伦（Michael Toolan）在其《叙事：批评性语言学导论》及《文学中的语言：文体学导论》两部著作中分别从语言和结构的不同侧面对文体学与叙事学进行了剖析。申丹将其概括为文体学主要关涉文本的“遣词造句”层面，而叙事学更注重“结构安排”，并以形式要素“节奏”为例进行阐释，认为文体学中的节奏主要指文字节奏，包括韵律、重读、音节交替、标点、语句的长短等，而叙事学中所说的节奏问题主要指的是叙述本身快慢、急缓等层面的节奏，像对事件究竟是简要概述还是详细叙述、究竟是略去不提还是像电影慢镜头似的缓慢描述等。① 可以说，文体学与语言学联系更紧密一些，而叙事学则与话语理论有着更密切的关系。中外文论中的相关概念界定也体现了这一点。像文体学对应的英文是“stylistics”，一般也译作“风格学”，《简明不列颠百科全书》将其解释为修辞格或句法模式等作品风格表达的研究，《现代思潮辞典》则认为“stylistics”是针对文学语言在不同语境、不同个体或人群中如何使用而进行的研究。而叙事学（narratology）最简单的解释是关于叙述行为、叙事作品以及叙述/叙事性的理论，是在20世纪60年代结构主义大背景下，受俄国形式主义的影响形成的，其以“故事”与“情节”、“本事”与“话语”的分离来强调形式因素对文本的影响，经过结构主义、符号学、修辞学等的不断拓展，衍生出了目前叙事学的一系列核心范畴。因此，不同于“文体”往往与相对静态的语言学相联系，叙事更多用来指涉文章的体裁、风格等，“叙事”的动态性更强，从视点、结构、距离等层面探讨写作过程或写作对象的叙述方式、叙事效果的意味更明显，而以此为理论武器，也更易于展开多方位的文本阐释。因此，本书以“叙事形式”（而非“文体形式”）作为关键词之一，来表征文学文本的形式要素。当然，文体学与叙事学在

① 对这一问题的论述详见申丹：《文体学与叙事学：互补与借鉴》，《江汉论坛》2006年第3期；申丹：《小说艺术形式的两个不同层面：谈“文体学课”与“叙述学课”》，《外语教学与研究》2004年第2期。

根本上是互补与借鉴，而非相互矛盾、对立的，本书对叙事形式的分析也包含了文体分析的某些合理内核，以期使论述内容更加充实、丰富。

3. 形式演进

本书并非对改革开放以来女性小说叙事形式所有问题的面面俱到的论述，因为那会牵涉太多东西，难以开展深入集中的探讨，本书关注的是其“从新时期到新世纪”的动态演进过程。从政治一体化时代结束以来到现在，女性小说的发展亦有 40 年了。从 20 世纪 80 年代女性需要“两个世界”的倡扬，到 90 年代的私人化写作，再到新世纪的非虚构女性写作，其间经历的变化不可谓不显著。尽管相对于表述对象与主题内容上的花样翻新，叙事形式的变迁要相对少一些（这当然不仅是女性文学的特色，对于整体的文学种类来说，形式相对于内容更恒定，或者说“不变”的东西相对多一些，这是由文学形式要素本身的特质决定的），但这并不是说其没有变化的轨迹，更不是说这些变化没有包含某些特定的性别意涵。如果说学界对于 20 世纪 90 年代私人化写作的形式变革基本已耳熟能详，相关论述已较多的话，那么对新时期之初女性小说蓦然从政治一体化时代走出来的发生学研究及私人化写作落潮后的新世纪女性小说形式性别分析，则相对匮乏。本书是在这一层面上确定其从新时期到新世纪形式演进研究选题的。20 世纪 70 年代末 80 年代初是女性小说发生期，其在叙事人称、视角、人物引语方式等层面均体现了某些与后来的女性写作不甚相同的质素，有些女性作家的作品逐渐被后人所遗忘、淡漠，这不利于对女性小说史的梳理把握。因此，本书的一个重点是对新时期之初女性小说叙事形式的社会性别研究，并在与后来女性写作的对比中探讨其形式演进的流变性。

另一个重点则是对私人化写作落潮后新世纪女性小说叙事形式的社会性别研究。有人曾对“新世纪文学”的命名提出过质疑，认为其与 20 世纪 80 年代的文学相比，审美维度、意义生成、文化质素、文本营造的艺术方式等并没有发生多少改变，而时代也没有提供社会转型、历史改写、意识形态重置等文学转型的社会外围支撑。[①] 不过，从目前的文学实绩来看，这种概括并不准确，至少并不完全准确。尽管谁也不能明确说出 1999 年的文学与 2000 年的文学究竟有何本质的区别，但这并不等于说在经过了近 20 年的发展之后，新世纪文学就没有为文坛提供一定新的审美

---

① 参见惠雁冰：《强悍的宿命与反抗的无力——对“新世纪文学”命名的反思》，《文学评论》2006 年第 5 期；徐洪军：《不自觉的分歧、错位与湮没——“新世纪文学”命名之争分析》，《云梦学刊》2012 年第 2 期。

元素。自觉疏离意识形态的边缘意识与文学形式化、形式本体化的文体创新精神有所衰弱，读者市场的影响却越来越大，新媒体文学在做大做强，传统文学也在很大层面上做了自觉的艺术调整，这些都有别于20世纪后期的中国文学思潮。还如，20世纪90年代曾喧嚣一时的个人化写作浪潮有所衰退，社会历史意识、阶级/阶层观念彰显，底层写作、乡土叙事引发社会关注等。另外，非虚构潮流、纪实文学等的出现与繁荣，也是值得关注的新世纪文学现象，其不是像20世纪八九十年代写作那样从内部挖掘文学性创新的技术因素，或专注于人物内在意识或潜意识的人性分析，而是明显地“向外转”，大大增强了与社会现实、时政热点、新闻事件、历史逸事的联系。这些均可算做文学演进的新迹象，而这些内容层面的新质势必带来某些“新形式”特征，像关注民生、关爱弱势群体的非虚构写作所采用的“集体型”叙事形式，与20世纪90年代个人化写作的叙事形式大异其趣；传统纸媒印刷业的相对衰落与电子传媒的强势崛起所带来的“文学场”各要素构成的变化，及信息时代知识爆炸、共识性破灭所带来的碎片性写作与阅读，共同催生了新世纪文学中醒目的“碎片性”叙事方式；而网络文学中女性社群、女生频道的强势出现则构筑了愈演愈烈的“女性向”叙事形态，这些在电子传媒还不算发达的20世纪八九十年代是不可想象的。而它们恰恰是本书从文学叙事形式角度索解其性别姿态的文本基础，其所昭示的女性小说形式演进则为我们的研究提供了重要文化参照。

4. 社会性别研究

社会性别研究是贯穿“社会性别”（gender）意识的研究，关于“社会性别”的来龙去脉、其对女性小说研究的理论价值等，本书第二章将有更为翔实的论述，笔者着重强调的并非是一般意义上的女性小说叙事形式研究，而是挖掘、探讨其社会性别意义的研究，即将女性小说叙事形式的阐释同其性别立场的表达联系起来进行性别形式分析。罗宾·沃霍尔（Robyn R. Warhol，也译作罗宾·沃霍尔-唐）曾将其概括为关注人物、情节、叙事过程的研究，涉及“谁在什么样的情况下向谁叙述”等的文学成规问题。① 这也是其挑战传统上以内容研究彰显性别政治的女性文学研究的全新研究理路，其学理贡献是双重的：一是为传统上漠视性别元素的叙事形式研究开辟了一条性别分析之路；二是为传统上以内容为中心进行的女性小说性别政治研究探索形式研究的新空间。

---

① 参见〔美〕罗宾·沃霍尔-唐：《形式与情感/行为：性别对叙述以及叙述对性别的影响》，王丽亚译，《江西社会科学》2008年第1期。

本书的书名是《从新时期到新世纪：女性小说叙事形式的社会性别研究》，这不免引起人的疑问：本书侧重的是女性小说叙事形式研究，还是社会性别研究？是女性小说叙事形式为社会性别研究服务，还是社会性别研究为女性小说叙事形式研究服务呢？对于这些问题，笔者认为从性别形式分析旨在为女性小说叙事形式研究与性别政治分析间架设一道沟通的桥梁来看，将女性小说的叙事形式研究与其社会性别研究进行孰重孰轻的博弈辨析，不仅在文学研究实践中真正贯彻执行起来较为困难，在学理上的意义也不是太大，本书研究课题既可以说是社会性别视角下的女性小说叙事形式研究，也可以说是叙事学视角下的女性小说社会性别研究。该课题的理论资源是女性主义叙事学，后面第一章中将有详细论述，笔者将其概括为既“借用性别政治视角弥补了传统叙事学忽略历史语境与意识形态的弱点，又以叙事学的客观性、系统性、技术性、符号化特点对女性主义有所补充与修正”，以其为主要理论资源的性别形式研究，笔者认为不必拘泥于非要追问女性小说叙事形式研究是为社会性别研究服务，还是社会性别研究为叙事形式研究服务，二者的辩证统一是女性小说叙事形式研究的理想状态，也是该成果的题中之义。

茨维坦·托洛夫（Tzvetan Todorov）说过，“形式学派不把叙事当成故事，只把叙事当做话语”①。叙事形式本身包含的意义、主题、内容等话语元素是对其进行社会性别分析的理论前提，通过叙述形式、言说方式、聆听方式等层面的叙事学考察来探索女性群体的权利诉求，则是女性小说叙事形式研究之社会性别研究的根本任务。这在迄今为止的女性文学研究界业已展开，但还远远不够；相对于内容为主的传统女性文学研究与漠视性别因子的传统叙事学研究，性别形式分析更是十分弱势和边缘。这也是本书要着力解决的问题，以期以系统性、整体性、学理性的性别形式探析发前人所未发，为女性小说研究的大厦添砖加瓦。

二、女性主义叙事学相关研究现状

就本书的研究课题而言，目前国内与国外、理论阐释与文本分析实践等各个层面已出现了一定的研究成果，但还很不够，并总体上呈现出丰富与薄弱、深刻与浅显并陈的不平衡现象。这里，让我们走进这些成果的腹地，在新时期以来方兴未艾的女性主义叙事学研究的大背景下看一下这些前人研究成果的价值与局限，并指出其尚需要进一步改进之处。笔者将之

---

① 〔法〕热拉尔·热奈特：《叙事的界限》，张寅德主编：《叙述学研究》，张寅德译，北京，中国社会科学出版社，1989，第75页。

具体划分为四个层面：

1. 国内女性主义叙事学的相关理论研究

该课题的前人成果有广义和狭义之分。广义是指中国女性学界中，像戴锦华、陈顺馨、林丹娅、刘思谦、乔以刚、贺桂梅、董利敏、李玲、刘传霞等人长期的中国现当代文学性别研究成果。这些成果均对本书的顺利完成有着重要启示价值，即使有的成果并非完全是针对女性小说叙事形式的研究，其研究理念与方法对笔者性别形式分析思维的养成也有很大的启示价值。狭义上的前人成果，则指专门针对女性主义叙事学的理论研究。从社会性别角度进行叙事形式分析，这一学说的明确提法最初来自西方，以美国为主，其理论资源的中国传播以译介为主，外国文学、文艺理论领域的学者在此层面贡献最大，主要体现在学术期刊论文与学位论文层面。期刊论文方面主要有申丹《叙事形式与性别政治》《“话语”结构与性别政治》《20 世纪 90 年代以来叙事理论的新发展》，王丽亚《西方文论关键词：女性主义叙事学》，唐伟胜《性别、身份与叙事话语》《从两次论争看情节结构性别化和女性主义叙事学的本质》，尚必武《性别·叙事性·语言学视角：露斯·佩奇的女性主义叙事理论评析》，凌逾《女性主义叙事学及其中国本土化推进》，郑大群《女性主义美国学派》，安成蓉《叙事话语：女性文本生长的空间》等；学位论文方面，孙桂芝博士论文《罗宾·沃霍尔女性主义叙事学理论研究》、周晓硕士论文《女性主义叙事学在中国的传播及发展》等对该理论亦做了一定研究梳理，弥补了中文文献匮乏的缺憾，尽管其文本分析实例多为外国文学，对本书却有很大的理论启发性。申丹与王亚丽合著的《西方叙事学：经典与后经典》（北京大学出版社 2010 年版）在同传统叙事学、女性主义文学批评对比的基础上全面评价了西方女性主义叙事学理论，对其某些不尽合理之处做了批评修正。

2. 国外女性主义叙事学的理论性研究

女性主义叙事学从苏珊·兰瑟（Susan Sniader Lanser）出版于 1981 年的 *The Narrative Act*：*Point of View in Prose Fiction*（Princeton University Press，1981）就开始在学界崭露头角，以美国学者兰瑟、沃霍尔为代表，主要研究有 Alison A. Case，“Plotting Women：Gender and Narration in the Eighteenth-and Nineteenth-Century British Novel”，*Victorian Studies*，vol. 43，no. 4（2001）；Rachel Blau Duplessis，“Writing beyond the Ending：Narrative Strategies of Twentieth-Century Women Writers”，*SubStance*，vol. 16，no. 2（1987）；Judith Fetterley，*The Resisting Reader*，Indiana University Press，1981；Susan Stanford Friedman，*Spatial Poetics and Arundhati Roy's* The

God of Small Things, Blackwell Publishing Ltd, 2007; Susan Stanford Friedman, "Spatialization: A Strategy for Reading Narrative", In B. Richardson (ed.), *Narrative Dynamics: Essays on Time, Plot, Closure, and Frames*, The Ohio State University Press, 2002; Susan Sniader Lanser, "Toward a Feminist Narratology", *Narrative Poetics*, vol. 20, no. 3 (1986); Susan Sniader Lanser, "Sexing the Narrative: Propriety, Desire, and the Engendering of Narratology", *Narrative*, vol. 3, no. 1 (1995); Ruth E. Page, *Literary and Linguistic Approaches to Feminist Narratolology*, Palgrave Macmillan, 2006; Robyn R. Warhol, *Gendered Interventions: Narrative Discourse in Victorian Novels*, Rutgers University Press, 1989; Robyn R. Warhol, *Having a Good Cry: Effeminate Feelings and Pop-culture Forms*, The Ohio State University Press, 2003; 等等。女性主义叙事学在西方学术界与文学、语言学、心理学、社会学等各个学科的连接，则使其超越了传统的叙事学与女性主义范畴，成为人文学科中一个包含、分化成不同分支与亚学派的研究类种，20世纪90年代以来又出现了一些学者投身到女性主义叙事学领域中来：Homans, Lanser, Mezei, Prince, Fludernik, Warhol, Georgakopoulou, Coates, Meinhof, Page, Clark, Caldas-Coulthard 等。① 这些有关女性主义叙事学的理论著作，对叙事形式视角下的社会性别或者说女性主义视野下的叙事形式分析，均进行了系统性学理论述。

另外，还有些西方学人以女性主义叙事学为理论资源进行的对西方文学的文本分析结果，对本书的研究也有一定理论启示作用，主要有 Joan Douglas Peters, "Feminist Narratology Revisited: Dialogizing Gendered Rhetorics in Alice Grace", *Style-Dekalb*, vol. 49, no. 3 (2015); Robin Silbergleid, "Speaking (in) the Silence: Gender and Anti-narrative in Carole Maso's Defiance", *Tulsa Studies in Women's Literature*, vol. 29, no. 2 (2010); Dongok Lee, "A Feminist Study on the Sexual Discourse of the Elderly in Korean Society", *Journal of Korean Women's Studies*, No. 6 (2010); Jane Lilienfeld, "Contingencies of Dispersed Identity in Lydia Minatoya's *The Strangeness of Beauty*", *Tulsa Studies in Women's Literature*, vol. 23, no. 1 (2004); 等等。这些成果也基本还是英文版，只有少量翻译成中文。像苏珊·兰瑟的《虚构的权威——女性作家与叙述声音》对中国学界影响很大，目前在中国已有多个版本。黄必康译、北京大

---

① Ruth E. Page, 2012: "Feminist Narratology? Literary and Linguistic Perspectives on Gender and Narratology", *Language and Literature*, January.

学出版社出版的该书经过了2002年、2005年、2007年等多次印刷，外语教学与研究出版社2018年还推出了英文原版，是对中国学界影响最大的一本西方女性主义叙事学理论著述。除此之外，还有少量女性主义叙事学理论的西方论文有中译版，如沃霍尔的《形式与情感/行为：性别对叙述以及叙述对性别的影响》（《江西社会科学》2008年第1期）、苏珊·兰瑟的《我们到达那里了吗？女性主义叙事学的交叉性未来》（《外国文学研究》2010年第4期）等。

2018年5月，笔者在Jstor外文期刊网上以“feminist narratology”为关键词进行检索，发现有相关论文661篇，以“Robyn R. Warhol”为关键词，发现有340篇，以“Susan Lanser”为关键词，发现有644篇，这说明英语世界中的西方相关研究论文还是很丰富的。与之相比，中国相关理论研究还是有点薄弱。

3. 国内的文本分析实践层面

在文本分析层面，女性主义叙事学在中国的本土化实践分为两种情况：一是研究女性小说时涉及部分性别形式论述，并事实上或多或少应用了女性主义叙事学的研究方法（尽管有时并未有“女性主义叙事学”“话语权威”等专门术语的明确提法），像杨联芬《浪漫的中国：性别视角下的激进主义思潮与文学（1890～1940）》，乔以钢、林丹娅《女性文学教程》，贺桂梅《女性文学与性别政治的变迁》，董丽敏《性别、语境与书写的政治》，李玲《中国现代文学的性别意识》等。二是相对明确和显性地对新时期以来的女性小说文本进行的女性主义叙事学分析，这也是与本书联系最紧密的部分。就当代文学而言，针对20世纪八九十年代文学的叙事形式的社会性别研究略多一些，像王侃《历史·语言·欲望：1990年代女性小说主题与叙事》、陈淑梅《声音与姿态：中国女性小说叙事形式的演变》、高小弘《成长如蜕：二十世纪九十年代女性成长小说研究》等著作。易光的《诗性写作：叙事的窘迫和对叙事传统的叛离》、杨沙君的《个人叙事与女性话语权威的建立》、安成蓉的《女性小说文本叙事话语的对话性》等论文，对新时期文学尤其是20世纪90年代私人化写作的叙事形式进行了女性主义解读。

在新世纪文学的阐释与解读层面，明确以女性主义叙事学理论进行分析阐释的论文有卢悦宁对林白《致一九五七》、夏野对徐坤《春天的二十二个夜晚》、肖晨等对严歌苓《金陵十三钗》的研究等。还有些论文并非是以狭义的女性主义叙事学为理论指导，但在进行文体研究时做了一定程度的叙事形式的社会性别阐释，像王晖《别样的在场与书写——论近年女性非虚构文学写作》、张莉《非虚构女性写作：新世纪女性写作的新成就》等对“非虚构”的研究，苏凌滢《“角落”的高度——试论林白〈妇女闲聊录〉的“农妇”叙事》、刘颖慧《从〈上塘书〉看孙惠芬的文体“革命”》、欧阳澜《古典美学的现代镀亮——从〈群山之巅〉看迟子建长篇小说新的艺术追求》等个案文体研究中的性别倾向性，徐艳蕊《网络女性写作的生产与生态》、汪全莉《女性向网络小说主流类型及问题探析》、肖映萱《“女性向”网络文学性别实验：以耽美小说为例》等对新媒体语境中叙事与性别的探索。这些叙事形式视角的女性文学研究是以单篇作家作品的个案研究为主的。

4. 国外英语世界对中国女性小说进行的相关研究

海外汉学研究中也有部分著述涉及中国现当代文学的性别形式分析，多散见于文体或文化研究之中，像 Rey Chow，*Women and Chinese Modernity*：*The Politics of Reading between West and East*，The University of Minnesota Press，1991；Xiaofei Tan，“Slashing Three Kingdoms a Case Study in Fan Production on the Chinese Web”，*Modern Chinese Literature and Culture*，vol. 27，no. 1（2015）；Ling Yang and Yanrui Xu，“Queer Texts，Gender Imagination，and Popular Feminism in Chinese Web Literature”，In Elisabeth L. Engebretsen and William F. Schroeder（eds.），*Queer/Tongzhi China*：*New Perspectives on Research*，*Activism and Media Cultures*，NIAS Press，2015；等等。这些研究关注到了新媒体文化的叙事模式及性别倾向性，西方理论运用得较好，对国内研究有一定启示性。

三、多重落差的尴尬

通过对以上前人研究成果的梳理，我们会发现无论是相对于女性主义叙事学的理论研究，还是同时期大量出现的女性小说性别政治的内容阐释，对新时期以来女性小说叙事形式的社会性别研究在目前中国学界还是一种相对边缘化的存在。具体来说，笔者将这一问题概括为多重研究落差中“几多几少”的学理尴尬。

第一，相对于其他女性主义思潮，对叙事形式视角的女性主义理论研究重视程度不够。

女性主义叙事学研究在西方主要是从 20 世纪 80 年代以来开始兴起的，其诞生、发展之时中国已进入改革开放的新时期，因而很快为国内敏感的学者所关注。因此，它没有像女性主义文论或传统叙事学文论那样在中国经历一个明显滞后于西方的“时间差”，而是体现了一定程度上的同步性与对话性。不过，理论上的接受并不等于在文本阐释上的实践必定成熟。事实上，相当长的一段时间以来，女性主义叙事学在中国的本土化研究尚没有受到女性学界的应有重视。

从西方女性主义文学理论在中国的译介过程来看，我们会发现女性主义叙事学在中国的传播接受相比于其他女性理论思潮在时间上出现得较晚一些，而其译介的主要领域是在叙事学研究集中的外国文学或文艺学领域（本书主要借重的理论资源多是来自申丹、唐伟胜、孙桂芝等外国文学或文艺学学科学者的译介），而非传统上以中国现当代文学研究为主体的女性文学研究界。21世纪以来，女性文学研究中几本影响较大的对西方女性主义文学理论的译介著述，像陈志红的《反抗与困境》、林树明的《多维视野中的女性主义文学批评》、杨莉馨的《异域性与本土化：女性主义诗学在中国的流变与影响》、宋素凤的《多重主体策略的自我命名》等，尽管出版时间也是千禧年之后的新世纪，但对女性主义叙事学均未有多少提及，这与当代女性文学研究界对以内容研究为主的女性主义社会历史批评的偏爱是分不开的。学者杨莉馨经过大量的史料考察发现，中国女性主义诗学表现出一种"对社会历史学模式的偏爱"。[①] "作者中心的实证主义"倾向曾屡遭西方后现代女性批评家诟病，像肖瓦尔特（Elaine Showalter）所说的"作为妇女的阅读"曾被人认为是将阅读者的倾向性与生理性别相联系、把女作家和女读者的性别看作"既有的范畴"，从而使得"中国女性主义诗学有较为强烈的实用功利色彩……它在横向共时性地移植了西方纵向发展的男性文本批评与女作家研究之后，就基本上止步不前了"[②]。而叙事形式的社会性别研究目标则是颠覆、消解这种传统女性批评理路，研究性别如何通过叙事过程或接受过程产生出来，而不是先于这个过程的性别。也就是说，女性主义叙事学研究"不把性别看作是男女身体的一种本质属性，而是看作与特定的男性文化观念和女性文化观念相联系的一整套姿态、体态、立场、变形和情感"[③]。当然，对于习惯从社会学角度分析性别权力政治的现当代女性学界来说，这种观点的影响力还是相对微弱的。

第二，相对于外国文学研究中文本分析的繁盛，中国新时期女性小说

---

① 参见杨莉馨：《异域性与本土化：女性主义诗学在中国的流变与影响》，北京，北京大学出版社，2005，第148～152页。

② 杨莉馨：《异域性与本土化：女性主义诗学在中国的流变与影响》，北京，北京大学出版社，2005，第136页。

③ 〔美〕罗宾·R. 沃霍尔：《歉疚的追求：女性主义叙事学对文化研究的贡献》，〔美〕戴卫·赫尔曼主编：《新叙事学》，马海良译，北京，北京大学出版社，2002，第450页。

的文本阐释整体偏弱。

抛开理论探索部分多由外国文学研究学者承担不说，女性主义叙事学在文本分析层面也是以外国文学研究为主。按照笔者在中国知网的检索，从研究对象的遴选来看，也是外国文学研究领域最为活跃。《劝导》《灶神之妻》《喜福会》《毒瘾难戒》《屋顶丽人》《法国中尉的女人》《爱玛》《查泰莱夫人的情人》《盲刺客》《傲慢与偏见》《占有》《简·爱》《到灯塔去》《理智与情感》《爱》《野菊之墓》《达洛卫夫人》《女勇士》《使女的故事》《士师记》《老虎的新娘》等众多外国文学作品，都有女性主义叙事学的精彩文本分析，有的还有不止一篇、一个视角的分析实践。如截至2020年9月，专门针对艾丽斯·沃克《紫颜色》的女性主义叙事学解读有6篇，针对约翰·福尔斯《法国中尉的女人》的有4篇，简·奥斯汀《傲慢与偏见》的有4篇，针对简·奥斯汀《劝导》的有3篇等。这还不包括有些未被纳入中国知网，但以结集出版的方式进行的女性主义文本分析。从2008年开始，由唐伟胜主编的《叙事》（中国版）正式出版发行，目前已出版了四辑，涉及的女性主义叙事学研究论文主要有《眼光，身体和女主人公：〈劝导〉的女性主义叙事学解读》《受监控的话语：论奥斯汀和乔伊斯小说中直接引语和间接引语中的“等值”关系》《男性亲密关系重组和权力变更推进下的叙事进程——论〈雪中猎人〉的极简主义叙事风格》，为国内学者了解女性主义叙事学并与西方叙事学界的直接交流和对话提供了良好的平台，不过从其所具体研究的文本层面来看，无一例外均是针对外国文学作品的研究。

相比之下，中国现当代文学的女性主义叙事学研究却颇为薄弱。中国知网显示，针对《我们太太的客厅》《莎菲女士的日记》《金锁记》《霸王别姬》《致一九七五》《长恨歌》《叔叔的故事》《锦绣谷之恋》《小姐你早》《饥饿的女儿》《在我的开始是我的结束》《春风的二十二个夜晚》《无出路咖啡馆》《哀悼乳房》等文本展开的女性主义叙事学的个案解读业已展开，但数量不是太多。如果要在本书的研究范围（新时期女性小说）中查找明确的专门针对叙事形式的女性主义文本分析，则只有针对王安忆的《长恨歌》《叔叔的故事》，林白的《一个人的战争》《致一九七五》，严歌苓的《金陵十三钗》《扶桑》《一个女人的史诗》，徐坤的《春风的二十二个夜晚》，池莉的《小姐你早》等少数文本的研究。还有些针对特定文本的文体形式研究触及了性别问题，或者对叙事形式的社会性别话题有所涉猎，像苏凌滢的《“角落”的高度：试论林白〈妇女闲聊录〉的“农妇”叙事》，刘颖慧的《从〈上塘书〉看孙惠芬的文体“革命”》，欧阳澜和汪树东的《古典美学的现代镀亮——从〈群山之巅〉看迟子建长篇小说新的艺术追求》等文，但严格来说，它们均不是自觉意义上的女性主义叙事学研究，既没有用到相关概念、范畴，逻辑性、条理性也不很严密，对叙事形式与社会性别内在联系的理解尚处于自发状态，在正视这一问题的学理自觉性上亦有待加强。

第三，相对于针对内容（“写什么”）的性别政治研究，针对叙事形式（“怎样写”）的学理性社会性别研究更是少得可怜。

在中国现当代女性文学的研究视域中，如果将上述针对中国文本的女性主义叙事学研究同新时期以来浩如烟海的女性文学整体研究做一下比较，更能看出其边缘与弱势地位。谢玉娥主编的《女性文学研究与批评论著目录总汇（1978～2004）》被认为是最全面的女性文学研究资料汇编。据编选者自述，仅相应编选年份中“收录‘女性·性别·文学研究与批评’内容的图书800余部，著作1000余部”，论文部分“有关中国现当代女性文学研究与批评的文章15000多篇，近80多万字”。[①] 在这些女性文学研究总量面前，女性主义叙事学的研究成果从数量上讲，简直是可以忽略不计。或者说在新时期以来数量可观的女性文学研究成果中，女性主义叙事学明显处于薄弱的状态。无论数量还是影响力，所占分量都是很轻的。

另一个意味深长的现象是，在中国当代学界，对“叙事”这一概念内涵的把握有狭义和广义之分。狭义的“叙事”是指叙事学意义上的“叙事”，关乎叙事人、叙事视角、叙事结构等形式命题；广义的“叙事”则几乎等同于写作视域本身，像底层叙事、青春叙事、都市叙事等。“女性叙事”同样往往含义模糊，很多研究成果尽管标题上有“叙事”或“女性叙事”字样，但并不曾具体展开严格意义上的叙事学分析，基本还是借助女性主义视角进行文学内容的研究，像禹建湘的《徘徊在边缘的女性主义叙事》、徐岱的《边缘叙事：20世纪中国女性小说个案批评》等论著，基本还是以女性主义视角进行女性文学内容研究。至于题名为“女性叙事”但依然是针对性别政治发言内容的研究论文更是无以计数。

所以，通过上述三种层面的对比分析，可以说叙事形式的社会性别研究尽管在中国学界业已展开，但其本土研究实践成果总的来说并不容乐观，更不用说整体性、系统性及专门针对从新时期到新世纪女性小说叙事形式的文体演变进行的动态性研究了。本书的研究对象尚有大量的学术盲

---

① 参见谢玉娥：《性别·习俗·文化——转型期有关问题的考察备案》，开封，河南大学出版社，2011，第177页。

点与研究薄弱环节，以至于有研究者在对已有成果细致梳理后严肃指出："女性主义叙事学……在几个重要领域已卓有成效……但在中国却没有得到文学批评者、理论者、女性学研究者足够的关注，至今仍被忽视，至少在理论层次上被忽视。"① 从研究成果的数量上来说②，笔者认为用"多重研究落差"来形容并不过分。我们可以对其薄弱与边缘的研究格局做出这样几点"层级性"概括：（1）在目前叙事形式视角的社会性别研究成果中，相对于西方研究，中国本土研究薄弱；（2）相对于理论研究，文本阐释薄弱；（3）相对于以内容为主的性别政治研究，叙事形式的女性主义分析薄弱；（4）相对于外国文学研究，中国现当代文学研究薄弱；（5）相对于单篇作品的个案分析，整体性、系统性地对新时期女性小说叙事形式的社会性别研究薄弱；（6）相对于一般意义上的形式性别分析，社会性别视角下对新时期以来女性小说从新时期到新世纪的叙事形式演进的动态研究更显弱势与边缘。

四、目标思路、结构体例与创新之处

综上，叙事形式视角下女性小说社会性别研究无论是相对于国内外的理论建树，还是同时期大量性别政治的内容阐释，均嫌薄弱，现有的文本分析亦多以零散性的个案解读为主，系统性、整体性研究较少，再研究的空间非常大。本书就是在这样的学术背景下产生的，将叙事形式的社会性别研究应用于新时期以来的女性小说研究中，在深入翔实的文本与文化现象分析中总结出其文体演进的规律，并从中国文本中总结阐释出相关女性主义叙事学的原创理论，是本书孜孜以求的学术任务。具体来说，其目标思路、结构体例、创新之处分别在于：

1. 目标思路

针对前面所论述的研究盲区与薄弱环节，本书力求系统性、逻辑性、学理性地展开叙事学视域下的社会性别研究，将在中国学界尚未得到足够关注的女性主义叙事学理论应用于新时期以来的女性小说研究中，窥见其发生、发展、流变的叙事学痕迹，并从中进行社会性别角度的学理探析。

具体来说，本书的研究目标主要有这样几个：（1）为传统叙事学研究

---

① 杨永忠、周庆：《女性主义叙事学的研究目标、原则与方法》，《山东女子学院学报》2012 年第 4 期。

② 数量并不能完全说明问题，但能让人看到学界对某一领域的重视程度。除了数量，当然还有质量要求，某些中国本土的女性主义叙事学研究在具体时代语境、语言语境的把握上亦有一定可商榷之处，详见本书第二章第二节。

增添性别维度，修正其过分技术性、符号化的形式主义缺憾；(2) 为传统的以性别政治的内容分析为主的女性小说研究增添叙事形式分析的视角，在新时期以来女性小说从视角、人称、人物话语、叙述人设置、集体型叙事、碎片性叙事、女性向叙事等各个层面上，进行细致深入的文本与文化探析；(3) 为私人化写作落潮后的女性小说开拓叙事形式研究的话语空间，为近年来女性小说研究相对沉寂的学界格局增添新的学术生长点；(4) 以盘点、概览、新作快评、跟踪批评等“短、平、快”方式，应对当下文学现象的女性小说研究，增强学理深度与国际化程度，促进专业研究的精深度。

为实现上述研究目标，本书主要依循这样的研究思路：

(1) 通过明确的女性主义叙事学理论的深度介入，打破既往女性小说研究感性化、浮泛化、零散化弊端，强化叙事形式之性别研究的理论深度；(2) 通过严格遴选叙事学意义上有价值的代表性文本或文化现象，将人称、视角、距离、修辞、受众等叙事学语词对象化为具体可感的文本分析对象，提升女性小说研究中叙事学分析的比重；(3) 通过对社会性别视角下从新时期到新世纪女性小说叙事形式的系统性、条理性、整体性分析，打破传统上女性文学研究中性别政治的内容研究占主导的格局，并以叙事与性别建构的互动研究体现介入社会现实的研究力度。

2. 结构体例

结构体例方面，本书主要由绪论、十二个章节、结语、参考文献等部分组成。

绪论部分对本书的关键词辨析、前人研究资料梳理、目标思路、结构体例、创新之处等需要交代的问题，进行了翔实的分头论述。

第一章“叙事形式的社会性别研究理论：中国与西方”对本书的主要理论资源——女性主义叙事学进行了阐释。第一节从理论上对西方女性主义叙事学之于传统叙事学研究与传统女性文学研究的双重学理开拓进行了分析论证，并论及西方理论的局限之处；第二节探究性别形式理论的中国化建构，分析了中国学人的理论建设与文本分析实践的中国经验，探讨了“性别形式研究并非‘以西律中’的学术舶来品”等几个性别形式分析的相关理论问题。

第二章“从内容到形式：女性小说社会性别研究的新路径”对新时期以来女性小说的研究谱系、方法论流变等进行了梳理，为接下来的具体研究提供了知识背景。第一节从 gender 的中文翻译出发对女性小说研究从内容到形式话语理路的转换进行了辨析梳理，提出了性别形式分析的可能性与必要性等研究命题；第二节对女性主义叙事学本土研究中的学理难度、限度做了具体剖析，探讨了其时代语境与语言语境对中国研究的影响等。

第三章“叙述视角与新时期女性小说的发生及流变”从叙述视角角度探讨新时期以来女性小说的发生、流变等系列问题。第一节对社会性别视域中叙述人称、视角进行理论探讨；第二节阐释叙述视角与女性小说的发生；第三节探讨随着社会文化语境的向前发展，女性小说叙述视角内移、下移、“混移”等问题。

第四章“人物话语的引语形式及其性别分析”从人物话语引语修辞角度探讨女性小说叙事形式演进问题。第一节探讨人物话语表达形式的分类；第二节分析从直接引语到自由直接引语的女性声音表达；第三节探析间接引语与叙述人的话语干预；第四节进行自由间接引语的女性主义叙事学阐释。

第五章“‘经验自我’的在场：第一人称自传体叙事的发生与流变”探讨第一人称叙事、自传体写作与女性作家的“经验自我”问题。第一节是关于“经验自我”与女性小说第一人称自传体叙事的理论探讨；第二节分析第一人称自传体叙事在新时期之初的曲折发生，阐释其在新时期女性小说中的发生语境，“她”叙述与“我”自述的不同形态等；第三节探讨“经验自我”在场与叙述主体的张扬及膨胀问题，对自传体叙事在农村妇女“在地”写作中的新形态进行了论述。

第六章“话语权威建构与作为叙述人的‘我’”探讨女性小说中话语权威的建构或偏离等表达方式问题。第一节论述女性作家第一人称叙事话语权威建构的相关理论问题；第二节以代表性文本论述“吸引型叙事”与权威建构的乏力；第三节以代表性文本论述“元叙述”与“我”言说的权威建构；第四节以代表性文本论述复调叙事与权威消解的叙述人声音。

第七章“‘我’非‘我’叙事：经验自我退场之后”探讨新时期女性小说第一人称叙事中“经验自我”退场后的叙事话语。第一节从理论上探讨“拟‘他者’叙事”的话语形态；第二节从女性小说第一人称的男性叙述人设置出发，探讨“女作男声”的叙事模态与性别伦理，关注“第三性”视角、性别安全、性别投射等命题；第三节论述作为底层说话的“拟‘他者’叙事”，关注拟底层女性言说、“我手写‘她’心”等。

第八章“叙事学视野下的身体写作：私人化写作落潮之后”从叙事学角度论述了私人化写作落潮之后的身体写作新景观。第一节从理论上论述身体写作与身体叙事学的问题；第二节以典型文本对怎样的身体、谁叙述与怎样叙述的身体问题进行细致论述；第三节以女性主义叙事学的“未叙述事件”理论关照私人化写作落潮后的“未叙述的身体”现象，以弥补既往身体写作研究在这方面的薄弱之处。

第九章“从个人型叙事到集体型叙事的女性声音”对与个人型叙事相对而言的集体型叙事进行了社会性别解读。第一节从理论上对社会性别视野下的个人/集体型叙事进行了探讨；第二节以代表性文本或文化现象论述从新时期到新世纪的集体型叙事表达；第三节从女性需要的“两个世界”出发论述集体型叙事中的女性声音。

第十章“从碎片性结构到碎片性微文本的性别言说”探讨社会性别视野下包括碎片性结构与碎片性微文本在内的碎片性叙事。第一节从理论上探讨碎片性叙事、细节修辞与女性话语间的内在与隐秘联系；第二节通过代表性文本细读分析近年来长篇小说的碎片性结构及其性别蕴含；第三节则是对传媒时代碎片性微文本的社会性别解读；第四节探讨碎片性叙事与传媒时代的性别建构的相关问题。

第十一章“从‘她写作’到‘她阅读’：‘女性向’叙事”探讨“女性向”叙事的发生、发展、文学文化表现等。第一节进行概念辨析并探讨“女性向”现象在当下流行的经济的、社会的、文化的原因；第二节分析大众文化语境中以女性为受众群体的“女性向”叙事的文化表达，并探究其与女性主义精神间的复杂联系；第三节在新媒体时代的网络女性社群（“她江湖”文学场的建构）层面论述“女性向”叙事在新媒体时代的新范式，由此深入网络女性主义的机理。

第十二章“女性小说叙事形式的个案解读”选取在叙事形式层面有着丰富蕴含的典型文本进行细致的个案剖析。第一节以林白《万物花开》为代表性文本论述“不可靠叙事”中话语权威的另类表达等；第二节是对林奕含遗作《房思琪的初恋乐园》的文本细读，从叙述视角、人物话语、日记体形式选择等多个层面分析了其所标识的社会性别意涵；第三节从结构、语言、人性等不同层面对池莉《大树小虫》进行修辞性分析，包括其不平衡结构中的“弯弯绕”叙事、异质叠加的叙事语言、“俗”“准”“狠”的大众化叙事下的性别表达等。

结语对本书进行总结，对女性小说叙事形式研究的几个不同维度进行了总结性阐释，并对女性小说从新时期到新世纪的性别形式研究的本土成果的成就与局限等做总结探析，总结中国原创女性主义叙事学理论经验。参考文献部分会翔实列出所参考的中英文文献。

3. 创新之处

相对于已有成果，本书在理论资源的梳理应用、文学史探轶、新命题的提出、新现象新问题的把握等层面均有一定的创新之处，具体体现为：

（1）理论资源的梳理层面。本书用了两个章节的篇幅分析了其主要依循的理论资源——女性主义叙事学在西方的缘起、特征、局限以及中国本土化研究实践的现状与问题等，并具体探究了女性小说研究从内容到形式分析的可能与必要，对这一知识谱系的辩证、翔实探析在目前的中国现当代文学研究界尚是开拓性尝试。

（2）文学史探轶层面。本书对发生期的新时期女性小说文本、文化现象，从叙事形式的社会性别研究层面进行探析，不但论述了某些前人甚少关注的文学史现象（像叙述视角与道德修辞、从直接引语到自由直接引语的女性声音、自由间接引语的女性主义叙事学分析、叙述人话语权威意识的建构或偏离等），还重点分析了某些前人较少关注到的女性作家作品（像胡辛《四个四十岁的女性》、航鹰《东方女性》等），这对新时期女性文学史的研究是有开拓性的。

（3）新命题的提出。形式性别分析是中国女性文学研究的一个薄弱环节，本书提到的一些研究命题，像“‘未叙述’事件与身体写作”“新媒体时代碎片性微文本的社会性别分析”等，均是前人未曾关注到的研究盲区，本书借助女性主义叙事学理论，对其代表性文本文化现象进行了深入细致分析，对社会性别视角下的新时期女性小说叙事形式演进是有贡献的。

（4）新现象新问题的把握。本书的研究对象时间跨度很长，既包括新时期之初女性小说发生期的文本思潮，也涵盖新世纪、新媒体语境中的某些性别形式分析的新现象、新问题，其中有些东西目前学界研究尚嫌浅表。像非虚构写作中集体型叙事的女性声音、私人化写作落潮后碎片性叙事出现的性别新景观等，学界关注尚不够；而新媒体文化中的“女性向”叙事目前的研究也多为零散、浅表的印象性表述，本书用一章的篇幅既分析了“郭敬明现象”等大众化文学的“女性向”叙事，也对网络文学中“她江湖”文学场等进行深度透视。

（5）与本书密切联系的部分阶段性论文已在 CSSCI 期刊、中文核心期刊、英文国际期刊等发表，如《集体型叙事中的女性声音——对当代女作家非虚构写作的一种考察》《碎片化叙事的性别解读及其在新世纪女性写作中的展开方式》《新时期女性小说人物引语的修辞学解读》《乡土中国的表述与被表述——农村妇女“在地”写作与重建乡土叙事伦理》《叙事形变与新时期女性小说的发生》《林白〈万物花开〉与“不可靠叙事”中的女性声音》《温暖·实在·充盈——阎连科〈她们〉中的女性关怀》以及“The Rising Tide of Chinese Youth Literature and Its Gender Representations”等。还有一些与本书密切相关的论文《现状与问题：女性主义叙事学的本土化实践》《从内容到形式：“社会性别”研究的新路径》《新媒体时代的碎片性微文本及其社会性别分析》《大众文化语境中的“女性向”叙事——以“郭敬明”现象为例》《“她江湖”文学场与新媒体时代的“女性向”方式》《叙事学视野下的“女性声音”研究及其中国化建构》等。这些论文被《新华文摘》《高等学校文科学术文摘》《社会科学文摘》《中国妇女报》等主体转载或转摘，说明社会认可度很高。还有大量的研究心得未公开发表，在本书中是首次出现，有较高的原创价值。

综上，本书在理论辨析、文学史探轶、新命题的提出、新现象的把握、阶段性成果的社会认可等层面均体现出一定的开拓性，创新程度是相对较高的。

第一章　叙事形式的社会性别研究理论：中国与西方

在正式进入新时期以来女性小说叙事形式演进的社会性别分析之前，先对其理论资源进行一番深入细致的探讨是很有必要的。叙事形式的社会性别研究是基于社会性别立场的叙事形式探讨，其既有来自西方的理论建设，也有中国学人从本土文学与文化语境出发的“中国化”建构。如果从理论渊源来看，首先需要关注的是将叙事学研究与性别政治分析相结合的女性主义叙事学思潮。

第一节　女性主义叙事学：对叙事学与女性文学批评的双重开拓

将女性主义批评与叙事学研究相结合，可以说是女性主义叙事学这种新兴的边缘性、交叉性研究的最大特点。它借用性别政治视角弥补了传统叙事学忽略历史语境与意识形态的弱点，又以叙事学的客观性、系统性、技术性、符号化特点对女性主义有所补充与修正。作为一种明确的理论思潮的女性主义叙事学研究是从 20 世纪 80 年代开始在西方学院崭露头角的，其重要学理价值在于对传统叙事学与女性主义的双重突破与开拓。

一、对叙事学理论的语境化和性别化

语境化和性别化，可以说是相对于传统叙事学理论，女性主义叙事学对学界的最大贡献。具体来说，语境化是指将传统上只注重进行文本内部形式主义分析的叙事学理论，同文本的创作语境、接受语境等所指涉的社会历史等文本外部因素结合起来，在分析文本具体语境的过程中进行叙事形式探讨；性别化则是指将传统上主要进行符号学的技术性分析、未考虑多少性别权力因素的叙事学研究纳入社会性别视角，从女性主义角度对叙

述者、受述者、叙述视角、叙述距离等传统叙事学范畴进行研究。

女性主义叙事学理论对传统叙事学研究方法的影响甚至说改变是毋庸置疑的。中国叙事学理论家申丹曾经说过，女性主义叙事学作为后经典叙事学的一个分支，对传统叙事学产生了最重要、最大的影响力。① 女性主义叙事学的创始人是美国学者苏珊·兰瑟。根据申丹、尚必武等人考察，1981年，苏珊·兰瑟的《叙事行为：小说中的视角》最早尝试将叙事作品的形式研究与女性主义批评结合起来，尽管没有明确地用到“女性主义叙事学”这一语词，但该著为其后来的相关研究奠定了基础，堪称女性主义叙事学的开山之作。“女性主义叙事学”（feminist narratology）这一语词也是由苏珊·兰瑟在1986年发表于《文体》杂志上的《建构女性主义叙事学》这篇文章中提出的。② 对经典叙事学进行社会性别视角的语境化拓展分析，是女性主义叙事学的学理突破之一。

经典叙事学主要是指20世纪60～80年代的西方结构主义叙事学，是在俄国形式主义、法国结构主义影响下产生的学说，其代表人物有托多洛夫（Todorov Tzvetan）、费希尔（R. A. Fisher）、普罗普（Vladimir Propp）、热奈特（Gérard Genette）等，主要进行的是以文本为中心的结构主义、形式主义分析。像普罗普的民间故事形态学研究等，往往将叙事作品当作独立自足的体系进行语言、结构、情节等形式要素层面的研究，因为只重视文本自身，对作品与社会、历史、文化环境等的联系关照不足，从20世纪80年代以来亦遭受各种诟病。像“内聚焦”“外聚焦”等“视点理论”是经典叙事学的一个重要命题，但传统叙事学对叙述人性别、话语权威等较为盲视，只从文本出发进行技术化分析的做法，对包括性别在内的文本生成、接受要素等均造成了某种遮蔽。就是在传统叙事学的理论盲点上，女性主义叙事学与差不多同时兴起的修辞性叙事学、认知叙事学兴起，被并称为“后经典叙事学”，它们关注被经典叙事学遗忘、疏落的学理空间，将叙事作品看成文化语境的产物，对作品与其创作语境及接受语境进行细致分析。具体到女性主义叙事学来说，其主要在这样几个层面上对传统叙事学进行了学理突破：

（1）将“声音”纳入研究范畴，创立了女性主义叙事学的“声音”研

① 参见申丹：《叙事形式与性别政治——女性主义叙事学评析》，《北京大学学报》（社会科学版）2004年第1期。

② 相关内容详见申丹：《叙事形式与性别政治：女性主义叙事学评析》，《北京大学学报》（社会科学版）2004年第1期；尚必武：《性别·叙事性·语言学视角：露丝·佩奇的女性主义叙事学评析》，《浙江工商大学学报》（社会科学版）2013年第4期。

究理论。“声音”在《现代汉语词典》中被解释为“声波通过听觉所产生的印象”①，这是从物理学原理角度对其做的最原始理解。在生活用语之外，“声音”（voice）还引申出了一定的文化、学术含义，目前已被历史、哲学、社会学、文学等人文社会科学广泛采用。传统叙事学中也用到“声音”这一语词，其主要指涉“叙事中的讲述者（teller），以区别于叙事中的作者和非叙述性人物……有人对我说话，向我讲述故事，邀请我聆听他讲故事的声音”②。可以说，经典叙事学更多是在讲故事、叙述者/受述者层面使用的“声音”“叙述声音”这些概念，“叙事文本以其措辞来表示叙事声音，隐含说话者对内容采取的方法，对读者作出的姿态的语气”③，对“声音”的这种运用增强了文学文本之“叙事性”的辨识度，因为通过叙述人的声音表达出来的文学性描述不同于生活中的现实故事、事件，这奠定了“故事”与“话语”相区别的叙事学基础。然而，在另一个层面上，这种运用方式也产生了一个盲区，即其局限于物理学原理角度的“声音”原意，未能将“声音”与人文社会科学对其赋予的其他权力、身份意涵相联系。像学术论文或媒体报道中经常出现的“发出自己的声音”“寻找失落的声音”“找到另一种声音”等，在这些语句中，“声音”不单单是一个物理学、符号学概念，还是一个政治性概念，有观点、意愿、诉求之意，并往往与身份、阶层联系在一起，被赋予了权力与权利的象征意涵。

可以说，传统叙事学对“声音”的使用体现出了其作为形式主义批评重技术性、符号性分析，轻政治寓意和历史批判的一面。而后经典叙事学对“声音”的理解则从符号学拓展到社会价值层面上。詹姆斯·费伦（James Phelan）认为，叙事学将声音纳入其中也是看中了其所包含的观念意味，即声音与价值观有关联性，“聆听叙事就等于聆听与特定谈话方式相关的价值”④。将“声音”与价值、权力、意识形态相联系是后经典叙事学的开拓性体现，“女性声音”就是从这个层面而言的，其在后经典叙事学立场上的“声音”界定中又增加了性别的维度，意在连接、链接、糅合传统叙事学与传统女性主义理念，从性别权力角度理解叙事形式中的声音属性。也可以说，“女性声音”这一概念提出的初衷是通过叙述形式、

① 中国社会科学院语言研究所词典编辑室编：《现代汉语词典》（第 7 版），北京，商务印书馆，2017，第 1172 页。

② 〔美〕苏珊·S. 兰瑟：《虚构的权威——女性作家与叙述声音》，黄必康译，北京，北京大学出版社，2002，第 3 页。

③ 〔英〕罗杰·福勒：《语言学与小说》，於宁等译，重庆，重庆出版社，1991，第 84 页。

④ 〔美〕詹姆斯·费伦：《作为修辞的叙事：技巧、作者、伦理、意识形态》，陈永国译，北京，北京大学出版社，2002，第 18～22 页。

言说方式、聆听方式等“声音”层面的叙事学考察来表达女性群体的权力诉求，它是女性主义叙事学的一个核心概念。女性主义叙事学的创始人之一苏珊·兰瑟曾指出，叙事技巧不仅是意识形态的产物，还是意识形态本身，叙述声音在“社会地位和文学实践”的交界处，是文学在社会经济文化中展演与再现的集中体现。[①] 的确，从叙事学上的“声音”意涵出发追求女性权力的表达与释放，这是一种新的女性主义策略，也为重内容研究、轻形式分析的传统女性文学研究找到了新的学术话语增长点。

（2）对聚焦、视角、视点、隐含作者（读者）等传统叙事学语词进行了开拓性延伸阐释。“聚焦”是热奈特叙事话语理论的一个核心语汇，他认为“聚焦”不同于叙述“视点”，“‘聚焦’一词的真正优越性在于：point of view，perspective 这样的语词也可指立场、观点等，不一定指观察角度，具有潜在的模棱两可性，而聚焦则可摆脱这种模棱两可”[②]。可见，热奈特是在有意识地远离社会文化语境的技术性、符号性层面界定的“聚焦”一词，其内聚焦、外聚焦、零聚焦等延伸概念的提出只着眼于叙述人的物理性观察角度，进一步摆脱了立场、观点等主观因素，可谓叙事学技术化、符号化、工具化的典型代表。女性主义叙事学则对热奈特的这种纯技术性分析进行了修正与颠覆，像沃霍尔（Robyn R. Warhol）对文艺作品中的叙事聚焦问题进行了“男女有别”的细致分析，并论述道，“‘男性凝视’的男女分别处理常规是了解叙事话语性别化机制的关键”[③]。将包括创作主体、接受主体的性别因素考虑在内的叙述聚焦语境化，会深入聚焦的机理，开拓出全新的研究话题。如对于“隐含作者”的分析，布斯（Wayne Clayson Booth）的“隐含作者”概念广为流传：“这个隐含作家总与‘现实的人’不同——不论我们怎样看待他——现实的人在创作作品时创作了他自己的化身，一个‘第二自我’。”[④] 可是，布斯在这里以“他”（he/him）指代其所说的隐含作者，但现实中的作者却是有着具体性别的人，其在作品中“第二自我”是否也有性别？如果有，与现实作者的性别是种什么关系？传统叙事学是无法回答这些问题的。

女性主义叙事学就是从这里出发，将社会性别视角运用到经典叙事学分析中去的。像苏珊·兰瑟在其《虚构的权威》中，就借用了以色列叙事

---

① 参见〔美〕苏珊·S. 兰瑟：《虚构的权威——女性作家与叙述声音》，黄必康译，北京，北京大学出版社，2002，第 4 页。

② 申丹、王丽亚：《西方叙事学：经典与后经典》，北京，北京大学出版社，2010，第 89 页。

③ 〔美〕罗宾·沃霍尔-唐：《形式与情感/行为：性别对叙述以及叙述对性别的影响》，王丽亚译，《江西社会科学》2008 年第 1 期。

④ 〔美〕韦恩·布斯：《小说修辞学》，付礼军译，南宁，广西人民出版社，1987，第 58 页。

学家雷蒙-凯南（S. Rimon-kenan）“过于外露”的作者（即过于急切地直接向读者发表自我意见和观念的作者）“被完全信赖的可能微乎其微”的观点，认同其所说的作者过于外露反而适得其反的说法，因为“他的阐释、评价和归纳并不总是与隐含作者的标准尺度相吻合”①。不过，对于“外露的‘作者性’”问题，苏珊·兰瑟并没有止步于雷蒙-凯南那样的普泛化研究，而是进一步追问其所隐含的性别不平等的权力关系，“为什么女性作家的外露作者性通常意味着违反具有性别特征的修辞性语言代码，只是随着时空和情景的变化，这种违反的方式和力度有所不同罢了”②。是的，如果叙述者因为过于外露影响了其被信赖的程度，为什么是女性写作者（而不是男性写作者）遭受（比男性写作者）更大的社会压力？隐含作者究竟是不是一个无性别的客观中立性存在？如何判定隐含作者的性别？这些诘问无疑将传统上的叙事学研究向前大大推进了一步。本书对新时期以来女性小说叙述视角、聚焦、视点等问题的具体文本分析详见第三章。

（3）对反情节、未叙述、未发生事件的叙述等非常态叙事形态的理论突破。亚里士多德在《诗学》中强调诗人（广义上的作家）以描述按照可然律或必然律“可能”发生的事为职责，并非惯常地描述已然发生的事(这主要是新闻记者的工作)。在笔者看来，这种对“可能”发生事情的描述体现的其实是文学叙事的虚构性，既包括某些未发生事件的想象性叙述，也包括某些已发生事件的有意无意的规避性未叙述。叙事学上“反情节”“未叙述”等理论的出现就是针对这一问题而来的，对此女性主义叙事学家沃霍尔有集中论述，她认为文学作品的类型、特征、质素不仅取决于对发生事件的讲述，也与“未讲述”的事件相关，甚至可以由“它们对未发生事件的叙述的程度，以及它们的叙事者明显省略了的材料的性质来决定”③。的确，反情节、未叙述、未发生事件的叙述等非常态的叙述形态也是传统叙事学的研究内容，像反情节中的“否叙述”是“叙述的事件，并没有在小说的情节中实在化（actualized）”，诸如幻想、梦境、人物的想入非非等；“另叙述”则是“推倒重来”，擦抹掉前面的情节，重新

---

① 〔美〕苏珊·S. 兰瑟：《虚构的权威——女性作家与叙述声音》，黄必康译，北京，北京大学出版社，2002，第 19 页。

② 〔美〕苏珊·S. 兰瑟：《虚构的权威——女性作家与叙述声音》，黄必康译，北京，北京大学出版社，2002，第 19 页。

③ 〔美〕罗宾·沃霍尔-唐：《新叙事：现实主义小说和当代电影中怎样表达不可叙述事件之事》，宁一中译，《语文学刊》(高教外文版)2006 年第 12 期。

叙述，像文本中的前后矛盾、自我否定性叙述等。① 而对于那些发生过、但未在文本中展开有效叙述的事件，热奈特称之为“省叙”（paralipsis），杰拉德·普林斯（Gerald Prince）将未叙述原因归结为“根据某一特定叙事不能叙述或不值得叙述的事情”②。这些研究多是从技术层面对文学作品的叙事话语进行分类、归纳、总结，基本不涉及政治、伦理、价值观等问题，体现了传统叙事学客观性、符号性的一面。

女性主义叙事学则将性别视角、意识形态分析纳入这种研究之中。沃霍尔根据“未叙述事件”的具体表现和缘由，将其划分成四种类型：不必叙述、不可叙述、不应叙述、不愿叙述③，并指出“未叙述事件”中包含着深重的性别意识形态内涵，导致不同性别的作家，甚至女作家群体内部在“未叙述事件”的处理上都有很大不同，而对“未叙述事件”的深入、细致分析则可以把握到性别叙事的肌理。④ 苏珊·兰瑟则提出了“影子情节”这一概念，叙事在这里并非指已发生的事件，而是指某人还未做的某事，即影子情节描述那些还没有发生过的事或还没有人做过的事，并在其中寻求意义的获得，她还以《一个小时的故事》等文本的分析为例指出了影子情节的无处不在性。⑤ “影子情节”不仅是考察不同文化时空下作家、叙事者、人物、读者的策略依据，还是辨析社会形成、历史个案及女性主义理论本身的策略，苏珊·兰瑟对非常态叙事形态的这种研究也极大拓展了传统叙事学的理论边界。对于新时期文学研究来说，“未叙述”理论还是一种相对陌生的存在，本书第八章第三节“‘未叙述事件’与身体写作”以“未叙述的身体”为切入点，对“未叙述”现象及其所隐含的社会性别意涵进行了翔实论证。

（4）女性主义叙事学对传统叙事学的突破还体现在拓展其以往甚少关注的话语资源层面，像不可靠叙事、引语修辞等。不可靠叙事是造成文本前后或内外矛盾、断裂的“不可靠”“不可信”的叙事情态。引语修辞则是对人物话语不同表达方式的指称，表现为通常所说的直接引语、间接引语、自由直接引语、自由间接引语等。“不可靠叙事”是文学文本中叙事

① 参见赵毅衡：《情节与反情节，叙述与未叙述》，《华中师范大学学报》（人文社会科学版）2014年第6期。

② 孙桂芝：《罗宾·沃霍尔女性主义叙事学理论研究》，山东大学博士论文，2014。

③ 参见孙桂芝：《罗宾·沃霍尔女性主义叙事学理论研究》，山东大学博士论文，2014。

④ 沃霍尔对“未叙述事件”分析详见孙桂芝：《罗宾·沃霍尔女性主义叙事学理论研究》，山东大学博士论文，2014。

⑤ 参见〔美〕苏珊·S. 兰瑟：《我们到了没——“交叉路口”的女性主义叙事学的未来》，胡安江、唐伟胜译，《外国语文》2010年第3期。

交流过程中的一种特殊样式，各类引语方式则是人物形象塑造中的一个重要手段，它们都是经典叙事学中不可或缺的组成部分，存在争议，也有大量的文学文本提供分析例证。不可靠叙事与引语修辞属于传统意义上的文学"内部研究"，是英伽登（Roman Ingarden）、韦勒克（René Wellek）、沃伦（Peter Wollen）等西方文艺理论家所提出的文本内部的意义单元，是与"如何讲述""怎样表达"联系在一起的"文学性"考察的重要依据。而性别则是与国族、阶级并列，并涉及意识形态的文学外部元素，将性别作为考察文学话语的一个维度去关照是一种典型的文学"外部研究"，传统意义上的女性文学研究并没有将它们纳入其中就是从这一层面上而言的。

而女性主义叙事学认为所谓文学"内部研究"与"外部研究"的区分不但是相对的，还是可以相互转化的，而女性主义的叙事形式分析亦不仅可以通过索解文本的文学"内部研究"来体现，还可以将之纳入社会性别建构的文学"外部研究"中，对于不可靠叙事、引语修辞两种叙事话语可以而且应该纳入社会性别分析的范畴之中。本书在第四章、第六章以代表性作家作品、现象思潮为中心，对这些传统上未灌注进多少社会性别研究视角的叙事学现象进行了具体细致的女性主义叙事学探讨。这在当前的中国女性文学研究中是首创性的，体现了本书对女性主义叙事学研究方法的现实应用。

二、对传统女性文学研究的挑战

对于传统女性主义文学研究而言，20 世纪 80 年代以来兴起的女性主义叙事学也有其特殊的学理突破性：它改变了传统女性文学研究多从内容角度对主题、情节、人物形象等进行社会性别分析的学术惯性，将女性主义批评深入文体、叙事、形式的肌理，将人称、视角、结构、语言等修辞性要素作为研究对象的关键环节，以此对某些传统女性文学议题进行了再分析、再阐释，甚至颠覆性、批判性消解。女性主义叙事学聚焦于宏观层面的分析（情节、声音、聚焦等），女性主义文体学则聚焦于微观层面的分析（名词、代词、短语等）①，二者均对内容研究为主的传统女性文学研究方法进行了修正和补充。本书结合女性主义文体学的研究方法，对从新时期到新世纪的女性小说各叙事形式要素的发生、发展、流变等进行了翔实的女性主义叙事学分析。这里，笔者结合相关理论谈及几点，后面相

① 尚必武：《性别·叙事性·语言学视角：露丝·佩奇的女性主义叙事学评析》，《浙江工商大学学报》（社会科学版）2013 年第 4 期。

应章节会针对具体文本现象有更多的翔实性解读。

（1）对女性主义文学批评“抗拒性读者”的学理突破。“抗拒性读者（the resisting reader）”作为一个明确语词是由朱迪斯·菲特莉（Judith Fetterly）在《抗拒的读者：美国女性小说探讨》中提出来的，目的是审视、反思、批判经典文学，尤其是男性经典作家笔下女性形象塑造中的男权主义倾向，即倡导一种女性化的、抗拒性的阅读态度，以规避文本中自觉不自觉流露出来的男权文化。肖瓦尔特“作为女性的阅读”的女性中心批评观念，以及凯特·米利特（Kate Millett）的《性政治》、杰梅茵·格里尔（Germaine Greer）的《女太监》、伊娃·菲格斯（Eva Figes）的《父权态度》中均贯穿着这种“抗拒性读者”的思维，颠覆、消解男性中心的传统文学史对女性形象的歪曲、改写、刻板化印记，为重塑女性价值创造新的空间。让女性读者从女性角度进行阅读，以免受男性化阅读立场、观点、审美方式的侵袭，是这类女性文学批评的核心要义。女性主义叙事学对此进行了批判性继承，像沃霍尔把女性主义叙事学界定为“在‘性别’的文化建构语境下，对叙事结构与叙事策略的研究”①，关注故事与话语的性别差异，聚焦于作者的性别、“作者的读者”的性别、真实读者的性别、叙述者或受述者的性别。无论是女性主义叙事学理论，还是女性主义叙事学批评实践，都介入性别中立的叙事模型，从而对具体的叙事文本做出具有性别意识的解读。② 她以《汤姆叔叔的小屋》《简爱》等作品的接受史为例说明读者身份具有多元性，阅读亦不限于意识形态的阅读与接受，认为“女权主义想当然地把一个女人的事当作是‘作为一个女人’那样做”③，是在强调生理的女性必然应该具备女性意识，女性读者通过阅读也能建构一定程度上的女性意识，或者挖掘出那种习焉不察，或久被压抑遮蔽的女性意识，这其实带有某种生理决定论的先验性。在对这种女性主义文学批评进行批判的基础上，沃霍尔将叙事学理论引入读者接受研究中，认为不能从文本直接跳到现实的经验世界中去，文学作品塑造的生活形态是写作者想象虚构的，与社会现实的重合虽然需要通过影响读者来实现，但无法直接规定读者的接受效果。④ 将叙事学理论应用于传统

---

① 尚必武：《性别·叙事性·语言学视角：露斯·佩奇的女性主义叙事理论评析》，《浙江工商大学学报》（社会科学版）2013年第5期。

② 参见尚必武：《性别·叙事性·语言学视角：露斯·佩奇的女性主义叙事理论评析》，《浙江工商大学学报》（社会科学版）2013年第5期。

③ Robyn R. Warhol, 1989: *Gendered Inventions, Narrative Discourse in the Victorian Novel*, New Brunswick: Rutgers University Press, p.19.

④ 参见孙桂芝：《罗宾·沃霍尔女性主义叙事学理论研究》，山东大学博士论文，2014。

女性主义文学批评的领地，会发现前人研究中诸多简单、生硬的地方，这便是女性主义叙事学的学理开拓性。申丹在对女性主义文评与女性主义叙事学文评做一番对比后指出，女性主义学者关注的是“作为妇女来阅读”与“作为男人来阅读”之间的区别（男女读者在文本内容要素的关注点上的不同），女性主义叙事学家关注的则是“叙述策略本身的修辞效果和作者如何利用这些效果”①。可以说，女性主义文评将研究重心放在“已完成”的文本上，而女性主义叙事学批评则将研究重心放在作者如何创作出文本的修辞策略与叙事过程上面。

（2）对“女性写作”“女性技巧”等观念的重新阐释。传统西方女性文学批评主要有两种模式：一种是“在女性文学作品中寻找主题、体裁、表述、情节等共同性，概括、归纳出‘女性写作’基本范式”② 的归纳模式，像肖瓦尔特、伍尔芙等的批评；另一种是强调语言的性别差，认为种语言已被父权文化全面污染，需要创造全新的符号学体系才能进行“真正”的“女性文学”创作，波伏娃（Simone de Beauvoir）、埃莱娜·西苏（Hélène Cixous）、露西·伊瑞格瑞（Luce Irigaray）、克里斯蒂娃（kris-teva）等属于此类。沃霍尔反对这种以女性作家所写的作品为基点去挖掘“女性风格”“女性技巧”的研究方式，认为其是一种性别本质主义思维，因为所谓“女性风格”往往是主观臆断的产物，什么是女性风格，谁有权力辨别何种美学范式是女性风格、何种不是等，均是需要具体问题具体分析的事情，“拒绝接受一种普遍存在的‘妇女写作’，辨认那些于特定时间、地点内被认为属于女性或男性作家的叙事形式”③。沃霍尔以 19 世纪英国现实主义小说的分析阐释为例，提出了“吸引型叙事”与“疏离型叙事”两种叙事模态，并以这种叙事干预在男性与女性这两类不同生理性别的作家笔下出现的不同频率，分别来定义不同的“女性技巧”与“男性技巧”。但是，她同时又指出，“女性技巧”也有可能被男性作家所采用，“男性技巧”也有可能为女作家所用。④ 对这些两性叙事技巧复杂化状况的如实指出不仅丰富了传统叙事学研究，更重要的是打破了西方第二次女性主义浪潮中对女性写作、身体写作等概念的界定过多纠结于女性生理、心理特质的经验主义言说的局限。苏珊·兰瑟在《虚构的权威》一书中也

① 申丹、王丽亚：《西方叙事学：经典与后经典》，北京，北京大学出版社，2010，第 204 页。

② 孙桂芝：《罗宾·沃霍尔女性主义叙事学理论研究》，山东大学博士论文，2014。

③ 〔美〕罗宾·沃霍尔-唐：《形式与情感/行为：性别对叙述以及叙述对性别的影响》，王丽亚译，《江西社会科学》2008 年第 1 期。

④ 参见申丹：《叙事形式与性别政治——女性主义叙事学评析》，《北京大学学报》（社会科学版）2004 年第 1 期。

认为，女作家的写作特征不是由女性本质决定的，并没有所谓的生理特质决定的“女性本质”（性别本质主义一直是为女性研究者所警惕的），而是由社会历史语境中错综复杂、不断变化的社会规约决定的。① 这些都体现了女性主义叙事学对于传统女性文学批评的学术开拓性。

（3）对既往女性主义批评中的基本概念进行反思并发展新的学术语汇的努力。沃霍尔在其著作《痛快地哭吧》中对 sex，sexuality，gender，femininity，feminine，effeminacy 等女性主义文学批评中的关键词进行了梳理阐释②，指出了其学理价值与尚待进一步辨析、深化之处，并在批判性继承前人的基础上提出了“女人气”的概念，即“‘女人气’……并不一定是或者说仅是性征化的……包括同性恋者、雌雄同体的男人们、相像的女人们”③，将“女人气”的范畴扩大到违反传统意义上的“‘男子汉’标准”的群体中是女性主义叙事学的创造。沃霍尔借鉴巴特勒后现代主义的性别表演理论，将“女人气”翻转为一个肯定性而非贬义性概念，并将要素扩大为既包括同性恋者，也包括跨性别的“雌雄同体”人群，并以“个人行为举止”而非“生理差异”作为评判依据。④ “女人气”概念的提出进一步同性别分析的生理决定论拉开了距离，将性别气质问题社会化与语境化。更重要的是，这种对社会性别再现问题进行深度辨识的思维开拓了女性主义叙事学的学理空间，使其不仅局限于传统叙事学的文本分析层面，而是将性别叙事分析同现实生活中的社会性别建构联系起来，即将带有肯定性价值而非传统意义上贬义性称谓（如“婆婆妈妈”“头发长、见识短”）的“女人气”在日常生活中通过阅读、观影等文化活动的展演、建构过程联系起来（本书第十章第二节将有更翔实论述）。

应该说，女性主义叙事学的目的是消除学界对形式主义的偏见，强调“性别如何通过叙事过程产生出来，而不是先于这个过程的性别”，“叙事形式如何产生（而不是反映或再现）性别”。⑤ 因此，从叙述形式的文本分析到提升公众性别认知的话语实践是女性主义叙事学的一般路径，而这也是其有别于性别政治内容研究的一个独特之处。女性主义叙事学高度重视读者研究，尤其是将解构生理性别与社会性别二元对立的后现代女性主

---

① 参见〔美〕苏珊·S. 兰瑟：《虚构的权威——女性作家与叙述声音》，黄必康译，北京，北京大学出版社，2002，第 5 页。

② 参见孙桂芝：《罗宾·沃霍尔女性主义叙事学理论研究》，山东大学博士论文，2014。

③ 参见孙桂芝：《罗宾·沃霍尔女性主义叙事学理论研究》，山东大学博士论文，2014。

④ 参见孙桂芝：《罗宾·沃霍尔女性主义叙事学理论研究》，山东大学博士论文，2014。

⑤ 参见〔美〕戴卫·赫尔曼：《新叙事学》，马海良译，北京，北京大学出版社，2002，第 234、239 页。

义与叙事学相联系，把叙事形式研究演绎成建构多元性、流动性的社会性别认知的过程。因为性别规范尽管具有一定的意识形态上的长久浸润性，但也一直处于传播、突破、调整的动态过程之中，而由文学类型决定并通过重复性阅读进一步累积、强化的叙述类型与模态，对真实读者性别身份的动态建构所产生的影响是巨大的，甚至会高于写作内容的影响。这就将文本分析基础上的女性主义叙事学研究拓展到了现实世界中的社会性别建构中，无论对传统女性主义文学批评，还是传统叙事学分析，都具有极大的学理拓展性。

叙事学研究者唐伟胜认为，女性主义叙事学与女性主义批评的区别是由其对性别与叙事关系的不同理解造成的，前者（女性主义叙事学）"主要从叙事形式出发探讨叙事形式如何作用于性别政治"，后者（女性主义批评）则主要"从叙事内容出发研究叙事的性别意义"。[①] 这种概括是有一定道理的，女性主义叙事学并不像启蒙主义女性主义、自由主义女性主义、"激进—文化"女性主义、生态女性主义、马克思主义女性主义、后殖民女性主义、后现代女性主义、精神分析女性主义等此前的女性主义学派那样，属于女性主义思潮内部的简单分支，而是女性主义与叙事学的跨学科结合，将具体文本叙事形式的社会性别分析与读者/观众的社会性别建构相结合是其一个研究特色，也是其与既往女性文学研究最大的区别。本书在第十章中的碎片性叙事、第十一章中"女性向"叙事等的相关论述中，对这一问题也有翔实的论证阐释。

三、西方女性主义叙事学的局限与多元理论资源的必要

以上我们主要论述了西方女性主义叙事学理论的学术开拓性。需要明确的一点是，叙事形式中的社会性别研究并非只有借助于女性主义叙事学的既有概念、范畴才能进行，而且西方现有的女性主义叙事学理论表述亦有某些不容回避的局限。苏珊·兰瑟曾在一篇论文中这样写道：

> 只要我们把性别的缺席当作一个叙事学的变量，那么，性别即便不是叙事的常量，也是一个普遍因子……叙述者的性别有无标识，如果有标识，是男性的还是女性的，抑或是在两者间的迁移……根据性别的不同标识方法……来对叙事进行分类。[②]

---

① 参见唐伟胜：《性别、身份与叙事话语：女性主义叙事学的主流研究方法》，《天津外国语学院学报》2007 年第 5 期。

② 转引自申丹、王丽亚：《西方叙事学：经典与后经典》，北京，北京大学出版社，2010，第 206 页。

在这里，苏珊·兰瑟强调叙事形式中的女性特质，关注能否看出叙述者是男是女的性别标识性，并叩问这种性别标识性的表现方式，是明确的还是隐蔽的，似乎是要论证出某种普遍的叙述者性别标识的叙事规律。这样一种全称判断显然太过绝对，拘泥于叙述者是男是女的性别标识，以叙述者的“性别”作为研究的出发点与落脚点，某种意义上就如同传统叙事学的结构区分一样“形式化”和“脱离语境”。① 应该说，正如同故事叙述、异故事叙述、自传体叙述等作为叙事技巧本身并没有本质上的性别之分，对叙述者一定要做出相应的性别区分也嫌过分和牵强，违背了苏珊·兰瑟自己所说的对叙事进行语境化、非结构性区分的原则，是女性主义叙事学理论尚不够成熟的体现。有些结构主义叙事学家则怀疑女性主义叙事学研究范式是否偏离和忽视了叙事学的“真正”目标，即对叙述结构的“客观”描述与界定性。结构主义叙事学家则不敢苟同于女性主义叙事学的方法论，因为其偏离了他们所熟悉的叙事学原则，像尼立·迪恩古特（Nilli Diengott）认为苏珊·兰瑟所提出的一系列问题是阐释学的而不是诗学的……叙事学是一种完全不同的体例。② 女性主义叙事学认为对文本结构的细读分析应该结合其文化阐释来做，因为不管人有没有意识到，文本的、结构的特征不可避免地要阐释意义，这种思路本身是有建设性的。但在具体实施的过程中会遇到各类问题，本书在后面的章节中还会就具体论述的问题对西方女性主义叙事学理论某些范畴、结论提出一定质疑和反思。

事实上，不管是国外还是国内的文艺理论家都不约而同地看到了女性主义叙事学在文本分析（而不是建构一套多么完善、充实的理论体系）层面的贡献。本书也主要是从方法论角度应用女性主义叙事学策略的，而其理论局限也需要在具体的文本分析实践中得到一定的修正和克服。这里，笔者要说的是西方主义叙事学理论并不是叙事形式的社会性别研究唯一可以借鉴和利用的理论资源，更不是其只此一家、别无选择的方法论工具，有些没有直接援引西方女性主义叙事学概念、范畴的中国研究成果对这一命题也进行了非常有益的探索。像陈顺馨对凌叔华的小说《酒后》与丁西林改编后的戏剧剧本《酒后》的叙事结构对比，因为写作的时间较早，并

---

① 参见申丹、杨莉：《语境叙事学与形式叙事学缘何相互依存》，《江西社会科学》2006 年第 10 期。

② 苏珊·兰瑟与尼立·迪恩古特在《文体》1988 年第 1 期围绕女性主义叙事学展开过论战，参见申丹、王丽亚：《西方叙事学：经典与后经典》，北京，北京大学出版社，2010，第 196 页。

没有充斥“话语权威”“作者型/个人型叙述”“吸引型/疏远型介入”等西方女性主义叙事学语词，但对两部作品叙述场景、叙述文体、叙述方式、叙述视角的对比，揭示了小说中的女性主体性与戏剧中的男性主体性问题[①]，用语朴实晓畅，但细致深入、步步为营，是中国文本女性主义叙事学研究的较早尝试。另外，王侃在其《历史·语言·欲望——1990 年代中国女性小说主题与叙事》一书中以传统叙事学的“乌托邦叙事”“仿真叙事”“有机叙事”“无机叙事”等形式主义命题介入 20 世纪 90 年代女性主义小说的文本分析，也是一种女性主义叙事诗学的本土化尝试。[②] 这两部著作在中国学术界均产生了一定影响，对后来的研究有所启发和裨益，也表明中国学者有能力探索自己的女性主义叙事学研究之路。

事实上，正如本书下一节提出的“性别形式研究并非‘以西律中’的学术舶来品”所言，中国的女性主义叙事学研究绝非只乞灵于西方理论的概念、范畴。即使在西方理论已为中国学者广为熟知的情况下，中国学人也未完全照搬照抄，而是依循中国文学现实进行了自己的学术阐释，有的是对西方概念的补充修订，有的直接与西方理论对话，甚至直陈其弊端(详见下文各具体章节)。在另一个层面上，本书的方法论资源亦非完全倚靠女性主义叙事学，而是糅合了文本分析、修辞学、女性学、酷儿理论、粉丝文化、文化研究等其他阐释方法，而之所以采取这样多元的研究方法是与女性主义叙事学理论适用性的相对有限相关。西方女性主义叙事学理论多是在对言说环境较为险峻的早期女性小说阐释的基础上总结形成的，有些结论并不适用于目前女性写作环境已大为宽松的时代，像苏珊·兰瑟所说的以叙述权的争取彰显女性话语权威感，在目前的女性写作中并非那么绝对，笔者更多看到了新世纪以来女性写作中叙述人对话语权威问题从容淡定的一面。还如沃霍尔所说的“吸引型叙事”多与女性写作相联系、“疏离型叙事”多与男性写作相联系等提法，也是需要在不同时代语境下细细甄别的事，有些男性写作借用了“吸引性叙事”方法，但未必传达了多少女性主体性，而是有着在文化消费市场上获取更多利益的现实考虑，作为女性话语策略的“吸引型叙事”在新媒体时代被复杂化和商业化了，这些文化现象仅用西方女性主义叙事学理论是很难讲清楚的，只能借助于更符合目前这个时代的多元化研究方法来辨识厘定。

也可以说，在对女性小说叙事形式进行社会性别研究的具体实践中，

---

① 参见陈顺馨：《中国当代文学的叙事与性别》，北京，北京大学出版社，1995，第 80～86 页。

② 参见王侃：《历史·语言·欲望——1990 年代中国女性小说主题与叙事》，桂林，广西师范大学出版社，2008，129～149 页。

我们可以援引西方女性主义叙事学理论资源，但不能唯西方马首是瞻，也不能只借用既有的理论资源，而是要在本土研究中进行创造性的理论生成。接下来，让我们转入性别形式研究理论的中国化建构部分，以对这一问题进行更深入的探讨。

第二节　女性主义叙事学研究理论的中国化建构

相对于中国当代文学研究中社会历史批评与意识形态分析的强大，叙事形式研究尚较为薄弱和边缘，而叙事学则是西方文学研究界的主流方法，很多叙事学理论也是来自西方。因此，叙事学往往给人留下一种学术舶来品的印象，加之女性主义直到如今似乎也没有摆脱“来自西方”的学术出身问题，所以叙事形式层面的社会性别分析，包括其女性主义叙事学的研究方法，更容易被认为是西方化的产物。但是，笔者在这里要郑重宣示的是，女性主义叙事学尽管在西方有着明确的理论渊源，但这并不等于说其就是西方出身、有着西方化烙印的理论类种，更非“以西律中”（以西方理论阐释中国文本）的学术殖民。恰恰相反，其在中国当代文学研究界有着鲜明的中国化建构性质。下面，让我们先看一下与之相关的几个理论问题：

一、中国化理论建构的几个问题

1. 女性主义叙事学研究并非“以西律中”的学术舶来品

必须承认，与性别政治的内容研究相比，性别形式研究在中国现当代文学研究界尚相对边缘，但这并不意味着它没有形成一定的知识范式，而且这种知识范式更多是建立在中国文本的形式分析实践基础之上的，比以内容为中心的一般女性文学研究，其“中国性”甚至会更鲜明。因为一方面，女性主义叙事学研究在世界范围内是 20 世纪八九十年代起步，彼时已是中国改革开放的新时期，敏感的中国学者几乎从一开始就关注到了这一理论思潮，并积极参与对话、争鸣，基本不存在其他西方文论那样的接受“时间差”；另一方面，其发生发展的年代正是中国文学创作异常活跃的新时期，中国文本的成长谱系、价值与问题基本左右了中国学者的关照视域，因此，其并非那种想当然地“以西律中”的研究路径，具体体现在：

（1）从中国文学语境出发，对西方学者基于西方文本分析而得出的概念、范畴进行补充、修正，甚至“反其道而行之”。像“性别化的干预”理念是沃霍尔从对18、19世纪英美文学研究中得出的，陈淑梅通过对改革开放之初女性小说的考察发现，有的女性写作不自觉应用了“吸引型叙事干预”，但未增强话语权威感，反而形成了“主体可疑”的叙事话语；也有的采用了“疏离型叙事干预”，但并非性别意义上的女扮男装叙事，而是借用个人言说社会伦理的乔装打扮叙事。[①] 这与沃霍尔的结论亦大相径庭，是中国学者立足中国文本的分析。而对于苏珊·兰瑟的“话语权威”理论，也有论文提到新世纪以来部分女作家叙述权威意识的淡化恰恰是其性别观念更加从容淡定的表征，叙述权与性别权未必总是顺承关系，在新的时代语境与社会语境下会出现新的变体。[②] 这些都是已有中国学术成果的创新之举，还有更多新发掘、新阐释，本书各章节中会有更多翔实论证。

（2）与西方理论进行直接对话，指陈其失误之处。像对于苏珊·兰瑟提出的“公开型/私下型叙述”的说法，申丹指出其进行文体分析，依据的却是叙事学理论，结构意义上的“公开”与“私下”区分同常识意义上的区分会产生混乱，“兰瑟试图用叙事学来解释这一切，其实……兰瑟进行的主要是文体分析，在涉及连接表面文本和隐含文本的那组语法上的否定结构时……更是如此”[③]。申丹自述与兰瑟本人当面对此进行了交流，并得到了兰瑟的理解和认同。而对于兰瑟所说的集体型叙事只存在于女性写作中的问题，申丹也找出了相反例证，认为少数男性写作中亦存在此类型[④]，这些都体现了中国学者对世界女性主义叙事学理论的勘误与贡献。

（3）对西方女性主义叙事学未曾涉及的一些文学现象进行原创性学理总结。像在“女性向”叙事方面，邵燕君挖掘网络社群的“异托邦”性质及其社会性别建构的积极作用，将叙事形式的社会性别分析从传统文本延伸到新媒体文学中的“网络女性主义”层面[⑤]；还有的研究在“她阅读”层面对郭敬明等大众化“女性向”叙述与小众化女性网络社群“女性向”

---

① 参见陈淑梅：《声音与姿态：中国女性小说叙事形式演变》，广州，中山大学出版社，2011，第28～87页。

② 参见孙桂荣：《现状与问题：女性主义叙事学的本土化实践》，《南开学报》（哲学社会科学版）2016年第4期。

③ 申丹：《“话语”结构与性别政治——女性主义叙事学“话语”研究评介》，《国外文学》2004年第2期。

④ 参见申丹、王亚丽：《西方叙事学：经典与后经典》，北京，北京大学出版社，2010，第205页。

⑤ 参见邵燕君：《从乌托邦到异托邦——网络文学“爽文学观”对精英文学观的“他者化”》，《中国现代文学研究丛刊》2016年第8期。

叙述做了具体区分，分别考察其在性别建构层面性质的不同等。① 这些都是西方女性主义叙事学甚少涉足之地，体现了中国文论的原创性。甚至可以说，相对于以内容研究为主的传统女性主义文学研究，叙事形式的社会性别研究更鲜明地体现了民族伟大复兴阶段中国学术的中国经验。

2. 叙事形式的社会性别研究并非只是与女性文学相关

提到女性主义、女性小说、社会性别等概念，很多学术中人会马上联想到其研究对象是女作家写的作品，而其学术范畴是与女性学者相关的学问，生理性别是男性的不少学者会认为这种研究与己无关，或关系不大。造成这种似是而非印象的原因与这些概念或范畴在中国学界发生、发展的时代背景相关。20 世纪 80 年代，学者程麻在为《性与文本的政治》中译本作序时曾有这样一段广被引用的话："女权主义文学理论的命运……所谓特别或不同，说得俏皮些，便是至今它还没太被当成一回事……如果认定它是一种比较有系统，而且有深度的文学理论，我们的文坛上会有不少人觉得是故弄玄虚，起码有些言过其实。"② 这种暧昧微妙的态度指的是 20 世纪 80 年代以男性知识分子为主体的学界对女性主义的相对无视与轻慢，即在不少学人眼里，女性主义文学理论是"异域"（西方）的、"他者"（女性）的，自己掺和进去多少有些暧昧的意味。身份政治在中国学界的理解有时会被粗浅化，将某些人的身份贴上特定标签并固定化，已成了性别刻板印象的最大来源。斯皮瓦克（Gayatri C. Spivak）就曾一针见血地指出，"只有女人才能知道女人的立场"与"只有下层阶级（the subaltern）才能理解下层阶级"一样，其实是"预设了知识的可能是建立在身份上的"。③ 然而，身份并不能成为政治意识形态的先决条件，这也是身份政治的最大问题。女性主义、女性文学研究显然不会仅与女性这一个性别群体相关，西方学院的不少男性知识学者，包括特里·伊格尔顿、乔纳森·卡勒、雅克·拉康、雅克·德里达、米歇尔·福柯等著名人士均对女性主义、女性文学等有过认真严肃的探讨，与学者程麻所说的有些国内人士"姑妄听之""姑妄谈之"的态度有着明显的分野。

如果说有关女性主义、女性文学并非只与女性相关的观点，目前的中国学界（至少在理论上）已大体接受的话，叙事形式的社会性别研究命题

---

① 参见孙桂荣、邱桂梅：《大众文化语境中的"女性向"叙事——以"郭敬明现象"为例》，《当代作家评论》2017 年第 6 期。

② 〔挪威〕陶丽·莫依：《性与文本的政治——女权主义文学理论》，林建法、赵拓译，长春，时代文艺出版社，1992，第 1 页。

③ 参见宋素凤：《多重主体策略的自我命名：女性主义文学理论研究》，济南，山东大学出版社，2004，第 6～7 页。

波及了包括男性写作者、创作者生理性别不明朗者（像普遍使用网名的新媒体文学创作者）等，则是社会性别视角下文学研究的一个新命题。如前文所述，女性主义叙事学的特性在于通过叙述形式、言说方式、聆听方式等层面的叙事学考察，表达女性群体的权力诉求。叙述形式、言说方式、聆听方式等形式元素有效规避了传统研究在界定“女性文学”时纠结于写作者生理性别的问题。目前中国学界对“女性文学”的界定大体有这么三种看法：第一种认为只要是女性写的就是女性文学；第二种认为它是指女性所写的表现女性生活、体现了女性风格的文学（性别＋题材＋风格）；第三种认为它是指女性所写的表现女性意识的文学（性别＋女性意识）。[①]这几类划分标准内涵和外延各有不同，尽管从第一种到第三种有着越来越精确化的趋势，但它们的一个共同特征就是都强调了女性文学是“女性写的”这一写作主体生理性别的一面，这在理论上有着性别本质主义的简单化倾向，实践上则窄化、局限了女性文学的研究对象，事实上将女性文学限定成了“只与女性写作者相关”的事。在 gender（社会性别）观念理论上已被女性学界充分熟知、接受的情形下（本书第二章将有翔实论述），只从创作主体角度界定的这种女性文学概念有点窄化了，对于研究对象的设定来说甚至无异于作茧自缚。

叙事形式的社会性别研究恰恰是针对这种女性学界的软肋而来的。女性主义叙事学的创立人之一沃霍尔曾言：“男性写作与女性写作文本的差异毕竟不在于所谓的内容，而在于他们的讲述方式、话语的特征（感伤的、反讽的或是科学的等）。”[②] 这个说法当然也有诸多可追问之处，像所谓讲述方式、话语特征究竟有没有决然的男女之别，“感伤的、反讽的或是科学的”话语方式是从哪个层面界定的，究竟如何界定“女性写作”与“男性写作”等。关于这些理论本身的背景与具体阐释，本书在具体文本的相关论述部分还会有所涉及，这里，笔者只是看重沃霍尔这种明确拒绝将女性写作只与女性写作者的写作相联系的思维，这是一种女性主义叙事学的理论思路，性别形式研究的一个学理起点，而这必定会拓展女性文学研究领域，打破传统的性别经验主义、本质主义思维。

3．先锋小说形式实验相对沉寂并非意味着女性小说叙事形式研究终结

回到文学现场。改革开放 40 多年来，女性小说在叙事形式上给人印象最深的是私人化写作时期回忆性视角、诗性化语言、碎片化结构、自传

① 参见刘思谦：《女性文学这个概念》，《南开学报》（哲学社会科学版）2005 年第 2 期；徐珊珊：《中韩现代女性文学比较研究现状》，《作家》2015 年第 6 期。

② 孙桂芝：《罗宾·沃霍尔女性主义叙事学理论研究》，山东大学博士论文，2014。

体方式等的文体实验，其极端化叙事特征是与以身体写作为特征的极端化形式策略相契合的。近年来，伴随着先锋文学形式实验整体性相对沉寂，人们对叙述的圈套、结构的迷宫、话语的狂欢、风格的反讽神秘等文体实验的热情与冲动有所下降，但并不意味着女性叙事形式的拓展停滞不前了。青年学者晏杰雄在其专著中指出，相对于20世纪末的大规模先锋实验，新世纪长篇小说在文体形态上出现了内在化、本土化、混沌化的趋向，“超越既往的社会层面和实验层面……外表老实，骨子里其实是很现代的”①。女性小说也是如此，近年来的文体形态也许不像20世纪末那么张扬、极致、不避极端，而是深入文学文本的叙事肌理，以包容性较强的方式呈现出来。群体性的叙事形式变革相对少见了，作家的个性意识、独立品格进一步彰显，也能催生某种自觉不自觉的文体创新。无论是与同时代的其他作家相比，还是在写作者个人的作品谱系中，作家们似乎更加努力追求叙事文本的独树一帜性。比如“个人化”写作在20世纪90年代的中国文坛被屡屡提及，但由于总是在消解主流意识形态和公共话语层面界定“个人化”写作，以及过多的自传体方式、躯体写作等，使得这种“个人化”写作有向同质化、群体化发展的趋向，乃至有批评者谓之“准‘个人化’”“伪‘个人化’”。而近年来，尽管文坛不再沿袭“个人化”写作这一概念，但在某些写作者身上反而能看到“个人化”写作的原初意涵——完全遵从个人经验、趣味，而不被时代潮流所裹挟。像最近几年崭露头角的女性写作者梁鸿、余秀华、付秀莹等可以说都是真正的“个人化”，尽管她们都是以农村题材引发文坛注目，但风格各异、趣味有别，差异性非常明显，无法进行思潮归类。毫无疑问，她们都是遵从自己内心的写作个性、经验资源、审美表达等进行真正的“个人化”写作。这些并非被外界的文学潮流所裹挟，很难被放在一起进行类群化、同质化论述的写作，亦必然会引发叙事形式上的“个人化”探索。本书中笔者亦是从这些层面对它们展开深度探索。

二、中国学人的理论建设

对于西方女性主义叙事学理论，中国学者并没有亦步亦趋，而是根据中国自身的文学与文化语境进行了各个层面的创造性建构。

首先是在探讨女性主义叙事学的理论特征方面做出了独具特色的中国贡献。对于女性主义叙事学和女性主义文学批评的区别，叙事学研究者唐

① 晏杰雄:《新世纪长篇小说文体研究》,北京,作家出版社,2014,第86页。

伟胜指出，女性主义叙事学是“从叙事形式出发探讨叙事形式如何作用于性别政治”，女性主义文学批评则是“从叙事内容出发研究叙事的性别意义”。① 这是一种西方学者尚没有用的简练、精辟的概括。的确，与女性主义文学批评相比，与叙事学相结合的女性主义叙事学研究更重视文本的叙述人设置、叙述结构的起承转合、叙述视角的内外之别、叙述修辞的话语风格等。同时，对于女性主义叙事学与经典叙事学的区别与联系，他也一针见血地指出，经典叙事学具有“工具性”特征，而女性主义叙事学则是在具体文本分析的实践中阐释的，具有“应用性”特征，即女性主义叙事学是事关具体文本阐释的方法论，而经典叙事学则是关于叙事形式、叙事模态、叙事理论的诗学体系。② 的确，叙事学考虑的是文学作品的叙事方式、叙事策略等对文本具体阅读效果方面的影响，女性主义叙事学考虑的则是包括性别在内的外部社会语境对作家写作方式、叙事模态、文本策略的影响，以及在这种影响下女性声音、女性权威的发出或确立，其站在性别化的视角，采用经典叙事学研究文本的具体方式分析在文本产生、阐释的社会语境中女性是如何发出自己的声音、如何介入历史，甚至如何被边缘化和客体化。这种学理总结为西方学界所未见，可以说是笔者所看到的对女性主义叙事学最简明扼要、最接中国“地气”的理论概括。

其次，从理论上厘清女性主义叙事学的学科范畴与研究范式。杨永忠、周庆的论文《女性主义叙事学的研究目标、原则与方法》《女性主义叙事学的学科内涵与研究领域》等对女性主义叙事学的学科定位、研究内涵、方法领域与目标展望等理论范畴进行了全面、系统的分析阐释。女性主义叙事学理论本身是有分歧的，各学者观点并不一致，但是在宏观的研究目标与基本原则方面还是基本相通的。其直面女性主义叙事学的研究方法，并归纳出女性主义叙事学研究的四个特征：重视文本生成、阐释及社会语境在其中的作用；重视社会政治意涵；重视叙事中的修辞性、意识形态性；关注跨学科层面的宏大叙事、微观叙事、边缘叙事等。③ 这种理论概括现实可操作性较强，是对苏珊·兰瑟、沃霍尔等人的西方理论的实践性概括，也具有鲜明的中国特色。当然，杨永忠、周庆的论文认为女性主义叙事学从跨学科的角度研究叙事，关注的是民族、种族、边缘等叙事维

① 参见唐伟胜：《性别、身份与叙事话语：西方女性主义叙事学的主流研究方法》，《天津外国语学院学报》2007 年第 3 期。

② 参见唐伟胜：《性别、身份与叙事话语：西方女性主义叙事学的主流研究方法》，《天津外国语学院学报》2007 年第 3 期。

③ 参见杨永忠、周庆：《女性主义叙事学的学科内涵及研究领域》，《山东女子学院学报》2012 年第 4 期。

度，笔者认为有所不妥，因为这更多的是女性主义文学批评中的内容，女性主义叙事学的跨学科研究应该与新媒体表达方式（如电影、电视剧或相关电视栏目）中的叙事形式结合，分析其中女性意识传达的具体方式。而民族、历史、种族、边缘等叙事维度指向的是叙事内容研究，这也是很多中国学者容易出现的问题。女性主义叙事学的本质在于女性不仅是叙事客体，还是叙事主体，这里的“叙事”不应该被泛化理解。女性作家作品中呈现的是叙事权威的张扬或者隐蔽，即使是男性作家作品也可以变成女性主义叙事学分析的对照，因此女性变成主体的存在，而不是被观察的客体，这也从一个侧面说明了女性主义叙事学理论的主动性与建构性。女性主义叙事学的研究领域被中国学者概括为：“(1) 女性叙事的权利和策略；(2) 女性叙事与女性发展；(3) 女性叙事与女性身份认同；(4) 女性叙事与女性权利和女性主体意识。”① 理论涵盖面之广亦超出了西方学者的概括。

再次，中国学者对女性主义叙事学理论接纳的批判性也在增强。中国学者在译介传播女性主义叙事学理论的过程中，不仅对苏珊·兰瑟、沃霍尔等人物的理论进行简单介绍，还针对比较有代表性的研究方式出现的问题提出了自己的不同观点。唐伟胜在对苏珊·兰瑟女性权威构建理论进行评价时，说其最大的问题是“似乎所有的叙事者都只有一个目的，建立自己的权威”②。苏珊·兰瑟的女性主义叙事学理论没有考虑性别内部差异问题，是一种非此即彼的思维方式，其重在考察外在于女性性别的社会环境因素，而忽视了女性性别的内部差异、不同国情下女性的处境以及思维方式。归根结底，女性主义叙事学只是一种批评的工具而不是批评意识，中国学者在最初的引进阶段即对女性主义叙事学进行较为客观的接纳，是与以前的理论进入中国的方式不同的。虽然在具体的实践中，很多研究成果依循着西方女性主义叙事学的研究方式与学理总结，可是也同样出现了较为本土的关于女性主义叙事学的认识，尤其是将性别与叙事结合在一起的性别叙事学。刘颖、付天海在《论文学的性别叙事话语》中从叙事模式、不可靠叙事、叙述视角、叙述空间与时间等角度，阐释文学的叙事形式有意无意流露出来的性别意识问题、性别意识与叙事形式的相互作用

① 杨永忠、周庆：《女性主义叙事学的研究目标、原则与方法》，《山东女子学院学报》2012 年第 4 期。

② 唐伟胜：《性别、身份与叙事话语：西方女性主义叙事学的主流研究方法》，《天津外国语学院学报》2007 年第 3 期。

等。[1] 性别叙事学的研究加入男性作家及作品，试图更加客观地揭示出叙事结构和技巧所蕴含的性别关系本质。从研究女性叙事话语开始探讨叙事形式对性别身份的建构与解构，不仅可以改变女性文学批评的主观化，也可以将女性作家特定时代的写作与同时代男性作家作品进行对比式叙事学分析，从而避免陷入二元对立的思维模式。

最后，在探讨女性主义叙事学与经典叙事学的关系时，申丹也对西方叙事学家进行了批评和修正式阐发。露丝·佩奇（Ruth Page）认为苏珊·兰瑟对叙述者性别的考虑做到了将叙事理论性别化和语境化，而申丹指出，使叙事性别化“实质上是脱离语境的结构区分”[2]。关于叙述者性别的区分，苏珊·兰瑟关注的是叙事者的性别是否有标识，申丹则明确提出，女性主义叙事学对经典叙事学的最大价值在于其是结合具体的叙述语境与言说者的性别来阐释作品，但这会使“叙事性别化”的理论变成一定程度上的矛盾的存在，因为性别作为非结构因素与种族、阶级等语词一样，想要进入叙事诗学必须要转换成脱离语境的形式要素，因为在叙事诗学中可以仅仅区分第一、第二、第三人称叙述等，但在进行具体的作品阐释时，则需要通篇考虑叙述者包括性别在内的各方面的特点。[3] 事实上，很多叙述技巧无法进行性别区分，或无法决然地进行男性、女性的单一划分。西方女性主义叙事学是对女性主义与叙事学的双重开拓，但也有激进性的一面。女性主义叙事学与经典叙事诗学应该是相辅相成的关系，而不是仅仅以女性主义叙事学对经典叙事学进行修正、颠覆，更重要的是补充与借用，这是西方学者强调不多的一个面向，这可谓中国学者对世界女性主义叙事学的理论贡献。

三、文本分析实践的中国经验

如前所述，女性主义叙事学相对于经典叙事学最大的理论特征是应用性、实践性，是在具体文本阐释中彰显其独有学理价值的，而非一味建构宏大而完整的诗学体系。在这方面，中国女性文学的叙事形式研究实践涌现出了大量相关成果，为女性主义叙事学的理论资源建设做出了一定贡献。具体来说主要表现在以下几个方面：

1. 叙述视角研究中的理论建构

中国学者通过对张爱玲、严歌苓、林白等作品不同聚焦形式的解读，

---

① 参见刘颖、付天海：《论文学的性别叙事话语》，《求索》2013年第2期。

② 申丹、王亚丽：《西方叙事学：经典与后经典》，北京，北京大学出版社，2010，第206页。

③ 参见申丹、王亚丽：《西方叙事学：经典与后经典》，北京，北京大学出版社，2010，第206页。

结合热奈特等的经典叙事学理论，在分析多重叙述视角的应用与转换过程中将女性性别主体构建与女性意识彰显的性别政治意涵纳入其中，丰富了女性主义叙事学的理论研究。像杨春对张爱玲早期作品《霸王别姬》的研究，分析了女性虞姬作为视角人物对小说的影响，虞姬眼中的战争和男性（项羽）如何颠覆了传统的历史叙述，“张爱玲非常强调虞姬的眼光和判断力……张爱玲采用大段叙述对女性的眼光、判断力的权威性和准确性进行了肯定”①。对张爱玲运用内心视角为其笔下女性人物赢得同情心的挖掘，使叙述视角与女性意识相联系，体现了女性主义叙事学的理论穿透力。陆美娟与彭文娟对《金锁记》的女性主义叙事学解读也是如此，通过曹七巧“既是观看者（聚焦者），亦是被观看者（被聚焦者）”② 的双重叙述身份的深度挖掘，研究者发现了叙事聚焦对女性从欲望客体转化为欲望主体的重要性。李婷对林白《一个人的战争》的叙事学分析则透视到女性自审层面，因为《一个人的战争》有着双重叙述视角，但并非男女两性的视角，而是“作为人物正在经历事件时”与“作为叙述者回顾往事时”的双重视角，这双重视角之间有着微妙的距离，“在一个同性恋者与一个女性崇拜者之间，我是后者而不是前者”，通过“我”不同成长时期的感受，聚焦者与“隐含作者”联系在一起，呈现的是“隐含作者”的价值观与情感倾向，弥补了女性主义叙事学中将聚焦者的观察与想法直接与作者联系在一起的局限③，丰富了相关理论研究的维度。再如任媛媛对《少女小渔》《金陵十三钗》《雌性的草地》《扶桑》等严歌苓系列小说进行的解读，集中于小说书写如何为女主人公争取聚焦的权利，严歌苓小说往往使用“人物特许叙事”，将具体人物设置为观察者、聚焦者，使得文本表面上的第三人称全知叙事通过特定人物视角展开，这对边缘人的身份塑造有好处，有助于刻画不完美却有中国传统女性品质的女性形象。这些将性别立场与叙述视角联系起来的研究丰富了女性主义叙事学的相关理论建构。

2. 叙述声音研究的学理发展

本章第一节我们曾指出，“声音”是女性主义叙事学的一个核心概念，叙述声音研究在中国学者笔下亦获得了长足发展。陈淑梅的《声音与姿态——中国女性小说叙事形式演变》（中山大学出版社 2011 年版）是这方面的代表性成果之一，它将研究对象集中于张洁、张辛欣、张抗抗等新时

① 杨春：《张爱玲的女性主义声音和叙事策略——基于〈霸王别姬〉的研究》，《中华女子学院学报》2015 年第 2 期。

② 陆美娟、彭文娟：《〈金锁记〉的女性主义叙事学解读》，《安徽文学》2008 年第 4 期。

③ 参见李婷：《〈一个人的战争〉的女性主义叙事策略》，《当代教育理论与实践》2014 年第 2 期。

期之初女性作家身上，探讨了从20世纪80年代到20世纪90年代女性小说中的叙述声音从曲折隐晦到公开张扬的过程，抓住了文本叙事形式与性别话语的某些微妙连接进行细读分析，对建构女性主义叙事学的中国经验大有助益，对于其某些具体分析的优势与局限，本书后面会在相关章节中具体探讨，在此恕不赘述。叙述声音在不同的小说中有不同的呈现方式，杨春在《张爱玲小说叙事的权威性》中则是分析张爱玲的小说如何站在女性主义的立场上争取女性叙事空间而获得权威；黄立群在《叙述视角、时间与作者型叙述声音——〈人到中年〉如何体现女性意识》论述的是叙述者的文本呈现方式与作者思想意图的结合，及由此传达出的作者在特定社会语境下发声的特征，对苏珊·兰瑟的作者型叙述声音理论有所丰富和发展。

3. 话语权威理论、叙事干预理论的提升

叙事（话语）权威也是西方女性主义叙事学的一个重要理论向度。苏珊·兰瑟认为女性小说的作者型叙述、个人型叙述、集体型叙述这三种不同的叙事模态建构了三种不同的话语权威方式，沃霍尔将女性小说话语权威的建构与性别化的叙述干预联系起来。中国学者陈顺馨则对这些理论进行了创造性的发挥，将研究对象放在了有着最鲜明中国特色的新中国成立后50～70年代的文学文本中，从中国文本与文化语境的现实出发，摒弃了苏珊·兰瑟专门针对女性作家作品的研究方式，对十七年小说中代表性的男女两性作家均进行了研究。她融合经典叙事学相关理论，将十七年小说中的叙述者分为“异故事”＋“故事外”、“异故事”＋“故事内”、“同故事”＋“故事内”、“同故事”＋“故事外”四类，将其叙述声音感知程度分为“在场者”、缺席的“在场者”、半隐蔽者、隐蔽者四类，这些均为不同于西方学者的原创性中国分类方式。她认为在十七年小说中，叙述者“在场”与否是决定叙事权威的重要因素之一，因为“叙述者在位置与感知程度上所采取的姿态可以概括为一个叙述权威的运用问题”①。男作家的叙述者倾向于“在场”，而女作家的叙述者则倾向于“不在场”。男作家笔下的叙述者比女作家的叙述者在叙述行为中更具权威性是因为他们对“叙述空间的占有”，女作家则似乎尽量不投入故事，隐藏自己的存在，因此只能占据有限的叙述空间。不过在这个“有限的叙述空间”中，女性作家依然保持了一份情感化的书写，并未完全“雄性化”，在主题内容类同的小说中，通过叙事学解读可以洞察一定程度上的女性主体性。陈顺馨对

① 陈顺馨：《中国当代文学的叙事与性别》，北京，北京大学出版社，2007，第17页。

十七年小说的研究突破了西方女性主义叙事学的研究路径，挖掘了十七年小说的性别特质，是中国女性主义叙事学本土研究成果的鲜明体现。舒凌鸿则拓宽了叙事干预理论的研究空间，在《“冷漠”叙述者的“镜城突围”——〈长恨歌〉的女性主义叙事学解读》一文中，她对王安忆《长恨歌》中叙事干预的分析与沃霍尔理论不同，探讨的是全知叙述者的“控制情绪”干预，强调文本与叙述者的距离感，认为作者采用了相对冷漠的叙事干预策略，目的不是使读者感受到作者权威、远离作者，而是亲近其写作内容；她的另一篇论文《“五四”女性作家小说叙事伦理解析》更贴近中国文化环境，分析了冰心、庐隐、凌淑华三位“五四”时期代表性女作家的作品，将女性主义叙事学与修辞叙事伦理结合起来阐释隐含作者与叙述人姿态的亲和或背离问题，对女性主义叙事学的叙事干预理论有所贡献。

4. 将叙事伦理与社会伦理相结合的中国研究

与中国知识分子“兼善天下”的文化传统相关，中国学者的社会责任、担当意识普遍高于西方学者，不少学者将叙事伦理与社会伦理相结合，把文学文本叙事形式的社会性别分析与女性主义的性别政治、女性的社会化诉求联系起来，体现了宏阔的人文主义视野。在这方面，董丽敏的研究是个代表。她在《性别、语境与书写的政治》一书中纳入了从叙事学角度探讨性别政治的内容，跳出了苏珊·兰瑟、沃霍尔等西方学者的研究思路藩篱，将女性叙事与社会伦理联系在一起，思考的不是男女两性如何对立，而是女性如何参与时代历史进程。对于20世纪90年代的私人化叙事，董丽敏认为女性个人言说在中国出现困境，个人、性、女性三者关系十分复杂，个人言说面对社会语境无法跳脱出“被看”的境遇，因此底层经验的叙事是有待发掘的女性书写阵地，其对林白《妇女闲聊录》的研究可谓独树一帜。对于作品中某些女性因为物质生活的拮据而与男性发生关系，甚至婆婆会以“你大哥跟别人好还要花钱”为理由怂恿三儿媳与大儿子媾和的描写，董丽敏发问：婆婆这样的思维无疑是男权文化的象征，可是做出这样的判断对大多数王榨村女性的实际生活有什么意义呢？① 对女性主义叙事学研究而言，要做的是探寻女性声音而不是与男权文化对立，林白选择木珍的声音，以王榨村一个女人的叙述发掘底层女性经验，将没有启蒙、没有理论化女性主义观念的底层女性思维方式赤裸裸地呈现给读者，这是属于中国的女性声音，其不只局限于文本中的叙述者声音，还是

① 参见董丽敏：《性别、语境与书写的政治》，北京，人民文学出版社，2012，第219页。

具体社会历史语境中女性的真正开口讲话。对叙事学意义上的女性声音如何表达和彰显出社会现实层面上弱势女性权力/权利的探讨，体现了以董丽敏为代表的新一代中国女性学者的学术胸襟，对女性主义叙事学的理论思潮做出了来自中国的贡献。

第二章 从内容到形式：女性小说社会性别研究的新路径

前面一章我们主要是在理论层面上谈到了女性主义叙事研究的方法论资源及其在中国与西方的研究实绩，本章让我们进入新时期以来中国女性小说社会性别意识建构的知识谱系之中，探讨从内容到形式层面的性别政治研究在中国当代女性小说研究领域究竟是如何发生、怎样发生、又有哪些流变痕迹的。从理论到实践，性别形式分析在拓宽新时期以来女性小说研究的话语生长点之余，又面临了哪些研究困境与挑战？本章既是对从新时期到新世纪的中国女性小说叙事形式的社会性别分析做背景性梳理，也是对将女性主义叙事学方法纳入当代女性小说研究的可能与必要、难度与限度等进行一定的学理交代。让我们先从女性主义关键词 gender 的汉语翻译说起。

第一节 "社会性别"辨析与形式研究的可能性

"社会性别"作为一个四字词语，在现代汉语中是随着西方女性主义关键词 gender 在中国的翻译、使用而出现的①，目前已被广泛应用于人文社科研究成果中。② 对于新时期文学研究来说，"社会性别"的界定、传播、应用与广泛接受，还是较为晚近的事情。尽管妇女研究者李小江曾

① 现代英语中的 gender 一词源于中古英语中的 gendere，gendir，gendyr，gendre 等词，原是生物学意义上的性和语法学中词汇的性之意，20 世纪六七十年代的女性主义浪潮将其吸纳为一个学术语词。根据联合国卫生组织的官方解释，gender 用来指涉"社会建构的性别，而 sex 则是指生理决定的性别"。1993 年，中华海外妇女研究学会（CSWS）将 gender 介绍到中国时译为"社会性别"。

② 金莉、李英桃等著的《社会性别视角下的全球环境问题研究》、薛宁岚著的《社会性别与妇女权利》、〔加〕朱爱岚著的《中国北方村落的社会性别与权力》、〔美〕贝弗莉·黛蒙德等编的《音乐和社会性别》、马蔡琛等著的《社会性别预算：理论与实践》等著述均使用了"社会性别"一词。

言，“妇女问题的提出和尖锐表现，最早是在文学而不是在社会领域”①，但是在语词运用上，“妇女意识”“女性意识”“性别意识”“社会性别意识”等均被不时提起，而“社会性别”在使用频率上并不高②，最起码不像在妇女学、社会学中那样受到格外重视，这一现象已经引起了某些倡导者的关注与质疑。③ 按照海德格尔“语词破碎处，无物存在”的现代语言学理论，语言、语词有着影响言说者思维的“话在说我”的功效，女性文学研究关键词的多元和概念界定上的众说纷纭，在一定程度上反映了文学研究界对这一问题理解上的差异性与驳杂性，也从一个侧面体现了女性小说研究的一些未尽之处。

因此，在进行女性小说叙事形式的社会性别研究之前对其关键词“社会性别”进行一番辨析是有必要的，一方面可以梳理其在新时期文学研究话语中发生、发展的脉络；另一方面，对于本书来说也是更重要的，可以见证新时期到新世纪“社会性别”研究从文学文本的内容研究到形式分析的可能性与必要性。赛义德认为理论旅行不是偶然的，“首先有一个起点，或类似起点的发轫环境，使观念得以产生或进入话语”④。改革开放为“社会性别”意识在中国的传播、发展提供了历史条件，但这一观念的形成却是经历了一个相对曲折的过程的。新时期之初中国文学界更多是从传统语境中的“性别”这一语词来理解这一问题的，对于生理性别与社会性别相区分的观念尚相对淡薄。

一、“社会性别”辨析及其在新时期文学研究中的发生

在刚刚从政治一体化年代中走出来的中国，对性别问题的发现与倚重，是与“人”“人性”话语重新受到重视相关的。以性别差异冲破政治一体化时代“男女都一样”的藩篱是当时学界的首要任务，学者们基本认同长期以来尽管身为女人，但“不知道女人是什么”的性别缺失感⑤；要

---

① 李小江：《当代妇女文学中职业妇女问题》，《文艺评论》1987 年第 1 期。

② 中国知网检索库显示，截至笔者检索的 2021 年 9 月，篇名中含“社会性别”的研究文献各学科已超过 3400 条，但“中国文学”学科显示只有 70 条，居于所列学科的第 13 位；而以“性别”为篇名进行检索，各学科研究文献达 3 万多条，“中国文学”学科近 1500 条，居于所列学科的第 4 位。文学研究中多用“性别”而非“社会性别”指称 gender（这些文献对“性别”的英文翻译一般均是 gender）可见一斑。

③ 2015 年 8 月，将 gender 译为“社会性别”的海外华人学者王政在同笔者的谈话中曾直言“社会性别”这个概念在妇女学、历史学、政治学、管理学、法学等领域已经常识化了，但文学界还喜欢用“性别”一词，“社会性别”用得并不是太普遍。

④ 转引自赵建红：《赛义德的“理论旅行与越界说”探讨》，《当代外国文学》2008 年第 1 期。

⑤ 参见刘思谦：《文学梦寻》，开封，河南大学出版社，1994，第 278 页。

求女性文学“无性化”“去性别化”，是以男性/文学的固有标尺去裁定女性/文学的男性中心思维①等。西方女性主义者“要成为一个主体就必须有性别”② 的性别主体论受到了学界高度关注。中国 20 世纪初关于性别“男女之别，性 sex 之别也”③ 的界定也被重新提起，像“性是身体的，本原性的；而性别则是一种身份，由性而生的社会身份”④。

强调女性的“有性”状态容易导向以男女自然之性（sex）为基础的性别言说。在 20 世纪 80 年代的女性文学研究中，以男女自然之性别差异推演其文化差异、写作差异并不鲜见，像“只要女作家本身不是个中性人，她的创作中就会自然而然流露出女性风格和魅力”⑤，“由于女性生理、心理上的特点，也由于女性比男性经历了更多苦难，女作家的创作有自己独特的风格”⑥ 等说法在当时频频出现。这与从区分生理性别（sex）角度上批判男权机制、揭示性别生产与再生产的社会性别理论⑦还是有一定差别的，“人们生为女性或男性，但却是学做女孩或男孩，长大后更是学做女人或男人”⑧，这种后天的性别“学习”是男权文化所在，但当将人们的性别获得当成一件自然而然与天经地义的事情时，思维批判性便大大削弱。20 世纪 80 年代的中国学界是以“‘女性意识’或‘妇女意识’（female consciousness）为核心概念来界定女性文学的”⑨，而这个 female consciousness 主要是由女性生理性别（sex）的自然属性来界定的。直到 gender 在女性学界广为传播的 20 世纪 90 年代及新世纪，文学界仍不愿使

① 参见林树明：《论 20 世纪 80 年代我国文学评论中的性别意识》，《南开学报》（哲学社会科学版）2015 年第 2 期。

② 美国学者乔纳森·卡特语，转引自林树明：《论 20 世纪 80 年代我国文学评论中的性别意识》，《南开学报》（哲学社会科学版）2015 年第 2 期。

③ 陶履恭：《女子问题》，《新青年》第 4 卷第 1 号。

④ 李小江：《文化、教育与性别——本土经验学科建设》，南京，江苏人民出版社，2002，“导言”第 2 页。

⑤ 林树明：《论 20 世纪 80 年代我国文学评论中的性别意识》，《南开学报》（哲学社会科学版）2015 年第 2 期。

⑥ 荒煤：《关于女性文学的思考》，《批评家》1989 年第 4 期。

⑦ 参见王政：《“女性意识”、“社会性别意识”辨异》，《妇女研究论丛》1997 年第 1 期。

⑧ Kwok-kan Tam and Terry Siu-han Yip(eds.), 2009: *Gender, Discourse and the Self in Literature: Issue in Mainland China, Taiwan and Hong Kong*, Hong Kong: The Chinese University of Hong Kong Press, p. ix.

⑨ 林树明：《论 20 世纪 80 年代我国文学评论中的性别意识》，《南开学报》（哲学社会科学版）2015 年第 2 期。

用“社会性别”一词，而只是深化和发展了中文原有的“性别”的意涵[①]，不能说与这种 female consciousness 影响没有一点关系。Gender 的汉语翻译是有争议的，倡导者认为汉语中没有 gender 在西方女权主义中所表达的“社会性别机制”的对应词，“用‘性别’来指称 gender 不但对我们的理解造成限制，也会造成意义的混乱”[②]，但另一些本土女性学者则认为汉语可以用“性”指称 sex，用“性别”对应 gender。李小江曾言，性别身份中的自然身份与社会身份是同时并存、客观存在的，涉及人的“性”，从来说的是“男女有别”，既有正视和认同“性”的自然属性的一面，也有人为规范性别差异的社会导向的一面。[③] 而“社会性别”的译法在中国基层地区的现实适用性也遭遇一定的挑战。[④] 译成中文原有的“性别”并在中国社会中逐步推进 gender 所包含的“社会性别机制”理念，既是出于对中国本土文化与汉语习惯的维护，也包含对西方话语霸权的反制倾向，从这个角度上说，文学批评更接近妇女研究中的“本土派”。

应该说，20 世纪 80 年代是复原传统性别认知与“社会性别”观念在朦胧中自发形成的并立阶段，如围绕张洁、张辛欣创作形成的“雄化”论争，“‘女人雄化’不是妇女解放的方向……是长期的“左倾”宣传灌输了可悲的盲目性”[⑤]，“‘女性雄化’现象足以引起现实人们最直接的疑惑和反感”[⑥]，“它是一种对妇女压迫的矫枉过正，是在恢复女性本来面目过程中的必经阶段”[⑦] 等论述，秉持的就是一种“自然性别观”；而女性“雄化”是“女子身上原本存在的异性气质得到了合理发展的机会”，是“男子气质与女子气质同时在一个个体身上得到均衡的发展”的观点，则有点接近女性主义的“雌雄同体”理念。[⑧] 这一切都构成了汉语翻译词“社会性别”在文学研究中的知识“前见”。在此意义上，有关这一阶段只与新启蒙话语结合，“不是在客观地描述自然现象，而是对男女社会行为提出

① 参见李祥林：《文学研究：从“女性”到“性别”——“中国现当代文学与性别”学术研讨会述要》，《新余高专学报》2005 年第 6 期；乔以钢：《性别：文学研究的一个有效范畴》，《文史哲》2007 年第 2 期。

② 王政：《“女性意识”、“社会性别意识”辨异》，《妇女研究论丛》1997 年第 1 期。

③ 参见李小江：《文化、教育与性别——本土经验学科建设》，南京，江苏人民出版社，2002，“导言”第 1 页。

④ 参见闵冬潮：《Gender（社会性别）在中国的旅行片段》，《妇女研究论丛》2003 年第 5 期。

⑤ 王福湘：《“女性文学”的质疑——与吴黛英同志商榷兼谈几部有争议小说的评价问题》，《当代文艺思潮》1984 年第 2 期。

⑥ 张擎：《女性文学的娇弱、雄化和无性化》，《当代作家评论》1986 年第 5 期。

⑦ 吴黛英：《女性世界和女性文学——致张抗抗信》，《文艺评论》1986 年第 1 期。

⑧ 参见吴黛英：《女性文学“雄化”之我见》，《文艺评论》1988 年第 2 期。

规范”①，“通过叠加上‘女性’这一‘身份’政治/差异政治的维度……将阶级政治框架内定义的‘主体’还原为‘自然’的多元的主体”② 之类的激进批判，笔者并不完全赞同。在西方自觉的女性主义理念影响中国之前，“社会性别”意识已以一种朴素、零散的方式在各类争议中有所闪现。

二、观念流变与以内容研究为中心

20 世纪 90 年代以后，随着“社会性别”概念被正式译介到中国，加之个人化写作的潮流之势及 80 年代“有性的”主体理念的深化，从性、身体、个人、私人等微观政治层面阐释“社会性别”意涵蔚然成风，并与“个人的就是政治的”女性主义话语相勾连，这是社会性别意识在新时期文学中集中出现，并进一步分化、流变的一种表现。

当然，翻检 20 世纪 90 年代的社会性别论争，我们会发现学界在个人化写作的“个人”理念上是有争议的：一种是张扬其拒绝公共话语的“个人”（极端化表达是“私人”）观念，认为个人化本身就具有对主流意识形态的颠覆性价值，如“最个人的才是最为人类的”③，“‘私人化’的核心在于它与公共/公众（public）的对立与区别……标志着以国家、民族、人民等‘大我’和私人化的‘小我’之间的关系得到了调整”④；另一种则认为以“个人”对抗意识形态的宏大叙事不是无条件的，而应该有某种前提或限制，如“漠视公共领域的私人化写作反而会加深私人领域的危机……文学自身的本性不允许文学是完全个人化或纯私密性的”⑤，“个人永远是群体称谓与个体称谓的辩证统一”⑥，“真正的个人化写作，应该依托个人自我的视角和体验，并寄予广博而又深刻的人间关怀”⑦。由于个人化写作的种种问题及其在 20 世纪末的转向，强调要兼顾公共关怀的第二种观点在学界逐渐占了上风，这本无可厚非；但值得注意的是，有些对个人化写作的质疑从批判女性写作中“个人”意识的绝对性、极端性出发，不但批评女性立场本身的绝对性、极端性，甚至会向前推进到抽空“男权中心”的女性主义批评基石的程度，像“承认我是一个女性主义者

---

① 王政：《“女性意识”、“社会性别意识”辨异》，《妇女研究论丛》1997 年第 1 期。

② 董丽敏：《“性别”的生产及其政治性危机——对新时期中国妇女研究的一种反思》，《开放时代》2013 年第 2 期。

③ 陈染：《私人生活》，北京，经济日报出版社，2000，第 282 页。

④ 陶东风：《“私人化写作”重识》，《福建论坛》（人文社会科学版）2008 年第 9 期。

⑤ 杨飏：《关于九十年代个人化写作问题》，《文学评论》2002 年第 2 期。

⑥ 穆乃堂：《90 年代以来的“个人化写作研究”》，《文艺争鸣》2007 年第 8 期。

⑦ 江蜡生：《“个人化”写作与市场消费》，《北方论丛》2009 年第 3 期。

是一种公正，宣称我是一个男性主义者也是一种公正”[①]，“在这样一个历史时期内，如果还存在人的权利不完整的话，那么这种不完整已经不是性别间的差异，经过‘第二次’解放之后，新的生存理想的内容比女性进一步挣脱男权文化的禁锢要重要得多”[②] 等。

在此意义上，“社会性别”探讨似乎又开始回望20世纪80年代积极介入社会的政治主体的精神气质，“女性主义如果不愿意沦为男权文化的‘她们’，首先必须谈论一些男性们‘不希望’谈论的‘宏大’话题”[③]，女性学者研讨也充满了反思、与现实和解、重提“人”的解放等温和之声[④]，政治上“正确”的同时也隐含了被主流文化覆盖的极大风险。事实上，同将“个人”与公众的对立做绝对化理解并非一种辩证的女性立场一样，仅仅从“个人”中解脱出来谈论一些宏大叙事当然也不是一种性别政治。从“个人”出发的gender观念始终是在批判男权文化的前提下倡导“个人的就是政治的”，因为女性的个体经验是各种社会机制和男性意识形态作用下的“经验”，从这种个人经验出发对社会文化的批判性认识才是“个人即政治”中的“政治”。因此，对“社会性别”视角的个人化写作来说，要想使“个人的”成为“政治的”，既不能是纯粹女性个人的一己私欲，也不能矫枉过正又紧紧拥抱主流文化，只有将个人性别经验与普遍的社会性别制度相联系，才能达到对男权话语隐含其中的意识形态的批判目的。女性学者贺桂梅将这一问题概括为，“如何将个人遭遇的性别经验，上升为性别制度，而非仅仅是个人的问题，就是一种真正的‘政治’行为”[⑤]，是有道理的。同时，考虑到太多人对女性个人化写作开出的是“走出自我，走向社会”的药方，笔者愿在贺桂梅观点中“而非仅仅是个人问题”后面再补充一句，“也不是一般的公共问题，而是与批判男权文化相联系的公共问题”。

在对个人化写作理念进行反思的基础上，更多学者将目光投向多重主体与身份政治的呼唤。“在进行女权/女性主义批评时应用社会身份疆界说的关系论、情景论、流动论的观点，将社会性别（gender）同社会身份的

---

① 崔卫平：《看不见的声音》，杭州，浙江人民出版社，2000，第189页。

② 毕光明：《女性文学：人性表现的陷阱》，《花溪》2000年第8期。

③ 薛毅：《浮出历史地表之后》，《文学评论》1999年第5期。

④ 参见李东晓、阎华：《“女性文学与文化”学科建设国际学术研讨会综述》，《妇女研究论丛》2004年第5期。

⑤ 贺桂梅：《“个人的”如何是“政治的”——我的性别研究反思》，《南开学报》（哲学社会科学版）2014年第2期。

其他构成成分协调起来进行研究”①，弗里德曼的这种观点对中国女性学界产生了异乎寻常的影响，原因并不仅仅是其提出的“超越女作家批评和女性文学批评”的“超越性”正好契合中国深厚的社会历史批评理念，还与新世纪前后文学研究发展的特定时段息息相关。20 世纪 80 年代初的文学研究中亦不乏呼吁女性超越性别执迷、投身社会的声音，如“《方舟》所流露的偏激情绪实在是不足道的。社会主义社会为妇女的全面发展提供了广阔的天地，梁倩她们应当从心造的‘方舟’里把自己彻底解放出来”②，但这首先遭到了为女性精神鼓与呼的女性学界的强烈批判。③ 不过，新世纪前后呼吁女性走进“广阔天地”的声音却得到了包括女性学者在内的主流学界的认同，究其原因，笔者在一篇论文中曾将其概括为两点：一是“女性学界思虑的中心由此前如何张扬女性特殊性、主体性，渐渐转向如何应对‘个人化’写作屡被男性文化市场收编改写的理论难题”；二是困扰 20 世纪 80 年代女性的特殊性问题已在一定程度上得到认可与张扬，使得宏大的超越性立场“有可能因为女性主体的在场而避免此前经常出现的性别遮蔽问题”④。这里，笔者想再补充一点的是，努力摆脱前人影响的学术创新意识与对模式化了的女性叙事的审美疲劳，也推动了学界去拥抱这种多重主体的身份政治批评。不过，这种“将社会性别(gender)同社会身份的其他构成成分协调起来进行研究”的思路在将 gender 研究推向一个新的阶段时，必须保证性别因素的在场及在同社会身份其他成分的关系中居于重要位置，否则就抽空了“社会性别”的研究基石。在主流意识仍十分强大的中国学界，女性主义边缘立场的自我调整与自觉不自觉被体制化之间的界限相对模糊。西方女性学者追问，“种族、性别、职业，何者为先”⑤，种族问题在中国并不鲜明，但道德、阶级、国族意识却十分强大，其与“社会性别”的结合也异常复杂。

除了与国族、阶级、社群等其他社会范畴的叠印交叉，“社会性别”在新世纪文学研究中的另一发展趋向是理论上增加了流动性、解构性的后

① 〔美〕苏珊·斯坦福·弗里德曼：《超越女作家批评和女性文学批评——论社会身份疆界说及女权/女性主义批评之未来》，王政、杜芳琴主编：《社会性别研究选译》，北京，生活·读书·新知三联书店，1998，第 424 页。

② 王福湘：《“女性文学”质疑》，《当代文艺思潮》1984 年第 2 期。

③ 参见乔以钢：《中国当代女性文学的文化探析》，北京，北京大学出版社，2006，第 41～42 页。

④ 孙桂荣：《女性主义的当代分歧及其在文学批评中的展开方式》，《理论与创作》2009 年第 3 期。

⑤ 宋素凤：《多重主体策略的自我命名：女性主义文学理论研究》，济南，山东大学出版社，2002，第 187 页。

现代因子。作为 gender 概念基础的生理性别与社会性别的区分在朱迪斯·巴特勒（Judith butler）等人的后现代观念中被解构了，因为在他们看来，性别只是一种社会建构的法则，而且是在无孔不入的男权文化渗入基础上的社会法则，不但相对封闭（排斥不符合这种法则的她者），还被反复引用、规训、书写、操演我们“具有性别特征”的身体，所谓“主体”就是在这种身体意义上得以建立。① 身体、主体、父权制、女人/男人这些曾被视为基础的概念是并非天然的、纯粹的“表演性”存在，其在解构经验主义、本质主义价值论，拓宽学术视野的同时，也以理论修辞的方式对“社会性别”的原有研究模式产生了一定冲击，甚至动摇了其某些曾经的基础。如果将 sex 与 gender 的区分当做“生理上性别化的身体和文化建构的性别之间的一个根本的断裂”的二元对立②，那么 gender 翻译论争中“社会性别”的提法本身是否已经成了问题？如果是，该如何处理与标识性别机制的权力内涵？如果不是，又该怎样认识二者均有的建构性的层级关系？还如，如果说“建立在特定社会的话语中的、偏离中心的、碎片化的、多元的女性主体可用来作为女权主义政治的杠杆”③，那么这种放大了话语修辞性与个体差异性的“女性主体”在社会与文化运作中作用几何？既不是“有性的”主体，也不是社会化的主体，而是碎片化、流动性的主体，成了后现代女性主义的关注对象，其对性别稳定性的解构力量是非常大的，并衍生出了酷儿理论。这种后现代主义的“社会性别”观念本身对中国大陆来说固然有一定经院气息，但其所连接的换装、变身、女同/男同、双性恋、跨性别等现象却是网络与大众文化热衷的议题。“性少数”群体在中国的弱势与边缘也并未妨碍其文化书写的发展，甚至以文化反弹的方式催生了表征这些酷儿现象的文学作品的流行，像已经类型化的穿越、变身、耽美等小说类种，尽管不乏娱乐性、消费性痕迹，其在社会性别观念层面却体现了不同于前代女性写作的新特质、新气象，并呼应了解构性、流动性的后现代性别伦理。这是“社会性别”在传媒时代的新世纪观念流变的一个新的症候。

可以说，从复原生理、心理层面上的传统性别差异到批判性别生成中的男权文化机制，从执着于提升被压抑的个人、身体价值到强调公共领域

---

① 参见倪湛舸：《语言·主体·性别——初探巴特勒的知识迷宫》，〔美〕朱迪斯·巴特勒：《性别麻烦——女性主义与身份的颠覆》，宋素凤译，上海，上海三联书店，2009，第 4～5 页。

② 参见〔美〕朱迪斯·巴特勒：《性别麻烦——女性主义与身份的颠覆》，宋素凤译，上海，上海三联书店，2009，第 8 页。

③ 苏红军：《成熟的困惑：评 20 世纪末期西方女权主义理论上的三个重要转变》，苏红军、柏棣主编：《西方后学语境中的女权主义》，桂林，广西师范大学出版社，2006，第 35 页。

中的女性参与，从建构多重主体的性别维度到解构生理性别与文化性别的二元对立，从注重精英叙事中的女性话语到与大众文化结缘，社会性别研究在新时期文学中经历了繁复的发生、发展与争议，或者说其本身见证了改革开放近40年来女性文学研究的话语流转。不过，从以上的梳理中我们会发现，内容研究——从文学文本所表达的主题话语、塑造的人物形象、展现的故事情节等层面，阐释有性或无性的主体、表征强烈的性别立场或将性别与其他社会身份相结合等，一直都是新时期以来女性小说之"社会性别"研究的主流样式。与之相对的叙事形式研究——叙述人、叙述视角、叙述距离、叙事结构、叙事时间、叙事空间等，最鲜明地体现热奈特所说的故事与话语相区别的文学文体中所蕴含的"社会性别"意涵，却往往被有意无视或无意忽略。这当然不仅存在于女性小说研究界，而是整个文学研究领域始终未能有效正视的一个问题。

三、形式研究：新的可能性

对于内容与形式的关系问题，罗岗的意见是颇为中肯的："一方面，社会历史不单只在内容层面上进入文学文本……它必须转化为文学文本的内在肌理，成为'形式化'了的内容；另一方面，文学在文本层面上……同样不能是'反映论'式的……要把文本外的世界转化为文本内的'有意味'的'形式'。"① 如果说文学中内容与形式本身就存在着深层次的深刻互动，则其在"社会性别"意识的文本表达中亦必然会有所体现，然而具体的研究阐释该如何把握这一问题的肌理？女性写作与男性写作的区分究竟在何处？或者说文学文本中的男性声音或女性声音仅依赖于写作者的生理性别是男性还是女性，抑或主要表现的是男性生活还是女性生活吗？这些问题是无法在传统的女性文学研究谱系中进行简单性与片面性的回答的。

女性学者刘思谦在细致深入地分析了女性文学在20世纪中国发展的来龙去脉及其内部的复杂形态的基础上，曾为女性文学下了这样一个定义："女性文学是诞生于一定历史条件下的以'五四'新文化运动为开端的具有现代人文精神内涵的以女性为言说主体、经验主体、思维主体、审

① 罗岗：《"读什么"与"怎样读"——试论"重返80年代"与"中国当代文学60年"之一》，《文艺争鸣》2009年第8期。

美主体的文学。”[①] 这样一种界定规避了“女性意识”“社会性别意识”等概念本身的复杂争议性，更摆脱了女性文学是“女性写的”或“写女性的”等印象性空泛界定，从四个方面张扬了女性主体性在建构女性文学时的主要作用，比一般的对女性文学的概念界定更严谨、也更合理。不过，这仍是一种以文学表达内容（“现代人文精神内涵”）为主的描述性概念，对于以女性为中心的言说主体、经验主体、思维主体、审美主体等四个方面的“主体”，仍可以追问一下究竟是哪个层面的“主体”？继“上帝死了”之后，后现代主义也有过“主体死了”之类的说法。尽管比较极端，但其思维理路不能不引起重视，如果结合上文所说的社会性别建构说，甚至可以反问一下，建立在特定社会话语中的多元性、流动性的性别观念又能够生成一种怎样的“女性主体性”呢？

当然，任何一种命名或界定可能都会放大一种元素，并在有意无意之间压抑了另外一种范畴。笔者在这里并不是以质疑否定前人研究成果突出自己的研究，学界在“女性文学”“女性写作”“女性意识”“社会性别意识”等概念上做了很多争鸣讨论，这对学术问题的理解是很有必要的，永远值得后人纪念，但有一点需要提及，叙事形式的社会性别研究无论在女性文学概念界定还是具体文本分析中均未得到普遍关注。女性主义叙事学笃信男女写作的差异并不必然表现在内容，而是讲述方式、话语特征等形式层面的因素。性别问题在叙事形式中被遮蔽则是男权文化的无意识流露，因为对性别表面上的无意识“忽略”事实上是对男作家所使用的叙事策略的“无心的”关照。这些说法有别于国内往往从写作主体界定女性写作的惯性思维，将考察的重心转移到了叙述方式上来。或者说，将性别形式分析这一女性学界相对边缘和薄弱的问题带到中国学界，对上文所梳理的新时期以来长期纠结于内容研究的社会性别分析有着鲜明的开拓作用。

在詹姆逊（Fredric Jameson）、伊格尔顿（Terry Eagleton）看来，审美或叙述形式本身就是某种意识形态，是作家与其所面对现实之间的一种关系隐喻，但传统研究并未像重视“写什么”的内容研究那样去重视“怎样写”的形式分析，像《论底层写作中的女性生存策略》《从中国文学史看女性社会地位的变化》《从新时期女性写作看女性之于两性和谐关系的建构》《当代职场小说中的女性生存困境》之类的女性文学研究论文，从题目就可以看出其基本是在文学社会学的框架下，将艺术形象等同于现实

---

① 刘思谦：《女性文学这个概念》，《南开学报》（哲学社会科学版）2005 年第 2 期。刘思谦的这一女性文学界定被其他女性学者反复援引过。如董丽敏：《性别：作为文学分析的方法——评〈性别视角下的文学与文化〉及相关系列丛书》，《妇女研究论丛》2019 年第 1 期。

人物，将叙述情节等同于生活事件，这是对热奈特所言故事与话语相区别的有意无视或无意忽略。比如目前女性学界较为重视的媒介传播中的“拟态”研究表明，现实环境并不是“镜子”式再现，而是传播媒介通过象征性事件或信息，对现实环境进行选择和加工，重新结构化以后向人们加以显示、展露①，但这些多是文学表述中放大了哪些女性形象/情节，又压抑了哪些等内容层面的研究，对其所采取的是吸引性叙事还是疏离型叙事、隐含作者与叙述人/人物之间有无话语距离、体现出怎样的社会性别问题等的关注尚相对较少。

形式研究关注叙事人、叙事视角、叙事结构、叙事修辞等形式要素体现的性别权力关系。对于新世纪文学研究来说，叙事形式的社会性别研究能够丰富和发展尚嫌薄弱的新世纪文学叙事学研究；为私人化写作落潮后的女性文学开拓新的话语空间，修正其传统上以性别政治的内容研究为主的简单化、模式化思维；打破多以盘点、概览、新作快评、个案追踪等应对新世纪文学现象的感性化、浮泛化、零散化弊端，强化研究的学理性、专业性、国际性等。具体来说，笔者认为可以从以下几点推进其研究策略：（1）叙述人、叙述视角、叙述距离层面的叙述主体研究，像暴露叙述、介入性与情绪性叙述等追求话语权威感的叙述转向，经验自我与叙述自我在阶层、趣味、性别层面刻意拉开距离的反差性、反串性叙述在新世纪文学中何以可能，其内在机理是什么；（2）集体型叙事与叙述对象的复数化研究，像个人化叙事的自传体写作在新世纪文学中相对沉寂，但关注弱势人群的集体型叙事发展态势良好，像有些女性非虚构写作在关注内容上不限于女性议题，形式上却暴露了性别倾向，像针对农民、打工者等边缘性群体采用的共言、轮言等集体型叙事方式等，这一切是如何发生的？（3）叙事结构、叙事语言、叙事风格层面的叙事话语研究，像繁复枝蔓的叙事语言、旁逸斜出的叙事风格所形成的碎片化叙事特征，其与伊瑞格瑞（Luce Irigaray）“女人话”理论有什么内在联系？拉长叙事时间、减缓叙事节奏的细节描写也有以颠覆文学成规的方式呈现边缘化性别处境的阴性特质吗？为什么“慢时间，碎生活”的碎片化叙事会从私人化写作时期的同故事叙述蔓延到面向社会历史的异故事叙述？（4）传媒时代微博、微信、手机文学的零散化、片段性存在，呈现出的个性化情感、自恋性表达、互粉性阅读等与女性特质有什么联系？这些文本的流行能够促进社会性别建构朝向更中性化甚至女性化的方向发展吗？还有网络文学中女性社

① 参见谢盼盼：《微博时代网络群体性事件与网络传播中的媒介素养研究》，《媒介素养教育与包容性社会发展》2012年第8期。

群的建构能够顺理成章地衍生出那种只面向女性受众的“女性向”叙事吗，其与传统女性写作有什么区别和联系？

这一系列问题均可以在女性小说叙事形式的社会性别研究层面得到更充分的学理性阐释，也是本书在后面的章节中要具体、重点谈论的问题。

第二节　本土研究的难度、限度与问题

叙事形式的社会性别研究尽管相对边缘，但在中国学界业已展开，这本毋庸赘言。本书第一章第二节我们分析了本土研究的中国化学理建设的命题，主要是从正面阐释中国学者的研究对世界女性主义叙事学的贡献。应该说，从内容到形式的社会性别研究思路在中国学界有其合理性、必要性和紧迫性；当然，在另一个层面上，也不可避免地面临了诸种难题和困境，在研究实践中亦存在一定可反思之处。让我们关注这些问题，首先从理论上看一下女性主义叙事学研究在中国的学理难度与限度。

一、研究的学理难度与限度

对于中国当代文学研究界中女性主义叙事学本土研究的相关前人成果，笔者在本书绪论第三部分“多重落差的尴尬”中有较为详尽的资料梳理，此处恕不再赘言。总的来说，这一方面的前人研究并不乐观，笔者将其概括为四点：（1）理论研究成果相对丰富，文本分析成果相对薄弱；（2）在理论成果方面，西方学者的研究相对丰富，中国的研究成果相对薄弱；（3）在文本分析成果方面，外国文学研究相对丰富，中国现当代文学研究，尤其是私人化写作转型之后的新世纪文学研究相对薄弱；（4）现有的新时期女性小说文本分析实践多以零散性的个案解读为主，系统性、整体性研究较少。

必须承认，女性主义叙事学的中国本土化实践在目前中国现当代文学的研究格局中是十分薄弱和边缘的，而个中原因是很复杂的。有的是研究成果本身在学术观点、研究方法等层面尚待提升、深化，也有些问题的出现并非源于论文写作者本身的才疏学浅，而是与中国的学术传统、资源、方法、观念等各层面的研究背景相关。这里，笔者主要想谈及两点：

其一，这并不主要是学者研究方向的个人选择问题，还与其在中国学术格局中的整体困境相关。女性主义叙事学强调女性主义与叙事学的结合，对中国女性学界来说，女性主义固然已不陌生，但叙事研究、形式主

义批评、文本细读，这些女性主义叙事学的“基本功”却仍相对生疏，这与社会历史批评与意识形态批评在中国学界的异常强大有关。文学、文本、形式、叙事之类的微观研究似乎在“气势”上就有被拥有强烈现世情怀与宏阔视野的大文化研究所淹没的趋势。尤其是近些年来，性别政治的文学内容研究由于融合了女性现实境遇，似乎天生就是女性文学界的主流，而叙事形式研究则既缺乏相应传统又难以突破学院的小圈子而难以引发更多关注。女性主义叙事学因为涉及微观与局部的叙事形式与技巧问题，往往需要翔实的个案剖析或文本细读，而当下学界则似乎更喜欢“厚重”与“宏阔”的选题，针对单个文本的研究，发表“级别”不是很高，也影响了其研究的深入性。

其二，女性主义叙事学还有一个研究对象的选取问题，并非所有的文本都能够提供有效的、可分析的性别叙事话语资源，尤其对于女性小说文本而言，更需要有一个细致甄别的过程。女性学者刘慧英曾对女性写作的历史和现状有过这样的反省：“历代的不少女作家由于以排遣和释放心中的积郁及缠绵为写作目的，缺乏对文学的文体的自觉，缺乏在艺术形式上有所建树的信心。因此，对这样的作品很难在篇章结构上深究。”① 这种看法是有一定道理的，其势必会对本书所要进行的叙事形式的社会性别研究造成一定影响。尤其是随着中国消费时代的到来，文学写作日益大众化、日常化、清浅化，如何编织一个好写、好看、好改编成影视作品的故事情节往往是作家们关注的重心，而叙述人、叙述主体、叙述视角、叙述技巧等形式要素往往成了内容的“次生物”而被随意设置，甚至弃之不顾，面对这些文本，学者们又以何进行言之凿凿的性别叙事分析？消费时代的女性写作已根本不在乎所谓的“话语权威”理论，一切都变得随意、散漫、轻飘，更要命的是，消费时代的读者也逐渐习惯了这种松弛慵懒的琐碎叙事，在此情形下，如何再要求学者严肃地索解其形式的性别意义？尽管女性主义高潮过后中国也出现了具有一定叙事学研究价值的文本，像《妇女闲聊录》《梁庄》《陌上》等，但总的来说，这样的文本并不是很多。这不能不说是制约其本土实践的另一个瓶颈。

当然，提及已有研究成果的学理困惑与局限，并不是抹杀女性主义叙事学研究的本土贡献，恰恰相反，这是认真对待本土成果，努力提升其学术实力的一种体现。作为女性主义叙事学在中国现当代文学研究领域中难得的学术尝试，它们尚存在一些问题是正常的、自然的，只有在深入挖掘

① 刘慧英：《走出男权传统的藩篱》，北京，生活·读书·新知三联书店，1995，第165页。

问题的现象与根源的基础上才能推动研究向更深入处发展。

接下来，让我们进入到目前已有研究成果的深处，指出其研究类型、特色与存在问题，并在此基础上对女性主义叙事学本土化实践研究中的某些学理问题进行更深入细致的探讨。

二、时代语境的考辨

可以说，在本书绪论部分所提到的“多重研究落差”的背景下，现有的女性主义叙事学本土成果可谓弥足珍贵，正是因为它们的出现，女性文学研究才摆脱了由性别政治的话语内容分析“一统天下”的单一与偏颇局面。当然，研究方法、理论资源的新颖与别致，并不能保证建立在此基础上的研究成果的充实、完善，对于已有的女性主义叙事学本土化研究成果而言，我们也不能仅仅满足于其“研究的是什么”，还要看一下其是“怎样研究的”，其理论资源与文本阐释对象、文本细读与语境分析之间的相关性研究是否合适等。作为后经典叙事学的一种，女性主义叙事学的理论体系来自西方，需要一个“本土化”的过程，即要在对本土文学资源的叙事形式与社会语境充分尊重和把握的基础上挖掘其所蕴含的性别政治意义。在这一点上，当前的女性主义叙事学成果既体现了鲜明开拓性，又在一定层面上产生了某些盲点与误区。

我们先讨论时代语境的把握问题。申丹曾言：“女性主义叙事学在理论模式上的建树较为有限，其主要长处是在分析实践中。”① 唐伟胜也说：“女性主义叙事学和经典叙事学的区别在于前者是应用，后者是工具；前者是具体文本阐释，后者是诗学体系。”② 的确，女性主义叙事学是一种对具体文学文本的修辞形式进行不厌其烦阐释、细读基础上的理论学说，文本分析是它的重心，但它对所分析文本的选取不是盲目的。几部西方著名女性主义叙事学著作一般将研究对象定在了18、19世纪或维多利亚时代的英美文学中，这是因为在一个女性声音还被普遍压抑、忽略的年代，女性作家才会有可能，亦不得不采取某种与男性写作有着千丝万缕联系的曲折、隐晦的叙事形式来表达个人心声。如苏珊·兰瑟对《埃特金森的匣子》中的那封“双声体”书信的分析③，正是因为环境的苛酷，这封“双

① 申丹：《“话语”结构与性别政治——女性主义叙事学“话语”研究评介》，《国外文学》2004年第2期。

② 唐伟胜：《性别、身份与叙事话语——西方女性主义叙事学的主流研究方法》，《天津外国语学院学报》2007年第3期。

③ 参见〔美〕苏珊·S. 兰瑟：《虚构的权威——女性作家与叙述声音》，黄必康译，北京，北京大学出版社，2002，第16页。

声体”书信才蕴含了那么深刻与沉重的性别（甚至是种族、阶级）寓意，阐释它的女性主义叙事学，亦由此体现了其学理价值。

中国女性主义叙事学分析实践中最有力的研究成果也是针对环境复杂险峻的女性文本的，像陈淑梅对20世纪七八十年代之交几部女性小说做的系列解读。一方面，由于改革开放与拨乱反正的阔大背景，20世纪中期一度有意无意中断的日记体、书信体、第一人称叙事、限制性叙述视角等叙事修辞开始复归文坛，并与对女性的关注联系在一起，拓展了女性话语的表述空间；另一方面，政治的、阶级的、道德的、男性中心的姿态与立场还是当时的主流意识形态，女性小说及其所采取的艺术样式往往备受质疑、争议，女性声音一般是曲折、隐晦，甚至不无妥协、摇摆地表现出来。陈淑梅主要对张洁发表于1979年的《爱，是不能忘记的》和遇罗锦发表于1982年的《春天的童话》进行了解读，认为《爱，是不能忘记的》“不是真正意义上的‘个人的声音’”，因为小说是以旁知视角的方式书写“我”眼中的母亲的故事，女性情感表达由母亲自我压抑的婚外恋情而来，“我”却是个徘徊于“年龄大了要不要结婚”“独身可不可能”的社会伦理承载者，“叙述人‘我’与女性的感情故事之间有着安全的距离，所以只能算是对第一人称女性小说的一种非常有限的探索”；《春天的童话》则是个“主体可疑”的文学样本，叙述人的身影仅在开头出现，很快将叙述权交给“我”，而“我”并未表现出明显的话语权威意识，不但对恋爱对象表现出了追慕与崇拜，还有一定的不自信、自我谦卑之意，对男权文化的性别格局未显示出足够的警醒。① 应该说，这两部作品是较早采取第一人称“同故事”叙事的文本，符合苏珊·兰瑟的“个人型叙述声音”定义，它们的叙述人与女性主人公“我”之间有着微弱距离，但更多是叠印在一起，将“我”内心的矛盾与叙述话语的矛盾不加掩饰地和盘托出，并有直接同读者对话的倾向，可以用沃霍尔在维多利亚小说中发现的“吸引型叙述介入”来解释。在女性普遍缺乏公众化表达机会的年代，叙述人这种极力拉拢读者的俯就谦卑之辞，体现了她欲在小说中表达自身、又难以突破自身话语惯性的主体尴尬。当时就有研究者指出小说对个人隐私、历史、心灵等的坦露“标志着个性的发现和解放”②，“第一人称的增多同主体位

① 陈淑梅借用了苏珊·兰瑟的定义说明何为“个人的声音”，即“个人声音”表示那些有意讲述自己故事的叙述者，其对《爱，是不能忘记的》《春天的童话》的论述详见陈淑梅《声音与姿态：中国女性小说叙事形式演变》（广州，中山大学出版社，2011，第85～96页）。

② 方克强：《隐私性、炉边谈话与吴语方言》，《文艺报》1988年10月5日。

置的上升存在着微妙的联系”[①]。所以，笔者赞同陈淑梅对这一时期的女性小说进行女性主义叙事学的层层分析方法，只是觉得她以“主体可疑”一词来界定它们有点过于激进。

一如苏珊·兰瑟所言，“叙述者的地位在何种程度上贴近主导社会权力成了构成话语作者权威的主导要素”[②]。在一个女性表达自身相对有限的文化空间里，叙述权的争取与巩固似乎便意味着性别权的争取与巩固。不过，如果女性写作的环境已大大宽松，女性运用各种艺术手法表达自我的叙述权基本能够实现之后，叙述人在小说中出具何种的声音或姿态，便更多同具体作家的艺术个性相关，而继续将叙述人的强悍同一个性别的主体性联系在一起的研究方法，在学理上就会显得有些生硬而牵强。比如罗全对池莉发表于1998年的小说《小姐你早》的解读，认为池莉在小说中采用了苏珊·兰瑟所说的“作者型”叙述声音，赋予这个叙述者一切优越的地位，允许其任意臧否笔下的一切人物，并发出了不少同情女性、批判男性的超表述议论；叙述视角也以女性为中心，同时还安排了女性人物戚润物作为内聚焦者，由她的眼光来看待这场婚变和与其他女人的姐妹情谊，“外在式聚焦者与内在式聚焦者一道观察，使得故事外叙述者、读者的凝视合二为一……形成了对抗男性的统一战线”[③]。这种女性绝对权威体现的是该论文题目所示的“女性主义叙事的胜利”。的确，《小姐你早》中的女性叙述人、女性视角、女性修辞早已没有了苏珊·兰瑟、沃霍尔研究中的小心翼翼、欲说还休之态，变成了大张旗鼓地喷薄而出，然而这就是女性主义大获全胜吗？笔者认为，在女性写作已成热点的年代，来自意识形态的干预已大为减弱，女性采取怎样的叙述方式更多呈现为一种个人化选择，《小姐你早》将叙述者和聚焦者设为绝对女性，让男性人物成为纯粹被聚焦者与失语者，如果让一个男性读者来看，恐怕就是女性叙述的失控与另一种叙述霸权。

笔者在解读70后女性写作时也碰到过这样的问题。比如，魏微的小说确立了一种舒缓、暧昧、犹疑的叙述人声音，并大量使用叙述主体难以做决然判断的猜测、疑问语气，朱文颖、戴来等人的叙事也与20世纪90年代带有一定激进色彩的私人生活叙事不甚相同。这种叙事话语曾被

---

① 南帆：《第一人称：叙述者与角色》，《钟山》1993年第3期。

② 〔美〕苏珊·S. 兰瑟：《虚构的权威——女性作家与叙述声音》，黄必康译，北京，北京大学出版社，2002，第6页。

③ 罗全：《女性主义叙事的胜利——论〈小姐你早〉中的声音、视角以及女性中心叙事模式》，《昌吉学院学报》（社会科学版）2009年第6期。

笔者解读为“女性小说不惜以向传统文学法则靠拢为代价对女性主义叙事的有意识规避”，认为它包含了女性声音、女性主体性在私人化写作退潮之后被逐渐体制化、主流化的不安信息。[①] 不过，现在笔者想对这种完全以西方女性主义叙事学为依据的阐释做一下修正，即这一批女作家所采取的低调叙述更多的是与其艺术个性相关。在越来越宽松的时代氛围中，与叙述权的张扬未必导向的都是一种健康明朗的女性主体性一样，叙述权意识的淡化也并不意味着性别自我的丧失。甚至，当作者可以不在乎是否具有所谓的“话语权威”时，反而有可能更加从容淡定地展开性别叙事。

三、语言语境：本土化的另一个问题

除了时代语境的考虑，女性主义叙事学在中国的本土化实践还有一个语言语境的问题。女性主义叙事学是对西方女性文学，主要是英语世界文学文本的语法、句法、结构、修辞等形式要素进行叙事学研究的一种思潮，它针对的是以英语为创作语言的文学文本，其在中国之所以相对更容易引发外国文学研究领域的关注，也与此相关。因此，比之内容层面的女性主义文学研究，相关理论方法的运用更需要一个本土探索的过程。

比如女性主义叙事学谈论的“自由间接引语”问题。与性别政治研究相结合是女性主义叙事学的方法论特点，但它毕竟是英语的一种句法结构，英语句子以“主句＋从句”为主要构成成分，时态、语态的语法规范在直接引语、间接引语的不同人物话语方式中变化明显，自由间接引语是在这一层面上成为女性主义叙事学的关注重心的；但中国女性小说是基于汉语语法习惯的文学作品，汉语中叙述人与人物语言间自然混同的“两可型”话语随处可见，也正是因为二者太容易相混同了，中国女性小说中叙述人和人物的声音有些情况下较难区分（关于女性小说中“自由间接引语”的女性主义叙事学的具体文本分析，本书第四章“人物话语的引语形式及其性别分析”第四节部分有专门论述，这里主要提及的是针对这方面研究成果的理论论争）。因此，如果单以西方女性主义叙事学为依据，分析那些叙述人与女性人物声音自然混同的小说文类，便往往会得出它们简单化、叙事形式的性别政治意味不强的结论。如陈淑梅对中国 20 世纪 80 年代前期女性小说的考察。她发现，在曾应枫《一个女人给三个男人的信》、陆星儿《呵，青鸟》、张抗抗《北极光》、王小鹰《春无踪迹》等小说中，处处充满了既像是人物对自己说话，又像是叙述人对人物的告诫

---

① 参见孙桂荣：《叙事话语调整之后的女性声音》，《南开学报》（哲学社会科学版）2010 年第 2 期。

之类的“自由间接叙述体”，“叙述人对人物的态度毫无例外地表现为同情……在选择一个女性人物视角的同时，叙述人也选择了一个代言人、一种立场……过于鲜明的立场意识、与人物距离太近……导致对于其他人物的简单化否定，叙述人在叙述人物时过于投入，就会有情绪化倾向”①。笔者认为，20世纪80年代前期尚属于女性小说的发生、形成期，这些小说采取了传统的第三人称叙事的方法，女作家的叙述主体意识、文体创新观念并不强烈，一切还是依循着选取一个主人公并围绕其外貌、言辞、行为、心理等进行“自然”叙述的传统叙述惯性。因为汉语中叙述人与人物间的话语转换、叙述视角的转换与越界非常自然和频繁，所以这些依照传统语言规则进行叙述的女性小说往往把持不住叙述人话语与所叙述的女性主人公话语间的界限，加上女作家普遍有着为女主人公的不幸遭际鸣不平的急切心理，容易出现某种“代言”式书写。因此，说那一时期女性小说的叙事话语有些单一直白是可以的，但若单单以西方女性主义叙事学对它们之间的复杂分析为依据，认为中国女性小说缺乏叙事形式的复杂性别表达就有点过于激进了，最起码中国语言与中国文学的叙事传统并没有被充分考虑其中（对于发生期女性小说叙述视角、自由间接引语等问题，本书在第三章、第四章中会有翔实论述）。

还如，构词法、大小写、人名、排列方式等具体形式要素，也是西方女性主义叙事学分析的重点。苏珊·兰瑟在解读《女游击队员们》时说，“文本的‘集体性主角’以及绝对叙事权威”来自那个创造性的语词“elles”（她们），“elles”本身就是对常规英语构词法的反叛，“男权中心的语言规则只在指代纯粹的女性社群时才使用阴性复数……elles不仅蕴含女性全体还包括一部分男性”，“小说隔几页就赫然出现大写女性姓名”，还有“把男性名字女性化造出来的名字”，共同构成了象征女性地位的大写的“人名方阵”，在最后的段落里，“所有的名词和形容词都被女性化，引发了语言上的变异”。② 正是在这种非常态的女性化词法、句法、语法修辞中，女性主义的声音达到了前所未有的高潮。这种基于英语小说语言变异现象的女性主义分析无疑是很有说服力的，但对中国学者来说却不能照搬照用，因为汉语小说一般无法进行这些方面的形式突破，而需要寻求其他的途径。像陈染的《另一只耳朵的敲击声》就在有些段落和语词中加

① 陈淑梅：《声音与姿态——中国女性小说叙事形式演变》，广州，中山大学出版社，2011，第38～53页。

② 参见〔美〕苏珊·S. 兰瑟：《虚构的权威——女性作家与叙述声音》，黄必康译，北京，北京大学出版社，2002，第306～313页。

黑加粗或在文字下面加上圆点作为重点突出标记，如“她还拥有一个与别人正好相反的信念：无聊就是生活的力量”“这是一个没有操纵者的物件的奇妙自杀现象”① 等，林白的《致命的飞翔》则用括号制造了一种随意阐释或颠覆的奇怪文体。这些行文方式破坏了正常的文学书写惯例，阻碍了阅读的流畅性和连贯性，却丰富了文本意蕴，将叙述人声音的双重性与繁复性和盘托出，以形式感的突兀增强了女性叙述人随意介入文本的话语力量。② 这些非常态叙事体现的是汉语小说的女性主义形式感。

因为语言习惯与叙述习惯不同，中国的女性主义叙事学研究不能照搬西方的术语、理念，而应从中文语境与叙事伦理的多层面出发对之进行细细甄别，否则就会陷入一定程度上的学理混乱。比如根据丁玲《莎菲女士日记》中“早先因为蕴姐写信来要，再三再四的，我只好开始写，现在蕴姐死了，也不得不继续下去”的自述，学者李长忠将这则日记体小说解读为女性无法在公共场合发言，只能向女性同伴秘密言说的“私下型叙述”，由于蕴姐的死亡，莎菲将这本日记拿给了苇弟（男性）看，却遭到后者的误读，说明“莎菲的日记仍然与传统女性写作一样……仍属于女性自我的行为……叙述声音由于囿于私人的圈子使女性声音失去了战斗力”③。对于这样的解读，笔者并不敢苟同。女性文本中加入了“写给女伴看”之类字样就陡然滋生了如此大的自我消解力量吗？有西方学者认为：“女性写给女性的话语必然限于私人范围，不会对男权统治秩序造成麻烦，只有女性写给男性读者，矛盾才由此开始。”④ 笔者认为这话太过绝对，女性写给女性的话语并非必然限于私人范围不可，这是其一；其二，所谓“私下型叙述”伴随着文本的发表与出版也已公开化，故事内有无受述者，受述者居于何种性别，是否言明所叙述内容是私密的，并不影响读者对故事的了解程度。同时，一个在文本中指明写给女伴看的故事，但所指明的受述者又没有参与故事进程（像《莎菲女士日记》中的蕴姐，与其结构性位置相似的还有陈染《与往事干杯》中的乔琳，她们只是在文本开头或结尾处提及了一下，对故事本身并没有多少作为），这样的受述者对故事的美学效果与性别意义的影响终究也是有限的（文本内受述者的美学作用是有限

① 陈染、徐小斌：《迷幻花园》，北京，中国文联出版公司，1997，第 44～45 页。

② 参见孙桂荣：《性别诉求的多重表达——中国当代文学的女性话语研究》，北京，人民文学出版社，2011，第 291～292 页。

③ 李长忠：《双重文本的自我消抹——〈莎菲女士的日记〉叙事学解读》，《西华师范大学学报》（哲学社会科学版）2009 年第 3 期。

④ 李长忠：《双重文本的自我消抹——〈莎菲女士的日记〉叙事学解读》，《西华师范大学学报》（哲学社会科学版）2009 年第 3 期。

的，只有参与了外围的文学场建构的受述者才能对文本意涵产生更明显的建设性作用，本书第十章对“女性向”叙事的研究部分对此会有更加翔实的论述。《莎菲女士日记》中“五四”退潮后女性的苦闷、矛盾、呐喊并没有因为受述者蕴姐的死亡而中断，也没有因为替代性受述者苇弟的无法共鸣而有所减弱，莎菲日记的意义最终指向的是（也只能是）文本之外的实际读者。申丹就曾对西方学者的“公开型叙述”“私下型叙述”提出过一定异议①，笔者看来，西方学者执着于文本内受述者的有无及性别、私密与否等，在拓展女性主义叙事理论层面或许尚有一定道理，但用于中国文本的分析实践时却不能机械地照搬照用，否则就有可能陷入生硬、繁琐、芜杂的“过度阐释”境地。因此，如何既发挥西方女性主义叙事分析的优长，又逐渐克服它内部的一些学理矛盾与激进之处，在中国文学的时代语境与语言语境中探索一条女性主义叙事学的本土之路，仍然任重而道远。

接下来，让我们进入本书的主体部分，也就是对从新时期到新世纪的女性小说叙事形式各要素进行细致的社会性别剖析部分，它们既是为发展中的女性小说叙事形式探索一条社会性别研究的新路，也在一定程度上回应了上述女性主义叙事学本土化研究过程中的学理难题。让我们先从叙述视角的分析谈起。

① “公开型叙述”“私下型叙述”是苏珊·兰瑟的理论，前者是指叙述者对处于故事外的受述者（即广大读者）讲故事，后者则是指对故事内的某个受述者（人物）进行叙述。对此，申丹指出，“公开”与“私下”被赋予了两种不同的意义：一是结构上的意义，涉及受述者究竟是处于故事之内还是故事之外；二是常识上的意义，涉及文本本身究竟是否是秘密的，与受述者的结构位置无关。详见申丹：《“话语”结构与性别政治——女性主义叙事学“话语”研究评介》，《国外文学》2004 年第 2 期。

第三章　叙述视角与新时期女性小说的发生及流变

本章开始，让我们进入新时期以来的文学现场，从视角、人称、引语、结构、话语权威建构等各个层面对社会性别视域下的女性小说进行具体剖析，并概括阐释其发生、演进的发展脉络。首先，让我们先从叙述视角谈起。叙述视角作为叙述人叙述时观察故事的角度，是一个经常出现的叙事学话题，英国小说理论家珀·卢伯克说过，小说叙述视角是小说技艺中的言说角度问题，即对于叙述者在故事中所占据叙述位置的调节。① 叙述视角是传统叙事学的重要研究范畴，通常被认为是文学文本的“内部研究”“形式研究”，但事实上，其对文本包括性别意涵在内的价值立场的传达有着极其重要的作用，终究要突破形式的外壳抵达内容、思想、主题的深度。一如申丹所言，“形式”赋予了“内容”诸多新的意涵，“变换叙述视角的表达方式成为小说家控制叙述角度和距离，变换感情色彩及语气等的有效工具”②。本章中，我们从叙述视角的社会性别分析开始探讨新时期女性小说叙事形式的发生与流变。

第一节　叙述人称、叙述视角与性别

首先需要明确的是，叙述视角并不像有些人想当然认为的那样与叙述人称有着直接的对应关系。诸如“我”作为叙述人在文本中呈现的叙述就是第一人称叙述视角、第三人称叙事则是叙述人不在场的全知全能视角的叙述等说法，将叙述视角与叙述人称之间的关系理解得有点简单化、抽象化了。理论上，叙述视角指涉的是“谁在看”的问题，与叙述人称关注的

---

① 参见〔英〕珀·卢伯克等:《小说美学经典三种》,方土人等译,上海,上海文艺出版社,1990,第 180 页。

② 申丹、王丽亚:《西方叙事学:经典与后经典》,北京,北京大学出版社,2010,第 145 页。

“谁在讲”的命题有一定联系，但亦有一定区别，因为在现代小说中讲故事的叙述者未必都是观察事件发展过程的感知者。就第三人称叙述而言，尽管很多小说总体上出具了一个不参与故事进程的“异故事”的讲述者，但在很多细节处，其往往并非都是全知全能叙述，而是化身为某特定人物的感知视角进行限制性叙述。

关于叙述视角的划分，热奈特、托多洛夫等西方叙事学理论家均有论述，近年来分类最翔实的是中国的申丹。她将叙述视角分成“外视角”与“内视角”两大类种，每类种之下又细分了多种模态，像外视角中的全知视角（全知叙述者既说又看，可透视任何人物的内心活动）、选择性全知视角（仅透视一位主要人物的内心活动）、摄像式视角（只客观观察和记录人物言行，不进行内心透视）、第一人称主人公叙述中的回顾性视角、第一人称叙述人的旁观视角；内视角又分为固定人物的有限视角（从某一特定人物视角出发进行叙述）、变换式人物有限视角（以不同人物的有限视角进行叙述）、多重式人物有限视角（采用不同人物的感知视角反复叙述同一件事）、第一人称叙述中的体验视角（从叙述过程中的“我”抽身而出，置换成回忆、经历、想象等事件进行中的“我”进行叙述）。叙事作品严格起来有如此多的视角类别，这绝非第一人称叙述、第三人称叙述、第二人称叙述（将叙述人设置为“你”，较为少见）等叙述人称所能涵盖得了的。

的确，如果走入文本进行细读，我们会发现叙述视角远比叙述人称复杂得多，这是其一；其二，叙述视角并非仅仅是一个故事观察角度的聚焦问题，其亦传达了一定的价值立场、观念姿态。批评家李建军曾言，观察、审视小说的叙述视角（角度）不仅体现“作家的价值立场和情感态度”，对于“小说中的人物及事件的认识和评价”① 也会有直接影响。的确，叙述视角在“看”的同时，也将自身所隐匿的评判标准显露出来。对于同一被观察的客体，如果观察的主体发生了变动，观察中流露的思想、情感一般会产生很大的变化。即使是同一个观察主体，个人情绪或所处环境的不同也会影响到具体的观察结果与价值评判，这便是叙述视角也蕴含着一定思想内容元素的原因。也就是说，即使同是第三人称叙述，叙述视角若化身为不同人物也会产生大异其趣的叙述效果，更不用说在叙述人与视角人物的个人言说之间又往往留有一定距离，叙述声音未必都是依循着视角人物的立场、姿态，这为索解叙述视角的深层文本意蕴提供了更多的

① 李建军：《小说修辞研究》，北京，中国人民大学出版社，2003，第106页。

话语资源。

将叙述视角同性别问题联系起来，则是对传统叙事学研究忽略性别因素的一种学术修正。传统叙事学对叙述视角的界定有形式主义倾向，像申丹、王丽亚在《西方叙事学：经典与后经典》中指出，“叙述视角指叙述时观察故事的角度”，“中文里的‘视角’一词所指明确，涵盖面也较广。可用于指叙述时的各种观察角度，包括全知的角度”，基本不涉及这一“角度”缘何而来的文本外的社会历史元素。①

女性主义叙事学则将视角看成是一种意识形态关系的结果，关注叙述视角所体现的性别政治。像苏珊·兰瑟以“声音”取代“视角”，因为她发现传统叙事学理论家所说的“视角”指“形式结构，与具体叙述行为的缘由、意识形态或社会寓意无关”，而她却是强调“声音”的性别政治立场、意识形态属性，着力于“建构叙述声音的女性主义理论”。② 沃霍尔则坚持从读者感知、接受层面理解叙事视角，而具体的作者、读者均是有性别的活生生的人，这就为将性别元素纳入叙事视角提供了理论依据。的确，叙事形式的意识形态性显而易见，叙述视角的选取本身即隐含了或明或暗的观点、立场的倾向，当然，在观察故事的角度问题上，一个更鲜明体现视角与观点相结合的语词是“视点”（point of view）。通过将叙述人称与叙述视角相区别，同时将叙述视角与叙述观点相联系，可以有效地窥探叙述视角中隐含的包括性别权力在内的各种复杂的文本意涵，这种女性主义叙事学的深入分析对探究文本的多重意义无疑是大有帮助的。

另一点需要指出的是，本章并非对叙述视角进行静态的社会性别分析，而是将其放置于改革开放后40多年来女性小说文体发展的宏大背景下，探讨不同年代文本叙述方式中“变”与“不变”的因素，并以此触摸叙事学视野下的女性小说向前发展嬗变的脉络谱系与深层肌理。接下来，让我们走进新时期以来的女性小说现场，以深度索解代表性文本的方式对这些问题进行具体阐释。

第二节　发生期的女性小说与叙述视角

如同本章第一节反复强调的那样，叙述视角并不与叙述人称完全契

① 参见申丹、王丽亚：《西方叙事学：经典与后经典》，北京：北京大学出版社，2010，第88、90页。

② 参见〔美〕苏珊·S. 兰瑟：《虚构的权威——女性作家与叙述声音》，黄必康译，北京，北京大学出版社，2002，第3～4页。

合，具体文本中的叙述视角要比叙述人称复杂得多。某种程度上，新时期女性小说的第三人称叙事与第一人称叙事一样，均承担了彰显女性身份、表述女性话语的功能，当然其具体表达方式是不一样的，叙述视角的选取、限制、转换等是其中重要的环节。

一、叙述视角的选择

20世纪70年代末、80年代初是女性小说的发生期，这是80年代文学“黄金时代”的开始，涌现了大量的女性小说及以张洁、张辛欣、张抗抗、陆星儿、王小鹰、航鹰、谌容等为代表的女性作家，王安忆、铁凝等也是在这一时期初露锋芒。

叙事形式上，这一时期的小说以叙述人不参与故事的第三人称叙述为主，像1978年全国优秀短篇小说中，25篇获奖作品中有16篇采用了叙述者大于人物的全知叙述模式就是一个例证。在这一点上女性小说也不例外。除了张洁《爱，是不能忘记的》、遇罗锦自传体系列用了明确的第一人称“我”叙述视角，张辛欣女性小说用了“我”“她”交替叙述或第二人称“你”叙述之外，当时大部分女性小说多采取了相对传统的“异故事讲述者”（heterodiegetic）的第三人称叙述方式，同故事叙述者较为少见。像茹志鹃《草原上的路》一开篇是对草原之路的描写：“荒芜的草原，仿佛一直铺展到天的尽头。在这样广阔无垠的地方，路本来是可以挑直了走的，可是已经踏出来的小路，却是这样蜿蜒、曲折。”① 张抗抗的《北极光》开篇抒情性地写到了雪景：“它们曾经是一滴滴细微的水珠……在高空的低温下得到貌似晶莹的再生。”② 陆星儿《为了不是爱的爱》则从描摹天气写起：“天还没有亮，玻璃窗像涂了层淡淡的墨，看不出是晴天还是阴天。冰冰睁着眼睛。”③ 胡辛《四个四十岁的女人》从对事件的评价与概括写起：“三个女人一台戏！更何况是四个女人！她们自小同窗九载，从六二年分别至今长达二十年，今晚却鬼使神差地邂逅。”④ 从叙述人设置与叙述视角的选择来看，它们的开篇给人一种不在场的叙述者以俯视姿态，对笔下人、景、物进行外视角观照的“代言式”书写的感觉。

叙述视角有着隐形意识形态的功能，因为事件或人物一旦在文学作品

① 茹志鹃：《草原上的路》，《收获》1979年第3期。

② 张抗抗：《北极光》，《收获》1981年第3期。

③ 陆星儿：《为了不是爱的爱》，《花城》1984年第6期。

④ 胡辛：《四个四十岁的女人》，阎纯德主编：《新时期女作家百人作品选》（下），福州，海峡文艺出版社，1985，第319～320页。

中出现，就不可能是现实中的自然面貌，而是一种特定立场、眼光、口吻（即视角）的“叙述”，不同的人立场、眼光、口吻各有不同，即使是对待同一原型与素材，“叙述”亦会各异，而这种各异又会有意无意地打上性别的烙印。第三人称视角的叙述在新时期之初的女性写作中的兴盛，某种意义上可以说与其可有效规避叙述人性别特征的话语干预有一定联系。第三人称叙述者不是虚构世界的参与者，其与小说中的虚构人物分属于两个不同的话语体系，是以非人格化的方式存在于文本中的，也就是通常所说的不在场、不现身，却有着强大叙述干预权、作为隐含作者化身的叙述人。苏珊·兰瑟称其为“作者型（authorial）叙述人”，这种叙述人不但可以叙述虚构人物的言辞和行为，还可以进行点评、议论、揣度人物事件或叙述过程本身的“超表述”行为，是权威性较强的一种叙述声音。对于女性写作而言，更重要的是，因为这种叙述人的非人格化，使其可以混同于男性写作，以规避男权社会中通常所认为的女性性别过于外露引起的文化不适感。新时期之初是一个文化过渡期，包括叙述模式在内的旧有文学话语体系固然已经松动，但并没有随着政治上的改观而马上改变，本书第六章会讲到第一人称叙事在新时期的发生不是一蹴而就的，而是一个曲折和相对复杂的过程。第三人称叙事在女性小说中占主流是不言而喻的，这除了新中国成立后长期形成的文学形式成规外，也与文学史上作者的声音多是男性的性别成规不无联系。因为第三人称叙事出具的是不在场的非人格化叙述人，可以不标识自身的性别特质，而这有助于女性作家隐藏自己的性别身份以分享第三人称叙述的权威，因为“异故事的叙述者毋需具有性别特征，叙述中的‘我’只要不等同于女性自然的肉体存在，女性即可通过这样的作者叙述模式参与‘男性’权威”①。大多数女作家与男作家一道以第三人称叙述的方式进行写作，最起码在我们前面引述的那些当时产生较大影响作品的开头段落中是看不出明显的性别特征的，这与第三人称叙事在中国20世纪文学史，尤其是50～70年代中的强大相关，像《青春之歌》开头的那段长镜头般对火车上人、景、物的全景性观照似已深入人心，也与第一人称叙述的广泛采用需要有一个相应的社会文化接受语境不无联系。

当然，正如上文所言，叙述视角的类型分区要比叙述人称驳杂、丰富得多，采取第三人称叙述并不等于通篇都是全知全能的叙述视角，除了极少数特意采取单一视角的先锋实验之作（像海明威《杀人者》通篇由对话

---

① 〔美〕苏珊·S. 兰瑟：《虚构的权威——女性作家与叙述声音》，黄必康译，北京，北京大学出版社，2002，第19页。

组成的外视角、非干预性叙事），大多数第三人称叙事在叙述视角上是相对灵活的，很少有秉承某种单一性叙述视角的决绝叙述人设置，多是混合型的。或者说表面上看、总体上看是第三人称叙事，但并非对文本中的每个细节都具有全知全能的叙述权，限制性全知叙述、限知型内心视角已成小说叙事的新常态，最常见的则是将主人公作为视角人物，从主人公的眼光、感知、口吻出发的叙述，像前面提到的《草原上的路》中小苔的叙述视角、《北极光》中岑岑的叙述视角、《为了不是爱的爱》中冰冰的叙述视角、《东方女性》中林清芬的叙述视角等。这种具体语段的固定人物有限视角叙述与非人格化叙述人的第三人称叙述之间有某种亲和或背离的微妙关系，二者有时是亲和性叠印在一起的，有时却产生了某种背离。而新时期之初女性声音浮出叙述地表的复杂与艰难，在很大程度上就是体现在这种叙述人话语与人物话语的较量纠结中：如果说没有明确性别标记的第三人称叙述人可以借用男性权威发言的话，那么女性视角人物的眼光和口吻则不可避免地带上了一定程度的女性色彩，在视角转换的边界处，女性声音的悄然登场是考察发生期女性小说的一个重要维度，也是本章研究的着眼点。

女性声音除了在第三人称叙事的边缘处曲折发展，在少数文本中还以第二人称叙事的方式出现。这种目前已较为少见的叙事样式在新时期之初的女性小说中曾在张辛欣、遇罗锦的小说中多次出现过，像张辛欣《最后的停泊地》进行了整体上采用了第二人称“你”视角的文体实验，在《我们这个年纪的梦》这篇看似第三人称叙事的心理小说中，第二人称“你”视角的叙述却占了不少的篇幅，像女主人公在谈到大龄后被动地由人介绍对象时说：

> 是你挑人家，也是人家挑你，你不得不发现你自己，你们，还有他们，都像是一件件东西……（一个她不喜欢的人突然拉她的手）……她像遭了难似的直奔出去……就这样一个人在大街上走，弄不清究竟出了什么事，只是淡淡地想，没有一个人在等你，没有任何命定的相遇。①

“你”视角的穿插是一种有意味的形式。作为叙述接受者的“你”进入文本，并作为视角人物与现实中的读者直接相遇，这消除了“我”“他/

① 张辛欣：《我们这个年纪的梦》，成都，四川文艺出版社，1985，第201～202页。

她”视角与读者认同间的转换壁垒，使感同身受的读者身临其境般直接置身文本，一如热奈特所言，“你”的使用让“每个真正的读者或许越容易、或不如说难以抑制把自己看作这个潜在的主体，或用自己去替代这个主体”①，这是一种全方位挖掘读者接受的文体形式，也更容易并有助于将言说者包括性别立场在内的价值姿态有效传达出去。在《我们这个年纪的梦》中，“你”不仅是旨在激发读者文本参与意识的勾连性角色，还作为视角人物以自身的感知统摄、观照其他人与事，这相对于叙述人不在场的第三人称叙述来说，女性意识进一步增强的体现，像“你能知道别人生活的多少呢？……你可能是看不见，也可能是顾不上看……那个抄满了好词儿的小本不知丢到哪儿去的时候，你的悲哀……不是跟长大后失去一个亲近的人的感觉，是一样的吗”②。本来是第三人称叙述人的评论、超表述之声，将读者裹挟其中的“你”发出来，一方面强化了读者的认同程度，另一方面增加了内容表达的话语力量，将平淡、平庸生活中对美好爱情的期待与追忆这一小说的叙述主题铺染了更多的女性色彩。张辛欣在新时期之初之所以能够成为与张洁齐名的女性主义作家，是与她的这种叙事策略分不开的。

二、“柔用”人物视角的叙述人视角

叙述人“柔用”人物的眼光与口吻、以人物视角来叙述在新时期之初的女性小说中并不罕见。这里的“柔用”是指小说第三人称叙述的性质并没有变，在人物称谓上也没有使用“我”这一鲜明的字眼将叙述者人格化，看起来人物似乎还是被叙述者，但叙述内容却进入人物心理，将原本是人物的见闻、感知以第三人称叙述的方式表达了出来，彰显了以人物为主体的叙述声音。

这种对人物视角的“柔用”体现了隐含作者发出的叙述人声音与视角人物声音的相互亲和，从人物心理出发的言说有冲破当时的性别偏见，甚至改变自身的男权无意识、表达难能可贵的女性声音的一面。像叶楠的《花灯，像她那双眼睛》中漂亮的小镇女孩杨玉过年的时候做了精彩的花灯，自扮美丽的“灯姑娘”，却因此遭到了未婚夫的强行休婚与谩骂。这个今天看来有点让人匪夷所思的故事充满了浓厚的世俗伦理之辞，像“其他人多半不喜欢杨玉……她这个看不上，那个瞧不起，弄得后来没人敢上

① 〔法〕热拉尔·热奈特：《叙事话语　新叙事话语》，王文融译，北京，中国社会科学出版社，1990，第185页。

② 张辛欣：《我们这个年纪的梦》，成都，四川文艺出版社，1985，第205页。

门，二十四五岁的姑娘还没个准人家，哪个不说她”，道德偏见由不在场的第三人称叙述人发出，强化了其公开性与可靠性。但在小说后面杨玉遭遇攻击的场景中，叙述人终于忍不住借用了人物视角发言：“她错在哪里呢，她只是想活得有趣味，有快乐，她愿吃苦，愿每天扎十二个钟头的衣服……可是，她总难遂愿。”[①] 对新时期之初中国小镇对人性压抑的批判之辞溢于言表，倡扬了女性对美与爱的向往。还如，王小鹰《春无踪迹》写到了寡妇再嫁遇到的系列难题，“怪不得人家给邵心如介绍谁，她都拒绝，原来早看上他了”，“她比他大八九岁吧？啧啧，满脸都起皱纹了，真不要脸……”，女主人公邵心如只是因为对热心给她介绍对象的晓岱产生了某种好感，就遭到了这样背后议论之声，足见当时人言可畏的程度。第三人称叙述人的态度是有所摇摆的，在“在人们眼里，她总是一个带着污点的女人了”，“晓岱比邵心如年轻许多，没有谈恋爱之嫌疑”等表述中是不乏道德苛责的，似乎也认同了男女主人公之间如果有“姐弟恋”的话也是有悖伦理的世俗观念；但在另一个层面上，叙述人又借用人物视角表达了对真正两情相悦的美好恋情的追求，对当时仍讳莫如深的性意识也不乏微妙的表述，像“邵心如走在晓岱身边，她感觉到一股灼人的男子的气息，在这股气息的包围中，她觉得自己的疲乏一点点消散了”[②] 等，都是叙述人借用人物视角的描写。这种真实、自然的人性表述，对当时“姐弟恋”不受社会认可的性别成规是有一定冲击作用的。至于张洁《方舟》中叙述人借用人物视角发出的犀利、尖锐质问就更多，像“幸亏她有两条有力的胳膊，不然她可该怎么办呢”，“到什么时候她才能成为她自己，她还要为自己被社会承认奋斗多久啊”等，对视角人物心态的这种化用、挪用，是有利于女性声音在一个道德禁锢依然强势的时代破茧而出的。

当然，问题的复杂性在于，受制于当时作为主流话语的道德、伦理意识的强大，叙述人视角对人物视角的“柔用”也有可能“柔用”其传统、守成的一面，以女性个人声音为中心的话语表达是在曲折中向前发展的。最鲜明的体现是，新时期之初的女性小说往往选择相对传统、内敛、上进心强、有着一定社会关怀意识的主流女性作为视角人物，在“柔用”她们的视角眼光作为叙述主体的时候，也往往秉承了她们的价值姿态。像航鹰的《东方女性》对婚外恋的探讨并没有集中于“没有爱情的婚姻是不道德

---

① 叶楠:《花灯,像她那双眼睛》,阎纯德主编:《新时期女作家百人作品选》(上),福州,海峡文艺出版社,1985,第389～402页。

② 王小鹰:《春无踪迹》,《花城》1984年第6期。

的”这一立足于“真爱”的言说立场，而是礼赞了遭背叛的妻子对丈夫外遇对象、私生子包容与救助的“东方女性”精神。这种传统、隐忍的婚爱观的传达是与视角人物的选取分不开的。“在八十年代的时髦潮流中，二十岁的姑娘余小朵爱上了一个有妇之夫，任何人劝说无效，这可急坏了母亲林清芬”，小说一开篇以“时髦”一词来定位余小朵的行为就彰显了第三人称叙述人的反讽之意。余小朵在与母亲的对抗中出口是咄咄逼人的，理由也很充分，“你们那个时代的人，都不懂什么是爱情和自我”，“他爱我，我爱他，他早不爱他的妻子了，就是这些”①，但是小说并没有赋予她作为视角人物的叙述权。母亲林清芬视角的叙述支撑起了大部分文本，也成为隐含作者认同的对象，并以“救命恩人”的人间大爱，烛照出年轻时的方我素与现在的余小朵对“真爱”追求的浅薄与自私，最后两人均折服于她的“东方女性”情怀。这样一个今天看来道德化调子有点过高的故事能够在当时赢得礼赞，除了其符合当时文学界婚外恋大讨论中的主流观点②外，是与其视角人物的选取分不开的。这部开篇由第三人称叙事的文本，是由人物向其他人物讲故事的方式完成其结构主体的，林清芬视角的讲述构成了小说的大部分篇幅，而且是一种没有多少对话的“讲”与“听”，这种单向度的交流无疑加强了讲述者的主体性地位，同时又强化了受述者（于小朵、方我素）的客体性，自然也张扬了林清芬的价值姿态（以“东方女性”为题就是对其所代表婚恋观的礼遇与升华），弱化了于小朵等人的“真爱”观。

视角人物的选取影响了第三人称叙事的客观性、中立性，也造成了叙述距离的发生。申丹曾说，“‘反讽’与‘同情’是两种较为典型的叙述态度”③，但因为新时期之初女性小说叙述人视角对人物视角的“柔用”，隐含作者对视角人物的态度是以同情、倡扬、辩护为主的，但对非视角人物来说就会造成某种非亲和性的叙述距离，这种叙述距离会使他们的文本形象被遮蔽、挤压，甚至遭到某种反讽性处理。还是以婚外恋题材为例，除《东方女性》外，张洁《爱，是不能忘记的》、陆星儿《美的结构》、张抗

① 航鹰：《东方女性》，肖凌燕编：《东方女性》，北京，文化艺术出版社，1985，第71页。

② 当时的主流观点对婚外恋是拒斥的，像针对张洁的《爱，是不能忘记的》这部作品，曾镇南认为男女主人公“把爱情看成等于整个人生，自愿钻入爱情的茧子中把自己束缚起来……缺乏驾驭生活的人格力量”；张晓林亦言“不能够笼统地同情婚外恋或谴责我们的婚姻制度和道德规范，尤其不应该通过曲解恩格斯的观点来为自己未必正确的主张寻找依据”。详见陈淑梅：《声音与姿态——中国女性小说叙事形式演变》，广州，中山大学出版社，2011，第25～26页。

③ 申丹：《叙述学与小说文体学研究》，北京，北京大学出版社，2004，第313页。

抗《北极光》、遇罗锦“童话”系列等当时不少颇有影响的新时期女性小说均不约而同涉及了这一题材，但因为视角人物选取的不同，造成了对不同人物叙述距离的差异，最终透露出的文本叙述姿态是大异其趣的。像发表最早、影响最大的张洁《爱，是不能忘记的》（《北京文艺》1979 年第 11 期）尽管有母亲日记的穿插，但整体来说是以女儿这一母亲婚外恋故事的旁观者作为视角人物的，而视角人物对自身大龄、未婚、对恋爱对象不满意的个人焦虑影响到了对母亲故事的讲述。有研究者发现，依循视角人物心理的这部小说“过于粗率地打发了这个故事，有意削弱了这个爱情故事的感人和悲哀之处，而把它跟一个女性独身的社会问题联系在一起”①，这是与小说对婚外恋当事方的叙述距离相关的，这一发表后引发婚外恋大讨论的小说在文本本身却以视角人物策略性选取（婚外恋的旁观者而非当事方）的方式，将其对社会的伦理冲击做了一定程度的叙事操控。陆星儿《美的结构》倒是将视角人物设置成了婚外恋当事方，但与《东方女性》以妻子作为主要视角人物相反，这里的妻子婷兰没有被赋予视角人物的叙述权，第三者林楠和丈夫郑涛声依次充当了主要视角人物。“简直是个美人儿，林楠甚至有些羡慕，如果这张秀婉的脸，永远含着温柔、甜美的笑容，那么，郑涛声该有多幸福啊……”② 在林楠与婷兰的第一次见面中，叙述人“柔用”了林楠的视角，使得婷兰是个与读者有距离的、经由他者眼光叙述的人物，她外表的美在这里甚至成了郑涛声家庭生活“不幸福”的反讽对象。林楠与郑涛声因为有共同的事业追求而产生婚外恋情在这种视角人物的叙述中有了更多合法性，林楠最后的主动退出使这个第三者像《东方女性》中的妻子林清芬一样成了文本中倡扬的对象，这同样得益于其作为视角人物的叙述地位。

视角人物的自视、对视会增加叙述人视角的复杂性，有利于新时期之初女性小说性别话语的美学增值。理论上，视角人物既可以敞开自己的心扉，又可以以自身眼光、口吻观照他人，但是在实际小说写作中，多数视角人物的心理描写往往自我辩护有余，自我反思不足。另外，第三人称叙事的文本对视角人物的设定往往相对单一，多是固定于主人公身上的限制型叙述视角，缺乏更多视角人物的设置，以及不同视角人物间的视角冲突，这也导致了文本主题与人物形象塑造上的相对单一与单薄，《东方女性》《美的结构》《北极光》等文本在新时期之初影响很大，后来却逐渐被冷落，与这种视角人物的叙述局限是不无关系的。当然，也有少数文本进

① 陈淑梅：《新时期女性小说话语权威的建立》，《文学评论》2005 年第 5 期。

② 陆星儿：《美的结构》，肖凌燕编：《东方女性》，北京，文化艺术出版社，1985，第 125～126 页。

行了有一定心理深度的文体探索，像张辛欣彼时的女性心理小说，本书第六章我们会探讨其《我在哪儿错过了你》中“我”与“她”双重叙述人称设置，从视角上说这部小说还是基本依循女主人公为固定视角人物的叙述方式，但其稍后发表的《在同一地平线上》（《收获》1981 年第 6 期）则在不同章节中设置了不同视角人物，尽管都以“我”进行叙述人自称，但“我”却不是同一个人，而是男女主人公双视角叙述，并由此将文本写成“变换式人物有限视角”的叙述类种。隐含作者依然在一定程度上“柔用”了视角人物的叙述，但“柔用”的却不是一个视角人物的声音，而是不同性别的两个人的，这就形成了某种奇妙的性别对视。像下面这两处：

> 为什么?！男人总是在需要的时候才想到爱，而女人呢，为什么总要在爱的压迫中，在艰难的付出以至丧失中才能得到精疲力尽的心理上的满足？这太不公平了。①

> 胡子，算了。又不是去和谁接吻……女人，第三个欲念，遗憾的排列！生存、繁衍，本该是人正常的本能。睁开眼睛最先想到的却是该去奔什么。②

第一处借用了女“我”的叙述视角，是对两性关系中的隐性不平等的大声质询；第二处借用的是男“我”的叙述视角，描述了社会压力下性别需求往后排的男性心理。女性执着于两性关系的付出与收获，男性却是满足于竞争社会中女性应“呼之则来挥之即去”的游戏法则。“柔用”人物视角的叙述人视角并无偏袒，如实地写出了两人性别立场的相异，尽管总体来说对女“我”内心世界的刻画更丰盈真实，但也给了男“我”发声的机会，这无论如何丰富了小说的叙事内涵。

三、视角背离与道德修辞

当然，在发生期的女性小说中，叙述人的话语干预也是一种鲜明的存在，叙述人视角并不都与人物视角相互“柔用”、叠印，偏离（甚至有悖）人物感知的叙述话语亦不乏存在。有些小说中的女性声音表达并不完全和充分，隐含作者视角发出的以社会、国家、伦理、精神等相号召的主流言说过于强大，性别立场每每会被道德化修辞所遮蔽或稀释。这种叙述人视

---

① 张辛欣：《我们这个年纪的梦》，成都，四川文艺出版社，1985，第 96 页。

② 张辛欣：《我们这个年纪的梦》，成都，四川文艺出版社，1985，第 109 页。

角对人物视角的偏离或压抑主要体现在两个层面：一是情节发展与人物形象塑造中隐含作者叙述话语的人为干预；二是叙述人视角疏离人物视角的直接议论、评价等。

对性别意识的透视多止步于与理想、事业、社会进步相联系的诗性化爱情表达，而很少深入自然人性的生理欲望层面，是新时期之初女性小说的一个特点，这往往是通过第三人称叙述人对叙事情节带有突兀、跳转色彩的话语干预实现的，其在一定程度上会偏离视角人物言说和具体场景的现实原则。像在张辛欣的《在同一地平线上》中，“她越挣扎，我越抱得紧，在这种较量中，我感到那些无名的烦躁被扔开了，我笑着吻她，她把头扭到一边”，这是男“我”视角的书写，是符合夫妻生活的现实原则的，但受制于当时性话语尚不能堂而皇之呈现的社会语境，接下来叙事转向了“把我绑在你的战车上”的抗议和吵架，“我兴趣索然地松开手，躺下来”①，情节的跳转规避了从更隐秘的私生活领域探讨男女关系的可能，这与情节的自然发展和人性常情是相悖的，使这个对社会领域中追求女性权力有精彩刻画的文本，非常可惜地失去了从私生活维度进一步开掘的话语空间，叙述人视角也一度疏离了人物视角。又如张抗抗的《爱的权利》这篇“拨乱反正”之后较早反映青年男女爱情生活的作品，也在一定程度上沿用了人物视角的言说，像“他觉得自己的心在剧烈地跳动，双手颤抖着，他真想一下子把她紧紧抱住，‘我爱你’他盼这句话盼了多久啊！这突如其来的表白，难道不是早已深藏在两个人心中了吗”②，就是“柔用”了男主人公李欣的视角，不过接下来叙事并没有沿着视角人物的情感思绪去进一步张扬这份难能可贵的个人感情，而是转入了专业领域的探讨，舒贝要李欣在“我和你的这些、你的政治”之间做选择，李欣开始了大段大段的科学、正义、真理的言论，书面语的理性化论述与小说此处的叙事基调并不和谐，也中断了对爱情、性别问题的进一步探讨，体现了叙述人疏离人物视角进行背后干预的倾向。对舒贝这一视角人物的描写也是如此，尽管历经政治劫难，但她终于迎来了宝贵的爱情，听着“浑厚温存的男中音”的道别声，她情难自抑，但叙述人接下来描写的却是“‘人们，我爱你们’……她不觉脱口而出。泪水涌上来，她迅速地把它擦去了”③。以复数的、普泛性指涉的“我爱你们”置换单数的、特定所指的“我爱你”，是以对社会、民众的人间“大爱”置换男女之情的“小爱”，以“大我”

① 张辛欣:《我们这个年纪的梦》,成都,四川文艺出版社,1985,第 82 页。

② 张抗抗:《爱的权利》,贵阳,贵州人民出版社,1996,第 210 页。

③ 张抗抗:《爱的权利》,贵阳,贵州人民出版社,1996,第 218 页。

整合、架构“小我”。这是一种叙述人背离视角人物的个体情感，将小说纳入到社会宏大叙事中的干预性写作，而这种叙事策略无疑强化了小说的道德伦理色彩，联系到其最初的发表年代（1979年），让我们窥见了新时期女性小说发生期的过渡性特征。

第三人称叙事中不在场的叙述人还会打破情节的线性秩序，直接针对人物事件进行干预性评价、议论，这些也在一定程度上呈现了道德化修辞的特征。像《春无踪迹》中邵心如受晓岱吸引，对晓岱介绍的对象陈天俊，小说用“貌不出众，甚至有些窝囊，她相信灵感”“还有一颗星星，落在云外，很大很亮，那决不是身边的这位陈天俊”来表现视角人物心里是没有多少感觉的，但心如对晓岱的隐秘感情是一种需要打压的禁忌，叙述人在小说后面陈天俊来信部分直接登场，以评价、议论的方式“植入”了心如的心理，小说不惜打破书信文字阅读的流畅感，硬性加入了括号来书写心如读到信时的感受，“（原来，他也是会说玩笑话的）”“（我很愿意！邵心如恨不得立刻告诉他）”，仅仅一封信就促使视角人物爱情天平的倾覆，这造成了情节的翻转与突兀。面对晓岱的问询，视角人物邵心如“想了一会儿，缓缓地回答：‘不知道。’”第三人称叙述人却忍不住以诗性化的语言评论道：“爱情，常常是在人们不知道的时候产生的，就像春天，总是不知不觉地来到了。”① 这是替视角人物做主，将其恋爱对象锁定到陈天俊身上的表述，也是规避当时尚是禁忌的姐弟恋、寡妇再嫁等另类情感，将故事纳入主流婚恋模式的一种道德化书写。还如陆星儿的《呵，青鸟》写了榕榕与舒榛这对夫妻产生了感情的隔阂，在榕榕上大学、舒榛工作后两人渐行渐远，榕榕与赵国凯、舒榛与肖点点分别走得越来越近，也是一种在婚外恋的边缘处的写作，但小说将这两对人的交往内容都限定在对事业、理想、奋斗的追求中，规避了可能有的肢体接触，赵国凯、肖点点最后也不约而同地理性退出，更重要的是，小说以榕榕翻译《青鸟》、大学生剧社演出《青鸟》为线索加入了很多第三人称叙述人的评议之词，像“青鸟——幸福——寻找……是青鸟吗？人们在生活中奔忙，不就是为了得到‘幸福’”“像‘噗噗’飞起了一只白得耀眼的海鸥，使他兴奋起来，‘榕榕，青鸟在前面飞，你看到了吗’”等②，将叙事从个人化的男女情感转向了带有人类超越性、象征性精神追求的幸福生活层面，既描写了“不出格”的恋情，又升华了主题，几乎成为当时女性小说的一种主流模式。

---

① 王小鹰：《春无踪迹》，《花城》1984年第6期。

② 参见陆星儿：《呵，青鸟》，《收获》1982年第2期。

在这种叙述人视角的敞开（精神、理想、奋斗、诗性化爱情）和遮蔽（纯粹的个体情感、道德世俗压力下人性与女性的压抑等）中，女性声音的表达并不是太充分和完全。即使是在当时被普遍认为以最激进姿态为女性发声的张洁，也不乏社会问题的宏阔观照，像“人应该正直、磊落，决不可随风摇摆，人可以失去一切身外之物，却不可失去人格，否则便失去了自己的立足之地”，“对自身存在价值的确认——对人类，对朋友，你是有用的”，“人医治痛苦的办法不是忘记，而是记起自己的责任”（《方舟》），“她为什么不更加珍惜经过那几乎没有生还希望的搏斗，而获得的生命呢？这珍惜意味着，应使这生命在更广阔的背景上，获得更大的意义”（《祖母绿》），这些对“更大意义”的倡扬每每削弱或遮蔽了女性关怀的话语空间，更不用说《爱，是不能忘记的》对肉体性爱的规避，《祖母绿》在将女主人公塑造成奉献一切、宽恕一切、热爱一切的“圣母”形象中呈现的“诗性为道德服务”① 的叙事话语了。

可以说，在新时期之初的女性小说中，道德化叙事是从设置主流女性作为视角人物并“柔用”其叙述视角开始的一种叙事策略（与非主流人物视角形成鲜明对比，详见下一节），但在非人格化第三人称叙述人跳到文本中直接言说这里达到了高潮，其在一定程度上弱化了女性声音的尖锐性、纯粹性表达，这当然是与当时尚不宽松的时代文化语境相关的（女作家需要小心翼翼地在人性关怀与女性关怀之间寻求某种平衡）。但问题的另一方面是，这种在激进女性批评看来尚未走向女性意识的“自觉”与“自为”的性别叙事形态，也恰恰体现了中国本土女性话语的最鲜明特色：其与西方以自由主义、个人主义为中心的女性声音表达不同，有着明确的社会属性与人性关怀的特征，使得研究者“可以在‘国家在场’（而非西方‘国家—社会’二元对立模式）的前提下讨论女性主体构成的复杂性”②。这可以说是中国特色女性话语在新时期以来女性小说中的最鲜明体现，其不仅可以从相关言说的主题内容层面得以佐证，还可以诉诸叙事形式，本节从叙述视角层面对发生期女性小说道德修辞的研究就是这方面的尝试。

---

① 陈淑梅：《声音与姿态——中国女性小说叙事形式演变》，广州，中山大学出版社，2011，第64～70页。

② 董丽敏：《女性文学研究——话语重构及其向度》，《妇女研究论丛》2016年第4期。

第三节　视角内移、下移、“混移”之后

随着社会文化语境与文学观念的发展，20世纪90年代以来的女性小说相对于发生期的女性叙事发生了很大的变化，不但体现在内容层面上女性意识传达侧重点的不同（像从在社会公共领域中争取与男性“在同一地平线上”的女性权力，到在个体、私人领域中张扬女性身份），还体现在了叙事形式层面，叙事视角的内移、下移和“散移”便是其中的重要环节。也可以说，女性小说向前发展的过程也是其叙述视角或隐或显、或主动或被动调整的过程。

一、视角“内移”与叙述人主体意识的张扬

本节所讲的视角“内移”并非一般意义上的由第三人称叙事转为第一人称内心独白式叙事，而是特指20世纪90年代以来女性小说突破叙述人视角与人物视角的一般文体界限，隐含作者将叙述视角或隐或显地“内移”“内化”到叙述人视角，以叙述人视角统摄人物视角的一种现象，体现了叙述人话语权威感的增强，这是与女性主体意识的张扬分不开的。

相对于发生期女性小说中叙述人视角对人物视角的“柔用”，这种视角“内移”中叙述人视角扩大开来，对人物视角公开或隐蔽地进行了某种干涉、遮蔽甚至取代。像蒋子丹的《桑烟为谁升起》就明确写到了叙述人与人物之间这样一种不平等的视角关系：

> 我宁愿让她欠缺点别的什么，比如温柔不足，神经过敏等等，也不愿让她有浅薄之嫌。我的固执显然使她不快，她坐着不动，连同杯中残余的茶水，全都凝固了一般。因此我对她说，为了表示歉意，我将为她设计一个最好的职业。
>
> “我只能听从你的发落。”她说。①

“她”是主人公萧芒，整部小说是围绕萧芒的婚恋、寡居、再婚、失踪展开的，可以说是有关萧芒的私密性叙事，但正如这段引文所示，萧芒本身是“只能听从你的发落”的被叙述人制造的产物，她的视角、心理、

① 蒋子丹：《桑烟为谁升起》，陈染、徐小斌等：《迷幻花园——女性心理体验小说》，北京，中国文联出版公司，1997，第286页。

行为是需要服膺于叙述人的，甚至其人生旅程的每个关键节点都受到了叙述人直接与粗暴的话语干预。比如丈夫突然去世后的感觉是叙述人“代替”萧芒来做的，“当天夜里，我在萧芒得知宁羽死讯的那一段文字后面，加了这样一些话：她第一次体会到，幸福也会像强大的电流那样，瞬刻袭来，灼伤人的心肝肺腑。就在这种被撕裂的疼痛里，她看到早已生疏的丈夫，同以往无数次一样带着令她沉醉的山野气息，回家来了”；对于萧芒无法忘掉死去的丈夫，“试图把一个女人从怀旧的深渊里拯救出来”的叙述人则以对话的方式、“你”的称谓，反客为主地替她言说对夫妻关系裂痕的焦虑，“就这样你在某个温暖但不宜人的早晨，怀着一种不祥的预感离开家，去参加一个你曾认为很重要现在已经完全不重要的聚会”。[①] 不要说作为主人公的萧芒已无法以视角人物的身份去观察言说外界和他者，就是她自己的隐秘心理活动也要叙述人越俎代庖地替她来做。如同一出场时她无奈地对叙述人说“我只能听从你的发落”，对自己的命运结局她也只能同样无奈地对叙述人说“只有你知道我该怎么办”。应该说，这已不是普通的第一人称或第三人称叙述，主人公已沦为了叙述人的附庸或道具，叙述人视角以随意对人物心理、语言、行为进行干预的方式设置了一种奇怪的人物关系，这与发生期的女性小说通过对情节设置或场外评价进行的话语干预并不相同，只有叙述视角完全“内化”为叙述人视角、人物视角退化到无所作为的程度才能勉强成立。

也可以说，视角“内移”后的叙述人尽管有着人格化的外表（《桑烟为谁升起》中体现为肉身化的“我”），但却有着超越一个普通人的能力范畴、随意设计他人言行的叙述权威，并不限于多个观察感知点的任意流动，而进入对人物进行自由设计、随意驱遣的程度。如果说《桑烟为谁升起》是以“元叙述”的方式实现这种叙述视点完全“内移”于叙述人之一隅的话，还有些文体实验的女性小说虽然没有明确出示这一点，也事实上构建了人格化叙述人超越普通人叙述权限的“内移”格局。这在林白《致命的飞翔》中体现得最典型。“北诺曾经在我的青春期一闪而过……后来她消失在我的故事中”[②]，小说一开篇就奠定了“我”是李莴、“我”在叙述的基调。当然，不同于《桑烟为谁升起》，《致命的飞翔》不是“元小说”，作为主人公之一的北诺不是“我”设计、创造出来的人物，她似乎是个独立的人，她与男人的博弈与厮杀是与“我”的故事在小说中同构并

---

① 参见蒋子丹：《桑烟为谁升起》，陈染、徐小斌等：《迷幻花园——女性心理体验小说》，北京，中国文联出版公司，1997，第308、312、314页。

② 林白：《致命的飞翔》，《花城》1995年第2期。

置的，她与“我”（李莴）没有交集、没有对话，李莴与北诺的关系也被“我”叙述得语焉不详，像“有时我想我看的也许只是一个长相与北诺相似的女人，我一直没有核实这一点，我觉得是不是她并不重要”①。但是，北诺的故事并非自足自立地发展，叙述人视角频繁进入，对包括其隐秘心理活动、身体感受在内的言行进行介入式甚至臆想、臆断式叙述，像“在我的窥视中看到北诺的衣服纷纷扬扬像鸟儿一样飞离她的身体”，“北诺的真丝内衣和衣服下面的身体永远使我感觉一种透彻的美感”，“她的皮拖鞋（或绣花鞋，这关系到年代，她在这里是一个不同年代的女人。不同年代的自杀女人就是她，她就是那些女人，那些女人就是她）掉落下地，发出短促的声音”，“我想到北诺，让我们回到那张正对着大床的穿衣镜，她在想象中听水声，水落到我们的皮肤上……”。② 可以说，北诺并非是“我”以“元小说”的方式建构出来的人物形象，理论上应该与“我”属于同一个叙述层级，但在《致命的飞翔》这里她们的关系同样是不平等的，叙述人超越了一般第一人称叙述的权限，以叙述人视角对人物视角进行了某种代替性遮蔽与覆盖，同样体现了视角“内移”后叙述人主体意识、自我表现意识的增强。

第三人称叙事的文本也不乏这种视角“内移”的文体实验。像朱文颖的《俞芝和萧梁的平安夜》以一种朦胧、懵懂、忧郁、迷离的笔调追踪平安夜上海街头的一对青年男女，不在场的第三人称叙述者出具了一种“化简为繁”的诗性化叙述语言，上海街头的日常事物、与叙述主旨没多少关联的小景致都进行了某些看似不必要的华丽书写，像“这样的晚上，是专门用来了却心事、偿还夙愿和适可而止地想入非非的，一切都有着一种看似虚幻的颜色笼罩其中”，但是，对于两个主人公，叙述人却不像发生期的女性小说一样“柔用”人物视角发声，恰恰相反，其往往以自我揣测、疑问，或干脆以莫名其妙的不知情为理由，剥夺了他们展示自我的叙述权。像“她在场，她正在他的注视之下。但是他们却为什么没有坐在了一起，这仍然是个疑问”，“是的，一定存在着某种阻碍，但我们不知道这阻碍究竟会是什么”，“俞芝为什么要对萧梁说这些？那段关于上海外滩的回忆，那里会有什么潜台词存在其中？是的，如果真有什么秘而未宣的事物，而我们则再一次对它进行大胆猜测的话……”。尽管《俞芝和萧梁的平安夜》并不是纯粹的“外视角”叙述，通过人物的大段独白，读者也了

---

① 边敬国：《从〈致命的飞翔〉看林白的叙事策略》，《湖北大学成人教育学报》2000年第5期。

② 参见林白：《致命的飞翔》，陈染、徐小斌等：《迷幻花园——女性心理体验小说》，北京，中国文联出版公司，1997，第423、424、426、438页。

解了部分故事情节，但叙述人挤压人物视角、有意给文章制造各种未解之谜的倾向却很明显。人物视角缺乏发言的机会，不要说引导读者发出评议之声了，连自己的感知都不能真实、完整地传达给读者，像“我们看见俞芝眨了眨眼睛，那眼睛里离奇的有种雾一样的东西，很迷离的样子，一闪而过，这让我们感觉很有趣味，所以我们大胆地猜测着俞芝可能生长在一个多雨的地方”，俞芝为什么双眼迷离，读者只能隔了叙述人制造的迷障费心去猜。① 在此情形下，人物形象的个性化、生活化无从谈起，他们只是像叙述人的道具一般，更加彰显了叙述人对迷离、暧昧、忧伤情感的热衷。

女性小说中叙述人主体意识、自我观念的张扬与叙述学领域对女性权力的追求有一定联系。苏珊·兰瑟说过：“叙述者在何种程度上贴近主导社会权力成了构成话语作者权威的主要因素。”② 是的，尽管这些文体实验在一定程度上有着先锋文学尝试花样翻新的艺术技法的考量，但具体到女性小说而言，却是与这一时段中女性权力崛起、形形色色的女性话语风起云涌的时代背景相关的。中国女作家对性别、女性主义等话题并不是太热衷，似乎唯恐被扣上“女权主义者”的帽子，连陈染这样决绝的女作家也公开提出“超性别意识”之说，然而这并不等于说女作家的自我意识、个人性、主体性不会在文本的字里行间有所闪现。尤其在发生期女性小说因为拘泥于主流言说、在女性声音表达上尚不充分和自觉的情形下，女作家从叙事形式上寻求突破，发出自己的响亮之声，不失为一种有着一定美学含量的女性方式。本节所讲的这一文体现象——叙述视角“内移”为叙述人视角，在文本中作为一种举足轻重的存在，有着统摄一切的力量——便有这方面性别叙事的影子。或者说，这是一种文学与性别的双重挑战：既挑战传统文学原则的叙事成规，也挑战传统上将叙述权威视为父权制权威的性别成规。

二、视角“下移”与非道德叙事

如果说视角“内移”使女性小说从重故事情节、人物形象塑造，转向了以叙述人话语掌控为前提的殊异美学氛围的营构，视角“下移”则打破了发生期女性小说以主流女性为中心人物、“柔用”人物视角事实上也

---

① 参见朱文颖：《俞芝和萧梁的平安夜》，《花杀》，北京，文化艺术出版社，2001，第215、216、221、225页。

② 〔美〕苏珊·S.兰瑟：《虚构的权威——女性作家与叙述声音》，黄必康译，北京，北京大学出版社，2002，第6页。

“柔用”了有关伦理、理想、奋斗的主流言说的一面，“下移”后将视角人物更多设置为个人化、边缘化的小人物，叙述人视角与人物视角的纠结演绎成主流言说与激进的女性声音之间博弈的话语场。

在叙述视角的研究中，视角人物的选择非常重要。批评家李建军曾言，“除非完全由作者反讽性地操纵的视点人物或叙述者（如《摩尔·弗兰德斯》《孔乙己》等）”，视点人物在叙事作品中的地位特殊而优越，别人要经由他的“过滤”才能在小说中现身。[①] 的确，完全反讽性的视角人物在女性小说中是较为少见的，叙述人在以视角人物的观察视域进行叙述的时候也往往“柔用”了视角人物的价值姿态，因此被“柔用”的视角人物往往比未被“柔用”的其他人物在文本中更能张扬自身，貌似客观的第三人称叙事其实也有鲜明的倾向性，往往就是通过视角人物呈现出来的。如果说新时期之初的女性小说如上文所言，有着较为明显的道德修辞的话，那是因为其视角人物多选择主流女性，像陆文婷、钟雨、曾令儿、林清芬、邵心如、岑岑、榕榕、《方舟》中的三个女性、张辛欣小说中的“我”等莫不如此。但是，随着女性小说在新的社会文化语境中的发展，将这种注重精神节操、有着理想与事业追求的主流女性作为视角人物的现象少了，即使存在，叙述人也往往做某些变形式处理，以其“不通时世”为由进行反讽，或表述其“转变”，而再“柔用”这样的视角人物则会在不经意间出现视角“下移”的现象。池莉的《小姐你早》中，粮食专家戚润物本质上是一个正直节俭、一心工作的主流女性，但叙述人对前期的她是用了一种不无反讽的叙述视角的，像“戚润物必须看晚上七点中央电视台新闻联播，否则，她就觉得与国家失去了联系”，“离婚是肯定的，但要把离婚变成狠狠打击王自力的手段。为社会为国家为中国女性做一件有益的事，这样的离婚才是有意义的离婚”。遇到给大款做妾的艾月，想用“美人计”惩罚背叛的丈夫后，从她的视角出发的叙述才逐渐糅合进了叙述人视角，对于艾月所说的“志残身不能残”“我没有出卖灵魂，我只出卖了肉体”等另类言论，叙述人以人物视角写道：“戚润物感到艾月其实是一个有思想有个性的女孩子。”“戚润物做梦都没有想到，她会在二十世纪末的一天晚上，在一个海鲜城的洗手间里，与一个给大款做妾的小姐进行一场突如其来的推心置腹的直接对谈，瞬间走进你的心，这种对话的方式本身就让戚润物非常激动。”[②] 这种叙述人“柔用”人物视角、作为视角人物的戚润物又对艾月相认同的叙述，会导向女性话语的物化、肉身化

① 参见李建军：《小说修辞研究》，北京，人民大学出版社，2003，第107页。

② 池莉：《池莉文集》，南京，江苏文艺出版社，2001，第238、268、277页。

趋向。除了艾月，李开玲的“年龄是女人的致命伤”“女人要满足男人的性欲”言论，也在叙述人视角的“女人是被女人引导前进的”“作为女人的戚润物被李开玲引导着上了回女人之家的路”的言说中，强化了这种物化、肉身化女性观。这些都可以看作是叙述视角的“下移”现象。

戴维·洛奇（David Lodge）曾把小说看作修辞性艺术，“我们在阅读过程中，小说家‘劝说’我们与他同持某种观点；如果成功，读者会沉浸在那种虚构的现实中，如痴如醉”①。是的，小说叙事也是一种“劝说”的艺术，视角人物的言说一旦为叙述人非反讽地亲和性接受，就会对读者起到一定“劝说”作用。以非主流人物作为视角人物的小说，容易出现与发生期女性小说之道德修辞相反的非道德化叙事，原因即在于此，这在20世纪90年代之后转型期女性小说中是一个值得反思的现象。像魏微《拐弯的夏天》对一个女诈骗犯（有时骗钱，有时骗情，有时是单骗钱或骗情，有时是既骗钱也骗情，有时是通过骗情来骗钱，有时是通过骗钱来骗情）的描写，“她像是没有身世，光溜溜的一个人，来这人世走一趟，仅仅为来看热闹。她让人丧失了提防心。谁能看见呢，在她身后，站着沧桑世事，郁郁森森的时代背景，家族的衰亡，个人命运的跌宕起伏……”②；魏微《大老郑的女人》中对瞒着农村丈夫与城中异地已婚打工者组建收费性临时夫妻的女人（小说以文白相见的“亦良亦娼者”呼之）的描述，“她们多情，很容易就怜惜了一个男子；她们或许是念旧的，但绝不痴情。她们是能生生不息、换不同男子爱着的……或许，这不是职业习性造就的，而是天性……在通过恋爱或婚嫁改善境遇方面，她们是说在明处的，而普通妇女是做在暗处的”③；张悦然《红鞋》中对不仅施虐于“他”（杀手），也施虐于别人（拔光了邻家男孩的牙齿）和那些无辜的小动物（拧断鸡的脖子、掏干净麻雀的五脏六腑、活剥猫的皮、蘸着鸡血写字等）的冷血女孩面对男人横尸脚下的描写，“他横在她的脚下，像是一条隐约不见，细微得不值一提的小溪流，她跨越，离去，然后渐行渐远”④；等等。这些在不同程度上“柔用”了视角人物的描述是能够让读者产生一定情感认同的，以文学的美学幻象的方式不知不觉颠覆了其现实形象。而这一切都是与小说将这些处于法律与道德边缘，甚至产生危害社会的“负能量”“负价值”的人作为视角人物相关的。正如前文我们引述

① 〔英〕戴维·洛奇：《小说的艺术》，王峻岩等译，北京，作家出版社，1998，第9页。

② 魏微：《拐弯的夏天》，北京，中国工人出版社，2001，第154页。

③ 魏微：《大老郑的女人》，《姐姐和弟弟》，济南，山东文艺出版社，2005，第64～65页。

④ 张悦然：《红鞋》，2019年4月7日，http://www.docin.com/p-15006422.html。

的批判家李建军所言，视点人物往往被处理为小说中的优位能指，其他人的形象塑造都是他/她的眼光“过滤”的结果。可以说，非道德化视角人物的选取及叙述人对这些人物视角的话语“柔用”，为当下小说的非道德化叙事提供了叙事学便利。

对于女性小说的性别话语表达而言，视角“下移”当然是需要冒某些伦理风险的：因为所言说之人或事在现实的法律与道德层面上是要遭受伦理谴责甚至进监狱吃官司的。如果联系上文所言的发生期女性小说对婚外恋问题的谨慎叙事姿态，我们会发现视角“下移”的当下女性写作在非道德叙事上走得远矣。有些人抱怨现在的纯文学作品除了身体写作有情色化嫌疑外，价值观上也有阴郁、颓废、沦丧、暗黑的倾向，主要就是指的这些现象。笔者也曾对此颇有微词，像针对《小姐你早》曾专门写文章批判其消费化、商业化的女性观。① 不过，这里笔者想提及问题的另一面是，视角“下移”也带来了包括多元性伦理在内的性别话语的多样化表达。主流女性话语强调的是女性“四自”（自尊、自立、自强、自信）原则，更看重女性在社会领域中运作、争取与男性平等平权的一面，带有男女关系“应然”的特征，而对错综复杂的大千世界与形态各异的人际来往中男女关系“实然”的一面表现不足，或者说只反映了一部分人的性别观、价值观，还有太多人的另类存在被遮蔽了。

事实上，性别话语的发展并非像主流女性观那样斩钉截铁和泾渭分明，其有不少模糊暧昧的灰色地带，而且在一定程度上还与主流女性话语有着千丝万缕的联系。福柯在谈到性观念的变迁时说：“从 18 世纪以来，西方社会创造和确定了一套新的机制并把它叠加在原有机制上。”“新的机制并没有代替原有机制，而是消弱了其原有机制的重要性。”② 他特别提醒人们性观念的新旧机制之间的关系并非“取代”而是“叠加”，两种乃至多种性话语之间的叠印、叠加可以说是一种文化常态。笔者认为，这种逐渐“叠加”的性话语表达在叙事学层面的女性小说中就是通过视角“下移”体现出来的。可以说，这是边缘化的另类女主人公充当了视角人物后，叙述人视角对其话语“柔用”的一种结果，它们让读者看到了现代社会中人性与女性的另一层面上的真实性与复杂性。

三、视角“混移”：新的视角样式的出现

除了视角“内移”与“下移”，女性小说在随时代文化语境向前发展

---

① 参见孙桂荣：《“女人味”及其在消费时代的生成之路》，《扬子江评论》2012 年第 2 期。

② 〔法〕福柯：《性史》，姬旭升译，西宁，青海人民出版社，1999，第 106 页。

的过程中，还出现了不同类型的叙述视角杂糅、混合、增生出新的视角类种的倾向，笔者称之为视角“混移”。这并不是指一般意义上的视角转换，因为视角转换是一种小说叙事中很常见的现象，现代小说往往不会拘泥于单一的视角类型，而会混合使用多重视角，并在适当的时机以视角转换的方式传达单一视角难以表述的内容（像《大老郑的女人》中突然穿插的女人乡下丈夫的叙述视角，为从被蒙蔽者角度审视这种亦良亦娼的行为提供了话语空间）。这里的视角“混移”研究主要是为那些以往的叙述视角研究中较少关注，但在近年来的女性小说创作实践中又确实涌现出来的新的视角现象及其性别意涵，做相应的学理总结。笔者看来，这样几种叙述视角现象是值得关注的：

1. 第一人称全知视角

即尽管是第一人称叙述的视角设定，但却并非限定于单个叙述人的眼光、视域、权限，有着洞视其他人/物心理、言行的全知叙述特点的视角方式。全知叙事是第三人称叙述的显性标志，文艺理论家胡亚敏将其界定为“叙述者或人物可以从所有的角度观察被叙述的故事，并且可以任意从一个位置移向另一个位置……”①。理论上，这是与从一个固定人物视角出发的第一人称叙事正相反的叙事类型，第一人称叙事因为是从人格化叙述人“我”的视角出发，往往被视为内视角叙事的典型。不过，第一人称全知视角的叙事却将第一人称叙述与全知视角奇怪地结合了起来，明明是一个特定的自然人，但却有着全知叙述的能力和权力，这是需要进行一些变形式人物处理或大幅度场景切换的，像池莉的《绿水长流》以“一天早晨醒来，我想写一个于爱情有关的故事”开头，是典型的第一人称叙事。但是随着故事的徐徐展开，小说写到了李平平与方宏伟、兰惠心与罗洛阳、宋美龄与蒋介石、姨母与姨夫等人的故事。这些人爱情故事中的隐秘细节小说叙述得有声有色，但这对现实中作为自然人的“我”来说是不可能的，只能说是一种叙述的僭越——第一人称叙事的叙述人突破了既有的叙述法则，演绎成了全知全能的叙述人，小说因此也事实上演变成了一种全知叙述。

还如林白的《万物花开》，本书第六章第四节探讨话语权威与“不可靠叙事”时以大量文本细读探究了其将叙述人设置为乡村少年大头，一方面强调了其脑子里有五个瘤子而导致其弱智、失智、痴傻的一面，但同时又不遗余力地展示其智力超常的“天才”的一面，这导致了文本在一定程

① 胡亚敏:《叙事学》,武汉,华中师范大学出版社,1994,第25页。

度上的“不可靠性”。这里，笔者从叙述视角层面认为它也是“第一人称全知叙述”的个案文本，因为小说明确出示的叙述人是“我”，肉身化、人格化到了大头身上，可在文本的具体叙述中，这个“我”随意穿透他人甚至动物、植物等的“万物”视域，对“万物”的声、色、味、心理感觉统统尽收眼底的全知叙述的情形十分明显，像“我”作为一个乡村少年不可能知道地方政府审案子的情形，但“我脑子里的瘤子听见二皮叔在屋子里录口供，一问一答。人是你打的吗？不知道，谁打的……桌子很生气，纸也很生气，笔更生气”；“我”也能知晓各种生灵，“豺狗的声音咻咻咻，泥鳅的声音唧唧唧，谁也听不见，只有我能听见，大头啊大头，你就好好饱一饱眼福吧，眼福耳福鼻子福都要享到”；“我”还能感知奇妙的水世界，“我跟着波纹走，一会儿就到了水里，水漫过我的头顶从我的鼻子进去，又从我的屁眼出来，而我的眼睛像戴上了一种镜片，水中一会儿暗蓝，一会儿微金，好像到了电视里的夜总会”。[①] 种种全知视角才能展现的景观都被统摄在“我”的视域中，这些神奇的叙述是与对“我”（大头）的痴傻又智慧超群的非常态人格设置相关的。“第一人称全知叙述”为文本增添了现代主义、浪漫主义气息，体现了女作家突破常规的第一人称、第三人称叙述模式以及在新的文体实验上的努力。

2. 非人格化叙述人视角

即叙述发出者、叙述视角的承担者是非人格化的叙述人。叙事学上一般将叙述人划分为第一人称叙述者、第二人称叙述者、第三人称叙述者，其言说主体是人，区别是第一、二人称的叙述者是参与故事讲述的人格化同叙述者（“我”叙述或“你”叙述，往往能在字里行间透露出性别类属），第三人称叙述者是不参与故事进程的异叙述者（“他/她”叙述，无明确性别标记）。这里，非人格化叙述视角是指参与故事讲述的同叙述者视角，但其言说主体不再是人，而是物，含各种植物、动物，或非生命体的各类物品等。这是一种拟人化的叙述视角，让物（而不是人）作为叙述者开口说话，能够将言说内容与言说者的物品属性联系起来，以达到人格化或非人格化叙述人的言说难以达到的言说效果。像《万物花开》中部分语段中的木床叙述（“木床在温红的光中看到新娘的身体，像一截长莲藕，半截南瓜，两只白梨，人的身体原来跟瓜果也差不多……”）、南瓜叙述（“南瓜光着屁股来到我的床前，看着我说，搂着我吧，大头”）、油菜花叙述（“春天一到，春风一吹，油菜花呼啦啦地开放，像着火一样，把手

---

① 参见林白：《万物花开》，北京，人民文学出版社，2003，第55、31、104页。

手脚脚都伸到了阳光下，摇着摆着，勾勾搭搭，兴高采烈，纷纷说道，花痴又要来了”）等。① 木床、南瓜、油菜花的属性、用途不同，其视角下的言说内容亦各有千秋，这种非人格化叙述比起大头的痴傻叙述，可以说更鲜明地体现了底层乡村生活中“万物花开”的美学意蕴。

还如华裔女作家张翎的《流年物语》，别出心裁地以“河流物语”“瓶子物语”“麻雀物语”“老鼠物语”“钱包物语”“手表物语”等 10 种“物语”作为章节题目，每一章从各自代表性物品的视角展开该物品主人或相关者的一段故事叙述。可以说，非人格化的物品叙述（“物语”）成了小说的主要叙述方式：以物窥人、以物言情。这是一种更彻底的视角“增生”现象，其与间或存在的“人语”（人物视角叙述）相交织，将 30 多年来时代风云背景下人物命运的沧桑变迁叙述得摇曳多姿，令人荡气回肠。如河流的“物语”，“我曾看见无数人从我的岸边漫步经过，听任河水引领着他们进入各种关于宇宙与人生的神秘梦想，他们把我当作幽思的源头，也把我当成世界上最大的免费垃圾场”；钱包的“物语”，“我的前身是一块零布头，我是从一块二尺七寸宽七尺长的灯芯绒布料上剪下来的，那块布料是一位母亲给她的两个女儿做外套用的，当时两个孩子的年龄分别是九岁和十三岁”；苍鹰的“物语”，“我被阻隔在回家的路途中，只好在路边一棵枝叶茂密的大树间栖息，这是我一生中见过的最为暴烈而持久的雨”。② 如果说《万物花开》中木床、南瓜等非人格化的“物”视角叙述只是间或点缀于第一人称“我”（大头）叙述中的零星叙述技巧的话，在《流年物语》这里不仅篇幅比重大幅增加，还介入其故事层——“物语”的言说者不是一般意义上的非人格化的物品，而是与故事中的人物、情节有着密切关联，甚至在一定程度上能够推动叙事向前发展的有结构能力的“物”。像“物语”中瓶子的叙述，“我忘了告诉你：我现在的主人是一个叫全力的女人”；手表“物语”中手表的言说，“我的主人爱我，但并不懂我……最终把我从石头堆里挑出来，发现我身上玉的特质的，是一个叫叶知秋的女人”；“猫魂物语”中流浪猫视角的叙述，“我曾经是一只流浪猫，我的脚印遍布温州城里所有的明街暗巷……在我三岁零两个月大时，我被一个叫全思源的女孩，用一块蘸了敌敌畏的鱼肉毒死，就在我心爱的猫神咪咪面前”。③ “物语”中言说的人或事无一例外都是小说中的核心人物或重要情节，或者说，《流年物语》里的“物语”方式不仅有着将叙述人设

---

① 参见林白：《万物花开》，北京，人民文学出版社，2003，第 49、77、108 页。

② 参见张翎：《流年物语》，北京，北京十月文艺出版社，2016，第 6、99、253 页。

③ 参见张翎：《流年物语》，北京，北京十月文艺出版社，2016，第 11、181、321 页。

置为非人格化物品、开拓叙述视角样态的美学价值，还具有作为章与章之间的过渡与联结的结构上的功能。

3. 复数叙述人的非同声性视角

复数叙述人是指叙述人是复数的群体，以“我们”“他们/她们”“你们”等复数代词自称，这在小说叙事中并非普遍，但也不是没有，像张洁《方舟》中三个女主人公以“她们”的方式进行的群体叙述、萧相风《关键词：南方工业生活》中以“我们”叙述的方式对南下打工者工作、生活状态的群体性叙述等。不过，这些叙述声音的发出者尽管是复数，但其指向是一致的，发出的是一种相对单一的叙述声音，这在叙事学上被视为与个人型叙事相对的集体型叙事，本书后面第八章“从个人型叙事到集体型叙事的女性声音”有专门性论述。

这里，笔者想言说的是复数叙述人的非同声性叙述，不但叙述人是作为复数群体的不同的人，所发出的声音也是不同初衷、不同诉求的，即不同叙述人采取非同声性视角的方式在叙述。这也是一种新的视角“混移”与增生，是作家文体实验的产物。李洱的《花腔》曾采取这种“花语腔言”的叙述方法，不同的人从不同的立场对主人公葛任（“个人”）的死因进行不同视角的叙述，将历史进行个人化叙事的同时，也将其经验化、非同步化、非整合化了，这可以说就是一种复数叙述人的非同声性叙述视角的尝试。还如刘弟红的小说《单位人》在结构上将一部长篇小说拆分成80篇短文，并前后设置了11个叙述人，没有中心人物、没有统一的预设立场，全文呈现出了众声喧哗、多音齐鸣的混杂状态，因为非此无法表现“单位人”错综复杂的人际关系与盘根错节的官场文化全貌。

可以说，复数叙述人的非同声性叙述视角带来了文本的风格化与人物意指的多样化，而女性写作在运用这一叙述视角时则或隐或显地体现出了某种性别意涵。像蒋韵1996年出版的《栎树的囚徒》，采取的就是三个女性人物轮番讲述的家族叙事方式：第一章的叙述人是天菊；第二章的叙述人是天菊母亲苏柳；第三章的叙述人是天菊舅妈贺莲东；第四章的叙述人折回到天菊母亲苏柳；第五章作为尾声，叙述人又回到天菊，以与第一章相呼应。没有一个高高在上又退居幕后的第三人称叙述人统摄全篇的讲述声音，而是各章叙述人各自为政的叙述，而且复数叙述人的姿态、风格等并不尽相同，像对于陈桂花、段金钗等人“宁死不屈”的壮烈结局与贺莲东对苦难琐碎庸俗生活默默承担的柔韧精神，各叙述人便出具了相对不一的话语立场。应该说，这种殊异的叙述人设置对小说的传情达意是起了很大作用的。作者蒋韵曾言：“我想尝试用一种诗情的史诗性的方式解构历史，这种解构的对象不是玄思的、意念上的那种，而是实际生活中的。”①悲壮的女性生命个体在被毁灭或自我毁灭的过程中，由于历史的风云际会却没有获得应有的崇高感与价值感，是这部小说最让人反思与动容的地方，而复数叙述人的非同声性视角的叙述方式则为这种生命与历史的“诗意的消解”提供了最好的结构承载方式。

对于叙述视角，笔者认为可以采用整体性、通观性、统筹规划的原则。也就是说，作为叙述修辞的写作主体，小说作家有权、也应该“统筹兼顾”各种样式的叙述视角，通过选择、转换、跳跃、并置叙述人或不同人物的各种视点，来为写作主旨服务，视角的跃动是其应有的灵活性的体现。当然，在这其中还要保持必要的逻辑性，视角变换要自然有序，不能给人紧张、断裂之感。事实上，大部分优秀作品在叙述视角的选择上都在有形无形地践行、彰显这一原则，女性小说各个历史时期叙述视角的发生、流变、增生，可以说就是在这一原则的前提之下进行的，本章各节有所侧重的分类叙述便是对这些现象的具体阐释。

① 李国涛、韩石山:《生命与历史:诗意的消解——蒋韵长篇新作〈栎树的囚徒〉讨论会》,《当代作家评论》1997 年第 1 期。

第四章　人物话语的引语形式及其性别分析

引语是就小说中人物话语（包括人物语言、思想、心理活动等）的叙述方式而言的，涉及人物语言等是小说中人物的直接表达、叙述人对人物所思所想的转述、转述的方式与程度等系列问题，是小说修辞学关注的话题之一。传统上，人物话语的引语表达属于艺术形式、内部研究范畴，但事实上，正如詹姆逊所言："叙事形式的产生，本身就应看做意识形态行为，其作用是为不可解决的社会矛盾创造想象的或形式的方法。"① 所谓内容与形式、外部研究与内部研究的划分是相对和动态的，人物话语的引语修辞绝非通常意义上所说的只是技术性存在的内容的附庸，"内容决定形式"的传统文学理念已被中外叙事学研究所抛弃，引语形式中蕴含了包括性别话语表达在内的重要意涵，从新时期到新世纪的女性小说发展历程亦经历了一个变化的过程。

第一节　人物话语表达形式的分类

人物是叙事作品的核心要素，如果说视角人物的选取能够左右小说传情达意的立场、判断的话，标识人物话语的引语修辞则表明了叙述者（受述者）与作为叙述对象的人物语言的具体关系。传统的人物语言研究多注重人物话语本身——人物语言是否符合人物身份、是否个性化风格化、能否有力刻画人物形象等，但直接引语、间接引语、自由直接引语、自由间接引语等引语修辞却将研究延伸到了人物话语的表达方式层面。

早在柏拉图的《国家篇》（即《理想国》）第 3 卷中，苏格拉底就区分了"模仿"和"纯叙述"两种方式，里面已包含了一定引语修辞的内

① 转引自阳雯：《叙述者背后的"他"与"她"——〈帕梅拉〉与〈亚当·贝德〉性别意识比较》，《重庆三峡学院学报》(社会科学版)2007 年第 5 期。

容，后来叙事学家热奈特对人物话语做了三种区分：叙述化话语、间接形式的转换话语、戏剧式转述话语。[①] 英国批评家诺曼·佩奇（N. Page）将引语方式进行了更细致的八类划分，申丹则对诺曼·佩奇的论述在批判性继承基础上重新确定了引语修辞的类别，分成直接引语、被覆盖的引语、“平行的”间接引语、“带特色”的间接引语、自由间接引语、自由直接引语、从间接引语“滑入”直接引语等类型。[②] 不过，这些研究都是以英语小说为论述对象，从英语句法、时态、语态、从句等语法范畴出发进行引语探讨，更多依循英语语法中的从句使用习惯，与中国当代女性小说的文本与文化语境并不是太相契合。

笔者认为，从人物话语在中文小说中的表达方式来看，主要分为直接引语、自由直接引语、间接引语、自由间接引语这样几种不同形式。直接引语与间接引语都是现代语言形式类种，前者单纯描写人物语言，并用引号的方式表达出来，以区别于叙述人语言，后者则是叙述人转述的人物语言，并带有时态、语态等层面的相应调整。至于自由直接引语与自由间接引语则是直接引语与间接引语的某种变体，其与叙述人话语往往有着千丝万缕的联系。对于中文语境中各类引语修辞的内涵与外延，文艺理论家胡亚敏的说法是很有启发性的，她在其《叙事学》一书中从直接引语、自由直接引语、间接引语、自由间接引语四个层面界定中文小说的引语类型，更符合汉语句法、语法的习惯。总的来说，直接引语与自由直接引语的区别是前者有引导词（“说”“道”等），并用双引号将人物的对话或独白标识出来，而后者省略掉了引号，人物对话或独白直接“滑入”叙述人语言；间接引语也没有引号和引导词，人物语言不直接面向读者，而是由第三人称叙述人或其他人物为中介进行转述；自由间接引语是人物话语并非由叙述人转述，而是第三人称叙述人模仿人物的语气、话语方式和内心活动进行表达。可以说，人物语言使用或不使用引号（中文中分双引号、单引号）标识，对探讨小说叙事中的引语修辞来说是很重要的一项内容，因为能够自由运用各种引语方式是小说文体的一大便利，它不必像影视作品那样只能利用摄像机呈现动态的人物原话，小说作者可以用引号原原本本地叙述人物言辞（直接引语），或不用引号，以叙述人的语气、口吻转述人物语言（间接引语），这些都为塑造人物的丰富性、复杂性提供了有利的条件。

---

① 参见〔法〕热拉尔·热奈特：《叙事话语　新叙事话语》，王文融译，北京，中国社会科学出版社，1990，第 30 页。

② 参见申丹：《叙述学与小说文体学研究》，北京，北京大学出版社，2004，第 288～290 页。

当然，与语言学相关的各类引语在小说叙事的历时性发展中也会经历一定细微的变化，像从新时期之初到后来文学的形式实验，人物话语的直接引语形式有减少趋势；自由直接引语增多了；间接引语的美学范畴也有扩大趋势；自由间接引语的使用亦更加灵活机动，增强了小说叙事的美学表达。而这些引语方式的话语流变对包括性别意涵在内的小说主题意旨、人物塑造、美学趣味均产生了程度不一的影响，因为言说效果与言说的表达方式有着密切的联系，即使是大致相同的内容，如果在不同的文本语境中采用不同的引语方式，其最终产生的美学效果也会有某些微妙的差异，而这便是所谓“有意味的形式”的由来，女性小说的人物话语表达因为还涉及性别权力意涵，更是一个需要细细甄别的空间。目前，女性小说引语修辞的细读分析多集中于外国文学研究领域（其中对自由间接引语的分析最为有力），对于中国女性小说研究来说似乎还是乏人问津的学术盲区，本书试图在这一领域做出一定探索性尝试。接下来，让我们走进新时期文学现场，看一下女性小说中引语修辞的叙事内涵及其发展流变现象。

第二节　从直接引语到自由直接引语的女性声音

不同引语方式的应用体现了写作者对笔下文本风格与人物话语理解的不同，但它并不是一个仅联系着写作者个人文体趣味的问题，还与一个时代的文化氛围、文艺思潮动向息息相关。女性主义叙事学反对刻意挖掘一种超越历史时空、只与女性本质相联系的女性修辞，像苏珊·兰瑟就多次强调社会历史语境中错综复杂、不断变化的社会规约对女性写作产生了重要甚至致命的影响，而不是带有本质主义、神秘主义气息的“女性本质”。① 沃霍尔则说男性作家有时会为特定目的采取“女性技巧”，而女性作家也会为特定目的采取“男性技巧”，迎合受众的“吸引型叙事”策略也为部分公开表达自身机会相对缺乏的边缘性男作家所采用。② 对各类引语方式的选择和使用便是如此，每个作家都有自己的文体倾向，女作家与男作家有既相联系又相区别的性别选择，但社会时代因素却更是一个不容忽视的问题，在某一特定年代，不少女性小说群体性的引语修辞可以说是社会文化的产物，而其与另一个年代引语方式的不同则留下了文体流变的

① 转引自申丹、王亚丽:《西方叙事学:经典与后经典》,北京,北京大学出版社,2010,第199页。

② Robyn R. Warhol, 1989: *Gendered Interventions: Narrative Discourse in the Victorian Novel*, New Brunswick: Rutgers University Press, pp. 25-46.

痕迹。在新时期以来的女性小说叙事中，从直接引语到自由直接引语或直接引语与自由直接引语的交叉、混融性使用便体现了这一文体演变痕迹。

一、直接引语中的性别表述

在新时期之初的女性小说中，直接引语是用得较多的人物话语方式，其遵从汉语语法习惯，前面一般有动词“说”“道”等引导词，以与叙述性语言相区别，具体引语部分往往用冒号、引号标识出来，其中双引号内如有特别强调的内容或再引用的部分用单引号标识出来。引号是直接引语的典型标点符号，一般意义上双引号有表示特定称谓、着重论述、特殊含义、反语等作用，有突出、强调的意味，尤其是单独成段的直接引语有着明显的重点强调用意。人物语言用引号标识后在文本中与叙述语言相区隔，有强调、凸显的意味，不受叙述人干预，能够鲜明体现出言说者的个性和在文本中的独立性。新时期之初的女性小说用直接引语表达女性声音的现象，要比后来的女性小说更明显和普遍，像《方舟》中梁倩以直接发言的方式说出了这样一大段性别宣示：

“那个姓吴的老头说了：‘我说——啊，那个工人睡觉打呼噜怎么打得那么那么响啊？这不是丑化我们工人阶级吗？’

“洗印车间的青工小聂说：‘我比他打呼噜打得还响呐！’

“真他妈混蛋！

“又说，‘那女主角的奶子怎么那么高啊？真的还是假的？……’

“我说，‘是真是假，可以调查研究，摸一摸就知道了。’

“奶子高？奶子高也成了一条罪了？人家长得就那么高，能削下一块去吗……’

“听我这么说，他急眼了。‘梁倩同志，请你严肃点！’

“‘我怎么不严肃了？……妇女的解放不仅仅意味着经济上和政治上的解放，还应该包括妇女本人以及社会对她们存在的意义和价值的正确认识。妇女并不是性而是人！然而有些人并不这样认识，就连有些妇女自己也以媚态取悦于男性为自己的目的，这是一种奴性……好吧，就算女人是祸水，那么男人个个是柳下惠也行，干嘛一出了问题都要怪女人，骂女人？啊？’”①

① 张洁:《方舟》,《收获》1982年第2期。

这是梁倩为荆华讲述自己与电影厂其他人争执的一段话，用引号引起来、单独成段，直接引语就像影视作品的摄像机、录音机一样，能够呈现动态的人物原话，对于女性声音的表达有着其他引语形式难以比拟的鲜明特点：第一，人物言说的个性化和风格化。用引号标识直接引语不受叙述话语的干预，只对作为言说者的人物负责，因此是最鲜明体现出人物个性和风格的言说形式。梁倩模仿单位老吴口气的刻板、猥琐、泼皮，自我言说的泼辣凌厉，为女性代言的严肃条理，均被刻画得惟妙惟肖。第二，面向读者的直接性与生动性。直接引语不需要叙述人的转述，具有鲜明的口语性，能够让读者如见其人、如闻其声，像上文“干嘛一出了问题都要怪女人，骂女人？啊？”中一个“啊”字、两个问号生动无比，将梁倩心直口快、疾恶如仇，遇事爱刨根问底的个性暴露无遗，这都成为其尖锐女性立场的个性基础。平心而论，这一段中有关妇女解放的文字理论化、书面性太强，与直接引语的生活化、个性化气息不太符合，但也正是这种“越轨”的风格使《方舟》中的激进女性声音突破了叙述人评议的传统文体方式，让不受叙述干预的人物言说直接呈现到读者面前，强化了言说者的个性特征。

直接引语在柏拉图看来是种“完美模仿”，因为叙述人不参与人物话语，诗人“竭力造成他不在说话的错觉”①，人物语言直接跃然纸上，文本中对人物对话、独白的描写与现实中人物言说同质并且同构，相互对应，因此往往被视为人物语言的实录。以直接引语表达的女性声音因为有明确的言说者和指涉对象，在对抗男权文化方面往往比叙述人普泛性议论的间接引语有着更强的尖锐性和现实针对性。像胡辛的《四个四十岁的女人》因为采取了四个女人轮流发言的方式，直接引语的应用也很频繁：

“在世人眼中，我不过是一个轻薄下贱、水性杨花的女人，有谁知道我正是为了追求做一个真正的女人才如此身败名裂呢？”

“嗯。‘难道女人追求的目标仅仅是做贤妻良母吗？’”

“为丈夫和子女做出牺牲是可贵的，但不能算崇高的。因为这种爱不能算跳出一个小家。”②

---

① 宴杰雄：《新世纪长篇小说文体研究》，北京，作家出版社，2013，第225页。

② 胡辛：《四个四十岁的女人》，阎纯德主编：《新时期女作家百人作品选》（下），福州，海峡文艺出版社，1985，第329、332页。

小说中这些叶芸、魏玲玲的发言用双引号引了起来，单独成段，成为文本中的某种醒目的存在，将人物内心深处的性别立场直言不讳地讲出来，体现了当时难能可贵的反抗男权文化之声，并与引号外表述人物言说或聆听时神态、举止的句子形成某种映衬式同构，像紧接着第一句的是"她抬眼望星空，亮晶晶的星星像宝石缀满幽远高深的天幕，二十年前她展开理想的翅膀起飞时……"言语与神态相呼应，从其他三位女友（直接引语的受述者/听众）角度对言说者进行立体描述，强化了这种女性声音的感情色彩，在与叙述话语的映衬、对比中显出了其特有的文体效果。

另外，直接引语的引号还能产生独具特色的"音响效果"①，这对女性声音的传达也能起到强化、凸显的作用。像《方舟》是以女性抽烟表现其悲凉、苦闷心境的：

> 梁倩一扬眉毛："你抽烟了？"
> 荆华靠了过来："我也抽烟了。"
> 柳泉……寂寞地笑笑，说："我也抽烟了。"②

整齐有序的冒号、引号，频繁出现的"抽烟"二字及助词"了"，构成了抑扬顿挫、复沓回还的音响效果，烘托了女性苦闷阴郁的心理氛围，对塑造人物、强化主题有着鲜明的话语作用。

二、自由直接引语的大量使用

自由直接引语是直接引语的一种变体，其省略了引号、冒号等直接引语的标志性标点符号，有时也不用"说""道"等动词引导词，将人物语言直接混入叙述语言之中。自由直接引语在一定程度上去掉了直接引语中引号所标识的强调突出意涵，却也因为拆掉了引号的壁垒，卸下了叙述语境的压力，让读者在无任何装备的情况下接触到人物的"原话"，这无疑拉近了与读者的距离。因此，自由直接引语既在直接性、生动性上堪与有引号的直接引语相媲美，又有着人物话语与叙述话语相叠印的"可混合性"的特征。③

相对于新时期之初直接引语在女性小说人物话语方面的普遍使用，20世纪80年代中后期以来的文学形式探索使自由直接引语的应用比例大幅

---

① 申丹：《叙述学与小说文体学研究》，北京，北京大学出版社，2004，第302页。

② 张洁：《方舟》，《收获》1982年第2期。

③ 参见申丹：《叙述学与小说文体学研究》，北京，北京大学出版社，2004，第299页。

提升。或者说，人物语言较少用引号标识，甚至通篇不用引号，将叙述语言与人物语言相混杂的现象从 80 年代后期文学形式实验以来在文坛流行开来，女性小说也不例外，自由直接引语取代直接引语似乎已成为一种文学常态。细读文本就会发现，《叔叔的故事》《长恨歌》《永远有多远》《一个人的战争》《致命的飞翔》《私人生活》《双鱼星座》《迷幻花园》《大老郑的女人》《水姻缘》《誓鸟》《陌上》《芳华》这些堪称 20 世纪 90 年代以来女性小说代表作的作品在描写人物语言和对话时，几乎都去掉了引号，有的引导词也不用。自由直接引语的使用，或者照抄原先直接引语的内容却不用引号、冒号的现象，在 20 世纪 90 年代以来的小说写作中已相当普遍，不少作家都有意识运用了去掉引号、冒号的自由直接引语方式。而消除了引号、冒号、引导词等带来的壁垒感，可以让读者在毫无准备的情况下直接接触到人物语言，因此自由直接引语被认为在体现人物话语的直接性上比直接引语还胜一筹，申丹认为其是“叙述干预最轻、叙述距离最近的一种引语形式”①。这在直接引语与自由直接引语的对比中会看得更清晰一些。像池莉小说《怀念声名狼藉的日子》用了直接引语与自由直接引语相交叉的“双叙述”样式。而这种“双叙述”的基本模式是主人公豆芽菜的语言用了自由直接引语，而其他人的语言则用了直接引语，像笔者随手摘取的这几段：

> 小瓦说：“豆豆真是豆豆，胆大包天，竟敢擅自把文章中间的句子换到最后。”
>
> 是的，我是胆大包天，我喜欢小瓦和他的豆腐房就是因为我在这里可以胆大包天。这里没有告密者，没有文化大革命，我不会因为擅自串联了鲁迅的文章而受到严厉批判和处罚……
>
> 小瓦脱口而出地赞赏道：“好！说得好！”②

从小瓦“说得好”的赞赏来看，豆芽菜的大段言语是“说”的，而不是叙述人走进人物心理代言的心理描写，这种自由直接引语的使用，省去了“豆芽菜说”这样的引导词和冒号、引号，也在一定程度上去掉了语境的压力，使叙述更流畅，让读者可以直接接触到人物的“原话”，更有利于展开人物潜意识的表达。热奈特曾言，自由直接引语不但话语本身是人物的，还在于其卸去了表达符号的壁垒，“一上来就摆脱了一切叙述模式，

---

① 申丹:《叙述学与小说文体学研究》,北京,北京大学出版社,2004,第 299 页。

② 池莉:《怀念声名狼藉的日子》,昆明,云南人民出版社,2001,第 106～107 页。

一上场就占据了前台”①。自由直接引语赋予人物心灵化色彩，使其心理无须任何中介自动呈现出来，这自然增强了读者对其的认同程度。相比小瓦，豆芽菜坦荡自然、率性而为的个性更加鲜明，是与自由直接引语这种让人物语言直接走到文本前台“现身说法”的话语形式相关的。

当然，不带冒号、引号的自由直接引语还有一个更大的优势，那就是节约文字篇幅，减少标点符号总量，这在一些频繁进行人物对话的文本中尤其体现出其节俭、高效的一面。像付秀莹2016年出版的《陌上》中银花与大全媳妇的一段对话：

> 黄花闺女家，谁敢往这个上头想呢。银花说老是不见好，就带她去找会开看，会开给摸了脉，说是喜脉。这个不死的妮子！大全媳妇说，当时旁边有没有人？这个要是传出去，好说不好听。银花把大腿一拍，哭开了。**谁说不是？**会开倒是把我叫到一旁说的。**可这种事儿，怎么瞒得住？我这张脸哪，叫我往哪里搁！三姐，你看我这命！看我这命！**②(粗黑字体为笔者所加)

银花与大全媳妇两个农村妇女絮絮叨叨话家常，言说的还是难以启齿的隐私，如果用《方舟》中直接引语的方式，会需要很多引导句、引导词、冒号、引号，单独成段的话占用篇幅会更多，而《陌上》的做法是以自由直接引语的方式全部省略这些，也不单独成段，而是将人物语言与叙述语言融为一体，只是以口语化、个性化的语言和蕴含丰富的标点符号标识出来（笔者用加粗字体标注），让读者很容易辨析出来哪些是人物语言，哪些是叙述语言。这种言说方式对于往往更加谨慎、内敛、不轻易敞开心扉的女性人物来说，提供了叙事学层面上自我展示的便利。

可以说，不带引导词、冒号、引号的自由直接引语取代有这些标识性语词或符号的直接引语，鲜明体现了引语修辞文体演进的一面。究其实，这是与女性小说（当然，自由直接引语并非女性小说独有，有些男性小说也采用了这一方式）在这个新媒体年代的传播与接受语境分不开的。天涯社区中有网友谈到这一问题时直言不讳地说：“一个场景，一场谈话，就看见满眼的冒号、引号，你烦不烦，简直影响阅读。”③ 话糙理不糙，繁

① 〔美〕热拉尔·热奈特：《叙事话语　新叙事话语》，王文融译，北京，中国社会科学出版社，1990，第117页。

② 付秀莹：《陌上》，北京，北京十月文艺出版社，2016，第47页。

③ 吕德强：《试论网络文学的美学原则》，《宁德师专学报》（哲学社会科学版）2007年第1期。

琐的标点符号某种意义上影响了阅读快感的发生、延缓了阅读速度。在不影响理解情节发展的情况下，去掉冒号、引号的人物话语目前已被不少读者所接受，这是直接引语慢慢向自由直接引语转换的一个直接原因。网络作家邢育森说过："人们在网上看东西，一是信息太丰富太多了看不过来，二是这几眼一定要把读者留住，拖沓冗赘要不得，所以网文大多简洁明快。"[①] 我们这里分析的自由直接引语当然不是就网文而言的，但是简洁明快的审美趋向对自由直接引语的大量使用起到了某种导向作用，却是不言而喻的。这对于女性声音的传达也起了一定作用，那就是与读者的叙述距离更近了，为人物主体意识的增强提供了一定便利。

第三节　间接引语与叙述人的话语干预

间接引语是以小说叙述人的语气对人物语言的转述，往往有"××说""××道"之类的引导词，在人物称谓上也会依具体表述对象的不同而做相应的调整。间接引语在中国古典小说中用得极少，因为古代没有标点符号，为了将人物话语与叙述者的话语相区分，一般不会用容易产生混淆的转述方式，而多以"××道"的方式将人物语言标识出来，语气上亦尽量与叙述语相区别，而话本小说爱模仿人物原话的传统也强化了这一特征，像《红楼梦》中的人物话语几乎都是直接引语。现代白话小说以来，由于标点符号的使用和新的文学观念的出现，间接引语的使用大为增加。

尽管直接引语在新时期之初的女性小说中占了一定比重，但也不乏间接引语的存在，它是第三人称叙述的文本叙述语的主要形式，为从叙述人角度转述、概述人物话语提供了便利，有利于加快叙述速度，提高叙述节奏。对于所表述的女性声音而言，间接引语也能从叙述人角度进行一定的总结、升华。像《方舟》中对梁倩的这一段描写：

> （1）她今天来，就是为了请荆华、柳泉去电影厂去看她的片子的，冒这么大的雨，像个疯子。但只在这时，她才觉得自己是有活力的。（2）刚才，骑着摩托疾驰在雷电下，在暴雨中，她觉得自己很有些顶天立地的气概，她意识到自己可以驾驭生活的能力。（3）哦，这种自由感并不是每个女人都能得到的。（4）女人，女人，这依旧懦弱

① 中南大学人文学院组编：《人文前言——网络文学与数字文化》，长沙，中南大学出版社，2005，第308页。

的姐妹，要争得妇女解放决不仅仅是政治地位和经济地位的解放，它要靠妇女的自强不息，靠对自身存在价值的自信和实现。[1]（序号为笔者所加）

这是不在场的第三人称叙述人对梁倩行为、心理的叙述，其中(1)(2)高度概括了梁倩的行为、动机、心理，总结性的文字简洁明了，比人物自行言说概括性强，加快了叙述节奏。(3)是从梁倩个人心理向针对普遍性女性境遇发言的过渡句，其中“哦”这一语气词的使用增加了叙述语的生动性。(4)是叙述人由小说人物、情景延伸到对带有一定共性问题的女性观的评价、议论。相对于本章第一节分析的《方舟》中通过梁倩发言表述女性声音的直接引语方式，这里间接引语发出的性别之声在人物个性化、言说生活化上要弱一些，但理论性、权威性骤然增强，这是与第三人称叙述的特定文体特征相联系的。因为相对于第一人称叙述，第三人称叙述被苏珊·兰瑟称之为“作者型叙事”，在这种叙述方式中，叙述人不在文本中以人格化的方式出现，而是文本之外的存在，即隐含作者的直接发声，不会像“人格化”叙述人那样发生与隐含作者叙述姿态的价值偏离现象，因此其叙述的话语权威感会更高一些。间接引语因为是“作者型叙述者”对人物话语的概述、转述，能够天然地分享这种叙述的话语权威感。就《方舟》中的例子而言，同是对女性问题的言说，我们会发现从愤激争辩的人物梁倩口中说出来（以直接引语的形式），与拥有“作者型权威”的非人格化叙述人本身点出来（以间接引语的方式），权威效果是不一样的，后者显然会更强一些。

可以说，在叙述人的话语干预与叙述距离的操控方面，间接引用也是所有引语形式中程度最甚、效果最明显的。因为间接引语是通过作者型叙述人的转述实现的，人物语言往往不像直接引语与自由直接引语那样直接向读者敞开，而是经过作者型叙述人的话语中介，这拉开了人物与读者的距离，也为叙述人的话语操控提供了一定便利。在这方面，王安忆的《长恨歌》是一个鲜明的例子，请看其中的一段人物描写：

他抬头看看，一个声音对他说：要走快走，已经够晚了……窗户本来就开着，好像在等待程先生。有风声从他耳边急促地掠过，他身轻如一片树叶，似乎还在空中回旋了一周。这时候连鸽子都没有

① 张洁：《方舟》，《收获》1982年第2期。

醒……没有一个人看见程先生在空中飞行的情景，他的一具空皮囊也是落地无声。①

这段程先生之死的描写用了不在场的叙述人向读者讲述间接引语的方式。程先生是王琦瑶的忠实爱慕者，也是《长恨歌》中对她真正有关怀体恤之情的堪称“暖男”的角色，他的存在是王琦瑶阴郁暧昧的情感世界中的一抹亮色。但是，这段对于这个贯穿小说前两部的重要角色的死亡描写在叙述情感上是漠然的，有着从外部揣测而非设身处地从特定情境中的人物心理出发的一面，有意制造叙述距离的倾向较为鲜明。对于程先生的跳楼，叙述人的描述语句（词）是“要走快走，已经够晚了”“窗户本来就开着，好像在等待程先生”“身轻如一片树叶”“空中飞行”“落地无声”，这增加了文学性的诗意色彩，却大大减弱了面对一个逝去生命的伤痛之感。在程先生跳楼的关键时间点，叙述人却饶有兴致地概述了鸽子、牛奶车、船的动静，更是有意识地淡化程先生之死的悲伤效果，离间读者对程先生的情感认同。

布斯在《小说修辞学》中曾言，作者通过确保读者以潜在作者的方式看待文本中的人物或事件，造成了或超然或同情的写作姿态，“从而实际上正在精心地控制读者的摄入或离开故事中事件的程度”②。这可谓说中了《长恨歌》叙述姿态上的话语特色，不光是这一段，总体来看，《长恨歌》都是用了一种超然（而非同情）的情感基调在进行叙述，像主人公王琦瑶被长脚活活掐死时的最后一幕，“在那最后的一秒钟里，思绪迅速穿越时间隧道，眼前出现了四十年前的片厂。对了，就是片厂，一间三面墙的房间里，有一个女人横陈床上……”③，也是冷静、客观、理性的叙述，在讲求凤头、猪肚、豹尾的传统叙事伦理看来，主人公的死应大写特写、将情绪渲染推向高潮，而从所描写的现实情景来看，人要死时心理情绪也要比平时剧烈一些，更不用说王琦瑶是死于他杀的非正常死亡。但是，《长恨歌》整部小说是用叙述人话语操控的一个调子叙述的，王琦瑶直到临死都保持了一种内敛、隐忍的形象，这只能是叙述人话语干预的结果，内中传达出一种独特的女性声音。伍尔芙曾言：“一个女性如果着手写小说，她就会发现自己总是想改变现存的正统价值观念。她想把男人觉得无

---

① 王安忆:《长恨歌》,北京,作家出版社,2000,第254页。

② 转引自舒凌鸿:《“冷漠”叙述者的“镜城突围”——〈长恨歌〉的女性主义叙事学解读》,《玉溪师范学院学报》(社会科学版)2010年第10期。

③ 王安忆:《长恨歌》,北京,作家出版社,2000,第376页。

关紧要的东西写得事关重大，把男人认为紧要的东西写得鸡毛蒜皮。”[①]《长恨歌》就是如此，其不仅将写作对象放在一个（群）时代边缘人身上，写作手法也力避女性写作通常存在的过分投入、移情、煽情的弊端，间接引语的出色运用便是其叙事策略的重要一环。相对于《方舟》中人物形象的鲜活、热辣，《长恨歌》中无论哪一个人似乎都有着凄清阴郁的色彩，与读者隔了偌大的叙述距离，这是与小说并非让人物直接呈现在读者面前，而是由叙述人来间接叙述相关的。

另外，间接引语中的人物话语由于叙述人的干预，往往体现的是叙述人的个性、风格，而非人物的个性、风格。《长恨歌》中的人物语言个性化不强，王琦瑶与母亲、严师母、张永红等不同年龄、身份、时代的女性说话时都有着分寸、节制、绵里藏针、话里有话、不说破的特性，是由王安忆有意在这部小说中设置的叙述人风格决定的。如果比照其另一部同是第三人称叙述、同样大量使用间接引语，但人物风格判然有别的《遍地枭雄》，我们就会发现小说叙述基调、叙述人个性风格对具体人物的语言风格起了多么重要的作用。还如徐坤的小说，大多也是采取第三人称叙述的方式，人物由叙述人以间接引语的形式传达出来，但像“陈维高的眼神挺不好意思地热了，在暖昧的灯影下咬紧审美对象的一个中心两个基本点，目光灼灼地不愿意离开”，心里想着“廉颇老矣，尚能爱否”等描写[②]，也更多体现的是嬉笑怒骂、妙语如珠，甚至有些玩世不恭的叙述人的个性与风格，而同人物本身的身份、职业、年龄、具体言说语境之间的联系已相对稀薄了。

语言形式化、形式个人化，让语言形式本身成为叙述人印证自我、表达自我的一种工具，这是现代小说有别于传统现实主义的文体意识、叙述主体意识增强的一种体现。具体到引语修辞而言，那就是很多女性小说尽管用了第三人称叙述的间接引语方式，但以强化叙述人话语干预的方式传达出了一定程度上的女性声音。

第四节　自由间接引语的女性主义叙事学分析

自由间接引语是一种形式上更为灵活的引语方式。热奈特在《叙事话

---

① 转引自舒凌鸿：《“冷漠”叙述者的“镜城突围”——〈长恨歌〉的女性主义叙事学解读》，《玉溪师范学院学报》（社会科学版）2010 年第 10 期。

② 参见徐坤：《热狗》，《当代》1994 年第 10 期。

语·新叙事话语》中区分了三种人物话语类型：第一种是叙述化话语或讲述话语，如“我告诉母亲我决定娶阿尔贝蒂娜”；第二种是间接叙述体的转换话语，如“我告诉母亲我无论如何要娶阿尔贝蒂娜”，自由间接叙述体被认为是这一种的变体，混淆了人物话语和叙述者话语的界限，如“我去找母亲；我无论如何要娶阿尔贝蒂娜”；第三种则是对人物话语的完全模仿，“我对母亲说（或我想）：我无论如何要娶阿尔贝蒂娜”。[①] 大体上，他这里所讲的第一种人物话语类型主要对应于本章论述的间接引语，第三种类型对应于直接引语或自由直接引语，而第二种类型，也就是以“混淆了人物话语（口头表述的或内心的）和叙述者话语的界限”为特征的引语形式则是本节要分析的自由间接引语。

自由间接引语往往被视为介于直接引语与间接引语之间的话语类型，它在人称和时态上与通常所说的间接引语相一致，但不带引述语，转述语本身为独立的句子。[②] 自由间接引语相对于间接引语形式，一般会保留部分彰显人物主体意识的语言特色，像与人物身份、个性、阶层相一致的口语化、个性化表达，有些句子并不完整，句末也不用中规中矩的句号，而改用语气色彩更强烈的问号、感叹号等，有些还保留直接引语般人物原话中的形容词、副词、时间、地点等。这种叙述的特点在于既在人称和时态上与叙述语相同，又能同时呈现人物的话语。也就是说，自由间接引语比直接引语少了引导词和标点的约束，比自由直接引语多了叙述人的介入，又不像间接引语那样明显地受到叙述人的干预，能够在一定程度上保持人物话语本身的独立性，是最能够充分体现形式主义批评细读法的引语类型，因此受到了叙事学研究的普遍重视。对于女性批评而言，因为自由间接引语有着叙述者话语与人物话语相混融的特点，又可以对二者的话语立场、价值姿态进行基于性别视角的分析，因此，其也是女性主义叙事学十分看重的一种引语形式。

当然，目前有关自由间接引语的社会性别解读多存在于外国文学研究领域，以英文小说或由英文翻译过来的小说为主。因为自由间接引语的“自由”最终主要体现在摆脱从句的限制，常常表现出明显的违反语法惯例的倾向，而“汉语中不存在引导从句的连接词，无大小写之分，因而作为从句的间接引语的转述语与作为独立句子的自由间接引语之间的差别，

---

① 参见〔法〕热拉尔·热奈特：《叙事话语 新叙事话语》，王文融译，北京，中国社会科学出版社，1990，第116页。

② 参见陈淑梅：《声音与距离——对王安忆〈弟兄们〉的叙事学分析》，《文艺争鸣》2013年第9期。

远不像在西方语言中那么明显”[1]。因此，自由间接引语并非是汉语的一个语法术语，“汉语中不仅无动词时态，也常省略人称”，主句、从句、引导词也不明显，话语转述在技术上并不复杂，因此“常出现直接式或间接式的‘两可型’或‘混合型’”的自由间接叙述。[2] 因此，我们进行相关研究时必须立足于中文语境中的引语方式，而不能照搬西方理论。接下来，我们就新时期以来女性小说中自由间接引语的文本功能及其性别意涵进行一番具体剖析。

一、人物话语及其性别独立性的增强

如上文所言，自由间接引语是在间接引语中人物不受引号、引导词等的限制直接站出来发言的一种引语形式，其与叙述人声音有相融、难辨、两可的一面，但它毕竟不是叙述人直接代替人物发声的“代言式”写作。因此，比起严格意义上的间接引语，自由间接引语中叙述人的话语干预减弱了，人物话语的独立性有所增强，包括其性别主体性的人物自主意识在文本中有一定程度上的呈现，这对于增强女性小说叙事形式的多样性、复杂性来说是大有助益的。西方女性主义叙事学学者凯西·梅齐甚至认为“这一叙述技巧（自由间接引语）构成作者、叙述者和聚焦人物以及固定的和变动的性别角色之间文本斗争的场所”，她聚焦于女性人物与叙述者的“文本斗争”，将自由间接引语看成是女性人物与（或隐或显）男性权威间斗争的场所。[3] 而叙述话语与人物话语之间的叙事干预、控制（及其隐含其中的反干预、反控制），在一个男性中心的文化社会中往往体现出某种或隐或显的性别表征，即代表权威与主流的男性叙述话语与女性人物话语之间的干预、控制，或反干预、反控制的性别立场的隐形冲突。

新时期之初的女性小说中，因为直接引语的大量使用，人物话语的自由间接引语并不是很突出，但这并不代表其话语力量不强，在笔者看来，其有限的几个案例为文本提供了别样的叙述之声。如在王晓鹰《春无踪迹》的开始段落中，邵心如到晓岱家里与陈天俊见面，对于晓岱的椅子有这样一段描写：

　　她只是暗自发笑：实在难以相信，那么生气勃勃、仿佛浑身每块

---

① 申丹、王丽亚：《西方叙事学：经典与后经典》，北京，北京大学出版社，2010，第 149 页。

② 参见申丹：《叙述学与小说文体学》，北京，北京大学出版社，2004，第 312 页。

③ 参见申丹：《“话语”结构与性别政治——女性主义叙事学“话语”研究评介》，《国外文学》2004 年第 2 期。

肌肉都凝聚着用不完的精力的晓岱，竟然能够坐在这样一张摇摇欲堕的旧椅子上吃饭、看书、写论文！①

"她只是暗自发笑"是来自叙述人的间接引语，而"暗自发笑"的内容部分用了冒号，但没用引号，最后用了强调语气的感叹号，是一种人物自述的自由间接引语，对坐在椅子上晓岱的想象通过"发笑"、冒号、感叹号的使用强化突出了。但从上下文语境来看，我们说人物的这种自述是有些突兀的，因为小说并没有提供出椅子引人发笑的足够理由；邵心如对晓岱暗含着性吸引力的"生气勃勃、仿佛浑身每块肌肉都凝聚着用不完的精力"的男性魅力的神往，也和后文叙述人描述的邵心如矜持、内敛的性格不太相符。这种内容上的突兀性，与其在叙事形式上以自由间接引语的方式在一定程度上脱离了叙述人的话语干预相关。我们在上一章曾论述到《春无踪迹》与同时期不少女性小说一样是有一定道德化叙事倾向的，"姐弟恋"并不被包括叙述人在内的当时的社会习俗所接受，在叙述人的话语干预下，邵心如最后与其起初并不爱的陈天俊走到了一起，她对晓岱的欲望常常被压抑。但在这段自由间接引语中，作为人物的邵心如发出了一定程度上的自己的声音。也可以说，是自由间接引语形式上的便利，为人物正视自己的性别主体欲望提供了一定条件。申丹曾言："自由间接引语是处于直接引语与间接引语之间的形式，比间接引语要更为直接。"② 作为人物的邵心如就是利用了自由间接引语的这种直接性，一定程度上彰显了冲破世俗、遵从自我爱情感受的性别独立性。

再如陆星儿的《美的结构》在讲到林楠为郑涛声失眠时有这样一段："'爱情'虽然人人都会接触，但并不是所有的人都能真正体会到它的含义。有时，你自以为爱上一个人，其实并不是爱；有时，爱情早已悄悄地来到了你的心上，你还不知不觉或不敢承认。"③ 从对普泛化"爱情"的议论，到变换叙述人称，以第二人称"你"指涉处于爱情旋涡中的林楠（"我"），以自由间接引语变体的方式让林楠说出了心里话（"爱情早已悄悄地来到了我的心上，我还不知不觉或不敢承认"）。因为郑涛声是有妇之夫，林楠的爱是一种违反伦理的禁忌，从结尾中林楠主动退出可以看出小说是恪守主流道德的，通篇讲述的也是林楠与郑涛声两个人如何在建筑事业上情投意合，在情感上却有意识自我压抑，但在这里借助这种自由间

① 王晓鹰：《春无踪迹》，《花城》1984年第6期。

② 申丹、王丽亚：《西方叙事学：经典与后经典》，北京，北京大学出版社，2010，第156页。

③ 陆星儿：《美的结构》，肖凌燕编：《东方女性》，北京，文化艺术出版社，1985，第115页。

接引语变体的方式让人物明确说出了自己的爱情感受，对于叙述人道德修辞的话语干预也有一定冲击性，呈现出了人物话语的相对独立性和一定程度上的女性主体意识的追求。

对于含混复杂的叙述人话语，人物口吻的自由间接引语也能起到表达诉求、明确话语指向的作用。20 世纪 90 年代以来，小说写作中的主题多元性、审美模糊性、指向游移性逐渐增多，有些作家甚至主动追求某种“含混”的美学效果，女性小说的性别立场也不再单一、明晰，似乎已很难与主流女性观完全保持一致。在此情形下，自由间接引语给人物直接面向读者发言的机会，对于读者准确理解人物形象、触摸其独特性别立场有着积极的推动作用。像池莉发表于 1998 年的《小姐你早》中的这一段：

> 女人所需并非金钱！金钱太狭隘太有限并且总在散发臭气。但是，男人的准则是金钱。所以，你必须首先重视金钱然后升腾自己，让一切都是新的，你们明白吗？亲爱的。①

从叙述人概述的间接引语出发，这段文字逐渐“滑入”了没有引号和引导词，但联系上下文语境能够看出具体言说人物的自由间接引语。从说话的内容、风格、语气来看，这些言说是借用了人物艾月的口吻与思维，像文末的“亲爱的”所表征的亲昵感、时尚感，如同目前流行语中称谓的“亲”一样，只有时尚前卫的一代才能说得亲切自然。《小姐你早》的女性立场是相对复杂斑驳的：一方面，故事内容在市场经济转型之后的中国社会有一定代表性，女人联合起来惩治渣男有着反抗男权文化的女性主义倾向；但另一方面，其所言说的“美人计”“性价值”等使其宣扬的女性观带有迎合、利用男性欲望的消费属性，与张洁同样表现“三个女人一台戏”的《方舟》已不可同日而语。笔者曾认为其表现了消费时代“‘女人意识’的生成之路”，消费性削弱了其女性观的严肃性与激进性。② 但在这段自由间接引语中，有关“你必须首先重视金钱然后升腾自己，让一切都是新的”的言说给了艾月一定自我辩护的机会，对其前面所言“宁为瓦全，不为玉碎”性别观中包含的另类自我意识进行了正面阐释。因为自由间接引语去掉了“××说”“××道”“××想”等概述语，也去掉了冒

① 池莉：《池莉文集》，南京，江苏文艺出版社，2001，第 282 页。这段话也有学者进行过性别形式分析，见杨新刚：《池莉新都市女性小说中的女性形象分析》，《东岳论丛》2011 年第 6 期；罗全：《女性主义叙事的胜利》，《昌吉学院学报》(社会科学版)2009 年第 6 期。

② 参见孙桂荣：《“女人味”及其在消费时代的生成之路》，《扬子江评论》2012 年第 2 期。

号、引号的壁垒，卸下了叙述语境的压力，使人物可以在一定程度上脱离叙述人的话语干预，与读者进行无障碍直接交流，这大大增强了读者对艾月性别言说的理解程度。这段文字除了以“亲爱的”这种表亲昵语气的词拉近与读者的距离，还使用了第二人称“你”这一吸引型叙事常用的叙述人称，“你”具有诱使读者迅速进入文本进行“角色扮演”的功能，增强了言说的对话性特质，也以人物文本（而非叙述人文本）的个性化、风格化增强了其传播效果。这篇小说发表后迅速被改编成电视剧，成为一时的话题之作，是与其包括自由间接引语在内的叙事形式的出色运用分不开的。

以自由间接引语体现的女性声音因为是从具体语境中的人物心理出发的，生活化程度会高一些，不像叙述人言说的间接引语那样有着理论化、外围点评的色彩。像付秀莹的《陌上》中翠台和根来老两口因为生活琐事争吵后，根来拂袖而去，家中只剩下翠台一个人，她一个人开始痛哭：

> 哭自己的命，哭死去的亲娘，怎么就那么狠心肠，把她扔在这个世上受苦，却撒手不管了。根来也不回嘴，也不劝，任她哭。怎么劝？没法劝。钱是人的胆。没有钱，说出来的话都是软的，说一句错一句，说一百句错一百句。好像是，烈火上烹油，越烧越爆。①

这段言说开始时有着叙述人言说的色彩，渐渐滑入了人物心理，写出了人物越过叙述者的中介、不经意间流露出自我潜意识的一面。没有钱，在村子里就没有发言权，翠台想给儿子找一个稍微好点的工作也要放低身段求别人。而根来又是一个老实憨厚的人，嘴上不会说也没有大本事，对家里的事既不够上心，也不着急，更没本事去做。家中里外大小事皆由翠台一个人忙活，翠台的付出与焦虑可想而知。“钱是人的胆。没有钱，说出来的话都是软的，说一句错一句，说一百句错一百句。好像是，烈火上烹油，越烧越爆”，这些既像是人物的内心活动，也像叙述人替翠台慨叹生活不易的语句，超过了一切抽象、空泛的女性解放言说，将处于“丧偶式婚姻”中女性的无力与无奈写得入木三分。夫妻吵架本是很正常的事情，但翠台这种不只是顶“半边天”，简直是用柔弱之躯撑起了整个天空，而且在这个过程中，她感受到的更多不是独立自主的自豪感，而是别无选择的无奈与委屈感，这很难用学理上的性别意识来解释，往往也难以受到

① 付秀莹：《陌上》，北京，北京十月文艺出版社，2016，第20页。

“女强人”“身体写作”等女性话题的眷顾。对于这些生活皱褶处的痛苦与悲哀，第三人称叙述人的评价、议论显然不及人物设身处地的自我言说更接“地气”，自由间接引语就在其中发挥了其应有的修辞功效，不但更能与人物心声相契合，还能一如某些研究者所言，“这种以女性经验作为衡量文学价值标准的‘女性美学’，消解了女作家与女读者之间的裂隙，使她们达到心灵上的默契”[①]，让读者产生更多共鸣。

二、反讽性效果的营构

反讽既是一种修辞手法，也是一种评价文学作品的价值尺度。表里不一，文本表面意思与深层意蕴存在一定张力或距离，都能产生一定反讽性效果。从人物话语的引语方式角度来看反讽的话，我们会发现人物的价值准则与叙述者相悖或人物与叙述者之间的反差都能产生一定的反讽成效。而自由间接引语介于直接引语与间接引语之间的特点，作为最鲜明体现美学多样性与复杂性的引语修辞，则为这种叙述反讽效果的产生提供了更多的便利条件。

当然，针对不同的人物对象，自由间接引语体现的反讽修辞在话语指向和尖锐程度上往往并不一致，对于女性小说而言，有激烈的呐喊，有咄咄逼人的嘲讽，也有很多形式和力度都相对含蓄的反讽。像《方舟》中的这一段：“知道了又怎样？狗屁！这些奶子已经像空布袋一样吊着的老母狗，牙口都不顶用了，还敢上来咬一口？白复山恨不得踹她们一人一脚。”[②] 这是荆华和柳泉偶遇白复山时的一段自由间接引语，粗鄙、恶俗、龌龊、阴毒，入木三分地反映了人物（白复山）的男权心理，叙述人以鲜明的女性主义立场对之进行了明显的反讽性处理，这是一种人物与叙述人针锋相对的叙述姿态，人物声音越响亮、叙述人的嘲讽态度越辛辣。可以说，反讽是一种有着强烈审美张力的修辞手法，叙述人的表面言说与隐含作者的主旨倾向并不一致，甚至隐含作者设置的文本语境将叙述人建构成一个“不可信”乃至“不可靠”叙述者，他/她的叙述本身成为被消解、颠覆、嘲弄的对象，他/她所倾情赞美的是隐含作者极力否定、批判的，而他/她所质疑批判的又是隐含作者所要肯定和赞美的。这种反讽修辞在《方舟》这段男性言说中以自由间接引语形式体现得可谓入木三分。

当然，相对于男性写作，女性小说的隐含作者往往更倾向于选择一种温和、低调的方式展现出叙述人与人物的微妙距离，并在对人物的微讽，

---

① 罗婷：《女性主义文学批评在西方与中国》，北京，中国社会科学出版社，2004，第 76 页。

② 张洁：《方舟》，《收获》1982 年第 2 期。

或明褒实贬、名贬实褒中，增强文学作品的美学张力，构建叙述人的话语权威。《方舟》写到女性人物时，有些描述也能让人感到一种微讽，像描写梁倩的这段，“那时候，梁倩胖得像刚灌好的香肠，浑身的肉，紧绷绷的，现在呢，像根已经风干了的香肠，干得没有了一点水分，肠衣上还析出了一层盐霜”①，并没有像通常女性小说那样将女主人公写得柔美可爱，而是带着调侃的微讽，但是却包含了对疲于奔命的女主人公的怜惜之情，有着名贬实褒的修辞效果。

当然，随着女性小说的发展，《方舟》那种激烈峻急、爱憎分明的叙述姿态有所减缓。对于笔下的女性人物，即使是有明显缺点的女性人物，女作家也往往并不做一棍子打死的决绝叙述姿态，其反讽往往是隐藏在对人物深深体恤的心理呵护之中的，自由间接引语中的人物言说与叙述人的描述纠结在一起，只有根据具体语境仔细辨析人物言语的前因后果、叙述人别具匠心的遣词造句，才能体会到这种反讽修辞的良苦用心。像王安忆《我爱比尔》结尾，从女监中逃出来的阿三手握一枚处女蛋时的情景：

> 天哪！它为什么要把这处女蛋藏起来，藏起来是为了不给谁看的？……阿三的心被刺痛了，一些联想涌上心头。她将鸡蛋握在掌心，埋头哭了。②

“天哪！它为什么要把这处女蛋藏起来，藏起来是为了不给谁看的？”这有着明显语气词的句子是阿三走出叙述人言说的钳制，直接面向读者的言说。一枚“壳上染着一抹血迹”的处女蛋，让她引发的联想表面指向的是小母鸡的贞操观，实际却是对自己从一个艺术大学生走向白茅岭监狱的沉沦生涯的追问。对于这个结尾，王安忆解释说是为了与阿三第一次与比尔发生关系时故意显示出的性开放姿态相对照的，阿三想像她认为的西方人那样去迎合比尔，但也是因为这一点（失去了中国性，也失去了女性自尊感）而失去了比尔。因此，对于阿三这段自我言说的引语，叙述人是有着痛惜和批判之情的，从大学生到女囚，如此大的生活落差都能淡然应对的阿三在这一刻却“哭了”，也映照出叙述人对人物的扼腕叹息的反讽姿态。

可以说，当下女性小说的反讽往往以隐在的形式呈现，以自由间接引语出现的人物言行往往不乏理智、真诚，言说氛围亦相对融洽，有很强的

---

① 张洁：《方舟》，《收获》1982年第2期。

② 王安忆：《我爱比尔》，王安忆、陈丹燕等：《女人二十》，长沙，湖南文艺出版社，2000，第102页。

迷惑性，只有联系文本的整体意蕴，才能触摸到为隐含作者代言的叙述人的反讽姿态。像《陌上》中面对与村里多名女性有染的丈夫大全，大全媳妇的这种自我安慰之辞：

男人嘛，都是偷腥的猫儿。尤其是这个世道，人心惶乱，再正经的人，招猫儿递狗儿的荒唐事，也是有的。①

大全是芳村的"土皇帝"，在大全媳妇眼里他本性正直，只是被世道迷了心窍，她求仙问道得知他前世为王母小童，"下凡人间"要经历各种繁华，"被动"地做一些荒唐事，因此才有了上面一段的为他开脱之辞。大全媳妇的言辞行为昭示的是农村社会中依然盛行的阳物崇拜、封建迷信等现象，具有现代意识的叙述人自然并不苟同。而借助人物现身说法的自由间接引语，大全媳妇这些看似符合农村人情世故伦理的语句凸显出了其中的荒诞、荒唐之处。叙述人披露男权文化影响下人物的心理独白，让其自我言说的同时，发出对其反对之声，性别姿态的隐性在场由此显现。

三、强化混融性话语力量

如果说本节前两部分着眼于自由间接引语中人物话语与叙述人话语相疏离的一面（第一部分是强调人物话语试图脱离叙述人话语干预的独立性，第二部分是论述叙述人对人物话语反讽性的距离观照），在这里，我们再来看一下自由间接引语中人物话语与叙述人话语相亲和的一面。如前所述，中文语法中时态、语态变化并不鲜明，从句、引导词也不明显，经常出现人物话语与叙述人话语相纠结的"两可型"叙述，这就为叙述人以人物身份、口吻言说或人物挺身而出为叙述人代言提供了一定有利条件。

新时期之初的女性小说中，这种自由间接引语指向的往往是青春、奋斗、事业、理想、爱情等主流言说，叙述人话语与人物声音交融，增强了其相应的美学力量。像在张抗抗的《北极光》中，岑岑被傅云祥催着去照结婚照，在路上看见一个滑冰的小姑娘时，叙述话语变成了无引导词、无引号的"我"的直接发言：

让我再看你一眼吧，小姑娘。你的金红色的滑雪帽，同我当年那顶一模一样，我差点要以为自己变小了呢。可是这一切都是一去不再

① 付秀莹:《陌上》,北京,北京十月文艺出版社,2016,第161页。

复返了，都要结束了。童年、少年、青春的梦，统统都要消失了，不会再回来……①

人物岑岑走到叙述人的位置，面向读者进行大段的内心独白，发一段青春不再来的感慨。有结婚对象了，但并不爱（或不够爱），渴望摆脱平庸、找寻振奋的激情，这样一种女性情绪在《我们这个年纪的梦》《春天的童话》《爱，是不能忘记的》等新时期之初的女性文本中反复出现过，体现了当时婚姻质量不高、知音难觅的女性困境。从上下文语境来看，这段引语形式并不突兀，因为虽是不带引号的“我”的言说，但与追寻生命激情与诗性爱情的小说主题（《北极光》这个题目本身就是一种非日常化、非凡俗化精神追求情态的隐喻）相一致，叙述人下意识地附到岑岑身上，让她说出自己想说的话，双声叠印，自然增强了其言说的话语力量。还如《方舟》中“柳泉吁了一口气。哦，并不总是阴天。人的一生，也象那天气，下雨、阳光、雷电……后天，不就要在另一个环境里，开始另一种工作了么？这是追求，并不仅仅是为了挣脱”②，也呈现出人物自行叙述与叙述人忍不住评议的相叠加的一面，增强了对人物的认同和理解，也提升了这种人生感叹的话语力量。

20 世纪 90 年代以后，随着女性小说逐渐向日常化、凡俗化、经验化叙事推进，自由间接引语中人物语言与叙述人声音的话语指向，也出现了疏离理想、奋斗等精英女性观而向大众女性观倾斜的一面。像池莉《生活秀》中的这一段：“来双扬无法同来双媛对话。一个人既然要甘于寂寞，何必要宣称呢？宣称了不就是不甘于寂寞了吗……皮肤都打皱了还是一个青果子，只有少数白头发的老文人和她自己酸掉大牙地认为她是一个纯美少女。”③ 从凌厉的言辞来看，这些应该出自吉庆街卖鸭颈的女人来双扬之口，但也为有着“市民作家”之称的池莉感同身受，第三人称叙述的《生活秀》在价值姿态上是认同来双扬而非来双媛的立场的，因此，这里的自由间接引语也是叙述人与主人公的双声齐叙。还如海外华裔女作家张翎《邮购新娘》中的人物涓涓站在叙述人位置上的一段话，“勇敢？勇敢是一个多么无奈的词……没有选择，所以只能选择勇敢。天底下只有失却爱情的女人，才会选择勇敢的”④，王秀梅的《婚姻》中，叙述人替处于

① 张抗抗：《北极光》，《收获》1981 年第 3 期。

② 张洁：《方舟》，《收获》1982 年第 2 期。

③ 池莉：《怀念声名狼藉的日子》，昆明，云南人民出版社，2001，第 229 页。

④ 张翎：《邮购新娘》，北京，作家出版社，2004，第 301 页。

感情纠葛中的李华发声，“可见男人和女人是不一样的，永远都不可能一样。女人永远都是小女人，一点没错。像李华，经历比普通女人多吧，不孕，治疗，离婚，看似强了，淡定了，波澜不惊了，不为俗事所动了，结果呢，还是不行”① 等等，都有着叙述人替人物发言或人物站在了叙述人位置上进行叙述人与人物“混融性”叙述的特点。可以说，这些“两可型”的论述占据了自由间接引语的大部分比重，言说内容多是具体情境中对女性困境的感喟或女性自我感喟，叙述人与人物同声共叙的方式提升了这些混融性言说的话语力量，并以比间接引语更生活化的表述形式拉近了与读者的距离。

总的来说，自由间接引语虽以第三人称的方式融入人物的身份、口吻，表面上看是客观叙述、作者型叙述的形式外壳，但能够在读者心中构筑人物的言说声音与视角立场，目前已成为强化人物形象塑造的一种最有效方式。而一如上文对新时期以来女性小说自由间接引语细读阐释所示，人物言说不管是与叙述人声音有着或隐或显的冲突，还是基本叠印在一起双声共叙，都成为小说作品美学增值的一种话语技巧，而女性声音也便或隐或显、或深或浅地流淌在自由间接引语的字里行间。与西方尖锐激进的女性主义叙事学相比，中国的性别形式分析温和而辩证，这既与汉语小说的引语修辞特性相关，也联系着新时期以来女性作家笔下的女性声音传达，本章就是在这一层面上对女性小说引语修辞进行了深度学理阐释。

---

① 王秀梅:《婚姻》,北京,北京联合出版公司,2014,第 243 页。

第五章 “经验自我”的在场：第一人称自传体叙事的发生与流变

熟悉20世纪50～70年代文学的人会发现，以“红色经典”为代表的文学在叙事形式上最典型的特征就是第三人称、全知视角的叙述，对女性的描写一般是通过不在文本现身、非人格化叙事者的叙述散点透视表现出来的。像《青春之歌》的开头，“清晨，一列从北平向东开行的平沈通车，正驰行在广阔、碧绿的原野上。茂密的庄稼，明亮的小河，黄色的泥屋，矗立的电杆……全闪电般的在凭临车窗的乘客前闪了过去。乘客们吸足了新鲜空气，看车外看得腻烦了，一个个回过头来，有的打着哈欠，有的搜索着车上的新奇事物”①，如俯视的长镜头一样将景、情、物、人概收眼底，是叙述人不在场、但对笔下场景如上帝般进行全权干预的典型，第三人称叙述可以说是政治一体化年代文学最主要的文体方式。

新时期以来第一人称叙事的确立就是在这一背景上产生的，其并非仅仅是叙述人设置上有“我”在场还是无“我”在场的叙事技巧的问题，还涉及突破文学成规、构建新的范畴或范式的问题。而对于女性小说的第一人称叙述而言，更与能否及怎样在一个男权依旧的社会中言说真实的自我相关。本章中，让我们从辨析“经验自我”及与之相关的“叙述自我”开始，看一下最鲜明体现第一人称叙事特征的自传体写作样式在新时期以来的女性小说中是如何发生的，又经历了怎样的发展变化。

第一节 “经验自我”与女性小说的第一人称自传体叙事

第一人称叙述是一种以故事中的人物“我”作为观察者，以“我”的

① 杨沫：《青春之歌》，北京，作家出版社，1958，第3页。

口吻、视角、态度对文本进行叙述的文体样式，通常有一定个人性、主观性色彩。它是伴随着现代小说理念而出现的。陈平原曾言：“‘五四’思潮解放了‘自我’，也真正赋予第一人称叙事模式强大的艺术生命力。”[①] 南帆也说：“第一人称叙述的增多同主体位置的上升存在着微妙的联系。”[②] 研究者将第一人称叙述与个性解放、叙述主体意识联系起来是有一定道理的。《三国演义》《水浒传》等中国古典小说以第三人称叙述为主，叙述人君临一切地操控着笔下人物与事件的现象比较明显，这种叙述权威在文化伦理上是与当时中央集权的君主权威相一致的，但与平等、自由的现代伦理相悖。叙述人称在叙事学研究者看来，早已超出了语言学上对叙述人指涉的人称代词称谓（第一、第二还是第三人称代词）的范畴，而鲜明彰显了“小说叙述行为的特定程式和策略技巧”[③]。的确，“五四”时期众多第一人称日记体、书信体小说的出现并不仅仅是文学叙述模式的转换，还是叙述人具象化、个人化，叙述姿态下移的表征。乃至于有人认为第一人称叙述“表现出对读者的某种谦逊态度和诚意”[④]，笔者认为其对女作家来说首先却是一种大胆显示“经验自我”的勇敢。让我们先从“经验自我”与“叙述自我”的相关理论梳理谈起。

一、“经验自我”与“叙述自我”

以“我”为叙述人的第一人称叙事只要在“源于生活、高于生活”的文学范畴内，小说里面的第一人称叙述人“我”就不完全是作家的化身，这一点似乎没有人异议。不过，“我”在场的第一人称叙事，比之“我”不在场、无明确叙述人的第三人称叙事，更容易让读者与写作者个人经验世界相联系，无疑也是问题的另一方面。理论上，这与其叙述人是一定意义上的“人格叙述者”是分不开的。赵毅衡在《广义叙述学》中说：“叙述者经常不表现为人格，而是以框架形式呈现自身。但是在这个框架中，叙述者会以各种方式冒出来……人格叙述者随时会现身，各种程度杂糅的可能性都会发生，直到发展成第一人称叙述人。”[⑤] 的确，在叙事文本的具体行进过程中，第三人称叙述人也会有以评论、插话、特定风格等方式跳到文本中的可能，但其不会形象化、具体化到文本中的人物身上，这便

① 陈平原：《中国小说叙事模式的转变》，北京，北京大学出版社，2003，第97页。

② 南帆：《第一人称：叙述者与角色》，《钟山》1993年第3期。

③ 祖国颂：《叙事的诗学》，合肥，安徽大学出版社，2003，第164页。

④ 伍茂国：《现代性语境中第一人称叙事的伦理意义》，《中国文学研究》2011年第3期。

⑤ 谭光辉：《作为框架的叙述者和受述者——论第一人称、第二人称叙述的本质》，《河南师范大学学报》（哲学社会科学版）2015年第1期。

是人格化叙述人与非人格化叙述人的区别。

第一人称叙述人是人格化特征最鲜明与最充分的叙述人，这种人格化特征也内在地决定了所叙述文本的主观化、个人化、感性化色彩。或者说，不同于一般的人物形象，当“我”在叙事作品中出现，尤其是以兼具叙述人和故事参与者双重身份出现时，其往往有着双重的文本功能：一是作为文本内的叙述性角色，讲述包括自我感知在内的情节走势、各色人物、环境氛围等的文本故事；二是作为文本与现实世界中介的经验性人物，投射进个人情感、身份、思想、观念、趣味等，并通过讲故事的方式传送到读者视域中去。对于前者，笔者称之为“叙述自我”，后者则命之以“经验自我”（对于“叙述自我”与“经验自我”两个概念，经典叙事学往往是从第一人称回顾性叙述中作为叙述者的“我”与过去正在经历事件时的“我”的角度来界定的，即对两个不同的“我”的界定①，与本书的界定内涵并不相同）。“经验自我”的在场是写作者将个人情感、身份、思想、观念、趣味、性别等有意无意地投射到人物“我”身上，这是有“我”的文本往往比无“我”的文本更真实、自然、鲜活的一个重要原因。自传体叙事，尤其是第一人称自传体叙事，千百年来风行不衰，产生了不同时代的各种经典文本的原因亦在于此：通过“经验自我”的在场，现实中的写作者与自传体第一人称叙述人高度叠合在了一起。即“叙述自我”与“经验自我”的相结合，以“我手写我心”“我的故事我来讲”的方式不断强化文本中的“我”的力量，建构叙事作品中完整的“我”的形象，使得这一形象终究要突破纯粹的叙事学、符号学范畴，与社会的历史的具体的真实作者发生一定联系。哈拉尔德·魏里希在《读者需要作者》中认为，在阅读每一部作品的时候，读者的心中并不只是隐含作者的在场，还有一个真实的历史的作者形象在闪烁。② 热奈特也在《叙事话语　新叙事话语》中不吝提及真实作者的实质性功能，认为作品表面上看是由叙述者所写的，但交由哪个叙述者书写却是（真实）作者的权力，（真实）作者是文本的真正主导。可见，即使是以叙事学研究见长的西方学者，也没有只拥抱“隐含作者”之类符号学概念而对真实作者的经验性存在视而不见。

“经验自我”在文本中的表达是相对广泛的，在日记体、书信体、回忆录式体例中表现得最鲜明。因为比之一般意义上的虚构类叙事作品，这些往往是以个人生活为原型的写作类型，在叙述自我与经验自我、真实作

---

① 参见申丹：《叙述学与小说文体学研究》，北京，北京大学出版社，2005，第239～246页。

② 转引自李建军：《论小说作者与隐含作者》，《中国人民大学学报》2000年第3期。

者与隐含作者的对应和趋近程度上会更强烈一些，而且这一点不会因为作品中叙述人的具体称谓而改变。像中国现代文学中郁达夫的《沉沦》，叙述人和主人公都是通篇没有具体名字的“他”，“他”所叙述的都是“他”在日本留学生涯中的苦涩记忆，抑郁、孤独、哀怨、受辱、阴暗、软弱的零余者心境，里面没写到一个“我”，但这并不妨碍人们从与郁达夫本人的生活经历相对照角度将其解读为一部自传体小说，尤其是当成开中国现代男性私人化写作先河之作来读。因为真实作者郁达夫与《沉沦》中的“他”有着太多相似的去国留学日本的经历、同样的弱国子民的漂泊感、同样的青春期性爱无法释怀的苦闷以及大体相同的易于自我沉沦而又执迷多情的性格等，因此《沉沦》中的“‘他’叙述”基本可以当成“‘我’叙述”来解读。面对一个有着“经验自我”特征的文学人物时，研究者往往从作家生平、传记、年谱、活动记录等实证或考据材料层面寻找真实入微的索解方式，也是这个道理——“经验自我”在文本中表露得愈鲜明，其与真实自我的叠印程度便愈强烈。“我”讲述以“我”为中心的故事给人以自然、真实、亲切之感，并往往被称之为自传体或准/半自传体写作，道理就在于此。

二、第一人称自传体叙事的性别伦理

当然，以“我”为第一人称叙述人并不意味着就是讲述自我成长、心路历程、生命轨迹的自传体叙事，像张洁《爱，是不能忘记的》、王安忆《叔叔的故事》、铁凝《永远有多远》等是以“我”为叙述人的旁观者叙述，“我”更多承载主人公故事的观察者、记录者角色。不过，以“我”为叙述人讲述“我”人生体验的自传体叙述却是第一人称叙述的一种最主要创作类型，“经验自我”的问题是最鲜明在这一类型（而非旁观者叙述）中体现的，一如娜塔丽·萨洛特（Nathalie Sarraute）所言，“今天的读者对亲身经历的（或者至少是具有令人信以为真的外表的）叙述比对小说更感兴趣”①，“经验自我”的在场是第一人称叙述独特之处，这一点与第三人称、第二人称叙述都不太一样，所以第一人称叙述也往往被视为自传体方式（尽管严格来说二者的内涵与外延并不一致）。非但如此，第一人称叙述还有着独特的对自我心理可以原样复现（不必像其他叙事类型那样通过观察、模仿、揣摩他人而获得）的“第一人称权威”（戴维森语），“当一个说话者声称他具有一个信念、希望、欲求或意向时，有假定认为他是

① 刑孔辉：《史铁生作品中的“第一人称”》，《张家口师专学报》（社会科学版）1995年第3期。

没有错的，这个假定并不适用于他关于类似的心的状态的他人归结”①。这对女性写作来说尤其重要，因为传统意义上处于边缘化“第二性”位置的女性，一方面可以通过第一人称叙述的人格化特征同“经验自我”紧密联系，表达真实作者的个人情怀；另一方面借助“第一人称权威”又能将这种自我心声毋庸置疑、言之凿凿地表述出来，不必像表达其他人物心理那样借助他者的中介，在叙述权威中能够获得一定程度上的性别权威感。因此，女性写作格外推崇这种叙述方式，认为女性要想从潜意识场景走向历史场景，首先要书写被遮蔽的自我与被边缘化的自我性别。女性学界的身体写作理论就是在这样的背景中产生的，其不仅有着女性解放的社会归因，还有着内在的文体学依据。

当然，也正是因为“经验自我”的在场是第一人称叙事真实性、可信性的有效保证，其在目前男权依旧的文化氛围中与女性写作的关系，比之一般意义上的文学（男性写作）更紧密和复杂一些。这是因为“经验自我”与真实作者相联系，文学所引发的外界从作者个人经历角度对作品进行的各种议论臆想便是“经验自我”在起作用。在目前依然是男权中心的社会里，女性写作者在文中呈现的“经验自我”比之男性写作者亦更容易引发公众的揣测、议论、窥视、争议，尤其是其私密性的身体、性、婚爱纠葛等。读者往往并不管写作者在文中设置的虚构叙述人的具体姓名、职业如何，而是执着地挖掘人物背后的原型，甚至将文本世界中的人物关系同现实中围绕作者而来的人世纠结“对号入座”，或进行影射性索引。这里面不乏捕风捉影、含沙射影、牵强附会的一面，但也为更好地理解写作者的创作心理、时代背景提供了一定便利，衍生出了将文本与现实世界进行互证互释的“文学社会学”研究方法。

比如丁玲的《莎菲女士的日记》，尽管作者给主人公取了“莎菲”这一比较欧化的名字，但是其寓居在北京一隅的苦闷、彷徨以及与日记中其他人物的情感纠葛，与丁玲本人在20世纪20年代后期的现实遭际与伤感体验，总给人某种“互文性”的感觉，乃至于从人物原型角度挖掘丁玲创作《莎菲女士的日记》前后的心态、境遇，也成了针对这部小说的一个阐释视角。像张志忠的《剪不断，理还乱——“莎菲”形象与作者丁玲之间的纠缠辨析》一文便是将现实世界中丁玲的经验性自我打捞出来，依次烛照小说中莎菲女士的各种言行，尤其是二者内心深处隐秘世界的叠印纠结关系，莎菲是不是丁玲，凌吉士、苇弟、蕴姐的人物原型是谁等，均成了

① 唐热风：《第一人称权威的本质》，《哲学研究》2001年第3期。

学术考证的一部分。[①] 在这里，“莎菲女士”的日记在多大程度上可以被当成是“我”的日记，是需要具体分析的，而研究便是对这种文本世界与现实世界叠印程度进行学理论证的考辨过程。也可以说，如果小说中的“我”是“叙述自我”与“经验自我”的结合体的话，这种研究便是透过文本中的“叙述自我”寻求“经验自我”的蛛丝马迹的过程。

因此，女性借助第一人称权威将“经验自我”大量写入文本以彰显性别权威的过程也面临着一定悖论：一方面，比之一直居于主流位置的男性书写，女性袒露个人心灵、书写自我身体的叙述，在表征个性解放、主体性在场这些层面上，具有更加鲜明的“革命性”意义，甚至会激励女性写作走向矫枉过正的反面；另一方面，在社会接受层面上，“经验自我”在场的女性第一人称叙述，又会受到公众认知度的考量，如果对传统规范超出太多则容易遭受各类非议，这又使得女性写作进行此类创作时也会心存忌惮。因此，女性写作的第一人称叙述在文学史上的发展，比男性写作的同类叙述要更曲折复杂一些，新时期女性小说的发展历程也证明了这一点。接下来，让我们从文本分析出发谈一下第一人称经验性叙事在新时期女性小说中的演进历程。

第二节 第一人称自传体叙事在新时期女性小说中的发生

在政治一体化年代刚刚结束的新时期之初，性别并非社会关注的一个焦点问题。“五四”时期，鲁迅、胡适、陈独秀等“五四”知识分子均有过妇女解放探讨的情形。20 世纪 70 年代末、80 年代初，女作家同男作家一道参与了拨乱反正、改革开放的文化建设，当时的女作家不承认（甚至有意规避）自己是个“女性主义者”，已是不争的事实。但是，也正因为性别在当时还不是一个特别标识的元素，其以女作家自身习焉不察的方式融汇于其他话语中的可能性会更高，叙事形式的自觉不自觉运用便是其中的重要一环。但目前学界仅从女作家书写的内容（像是否写了性别问题、性别意识是否消隐于民族国家话语中等）界定女性小说特质的倾向较为明显，乃至于有“民族/国家诉求异常强烈的时期不可能有个人话语，当然

① 参见张志忠：《剪不断，理还乱——“莎菲”形象与作者丁玲之间的纠缠辨析》，《华南师范大学学报（社会科学版）》2009 年第 5 期。

就更不可能有所谓鲜明的女性叙事”[1]，“经历了仿男性写作和无性写作，到了九十年代，中国有了真正的女性写作”[2] 之类的说法。本章中，笔者提出要从叙事形式角度对女性小说从政治一体化年代到改革开放时代的过渡做出辨识，只有这样，才既能跳出女性文学研究中常见的民族国家/女性叙事、社会关怀/女性关怀、人性/女性的各执一端思维，又能深入这一时期女性小说的叙事机理，改变其往往被视为文体形式上的“前觉醒期”而乏人问津的局面。

如果说传统意义上处于边缘化“第二性”位置的女性可以通过“第一人称权威”彰显女性权力的争取，其首先需要确立女性作为第一人称叙述人在文本中的叙述权，即女性承担叙述人角色，叙述话语从第三人称视角的对女性人物的叙述（主人公称为“她”），转向女性人物第一人称视角的自述（主人公称为“我”）。但这对刚刚从政治一体化年代走出来的新时期女性写作来说，并非是一个简单的文体形式调整的问题，也不能仅归咎于个人化的文体选择，这种叙事转换涉及特定社会语境下某些性别伦理的复杂面向。女性小说第一人称叙事在新时期女性小说中的成熟并不是身体写作理论宣称的那样以激进方式达成的，而是通过与亲历性表达有一定美学距离的叙述调控实现的。张辛欣这一时期的创作在文体探索方面做出了尝试，其作品《我的哪儿错过了你》（1981 年）采取了“我”的自叙与对“她”叙述相交替的方式，主人公时而是“我”，时而是“她”，体现了第一人称自传体叙事在新时期女性小说中逐步登场的过渡特质。

> 文段一：她照旧忙活着卖票、检票……光凭她穿着那件没有腰身的驼绒领蓝布短大衣，准会被淹没在一片灰蓝色的人堆里，很难分辨。

> 文段二：她，眼睛交替注视着车内的乘客和车外的动静……她的心，却沿着另一条不为人所知的小路，不可解脱地、固执地寻找着什么……

> 文段三：我知道，我这么说，会得罪许多男性……但这是没法儿抑制的打心底来的叹息：值得去爱的男人实在太少！

---

① 陈晓明：《改革开放四十年：中国文学的创新之路》，《东吴学术》2008 年第 5 期。

② 向叶平：《抛弃与寻找：九十年代的女性写作》，《池州师专学报》（社会科学版）2002 年第 2 期。

> 文段四：这能全怪我吗?！……上帝把我造成女人，而社会生活，要求我象男人一样！我常常宁愿有意隐去女性的特点……不知不觉，我变成了这样！①

这是张辛欣发表在《收获》1981年第1期上的《我在哪儿错过了你》中的几个片段。这部从题目来看是日记体的小说，人物均没有具体的姓名，主要讲的是“她/我”与“他/你”之间的故事。对于主人公的称谓，小说里时而是“她”，时而是“我”，这种叙述人称的转换是耐人寻味的。从上面摘录的几段引文来看，我们会发现“她”既可以是全知叙述中的被聚焦者（如文段一，这是一种第三人称叙述中的“她”），也可以是透视外部事物或自身之动作、行为的聚焦者（如文段二，在这段引文中，将“她”置换成“我”并不影响文本意涵，这是一种从第三人称叙述向第一人称叙述过渡的叙述人类种）；文段三、文段四则是典型的“我”叙述，“我”作为叙述者和叙述对象的内心独白意义上的第一人称叙述。

再从这几段的具体表述来看，以“她”指称女主人公的文段一、文段二基本是客观化的，不太涉及女性权力、女性声音的表述；但文段三、文段四为代表的“我”的直接登场则是对男权文化的大声控诉与女性立场不遗余力的彰显。对于这部作品的叙述人设置，女性文学研究者董丽敏认为其“选择以‘她’/‘我’这个具有启蒙意义上的自我意识的女公交车售票员作为叙述对象/叙事人”，但“她”/“我”“却被处理成无名的”，这种没有具体称谓的“无名”状态与女性解放是有一定出入的，里面包含了性别立场新旧杂陈的况味。②

笔者同样感到了这部作品叙述立场上的驳杂之处，但更愿意从本节这里所讲的叙事形式层面进行索解：这篇小说“她”/“我”并置的叙述人设置本身就体现了女性声音浮出叙述地表的转换与艰难。“唉！我们彼此相隔的，不是重重山水，不是大海大洋，只是我自己！……她仍旧在乘客中努力向前挤，嘴里机械地重复着……她的心底却有另一个声音在独自忏悔，‘……原谅我……’。”③ 这是小说的结尾，叙述人称每每涉及内心独白时用“我”，人物描述时用“她”。其实都用“我”或都用“她”并不影

① 张辛欣:《我在哪儿错过了你》,《我们这个年纪的梦》,成都,四川文艺出版社,1985,第3、4、5、27页。

② 参见董丽敏:《历史转折中的性别主体建构困境——重读张辛欣小说〈我在哪儿错过了你〉》,《名作欣赏》2015年第19期。

③ 张辛欣:《我在哪儿错过了你》,《我们这个年纪的梦》,成都,四川文艺出版社,1985,第36、37页。

响对事件的理解，但考虑到新时期之初女性写作所处的复杂语境，我们就会发现这种“我”/“她”的双重叙述人设置其实包含了叙事话语上“第一人称权威”在登陆中国文坛时的某种可以称之为“犹抱琵琶半遮面”的性别隐衷。

对于20世纪80年代女性小说的形成，陈淑梅在其《声音与姿态：中国女性小说叙事形式演变》中对张洁《爱，是不能忘记的》、遇罗锦《春天的童话》等新时期之初的女性小说做过一番文本细读后发现，当时女性声音遭受社会语境压力的现实导致了这些作品叙述样式的曲折谨慎，其叙述话语总是游移于道德/情感、社会/个人、意识形态/美学之间，并且包含了“叙述主体乔装打扮掩饰自身身份与意图的努力”①。张辛欣《我在哪儿错过了你》也是陈淑梅关注的文本之一，不过她是从叙述人自我形象、独白话语的前后不一致等角度论述该作品也是一部性别主体性十分“可疑”的文本的。② 这里，笔者认为《我在哪儿错过了你》这种“我”/“她”的双重叙述人设置本身即体现了写作者的某种性别隐衷：既想借用“第一人称权威”以大胆自我剖白的方式张扬个人/性别主体性，又害怕因为超出了社会对女性张扬自我的限度而自觉规避了典型意义上的自传体、日记体形式。从这个角度来说，“我”/“她”的双重叙述人设置是一种女性写作从第三人称叙述向第一人称叙述过渡的策略性技巧，其出现本身体现了新时期之初女性声音浮出小说叙述地表的某种努力与艰难。

第三节　“经验自我”在场与叙述主体的张扬及膨胀

得益于改革开放以来思想解放、个性张扬的时代氛围，女性小说叙述人从无“我”到有“我”、从“我”的旁知叙述到直接言说、从真名实姓的暴露展示到有距离地美学调控，体现了叙述人设置层面上女性主体意识的曲折发生。

《我在哪里错过了你》中的“我”/“她”双重叙述人设置是女性写作中“经验自我”在场的自传体写作在新时期文坛曲折发展的例证。当然，随着时代文化语境的推进，这种“经验自我”在场的自传体写作在女性文

---

① 陈淑梅：《声音与姿态——中国女性小说叙事形式演变》，广州，中山大学出版社，2001，第28～31页、第91～97页。

② 参见陈淑梅：《声音与姿态——中国女性小说叙事形式演变》，广州，中山大学出版社，2001，第87～91页。

坛有了突飞猛进的发展。熟悉文学现场的人会发现，20世纪90年代是女性话语狂欢的年代。正如埃莱娜·西苏所言，女性要想从潜意识场景走向历史场景，“必须把自己写进文本，就像通过自己的奋斗嵌入世界和历史一样”①。这是学界十分熟悉的自传体写作理论，本是个第一人称、亲历性写作的叙事学命题，但其往往与女性写作、性别主体性联系起来，这就带有女性主义叙事学色彩了。

究其原因，这是女性借用“第一人称权威”彰显被传统的男性中心文化压抑和覆盖的性别权力。苏珊·兰瑟将这种叙事话语称之为“个人型叙述声音”，以与第三人称的“作者型叙事声音”相区别，“自身故事的叙述的‘我’也是结构上‘优越的’声音，它统筹着其他人物的声音”②。这种“个人型叙述声音”因为采取的是人格化叙述方式，叙述人是文本中的一个具体人物“我”，会显性或隐性地显示出自身的性别身份，较难像“作者型叙述声音”那样采取超然的中性化叙述方式。男女作家当然都可以采取这种袒露叙述人性别的写作策略，但是女性写作者所塑造的女性叙述人在以个人型声音彰显“经验自我”时，却由于历史上“我”的声音的久被压抑而具有特殊的意义：一方面，比之一直居于主流位置的男性书写，女性袒露个人心灵、书写自我身体的权力一旦被夺回，必然引起女作家的强烈回应，掀起一个自传体写作的高潮；另一方面，相对于男性张扬自我已成为一种不会引发太多关注与热议的社会常态，女性的自传体写作，尤其是潮流化、类群化之后的自传体写作，不但需要面临公众接受度的考量，还要接受第一人称叙事文体规约的考验。华莱士·马丁（Wallace Martin）在《当代叙事学》中曾反复强调，技巧并非虚构作品的一种叙事辅助或意义传达的某种附属物（甚至累赘物），恰恰相反，是“方法创造了意义的可能性”③。文学史上，女性写作者的亲历性书写、自传体方式一般要比男性写作者的亲历性书写、自传体方式更极端，或引发更大毁誉交加的争议，便是这种文体形式本身创造了“意义”的一个鲜明体现。

随着社会的进一步开放，“经验自我”在场的第一人称叙事渐渐成为女性写作的常态，并在私人化写作潮流中达到了高潮。利用“自身故事的叙述的‘我’也是结构上‘优越的’声音，它统筹着其他人物的声音”④

① 张京媛主编：《当代女性主义文学批评》，北京，北京大学出版社，1992，第322页。

② 〔美〕苏珊·S. 兰瑟：《虚构的权威——女性作家与叙述声音》，黄必康译，北京，北京大学出版社，2002，第20～21页。

③ 〔美〕华莱士·马丁：《当代叙事学》，伍晓明译，北京，北京大学出版社，2005，第130页。

④ 〔美〕苏珊·S. 兰瑟：《虚构的权威——女性作家与叙事声音》，黄必康译，北京，北京大学出版社，2002，第20页。

的文体便利，“我”不但在场，作为主人公在文本结构层面还占据着特殊的地位。其他文本人物则明显与这个有着特殊结构性位置的“我”不在一个叙述层级上，他们甚至会失去独立存在的属性，一如娜塔丽·萨洛特(Nathalie Sarraute)研究法国新小说时所说的，他们不但“成为至高无上的‘我’的附属品，或者只是一些幻象、梦境、噩梦、幻想、反照、模态等”①。聚焦是“谁在看”，叙述是“谁在讲”，人物是“谁的故事”，但私人化写作时期的“我”往往是聚焦者、叙述者、主人公混融的文体，有着非同寻常的叙述权。像陈染小说中的倪扭扭、黛二、雨子、大树枝等人物，不管叫什么名字，都有着幽闭、偏执、自恋、遗世独立，热衷哲思玄想的陈染自身的影子，而其不受任何约束地对其他人物捕捉、描摹、窥视、揭露的行为已超出了一个自然人的视界与感知范畴，也突破了传统叙述学所认为的“在第一人称回顾性叙述中，叙述者‘我’仅起叙述的作用，视角完全来自于过去正在经历事件时的‘我’”② 的界限。借助于叙述主体的无限扩张，叙述人统摄了人物、情节走向、话语风格等，这是这类写作在叙事形式上的一个殊异之处。对于20世纪90年代以来以自传体为特征的女性个人写作中叙述主体浮出女性声音地表并呈狂欢之势的情况，笔者曾做过详细论述，分析了其“叙述人有意暴露自己的性别、身份、创作意图”的“暴露叙事”（包括性别暴露与创作意图的暴露）及“‘超表述’行为的大量出现”（包括叙述人的议论、叙述人介入人物的言辞及心理、叙述人个性情绪的流露）。③ 在此恕不赘述。

詹姆逊曾经说过，艺术形式的兴衰绝不是偶然的事，它反映出意识形态的深刻变化，因为叙事形式的每种文类、范式、模态、在不同时代的兴衰沉浮，都负荷着自身明显的意识形态内容意涵。④ 如果说以叙述权的争取表征女性主体性与话语权威感能够作为女性主义叙事策略的话，“经验自我”在场的自传体写作在20世纪90年代私人化叙事浪潮中可谓鲜明地彰显了这种“形式的意识形态”品格，这是一种第一人称权威层面上的性别政治。不过，问题的复杂性在于叙述权与性别权的正向关系不是绝对的。文本叙述效果的达成是个复杂而综合的过程，一如苏珊·兰瑟所言，

---

① 〔法〕娜塔丽·萨洛特：《怀疑的时代》，柳鸣九编选：《新小说派研究》，北京，中国社会科学出版社，1986，第29页。

② 申丹：《叙述学与小说文体研究》，北京，北京大学出版社，2005，第239页。

③ 参见孙桂荣：《性别诉求的多重表达——中国当代文学的女性话语研究》，北京，人民文学出版社，2011，第284～297页。

④ 参见〔美〕弗雷德里克·詹姆逊：《政治无意识：作为社会符号行为的叙事》，王逢振、陈永国译，北京，中国社会科学出版社，1999，第5页。

“表述权威本身也取决于是否能够建构一种可信的叙述声音”①，叙述行为在读者中要产生感染力、说服力，是需要叙述内容与形式的真实、可靠做支撑的。如果超出了应有的限度，不但叙述真实性会受到一定影响，也会损害女性声音的表达。私人化写作中叙述主体的张扬就是如此，其在一定程度上因为过分张扬已超出了“可信的叙述声音”的限制。聚焦是“谁在看”，叙述是“谁在讲”，人物是“谁的故事”，这三者合一并非不可以，但第一人称叙述是一种个人化的限制与限知型叙事，文本中在场的叙述者终究是人，而非超人，否则就是回到了全知全能的第三人称叙述。既将叙述人设置为特定人物“我”，又屡屡发出超出“我”视界、身份、能力的叙述语，其实是没有有效恪守第一人称叙述文体边界的一种体现，也影响到了其所建构的“可信的”叙述声音。关于这一点，亦有研究者进行过详细论证，像陈淑梅在《文学评论》中发表的论文指出，20 世纪 90 年代女性写作叙述主体的张扬导致了叙述声音单一、对人物形象的压抑、风格的局限性等叙述人声音从张扬到膨胀的诸种形式问题②，这可以算做另一个层面上的“形式的意识形态”。笔者在此亦不再赘述，但对于第一人称自传体的女性主义叙事，反对者一度斥之为“叙述霸权”却是一个不争事实，它们甚至可以说是对“第一人称权威”的滥用。

几年前，笔者曾将以《一个人的战争》《私人生活》等为代表的女性主义自传体叙事中叙述人声音的高扬，解释为“叙述人的本意在这里并不是塑造个性鲜明、性格生动的人物形象，而是将人物与故事演绎成叙述人自我言说，就女性问题发表自由谈论的载体”③，这是一种性别政治的正面阐释。但从文体范式上来说，它却在一定程度上违背了第一人称真实、自然的叙述原则。这也导致了新世纪以来这种叙述模态有逐渐式微的趋向。所以说，在叙事形式转换这个层面上，私人化写作近年来的相对沉寂不仅有着通常所说的暴露隐私、身体泛滥等内容层面上的原因，也与无节制张扬女性叙述权的形式原因相关，尤其是在其模式化、技术化之后。鉴于这一部分前人研究已较为丰富，不再赘述。

---

① 〔美〕苏珊·S. 兰瑟：《虚构的权威——女性作家与叙述声音》，黄必康译，北京，北京大学出版社，2002，第 21 页。

② 参见陈淑梅：《叙述主体的张扬——90 年代女性小说叙事话语特征》，《文学评论》2007 年第 3 期。

③ 孙桂荣：《性别诉求的多重表达——中国当代文学的女性话语研究》，北京，人民文学出版社，2011，第 295 页。

第四节　自传体叙事在农村妇女“在地”写作中的新形态

新世纪以来，以第一人称自传体叙事为文体标识的私人化写作落潮了，但这并不是说“经验自我”在场的这一文体样式淡出了女性小说叙事舞台。事实上，近年来还有很多广受瞩目、引发广泛热议的女性自传体小说出现，像张爱玲《小团圆》、林奕晗《房思琪的初恋乐园》等，与个人经历、私密性体验均有密切的联系。本节另辟蹊径，从较少受研究者关注的农村妇女“在地”写作这一角度，进行自传体叙事在新世纪文学中的新形态问题的探讨。

一、“我手写我心”与女农民“在地”写作的兴起

底层写作论争中，上海学者刘旭曾指出：“只有当底层有了表述自己的能力的时候，才会有真正的底层，一切底层之外和从底层出身但已经摆脱了底层的人都丧失了表述底层的能力，因为被表述意味着被使用和利用，即使最善意的他者化表述也是使用底层来证明不属于底层的东西，或将底层引入误区。”① 对这种不无偏激，但一定程度上又说中了底层写作症结的批评，研究者只好无奈承认，“我们谁都还不能乐观地说，‘底层’已经有了表述自己的能力”②，底层写作似乎无法不是“代言”的产物。

所幸的是，近年来一种可被称之为农村妇女“在地”写作的现象正在悄然生起，它们的出现不仅打破了这种批评的魔咒，在中国文学史上第一次真正实现了“乡下人写乡下事”的乡土中国自我表达的多年夙愿，还由此回应了本节要论述的“经验自我”在场的第一人称自传体叙事在新世纪文学中的新形态问题。本节中，笔者提出一个在学界还未被广泛使用的概念——“在地”。“在地”在这里并不是泛指本土化或本土性，而是狭义上的身在乡土大地之意，“在地”乡土叙事是农村妇女对乡土中国的自发、业余、原创性书写。写作者生活、劳作在广袤的农村，多以体力劳动养家糊口，以惊人的毅力在农忙之余坚持写作，为新世纪乡土叙事提供了难得的“我手写我心”的第一人称自传体叙事的原生态资源。

---

① 刘旭：《底层能否摆脱被表述的命运》，《天涯》2004 年第 2 期。

② 王尧：《关于“底层写作”的若干质疑》，《当代作家评论》2008 年第 4 期。

我的生命是一本不忍卒读的书，命运把我装订得极为拙劣。

我是湖北襄阳人，12岁那年在老家开始做乡村小学的民办老师……

我是最小的娃子……十二岁那年，我看了当年最流行的言情小说《烟雨濛濛》，是琼瑶阿姨写的。便自作主张，改了名字，管自己叫范雨素。①

以上的文字对于了解文坛当下动态的人来说是不陌生的，它是来自湖北省襄阳市襄州区打伙村、现为北京家政服务员（俗称“育儿嫂”）的范雨素的自述。2017年4月，她在微信公众号“正午故事”上发表了一篇7000字左右的自传体文章《我是范雨素》，在不到24小时的时间里，这篇文章就引来了10万+的点击率，而后从《人民日报》这样的中国权威性主流媒体，到街谈巷议、微信朋友圈，范雨素和她的写作引发了社会广泛热议。范雨素的广为人知，除了得益于其朴素、讥诮，略带幽默的文字本身外，与其身为育儿嫂的底层身份息息相关。

范雨素与另一个农村妇女的写作典型——余秀华颇为相似。在一篇论文中，笔者将余秀华的诗歌同“文学事件化”联系起来，认为“她的走红的确是与她脑瘫、农妇的特殊身份息息相关，或者更直接的说法是，她脑瘫、农妇身份导致了其有一定专业水准的诗歌作品在关注弱势群体的大环境下被无限放大了”②。比较起来，余秀华的诗歌比范雨素的散文艺术性更强一些。在这里，之所以援引了《我是范雨素》中的段落，是因为它是典型的第一人称叙述的自传体文类，作者名字与文中主人公名字一致，所写内容与自身经历亦相对叠合，甚至是一种不用加“准”“拟”“半”等文学性修辞的自传体写作。这样的写作样式在湖北农民作者周春兰的《折不断的炊烟》中也出现过，这是一部没有留恋于太多的情感纠结，更不是在幽闭、偏执、自恋的女性主义基调上做文章，而是聚焦于乡村文学青年的苦难史与奋斗史的作品，作者不仅写了农村人的痛苦与欢乐，还以自己为原型写到作为文学爱好者的女主人公20多年来的乡村生活苦痛史、奋斗史，有着鲜明的励志价值。③ 当然，还有更多人参与到了农村妇女自发、业余、原创性书写的行列中来，像宁夏的马慧娟、陕西的姜兰芳、广东的李勇坚、四川的廖富香等。可以说，一个有声有色的农村妇女“在地”写

① 江富军：《〈我是范雨素〉的阅读启示》，《新华书目报》2017年第5期。

② 孙桂荣：《余秀华诗歌与“文学事件化”》，《南方文坛》2015年第4期。

③ 参见孙桂荣：《新世纪以来的农民原生态写作》，《中国社会科学报》2017年9月25日。

作热潮正在新世纪的中国逐渐生成。

二、“经验自我”在场的“在地”言说：可能与限制

从写作主体上说，这些写作者不同于在城市里辗转挣扎的打工文学作者，更不是模拟底层人视角的专业作家，她们有着大致相同的背景：居住、生活在远离都市的偏僻村寨，以务农、当保姆、开小店等非“文人”的底层劳动谋生，文化程度较低，基本没有上过大学，长时间坚持“偷偷”写作，并要经受周围人各类不解的歧视，除了某些特别原因会引发媒体关注外（像“脑瘫诗人”余秀华），即使有作品发表、出版，也未引起主流文坛多少关注。写作内容上，她们书写的并不是模式化的“乡下人进城”的故事，更不是都市、玄幻、穿越等大众文化类型，而是基本秉承经验性写作理论，“乡下人写乡下事”，以亲历性、体验式方式叙写乡土生活，像姜兰芳有关农村妇女遭遇家庭暴力的小说《婚殇》也直接源于自己看过的、听过的乃至亲身经历过的家暴事件，并实际参与了不少帮助农村妇女维权的活动。这与女性主义作家模拟乡下人口吻进行的“落地”写作（如林白《妇女闲聊录》），或知识女性以采访、调研、实地考察等新闻手段切近乡土的“及地”写作（如梁鸿的《中国在梁庄》）并不一样。

一个个没有经受多少高等教育的农村妇女用充满文学性的语言写自己的故事，挑战了传统意义上底层写作需要他人（知识文人）“代言”的成规，不但更加真实本然，也将“第一人称权威”的美学价值发挥到了极致。这既有别于私人化写作的“‘我’叙述”，也不同于知识分子模拟底层声音的方式，其拒绝任何偏离现实生活本身的文人修饰，而这是其能够在众多文化热点中胜出的关键。尽管它提供的是一种原创的赤裸裸真实，但因为以往没有此类“底层（女）写底层（女）”的先例，还是给人新异鲜活的震惊体验。或者说，通常被认为不具有写作能力的底层女性（边缘群体）开口讲述自己的故事，给新世纪文坛带来了第一人称自传体写作的新范式。

在具体的写作手法上，这些“在地”写作在“我手写我心”层面续接了本章前述所言的“经验自我”在场的第一人称自传体传统，也在一定程度上冲破了既有文坛格局的某些成规。比如，与新世纪初年专业作家所写的“底层写作”热潮相比，她们笔下比狠斗惨的苦难极端化书写少了，更多的是乡村中苦乐相生的日常生活景观，像马慧娟《和解》中，作为乡村女儿的“我”与母亲产生了一点矛盾，“我”的文字变成铅字发表了，母亲比“我”还高兴，指着文章的某处问“我”，“还西风，为啥不叫东风”，

母亲能够正视“我”的才华与执着了，在那一刻，“我”感觉和母亲情感上和解了。将母女冲突与和解的过程写得真实自然，规避了有些女性写作执着于恋母、仇母、审母、弑母的极端化情感书写。非虚构“返乡笔记”中流行的对乡村凋敝的感叹也不明显，乐观、达观的乡村心态让人感到了乡情温暖的一面，像刘富琴《山沟沟里的女娃》具体书写了乡野人家面对突如其来的弃婴，复杂心态中透出的淳朴、温暖与朴素的现实心态。马慧娟在《行走在春天的风里》说，“风沙让我无处可去，沮丧的我只能信步游走在风中，转过一条街到另一条街时，眼前突然一团粉红，居然是一株盛开的桃花……”①，则写出了苦乐相生的农村日常生活本身，并时时透露着身在其中的乡土人家的乐观与旷达。

除了现实主义摹写，这些底层妇女的乡土观照有的还具有一定现代主义美学倾向。像余秀华的《横店村的下午》，“光阴不够平整，被那么多的植物分取/被一头牛分取，被水中央的鸭子分取/被一个个手势分取/同时，也被我分取//我用分取的光阴凑足了半辈子/母亲用这些零碎凑足了一头白发/只有万物欢腾/——他们又凑足了一个春天”②。余秀华争议很大，最近一段时间愈发有了“我是名人我怕谁”的狷狂与浮躁之气，但其早期的某些诗歌的确有锐意创新的上乘之作，像这首诗用意象盎然的笔触写到了春到农家的勃勃生机，排比、意趣、机巧，以及瞬间捕捉的精妙，并带有一定现代主义修辞特征。可以说，尽管是业余写作，当代农村妇女的第一人称叙事却在两个向度上为文学实现了双重“回归”：一是以朴素的乡村伦理将被先锋文学的残酷叙事挤压到边缘的真、善、美带入乡土文学；二是以传统的道义担当将被私人化写作的幽闭空间遮蔽的公共关怀带入女性写作之中。

当然，既然是非职业的业余写作，而且是在大众文化与主流文化着力推动下产生的文学现象，它们也难免存在多种问题。比如技巧、语法、修辞方面相对粗糙，即使发表了也算不得精致圆熟之作。像周春兰《尘埃》中“小叔子陈述其词，嘴就像弹棉花的锤子，有力地撞击我的心，发出铿锵的回声”，“陈述其词”书面化、文人化，“嘴就像弹棉花的锤子”又太直白、生硬，放在一起有一种违和感，并未产生太多文学性修辞的美感，乡土感亦同高晓声 20 世纪 80 年代的《陈奂生上城》等有一定距离。还有

① 马慧娟：《行走在春天的风里》，2018 年 12 月 3 日，http://www.360doc.cn/article/32646433_592720667.html。

② 余秀华：《月光落在左手上》，2018 年 12 月 3 日，https://www.douban.com/note/545368072/。

美学观念比较落后，像廖富香的《追求幸福的女人》是在一连串误会、巧合、奇遇中落入俗套的大众言情故事，《国家血脉》《生死不离》《天使，你别流泪》等基本是歌颂型的主旋律电视短剧，艺术性比较粗糙；李勇坚以禽流感疫区为背景的作品《温暖》更在美学观念上相较于其出版年代有一定趋于保守的传统趣味；石淑芳、周春兰以农村女文学青年为主人公的自传体写作，创作主旨上不但有雷同倾向，传统现实主义手法亦相对单一，与专业女作家的自传性书写在美学表达上尚不能同日而语。批评家南帆说过："民间文化往往是自发的，小型的，粗糙的，地域性的，因而仅仅处于大众文化的边缘。"① 整体上说，农村妇女的"在地"写作还难以脱离艺术上模仿、观念上守旧、手法上单一等文学习作痕迹。

三、原生态书写之于第一人称自传体叙事的价值

让农民自己言说自己在中国文学史上曾是一种响亮的号召。20 世纪 50 年代后期中国曾掀起了轰轰烈烈的"新民歌运动"，尽管因以政治动员、行政命令的方式搞诗歌"大跃进"违背了文艺创作规律而宣告失败，但呼唤来自农民的乡土声音在中国主流文艺思潮中一直没有中断过，农村妇女"在地"写作可谓第一次实现了文学史上的这一多年夙愿。这一文学现象从个别农村妇女的零星创作到成潮流之势，是与各级政府、作协的扶持以及新媒体对文学传播的积极促进分不开的，像博客、微信等大众媒介在广大农村地区的普及与发展，则对农村妇女"在地"写作的普及化、公众化，及从个人零星行为到呈潮流之势起到重要的推动作用。

回到文本，笔者认为新世纪以来农村妇女的这种集束性"在地"书写，或许称之为原生态写作更恰当些，它们的美学气象可以简单概括为以下几点：一是以"我手写我心""我口贴我手"的方式提供本色、朴素的真实底层经验（而非知识女性对乡土中国的或浪漫或粗陋的文学想象）；二是写作对象为乡民劳作、乡村伦理、乡野农事的普通"在地"日常生活（而非特别突出情感、身体等性别意识浓厚的农村妇女私密领域体验）；三是在经验自我与叙述自我高度叠合的本色书写中，既展现了自发、业余、原创书写的朴素、稚拙之美，也流露出青涩、模仿、简单、保守的艺术局限（而非职业作家艺术技巧的圆熟或雕琢）。

笔者认为，农村妇女自发、业余乡土写作的最大价值还不是提供了这些有一定美学新元素的文学作品本身，而是其对提升乡村女性境遇"能见

① 南帆：《底层与大众文化》，《东南学术》2006 年第 5 期。

度”的文化价值，或者说其文化意义在很大程度上，是大于其所能提供的文学作品本身的。因为作为乡土中国的一种文化见证，其首先是提升了写作者自身的生存与文化境界；其次，还以集束性出现的自发表达提升了乡土文学的社会认知度，为“沉默的大多数”开口讲话提供了一个现实的样本和契机；最后，以一批或许并不是太优秀，但更真实可感的乡土文本，破除了“民间文化”的神秘化与理想化想象，为乡土中国的表述与被表述论争提供了一些价值参照，这是对知识界的最大启示。

可以说，叙述人的经验性自我与亲历性体验高度地投入文本写作对象中，是此文类能够让人产生真实感、信任感的最重要原因。对于女性写作来说，借叙述人经验性自我的本色话语表达传统意义上被遮蔽和压抑的边缘人声音，展现大时代中小人物的朴素情怀及蕴含其中的女性视角，是其独有的女性主义叙事学意味。甚至可以说，第一人称、“‘我’叙述”、自传体，不但是这些作品的一种文体方式，还是其赢得读者信任，营造真实感与现实感的力量源泉。当然，联系到前面所说的它们的某些艺术局限，这种原生态农村妇女的自我经验书写也需要一个艺术上的打磨、提炼过程。艺术源于生活、高于生活，单纯的原生态生活展示还不能成就卓越的艺术精品，第一人称自传体叙事也是这样。或许不该苛求的是“在地”写作的农村妇女，而是私人化写作落潮后未能在自传体叙事中有效推陈出新、捧出新的累累硕果的当代文坛。

第六章 话语权威建构与作为叙述人的“我”

上一章我们是从亲历性、自传性特质角度谈的第一人称叙事，即叙述人“我”的话语讲述是否遵从写作者本人的自我经验的问题。本章我们继续关注以“我”为叙述人的第一人称叙述，却是基于“话语权威”——女性主义叙事学的一个重要和独特理论视域而言的。作家使用第一人称“我”叙述除了更真切地表达自我情怀，还有更有力地向他人传达这种心声、建立自身影响力的企图，在这一点上，女作家也不例外。但是由于男权文化的或隐或显存在，这种诉求呈现出了相对复杂的美学意涵，女性主义叙事学所关注的“话语权威”问题就是从这一层面而言的。本章拟从理论和文本分析两个层面，选择代表性作家作品对这一问题进行细致、深入的创新性论述。

第一节 话语权威、女性写作与第一人称叙事

“话语权威”是女性主义叙事学研究中的一个重要概念，其将叙事形式与女作家社会影响力的争取联系起来，对传统女性文学研究是一个极大的开拓。让我们先从“话语权威”理论的提出及其与第一人称叙事的联系谈起。

一、“话语权威”与第一人称权威

“话语权威”是苏珊·兰瑟《虚构的权威——女性作家与叙述声音》中的一个核心概念。苏珊·兰瑟的直接界定较为抽象，即“由作品、作家、叙述者、人物或文本行为申明的或被授予的知识名誉、意识形态地位

以及美学价值”[1]，对这一界定的理解需要结合作者所提供的社会语境来看。笔者看来，苏珊·兰瑟所言的话语权威所指向的是有助于作家通过写小说来获得听众、赢得公众尊重和名誉地位、建立社会影响力的文本品格，其不但与作家本人的人格魅力相关，也有赖于叙述人的选择、人物的塑造、叙事模式等系列美学方法。

“话语权威”理念的提出有着鲜明的女性主义叙事学色彩，因为这一范畴是从叙事形式与其社会指涉、文学事件的话语联结处，对特定叙事形式的社会基础与美学渊源做出深入探讨，即女作家在通过写作谋取话语权威的过程中如何受到读者、时代背景、文学成规的影响，为应对这些压力其又采取了哪些具体叙事方法与策略。之所以特别强调女作家（而非普泛意义上的作家）对“话语权威”的谋求与建构，是因为女作家公开出版小说的行为在男权依旧的社会里有种“既参与某种霸权团体又被排斥在外”[2] 的意味，即其会通过写作建立社会影响、对争取过来的读者产生一定权威感、感召力；但另一方面，如果超出了公众对女性期待的一定限度，或偏离了公众的承受惯例，正向的话语权威又容易蜕变成被排斥、反感的反面，使写作者不但失去了通过写作获得尊重的资源，写作反而会成为其名誉扫地的源头。有些男性写作者可能也会遭遇此种情形，但多是因为特殊年代的政治原因（像政治一体化年代历次文艺思想斗争中不少人因“文”获罪），在一个常态社会中这方面的压力已相对减少。但是，对女性写作来说，因为男权社会有着或明或暗的道德、伦理等各层面的双重标准，通过写作建构话语权威的问题则是一个相对复杂的所在，更不用说叙事权威还有解构、重构等各方面的问题了，本章后面几节对此将有更多论述。

本章主要从作为叙述人的“我”的设置、修辞、语言、姿态等层面，将“话语权威”与作为“我”言说的第一人称叙事联系起来进行研究，原因在于第一人称叙事无论是由于本身的文体特征，还是在 20 世纪中国文学中的曲折发展历程，均表明其出现及潮流性发展与叙述主体的话语权威性有着密切而复杂的联系。第一人称叙述是典型的自传体写作文体，相对于第三、第二人称叙述，有着某种堪称“第一人称权威”的特殊权威性，因为其对自我心理可以原样复现，不必像其他叙事类型那样通过观察、模

---

① 〔美〕苏珊·S.兰瑟：《虚构的权威——女性作家与叙述声音》，黄必康译，北京，北京大学出版社，2002，第 5～6 页。

② Margaret Homans，1983：“‘Her Very Own Howl’：The Ambiguities of Representation in Recent Women's Fiction”，*Sign*，May.

仿、揣摩他人而获得。这种“我”完全可以代表“我”的笃定性，构成了某种话语权威感，是第三人称叙事或第二人称叙事不太具备的，因此被戴维森称之为“第一人称权威”。中国文艺理论家赵宪章也说：

> 人们可以假定一个人具有了解并陈述自己的心的“优先通道”……作为“第一人称权威”之“内心透视”的自我陈述，有效地“展示”出无需任何旁证和毋庸置疑的内心世界。①

这是一种经典叙事学意义上的“第一人称权威”，基本不涉及第一人称叙述的言说内容、社会指涉等语境化的形式表达。不过，在实际应用过程中，第一人称叙述因为是内心世界的直接呈现，其言说形式上的权威性往往又联系着言说内容上比其他叙事类种更能彰显个人主体性的情感真实性。因此，形式上的“第一人称权威”也在一定程度上包含了内容上叙述主体个人权威意识上升的因子，文艺理论家南帆甚至将第一人称叙述样式在 20 世纪 80 年代文学中大幅增加的形式意义提升到了社会政治的高度，“‘我’隐蔽在一群面目不明的‘我们’之中，这是谦逊、压抑、自我保护的混合……‘我’在小说中赢得了表白的权利，这显然是社会学给予叙事学的馈赠”②。就是在这些层面上，话语权威与第一人称叙事联系了起来，并为女性小说的叙事形式研究提供了新的理论与文化资源。或者说，“话语权威”理论对传统意义上居于“第二性”位置的女性写作来说尤其重要。因为这是一种将“第一人称权威”转化成“性别权威”、将叙事学意义上的女性叙述权的争取同意识形态意义上的性别权力的争取联系起来的写作技法，并由此体现了叙事形式的鲜明社会性别意涵。

二、理论论争与在女性小说中的展开方式

女作家在挑战男性权威的同时建构女性的自我权威，并以此表达自身性别诉求，这是苏珊·兰瑟话语权威理论的核心观点，她将简·奥斯丁小说中自由间接话语、讽刺、省略、否定、委婉以及含混等叙事形式均看成是张扬女性声音、建立“女人气质”、谋得话语权威的“意识形态建构的产物”③。这一权威理论对学界影响很大，有些中国新时期女性小说的研

① 赵宪章：《日记的形式诱惑及其第一人称权威》，《江汉论坛》2006 年第 3 期。

② 南帆：《文学的维度》，北京，中国人民大学出版社，2009，第 110～111 页。

③ 〔美〕苏珊·S. 兰瑟：《虚构的权威——女性作家与叙述声音》，黄必康译，北京，北京大学出版社，2002，第 70 页。

究成果就是从这一理论资源中得到了启发。不过，这并不是有关“话语权威”问题的唯一观点。事实上，在西方女性主义叙事学界，苏珊·兰瑟的理论是有争议的。另一个研究者凯西·梅齐就提出了不同的意见，她将叙述权威视为父权制权威的一种体现，注重的仅仅是对叙述权威的削弱和抵制，而不是女性以建构话语权威的方式来自我赋权，她注重考察的是女作家笔下的叙述者如何在叙述话语中体现出了某种男性立场，关注的是作者的自然性别与第三人称叙述者体现出来的社会性别之间的关系，二者是否一定叠合、有无错位以及为何错位等。① 这种对叙述权威的理解与中国女性学界某些对男权文化批判的思路不谋而合，像对杨沫所写《青春之歌》的女性主义批判性分析可以说就是秉承着这样的研究思路。话语权威成为父权制的工具，或者说在现有的男权文化影响下，女作家自觉不自觉地以让渡性别自觉的方式谋取话语权威，这一点在中国和西方的女性写作中都不是特例。这可以说是对苏珊·兰瑟理论的争议之一。

此外，苏珊·兰瑟对建构女性话语权威的排他性执着，也使其理论缺乏应有的弹性。“话语权威”成为苏珊·兰瑟《虚构的权威》一书的重心，不管是里柯博尼《蜜蜂》中作者保持自我声音的缄默以适应贵族读者需求，还是奥斯丁将自我隐藏在人物背后、以自由间接引语“侧面叙述”体现“间接性和含混性叙事”②，抑或“只有靠消灭其他女性的声音”才能勉强获得权威的简·爱所体现的“权威危机”③，苏珊·兰瑟都特别注意女性作家在写作中是否获得、怎样获得或失去了“话语权威”。对于采取各种具体措施获得声音权威的女作家她礼赞有加，像对于伍尔夫在小说中不断变换叙事聚焦，让不同人物以同样的观念风格强化作者声音，该书阐释为“人物众口一词，说着叙述者的语言，这样的叙事也就建立了一种更高的、无法复制的权威”④；而对于不能产生叙事者声音权威的文本形态，则斥之为权威的丧失。像对于 18 世纪中叶“一个女主人公用书信体文本私下向一位受述者讲述个人故事”的叙述，该书则解读为“把女性声音导向一种自我包容与息事宁人的形式，它最大限度地减弱了‘言论自由’动

① 参见申丹、王丽亚：《西方叙事学：经典与后经典》，北京，北京大学出版社，2010，第 218 页。

② 〔美〕苏珊·S. 兰瑟：《虚构的权威——女性作家与叙述声音》，黄必康译，北京，北京大学出版社，2002，第 88 页。

③ 〔美〕苏珊·S. 兰瑟：《虚构的权威——女性作家与叙述声音》，黄必康译，北京，北京大学出版社，2002，第 219 页。

④ 〔美〕苏珊·S. 兰瑟：《虚构的权威——女性作家与叙述声音》，黄必康译，北京，北京大学出版社，2002，第 133 页。

摇男权社会的能量，消弱了女性长久保持文学权威的能量”①。这种将女性小说中“话语权威”的有无、强弱等视为中心的倾向在该书中是较为明显的。中国叙事学者唐伟胜说它有绝对化“统一叙事主体观”倾向，“似乎所有叙事者都只有一个目的，那就是通过叙事来反抗男性权威，建立自己的权威”②。笔者将其称之为对“话语权威”的“执念”，即过度执着的追求态势。这既是指该书对女性作家写小说一定意味着“话语权威”追求的过分肯定，也是指其将对女性文本中“叙述声音”的高涨直接确认为女性作家“话语权威”张扬的过分自信。事实上，将某“不能产生叙事者声音权威”的文本形式一律斥之为话语权威的丧失，本身就是一种对权威意识的机械性理解，更不用说将女性写作的目的只限定于“反抗男性权威，建立自己的权威”了。在本书第二章第二节“时代语境的考辨”部分，笔者曾指出魏微、朱文颖、戴来等“70 后”女作家已呈现出了与此前的私人化叙事差别甚大的性别姿态，其不是以张扬叙述人权威意识、彰显自我主体性取胜，而是采取一种相对内敛、低调的叙述，但这并不意味着性别的丧失，恰恰是一种在相对宽松的时代氛围中“性别自信”的体现，因为其不必非要展现出凌厉强悍的叙述姿态就可以从容地展开自身或他人故事的叙述。可以说，通过各种叙事策略建立叙述人的话语权威并非所有女性小说孜孜以求的文本目标，只有结合文本的时代文化语境，细致深入地探讨其各种叙事形式中蕴含的文本策略，才能对此进行具体的辨析甄别。

上述话语权威的理论论争同与第一人称叙事的特殊联系一道，均在新时期以来中国女性小说叙事形式演进的轨道上留下了碾压的痕迹。概括地说，笔者认为新时期以来女性小说在叙述人的话语权威问题上主要有“建构”与“偏离”两种模态。这里，我们先简要总结梳理一下这两种模态的主要特征，在接下来的章节中再以代表性作家作品，结合不同时代文化语境进行详细具体的文本剖析。

1. 叙述人权威意识的建构

以第一人称权威的方式建构第一人称叙述人的话语权威意识，并以此彰显女性叙述人的性别意识，这是一种“建构型”话语权威模态，在改革开放以来的前两个 10 年（20 世纪八九十年代）体现得较为明显。可以说，第一人称叙事在中国新时期以来的发展壮大，本身就证实了其与社会

---

① 〔美〕苏珊·S. 兰瑟：《虚构的权威——女性作家与叙述声音》，黄必康译，北京，北京大学出版社，2002，第 31 页。

② 唐伟胜：《性别、身份与叙事话语：西方女性主义叙事学的主流研究方法》，《天津外国语学院学报》2007 年第 3 期。

风尚、个人主体性之间的联系。有人曾对1978年全国优秀短篇小说中25篇获奖作品做过一个统计，发现16篇采用了叙述者大于人物的叙事样式，即通常所说的全知的叙述者视角。[①] 可是不过10年的时间，在1988年时再对《小说选刊》《小说月报》《作品争鸣》《作家》等重要文学期刊做统计调查发现，“《小说选刊》约有33%的小说以‘我’作为叙事主角，《小说月报》约为40%，《作品与争鸣》与《作家》竟然高达50%与48%”[②]，内中的反差是耐人寻味的。这些都内在地说明了第一人称叙事与个人性、主体性间的特殊关联，也为我们索解话语权威在女性第一人称叙事中的具体文本表达形态提供了更多资源。传统意义上处于边缘化“第二性”位置的女性可以通过第一人称叙述来彰显女性权力的争取，这个过程本身就是通过叙述权的争取来彰显性别权的体现，也就是对“建构型”话语权威模态的追求。当然，在一个男权依旧的社会文化语境中，这个过程又注定不是一帆风顺的。本书第五章第一节谈到第一人称叙事时所指出的“我”言说在新时期女性小说发生期中的艰难和曲折，同样适用于这里所说的发生期女性小说建构话语权威时的复杂状况。只不过第五章是从叙述人遵从个人、性别经历，言说真实自我在新时期之初尚需遭遇一定社会压力角度而言的；这里建构话语权威的复杂状况则是从发生期女性小说文本中是否流露出明确的权威意识角度而言的，即叙述人在文本中透露出怎样的主体形象，有没有明确的话语权威意识，如果有，这种话语权威意识又是以什么样的方式来表达出来的。本章接下来拟以新时期之初遇罗锦的自传体“三部曲”、王安忆《叔叔的故事》为代表性个案文本，对女性小说这种“建构型”话语权威模态进行细致的学理剖析。

2. 权威意识的偏离

当然，建构权威型的叙述人主体形象并非所有文本孜孜以求的目标。女性小说的另一类第一人称叙事，并不以建构有着明确话语权威意识的“我”的主体形象为旨归，反而有着与叙述人话语权威意识相对偏离的美学倾向。如上文所言，苏珊·兰瑟将“反抗男性权威，建立（女性）自己的权威”作为女作家执着写作的目的曾遭到中国学者唐伟胜的批判，返观女性写作现场，我们会发现在文本中建构叙述人权威并不能涵盖女性小说叙事话语的全部，还有不少女性写作所塑造的叙述人主体意识并不强，甚至不在乎所谓的“话语权威”，有的低调内敛、羞怯游移，有的自我矛盾、

---

① 参见吴秀明：《转型期文学叙事现代性的递嬗演进及特征》，《浙江大学学报》（社会科学版）2001年第2期。

② 黄浩：《角色紧张：一个说得太多和太累的“我”》，《作家》1990年第3期。

分裂不一，难以给人有效的权威感。这类写作体现了第一人称叙述人权威意识的偏离，或者说这是一种“偏离型”话语权威模态的写作，在新世纪以来的女性小说中较为鲜明，并表现出不同的叙事策略、表达技巧。本章拟以铁凝《永远有多远》、池莉《大树小虫》为代表性个案文本，对女性小说这种“偏离型”话语权威模态进行细致的学理剖析，并简要分析从新时期到新世纪，女性小说这种话语权威意识表达方式流变背后的社会文化原因。

第二节　“吸引型叙事”与话语权威建构的乏力

如前所述，话语权威研究不能照搬西方女性主义叙事学理论资源，本土文学与文化语境应始终是研究的出发点与落脚地。而之所以选择女性小说第一人称叙事中的“我”作为研究的切入点，则是因为男权社会中，女作家比男作家更容易遭遇文本中的“我”与现实中的作家本人进行对号入座式影射比附的情形，这也使得女性第一人称叙事中“我”的身份设置、叙述方式、美学趣味等多层面的文体选择，有着更为鲜明、丰富、复杂的性别形式意涵，从而可以成为透视话语权威问题的更为有力的研究节点。不同作品由于时代文化语境、创作主体姿态、话语风格等的差异，在话语权威问题上的美学呈现各有不同。叙述人在文本中透露出怎样的主体形象，有没有明确的话语权威意识？如果有，是以怎样有一定联系、又有一定区别的方式体现出来的？对这一系列问题的回答是不能一概而论的，必须要落实到具体文本的叙述特色中去，让我们先从一段绕有意味的表达方式谈起。

读者，也许你们以为我这个人办事太没有原则了，是吗？为什么要签字呢，我承认我有许多软弱处……

敬爱的读者，当故事讲到这里，你们还爱听吗？如果还爱听，请闭上眼睛，先猜想一下我在信中提过的问题……你们猜我哭的是什么？

哦，读者，请别见笑……

读者，我不想对你们详叙法庭上的激烈辩论……[1]

这是遇罗锦《春天的童话》中的某些片段。遇罗锦在新时期之初曾名噪一时、争议很大，其写作对第一人称自传体叙事在新时期的文体发生有着一定的启示与警示价值。这里，我们从作品叙事形式的话语权威感层面，指出尽管她是新时期以来第一个以自传体方式言说自我的写作者，但在通过发表作品赢得读者、获得公众尊敬赞同、建立社会影响力层面并不成功，这不仅是其“歌颂婚外恋”的争议内容所致，还与其“吸引型叙事”的形式选择大有关系。

在以上这段文字中，《春天的童话》采用了直接将“读者”带入文本，将第一人称叙事转化为第二人称（“你/你们”）叙事，类似于中国古典话本小说中“诸位”“看官”等听书人在文本中频繁出现的手法，这在当前的小说写作中已不多见。从叙事学上说，“你（你们）”在文本中的在场有着加强对话性、吸引读者/听众注意的美学功效，华莱士·马丁曾言，读者在文中的出现能够“建立作者与读者之间的直接联系，造成一种直接接入感与期待感”[2]，中国文艺理论家徐岱也说，第二人称“你”在文本中以叙述人身份出现时，“你”就像银幕中的人物特写一样，直接与读者进行目光交流，这无形中使读者改变了只是阅读文本的旁观者身份，宛如“与叙事主体面对面”[3]。可以说，在将读者直接写入文本可以缩短读者与人物距离、增强其感同身受的能力方面，学界已基本达成了共识，但这种叙事方式与女性声音间的特殊联系却未必广为人知。

沃霍尔通过考察19世纪英美文学发现，将读者写入文本、与其直接交流在那一时期的女性写作中频频出现，并形成了一种旨在引导读者全身心沉浸式阅读、叙述者与受述者之间拥有更为真诚、亲近的关系的“吸引型叙事”的模式（反之，旨在与读者保持一定距离、彰显权威感的是“疏离型叙事”[4]，本书第九章第三节有翔实论述）。从以上所举的例子来看，《春天的童话》的“吸引性叙事”的特点是较为鲜明的，除了将读者直接写入文本，叙述人似乎害怕读者不感兴趣，有着“向下看”的俯就姿态，行文之间也不断透出自己的幼稚软弱，尤其在与婚外恋对象的前期交往中，有着对“何叔叔”的无限崇仰之情，自我主体性并不强，服膺于男高

① 遇罗锦：《春天的童话》，《花城》1982年第1期。

② 〔美〕华莱士·马丁：《当代叙事学》，伍晓明译，北京，北京大学出版社，2011，第59页。

③ 徐岱：《小说叙事学》，北京，中国社会科学出版社，1992，第288页。

④ 孙桂芝：《罗宾·沃霍尔女性主义叙事学理论研究》，山东大学博士学位论文，2014。

女低的男权社会法则的倾向倒是比较鲜明。在《一个冬天的童话》中，也有着将婚外恋对象维盈浪漫化、理想化的一面，而对于自己则不惮于彻底俯下身子做自我批评：

> 我曾以为自己的故事是见不得人的，总为自己的经历感到羞耻……怕什么呢，怕别人指责和鄙视我吗？
>
> 我只想在人们无私的批评中受到洗礼，我只想在诚实和勇敢中获得安宁！①

真实、真诚、真相，甚至有些自然主义倾向地还原主人公所思所感所为，这无疑强化了其“吸引型叙事”的一面，至于这种叙述人声音的由来，笔者认为需要从“吸引性叙事”的文本语境中来寻找。沃霍尔发现，在女性话语空间相对有限的年代，女性往往被排除在演讲、集会、辩论、写作等表达个人权威的公共场合之外，如果女性像男性那样无羁地表达个人观点，会冒犯公众关于女性应内敛含蓄的传统认知，不仅不会像男性写作者那样获得尊崇，反而有可能因为“不像个女人”而遭到拒斥，“吸引型叙事”因为能够规避这一点而更容易被公众认可，“吸引型叙事干预是女性介入生活现实的策略性技巧”②。

联系到遇罗锦作品诞生前后的社会文化语境，笔者认为，女性主义叙事学者沃霍尔对维多利亚时代女性写作的考察，对于第一人称叙事刚刚复兴的中国改革开放之初的文坛来说是有一定适用性的。考虑到新时期之初主流道德、意识形态话语的强大，女性以写小说的方式表达自我还受到各种或隐或显的条条框框约束，甚至还有上纲上线的指责，作为新时期以来第一个真诚袒露个人私生活经历的第一人称叙述者，采取真诚、谦卑的“吸引型叙事”方式是可以理解的，甚至可以说是女作家所能想到最好（如果不是唯一的话）的叙事策略。只不过，建立叙述人的话语权威并不是“吸引型叙事”的长项，因为真诚、谦和的叙述姿态往往意味着没有叙述距离，而这会影响叙述人权威形象的建构，遇罗锦作品中主人公形象不高，与这种叙事策略不无关系。有研究者认为她的作品“形式上是‘我’在叙述，但‘我’的主体性是非常可疑的”③。

---

① 遇罗锦：《一个冬天的童话》，《当代》1980年第3期。

② 孙桂芝：《罗宾·沃霍尔女性主义叙事学理论研究》，山东大学博士论文，2014。

③ 陈淑梅：《声音与姿态——中国女性小说叙事形式演变》，广州，中山大学出版社，2011，第91页。

对此，笔者有一点不同意见。从内容上说，遇罗锦"实话文学"的女性表达是非常尖锐的，女性学者朱虹称其为"原生的女权主义者"，因为其小说触及了诸如买卖婚姻、婚内强奸、家务劳动的价值等女性现实问题，而且是以内视角的方式将"我"（女性）的隐秘心理、行为和盘托出，这在当时是十分前卫的。[①] 她的作品发表后屡遭非议，很大程度上源于主流道德影响下人们将其人品与文品相混淆，将对其本人的恶感推及其文，对于其作品本身的一些美学特征，后人并无意愿和兴趣做具体分析，或者只以今天通常所说的女性主体性为参照和衡量标准，对特殊历史语境中的女性声音缺乏设身处地的历史化观照，这是"再解读"研究中经常会出现的问题，像女性学者贺桂梅曾自述："研究可以有很多层次，我自己不太在意亲历者的历史是什么，因为历史是有限的，你站在里面或外面看到的东西是不同的。"[②] 以当下的、个人化的姿态去切入过去的文本或文化现象时可能会从新的研究视角做出新阐释，但也可能会在一定程度上疏离原初语境，并对研究结论产生一定影响。

具体到遇罗锦的"实话文学"，笔者认为从"女性介入现实的策略性技巧"这一角度来看待这部第一人称自传体女性作品似乎更恰当一些：险恶的政治语境与无所不在的男权规约影响下，即使是从个人经历出发萌生朴素反抗意识的"原生女权主义者"，也需要借助与读者的亲和、展示自身感性幼稚的一面，以确保作品得以顺利公众化。苏珊·兰瑟曾言："女性作家的外露作者性通常意味着违反具有性别特征的修辞性语言代码。"[③] 对于女性来说，讲述自我的故事与作为话语权威者将自己推至前台并不是一回事，遇罗锦的写作不但自身权威意识不强，当时的文化语境也不鼓励女性小说的话语权威建构。《当代》编辑部要求遇罗锦将作品改得"虚一些""美一些"，主人公"柔弱一些"，这个要求本身就含有降低其叙述人话语权威建构的意涵，再加上遇罗锦本人对文学的理解与苏珊·兰瑟所言的女作家对话语权威的追求并不太一致，她似乎并不太在乎所谓的"话语权威"，这都加剧了其作品权威建构乏力的一面。苏珊·兰瑟曾认为，"每一位发表小说的作家都想使自己的作品对读者具有权威性，都想在一定范围内对那些被作品所争取过来的读者群体产生权威感"[④]，即女作家发表

① 参见朱虹：《爱玛的想象》，南京，南京师范大学出版社，2012，第46～47页。

② 杨晓帆、虞金星：《当代文学研究的"历史化"研讨会纪要》，《文艺争鸣》2010年第1期。

③ 〔美〕苏珊·S.兰瑟：《虚构的权威——女性作家与叙述声音》，黄必康译，北京，北京大学出版社，2002，第19页。

④ 〔美〕苏珊·S.兰瑟：《虚构的权威——女性作家与叙述声音》，黄必康译，北京，北京大学出版社，2002，第6页。

作品本身就是在追求社会认可与公众尊重。但遇罗锦却并不以为然，她在《春天的童话》中借与“何叔叔”的通信，表达了这样的写作理念：“在生活中，谁都想知道事实和真相，总因周围的虚伪太多而痛苦。可是一旦涉及到自身时，哪怕连个要饭的，大约也要顾全自己的面皮和‘威信’。殊不知，威信绝非由遮掩和虚伪得来的……美的决不是事情本身，而正是说实话的勇气。这种美，是要代替所有的‘修饰美’的。”①

将“面皮”“威信”等中国人很看重的东西视为冠冕堂皇的“虚伪”“修饰美”，只想裸呈真实与真相，这是遇罗锦写作理念的核心，与苏珊·兰瑟的话语权威观是有距离的。这种文学观衍生出的将生活中的某些恶俗之处不加掩饰、和盘托出的“吸引型叙事”方式，使遇罗锦文本中的自我形象与当时文学中的主流正面形象差距颇大，作品发表后她在当时也名声大噪，但这名声却在一定程度上属于“红颜祸水”的恶名、俗名。这与她主观上并未通过写作有意识追求社会尊崇的话语权威，客观上也没有采取有利于彰显话语权威的叙事方式是相关的。

第三节　“元叙述”与“我”言说的权威建构

如前所述，女性小说话语权威问题在理论上是有一定争议的，在创作实践中的情形亦十分复杂。第一人称叙述人并非均有明确的话语权威意识，有的甚至相当匮乏，写作非但没有给她们带来足够的社会认同与公众尊重，反而降低了其声誉、影响力等，像新时期以来第一个进行第一人称自传体叙事的遇罗锦的“实话文学”（关于这一点本书第十一章第一节以个案作家解读的方式有详细论证）。

当然，随着文学往纵深处发展，并非所有女作家都不重视这一点，主观上或许并没有有目的、有意识地追求所谓话语权威，但客观上通过写作却彰显了叙述人及与之相联系的写作者之第一人称“我”言说的话语权威，这在新时期文学从80年代到90年代的演进过程中是很明显的，只不过不同文本彰显话语权威的具体方式有所不同罢了。

下面我们选择王安忆《叔叔的故事》为例，谈一下“元叙述”中作为第一人称叙述人“我”的话语权威建构问题。

---

① 遇罗锦：《春天的童话》，《花城》1982年第1期。

我终于要来讲一个故事了……这是一个拼凑的故事……我所掌握的讲故事的材料不多且还真伪难辨……可能含有失真与虚构的成分……我缺乏经验去正确理解并加以使用……这是一个充满主观色彩的故事……还是一个充满议论的故事……我选择了一个我不胜任的故事来讲，甚至不顾失败的命运……许多的故事如放在以后来讲，将是另一番面目了。①

之所以大幅援引《叔叔的故事》的这段开头，是因为其在女性小说话语权威问题上提供了丰富的可阐释空间。这篇小说创作于 1990 年，彼时以“我”为第一人称叙述人的小说多了起来，“我”讲述“我”的成长、婚爱经历的个人化写作正在汇聚成一股汹汹潮流。但同样是以“我”为叙述人的《叔叔的故事》却绝非类型化的私人叙事，作为王安忆先锋实验色彩最浓烈的一篇小说，它一开篇就以游戏性的笔触塑造了一个臆想妄断而捕风捉影、力有不逮又勉为其难的“恶作剧”般的自我形象，并由此将作品写成了一个“元小说”“元叙述”的文本。

帕特里夏·沃曾言：“所谓元小说就是指这样一种小说，它为了对虚构和现实的关系提出疑问，便一贯地把自我意识的注意力集中在作为人工制品的自身的位置上，这种小说对小说本身加以评判，它不仅审视记叙体小说的基本结构，甚至探索存在于小说外部的虚构世界的条件。”② 简单地说，“元小说”是关于小说如何写成的“自揭”小说，它往往戳穿小说的真实性幻觉，反映出其自身的虚构性元素，是一种叙述人的自我意识的暴露叙事，将作为叙述艺术的小说写成了“元叙述”。

“元叙述”的叙述人因为将小说的虚构性对读者和盘托出，理论上降低了小说的真实感，但却因此有了任意想象小说中的人物心理、操控情节走势、进行评价议论，甚至将小说推倒重来、给出多种发展路向的能力。可以说，“我”的这种不惮于暴露自我虚构、随意架构文本的姿态使其地位远远高于任何一个小说中的人物，这为建构“我”作为叙述人的话语权威提供了有利条件。像在《叔叔的故事》中充满了“我只须从叔叔三次叙述中挑选一次，作为我讲叔叔的故事的材料”“我坐在我的书桌前讲故事……回头的道路是没有的，我只有沿了我的想象继往开来，将故事进行到底”③ 之类的臆断之词。“叔叔”精心维护的自我形象（政治受难、文化偶像、对异性有魅力的男人等）在一次次的臆想、重写、猜测中已轰然

---

① 王安忆：《叔叔的故事》，《收获》1990 年第 6 期。

② 转引自王素华、吕文鹏：《论贝克特〈马龙之死〉的元小说叙事策略》，《前沿》2011 年第 8 期。

③ 王安忆：《叔叔的故事》，《收获》1990 年第 6 期，

倒塌了无数次。女性研究者任一鸣分析《叔叔的故事》时认为其女性人物形象是失语的、被动的，体现了“叔叔”代表的男性中心，直到后半部分拒绝“叔叔”的德国女孩的出现，才借助所操持的德语（在20世纪80年代的中国，德语似乎比汉语更“国际化”）颠覆了“叔叔”所代表的男权文化。[①] 这是一种从内容层面的解读，其实从形式层面，不用到后面去看故事的情节发展，叙述人的“元叙述”早就拆解了叔叔的伟岸形象。叙述人在讲到“叔叔”的某段人生经历时往往会推倒重来（将公共话语中的叔叔故事再从更私密、也更真实的角度再讲一遍），讲到“叔叔”的行为言语心理后再从自己揣测的角度加点意犹未尽的点评，甚至从描述“叔叔”时“现在，叔叔是一个什么样的人，大致可以确定了”[②] 的随意、散漫、超然的语气中，我们会发现“叔叔”一出场其实就被“我”打败了，作为人物的“叔叔”与作为叙述人的“我”在小说中并非处于同一个层级上。从第一人称叙事的文体规约来看，“我”叙述的文本并非意味着作为叙述人的“我”就一定会比其他人物有更多的文本权力，像鲁迅的《祝福》中，“我”面对临终前祥林嫂的疑问惶惑不已，以“说不清”为借口逃离，为第二天祥林嫂的死亡惊诧自责，这当然更符合现实中的人物关系，但其对文本中人与事的掌控显然会打一个折扣。“元叙述”却让《叔叔的故事》中的“我”陡然增加了俯视笔下人物的优越感与权威感，这是某些“吸引型叙事”的女性小说所完全不具备的，正相反，其先锋文学的文体实验性体现了鲜明的“疏离型叙事”特征。

当然，以上分析的“我”的话语权威终究是在文本层面，“元叙述”为“我”获得对文本的操控感提供了文体便利。然而，如果要落实到现实层面，在为作家通过写作获得名誉地位、赢得公众尊重、建立社会影响的文本品格方面，“元叙述”不惜裸呈文本虚构性的游戏化品格却往往因为故事真实性的消解而有所降低，最起码难以获得读者真正严肃认真的对待。像马原的《拉萨河女神》、孙甘露的《信使之函》等显示“叙述圈套”“结构迷宫”“话语狂欢”的先锋文学更多留在了从“写什么”到“怎样写”的文体创新层面，至于其思想内容方面则因为游戏化、狂欢化的美学品格使其深刻性、感染力较为稀薄，除了对圈内少数评论家产生影响外，在大范围内赢得公众尊重、获得名誉地位的话语权威并没有有效建立起来，这不得不说是“元叙述”的一个缺憾。

但是，《叔叔的故事》却是个例外。上文我们引述的其第一段是有任

---

① 参见任一鸣：《“游戏”男性中心文化核心文本——解读王安忆〈叔叔的故事〉》，《昌吉学院学报》（社会科学版）2004年第2期。

② 王安忆：《叔叔的故事》，《收获》1990年第6期。

意驱遣笔下人与事的游戏化的影子，但随着叙事的发展，我们发现小说越来越向揭示真相、呼唤良知的人文精神主题靠拢。像后面写到“叔叔”与儿子大宝的冲突时叙述人从叔叔视角进行人生发问，“将儿子打败的父亲还有什么希望可言”，“他曾经有过狗一般的生涯，他还能如人那样骄傲的生活吗”，悲怆、苍凉、凝重，将沉重的时代与人性之痛推向了高潮。因此，叙述人只是借用了“元叙述”叙事手法，却没有承袭其游戏化精神。结尾时叙述人有意将一直冷眼旁观的“叔叔的故事”与自身生活联系起来，强调其对个人“真实”心理的影响已与开头第一段的叙述语气、情调、风格大异其趣了。“这故事改变了我对自己命运的看法……因为这故事是真正与我个人发生关系的，而以往的故事只是与别人有关。”① “我”是以游戏化的“元叙述”来讲“叔叔”的故事的，但最终这故事却“抵制了我一贯的游戏精神”，这种严肃的深沉思考是使其赢得尊重和认可的“话语权威”之源。《叔叔的故事》发表后获赞无数，单篇分析论文已超过40篇，被誉为标志着“‘新时期文学’终结”② 的作品，也从一个侧面说明了其现实层面的“话语权威”建构。

笔者认为需要补充，也是前人研究中尚未关注的一个问题是，尽管小说体现了颠覆“叔叔”所代表的男权神话的鲜明女性主义批判精神，但从叙述人的中性化处理上可以看出其话语权威感的得来在一定程度上借用了男性性别。在对叙述人“我”的设置中，尽管“我”下乡、插队、回城的人生经历与真实作者王安忆叠合，“我”作为挑战“叔叔”一代的寻根文学青年作家的社会身份也是王安忆的自身写照，文化上对叔叔及其作品的精准品评更是非王安忆这样的专业作家所莫属，唯独在性别方面是模糊乃至男性化的。小说讲了那么多“叔叔”的情感纠葛，但一般不触及“我”的个人生活，在后半部分“叔叔来抢我们的女孩了”的表述中，还暗示了“我”是“我们”（青年男性）中的一员：

> 在我们中间有一个青年，他很爱一个女孩……
>
> 我们和这些女孩保持着情歌里所唱的哥哥和妹妹的关系，亲热的行为也是不可少的，但我们绝不使这种关系危及到我们的婚姻家庭。③

---

① 王安忆：《叔叔的故事》，《收获》1990年第6期。

② 张业松：《〈叔叔的故事〉的文学史意义》，《社会科学》2008年第6期。

③ 王安忆：《叔叔的故事》，《收获》1990年第6期。

王安忆为何要设置“我”是男性这样的性别身份呢？应该说，这与王安忆对《叔叔的故事》的期待指向相关。按她的自述，这是一部“对一个时代的总结与检讨”之作，在此之前一向高产的她罕见地未发表作品。①王安忆是要以《叔叔的故事》对以经历过政治受难的作家为主体、号称“文学黄金时代”的20世纪80年代做清算，是要做政治与人性的双重批判，而“女性作品中的叙述声音如果没有明确的女性标记，那么这些作品可能负载着更为有效的公众权威”②。正如汉语语法中往往以“他们”代指有男有女的群体，英语中“human”（人类）、“history”（历史）的词根是男性称谓，男性的社会宏大命题言说在分量上一般会高于女性的同类行为，“我”的中性化、男性化性别也会增加“我”在文本内外的话语权威。设想一下，如果小说将“我”设置为女性，一个下一代的文学女青年，其在对“叔叔”同青年人“抢女孩”的描述中势必会加入些许个人化成分，甚至参与“叔叔”的情感纠葛、也成为与“叔叔”有着暧昧关系的一员，那么其叙述话语的颠覆性、尖锐性力量是会受到一定冲击的，也不利于对一个时代进行“总结与检讨”的主题表达。

因此，如果说话语权威本身并无性别之分，通往权威之路的途径却是有性别的。《叔叔的故事》以“元叙述”为作为叙述人的“我”建构了文本内外的话语权威，又以对“我”的中性化处理强化了这种权威，是新时期文学中一个十分重要的第一人称叙事文本。

第四节　复调叙述与权威消解的叙述人声音

如前所述，小说写作有某种“论说”的效果，小说家会“劝说”读者与他持同样的某种观点，读者沉浸于他所虚构的现实中也便是接受他思想的感召，从话语权威角度，这就是叙述主体对受他吸引、争取过来的读者产生了一定感召力、权威感的体现。当然，这些一般是需要一种叙述人与其他人物（也包括叙述人自身）有着大体相一致的叙述声音做基础的。像《叔叔的故事》尽管有着游戏化“元叙述”的外表，但其以叙述人费尽心思多方打听、考据、猜测、补充的方式还原了“叔叔”多个隐秘的人生节点，颠覆了“叔叔”自我书写中的矫饰之辞，“叔叔”被拉下神坛，叙述

---

① 参见王安忆：《近日创作谈》，《乘火车旅行》，北京，中国华侨出版社，1995，第38～39页。

② 〔美〕苏珊·S.兰瑟：《虚构的权威——女性作家与叙述声音》，黄必康译，北京，北京大学出版社，2002，第20页。

人的声音却愈益响亮，这显然增强了小说叙述人的话语权威感与“劝说”力量。

当然，如同我们在本章第一节所言，通过各种叙述方法、技巧的运用挑战男性权威的同时建构女性的自我权威，并非是所有女性作家孜孜以求的写作目标，苏珊·兰瑟的“话语权威”理论也是有争议的，女作家的文学观念、话语旨趣更是各有千秋。通过叙述权的张扬，以文本中“自我权威化”的方式彰显性别权，并非表明自身性别立场的唯一方式，像有些女性小说就以“吸引型叙事”的应用与本真自我的暴露冲淡了其话语权威感。凯西·梅齐所言的挑战叙述权威本身就是一种挑战男权文化的体现，从另一个层面而言也不是没有道理的。有些时候，孜孜以求地建构某种女性话语权威，在一定程度上又会强化父权制的权威法则。所以，在女作家是否主观上有建立话语权威的意愿、客观上又是否采取了有利于话语权威生成的问题上，是不能一概而论的。尤其对于中国女性写作来说，更多作家是依循着自己对生活的经验性理解与个人化的美学趣味在写作，而非理论化、西方化的权威言说，因此，偏离苏珊·兰瑟所言权威规约的并不在少数。

如果说前面遇罗锦自传体“实话文学”对建构女性话语权威的偏离，尚是新时期之初受制于苛酷的社会文化语境对话语权威意识“自顾不暇”的被动性无意识偏离的话，随着时代文化的进一步宽松开放，女性写作话语权威意识的淡化，便更多与以多元美学风格的尝试消解过强的叙述权威感带来的声音单一相关。因为过多的叙述权威性话语干预与戴维·洛奇所言“劝说”力量的过于强大，在另一个层面上也会给人叙述声音单一的印象，异质杂音会分散叙述话语的力量，但从另一个维度上又会增加作品的复杂性、多样性，有利于实现作品的美学增值。因此，在是否追求叙述声音的饱满以增强其感染力、穿透力方面是需要具体文本具体分析的。笔者在此想以铁凝 1998 年的《永远有多远》的第一人称叙述人声音为例做一下具体说明。

与《叔叔的故事》尽管以游戏化的“元叙述”开头，但终究指向了叙述声音的严肃、笃定、单一、响亮不同，《永远有多远》以大量自问自答式的复沓式设问修辞开头。“你在北京胡同里住过吗？你曾经是北京胡同里的一个孩子吧？胡同里那群……女孩子你还记得吧？”[①] 在总共 3 万多字的小说中，这种大面积的语词重复是需要冒一点美学风险的，除非它们

① 铁凝：《永远有多远》，《名作欣赏》2003 年第 3 期。

能起到反复推进主题的作用。可《永远有多远》的主题是什么呢？在笔者看来，这是一个充满悖论的文本，作为叙述人的“我”言说的是一种矛盾重重、不无自我消解的复调声音。

复调叙事在巴赫金（M. M. Bakhtin）看来是“有着众多的各自独立而不相融合的声音和意识，由具有充分价值的不同声音”组成的叙述方式。[①] 尽管学界对巴赫金的复调理论不乏争议，但对于其所透露出来的理论思维——有些叙事文本在叙述人与人物、人物与人物、人物自身、叙述人自身等存在不同声音的“对话”而非单一的“独白”关系——已达成基本共识，因为复调叙事所说的同一文本中双语或多语“共舞”的现象，是可以由不同程度的文学实践支撑的。《永远有多远》就是这样一个有着复调叙事精神的文本。具体来说，它的复调叙事首先体现在叙述人“我”对于主人公白大省言说权的话语分裂：其一直徘徊在可控与不可控之间，并未给读者一个相对清晰的说明。不同于《叔叔的故事》中叙述人以“元叙述”的方式牢牢控制住了言说叔叔的话语权，《永远有多远》尽管也是作为白大省表姐的“我”的旁观叙述，但其叙述既不彻底，也不乏矛盾。一方面，白大省的一切生活遭遇，包括其最隐秘的恋爱心理都是“我”叙述出来的，如“她早就有一种预感，这世上的男人对她的爱意永远也赶不上她对他们的痴情”[②]，“倘若她能重返旧床……至少她也能体味关朋羽曾经在过这床上的那一部分——就算不是和她”[③] 等，这其实是介入人物心理的内视角叙事，已经超出了现实世界中“我”的感知范畴，属于类似第三人称叙事的视角越界；另一方面，“我”又在小说中一再明确地告诉读者自己并不是真的了解白大省，更遑论对她的心理明察秋毫，“我其实并不了解白大省”，“我预感到一切并不像我以为的那么简单”[④]。叙述人这些描写难免不让读者疑窦丛生，也会降低其言说的可信性和权威性。

对于白大省的“滥好人”性格，叙述人也显出了某种矛盾之声。一方面，通过叙述白大省与“大春”、郭宏、关朋羽、小玢，乃至姥姥、弟弟等人的关系，小说塑造了一个仁义善良、为他人着想，但却没有得到应有的尊重与理解，反而生活境遇每况愈下的“不得好报”的“好人”形象。

① 参见巴赫金：《陀思妥耶夫思基诗学问题》，北京，生活·读书·新知三联书店，1992，第168页。

② 铁凝：《永远有多远》，《名作欣赏》2003年第3期。

③ 铁凝：《永远有多远》，《名作欣赏》2003年第3期。

④ 铁凝：《永远有多远》，《名作欣赏》2003年第3期。

对这一切的愤愤不平之意使得叙述人不遗余力地表达了对白大省一成不变的“仁义”性格的不以为然，甚至反感，“这其实是一个陌生的、有点可疑的词……一个不宜公开传播的词，一个激不起我太多兴奋和感受力的词”①，“白大省仁义，就让她仁义去吧”，“这个站在水龙头前给一个不相识的小女孩洗着脏手绢的白大省是多么不可救药”②。小说将主人公取名“白大省”是颇具匠心的，叙述人唯恐读者不知道“白大省”名字的象征性，特意指出这里的省“音 xing”，寓反省、省思之意，所反省的是作为其性格核心的这种已不合时宜的“仁义”。然而另一方面，叙述人又在字里行间对“仁义”的失去表达了深深的叹惋、痛惜之情，也讲到了白大省“滥好人”性格在现代社会中尚存的一点正面价值，“凭着那从里到外的一股子莫名其妙的待人的真诚”，白大省“‘扫楼’成绩在她们销售部名列前茅”。对“胡同里那些带点咬舌音的、嘎嘣利落脆的贫北京话”“不受待见”的老北京女孩的遭遇寄予了深深的惆怅叹惋之情，对“热热闹闹、亦真亦假”的新北京发出了一言难尽的复杂之声。“仁义”在文本中究竟是怎样的所指？失去了让人悲哀，丢不掉又会让人利用；“仁义”了不甘，想“不仁义”又改变不了。对于这一切，叙述人“我”并没有、也无法给出一个相对明晰的回答。

叙述人的这种矛盾性也造成了小说标题内在意义的裂变，“永远有多远”从语义学上讲是对“永远”（恒定状态）的一种怀疑，但是在对“变”这个中心主题的具体阐发上，对驸马胡同（铁凝小时候真正居住过的一条北京实名胡同）的拆迁、胡同女孩的改变、仁义善良已成往事的伤感表达出一种世事无常、“不得不变”的怀旧与忧伤。然而白大省最大的心愿就是“巴望自己能变成西单小六那样的女人”，冲着别人和自己大叫“我现在成为的这种‘好人’从来就不是我想成为的那种人”。对“可能永远也变不成一生都想变成的那种人”的悲哀乃至绝望的一系列叙述，引发的却是一种主动追求改变、无奈于“求变而不得”的现代化情绪。③ 怀旧还是迎新？“不得不变”还是“求变而不能”？“永远有多远”对“永远”质询是因为永远本身的不可能还是因为永远“太遥远”而不可能？文本意涵的复数性就在于其主题本身就是模糊暧昧的，这些异质杂音并行并置，叙述人非但无法进行多少话语干预，其自我言说本身也是矛盾困惑的，其干脆

① 铁凝:《永远有多远》,《名作欣赏》2003 年第 3 期。

② 铁凝:《永远有多远》,《名作欣赏》2003 年第 3 期。

③ 参见王晓明:《十篇小说,七嘴八舌——1999 年初的小说状况》,王晓明主编:《在新意识形态的笼罩下》,南京,江苏人民出版社,2000,第 249 页。

用这样一组不无悖论的语句结尾，强化了其复调叙述意味：

> 就为了她的不可救药，我永远恨她。永远有多远？
>
> 就为了她的不可救药，我永远爱她。永远有多远？
>
> 就为了这恨和爱，即使北京的胡同都已拆平，我也永远会是北京一名忠实的观众。
>
> 啊，永远有多远啊。[①]

叙述人声音的旁逸斜出，乃至于自我矛盾、自我消解，这种文本内部的话语裂隙对实现小说的审美增值是不无裨益的。陈晓明在解读《永远有多远》时认为小说重点探讨的是以白大省为代表的女性人物的"自我相异性"冲动，即渴望成为一个完全相异于自我的（像西单小六）、不受包括男权文化在内的一切外界束缚的心理渴求，并由此汇入铁凝笔下异质性的另类女性谱系之中。[②] 笔者认为白大省这一人物形象的确有着"自我相异性"的复杂的一面，但更复杂的是叙述人（甚至包括铁凝在文本中化身的隐含作者）对于人物的这种"自我相异性"（及由此而来的对"仁义"的思考）表现出了既不敢肯定（或不知道如何肯定），又不敢否定（或不知道如何否定）的"犹豫表达"倾向。这对于本章所论述的第一人称叙述人的"话语权威"来说，其弱化了叙述主体的"自我权威化"。因为与那种坚定一致的叙述人声音相比，这种有着自我消解指涉的叙述话语在言说主体的可信性、说服力、"劝说"效果上显然更加黯弱一些。叙述人的困惑增加了读者掩卷后的困惑程度，导致其难以对那些被作品争取过来的读者产生应有的权威感。

当然，与新时期之初对叙述人主体意识的"话语权威"被动性地无暇顾及相比，诞生于20世纪末的《永远有多远》的上述自我消解的叙述人声音对权威意识的淡泊，更多了些主动选择的意味。戴锦华曾说："铁凝不是一个社会寓言的书写者。她似乎不曾试图僭越与颠覆。不同于痛楚的、为超载的思想与使命所累的同代人，她所倾心的是捕捉'思想的表情'，而不是思想本身……"[③]《永远有多远》便与这种对"思想的表情"的捕捉相关。它不是像《叔叔的故事》那样有着对一个时代进行"总结与

---

① 铁凝：《永远有多远》，《名作欣赏》2003年第3期。

② 参见陈晓明：《自我相异性与浪漫主义幽灵——试论〈永远有多远〉隐含的女性另类谱系》，《当代作家评论》2010年第4期。

③ 戴锦华：《真淳者的质询——重读铁凝》，《文学评论》1994年第5期。

检讨”的宏图大志，只书写个人理解的生活本身，因为生活毛茸茸的痛感与质感很难给出某种泾渭分明、斩钉截铁的理性判断，往往是泥沙俱下、旁逸斜出的。因此，《永远有多远》以这种复调叙事的方式，不惮于表现叙述人和隐含作者本身价值观的“混乱”，叙述主体意识的淡化对它来说既是一种主动选择，也是实现其美学增值的一种方式。作品发表后影响很大，获第二届鲁迅文学奖并被改编成电视剧，与它这种复调化叙事方式的选择是息息相关的。

第七章　“我”非“我”叙事：经验自我退场之后

前面几章我们主要论述了经验自我在场的第一人称叙事以及作为叙述人的“我”在文本中的话语权威建构问题，这里我们要论述与之相映成趣的另一种叙事形态：“我”在场，但“我”非但不是与写作者个人身份、经历、趣味高度叠合的自传体叙事意义上的第一人称叙事，反而是有意与写作者真实自我拉开偌大距离的“我”非“我”或曰拟“他者”叙事。

第一节　“我”非“我”：经验自我退场后的拟“他者”叙事

经验自我在场的自传体写作尽管是第一人称叙述的一种重要方式，但不能涵盖其全部，因为并没有叙述人“我”必须要与写作者本人经历、性别、阶层、趣味、观念相一致的文体规约。托马斯·沃尔夫（Thomas Clayton Wolfe）所说的经验主义叙事伦理——“一切严肃的作品说到底必然都是自传性质的，而且一个人要想创作出一件具有真实价值的东西，他必须使用自己生活中的素材与经历”①，应该从只有调动写作者自身的人生阅历或文化储备才能写出有真情实感的文字这一知识结构层面来理解，而非只有“经验自我”在场的自传体方式才能写出优秀的作品。

在与第一人称自传体叙事相对的“我”非“我”叙事中，第一个“我”是指叙述自我，即小说中作为叙述人的“我”，第二个“我”是指经验自我，即写作者个人的身份、经历、性别、趣味等。严格来说，叙述自我与经验自我总有一定程度的偏差、分离等，本节关注的是那些在第一人称叙述人的设置上采取“故意的逆反”策略的叙事——并未放弃“我”作

① 〔美〕托马斯·沃尔夫：《一部小说的故事》，黄雨石译，北京，生活·读书·新知三联书店，1991，第24页。

为叙述人，却是有意识拉大、离间与“经验自我”的关系，设置与写作者身份、阶层、性别、认知等差别较大的叙述人，曲折、隐秘地表达个人情怀。

这种奇特的叙述人设置体现了第一人称叙述的内在规约：作为人格叙述者的“我”与作为人物的“我”并不能叠合在一起，文本中的“我”有着鲜明的虚构性。按照保罗·沃斯认知诗学的“文本世界理论”，第一人称叙事可以分为“由真实作者建构的话语世界、隐含作者建构的叙事者‘我’世界以及叙事者建构的人物‘我’世界”[①] 三个不同层级的世界。经验自我在场的第一人称叙事之所以被称为自传体写作，是因为当真实作者将自我身份、阶层、性别投射到叙述者“我”身上时，真实作者建构的话语世界与隐含作者建构的叙述者“我”世界会充分叠印（像身体写作理论就是基于叙述人“我”为真实女作者代言的文本功能）；而经验自我退场的第一人称叙述则是有意制造这两个世界的疏离，遮蔽真实作者的话语世界以搭建模仿他者的叙述人“我”世界。从与写作者本人对照层面，这是一种既挑战写作者的艺术技法，也考验阅读者的接受感知的叙述类型。

同样是以第一人称“我”作为叙述人，鲁迅《孔乙己》中的“我”与《故乡》《祝福》中的“我”在情感姿态、叙述距离、美学范式上相去甚远，就是因为《孔乙己》中的“我”是写作者经验自我退场、模拟咸亨酒店小伙计口吻进行的叙述，在“孔乙己是那么使人快活，但没有他，我们也便这么过”等语句中，体现的是前文所述“由真实作者建构的话语世界、隐含作者建构的叙事者‘我’世界以及叙事者建构的人物‘我’世界”间三级世界间的复杂距离和张力，是鲁迅同样以第一人称“我”进行叙述的《故乡》《祝福》等所不具备的，这就是“我”非“我”的拟“他者”叙事的魅力。

也可以说，尽管作品总体数量上不算多，但经验自我退场的拟“他者”叙事往往有特别的叙事学意义，正是它们的出现挑战了某些似是而非的文体观念，彰显了包括性别伦理在内的第一人称叙述的丰富性与复杂性，并由于同特定时代的文化、文学氛围的紧密勾连留下了时代碾压的痕迹。对于这一殊异的文体现象，学界研究还不多见。接下来，笔者拟从女性小说的“女作男声”叙事与模拟底层口吻的叙事两个层面分章节展开论述。

---

① 唐伟胜、龙艳霞：《文本世界、话语世界与第一人称短篇叙事的阐释空间》，《广东外语外贸大学学报》（社会科学版）2016 年第 4 期。

第二节 “女作男声”的叙事模态与性别伦理

写作者有意悬置、隐匿自身性别身份，在文本中以揣测模拟异性口吻、视角、心理、感受等的方式进行写作的性别拟代现象，作为代言、托言体叙述的一个重要类型，在中国古代文学已源远流长，影响最大的是那些男性文人采用女性视角、口吻、借女性抒怀的“男作女声”之作，并形成了思妇诗、闺怨诗的类型化书写。当然，这种性别拟代并非只有“男作女声”一种类型，也不止出现在古代，本节让我们关注当代文学中的“女作男声”叙事形态。

一、“女子而作男音”的“女作男声”叙事

以“女子而作男音”来界定“女作男声”是对古代文学中有关“男作女声”言说的戏仿。清代词学家田同之在《西圃词说》中最早提出了“男子而作闺音”的说法：“若词则男子而作闺音，其写景也，忽发离别之悲。咏物也，全寓弃捐之恨。无其事，有其情，所谓情生于文也。”[①] 如果说“男作女声”早已引起了学界关注，与之相对的“女作男声”概念目前在学界尚未被明确提出。当然，这并不是说这一现象尚无人关注，而是还没有严格意义上的学理界定。本节中笔者所言的“女作男声”有这样几点要特别指出：(1) 其不是一般意义上女性作家对男性人物的书写，而是从第一人称内视角出发，将叙述人“我”设置为与自身性别明显相异的男性，而且在文本中有对“我”的男性身份的直接表达；(2) 与通常所说的“女扮男装”不同，后者往往是文本中的人物乔装打扮成另一种性别，而“女作男声”侧重于写作者性别身份与叙述人性别身份的相异，是从写作者在文本中化身为另一性别的文学创作发生学而言的，当然，某些文本的“女作男声”创作现象是与其文本内的“男扮女装”现象联系在一起的，它们也是本节的研究对象。

“女作男声”在古代文学中不如“男作女声”影响力大，是因为女作家在古代社会中本来人数就较少，而为数不多的女作家，像唐代女诗人薛涛、鱼玄机、上官婉儿、宋氏五女、武则天等，均有着关注政治社会、雄浑豪放、符合男性审美的“拟男”[②] 诗作，这种现象本身是值得玩味的。

① 〔清〕田同之：《西圃词说》，唐圭璋编：《词话丛编》，北京，中华书局，1986，第 1449 页。

② 应克荣：《唐代女性书写的“拟男化”特征》，《学术界》2015 年第 7 期。

20世纪上半期，尽管第一人称自传体写作等直抒胸臆的文类占据了文坛中心，但冰心、冯沅君、丁玲等均有过性别拟代的“女作男声”之作。新时期以来，张洁、张抗抗、张辛欣、王安忆、铁凝、林白、魏微、朱文颖等，也有过这方面的书写尝试，以化身为男性著称的女性写作者也不鲜见，像戴来等，这还不包括新媒体文学中性别拟代的新发展。当然，若是举出同时期“女作男声”的例子，这一作家序列还会无限延展下去。这些都说明这种性别上的拟“他者”叙事并非作家一时心血来潮的文体实验，与第一人称自传体叙事一样，也有着深刻的社会文化背景与性别心理基础。

二、性别安全下的人性表达

有意模拟另一性别的书写方式，因为叙述人“我”的自我描述与写作者本人的自我形象拉开了距离，能够大大降低写作者本人与文本中的人物被读者进行穿凿附会索解的概率，这给创作主体带来了某种性别安全感。罗钢曾言：“某些作者弃第一人称而用第三人称，一个似乎可以成立的理由是，作者不愿沾上自我暴露的嫌疑，不愿让作品中描写的生活内容与自己拉上直线距离。”[①] “女作男声”比一般意义上的第三人称叙事更容易撇清写作者与人物之间的对应关系，“我”非“我”，因而可以尽情想象虚构，从而可以激发作者艺术上的大胆，这对于文学创作的人性描摹往往带来意想不到的效果。据载，唐代卢仝写过一首自况诗《有所思》，以男性口吻抒发被女性抛弃后的伤痛与相思，不料此诗遭到了世人的讥讽。[②] 直抒胸臆的自叙传抒怀为写作者带来麻烦，拟“他者”口吻的易性书写却能让人有某种性别安全感，借助女性口吻进行缠绵悱恻、伤感凄切的情绪渲染，不但符合现实生活中女性更感性化的实际，也能给写作者卸下过分多愁善感的性别指认，有利于其放下包袱，更加大胆、自由地书写人性中哀怨忧伤的一面。

男性作家有时候尚且需要“男作女声”的包装，在男权社会中居于边缘地位的女性作家更是如此，“女作男声”在一定程度上成为表达女性声音的某种策略性技巧。这在道德准则相对严苛、写作者的性别顾忌较强的年代更明显一些。像“五四”女作家冯沅君的《隔绝》《旅行》等女性视角第一人称叙事的作品书写主人公大胆追求自由爱情，但在与恋人旅店同宿而没有肉体接触、大段大段精神之爱等描写上，不无被研究者诟病抽象

---

① 罗钢：《叙事学导论》，昆明，云南人民出版社，1994，第172页。

② 参见唐月琴：《对中国古典诗词中“男作女声”创作的思考》，《广东职业技术师范学院学报》(社会科学版)2000年第3期。

化的一面，而这是与自传体给写作者带来的性别顾忌不无关系的。“《隔绝》系列小说如同冯沅君的自传，曲折描述了她与王品清的恋爱故事。”① 而“女作男声”却让她放下了包袱，像其同时期以男性身份进行第一人称叙事的《潜悼》《我已在爱神面前犯了罪》，借用男性叙述人的声音大胆细腻地写出了“我”因为女人的手、脚、肩等身体部位的美与诱惑而不能自持，并直接发出了这样个人化、感性化的欲望告白：“我的手曾接触过你的手……我的脚曾接触过你的脚……我鉴赏了你……含有诱惑的，放纵的，平日所不见的娇态。”② 这是比其欲言又止的自传体更真实自然的情欲书写，也最能体现出狂飙突进的“五四”精神。考虑到小说发表年代的道德禁忌，我们说是“女作男声”的拟代书写给写作者带来的性别安全感丰富了其人性书写的自然性和饱满性。

在政治一体化年代刚刚结束的20世纪70年代末、80年代初，也出现了女作家似乎不约而同的“女作男声”书写热潮。这一时期叙述人与主人公同为男性“我”的女性作家作品有谌容的《出山》《永远是春天》《错，错，错》、张抗抗的《白罂粟》《夏》、张洁的《忏悔》、叶文玲的《心香》、丁小莉的《静静的月影湖》、李佩芝的《雨夜，在小镇上》等。这些绝大多数发表于1979～1981年的作品如此集中地采取了“女作男声”叙事，在女作家此类书写的其他时段是很罕见的，本身成了一种“有意味的形式”。不同于现代作家笔下的“男作女声”与20世纪以来其他时段“女作男声”的个人化文体实验，这些作品一定意义上构成了性别拟代的集群性、潮流性书写，因而打上了性别文化的特定时代烙印。男性口吻的第一人称叙事更容易撇清与女性写作者自我的关系，并无形中提升了话语权威性，在女性如实表述自我声音的第一人称自传体叙事尚处于隐晦在场的曲折性发生的时代，这可谓一种性别“隐藏”的手段，或者说是当时的女作家寻求性别安全的某种类似集体无意识的文体选择。这与政治一体化年代及其男性化女性审美（像“铁姑娘”形象）不无关系。有些作品在模拟男性口吻、视点的时候也在一定程度上复制了男强女弱、男主女从的传统文化心理。像《错，错，错》中男性视点的叙述人对女性人物视点的遮蔽，《心香》中作为男性的“我”利用兼职叙述人的便利，自始至终掌控着话语权，让女性人物亚女成为说不出话来的男性仰慕者、奉献者等。女性通过化身、模仿男性的方式提升社会参与度，但在这一过程中出现了程度不等的男性认同心理。

---

① 林夏：《〈创造〉与冯沅君和王品清》，《河南教育》2016年第3期。

② 徐岱：《边缘叙事——20世纪中国女性小说个案批评》，上海，学林出版社，2002，第45页。

三、易性想象与“第三性”视角的追求

当然，并非所有“女作男声”的叙述人选择都是基于性别安全的考虑。不同于自传体中写作者可以毫无保留地将自我情怀倾注到主人公身上，将自我化身为男性的拟“他者”叙事是有某种“性差”的，隐含作者与中心人物之间的距离对塑造一个异性人物是种考验，但却有利于克服只从自我性别出发的偏袒与单一，更好地揭示人性的复杂面向。或者说，对于揭示日常生活中某些习焉不察的复杂面向，这种“女作男声”叙事能够对过于感性化、性别化的写作立场有所规避，从而更真实地反映人性的多样形态，对改头换面、愈发向隐蔽处发展的男权文化的揭示也更加透辟深入，这是有些女性写作者有意选择这一文体的另一种原因。

在有意隐匿自我性别、模拟或替代另一性别进行文体实验层面，冰心20世纪40年代的《关于女人》可以说进行了较早的尝试。这部1941年开始连载的作品直到1943年出版时后记中还写道：“真要命！感谢天，我不是一个女人。”① 叶圣陶刊发按语时也只能猜测，“‘男士’当然是笔名，究竟是谁，无法考察。但据文坛消息家说，作者便是大家熟悉的冰心女士……”②。这种奇特的署名提升了读者的好奇心，但它并不像郭沫若用“安娜”、茅盾用“冬芬”那样仅是一个简单的异性笔名，其以男性“我”进行的第一人称叙述包含了一定的性别立场的考虑。像《关于女人》中的“我”言说，既有满不在乎的自我调侃，“我们要求对方‘容貌美丽’，就得先去照照镜子，看看自己是不是一个漂亮男子……”；也有夸夸其谈的自我反讽，“我”提出的择偶条件竟有25条之多，而且全是“因为我自己……，所以我希望对方……”的以男性为绝对标准与中心来要求对方的言辞，但后面又说“我……并不曾作过分的要求，纵不能抛玉引玉，也还是抛砖引砖，条件再多些谅也无妨”；还有没来由的自我卑微，“我觉得我不配作任何女人的丈夫”③。“我”形象的不统一体现了人物“我”的言说并未得到隐含作者建构的人格叙述人“我”的认同，反讽的张力隐现其中，人物“我”非但不再是隐含作者的代言人，反而本身也变成了被审视的对象。冰心在第三版自序中说：“这几篇东西不是用‘冰心’的笔名来写，我可以‘不负责任’，开点玩笑时也可以自由一些。”④ 这是真实作者

① 卓如编：《冰心全集》第二册，福州，海峡文艺出版社，2012，第591页。

② 叶圣陶：《男士的〈我的同班〉》，《国文杂志》1943年第4～5期。

③ 卓如编：《冰心全集》第二册，福州，海峡文艺出版社，2012，第508、512、592页。

④ 卓如编：《冰心全集》第二册，福州，海峡文艺出版社，2012，第505页。

的肺腑之言，正是这种“自由一些”的心态体现了冰心的性别立场：作为真实作者的女性的“我”隔着文本的距离去审视作为人物的男性的“我”及其背后的性别立场。这内在地造成了《关于女人》的话语世界与文本世界的审美张力，也改变了以“贤妻良母”著称的冰心温婉清丽的创作风格，乃至于有海外研究者认为其以“男性化叙事和客观化叙事解构了文学想象中的性别稳定性”，并由此“制造了深受拉康和巴赫金影响的朱丽娅·克里斯蒂娃所说的与现代小说相关的‘复调’声音”。[①] 如果不是这种奇特的“女扮男装”的第一人称设置，其文本效果恐怕会大打折扣。

应该说，有些女作家的易性设置与借用男性身份以增强性别安全感、话语权威感等关系不大，而更多是为了多角度透视生活的多维面向的需要。像张辛欣1981年发表的《在同一地平线上》采取女“我”与男“我”双叙述人对视、并置的方式，尽管是拟代，但毕竟给了男“我”发声的机会，其“生存、繁衍，本该是人正常的本能，睁开眼睛最先想到的却是该去奔什么”[②] 的言说是对女“我”性别抱怨的直接回应。因此，尽管被视为新时期初的激进女性主义文本，但它没有像后来某些私人化小说一样走向抑男、审男、仇男、反男的性别偏执，而是相对真实自然地描绘了当时的女性处境，男“我”的视角设置是起了一定作用的。对这种文体探索得更深入的是铁凝。她写于1993年的《对面》也将第一人称叙述人设置为男性，相对于《关于女人》多数篇章是以“我”的视角和口吻叙述女人的故事（“我”多为旁观者），《对面》以“我”的视角和口吻叙述的是“我”参与其中的女人故事。按照第一人称叙述三个层级的阅读规约，“读者首先将零参照点投射到人物‘我’世界，然后转移到叙述者‘我’世界，最后移回话语世界，并识别和定位叙事的反讽意义”[③]，因为《对面》是女作家写的男性叙述人的故事，读者最先进入的也是作为男性的“我”与包括“对面”在内的六个女人的纠葛。在这个“次文本世界”中，不同女人代表了“我”眼中的男女交往的不同面向：性（肖禾）、金钱（表妹）、吃喝拉撒（林林）、权力（尹金凤）、浪漫的逢场作戏（旅行的女孩）、神秘与享受（“对面”）。这些女人中有些是“我”根本不爱的，她们携带的性、金钱、吃喝等世俗社会中女性俘获男性的常用资源，让“我”心生厌

---

① Philip F. Williams (ed.), 2010: *Asian Literary Voices: From Marginal to Mainstream*, Amsterdam: Amsterdam University Press, p.66.

② 张辛欣：《在同一地平线上》，《我们这个年纪的梦》，成都，四川文艺出版社，1985，第128页。

③ 唐伟胜、龙艳霞：《文本世界、话语世界与第一人称短篇叙事的阐释空间》，《广东外语外贸大学学报》（社会科学版）2016年第4期。

倦；有些体现了女性攀附权贵、耍心机、游戏感情等负面情感，伤了“我”的心。所以尽管最后“对面”的猝死与“我”的恶作剧有着直接关系，“我”还是“不止一次地反省自己，又不止一次地为自己的行为辩护，说招致对面厄运的只能是对面自己”。[①] 因为第一人称叙述人可以统筹其他人物的声音，所以这个男性叙述人对女性的审视、窥视之辞充斥文本，成为读者最先感知的第一层级。但是，当将参照点转到人格叙述者建构的“我”世界，读者便会对人物“我”言说中的自恋与男性偏见有更多认识。“我从北门市搬到南门市，多半是为了逃离肖禾的追逐”，小说开篇奠定的这种“女追男”基调何以发生？为什么几个女性会不惜“倒贴”来追“我”？那些伤了“我”的女性又受到了“我”怎样决绝的报复？“我”在厌恶女性不忠时又何曾忠于过哪一个女性？究竟是这些女性还是“我”的原因让“我”终究得不到爱情？在这一层级的阅读中，读者感受到了这个男性叙述人自我中心的一面。隐含作者的人格叙述人并没有跳出来直接评价“我”，但借林林“你到底爱谁呢”的发问，她让“我”说出“也许我从来就没有爱过，也许我根本就不曾具备爱的能力”的肺腑之言，以及结尾对田野、自然、人类平等相待的大段描写，引导读者慢慢疏离文本世界的具体人物纠葛，进入第一人称叙述话语世界的阅读。[②]

在谈到自己的创作时，铁凝本人一直强调在创作女性题材时，要力求摆脱单一女性目光、立场的“第三性”视角，并将其提升到更有利于准确把握女性真实生存图景的角度。[③] 这种主观上对“第三性”视域的追求使其在进行易性想象时能够得心应手、收放自如，以“我”非“我”的方式，既不美化也不丑化男主人公，让自审、自视的男性言说既批判了男权文化，也揭露了男女交往中某些女性负面性的隐秘细节。让读者既进入男性人物“我”的隐秘世界，又能跳出“我”的视域，既追随“我”的眼光审视女性、又以超越性视距审视“我”代表的男性世界。这些都有效发挥了“女作男声”的文体功效。

四、性别情怀的曲折投射

假托异性的自我言说是拟“他者”叙事的复杂之处。无论是屈原《离骚》中“制芰荷以为衣兮，集芙蓉以为裳”假托女巫之口的自我言说，还是广为流传的曹植、温庭筠、周邦彦、柳永等人的借女性之口的情怀寄

① 参见陈洁:《铁凝小说的“第三性”视角——浅析〈对面〉》,《安徽文学》2009 年第 8 期。

② 参见铁凝:《铁凝文集》,北京,人民文学出版社,2001,第 316、355 页。

③ 参见铁凝:《写在卷首》,《铁凝文集》(5),南京,江苏文艺出版社,1996,第 1 页。

托，都在一定程度上带有自我性别指涉的托言性质，孙康宜教授曾将这些“男作女声”之作称为通过虚拟女性声音“自我掩饰”和“自我表现”的独特“托喻美学”①。这种性别情怀的曲折投射并非只发生在古代，也并非只发生在“男作女声”中，当代“女作男声”中同样存在。作为“有意味的形式”，其在私人化写作落潮后的新世纪之初体现得最为鲜明而曲折，体现了特定语境下女作家采取“女作男声”的曲笔进行情怀投射的性别隐衷。

接下来，我们以朱文颖 2004 年出版的《戴女士与蓝》、魏微 2010 年出版的《拐弯的夏天》为例做一下具体分析。它们均不约而同地采取了以男性为第一人称叙述人的“我”非“我”叙事方式，似乎刻意拉开了与 20 世纪 90 年代她们作为“70 后”“美女作家”集体出场时的距离。对于这一点，北京大学陈晓明教授针对《戴女士与蓝》的这段评论是很能说明一些问题的：

> 朱文颖的长篇小说《戴女士与蓝》是一部相当正规的小说……没有什么出格的东西，不是一部叛逆性的前卫作品，或者是一些展示女性怪异经验的奇文野史……朱文颖甚至在这部小说中采用男性第一人称的叙述方式来讲述故事，显然，女性的经验被有意地克服和掩盖了。②

这是建立在对《戴女士与蓝》盛赞基础上的评论，而且影响力较大，至今仍是这部书最重要的书评。这除了因为评论者在文坛的声望较高外，还与其将这部书与 90 年代模式化的女性个人化写作的有效“撇清”相关，“没有……展示女性怪异经验”，“女性的经验被有意地克服和掩盖了”，显然是就“70 后”女作家集体出场时“经验自我”在场的女性另类成长的自传体写作而言的。曾几何时，朱文颖、魏微的名字是经常与卫慧、棉棉、周洁茹放在一起的，女性、成长、“70 后”是标识她们的关键词，而以男性为叙述人的第一人称叙述把男性经验而非女性经验直观地呈现在读者面前，就把这种审美惯性打破了。在《戴女士与蓝》中，漂泊、孤独、伤痛、成长、爱情，这些朱文颖既往小说的关键词仍是其表述核心，只不过经验主体换成了一个男子。

魏微的《拐弯的夏天》更是具有“性别反串”的亲历性。“我这里要

---

① 孙康宜：《文学经典的挑战》，南昌，百花洲文艺出版社，2001，第 236 页。

② 陈晓明：《为记忆的伤痛而写作》，《长篇小说选刊》2004 年第 1 期。

说的一段往事，是很多年前了，那时我十六岁……照片上没有日期，我希望是1986年，在那一年里，我遇上了阿姐。”① 小说讲的是十六岁少年与三十二岁诈骗犯女人的另类爱情。1986年“我”十六岁，“我”出生于1970年，而魏微本人也出生于1970年；“我”在南京度过“我”有着伤痛记忆的童年与少年，魏微也是从江苏南京成长起来的作家；回忆旧事的“我”已经是三十好几的中年人了，这本书出版时的魏微也是人到中年了。这些联系并非简单的比附，而是说明这部小说有着太多“经验自我”的影子，残缺的家庭、紧张的亲子关系、暧昧的情感、青春期的叛逆与孤独，小说风格也与魏微既往文学的叙事基调相一致。从文本呈现的经验世界来看，《拐弯的夏天》是一个典型的自传体成长小说，只不过与《戴女士与蓝》一样，作者也一反常态地将叙述人兼主人公设置为男性，倾情泼墨于一个男人的成长。让“我”穿上一件男人的外衣进行内视角叙述，以规避上文陈晓明教授所说的类型化的“女性经验”，但在很多层面上又要与真实作者的“经验自我”相叠印，这种第一人称叙事是耐人寻味的。

笔者认为，将叙述人性别设置的改变指认为性别关怀对象的变更，有点太简单化了。一方面，如前所述，第一人称叙述有着三个层级的文体规约，对于这种与写作者的“经验自我”反差较大的文体实验，仅仅将阅读参照点投射到人物“我”世界，而非再返观叙述人“我”世界与话语世界，会限制其阐释视域，男性“我”视点的叙述并非没有来自女性立场的男性批判；另一方面，从创作心理学上说，写作者长期的审美趣味和创作个性一旦形成，是有着相对顽强的文化惯性的，很难在短时间内、一两部作品中完全扭转和颠覆。作为个人化写作中的主将，朱文颖、魏微是以鲜明的女性风格著称的。《戴女士与蓝》中漂泊、孤独、伤痛等此前小说中反复出现的情怀依然是其不变的主题，尽管是被叙述者，戴女士、陈喜儿等女性却获得了隐含作者的几多同情和宽容，而借助男性叙述人的自我敞开，小说亦触及了不少男性的鄙俗、龌龊之处，在某些心理描写上更像是站在女性立场上。像“那阵子，我经常在半夜里发现她偷偷的哭，我也不好多问什么，但我觉得应该待她好些，不容易呀，一个女人，孤单单的”；“我当时那样子可能挺可怕的，因为她猛的往后缩了缩，眼睛不是瞪大，而是干脆闭了起来，好像我的拳头、或者巴掌什么的，已经冲着她过去了，雨点似的”；“将睡未睡的时候，我听到她趴在旁边，好像在哭”② 等。这里面不能不说包含了借男性之口的女性关怀。《拐弯的夏天》模仿

---

① 魏微：《拐弯的夏天》，北京，中国工人出版社，2010，第2页。

② 朱文颖：《戴女士与蓝》，《长篇小说选刊》2004年第10期。

一位十六岁少年的口吻，满怀深情地回忆一个言之凿凿声称“男人就是要被骗，要不长不大”，“我能做到的，就是要让他们坏得小心一些，不要太恣意妄为”的成年女诈骗犯，这种奇特的叙述模式更是展现了某种奇特的女性立场：一方面，通过将写作者本人的生活与男性叙述人“我”的经历部分重合，将作为女性的部分经验性自我植入男性叙述人的叙述之中；另一方面又通过将女主人公不乏反抗男权的反社会、非道德行为叙述得摇曳多姿、风情万种、活色生香，展示了某些另类、异质的女性经验。

“要把它写下来的，诉说成长，爱情，女人……生命中最重要的一段往事。有感恩之情……有点絮叨，有点自说自话，可是冷不防一个瞬间，故事转弯了，里面千头万绪，淌出浓汁来。”① 这是魏微对于《拐弯的夏天》的创作谈，醒目地提到了对成长、爱情、女性等问题的关注，可谓是对“以男性叙述是规避女性经验”这种说法的反讽式颠覆。正如林白在《万物花开》（本书第十二章第一节对其叙事形态有更详尽的论述）中一方面以乡村智障少年大头为第一人称叙述人“我”进行叙述，另一方面又在扉页或后记中不遗余力地宣称，“无论如何，我就是大头”，“但这个大头，却是我”，“我不知道怎样到达那个叫王榨的地方，怎样成为一个叫大头的人”，“我”与大头相互折射，这究竟是“经验自我”的退场还是依然隐形在场？

与经验自我在场的第一人称自传体叙事相比，这种性别故意逆反的“女作男声”叙述显然有着更强的文体实验性，叙述人“我”的性别与隐含作者的性别关怀对象之间有微妙的张力和距离。理论上，这与人格化叙述人“我”处于叙述层、人物“我”处于被叙述层的不同层级相关，正如有学者所言，“一旦有一个主体我将自我观念化，被观念化的那个客体我就不可能是正在将其观念化的那个主体我”②。如同镜子里看到的眼睛不同于眼睛本身，一旦“我”参与故事成为一个文本中的人物就会与作为隐含作者化身的人格化叙述人“我”相分离。在私人化写作因为模式化的自传体书写已在一定程度上遭到社会质疑与审美疲劳的情况下，“女作男声”的反串叙事利用放大了这种叙述自我与经验自我的分离，反而创造了清奇的文体效果：一则通过在文本中让“我”穿上一件男人的外衣，与模式化的女性经验、成长、自传体叙事等拉开了距离；二则通过将“我”的个人情怀巧妙地在这件男人外衣下进行有限度地传达，对写作者的性别处境进

① 魏微：《拐弯的夏天》，北京，中国工人出版社，2010，第266页。

② 谭光辉：《作为框架的叙述者和受述者——论第一人称、第二人称叙述的本质》，《河南师范大学学报》（哲学社会科学版）2015年第1期。

行了曲折的投射，作为叙述人的“我”当然不是隐含作者的第二自我，但又不是完全无“我”。这种“女作男声”的微妙是其他文体样式难以比拟的。当然，这里面不仅有写作者艺术创新的努力，也有某些特定文化背景下的隐衷。接下来，笔者想结合林白等人的“拟底层叙事”对这一问题做更进一步的说明。

第三节　作为底层说话：拟“他者”叙事的另一种方式

除了性别逆反，阶层身份、文化趣味、经验履历上与写作者本人差别较大的底层叙述人设置，也是一种拟“他者”叙事样态，这在从新时期到新世纪的女性小说中也有所体现。本节中，笔者选择代表性文化现象予以阐释，让我们先从对这一问题的理论辨析谈起。

一、经验自我退场与拟底层发言

20世纪20年代，鲁迅小说集《彷徨》中《幸福的家庭》一文以反讽的语气，写到了文学青年“他”，努力要在笔下创作高尚而优雅的“幸福的家庭”的故事，可在现实中却正经受各种贫困、平庸、琐碎生活细节的困扰。稿纸上温情脉脉、甜蜜温馨的幸福家庭终究变成了没有任何现实基础的虚构物，空中楼阁般苍白而可笑。鲁迅先生对当时不少文学青年的拮据生存境遇给予同情，但对那种弥漫文坛的创作倾向——背离个人生活经验、赶时髦般地专事描写各类想象中的“别人的生活”，进行了揶揄与批判，因为这种现象是经验自我退场后缺乏真情实感的不良写作倾向的表征。假如一个书斋或城市中衣食无忧的写作者，要像《幸福的家庭》中的文学青年“他”那样描写“别人的生活”——底层工农大众的苦难与哀伤，又会怎样呢？

这种想法不是无稽之谈，不少经验自我退场的作品就是从设身处地模拟底层人叙事开始的。或者说，在拟“他者”叙事这个层面上，有意与自己生活拉开一段距离表现“幸福生活”想象的或许只是个体作家的文体实验，在社会担当意识下为底层大众书写“苦难生活”的却不在少数，底层写作在“五四”以来的现代中国文学史上已成一种重要的写作类型，而在这其中，以第一人称叙事的方式，直接以工农大众的口吻、视角、语气书写的也不在少数，这就形成了知识文人“作为底层说话”的这类拟“他者”叙事。对于第一人称叙述的文体优势，娜塔丽·萨洛特（Nathale Sarraute）曾说，第一人称叙事能满足读者好奇心，增强说服力，消解作者某些顾虑，而且“故事至少显得像亲身经历，真实可靠”[①]。这是第一人称叙事比之“我”不在场、无明确叙述人的第三人称叙事更能吸引人的地方，底层写作也不例外。不过，底层写作的第一人称叙事因为是以普通农民、工人的口吻进行叙述，而写作者多是文化程度较高的知识分子，后者放弃“经验自我”世界向底层叙述人倾斜是需要相应的叙述转换能力的，因为他者世界的真相与幽微之处，并不会因在文本中让其开口说话而“自动”如期获得，艺术技巧与生活感知在这里同样重要。这些无不表明了经验自我退场、有意模仿底层工农大众进行第一人称叙述的风险。

而对于女性写作来说，这种拟底层发言的叙述还涉及特定文学思潮下的性别伦理问题，像孙惠芬《吉宽的马车》、迟子建《雪坝下的新娘》都不同程度地涉及这些命题，影响更大一些的则是林白新世纪转型之作《妇女闲聊录》等。下面，我们来做重点分析。

二、从“我手写我心”到“我手写‘她’心”

> 在叙述中，你不得不变过分的主动为有节制的被动，把自我的自由和他人的自由融为一体，复制他人的狂欢从而获得自我的狂欢。[②]

这是林白2005年出版的《妇女闲聊录》后记中的一段话，从《一个人的战争》到《万物花开》《妇女闲聊录》，林白的写作不仅有笔下主人公形象层面的内容变化，还有叙述人设置、叙事话语层面的形式调整。20世纪90年代，林白小说中林多米、林蛛蛛、李莴、老黑等叙述人无论名字如何改变，都具有一定程度上的激情、神秘、奇幻、抑郁等南国异域情绪色彩，与来自西南边陲、故乡是广西北流的林白有着高度契合性，可谓“经验自我”在场的写作，不过，其新世纪转型之作已大异其趣，关于《万物花开》，本书第六章第五节从“不可靠叙事”与话语权威角度做了翔实探讨，本章主要谈一下《妇女闲聊录》。

相对于《万物花开》，这部作品可以说走得更远，林白不但将叙述权拱手让给了没有多少文化的农村妇女木珍，美学风格上也一改前者的诗性诡异，幽闭的喃喃私语被直白粗粝的乡村修辞取代，神秘优雅一变为拙朴

① 刑孔辉：《史铁生作品中的“第一人称”》，《张家口师专学报》（社会科学版）1995年第3期。

② 林白：《低于大地——关于〈妇女闲聊录〉》，《当代作家评论》2005年第1期。

鄙俗。在前面我们引述的《妇女闲聊录》后记中的一段文字中，林白自述的“节制”“被动”“融入他人”、在他人世界投射自我等，可以说是私人化写作时期林白小说张扬叙述人主体性、赋予其统筹其他人物声音的干预性叙述的完全逆转。或者说，是彼时将人物与故事演绎成叙述人自我言说、彰显叙述主体性的“反其道而行之”。让木珍充当叙述人并全权掌控文本，以此凸显“我”（知识女性）附身倾听“她”（底层妇女）、自我言说转换为“她（们）”的世界自发呈现的效果。这种叙事策略上的自我调整，与其在创作谈中大谈的“低于大地”“向民间学习、向生活学习”的底层情怀是一致的，可谓实现了从“我手写我心”到“我手写‘她’心”的飞跃，小说出版后赢得了很多学界赞誉也多是从这一层面而言的。

不过，如果考虑到木珍的来由，我们会对这种叙述人设置的复杂性有更深入的了解。在《万物花开》附录中，林白曾以实用文体的方法写道：“木珍是我家的亲戚，从湖北农村来，小学毕业……她说话的方式并不是我一贯认为的农村妇女的方式……她说的事也是如此，跟我经验中的农村相去甚远。”[①] “我”对木珍的这种距离感与差异感同其两年后在《妇女闲聊录》后记中表达的“忽然有一天我会听见别人的声音……我更愿意多向民间语言学习，更愿意多向生活学习”[②] 的民间崇拜情怀并不一致。叙事学要求读者进行“双重解码”，即既要阅读思考叙述人“说了什么”，从内容上揣摩叙述人的言说意涵，也要还原叙述人的言说语境，思考其究竟是“怎样说的”，判断其叙述人言说的深意、诚意等。考虑到乡村非林白熟悉的场地，在文中设置一个乡土讲述人是容易的，讲得生动有质感对于职业作家也不难，只是要把这“跟我经验中的农村相去甚远”的异质经验叙述得真的是“别人”的故事，对于长期专注于“我”世界的林白来说是有一定难度的。从木珍言说的更多是家长里短、鸡零狗碎、男盗女娼、打架野合、偷情做小姐等乡村场景，尤其是从婚爱、性关系、身体疼痛等私密领域来表现女性经验来看，林白长期浸染于私人化写作中所形成的个人趣味还是顽强地进入了其乡土书写之中。所谓乡村人伦秩序的颓败与失控一方面是其此前私人化叙事时非道德化倾向的惯性延续，另一方面也带有知识分子对城市化进程中农村想象的意味，若真具体到现实村落反而易引发各

① 林白：《万物花开》，北京，人民文学出版社，2003，第171页。

② 林白：《低于大地——关于〈妇女闲聊录〉》，《当代作家评论》2005年第1期。

类争议。[①]

是的，木珍并不是真实的人物，林白将叙述权完全交由她掌控也更多出于改变自身创作风格这种“文学性”目的，而非展示乡土中国社会这种“现实性”的目的，这与林白本质上的先锋气质（而非现实主义情怀）是一致的。也可以说，这种“拟底层”叙述并非意味着“我”的退场，而是“我”借“她”（底层妇女）之口讲述“我”（文学女性）心中的底层社会，将个人化倾向隐含于关注弱势群体的“新‘人民性’”伦理之中。因此，笔者认为将《妇女闲聊录》看成是底层社会“原生态”展示的结论不能成立，说它是林白走出“一个人的战争”，书写“一个人的乡村”或带有个人趣味的景观性乡土表达才更确切一些。或者说，这部“‘她’叙述”之作在一定程度上依然缠绕着“‘我’叙述”的魅影。

> 林白并未放弃她一贯的个人化写作立场，她只是把此前的私人生活的“个人化”悄悄地转换成了民间立场上的“个人化”。[②]（徐则臣）
>
> 这样的小说不能太多，文学毕竟是一个审美的东西，如果大量地把粗俗的、粗陋的、粗鄙的东西引进文学，文学的世界就会太单调了。[③]（陈骏涛）
>
> 林白用道听途说建构起来的乡村世界，经过文字转述，已经是影子的影子。[④]（黄发有）

在以上针对《妇女闲聊录》的评论中，作家徐则臣是从写作趣味角度谈林白的“‘她’叙述”并非意味着“我”的退场，而是“我”借“她”（底层妇女）之口讲述“我”心中的底层社会，是一种带有个人趣味的景观性乡土场景。批评家陈骏涛的看法同对身体写作进行伦理非议的主流话语逻辑是一致的，也从一个侧面说明了林白“‘她’叙述”的底层写作同其之前“‘我’叙述”的个人化写作之间是有着某种内在联系的，而非根

---

① 2016年春节期间，一篇题为《春节纪事：一个病情加重的东北村庄丨返乡日记》的文章描绘了礼崩乐坏的农村颓废景观，有些描写同《妇女闲聊录》不无相似，但后来经记者深入调查发现“时间、人物、地点都是虚构的”，遭受了各界批评。详见《〈一个病情加重的东北村庄〉系虚构杜撰，记者春节未回家》，2016年2月25日，https://www.thepaper.cn/newsDetail_forward_1436087。

② 徐则臣：《小说、世界和女作家林白——评〈万物花开〉〈妇女闲聊录〉》，《北大评刊》2007年第5期。

③ 王琳：《〈妇女闲聊录〉——溢出小说边界的先现代文本》，《社会学研究》2009年第6期。

④ 黄发有：《屏蔽内心：新世纪文学的外向化趋向》，《文艺研究》2015年第12期。

本性断裂。学者黄发有对这部作品的不以为然则是对将其索解为乡土中国“原生态”呈现的研究理路的不敢苟同。笔者主要从叙事学角度认为仅凭叙述人设置为底层妇女，叙述场景转换为乡土中国，叙述语言转变为乡村修辞，就对林白“转型”拍手称快有点简单化和表面化了，最起码叙事形式与内容表达之间微妙、隐秘而复杂的关系问题，还没有在这种研究中被充分挖掘出来。

一个值得注意的现象是，《妇女闲聊录》这种拟“他者”叙事在林白的创作谱系中不仅显得突兀，时间上也很短暂，林白在《妇女闲聊录》出版两年后创作了《致一九七五》，又回到了自传体、成长体验、女性关怀的“经验自我”在场的老路上。[①] 为了更好地理解林白转向底层写作的短暂性和不彻底性，笔者辑录其在两年后因为新书《致一九七五》的出版而接受记者采访时的一段言论：

> 林白：1975不是政治文本，不是一个国家的标志性年份。它只是一个个人的标志性的年份。因为1975年的上半年我还在学校读书，但几个月后我成了知青，这样的反差对我而言影响非常深刻。1975年，是我下乡知青生活的开始，也是我真正成长的开始。所以，我写的1975，不是别人的1975，也不是一个国家的1975，而只是我自己的1975，小说里要讲述的也只是革命年代的日常生活和个人生活以及一些内心狂想。
>
> …………
>
> 《致一九七五》是带着个人血肉的，它的记忆，它的色彩，它的沧桑感，都融入了个人的情感，以及个人的幽默。我觉得好的创作，更多的还是要从我个人的生命出发，去观照广阔的外部世界。[②]

“从我个人的生命出发，去关照广阔的外部世界”，林白此时的言说同《妇女闲聊录》中对“我听见了别人的声音”的无限推崇（2005年）相差远矣。究竟该如何看待林白这种有点翻手为云、覆手为雨的“混乱”创作观？如果说林白所谓让底层妇女开口讲话的“‘她’叙述”也是其另一个层面上的“‘我’叙述”，她走出“一个人的战争”之后创作的是个人趣味

---

① 林白的《致一九七五》以主人公李飘扬的内心活动为线索，讲述1975年前后知青生活的个人化记忆。

② 《林白：有自我消解，也有自我狂想》，2007年12月17日，http://bbs.tianya.cn/post－books－101977－1.shtml。

化的“一个人的乡村”，那么她为何要煞费苦心地采用这种借用他人、但自己又不能主动地真正退场的叙述人声音？究竟该如何看待她这种有点“混乱”的创作观？

福柯说过：“对陈述的分析是一种历史分析，是一种避免一切释义的分析：它不去问那些被人说过的话里深藏着什么意义，什么是那些话里非自觉的‘真正’意义，或者什么是含而未露的因素……与此相反，它要知道的是这些话语的存在形式……它们——只是它们而不是别种话语——在某时某地的出现究竟意味着什么。”① 这种有意淡化、收敛写作者的经验自我，设置与写作者本人身份、阶层、性别、认知等差别较大的叙述人是一种“假托”他人的叙述，如果我们承认这在现代小说中并不是太常见（古代文学中有故意假托圣人先贤之作，但那主要是因为古人版权意识弱、为作品更好流传之故，与本节所讲的情形并不相同），那么，就很有必要从形式的“性别意识形态”——叙事形式本身蕴含了丰富而复杂的性别内容——角度去探讨一下这种有些“拧巴”的模拟男性、底层人作为第一人称叙述人（但经验自我与女性立场又未真正彻底退去）的叙事类型在中国新世纪之初“此时此地”的反复出现究竟意味着什么。

必须承认，尽管时代语境一再宽松，女性在社会权力格局中仍未根本上摆脱“第二性”的位置，批评界中的男权文化亦并未根本断绝，像批评家李敬泽公开说喜欢戴来作品的“理由之一是这些小说不像一个女人写的”②。在此背景下，我们说，这些叙事形式的调整体现了女作家在新世纪新语境下的某种性别新困惑。苏珊·兰瑟曾言，女作家依然是文化市场上的弱势者，当自身创作趋向与主流声音发生冲突时，她们往往“身不由己地受到社会习俗和文本常规的推动，不断复制出她们本欲加以改造重构的结构来”③。叙事形式的选择受着深重的性别环境影响亦可见一斑，新世纪之初林白、朱文颖、魏微等个人化写作者的创作“转型”便与此相关，而这种转型并不是那么彻底，笔者认为主要有两点原因：一是写作者长期的审美趣味和创作个性一旦形成，是有着相对顽强的文化惯性的，很难短时间内在一两部作品中完全扭转和颠覆，这是创作心理学层面上的主观原因；二是客观上，“他者”世界的真相与幽微之处，并不会因为写作

① 转引自李杨：《抗争宿命之路·“社会主义现实主义”(1942～1976)研究》，长春，时代文艺出版社，1993，第5页。

② 李敬泽：《短论戴来》，《南方文坛》2002年第2期。

③ 〔美〕苏珊·S. 兰瑟：《虚构的权威——女性作家与叙述声音》，黄必康译，北京，北京大学出版社，2002，第7页。

者的转型愿望就能“自动”如期获得，而是需要一个艰苦的探索过程，这对于在现实压力下急于以叙事调整回应文坛压力的女作家来说并不容易，也不好真正贯彻到实践中去，像林白创作《妇女闲聊录》没有像同时期的非虚构写作者那样进行实地采访，而是采取了最简单的虚构叙述人的方式，将“‘我’叙述”调整成“她’叙述”，由于对真实乡村相对陌生，自然会演绎成黄发有教授所说的道听途说的“影子的影子”式写作。在这一点上，即使是孙惠芬、迟子建等视域较为宽广的现实主义写作者，在《吉宽的马车》《雪坝下的新娘》等文本中将第一人称叙述人设置为农村男性（性别与阶层双重意义上对写作者经验世界的疏离）时，也遭遇过写得像不像、符不符合人物的社会身份、话语风格是否与叙述人口吻相一致等质疑。像迟子建《雪坝下的新娘》是以稀里糊涂、自轻自贱、没受过多少教育的乡下底层小人物刘曲为第一人称叙述人讲的故事，他被毒打后有些呆傻，但从他口里发出的叙述声音却是诗性的、温柔的，不乏小资情调的缠绵和忧伤，像他叙述自己对那“肌肤明媚”、“冰清玉洁”、全身散发着金色光晕的“新娘”的执念与迷离，就被人认为“叙述声音与叙述者不符”。[①] 是的，从文化和阶层身份上来说，刘曲本人可能不具有如此文学性、美学性的修辞技巧，是作者迟子建将其感伤的女性叙述风格融入了他的叙述话语中，但这会造成与被设置成的第一人称叙述人身份不符的缺陷，从而使其现实主义的艺术魅力受到削弱。可以说，与“经验自我”在场的亲历性自传体相比，这种有意将第一人称叙述者设置为远离自身经验世界的人的叙述方式极具挑战性，需要对外部世界深切关怀，克服从自我感受出发臆想臆断的美学风险。

无论如何，本章所分析的这些经验自我退场的叙事因为写到了底层、他者、男性，均在主流文坛受到了不同程度的欢迎。几年前，笔者对新世纪以来某些女性写作叙事话语的自我调整问题曾做过相对消极的解释，认为“女性小说不惜以向传统文学法则为代价对女性主义叙事的有意识规避”包含了女性声音、女性主体性在私人化写作退潮之后被逐渐体制化、主流化的不安信息。[②] 现在，笔者想从它们对文学史的贡献角度将其解读为“戴着镣铐跳舞”的文体创新。尽管留有写作惯性的痕迹，《妇女闲聊录》《戴女士与蓝》《拐弯的夏天》等作品体现了女作家勇于挑战自我的努

① 参见宁凡：《我说故我在——1990年代以来中国女性文学叙述声音研究》，云南大学博士论文，2013。

② 参见孙桂荣：《叙事话语调整之后的女性声音》，《南开学报》（哲学社会科学版）2010年第2期。

力，其形式的复杂性与内容的深广性相呼应，成为写作者职业生涯中的亮丽风景。真正需要改变的是，学术界无视女作家以相对复杂与“拧巴”的叙事形式进行创作背后的性别困惑、只一味对其“转向社会、转向他者”的趋向简单唱赞歌的批评方式。对于这些苦心经营的叙述人设置背后的性别政治内涵，或许只有女性主义叙事学研究才能给予最深入与细致的阐释。

是的，正如奈达尔所指出的，“修辞、叙事手法和风格不但组织事实，也改变事实”①。文学史也是一部文学作品叙述形式演变的历史，形式越来越影响着文学的内容表达。如鲁迅《伤逝》《故乡》《祝福》中的“我”与《孔乙己》中的“我”无论是对文本结构层还是价值层来说意义都是不一样的，“经验自我”在场或退场对于第一人称叙述人设置来说是需要细致甄别的学理空间。当太多人习惯于将第一人称叙述视为“我”言说的文本时，必须进一步说明的是怎样的“我”在进行怎样的言说，这些不同类种的“我”对包括性别意涵在内的文本价值的具体作用是什么。福柯的知识考古学告诉我们，需要关注的是某种特定话语在某时某地的出现究竟意味着什么。女作家的第一人称叙述就是这样一种需要深入文体肌理，判断其在某时某地的出现、高涨、变异、沉寂究竟意味着什么的存在形式。可以说，无论是以“经验自我”的在场彰显写作者个人心声的自我情怀，还是有意隐匿其本人的经验性存在、采取让他者开口说话的叙述样式，当代女作家的第一人称叙述人设置均非只是一种单纯的文体形式，而是包含了一定的文化、性别伦理，人格化叙述人“我”与人物“我”的叠印或分离决定了“我”言说的第一人称叙述是自传体或“反自传体”的不同风貌。在充分利用第一人称的叙述便利，营造真实、自然的文本效果的同时，也需要承受诸如第一人称权威的滥用、模拟他人的矫枉过正等文体实验的代价。

三、拟底层女性言说中的“若小安”事件

> 我叫若小安，很显然不是我的真名字，也不是我在场子里的名字，这只是一个微博上的名字……我给自己贴了鸡者、小姐、性工作者、底层、80后标签。
>
> 我坐在吧台前面的高脚凳上喝啤酒，酒吧老板一边抚摸我一边

① 转引自孙春旻：《口述实录：话语权的挑战》，《当代文坛》2010年第2期。

说，你真是个小妖精。我说，那你娶我来做老板娘吧，他没回话。结束时他给我钱，我没拒绝。这是我最愚蠢的问，他最愚蠢的沉默。①

2011年1月，一个网名叫“若小安”的微博博主在网上迅速走红，她在微博上书写了一些她在酒吧做“小姐”时的场景，不仅仅是与男人相关，还关注社会、人性。像“有一个大学教授，在看到我房间里的书的时候很惊讶，他问了好几遍这些书你都看过吗？我都看过，但我不打算和他讨论书里的内容，我说你可以去和你的研究生讨论，你来这里，是因为你是个寂寞的男人，而我有年轻的身体”②。还有不少在网友看来堪称鞭辟入里的社会感言，像“做一个有想法的小姐，还是做一个胸大无脑的小姐，是由市场决定的。如果我们是一种商品，那么这种商品的结构单一，绝不是商品自身出了问题，而是这个社会的问题”③。这些不俗的语言让她被网友称之为“最有文化的妓女”，短短数月，她的微博已被十多万人转发，还有人发起了“拯救若小安”的活动，劝她以“才情”转行。

说实话，专业写作并没有放逐“小姐”这一明里暗里从事色情行业的暧昧女性类群。在新世纪以来的底层写作热潮中，将进城的农村打工妹或体制转型中被挤压到边缘的下岗女工塑造成“失足女性”形象几乎成了一种写作惯例，以至于出现了底层写作类型化、模式化、极端化倾向。批评家洪治纲说过，“‘女底层’往往是直奔卖身现场，或明或暗地操起皮肉生涯；‘男底层’呢，通常是杀人越货，既恶且毒，一个个瞪着‘仇富’的眼神”，“惊恀、绝望、凄迷与无奈，间或还有些堕落式的快慰和暴力化的戏谑”。④ 是的，从文学所塑造底层人物的苦难遭际来看，“女底层”与在建筑工地干活、开小店、打黑工、拾荒的“男底层”相比，在具体谋生方式上是相对单一的。或许也有在城市里端盘子、当保姆、做保洁的经历，但作为小说叙述中心的往往是她们在发廊、洗浴城、夜总会或其他什么地方的“小姐”生涯。像《爱你有多深》中的马红、《高兴》中的孟夷纯、《泥鳅》中的寇兰、《谁在为我们祝福》中的刘金娣、《一起走过的日子》中的小晴、《守口如瓶》中的冷红和冷紫、《发廊》中的方圆、《我们夫妇

① 《失足妇女若小安网络爆红　敢和作家叫板PK才情》，2011年8月22日，http://www.dzwww.com/shandong/sdnews/201108/t20110822_6591965_1.htm。

② 《失足妇女若小安网络爆红　敢和作家叫板PK才情》，2011年8月22日，http://www.dzwww.com/shandong/sdnews/201108/t20110822_6591965_1.htm。

③ 《失足妇女若小安微博爆红》，2011年8月24日，http://www.hinews.cn/news/system/2011/08/24/013208941.shtml。

④ 参见洪治纲：《底层写作与苦难焦虑症》，《文艺争鸣》2007年第10期。

之间》中的妻子、《一树槐香》中的二妹子、《明惠的圣诞》中的明惠、《小姐们》中的“小姐们”等。

不过，从叙事方式上来说，文学中的这些女性人物尽管形态各异，但基本上都是第三人称叙述的客观性描述，写作者也以男性为主，不可避免地造成了某种与“性”话语相联系的奇观化窥视效果，以至于有批评家认为“源自精神内部的道德感的缺席，不仅掏空了人物内心的抗争过程及其悲剧效果，也削弱了对底层善良女性卖身之苦的表现力”①。对“小姐”群体做过实地田野考察的性社会学家甚至认为，这种塑造方式“客观上站在了社会压制力量的立场上，打着抽象肯定女性整体权利的旗号，其实是具体地否定了各种处于少数地位的女性和其他性别的基本权利”②。

笔者看来，在这里，叙事方式的采用是一个关键的问题。从上文我们分析的“若小安”的博客写作来看，它之所以有效地规避了底层写作热潮中对“小姐”群体的种种类型化、奇观化塑造，赢得了不少人的同情（而非鄙夷），是与其所采取的写作方式相关的：第一人称、“我”叙述，将经验性自我完全投入叙述自我中去，加之博客本就是一种网上日志，随笔性散漫的书写方式更像日常生活的原景复现。因此，读者（网友）并不是将它当做虚构类文学作品来看的，而是“小姐”生活的社会实录（也就是行业写作）。首先，这源于其独特的微博写作方式，日常、简短、随时与网友互动，当有网友劝“她”找其他工作时，“她”在微博中写道：“我明白现实的残酷，大家只是在哄我开心，我不可能真跑去找工作，不可能在简历里写上我是小姐，我只有一本初中毕业证书，和一大段不能说的空白经历。我想有人能给我 1000 块钱，要我做前台，接接电话，倒倒开水，我就很知足了。”③ 这的确是残酷现实的写照，而这些与读者（网友）的频繁互动与交流无疑加强了所书写的生活场景的真实存在性。其次，“非故事性”的日常书写与社会杂感的随时穿插也强化了其社会实证性。它不像“新‘青楼’写作”的小说叙述那样编织有头有尾的连续情节，而是对现实图景中日常生活流的碎片化拼贴，而且还随时关注社会时事，像六一儿童节这天写“儿童节快乐，愿天下所有的孩子都不再有辛酸的童年，愿所

---

① 张天景：《苦难的渲染与精神的剥离：底层写作的精神追问》，《陕西教育学院学报》（社会科学版）2009 年第 2 期。

② 黄盈盈：《反思 Gender 在中国的知识再生产》，《社会学评论》2013 年第 5 期。

③ 《失足妇女若小安爆红　惊艳文字可跟知名作家 PK》，2011 年 8 月 25 日，http://bbs.cnhubei.com/thread-2409130-1-1.html。

有的成长都不那么疼痛”①。这种文人作家或许只是随手一写的东西，放在“小姐写作”中大家便会觉得很惊奇，一方面对其身份信以为真疯狂转帖，另一方面则是无限同情她的命运遭际，连带着同情关爱“小姐”这一特殊女性类群，这与网络之外主流社会对这一类群的鄙视、取缔形成鲜明对比。如果说新世纪以来第一人称、自传体、经验性书写这一文体形式仍体现了其鲜明性别政治意涵的话，那么笔者认为行业写作中的“失足妇女若小安”事件则体现出了一定程度上的女性声音。

当然，“若小安事件”的复杂性在于这件事最终被证明是一个网络时代的乌龙事件，“若小安”被杭州警方证实并非“失足妇女”，真实身份是浙江某刊物主编林某某，大学学历。最令人大跌眼镜的是“她”是一位男性，而且是为人夫的已婚男性。林某某自称是“模仿外国文学作品”进行的纪实性文学创作。② 从文学创作角度，这与本章前面分析过的《妇女闲聊录》有点类似，都是“拟‘他者’叙述”，而从其传播的以假乱真的效果来看，其在“拟‘他者’”的程度上似乎比《妇女闲聊录》更为成功。不过，“失足妇女若小安”事件最后被定性为一场社会事件，警方出动查明真相后要求林某某关闭微博并对其进行一定处罚。读者（网友）的反应也堪玩味，有的认为被伪装成“若小安”的林某某欺骗了感情，气愤不已；有的却在震惊之余为林某某辩护，质问警方他究竟犯了什么罪。他们甚至参照西方某些为性少数人群鼓与呼的激进女性主义观点③，以“非罪化”立场看待林某某化身“若小安”的行为及“若小安”所从事的行业本身。

目前，“若小安”在热点频出的互联网上随着其真实身份的曝光已沉寂下去，但“她”以假乱真的自我书写与亲历性表达对“小姐”群体所做的文化模塑却不能抹杀。作为一个“有文化”“有思想”的失足妇女，“她”超出了一般卖淫女的认知与表达水平，也带有一定程度的文人想象成分，但是比起通常的“新‘青楼’女性”书写，“她”提供了一幅更加

① 《失足妇女若小安爆红　惊艳文字可跟知名作家 PK》，2011 年 8 月 25 日，http://bbs.cnhubei.com/thread-2409130-1-1.html。

② 吴杰：《微博失足女“若小安”是个已婚男，网友很崩溃》，2011 年 9 月 29 日，http://news.sohu.com/20110929/n320882028.shtml? 1318396136。

③ 美国女性主义学者盖尔·卢宾说：“应以下列标准来评判性行为：伴侣对待对方的方式，相互关心的程度，有没有强迫性，以及某种关系所能提供的愉悦的数量和质量。无论是同性恋的还是异性恋的，是一对一的还是群体的，是商业性的还是不要钱的……”（参见佩吉·麦克拉肯主编：《女权主义理论读本》，李银河译，桂林，广西师范大学出版社，2007，第 407 页。）这是一种执着于从性行为本身而非外在于它的社会意义来界定性价值的观点，是西方某些国家将包括“小姐”从事的行业在内的边缘性行为做非罪化处理的性学基础。

真实、日常、原生态的图景，这一点是毋庸置疑的，否则也不会被人信以为真并引发线上与线下的轩然大波。在这其中，第一人称、“‘我’叙述”、个人型叙述声音、自传体方式是关键性的文体要素，因为只有这种内视角的个人发声，才能避免某些先入为主的意识与道德偏见，通过借用“第一人称权威”，营造非虚构的自传效果，并使个人型叙述声音的权威——“建构并公开表述女性主体性和重新定义‘女子气质’的权威”[①]——名正言顺化。在此意义上，第一人称“‘我’叙述”对边缘群体、边缘声音的表达起到了重要的作用，这便是其在女性主义叙事学意义上的性别形式价值。而这一点对于私人化写作相对沉寂的新世纪文坛来说，是同样重要的。

当然，如同我们在前面已经提及的那样，“表述权威本身也取决于是否能够建构一种可信的叙述声音”[②]。以“我”为叙述人的个人型叙述声音要想达到有感染力、说服力的“话语权威”效果，还要与读者，至少大部分读者对日常感知相契合。《妇女闲聊录》所采用的木珍为叙述人的第一人称内视角言说方式，对于乡土中国来说之所以在给读者提供了一定陌生化和震惊感体验的同时，还引发了一定争议，并非是这种经验性叙述本身的问题，而是并未建立起一种令读者完全信服的乡土经验，至少部分读者对其呈现出来的“小说人物动作”持消极反应态度。而同样是“拟‘他者’叙述”，林某某借“若小安”之口的言说则能达到“以假乱真”的效果，是因为借“若小安”之口的自我文学塑造与不少人心目中的小姐场景相对吻合，并由此将之纳入了“行业写作”之列。可见，自传体亲历性叙述尽管有着先入为主的“第一人称权威”，但这权威不能滥用，尤其是模拟与自身经验、趣味相对较远的“他者”进行内视角叙述时，符合叙述人的身份、个性、气质对于内视角的亲历性叙述人来说，比之一般意义上的人物塑造似乎更有必要。

本章最后，回望第一人称自传体叙事在女性小说从新时期到新世纪的形式流变，会让人感慨万千。尽管起步并不顺畅，但从 20 世纪 80 年代到 90 年代，女性叙述人主体性的逐渐扩大、张扬却是毋庸置疑的，高潮期也产生了诸多问题，并孕育了新变的因子，21 世纪以来出现了从个人化写作向底层写作的转向痕迹。但始终没变的一点是，第一人称的自传体

① 〔美〕苏珊·S. 兰瑟：《虚构的权威——女性作家与叙述声音》，黄必康译，北京，北京大学出版社，2002，第 24 页。

② 〔美〕苏珊·S. 兰瑟：《虚构的权威——女性作家与叙述声音》，黄必康译，北京，北京大学出版社，2002，第 20～21 页。

“‘我’叙述”并没有退出女性小说舞台，依然发挥着其特有的文学感染力，并在业余、原创、非职业这样的文学边缘领域茁壮生长着。在这其中，既有农村妇女写作那样的土生土长、原生原创的第一人称叙述，也有木珍、“若小安”这样被文化人模拟、塑造出来的第一人称讲述人。应该说，以内视角讲述个人经验，尤其是边缘类群的边缘体验（比之相对客观化的第三人称叙述）更能够给人亲历性的震撼感，也是这种叙述方式广为流传的内在原因。正是这些个案文本或文化现象的出现，让我们得以窥见新世纪文学摆脱 90 年代的美学惯性向前发展的痕迹，以及在这一过程中的某些性别隐衷，而其所体现的女性主义叙事学意义即在于此。

第八章　叙事学视野下的身体写作：私人化写作落潮之后

作为一度是文坛焦点的“身体写作”，尽管在私人化写作落潮之后的新世纪文坛被谈论得少了，但这并不意味着其淡出了文坛，更不代表相关研究已经说尽说透了。如果我们承认将身体写作简化为性描写是一种懒人的惰性思维，那么对身体写作的研究也不应止步于私人化写作时期。依照社会学家特纳的说法，身体是一项社会学事业，其任务是“根本性地讨论身体的社会性，讨论身体的社会生产、身体的社会表征和话语、身体的社会史以及身体、文化和社会的复杂互动”①。丹尼尔·潘戴（Daniel Punday）在《叙事身体：建构身体叙事学》中则将身体同叙事学研究联系起来，关注故事内容中所蕴含的各种各样的身体，及这些身体对叙事文本中主题表达、人物形象塑造、审美意蕴等所起的作用。可以说，不同时期的文学是如何想象、处理、呈现身体的“文学身体学”命题，并没有随着个人化写作的落潮而落下帷幕，身体探讨在目前学界的相对沉寂，反而愈加显示出再研究的必要，尤其是文体形式层面的身体探讨在目前的学界十分匮乏。本章就从这一点出发，谈一下叙事学视野下的身体写作问题。

第一节　身体写作与身体叙事学

如果说身体写作在 20 世纪 90 年代的确成了一个文坛“显性”话题的话，身体叙事学的命题却始终没有引起学界的必要关注。这是因为彼时学界往往将身体写作与“美女作家”“下半身”等语词相联系，彰显的是一种道德、意识形态视角下的身体写作研究，而忽视了包括身体叙事学在内的其他层面上的身体写作研究。

---

① 转引自汪民安等编:《后身体:文化、权力与生命政治学》,长春,吉林人民出版社,2011,第 8 页。

一、身体写作：一个并未远去的话题

"性交似乎只是一项生物、肉体的活动，然而事实上它深植于一个更大的，由人类各种事务交织的脉络中，因此可以作为文化所支持的各式各样态度与价值的缩影。"① 凯特·米莉特（Kate Millett）的这种"性政治"学说自20世纪60年代诞生以来在国际学术界影响很大。谁的性，怎样的性，向谁言说及被谁言说的性等激发了对身体写作的集中关注，这在20世纪末个人化写作浪潮中体现得最明显。而21世纪以来，随着个人化写作的落潮，身体写作似乎也已成了乏人问津的"昨日黄花"，有关这方面的研究近来比较沉寂就是一个鲜明的例证。但事实上，身体写作在当代文坛绝非一个远去的话题，身体写作沦为负面性指涉本身就是学界未充分探究其学术内涵的一个表征，具体来说，笔者认为其主要体现在两个层面：一是对身体叙事所体现的性自由派主张缺乏深度文化索解，在有效对抗隐藏着男权视角的主流意识形态方面未体现出应有的学术冲击力；二是在身体写作的文本索解方面仍有进一步拓深的空间，尤其是结合身体叙事学的理论探讨，从叙事形式层面进行的身体写作文本细读目前还是当代文学界的一个薄弱环节，甚至研究盲区。

按社会学家的分析，西方女性主义在性问题上分为激进派和自由派两大类别：前者反对性（anti-sex），致力于压抑男性的性能量；后者赞成性（pro-sex），看重释放女性的性能量。前者会导致女性客体化的男权主义性实践，后者则鼓励超越社会所认可的性行为规范，坚决反对将性行为划分为政治上正确和不正确的两大类。前者接近礼俗社会的社区价值，后者接近法理社会的个人价值。② 20世纪90年代的身体写作论争尽管研究者众，但其内在学理精神基本是这两种性观念的话语延续或博弈，或是从挑战社会禁忌出发张扬女性身体写作的社会性别价值，或是将其指认为一种迎合男性欲望与商业逻辑的媚俗写作，或是从其发展历程来看将陈染、林白等的前期身体写作看成挑战性的女性主义写作，而卫慧等的后期身体写作则视为沉沦的身体写作等。从身体写作的文本实绩来看这些或许不无道理，但在各种批评之声中，身体写作在20世纪末的过早落潮，却使得原本可以更丰富的社会性别探讨在文学研究领域没有继续深入下去，尤其是

① 转引自宋素凤：《多重主体策略的自我命名：女性主义文学理论研究》，济南，山东大学出版社，2002，第48页。

② 参见李银河：《女权主义与性问题》，荒林主编：《中国女性主义（2004春）》，桂林，广西师范大学出版社，2004，第167～168页。

女性通过性来自我赋权的性自由派主张在一片“走出自我，走出身体”的呼声中几乎没有立足之地。

西方对埃莱娜·西苏（Hélène Cixous）身体写作主张的争议，主要是围绕其是否与生物主义或本质主义相连，及将“阴性”与非理性、原欲流动联系起来是否又陷入了菲勒斯二元对立框架之中等[①]，是不同派别的女性主义论争，壮大了身体写作的声势。而中国的身体写作论争主要围绕“看”与“被看”的外部文化机制展开，内在学理探讨则相对浅表，如“我的身体我做主”何以可能？性快乐表达需要怎样的文学修辞？身体写作的污名化有没有加重性话语基础上的“社会性别”意识的污名化？身体写作的政治性与消费性的话语边界在哪里？如何进一步提升身体写作的水准以达到舞台剧《阴道独白》那样令人震惊的身体写作效果？这些问题今天已没多少人去认真探究了，非但如此，对于身体写作被简化为色情/情色文艺的现象，学界也似乎无心或无力回应。

事实上，不要说身体写作作品是不是色情品本身需要讨论，即使对于色欲出版物本身，西方女性主义也并非都是坚决反对、取缔，反而是形成了不同派别之间的鲜明学术论争。像安珠亚·多克音（Andrea Dworkin）的《色欲出版物：男人拥有女人》（*Pornography：Men Possessing Women*）指出，色欲出版物的写作、发行、制造、传播等都表达了男性的权力，构建了情欲领域的意识形态，体现了男性的绝对统治和女性的屈从地位；而奥缀·洛德（Audre Lorde）的《色情的用途：色情作为力量》（*Use of the Erotic：The Erotic as Power*）则认为色情欲望是对自我力量的肯定，色情的力量根植于没有被表达和认知的感情中，但传统社会只认可男性的性权力，女性在性领域中的主体性被淹没，女性应创造性地运用、分享自己的欲望，以色情的力量充实自我，颠覆男权文化的遮蔽与压抑。对于这些尖锐的异域理论，尤其是“色情作为力量”的观点，中国的社会学界并不陌生，学者们针对网络资讯中的色情话语对“性权主义”有着积极的正面讨论[②]，在那里性自由派并没有缺失。相比之下，中国文学界的身体写作论争似乎并没有如此开放和多元。联系到本书第二章所讲的个人化写作论争中主流学界对个人主义伦理的普遍警惕，以及新世纪以来身体写作在

---

① 参见宋素凤：《多重主体策略的自我命名：女性主义文学理论研究》，济南，山东大学出版社，2002，第141页。

② 参见陈亚亚：《基于互联网的观察与思考：女权主义反对怎样的性？》，黄盈盈、潘绥铭主编：《走向性福——第四届中国性研究国际研讨会论文集》下册，高雄，百骏文化出版社，2013，第193～194页。

文本中的相对沉寂，我们说身体写作论争中的确存在与道德话语相联系的主流伦理（“礼俗社会的社区价值”）太过强大，而性自由派主张（“法理社会的个人价值”）的声音则十分低弱，而且似乎越来越低弱的现象。这一方面影响了从被压迫的性这一角度进行的女性主义“社会性别”探索，另一方面也不利于从叙事学角度对身体写作进行的深度文本分析。

二、文学中的身体与身体叙事学

人的身体表达，一如布莱恩·特纳在《身体与社会》中所言，一直是社会学、文化学的存在，而非超越性映像。如果说上述对于身体写作论争的梳理更多是从性别意识形态角度进行的话，那么其对中国文学的意义显然并不止于理论化的性政治层面。文学研究学者陶东风曾指出，身体是否及在多大程度上与社会文化紧密相连似乎是一个不言而喻的话题，我们讨论问题的重点或关键应该是“不同时代的文化以及文学是如何处理与呈现身体的”[①]。这是一种有力的理论警醒。因为“不同时代的文化以及文学是如何处理与呈现身体的”所表征的不是理论性的空泛论争，而是要深入身体写作的文本肌理，探究身体写作何以生成、以何表达、以怎样的文体形式进行言说的问题，这里牵涉到的学理性命题便是本章主要谈论的身体叙事学。

作为一个叙事学概念，“身体叙事学”最初由美国普渡大学的丹尼尔·庞德（Daniel Punday）提出，弗吉尼亚大学的彼得·布鲁克斯（Peter Brooks）对身体在文学中的作用也有过深入的论述。他们的代表作分别为《为情节而阅读：叙事中的设计与意图》（*Reading for the Plot: Design and Intention in Narrative*）、《身体活：现代叙事中的欲望物件》（*Body Work: Objects of Desire in Modern Narrative*）、《叙事身体：通往身体叙事学》（*Narrative Bodies: Toward a Corporeal Narratology*）等。不过，因为这些著作主要是从西方学界盛行的精神分析理论、形式主义叙事学分析等角度进行的身体研究，所具体剖析的文本亦多为西方19、20世纪的叙事文本，有的还没有相应的中译本，所以与中国学界熟悉和关注的议题尚有一定距离。而中国的相关研究并没有生搬硬套西方理论，而是从自身文学语境出发，努力践行“中国式”身体叙事学。在笔者看来，这种“中国式”身体叙事学是与女性话语联系在一起的，其主要特征体现在以下几个方面：

① 陶东风：《当代中国文艺思潮与文化热点》，北京，北京大学出版社，2008，第346～347页。

第一，注重政治、文化层面的身体叙事学。以人性、个性、主体性等话语相号召，20 世纪 80 年代以来文坛从人文主义、启蒙主义角度理解的"身体"在场，为女性主义的身体写作奠定了一定理论基础。玛利亚姆·弗雷泽（Mariam Fraser）曾言，身体的出场隐喻了个体"为了（向着诸如智慧、美德和真实性之类的渴望状态）转变自己"的深度需求，是"将个体结构为精神自足的主体"的重要因素。① 张贤亮《男人的一半是女人》、王安忆"三恋"等 80 年代的身体写作在文坛引发的热议，主要是在政治、权力、消解宏大叙事等文化层面，唯其如此，才能缓解被政治化、阶级化、革命化操控的身体修辞给人们带来的肉身空洞感。20 世纪 90 年代个人化写作高潮期女性主义的身体写作可以说是这种身体叙事学的自然延续，其在身体写作中添加政治的、美学的、道德的、性别的、消费的等各类文化元素，不断造成身体写作的意义增值，而研究则是对这种增值的阐释。这与福柯说的暴露身体和谈论身体本身就是一种权力、一种各方力量争夺话语权的实践策略可谓不谋而合。这种身体写作研究是针对身体写作的具体指涉内容做"加法"的研究，因此可以称之为政治、文化层面的身体叙事学，其特别注重身体的意识形态属性，纠结于身体的文化意涵，这一点在同时期的西方文学中体现得并不是如此明显。

第二，对身体欲望使故事情节得以发生、延展的叙事动力学层面的身体写作亦有一定关注。庞德的《身体叙事学》谈到人物的身体成为文本阅读与评价的途径，即"叙事时通过文本与读者的各种交流方式把人物身体的含义戏剧化"②。故事的意义需要情景中的身体参与才能完成，或者身体的动态状况直接影响着叙事进程。在此层面上的身体叙事学回到了身体写作的原点，像郁达夫小说中主人公不时出现的风寒、肺结核、神经衰弱、脑出血等身体症状，《男人的一半是女人》中主人公章永璘的性无能（阳痿）及其治愈的过程，《莎菲女士的日记》中主人公莎菲身体的病弱（咳嗽、伤寒，不断吃药、打针）与欲望强大（对凌吉士的情欲迷恋）之间的奇妙反差等，这些身体细节都对故事情节的进展、人物形象的塑造、主题的意蕴表达等起到了鲜明的促进作用。而中国学界有关疾病叙事、傻子叙事等的分析业已在现当代文学研究领域展开，基本就是在这一层面的身体叙事学分析。另外，叙事形式、叙事方式与身体行为之间的指涉关系

① 参见〔英〕玛利亚姆·弗雷泽：《波伏娃与双性气质》，崔树义译，北京，中华书局，2004，第 22 页。

② 转引自欧阳灿灿：《叙事的动力学：论身体叙事学视野中的欲望身体》，《当代外国文学》2015 年第 1 期。

也催生了叙事动力学意义上的身体写作研究。像罗兰·巴特（Roland Barthes）将叙事悬念所造成的阅读快感同脱衣舞表演制造的身体快感相联系，认为脱衣舞与叙述悬念引起的快乐有相似之处，有种“真相逐渐揭示”的过程，“希望看到性器官（中学生的梦想）和理解故事的结局（浪漫性的满足）”[①]。而有关作者的身体、读者的身体等对文艺创作效果具体影响等的研究也是在这一层面展开的。相对而言，中国学界对叙事动力学的探讨与长于精神分析研究的西方学界相比尚相对薄弱。

第三，叙事学视野中身体写作的文本分析尚有进一步加强的研究空间。叙事学侧重于从叙述人、叙述视角、叙述距离、叙事结构、叙事时间、叙事空间等角度对叙事文本进行形式分析，其理论基础是在西方从19世纪就兴起的有着深厚传统的形式主义批评。比如，身体写作的意义由于叙述视点的不同而发生微妙的变化，被叙述的身体由于叙述人叙述语气、叙述距离、叙述方式等存在差距而产生文化审美意蕴上的差异与多元等。这些问题同样是身体写作的重要研究维度，只不过在身体写作引发热议的20世纪末，研究关注点更多纠结于写不写身体、写到哪种尺度为宜、先锋的身体写作还是商业化的身体写作等伦理、道德问题，客观深入的叙事学意义上的身体写作探析还相当匮乏。本章中，笔者欲从经典叙事学视野下的身体写作阐释入手，结合女性主义叙事学的相关性别权力理论，对“被叙述的身体”这一问题进行具体细致的学理分析。

第二节　怎样的身体、谁叙述与怎样叙述的身体

在20世纪末针对身体写作的各种争议、非议中，将身体写作与消费主义、情色（乃至色情）话语相联系是学界的策略之一。有学者曾直言，某些作家往往于半推半就的暧昧中活用了色情与文学间的张力，“尽管诉诸性感化的身体，但却以美学的名义拒绝承认自己是色情的，自相矛盾地要求人们用文学漂白她们的色情幻象”[②]。对于色情/情色文艺与女性主义的关系，本章第一节中已在理论上有所论及，此处恕不再提及。笔者在这里想说的是，身体写作之所以在某种意义上沦为负面性指涉，并不能完全归咎于写作者的写作姿态、写作伦理等，还与学界只针对身体写作的写作

① 转引自欧阳灿灿：《叙事的动力学：论身体叙事学视野中的欲望身体》，《当代外国文学》2015年第1期。

② 朱国华：《关于身体写作的诘问》，《文艺争鸣》2004年第5期。

内容（描写的是上半身还是下半身，有无节制性等），并多采用道德化视角进行主流意识形态论述的相对单一化的阐释方式有关。在这其中，没有关照到身体写作的方方面面，最起码叙事学的研究方法在以往的身体写作论争中没有得到有效和充分的运用。

一、怎样的身体

在20世纪90年代的私人化写作潮流中，身体写作的焦点是女性身体，而且偏爱美丽、韵致、曲线玲珑、性别气质鲜明的女性身体，像林白《日午》中“脸像她身上的月白绸衣一样白……左一闪右一闪，妖冶动人”“在阳伞下只露出小半的脸，下巴像一朵丰满的玉兰花”的穿白绸衣的女人。陈染《与往事干杯》中“那皮肤白皙细嫩得可以挤出奶液，眼睛黑黑大大，黑得忧郁，大得空茫……忧伤的性情压抑不住一个风华正茂的少女胸前那两朵美丽的花朵如期开放……长发直直地披在肩上，与黑色的外衣浑然一体”的肖濛，更是一个执拗地纠结在烟雨凄迷的痛楚之中的美貌少女。应该说，私人化写作对女性躯体之“美”“魅”的自恋般展示是有其性别政治用意的。女人的身体女人写，从千百年来被男性作家主宰的女性形象塑造中夺回躯体肖像的书写权，以张扬女性美、女性本色的性爱体验、女性在性爱王国的卓越魅力的方式，提升异性恋结构中传统上居于“第二性”位置的女性地位，增强其掌控两性格局的主体性意识。这是一种与自恋主义联系在一起的女性主体性：以偏爱书写美丽灼灼、欲望灼灼的女性身体来表征女性形象的光辉，提升女性价值。弗洛姆说过，大自然赋予人类“自恋”的权力/权利，可以“促使人类为生存而从事必要的工作”①，“自恋本来是对自我保持本能的一种补充”②。自恋乃自尊的前提也是从这个层面而言的。

不过，正如自恋主义需要一个“度”，过度自恋会阻碍人融入社会，甚至会成为人自我认同、性别认同的障碍，女性胴体的唯美主义书写与躯体感受的浓墨重彩铺排一样也会产生某些问题：（1）容易脱离真实的女性身体状态，落入自夸与矫饰的误区；（2）迎合了男权文化的窥视欲望，无益于“看”与“被看”的悖论的解决。海外学者康正果在谈到女性乳房的文化再现问题时说，要“提供更接近女人身体和感受真相的乳房形象……突破男性的单一模式，表现乳房的多种形态：既有肥胖的，也有瘦小的；

---

① 〔美〕埃里希·弗洛姆：《人心》，孙月才等译，北京，商务印书馆，1989，第61页。

② 〔美〕埃里希·弗洛姆：《弗洛姆著作精选——人性·社会·拯救》，黄颂杰主编，上海，上海人民出版社，1989，第688页。

既有年轻的，也有衰老的……乳房中平淡灰色的一面，甚至有意向公众暴露它的病态和残缺”①。这种消解传统的女性美、颠覆男性视角的色情味的身体写作在20世纪90年代私人化写作浪潮中是较为少见的，彼时的身体书写出现了自恋主义风潮下的女性“拜美”景观，以性别魅力的彰显建构女性主体地位的女性主义理路，其中则隐含了自恋主义想象与现实生成图景、自然肉身基础上的女性“魅力”与女性“主体性”、“女性的写作”与“男性的阅读”之间的三重悖论。②

新世纪以来，身体写作在曲折中向前发展。一方面，作为整体的身体写作潮流回落了，但文学作品中的身体书写并未中止，呈现出个性化、零散化、多样化发展的态势；另一方面，着力突出身体光彩照人一面的“拜美”式身体写作回落了，体现了身体书写的多元、繁复形态，尤其是出现了“不美”状态的身体叙事与“自由、自主”的身体伦理，颠覆男性中心程式的姿态也不再像20世纪90年代先锋写作那样具有某种表演性的偏执和激进，而是融进了叙事的肌理，以叙述视点的多元性与流动性体现本真的女性声音。

或者说，不美的身体、残缺的身体、男性的身体等20世纪90年代私人化叙事潮流中较少出现的身体写作在新世纪以来渐次出现了，除了基本实现了身体样貌的自由、本真、多元的文学表达外，叙述视点也繁富丰盈起来，除了自我聚焦的自看、自审外，也有“他/她”聚焦的“他/她‘看’”，还有聚焦他人身体的“‘看’他/她”等。

> 当我注意到我身体的时候，它已经老了，无力回天了
> 许多部位交换着疼：胃，胳膊，腿，手指
> …………
> 还好，一些疼痛是可以省略的：被遗弃，被孤独
> 被长久的荒凉收留③

这是农妇诗人余秀华诗歌《我以疼痛取悦这个人世》中的片段。作为一个患有脑瘫的农村妇女，余秀华并不规避自己身体的病态和残缺，她用

① 康正果：《面对乳房》，《书城》1999年第7期。

② 参见孙桂荣：《性别诉求的多重表达——中国当代文学中的女性话语研究》，北京，人民文学出版社，2011，第244～248页。

③ 《余秀华的诗歌作品10首》，2019年4月24日，http://www.360doc.com/content/19/0424/11/35607857_831095751.shtml。

"老""疼痛""荒凉""被遗弃"这样一些意象来形容自己的身体。她的另一首诗《我养的狗，叫小巫》则直接写出了其跛脚的残疾，"我跛出院子的时候，它跟着"，"我跌倒在田沟里，它摇着尾巴"……这些与疾病为伍的孱弱、黯淡、残缺、困厄的身体叙事，在女性文学史上是比较新鲜的。因为此前的女性主义诗歌与小说类似，也是风行欲望化的女性身体书写，像伊蕾《独身女人的卧室》中"顾影自怜……臀部紧凑，肩膀斜削/碗状的乳房轻轻颤动……"，翟永明《沉默》中"你/从容有如美不胜收的磷火/你的光使月亮无法给你投下影子"，唐亚平《黑色沙漠》中更是直接宣称自己是"尤物"，"我是想似睡非睡地在一切影子里玩游/真是个尤物是个尤物是个尤物/我似乎披着黑纱煽起夜风"等，不一而足。相形之下，余秀华对自我残障身体如实呈现，并由此窥探生存的艰辛与人性的荒凉，使其诗歌平添了很多现代主义的意义深度与沧桑况味。

衰败、病态、孱弱、残缺的身体意象也出现在了对男性的身体书写中。男性身体意象在男权社会与传统理论中一直居于优越位置，弗洛伊德有关阉割焦虑与阴茎钦羡的说法将女性置于膜拜男性身体的境地，而其后的精神分析学家拉康则以男性身体的关键部位——阳具，作为主体生成的重要载体，并由此阐释男女不同的性别获得途径。拉康说两性之间的关系，"将围绕在'做'与'有'这个概念上，它们都指涉一个能指——阳具，却有相反的效果。一个是在这个能指上给予主体一个实在，另一个是使这个关系'虚化'，以被意指"。一般情况下，女孩选择"做阳具"，男孩选择"有阳具"，"对女人而言，'做'阳具意味着反映阳具的权力，意指那个权力，'肉身具化'阳具，提供它刺穿的场域，以及经由'作为'它的他者、它的缺乏、经由辩证地肯定它的身份，来意指阳具"。① 拉康对阳具在男女两性之性别意识形成过程中的作用及其不同的性别获得之路做了言之凿凿的理论分析，给男性生殖器官赋予了特殊的文化含义。对于中国文学来说，以形象化的方式表述女性"做阳具"心理，并由对这一器官的膜拜来意指权力的不是没有，如苏童《妻妾成群》中众妻妾围绕陈佐迁性能力展开的各类活动等。不过，男性身体并不都是伟岸、权力的象征，女性在男性阳具面前也不都是"提供它刺穿的场域……经由辩证地肯定它的身份，来意指阳具"，新世纪以来，不少女性作家放弃了对男性身体的"奇观"式书写方式，黯淡、残缺、丑陋、鄙俗等更日常化甚至庸常化、病态化的身体意象出现了。像张翎《流年物语》中的男性身体多为丑

---

① 转引自宋素凤：《多重主体策略的自我命名：女性主义文学理论研究》，济南，山东大学出版社，2002，第111～112页。

陋的、令人恶心的。全力看见傻子的下体是“涨成青紫色的香肠模样的东西”，要与全力发生关系时的刘年由于紧张去了厕所，全力看到它是“一根半软半硬的东西”。源源看到的男孩用以耀武扬威的下体是细小苍白的“凉软的细豇豆”，而与黄奶奶偷情的外公的是“一坨涨成酱紫色的仿佛要随时炸裂开来的东西”，“癞蛤蟆”“流着脓的蚂蟥”“腌菜缸里的蛆”都没有男性的下体那样令人恶心。主人公刘年是个膀胱有问题的男人，其性能力是孱弱的，与精神分析大师所说的“阳具崇拜”似乎格格不入。比如这样的性描写：“撞击还没有开始，他的身体抽搐了一下，突然像扎了一个孔的车胎那样懈怠了下来。她感到了烫。一股温热的液体从他身上淌出来。”① 一个“淌”字昭示的是身体的无力感与心理的羞耻感，小说对刘年性行为的描写基本都是以“突然瘫软”而结束，将男性身体的虚弱与虚妄暴露无遗。

男性破败、残缺、病弱的身体在新世纪文学中逐渐多起来，是对20世纪90年代个人化潮流中身体写作的一个有力回应与补充，其有效消解了后者通常给人的感官化、情色化印象，而且体现了一定的女性主义立场。当然，从历时性上看，中国文学的话语谱系并不缺乏衰败、病态、孱弱、残缺的身体叙事，尤其在1949年之前的现代文学中，“老中国的病相身体”的意向在老舍的《二马》、郁达夫的《沉沦》、张资平的《冲击期化石》等中均有表现。但笔者看来，这些破败的身体叙事一般与民族国家话语相连，与彼时愚弱的中国形象相互指涉，更多是作为“民族寓言”而抽象性存在，这与个体意义上的身体书写还是有一定距离的。像《沉沦》中拖着羸弱、卑怯之躯，既不见容于日本同学和中国留学生同窗，也无法将自己的欲望真正投射到日本妓女身上的“他”，小说结尾时在海边遥望中国方向要自杀时所发出的“祖国啊祖国，我的死是你害的”的言论，将个人遭遇与民族国家伦理结合起来，男性私人化的身体写作最终升华为一则“民族寓言”。这固然拓展了文学的隐喻、象征空间，但对于身体意象本身来说却是另一种遮蔽，遮蔽了实体、个体意义上的身体景观。这些都在具象化、日常化、多样化身体的文学模塑层面，造成了一定程度上的审美模糊。个人化浪潮过后的新世纪身体写作，则在一定程度上弥补了这一缺憾。

二、谁叙述的身体

彼得·布鲁克斯（Peter Brooks）在其《为情节而阅读：叙事中的设

① 张翎：《流年物语》，北京，北京十月文艺出版社，2016，第145页。

计与意图》中曾说：“叙述者实际上更接近于窥视癖者，而不是看守，他们的位置是在锁眼里，而不是在瞭望塔里，在锁眼中他们看到的有一部分是模糊的。”① 这是对特定叙事者、叙事视角所提供的美学价值的论述。是的，叙述者概念的引入打破了全知叙述、全知判断的幻觉，让我们明白特定的叙述人只能有着特定的叙述眼光、叙述视角，中国古代文论中“草蛇灰线法”“背面敷粉法”“横云断山法”等诗性化的表述也含有这方面的意思。对于身体写作而言，因为其所涉及的受述对象是人的身体，不同叙述人、叙述视角、叙述距离的身体表述所传达的身体文化是有差异的，在此我们可以举几个典型案例做一下对比：

> 一开始多米还期待着出现她幼年自慰时所感到的快感与高潮……疼痛就像一种厚厚的粗布，把其他细腻的直觉统统遮盖住了……她觉得男人的动作总是不合她的心意，不如自己的手……意到手到，冷暖自知。②

林白《一个人的战争》中的这段身体描写曾被广为引征，展现了繁富、细腻、逼真、浓墨重彩的身体感受，是20世纪90年代身体写作的典型篇章。以多米为出发点的“我”叙述、第一人称视点使得这种身体写作有着设身处地的亲历性特点，率性自然的“原生态性描写”似乎成了此类写作的标签。这固然增强了其真实感，但也会在另一方面加深人们对女性作家笔下的艺术作品“不过是‘直觉’的产物，而不是‘艺术’的结晶”③ 的印象。因为从叙事学上说，自我故事讲述者的第一人称叙述发出的是个人型叙述声音，其能够以叙述视角的优势“统筹着其他人物的声音”，然而“却不具备作者型叙述声音那种超越具体人的优先地位”，作者型叙述者有着发挥知识判断的宽广余地，而个人型叙述者只具有对个人感受、自我经历的解释权等。④ “我”叙述层面上的身体写作因为写作主体与写作对象（身体）之间几乎没有相应的叙述距离，其只能叙述切身感受

---

① Peter Brooks, 1984: *Reading for the Plot: Design and Intention in Narratives*, Oxford: Clarendon Press, p.129.

② 林白:《一个人的战争》,2018年3月21日,http://www.bookdown.com.cn/read/2959_19.html。

③ 〔美〕苏珊·S. 兰瑟:《虚构的权威——女性作家与叙述声音》,黄必康译,北京,北京大学出版社,2002,第21页。

④ 参见〔美〕苏珊·S. 兰瑟:《虚构的权威——女性作家与叙述声音》,黄必康译,北京,北京大学出版社,2002,第20～21页。

基础上的身体细节，强化感官性直觉再现的效果，因此会弱化其艺术创造力，让（以男性为主体的）公众通过阅读获得窥视般的快感之余，还会因为将身体细节原样复现般和盘托出而需要承担“贩卖隐私”的风险。以《一个人的战争》为代表的私人化写作在学界引发的各类争议便是如此。

说到底，这是与第一人称、内视角的叙事设置相关的：叙述人化身为笔下的人物，无法让人看到必要的叙事距离，在营造真实、亲切氛围的同时也失去了以超越性姿态对所描写的身体对象进行品评、判断的叙述权威，甚至会被视为“不可靠叙述”，第一人称叙事有独特的“第一人称权威”（详见本书第六章第一节），但在现实层面的可信性、可靠性层面上却是有争议的，因为“现实中的读者只能通过叙述者自己的话语来推断隐含作者的规范和概念框架”[①]。充分人格化、个人化的叙述人只能以推心置腹的低姿态营造让读者“信以为真”的叙述效果，这对于其他类型的文学写作来说或许至多是个写作视域不够开阔的问题，但对于身体写作这样的敏感题材来说，其游走在先锋与情色之间的特性使其叙述的局限无形中被扩大化了，尤其在模式化、技术化、类型化之后。因此，身体写作在文学谱系中的沉浮变迁与其叙事形式有着某种内在联系，可惜这一点在学界已有的身体写作论争中探索得还不够。

新世纪以来，个人化、私人化叙事相对退潮了，身体写作在文本中的比重开始减少，但这并不等于说没有身体描写，其依然存在，只是在叙述策略、表达方式、美学趣味等层面上已与20世纪90年代私人化浪潮中的身体写作大为不同，而深究起来，这里也有叙事形式上的内在原因。

> 帐子上映着男人的半截影子，帐子凹凸不平……像是就要沉下去。她就是他的坟，他的葬身之地。他的肌肤摸上去，总觉得指头能触到隐约埋在哪里的沙粒。他看上去比他的影子都要狼狈……拿去了那些谦和跟威严，苍老纤毫毕现。[②]

这是迪安《南方有令秧》中对16岁的令秧嫁给老爷唐简时第一次性事的描写，不再是人物设身处地的自我表达，而是外在于人物的第三人称叙事，有着一望而知的作者型叙述声音。作者型叙述往往意味着全知叙述，其叙述视点并不拘泥于某一特定的人物，而是来自外在于文本虚构世

---

① 申丹：《何为“不可靠叙述”？》，《外国文学评论》2006年第4期。

② 笛安：《南方有令秧》，2022年4月8日，https://www.kankezw.com/du/31/31667/9776383.html。

界的“异叙述者”。相对于“第一人称权威”主要来自内心状态的自我归结，不需要行为观察或其他方面的证据来支持就可以自我指涉，“异叙述者”的话语权威则来自叙述视点不必固定于某一特定人物的自由游移，及可以随时品评人物事件叙述过程等的“超表述行为”之中。作为一种外在于文本的特殊存在，“异叙述者”的权力大于文本中任何一个具体的人物。在以上的例子中，视角游移现象就很明显。第一句对帐子的描写来自故事外的“异叙述者”，“她就是他的坟，他的葬身之地”可以理解为唐简的视角，而“他的肌肤摸上去……”一句转为令秧的感受，最后“拿去了那些谦和跟威严，苍老纤毫毕现”又可视为“异叙述者”的品评议论。这样的散点透视就像不断移动的摄影机在不同角度跟拍一样，比起前面分析过的《一个人的战争》中第一人称、内视角的身体写作，客观性在增强，外视角的场面白描与评价议论尽管针对的是身体、性，但因为并不总是从主人公的“共情”心理出发，也相对阻碍了读者设身处地体验小说人物处境、理解人物感受、投射自我心绪的移情共鸣能力。这样的身体写作降低了在想象中感受性体验的感官刺激，挑战禁忌的颠覆性效果随之下降，但也因此规避了此前的道德化苛责，这是叙述视点外移、游移、多样化、流动化的一个必然结果，也与私人化写作落潮后女性文学自觉调整写作姿态、转换叙事手法的努力息息相关。

关于第三人称叙述，叙事学研究者赵毅衡发现，“在第三人称叙述中，叙述主体意识‘侵入’人物主体意识，使人物语言超越人物主体的控制范围”①。从叙事学上说，第三人称叙述主体意识的“侵入”有着多种表达形态，一般认为可以分为叙述人对叙述形式的干预（指点）与对叙述内容的干预（评论）两种类型②，笔者认为对于这种叙述干预不能进行机械化理解，即并不是只有叙述人直接现身文本、发出自己声音，才构成对所叙述人物、事件的干预，叙述人以流溢着自身个性、情绪、气质、才情的言说风格去表现笔下的文学场景也能超越人物、事件自身的行为逻辑，演绎成叙述人的话语干预。叙述人的话语干预也会影响身体写作的阅读效果，请看刘震云《我不是潘金莲》中对李雪莲身体的描写：

> 李雪莲今年二十九岁，说小不算小，说大不算大；但李雪莲长得不算难看，大眼睛，瓜子脸，要胸有胸，要腰有腰，不然杀猪的老胡

---

① 赵毅衡：《究竟谁是“第三人称叙述者”?》，《西南民族大学学报》2016年第9期。

② 参见赵毅衡：《究竟谁是“第三人称叙述者”?》，《西南民族大学学报》2016年第9期。

见了她，也不会像苍蝇见了血……①

克莉丝·维登曾言："话语构成了一个作为主体的方式，也就是主体性的模式。"② 通常所说的"描写叙述化"便是如此，客观性描写被主观性叙述所遮蔽是体现主体性模式的一个维度，但这里所体现的更多是叙述人的个性、气质、才情、笑貌，而不是人物的。《我不是潘金莲》中对李雪莲身体的这个描写片段中，"说大不大，说小不小"，"要胸有胸，要腰有腰"，"像苍蝇见了血"，轻松、欢快、戏谑、幽默的语气透出的是一个有着古代说书人气质的叙述人形象。或者说借人物/故事最大限度地展示叙述人一针见血、妙语如珠的话语个性构成了这种写作的主要特征，而作为言说对象的李雪莲身体在这种话语中成为一个纯粹"被叙述"的存在，其与读者之间隔了叙述人的距离。或者说经由叙述人这种言说方式的中介，读者往往会隔岸观火般地阅读、品评李雪莲的身体，而不会产生太多的移情、认同与带入感，自然也会规避某些情色方面的玄想与争议，也是叙述策略调整之后身体写作的美学趣味发生变化的一个例子。作为一个"被叙述"的女主人公，李雪莲在这部小说中尽管不乏心理活动的展示，但以她作为叙述人与聚焦者去观察、评测、审视他者世界，努力争取读者认同的情形并不是太多，这也是李雪莲整体上给人一种偏执、较真的农妇形象的叙事学原因，乃至于其一般被认为是"一个非典型上访者"，美学意义似乎大于社会学意义，其女性声音的表达也不是太鲜明亦源于此。

除了一般意义上的第三人称叙述，新世纪以来还出现了傻子叙述、物体叙述等相对特殊的身体写作方式，其叙述主体、叙述视点的殊异性对身体写作的美学效果也产生了一定影响。像林白《万物花开》将叙述权交给了脑子里长了"五个瘤子"、被预言活不过14岁的大头，一个别人给3000块钱就替人承担了杀人罪名的乡村智障儿。小说用"傻子叙述"的方式将一个粗陋、混乱、颓败的乡村故事叙述得神秘、诡异、妖娆、绚烂。这部作品尽管在写作对象上从知识女性的喃喃私语转向了广袤的乡土世界，但在美学格调上还是承袭了林白以往风格，这也是其与有意识使用乡村修辞的《妇女闲聊录》的最大区别。比较起来，"傻子叙述"是这部小说的一个有意思的地方（本书第六章第三节曾对其有翔实论述），以不

① 刘震云：《我不是潘金莲》，2018年3月21日，http://www.360doc.com/content/15/1109/09/17505870_511824873.shtml。

② 〔英〕克莉丝·维登：《女性主义实践与后结构主义理论》，白晓红译，台北，桂冠图书股份有限公司，1994，第98页。

合情理的“痴傻叙述”构建文学的修辞性世界，在《喧哗与骚动》《尘埃落定》《秦腔》等其他中外文本中也有体现。在此专门就《万物花开》的身体写作进行探讨，笔者认为“痴傻叙述”在这里带来了叙述人的非理性与叙述视角的破碎与含混，而其身体写作由此出现了夸张、过剩、神秘、荒诞的诡异气息：

> 我脑子里的瘤子特别活跃，好像又回到了大棚的现场，在黑暗中我的眼睛闪闪发亮，我说，小梅的奶罩上有很多金色的碎纸，两个一百瓦的大灯泡一照，闪着金光……她的身上长出了珠宝，在灯光下闪闪烁烁，她那奶坨子也沾了些发亮的纸屑，一颤一闪，一闪一颤。大家看得眼珠子都掉出来了，眼珠子纷纷跳出来，人都被定住了，眼珠子自己往台上飞，后面的挤着前面的……①

作为一个在心智上存在一定缺陷的“不可靠叙述者”，大头引发的是一种病态/变态叙述。一方面，借助“瘤子”的存在，“我”不无夸大、刻意地张扬着自己肆无忌惮的欲望，在以上所引段落中省略号指代的几乎全是对小梅进行俗艳的脱衣舞表演（“跳开放”）时的渲染铺排，这有点类似于20世纪90年代细节化、感官化的身体写作，甚至有过之而无不及；然而另一方面，同样由于“瘤子”的存在，感官化的欲望气息往超常态的神秘、玄幻、诡谲方向发展，具象被铺排成抽象、肉感被渲染成弥散一切的性感，像“大家看得眼珠子都掉出来了，眼珠子纷纷跳出来，人都被定住了，眼珠子自己往台上飞，后面的挤着前面的”等意象修辞所营造的诡异幽幻气息。可以说，在林白的作品谱系中，《万物花开》中的身体写作既不像《一个人的战争》那样日常、实在，也不像《妇女闲聊录》那样素朴、简约，而是繁华与苍凉齐飞，活色生香与奇冷怪酷并存，各种无法弥合的矛盾存在于叙事的肌理中。这是与林白将大头既写成一个心智不健全的傻子，又想让他成为富有洞察力与预见性等超越性能力的“智者”这样一种奇怪的叙述人设置相关的。

三、怎样叙述的身体

对于身体写作的叙事学考察，除了叙述人、叙述视角外，还有叙事距离、交流模式、语言方式、话语功能等其他不同的侧面，这些都能影响到

① 林白：《万物花开》，北京，人民文学出版社，2003，第7～8页。

身体写作的美学效果。或者说，由于叙事距离、交流模式、语言方式、话语功能等形式要素的形态各异，身体写作也呈现出了异彩纷呈的多面性，并由此体现出不同的女性声音表达。这是习惯于将身体写作与个人化叙事相联系的学界较少关注的环节，而这些层面也为“被叙述”的身体的考察提供了新的分析资源。

20世纪90年代的身体写作往往给人自恋、自怜、自视、自赏的感觉，这也是与其通常的回忆性视角、自传体方式、碎片化结构等形式要素相联系的，因为第一人称回顾性叙述中的经验自我与叙述自我尽管从理论上来说是不同的“我”（经验自我是小说中的人物，叙述自我则是小说的叙述人），但在实际作家的写作中，这二者往往混淆在一起，像陈染所言，“我从出生就开始了回忆，我从出生就学会了回忆，我从出生就没停止过回忆”，在一种不无偏执（一出生的婴儿不可能有清晰的逻辑与回忆能力）的忆旧情绪中，身体写作也是某种程度上对叙述自我的抚摸，或者说经验自我的身体经由叙述自我写出来的过程也是在记忆的想象中再次历经身体再现的过程，这种双重“历经”无疑会加重身体写作的自恋、自怜、自视、自赏意味。也就是说，伤感的自恋主义身体写作与第一人称回忆性叙事有着某种内在的联系。而一旦打破这种单一的经验主义写作方式，身体写作的美学格调可能就会发生某些变化。

比如受述者在文本内的现身会在一定程度上增强身体写作的“‘他/她’视”“‘他/她’审”的意味，扩大身体写作的面向和维度，在一定程度上降低身体写作的自恋主义伤感况味。普林斯认为：“任何一个叙事文本至少有一位叙述者，因此，也应该至少有一位受述者。”① 不过，受述者不一定在文本中公开出现，作为文本中的人物公开出现的是受述者的显性存在，否则便是一种隐性存在（类同于隐含读者）。比较起来，受述者的隐性存在（不在文本中出现）使得文本直接与故事外的读者交流相对简单一些，而其显性存在则是将文本意涵经由受述人的中介传达给文本外的读者，这便有可能会造成某种意义上的变化或增值。这一点对身体写作来说同样适用，请看林奕含《房思琪的初恋乐园》中的一段描写：

> 我必须写下来……我下楼拿作文给李老师改。他掏出来。我被逼到堵在墙上。老师说了九个字：“不行的话，嘴巴可以吧。”我说了五个字：“不行，我不会。”……我对老师说：“对不起。”有一种功课做

① 转引自申丹、王亚丽：《西方叙事学：经典与后经典》，北京，北京大学出版社，2010，第80页。

> 不好的感觉。
>
> …………
>
> 怡婷读着读着，像一个小孩吃饼，碎口碎口地，再怎么小心，掉在地上的饼干还是永远比嘴里的多……隔着眼泪的薄膜茫然四顾，觉得好吵，才发现自己干干在鸦号，一声声哭像狩猎时被射中的禽鸟，一只只声音缠绕着身体坠下来……①

《房思琪的初恋乐园》是林奕含少女时期被一个补习班老师诱奸后书写的真实心路历程。该书于2017年2月出版，当年4月27日林奕含自杀身亡。这里只是分析一下其身体写作受述人的美学作用。书里书外人物与原型的高度叠合引发了台湾社会的强烈关注。林奕含父母在她死后的声明中直言："书中的女主角，思琪、晓奇、怡婷等人，都是她一人的亲身遭遇，但她为了保护父母和家庭，才隐晦分写。"岛内知名补习教师陈某星则遭到了公众愤怒的指责。② 从书里书外的种种迹象来看，这部小说是自叙传体式无疑，但其在叙事形式上却没有将通常的主人公第一人称回忆性叙述贯穿到底，而是采取了全知叙述、旁知叙述、嵌套叙述、日记与书信穿插等多元叙述方式。以上引用的这段很重要的身体描写，是出自房思琪的日记，而引领读者阅读这些日记的是其好友怡婷，阅读语境则是五年后房思琪发疯了，怡婷到看守所探望时警方提供的思琪日记。怡婷是日记的受述者，一如前面所言，受述者文本内的现身会形成意义的"中介"，将隐含作者与隐含读者之间的交流个性化和复杂化了。日记的文字本身冷静、凝练、简约，只有事件的白描叙述。但是，日记的受述人怡婷的反应却将这段身体写作简单文字背后被压抑的情感还原了出来，吃饼的比喻非常传神。尽管怡婷是房思琪"灵魂的双胞胎"，而且是五年后读到她的日记，但13岁女孩第一次遭诱奸的痛楚、惶恐、疑惑、不知所措的"溺水"心理，18岁的怡婷也未必完全读懂，更何况不明就里的怡婷当时对房思琪与李老师的关系还有微妙的嫉妒心理。"掉在地上的饼干还是永远比嘴里的多"就此对怡婷心理做了委婉的说明，交代了日记里简短的身体叙事背后的复杂情绪。而接下来有关"鸦号"的比喻则一改日记中敛抑、自控的文字风格，将为友人不平的愤怒、伤痛情绪满满地表达了出来。可以说，尽管日记主人公房思琪因性侵罹患抑郁症而发疯，但这段身体写作并

① 林奕含:《房思琪的初恋乐园》,贵阳,贵州人民出版社,2020,第24～26页。

② 参见《台美女作家林奕含自杀案始末:从畸恋到毁灭,补习名师终获不起诉》,2017年8月24日,https://www.sohu.com/a/167003921_161795。

没有此类题材惯常的控诉情绪，更没有私人化叙事的自恋、自怜意味，其文字本身是简单朴素的。但是，它所引发的情感并不寡淡，这是与受述人的设置相关的，其女性主义立场也是在受述人对故事刨根问底的逆推过程中逐渐显现出来的。

除了通过叙述人、受述人、叙述语境等的设置来为具体的身体写作增添美学意涵，近年来的身体叙事在话语方式上也与私人化写作时期事无巨细的感官化铺排有了一定差别，肆无忌惮的直接性、体验性书写似有热度下降趋势，不少人开始通过意境、意象的营造，以隐喻、拟人等含蓄的文学性修辞进行间接的身体感受与性体验的书写，这一点在“80后”女作家笔下体现得更明显一些。这是张悦然小说《誓鸟》中春迟与骆驼做爱时的身体描写：

> 他按住她，携她翻越最高的山峰，那是有飞鸟和桃花的地方，是人间仙境，谁也无法抗拒……瀑布从山顶飞溅下来，流进最隐秘的溶洞里。她听见泉水打击岩石的声音，那声音圆厚而悠长，宛如经历了一个瓜熟蒂落的过程。[①]

这是一段用繁复的隐喻、暗示、象征、复沓等修辞手法叠加起来的身体/性的表达，似乎又回到了欲说还休、意密体疏的古典审美的身体叙事。耶鲁大学的康正果先生曾言，中国传统绘画、诗词歌赋中的情色往往是一种“暗示的关系，是恍若要向背景远退而去的姿态，它把你无处落实的注视阻止在界限之外，使你产生忧思和怅惘……‘意似近而既远，若将来而复旋’，挑起欲望，随即又把它打消，如此迭相变换下去”[②]。是的，隐喻修辞性的身体写作涤荡了世俗意义上的感官化铺排，并增添了浪漫唯美的古典情调。《誓鸟》在扉页上赫然写着“记忆如此之美，值得灵魂为之粉身碎骨”，也是极力张扬其所表达的华丽忧伤氛围。总的来说，这种“无性之性”的身体描写在文字风格上符合《誓鸟》的整体格调，但在情感风格上却和该小说其他部分的身体描写，尤其是那些血淋淋的身体残酷叙述构成某种奇怪的反差。像小说对春迟戳瞎自己双眼（“她用衣服缠住手，慢慢地捏起铁针，一寸寸向眼睛靠拢……她的手向回抽了一下，用力地刺下去，针陷入柔软的眼仁里，迅速被包裹住，升起一团白烟，她被一阵钻心的刺疼击倒在地”）、剥掉自己指甲（“她把双手浸泡在白醋里，等指甲

① 张悦然：《誓鸟》，北京，光明日报出版社，2006，第91页。

② 康正果：《身体和情欲》，上海，上海文艺出版社，2001，第9～10页。

软了，她用刀和镊钳将指甲从肉上剥离下来，一片，两片，三片……”[①]）的描写，冷静、残忍、直白，并没有多少隐喻性修辞。这种忽而唯美又忽而唯冷唯酷的身体写作也是一种极端化叙事，只不过其已不再是20世纪90年代个人化写作自恋、自怜、自赏意义上的极端化身体书写，而是一种将颠覆、破坏、故意的逆反等后现代情结融合进浪漫忧伤的古典主义情怀的不避极端性书写。这种身体写作在“80后”“90后”等新一代写作者那里还是有一定市场的，像郭敬明在《悲伤逆流成河》《梦里花落知多少》《左手倒影，右手年华》中的身体书写等，也存在某种程度上的诗性叙事与冷漠情感的奇异“混搭”式并置。这种叙述样式的身体写作与陈染、林白等执着于女性主义探索的身体书写是大异其趣的。

哲学家刘晓枫曾言：“现代人的形成意味着人的形而上学本质或实质性本质的解体，人只被视为各种自然生理和社会关系的总和。当人被设想为上帝的造物，人有其本质和确定的自性，有不可分割的身位性。然而，现代人的观念使这一切裂散了。”[②] 现代人观念的裂散也造成了叙事学意义上身体写作风格的裂变与离散，即使抛开叙事视角、距离、时空等具体叙事语境的辨析，仅就身体写作的叙事语言、风格而言，共时性层面上指向相对一致的“共名”特质在近年来的文学写作中也不多见，更不用说同一文本中也会有不同的身体话语指涉了。对于《誓鸟》中唯美与残酷共在的身体写作，笔者认为这是一种有意无意、主动被动地疏离以往经验性、自传性身体叙事伦理的写作。这一方面与新的时代风尚相关，如同周杰伦有着诗词意境、民族风特色的《青花瓷》《菊花台》《千里之外》《东风破》取代20世纪90年代《其实你不懂我的心》《有多少爱可以重来》《我的柔情你永远不懂》等直白的流行歌曲得到了新一代青少年的认可，身体写作的细节性、感官化铺排也在新世纪以来有下降趋势，这除了规避负面性、情色化指认外，也与宽松的时代氛围中细节性身体叙述的“奇观”效应降低有关，像贾平凹1993年出版《废都》“□□□（此去省略××字）”的挑逗人遐思的现象不会再出现了；另一方面，年轻的写作者由于人生阅历的短浅，对于真实的身体感受及其背后的文化蕴涵体验尚不深，也不得不更多祈灵于残酷华丽的语词、超验玄虚的意象，当然，这与苏童、余华、莫言等前辈先锋作家的有意无意影响也不无关系。

无论如何，与直接的性描写相关的身体写作在近年来的文学叙事中似

---

① 张悦然：《誓鸟》，北京，光明日报出版社，2006，第196页。

② 刘小枫：《现代性社会理论绪论》，上海，上海三联书店，1998，第20页。

乎的确有下降趋势。身体写作的高潮期是在《上海宝贝》《乌鸦》充斥文坛的千禧年前后，2002 年春树出版的《北京娃娃》算是这一潮流最后的绝响。"在一次采访中，当记者说道，据统计，在《北京娃娃》一书中林嘉英共与 17 个男人有过关系，春树哈哈一笑，很朋克地指挥手说：书商还给她删去了 5 个。"① 这或许只是一则花絮，却能窥见身体写作在《北京娃娃》中的之多之滥，不过即便如此，与私人化写作对性描写的浓墨重彩相比，这里次数虽多，但都是蜻蜓点水般简单提及。叙事学中有一种"叙述时距"的说法，用来指称故事时长与文本长度的比值，即"故事时长（用秒、分钟、小时、天、月和年来确定）与文本长度（用行、页来测量）之间的关系"。② 据此，热奈特提出了叙事学中的四种时距情形：

（1）叙述时间短于故事时间："概述"（summary）

（2）叙述时间基本等于故事时间："场景"（scene）

（3）叙述时间为零，故事时间无穷大："省略"（ellipsis）

（4）叙述时间无穷大，故事时间为零："停顿"（pause）③

如果用这样的理论来反观新时期以来的身体写作的话，笔者认为新世纪以来文学文本中的性描写基本是"概述"或"省略"，而 20 世纪八九十年代在人性解放的大背景下，文坛对性/身体的探索在叙述笔墨上有些堪称"场景"，甚至是"停顿"的。像相对于持续时间很短的性交本身，《小城之恋》《岗上的世纪》《一个人的战争》《嘴唇里的阳光》《男人的一半是女人》《废都》等文本均进行了社会的、文化的、性别的多重探索，在性行为的铺陈叙述中加入了大段的议论、抒情、联想等，使文本时长时常会大于或等于故事时长。一个最典型的例子是《男人的一半是女人》中，在章永璘恢复了男性能力与黄香久成功做爱的性描写场景中，加入了一段章永璘的心理描写："而这时，黑暗中在策划着多少阴谋，多少诡计和逃避诡计的主意在静悄悄地形成……铁栅栏里关押着多少待决犯……"④这种政治化的心理描写无限延长了文本中的性爱时间，有"时间在此刻静止"的"停顿"性叙述效果。然而从现实的性交场景来看，性生活过程中过多

① 孙葳：《"残酷"如何成为一种"另类"之美——论"80 后"作家春树及其写作》，《文艺评论》2008 年第 6 期。

② 参见申丹、王亚丽：《西方叙事学：经典与后经典》，北京，北京大学出版社，2010，第 119 页。

③ 转引自申丹、王亚丽：《西方叙事学：经典与后经典》，北京，北京大学出版社，2010，第 119 页。

④ 顾上飞：《自由与审判——张贤亮小说中的两种逻辑》，《文艺评论》1987 年第 5 期。

的与身体感受无关的社会性联想会干扰性快感的实现。考虑到章永璘是有了男性能力后首次做爱，从常理来看应是处于极度兴奋状态中，这种政治化的节外生枝的联想与其处境并不协调，以至于陶东风教授认为“有理由怀疑这个时候的章永璘是否真的恢复了性功能，因为像这样一边做爱一边忏悔的情景真是太滑稽了”①。

身体写作中无限叠加文化内涵的这种叙述方式从新世纪以来热度下降了。在春树的《北京娃娃》中，尽管性/身体在文本中出现的频率较高，但多是蜻蜓点水般一笔带过。对于春树小说中的身体写作，有研究者曾指出，“虽然‘我’与多个男人发生性关系，但几乎不涉及性描写”，“其实春树小说的黄色成分并不高……身体只是作为符号点缀其间，其分布规律也相当有意思，它们多而密集地四处点缀，但是决不再对它们进行更深层次的描写”。② 这种“轻描淡写”的身体观显然不能与前面提到的给身体写作做“加法”的20世纪末的身体探索同日而语。随心所欲而又漫不经心的性描写使身体写作在春树这里蓦然失重，与张悦然诗性而残酷的臆想性写作一道，昭示了意义弥散后被叙述的身体写作新景观。

需要补充一点的是，有些新世纪文本在身体叙事上不但不再在感官性描写上做文章，甚至干脆不写肉身体验，而是回到了《红楼梦》、张爱玲等服饰书写的传统，以异彩流光的服装、色彩、首饰、装扮等间接地表现身体风情。像王安忆《天香》中对刺绣服饰精雕细琢的描写，又如“70后”女作家付秀莹在《陌上》中对乡村女性装扮的细致铺陈，请看她对大全媳妇的一段描写：

> 挑了一条蟹青色丝绸裙裤穿上，上头配一件水白真丝小衫，把头发绾起来，拿一个松绿色镶水钻的卡子卡上。又挑了一条金链子，吊着一尊小巧玲珑的金菩萨，手腕子上是一只雕花福禄寿开口老银手镯……到底又把那条海棠红水纹真丝披肩拿出来披上。③

工笔画般的衣服、首饰、发型描写，色彩、举止、外貌的肖像/躯体浮世绘，让读者恍若看到了《红楼梦》对十二金钗的烘云托月式描摹，抑或张爱玲对曹七巧、白流苏等穿戴打扮不厌其烦的铺排。《陌上》采取的

---

① 陶东风：《当代中国文艺思潮与文化热点》，北京，北京大学出版社，2008，第356页。

② 参见邵燕君：《“美女文学”现象研究：从“70后”到“80后”》，桂林，广西师范大学出版社，2005，第59、60页。

③ 付秀莹：《陌上》，北京，北京十月文艺出版社，2016，第163页。

是第三人称、客观性叙述的方式，与其说大全媳妇没有《一个人的战争》中那种将微妙复杂的内在身体感受和盘托出的行为，不如说叙述人没有赋予其这样的叙述功能。她无意中看到大全出轨的证据，想到自身年岁渐长、身材走样，而作为村里“能人”的丈夫却处处拈花惹草，其内心情绪的愤懑、抑郁、焦虑、妒忌可想而知。但小说并没有正面展开描写，甚至没有直接描写她多少心理活动，只写她情急之下想到县里做美容，在穿衣镜前修饰自身的一件件穿戴、首饰、行头，可谓中国传统绘画中“没有身体在场”的身体写作。《陌上》显然也有叙述人在场，但不是个讥诮、泼辣、个性化十足的叙述人，而是温婉、含蓄、随和、亲切的叙述人，其对人物和事件的干预是隐形的。在这个层面上，它也传达出了一定程度上的古典化美学修辞，但不是《誓鸟》中的性描写那样以隐喻、比拟、象征取胜，而是回到了以柳腰、桃腮、樱口、海棠春睡、红杏出墙、衣袂飘飘、裙裾漫飞等将身体与美丽物品相联系的古典文学的咏物传统，遮蔽身体本身，以对“物”的描摹感怀来影射、烘托、反衬身体细节与人物内在的身体感受，这也便是“没有身体在场”的身体写作所间接传达出来的女性声音。

第三节　“未叙述事件”与身体写作

作为一种“源于生活，高于生活”的虚构性文字艺术，写作者在进行文学创作时并非完全模拟经验世界的本来样子，他/她还要考虑到时代风尚、自身惯性、读者期待等各方面的因素。在这个过程中，最重要的往往不是或不全是经验世界中发生过的、正在发生的事情，而是依据社会规约与文本规约描述作者认为的可能或应该发生的事件，所以文学文本中的情节被称为“文学性再现”（representation）。而既然文本中的事件与经验世界中的现实事件并不完全叠合，就会出现这样的现象：有的现实事件未必被文本所描述，而被文本所描述的事件亦未必是经验世界中真正发生的事件。这就涉及叙事学中所说的“未叙述事件”的问题，本节中笔者欲从这一角度谈一下“未叙述的身体”这一话题。

一、“未叙述事件”

“未叙述事件”（the unnarrated）与“未发生事件的叙述”（the disnarrated）不同，后者是“那些关于过去或现在并未发生过的事情的文字”的叙述，前者则是“可以从文字中看出来的显然没有被讲述、却被确认是已发生过的事件”。[①] 也就是说，文学文本中被描述的事件不仅存在一个如何表述的问题，还有表述哪些，不表述哪些，表述的频率与程度，不表述、被有意无意缄口不言的程度与限度等问题。可以说，并非所有叙述的事件都在现实经验世界中发生，同样，经验世界中发生的事件亦并非都在文本中获得有效叙述。这反映了文本中的叙述情节与经验世界中的现实事件的区别与距离，并由此提出了一个事件“可述性”的命题，即将现实中的事件写进文本的选择标准的问题。当然，究竟怎样的标准能够被选中写进作品，并没有统一的要求，题材、体裁、风格、趣味不一的文本在具体书写上并不一致。但正如叙事学家赵毅衡所言，存在一个“底线标准”，也就是最低要求的标准、下限，这个下限是对某个或某些事件能够被写入文学作品的“可写性”的资格线确认，要是再低于这个标准的话，就失去了被文学选入的资格，其所设定的“未叙述事件”的边界主要有以下几种：

> 次可述（subnarratable）：过于平庸，过于微不足道，不值得说，“因缺场而在场”（不言而喻）的事件；
>
> 超可述（supranarratable）：过于失常，超出社会文化对叙述的控制允许标准，而不允许直接说出的事件；
>
> 反可述（antinarratable）：社会文化规范要求不应该现诸文本的事件；
>
> 类可述（paranarratable）：经验世界中大量存在，但是，对于叙述规范而言不便采用的事件。[②]

以这样的标准来界定“未叙述事件”，可以使我们对经验世界中“何种的事件可以被叙述、何种的不可以被叙述”这种写作、阅读、评论文学作品时常会遇到但并没有细细考辨的问题，给出一个相对理性和明晰的判断。而这一理论对于本章主要分析的身体写作来说，有着特殊的含义：身体写作，尤其在经验世界中颇为私密的性体验、性活动的描写，对于公共

---

① 参见〔美〕罗宾·R. 沃霍尔：《新叙事：现实主义小说和当代电影中怎样表达不可叙述之事》，宁一中译，《语文学刊》2006年第12期。

② 赵毅衡：《情节与反情节　叙述与反叙述》，《华中师范大学学报》（人文社会科学版）2014年第6期。赵毅衡的这种说法与沃霍尔“未叙述事件”的不必叙述、不可叙述、不应叙述、不愿叙述四种类型的界定有一定相通之处。

化的文学文本来说，在不同的意义层面上既可以说是过于微不足道、不言而喻的“次可述”，也可以说是超出社会文化控制标准的“超可述”，还可以说是社会文化规范要求不应该现诸文本的“反可述”。同时，若将其视为经验世界中大量存在，但因为重复性程度过高，相对于力避审美疲劳的叙述规范而言不便采用的“类可述”，也未尝不可。问题的关键在于，厘定怎样的标准、设置怎样的言说维度去考辨身体写作的这几种不同的“未叙述”类型，探究其“未叙述”的程度如何，尤其是由于性活动往往是一种男女共在的经验性事件，其往往比之其他叙述事件更容易牵涉到性别问题，“未叙述”的身体写作是否也具有一定性别倾向性？这一系列问题使得身体写作比之其他文学现象更能够透视“未叙述事件”问题的肌理，或者说通过文学文本对身体叙事的处理，我们可以更有效地探讨“未叙述事件”的某些文学伦理问题。

伊瑟尔（Iser）曾对文学作品迫使读者对于自己习以为常的代码和期待产生崭新意识形态批判的“陌生化”效果赞赏有加①，对于身体叙事来说尤其如此。文学文本往往在一种令读者（甚至作者）习焉不察的文化惯性中忽略了身体的存在，以至于将身体叙述成“次可述”“超可述”“反可述”“类可述”等各类“未叙述事件”，这就需要研究者明察秋毫，不放过任何看似习以为常的文本细节，对其在文学文本中的具体情形进行分门别类的阐释辨析，探究未被叙述的身体背后社会的、文化的、性别的深层蕴含。

二、“未叙述的身体”

总的来说，与新世纪以来身体写作潮流的相对沉寂相关，“未叙述”的身体现象比之个人化、欲望化的私人化写作风行的20世纪90年代有所增加，但当下文学中作为“未叙述事件”的身体写作并不仅仅是受传统上约定俗成的性耻感文化影响的产物，在大众文化中身体暴露汹汹如此的情形下，身体在某些文本中的“不可见”现象，更多与写作者某种特别的美学追求相关。在这一点上可以与此前时代“未叙述的身体”做一下对比：

“真的？你——你不走啦？……那、那就不用走啦！……”她害羞地伏在他宽阔的肩膀上，并且用力地抱住了他的脖颈。

① 转引自〔英〕特里·伊格尔顿：《二十世纪西方文学理论》，伍晓明译，北京，北京大学出版社，2007，第69页。

天刚蒙蒙亮，幸福甜蜜的梦还在朦胧地继续着……①

这是20世纪50年代红色经典小说《青春之歌》中的一个片段，讲的是卢嘉川死后林道静的第三段恋情。她与卢嘉川的战友江华邂逅，为江华所讲述的将革命伦理同领导农村阶级斗争相结合的具体实践活动所折服，与江华共结连理枝的场景。詹姆逊曾经有过一个第三世界文本无论表面来看如何个人化，均有意或无意、显性或隐性地包含着某种程度上的民族寓言的说法。这段言论被中国学者李扬创造性地进行了反向阐释："第三世界的文本，甚至那些好像是关于民族和阶级寓言的文本，背后总是隐含着另一种政治：关于个人欲望、性和力比多趋力的寓言。"②《青春之歌》就是这样一个在革命、政治的外衣下隐含着情爱话语的文本，这一点学界已有人关注过。不过，笔者要说的是情爱叙事的因子并不意味着所有身体行为都被叙述，在以上我们引述的这段场景中，林道静与江华的性爱被处理成了"未叙述事件"，这既与当时政治文化环境下约定俗成的文本规约有关，因其将此类叙述界定为不应该现诸文本、琐碎细微、意义不大的"反可述"，也可以解释为在"不正面言说性爱"的文本语境下直接的性爱描写在当时尚属于超出社会文化控制标准的"超可述"，不应讲述，也不可讲述。考虑到政治一体化年代普遍的文化禁欲主义同现实生活中结婚生子的现象并行不悖，甚至可以将其归于因属于常识而不必表达的"次可述"。无论如何，被处理成"未叙述事件"的身体性爱行为在当时及以后很长时间内都未引起人们的必要重视。身体成为一个禁忌就是在这样的文化语境中逐渐形成的。

不过，随着改革开放的文化与文学时代的到来，尤其是20世纪90年代私人化写作的风行，身体写作的"未叙述"性质得到了一定改观，其"次可述""超可述""反可述"状态在一定程度上被打破了。至于那种由于经验世界中大量存在，多次重复性叙述之后可述性降低的"类可述"现象，在身体写作这里也由于同个性解放、自由开放等感性化意识形态相联系而得到了一定程度的强化。就是在这样一个叙事学语境下，作为"未叙述事件"的身体写作开始从缺席到在场，而其与女性主义的联系则是因为女性身体感受的"不可叙述性"比一般的身体禁忌在程度上更深更甚，"即使在性事本身可以被叙述很久以后，性快感（女性尤其是母亲的性快

① 杨沫：《青春之歌》，北京，作家出版社，1958，第486页。

② 李扬：《50～70年代中国文学经典再解读》，济南，山东教育出版社，2003，第126页。

感）也是不可叙述的……”①。身体写作的性别意义是建立在从“未叙述”到“可叙述”的身体叙事学基础上的。当然，身体的“可叙述”状态只是表明了文学写作接受时代的宽松，并不意味着叙述出来的身体一定会比未叙述出来的身体有更多的美学价值。在私人化写作相对沉寂的新世纪，身体写作似乎又有着某种重新回到“未叙述事件”的迹象，像上节中我们论述的简约、隐喻的身体书写，或以服饰代替直接的身体描写等。不过，经过身体张扬洗礼之后的身体写作即使被处理成不必叙述、不可叙述、不应叙述、不愿叙述的“未叙述事件”，也不是完全为回应社会文化规约、规避“暴露隐私”的风险而来，而是更多与作家个人化的写作惯性、审美风格相关，有的则或隐或显地体现了其性别倾向性。或者说，作家个人化的写作惯性、审美风格、性别倾向性等，并不仅仅体现在其叙述出来的身体细节中，还体现在其“未叙述”的身体写作中。在笔者看来，“未叙述”的身体主要承担了以下这样几种美学功能：

（1）消除、淡化身体写作的欲望化痕迹，彰显纯净、清雅、含蓄、清丽、蕴藉的传统美学风格。身体写作在文坛出现的意义自不怠言，尤其是对女性身体感受进行大胆剖析的性别革命色彩几乎是其他写作视域难以比拟的，不过这会让身体写作蒙上一定的感官性、欲望性色彩，背离了中国传统审美，容易遭受与消费文化媾和的诟病，身体写作中“看”与“被看”的文化尴尬亦由此而来。而将身体行为以“未叙述事件”的方式不正面、直接点明，只是言辞间有所暗示，以烘云托月、暗香浮动的古典方式侧面、间接地加以体现，则更能同中国的传统文化相联系，表达某种不被消费时代欲望审美所裹挟的美学风格。比如付秀莹《陌上》第六章“向日葵又叫望日莲”中的描写：

> 那只蚊子还在咬她的脚趾头，痒得钻心，她实在忍不住，便拿指甲掐，狠狠掐进去，直到掐疼了，掐破了，她才放过。疼了好，这几年她真的是麻木了。都不知道疼是什么滋味了。像个木头人儿一样，小针小刺，都奈何不了她了。②

望日莲父母木讷、家里穷，被人看不起，长大后走上了一条靠着自己美丽的胴体与芳村中的权力人物发生关系，以谋取某种现实利益的灰色之

---

① 〔美〕凯利·A. 玛西：《不可叙述的母亲快感与〈劝导〉的隐性情节》，唐伟胜译，《叙事》中国版（第四辑）2012 年第 00 期。

② 付秀莹：《陌上》，北京，北京十月文艺出版社，2016，第 111 页。

路。小说并没有正面展开有关望日莲的身体写作，而是以曲径通幽的方式隐喻、暗示，以上这段蚊子咬她的文字就有这样的功能。“这几年她真的是麻木了。都不知道疼是什么滋味了”，说明与不同男人的性行为扰乱了她真正爱人与被爱的感受能力，频繁、混乱、情感因素匮乏的性活动本身被处理成“未叙述事件”，只留下这些事件对人物心理的影响，这是一种中国古典文学中“留白”的写作方式。因为付秀莹来自河北，芳村也主要描写的是河北一带的乡土风情，因此《陌上》常常与河北作家孙犁开创的荷花淀派联系起来，付秀莹在各种宣传中也被称为荷花淀派的当代传人。不过，如果从写作内容来看，《陌上》与孙犁笔下的人情美、人性美相去甚远，《陌上》的书页宣传语中赫然写着“欲望新农村动荡迷人的故事”，“欲望新农村”对于讲求人情美、人性美的孙犁作品来说是不可想象的，以至于笔者在学术研讨会上听到有学者公开宣称：“《陌上》里几乎每个女人都偷情，哪里有什么‘荷花淀派’的影子。”从作品描写的人物关系来看，这种说法是有一定道理的；但是从作品整体写作风格来说，那种诗性化的文字表达的确有着浪漫、清新、哀而不伤的荷花淀派的流风遗韵，在这其中，尽管是“欲望新农村”，但性行为被处理成“未叙述事件”的技法起了很大的作用。“风能改变云彩的命运。一块云彩，在一个小孩子眼里，是一匹马，或者一只羊。在一个男人眼里，是一个女人，汁水鲜美，可以日夜啜饮。”[①] 这是一种诗性化的欲望表达，不伦不轨之情、身体物质化、虚浮势力心理等种种龌龊行为被置于幕后，只以云淡风轻的笔触进行唯美描述，自然会带来文风的清新、典雅。满篇或许都是经验世界中的不堪事件，但通过文字的修辞性过滤，《陌上》展现出清丽柔美的韵致，出版后赢得一片叫好之声的主要原因也在这里。讲述“欲望新农村”，但非欲望化叙事，使得这部小说为新世纪以来的身体写作贡献出了新的美学元素，而其所采用的便是“未叙述的身体”这一叙事学策略。

（2）除了营造独特的美学效果，作为“未叙述事件”的身体写作还有塑造人物性格、突出主题意蕴的作用。在浓墨重彩书写身体细节的私人化写作盛行的年代，身体写作是表达个人化、边缘化体验，彰显人物性格与主题意蕴的鲜明手段。不过，并非只有写出来的身体才具有这样的结构性功能，从某种程度上说，“未叙述的身体”同样可以做到这一点，只不过其表达方式不甚一致而已。以鲁迅的经典小说《故乡》对闰土的塑造为例，少年闰土的伶俐活泼与成年闰土的辛苦麻木在《故乡》中被叙述得栩

① 付秀莹：《陌上》，北京，北京十月文艺出版社，2016，第 99 页。

栩如生，“多子，饥荒，苛税，兵，匪，官，绅，都苦得他像一个木偶人了”，鲁迅对闰土的描写体现了他对底层民众“哀其不幸，怒其不争”的写作姿态。不过，从鲁迅塑造闰土这一人物的写作背景与原型来看，闰土的故事是对经验世界的“本事”经过选择、加工后的产物，并非所有闰土的事情都被叙述到了文本。因为据周作人回忆，“闰土结婚后与村里的一个寡妇要好，终于闹到要离婚”，“花了些钱”，“终至家境不好”。[①] 闰土原型的这些事情成为《故乡》中的“未叙述的身体事件”，被鲁迅弃置于文本以外，其目的是为了更好地塑造闰土作为底层民众代表“辛苦麻木的生活”，因为只有这样才能符合鲁迅“改造国民性”的文学诉求。相反，如果还原闰土原型的这些事件，闰土形象便只具有个案价值，典型性必然大打折扣。这种对现实事件的取舍剪裁被张均称之为“实践叙事学”，其渗透到创作背景的深处，挖掘“未叙述”也是一种创作姿态，“未叙述的身体”是对某些人物质素的必要保证。[②]

（3）这种以“未叙述的身体”塑造人物性格、表达主题意蕴的方式不但存在于文学人物与原型的距离之中，还在写作者极力彰显外围人物的设想，揣测与规避当事人自身之身体感受的奇异张力中有所体现。比如在严歌苓的《芳华》中，刘峰触摸林丁丁是小说的一个核心情节，也是刘峰在文工团的声誉急转直下的起因。刘峰也有个人欲望，他对喜欢的女人情不自禁地触摸，使其成为有血有肉的真实性存在，但也因此人设坍塌，作为当时人人学习的“好榜样”（名字便是雷锋的谐音）代表的形象就此颠覆了，在这一点上小说是站在当下时代的立场上来反思那个年代对人性的压抑。然而，刘峰身体的在场是从小说情节发展逻辑而言的，从写作者的具体描写来看，刘峰的身体感受更多是由别人的观察揣测得来的，包括林丁丁的描述，“她甚至不知道刘峰的手到达了那里……她其实不是被触摸‘强暴’了，而是被刘峰爱她的念头‘强暴’了”；萧穗子的回忆、补叙（甚至不无反讽、戏谑意味的揣测），像“根据林丁丁给我们的描述，我想象力跟不上了，那该是多么滑稽的场面。刘峰一只手紧搂着林丁丁，另一只手那么眉毛胡子一把抓地给他心爱的小林抹泪……”[③]；保卫科干事不怀好意地循循善诱，像“你是想解开林丁丁的纽襻，对吧”；批判大会上众人无中生有地轮番轰炸，将其行为定性为“表面学雷锋，内心里是资产

① 参见周作人：《关于鲁迅》，乌鲁木齐，新疆人民出版社，1997，第 228 页。
② 参见张均：《实践叙事学与中国现当代文学研究》，《文艺争鸣》2016 年第 12 期。
③ 刘云、郝敬：《论严歌苓〈芳华〉的写作缺憾》，《写作》2019 年第 2 期。

阶级的茅坑”。①

小说《芳华》原名《你碰触了我》(*You Touched Me*)，“碰触”是小说中的一个高频率词，因为依据里蒙-凯南（Rimmon-Kenan）的解释，叙述频率涉及“一个事件出现在故事中的次数与该事件出现在文本中的叙述（或提及）次数之间的关系”②，“碰触”事件只发生一次，却被多人多次讲述。然而，从当事人刘峰的角度，这却是一种没有正面触及其真实生理、心理感受的“未叙述”状态。林丁丁年轻的身体对刘峰是有某种诱惑的，但小说并不从刘峰角度实际触及这一问题，而是以外围人物无尽的设想、揣测将这一事件层层缠绕起来。在小说最后，刘峰晚年患病，叙述人萧穗子几经周折找到刘峰地址去探望，叙述的核心还是刘峰对林丁丁的感情，林丁丁离婚几次身材发福了，但小说着重叙述的是老眼昏花的刘峰不戴老花镜，拒绝林丁丁现在的模样，“他不愿意她变，不愿意她老，不愿意她不好看，他不看她，是为了自己好，也是为了小林好”。刘峰“故意”不戴老花镜的目的当然也是“我”的推测，“我发现自己看见的红绿灯像是掉进了水里，我哭得那么痛，刘峰对林丁丁的爱也使我多情了”。③ 刘峰的身体感受被悬置，是为小说主题服务的，写作者要表达的是人性的复杂是如何借助政治动荡年代的苛酷氛围加以体现并被进一步放大的，而“老好人”刘峰的爱恨情仇只是为这种人性表演提供某种缘起或由头。在此层面上，就像洋葱头层层剥开后最里面却是空空如也一样，刘峰的身体尽管被处处提及，但其主体感受却成为“未叙述事件”是有一定原因的。甚至可以说，这是以“左手繁华，右手苍凉”著称的严歌苓为了对人性有着更加力透纸背的书写而特意采取的一种迂回的叙事策略。

理论上说，“未叙述事件”视角下对身体写作的考察能够帮我们分析社会权力约束下的叙事文本规约。不过，总的来说，在大众文化中的身体叙事汹汹如此，纯文学领域中私人化身体写作已有先兆的新世纪文学语境中，“未叙述的身体”命题并非完全是前述叙事学理论意义上的次可述、超可述、反可述、类可述等“未叙述事件”类种的直接反映。可以说，沃霍尔等人的理论主要是通过对 19、20 世纪西方传统文学的考察来揭示社会惯例、文化规约、传统文本伦理如何有形无形地作用于写作者的叙事认知，使某些事件沦为不在场的“未叙述”因子的。相形之下，身体被浓墨重彩书写的程度在当下文学中相比于私人化写作盛行年代有减弱迹象，但

① 参见严歌苓:《芳华》,北京,人民文学出版社,2017,第 49～60 页。

② 转引自申丹、王亚丽:《经典与后经典:西方叙事学》,北京,北京大学出版社,2010,第 124 页。

③ 参见严歌苓:《芳华》,北京,人民文学出版社,2017,第 195 页。

很大程度上，这并不是受社会惯例、文化规约、传统文本伦理等影响、写作者认为“不必写”“不可写”“不敢写”“不应写”的产物，更确切的解释或许应该是，它们是写作者主体意愿上的“不想写”或故意不写的产物，为了传达某种特定主题意蕴或美学氛围的需要而采取的留白、暗示、无声胜有声、不写似已写的修辞手法。

事实上，从有效传情达意的文本效果来看，身体写作从来不以写或不写、写多或写少论英雄，篇幅并不是问题的关键。正如身体不是描写得越少文本就越纯洁健康，也不是描写得越多作品就越激进革命或越龌龊庸俗，一切应依具体写作需要而定。最后，笔者愿意戏仿仓央嘉措那首著名的《见与不见》的诗歌体式，将叙事学视野下的身体写作命题阐释如下：

你叙述，或者不叙述
身体就在那里
意义不增不减
价值不来不去

第九章　从个人型叙事到集体型叙事的女性声音

个人型叙事与集体型叙事也是新时期以来女性小说叙事形式的一个重要向度，其是从叙述人是单个还是群体的角度而言的。如果说个人型叙事由于自传体写作、私人化叙事等文学现象，在文坛上的发展壮大已为学界所熟知的话，那么集体型叙事的概念命名与相关文本现象关注者还不多，其与女性声音的联系更是学界的一个研究盲区。在接下来的章节中，笔者就重点谈一下这些问题。

第一节　个人型叙事与集体型叙事：叙述人的“单数”或“复数”

传统意义上的叙述人研究多集中于其是否人格化（是参与故事讲述的同叙述者，还是文本外不参与故事的异叙述者）、人称（是第一人称、第二人称还是第三人称叙述者）、层级（是外叙述者还是内叙述者）、可靠与否（是可靠叙述者还是不可靠叙述者）等，叙述人的“单复数”问题学界尚关照不足，更不用说对其进行的社会性别研究了。本节中笔者打算做一番尝试，为了更翔实地讲清楚这一问题，让我们先从个人型叙事与集体型叙事的概念辨析谈起。

一、个人型叙事与集体型叙事概念辨析

个人型叙事是“单数”叙述人的叙事类种。对于中国学界来说并不陌生，其在 20 世纪 90 年代的个人化写作浪潮中曾被广泛应用。苏珊·兰瑟将个人型叙事解释为“说话人即虚构故事的参与者的叙述……讲故事的

'我'也是故事中的主角"[1]，中国当代文坛一般称之为个人化写作、自传体叙事，叙述者参与了故事进程，表达了一种个人声音。个人型叙事一般被理解为第一人称叙事，但其并不是泛指意义上只要有"我"作为叙述人在场、参与虚构故事的就是个人型叙事，"并非指代所有的'同故事的'或'第一人称'的叙述"，"也排除了内心独白之类的形式"。[2] 在笔者看来，个人型叙事强调的是个人体验与自我声音的流露，如果仅仅将叙述人设置为"我"，"我"相对于所叙述对象是同叙述者，可能是事件的次要人物或旁观者，但未必叙述的是自我经验、感受，像鲁迅《孔乙己》借助咸亨酒店小伙计"我"的口吻叙述的是孔乙己的故事，并未涉及多少"我"的经验、感知等。而个人型叙事作为一种自我声音在场的叙述类型，其与第三人称的作者型叙事的区分就在于以隐含作者与叙述人基本叠印的直抒胸臆的方式言说个人心声，后者则是叙述人退场、以人物和事件的自行展示来间接表达隐含作者的观点。因此，个人型叙事一般用来指称叙述人"我"在场，而且叙述的主要是"我"的故事的叙事类型，其典型形态是回忆性视角的自传体写作，叙述自我与经验自我，叙述故事时"现在进行时"的自我与故事发生时"过去进行时"的自我之间的距离、张力，是个人型叙事有别于其他叙事类型的核心特征所在。

相对于个人型叙事以表达叙述人自我的个人心声为特征，集体型叙事的叙述人或言说对象是复数的群体，所表达的一般是一个类群的共同呼声，或不同个体发出的各种声音的集合。也可以说，集体型叙事是"复数"叙述人，或其叙述人化身为复数群体的代言人的叙事类种。这是一种相对于个人型叙事而进行命名、界定的形式类种。如果说个人型叙事是以叙述人自我心路历程的剖析与呐喊抒发生命情怀的话，这种剖析与呐喊需要足够尖锐、深刻、响亮才会引发世人关注（像20世纪90年代私人化叙事对不避极端的幽闭、偏执情怀的表达），否则就可能因为太过微弱与零散而被其他声音所淹没，尤其是那些居于社会边缘位置的小人物的言说。或许只有借助群体性力量，"她/他们"的声音才能更清晰地被听到，这便是集体型叙事的伦理依据。与第三人称作者型叙述、第一人称"我"叙述相比，集体型叙事方式在文学作品中的应用相对少一些，但在各个时代均有不同类种的尝试，只不过到了晚近才有理论上的专门探索。苏珊·兰瑟

① 〔美〕苏珊·S. 兰瑟：《虚构的权威——女性作家与叙述声音》，黄必康译，北京，北京大学出版社，2002，第20页。

② 参见〔美〕苏珊·S. 兰瑟：《虚构的权威——女性作家与叙述声音》，黄必康译，北京，北京大学出版社，2002，第20页。

在《虚构的权威——女性作家与叙事声音》中对集体型叙述声音这样论述："在叙述过程中某个具有一定规模的群体被赋予叙事权威；这种叙事权威通过多方位、交互赋权的叙述声音，也通过某个获得群体明显授权的个人的声音在文本中以文字的形式固定下来。"① 值得注意的是，这里的群体声音并非泛指一切群体的话语表达，而是处于社会边缘位置的弱势群体之声，在富裕阶层、中产阶级等主流群体已有各种主流表达渠道的情况下，弱势群体的声音才具有警醒社会、振聋发聩的文化内涵，而在"沉默的大多数"群体即使有幸发声也往往被忽略、压制的情形下，多人共同发声的集体型叙述才会产生单一的个人型言说难以比拟的强烈效果。本章就是在弱势群体这一层面上来解读集体型叙事声音的。

二、社会性别视野下的个人/集体型叙事

从价值伦理上说，个人型叙事与集体型叙事均具有颠覆主流文化的现代性意义，但其具体指向并不相同。个人型叙事强调个人话语，往往是从个人化视角、边缘化立场出发对居于主流位置的公共话语、官方话语造成一定颠覆和冲击，其所针对的是主流意识形态的"宏大叙事"。集体型叙事言说的则是一种群体声音，但这种群体声音主要定位在弱势人群之中，其同样是些无法成为主流意识形态的边缘化声音，以群体化言说谋求位卑言轻的单个人难以达到的话语力量是这类叙事类型的关键之处。集体型叙事与女性话语也是在这个层面上连接在一起的，因为作为"第二性"的女性是目前男权依旧的社会文化格局中的弱势者，其单个人的声音如果不是太过尖锐、激进，往往会被主流话语淹没，而集体的力量却能给她们赋权，让她们的言说产生个人难以产生的话语力量。

苏珊·兰瑟在《虚构的权威——女性作家与叙述声音》中将集体型叙述看作边缘群体或受压制的群体的特有叙事类型，"我在白人和统治阶级男性作家写的小说中没有发现这种叙述模式"②。对此，中国学者申丹以丰厚的西方文学修养指出了苏珊·兰瑟这种说法的知识性错误："兰瑟是在考察女作家作品时，注意到这一叙述类型的，但在男作家笔下，有时也会出现叙述者为'我们'的集体型叙述，我们比较熟悉的 William

① 〔美〕苏珊·S. 兰瑟：《虚构的权威——女性作家与叙述声音》，黄必康译，北京，北京大学出版社，2002，第 23 页。

② 〔美〕苏珊·S. 兰瑟：《虚构的权威——女性作家与叙述声音》，黄必康译，北京，北京大学出版社，2002，第 23 页。

Faulkner 的 *A Rose for Emily* 就是一个例证"[1]。应该说，从叙述人设定的单复数层面，申丹的指正是很有必要的，尽管为数并不多，男性主流作家亦不乏采取集体型叙述声音的。不过，如果从这一叙事类型代表弱势群体的声音，目的是壮大这一群体的话语力量这一角度，笔者认为福克纳《献给艾米丽的一朵玫瑰花》类文本严格来说并不属于我们这里探讨的集体型叙事。

> 我们没说那时候她疯了。我们相信她做了她该做的。我们记得她父亲赶走的小伙子们，我们知道她跟其他人一样，当一无所有的时候，会死死抓住那个抢她所有的人不放。
>
> 第二天我们都说，"她是要寻短见"；我们说，这样倒好。第一次看到她和霍莫·巴隆在一起的时候，我们都说，"她会嫁给他"，还说，"她会劝服他的"……后来当周日下午他们乘着那辆闪闪发光的马车经过，艾米丽的头在百叶窗后面高昂着，霍莫·巴隆竖戴着帽子咬着跟雪茄，戴着黄手套的手勒着马缰持着鞭子，我们感慨："可怜的艾米丽。"[2]

从以上笔者在小说中抽取的叙述人言语来看，在福克纳这个讲述没落贵族的沉沦与悲哀的小说中，讲述人"我们"有点类似鲁迅小说中群体性的"看客"，福克纳在小说中所设置的隐含作者也似乎是在以某种反讽的姿态叙述"我们"眼中的艾米丽，"我们"作为小镇上的大多数，并不是弱势者，恰恰相反，是掌握了社会发展方向与言说话语权的主流势力。在"我们"视角的关照下，艾米丽愈发显出了落伍、迟钝、孤僻、冷漠、不可理喻的一面。因此，如同《孔乙己》中的"我"叙述设置与本章论述的个人型叙事话语尚有一定距离，这样的"我们"叙述也同壮大弱势群体话语力量的集体型叙事关系不是太大。

这种情形在中国女性小说中也有。像魏微《大老郑的女人》就采取了个人化的"我"与群体化的"我们"交替作为叙述人的混融型叙事方式：

> 我们这里不发达，可是信息并不闭塞……我们因为这件事被教育了，我们的眼界开阔了，我们接受了这样一个现实……可什么是生意

---

① 申丹、王丽亚：《西方叙事学：经典与后经典》，北京，北京大学出版社，2010，第 205 页。

② 〔美〕福克纳：《献给艾米丽的一朵玫瑰花》，刘洋等译，南京，江苏凤凰文艺出版社，2017，第 8～9 页。

人的习气，我们又一下子说不明白了……我们无论如何也说不清，在大老郑的女人和冯奶奶之间，到底有何不同……①

在这些笔者随手摘取的“我们”叙述的片段中，叙述人化身为小城居民，但并不具有强大的话语权威感，这与20世纪90年代个人型叙事中自我意识无限张扬的叙述人并不一样，是一种复数化与性别相对中性化的叙述方式，这与魏微20世纪90年代的《一个年龄的性意识》《从南京始发》等讲述个人成长、青春伤痛、私密性女性经历的个人型叙事是大异其趣的。这里的“我们”叙述在“看什么”和“讲什么”的内容层面，因为写到了城乡接合部的露水夫妻、半良半娼的乡间女子、懵懂的农家丈夫，在“谁的故事”层面有着底层写作的影子；在“谁在看”和“谁在讲”的形式层面，发出的则是不乏传统意识、有着浓厚“人情世故”伦理的小城居民的声音，并有意识遮蔽了受过高等教育、有着鲜明理性意识的叙述者个人的视角和观点，有意制造了一种舒缓、暧昧、犹疑、蒙昧、懵懂，有着某种不确定语气的叙述人声音。② 对于改革开放之后死灰复燃的暗娼这一暧昧的女性类群，该小说并未着力于“被侮辱与被损害的”之类的社会批判，而是借助“我们”的叙述声音对暧昧、幽暗的人性进行执着的先锋探索，探索对象既包括大老郑女人“非良非娼”“亦良亦娼”“半良半娼”的另类人性或妇人性，也包括小城居民（“我们”）对大老郑女人这类行为的暧昧、犹豫、混沌的价值姿态上。

因此，这种“我们”言说与本节所论述的以集体型声音壮大弱势群体话语力量的集体型叙述还是有一定距离的。或者说，集体型叙事并不是只要叙述人是复数或为复数群体代为发言就可以了，它不是一种单纯的复数化的形式技巧问题，还是与话语格局中的权力关系联系在一起的，居于“第二性”的女性话语借助集体的力量表达自我叙述声音便是这种权力格局中的重要一环。而在另一个层面上，如“姐妹情谊”已成无论是女性现实还是女性文学想象中的一个主要向度，女性个体因向往具有乌托邦性质的女性社群，也会诉诸集体型叙事的话语力量，这是符合其相应的社会文化心理基础的。如果说叙述人为第一人称单数的个人型叙事中的女性声音问题，本书在第五章、第六章已有详尽论述的话，本章主要论述的是集体型叙事及其女性话语表达的问题。让我们先从发生期的女性小说谈起。

---

① 张英芳、李明德：《真实的谎言——读魏微小说〈大老郑的女人〉》，《名作欣赏》2005年第5期。

② 参见孙桂荣：《性别诉求的多重表达——中国当代文学的女性话语研究》，北京，人民文学出版社，2011，第299～300页。

第二节　集体型叙事：从新时期到新世纪

集体型叙述的文体策略一般是采取某一特定群体中多人叙述、轮流发言，或某叙述者个人代替群体言说的叙述方式，以此为人微言轻的弱势小人物增强群体性话语力量。新时期以来女性小说在文坛崭露头角，集体型叙事也有一定程度的现身呈现。如同第一人称叙述方式在新时期之初女性小说中的生成经历了一个曲折与艰难的过程一样，从新时期到新世纪，集体型叙事的话语形态也发生了一定的历时性流变。

一、集体型叙事在新时期女性小说中的发生

伴随着个人型叙事在新时期之初张辛欣《我在哪儿错过了你》、遇罗锦《一个冬天的童话》《传统的童话》等文本中的采用，有关集体型叙事的文体探索也出现了。像张洁最鲜明地体现女性关怀的作品《方舟》，因为中心人物是荆华、梁倩、柳泉三个女性，于是就出现了多处以“她们”为言说对象的集体型叙事的声音：

> 她们要穿越的，不只是太阳照耀的蓝天，还会穿越地狱之火。
>
> 她们这一代，在五六十年代成长起来的这一代，既不像某些上代人那样盲目乐观，也不像某些后代人那样盲目悲观。她们是最有信心、最清醒的，能够面对现实，却又脚踏实地去干的。
>
> 和旧式妇女相比，对她们这一类型的女人来说，所思虑、所悲伤，耗尽全心而关注的，早已有了不同的内容。就连她们表现悲哀的方式，也已经不同了。①

以“她们”为言说对象，为“她们”的情感、意绪、心理发声，指向的是刚刚粉碎“四人帮”后一代知识女性的苦乐年华，重心是无所不在的男权文化对她们的群体性压抑和她们的本能反应。这是一种不在场的第三人称叙述人代为群体性女主人公发言的集体型叙述方式，是“通过某个获得群体明显授权的个人的声音在文本中以文字的形式固定下来”② 的“单

---

① 张洁:《方舟》,《收获》1982 年第 2 期。

② 〔美〕苏珊·S. 兰瑟:《虚构的权威——女性作家与叙述声音》,黄必康译,北京,北京大学出版社,2002,第 23 页。

言式”集体型叙事。或者说，《方舟》尽管采取的是第三人称叙述的传统叙事策略，没有将叙述人设置为三个女主人公，以让她们现身说法地自我言说，但是对她们的群体性讲述却包含了为她们赋权、壮大她们的话语力量的深重性别意涵。小说结尾中“为了女人……干杯”的著名片段早已逾越了对单个的、具体的女性关怀层面，而上升到为一个整体性的性别群体鼓与呼的高度。这便是集体型叙事在新时期女性小说中初露锋芒。

以更多篇幅集中性践行集体型叙事的是胡辛 1983 年发表的《四个四十岁的女人》，其以四个女人轮番讲述的方式表现了从小就是邻居、同窗的四个闺中密友分别后 20 多年来的悲欢离合，以典型性格、典型人物的现实主义方式写了四种不同的女性人生，展现的是动荡年代在社会边缘苦苦挣扎与拼搏的一个女性群体。小说开篇并没有多少自觉的文体意识，而是以全知视角的作者型叙事方式交代了四个女人在省城妇女保健院的庭院里相遇、相聚的戏剧性一幕。不过，对于她们这 20 年来的遭遇，小说没有再采取作者型叙事的全知讲述法，而是相约用童年时期的游戏“扣子轮轮转”的方式各自讲述自己的故事，由此进入了多人轮流发言的“轮言”式集体型叙事之中，并以连篇累牍的直接引语将四个女人建构成了一个由语言维系的女性社群，这有点类似于西方 19 世纪《小妇人》之类的文本。

可以说，这四个女人是 20 世纪 80 年代初四种不同女性人生的代表：淑华是市井阶层的化身，少女时的诗意梦想消解在日常生活的琐屑与平庸中，柴米油盐、吃喝拉撒、儿女公婆成了她不得不承受的生命之“重”；离过两次婚、结过三次婚的叶芸所经历的婚爱不自主、生儿生女婆家说了算、闹离婚被男方虐待、再婚受歧视等，体现的是女性私生活领域里的“第二性”的屈从位置；魏玲玲家境殷实、丈夫事业有成、儿子成绩傲人，只是为这份生活的稳定和安逸付出了放弃理想事业的代价，是贝蒂·弗里丹《女性的奥秘》中“幸福的家庭主妇”的代表；一直独身的柳青则是将全部心血放在了山村教育上，在平凡的岗位上践行“不平凡”的人生理想的主流妇女的象征。小说理念化色彩较为严重，但这种限制性视角的“轮言”叙述方式的现实性却很强：四个女人的人生故事并无交集，一人讲述时其他人除了倾听，还以提问、猜测、与主讲人互动的方式补充了很多讲述者疏漏的细节，使得四个人的生活描述更加丰满、立体。更重要的是，这种写法建构了一个“因为经历和情感各异而互相呼应的个体化女性叙述声音”的合集，并由“这些声音组成的某种多元性声音表述了（女性）社会群内部的相似性和差异性”。[①]

应该承认，女性社群并不是铁板一块，但其在男权文化面前又有一些共同的性别遭际，而集体型叙事因为是多人叙述的方式，在表达这一为女性学界所普遍接受的观念时，相对于单数叙述人的第一人称个人型叙事或叙述人不在场的第三人称作者型叙事，是有着某种特殊的有利条件的。无论如何，《四个四十岁的女人》这个今天看来有些单调、朴素、主题先行意味浓重的作品在当时影响却很大（发表后旋即被《新华文摘》《小说选刊》等重要杂志全文转载，并获 1983 年全国优秀短篇小说奖，1985 年改编成同名电视剧并获中国电视剧飞天奖，1987 年改编成电影《同龄女友》），是与其所采取的集体型叙述方式相关的：就是这种叙述方式，最大限度地反映了女性群体的喜怒哀乐，而不仅仅是个人的悲欢。

当然，集体型叙事并没有固定的文体规约，也不都是与女性关怀有着某种必然的联系。像张辛欣、桑烨从 1985 年开始陆续发表的《北京人》系列（出版后副标题为“一百个中国人的自述”），从叙述形式上说，采用了比《四个四十岁的女人》更彻底的集体型叙述声音。写作者实地跟踪、采访，以当时比较新鲜的“让老百姓自己开口讲话”的方式，让农民、待业青年、公交车售票员、邮递员、复员军人、旧社会的乞丐等社会边缘人轮番上场充当叙述人，并由此开创了口述实录体的先河。传统的全知视角的作者型叙事已不见了踪迹，隐含作者退到边缘，不再参与叙述，传统新闻体写作的提问、插话也没有，只在必要处做点知识性注解。整部作品是以“中奖”“万元户”“守寡”“小组长”等当时群众热议的社会现象为小标题和叙述主线，叙述人则全部为投身其中的个体普通人，以口语化、个性化、地方化、风格化的语言鲜明地传达出一个个不同职业、身份的中国人的痛苦与欢乐。奈达尔曾指出：“修辞、叙事手法和风格不但组织事实，也改变事实。”[②]《北京人》的这种集体型叙事不但塑造了缤纷各异的一百位普通中国人的形象，更是赋予了这些小人物足够的话语权。作为 20 世纪 80 年代的女性主义作家，张辛欣这部作品在内容上看似没有特别突出性别问题，但让以往不登大雅之堂的小人物自己开口说话的集体型叙述策略，则与在当时十分尖锐大胆的女性主义叙事一样充满了颠覆性力量，以多个小人物在无须压抑自我身份的前提下组成的叙事性群体声音，颠覆了传统上他们往往“被言说”的命运。言说权无限张扬的这个叙事群

---

① 参见〔美〕苏珊·S. 兰瑟：《虚构的权威——女性作家与叙事声音》，黄必康译，北京，北京大学出版社，2002，第 298 页。

② 转引自孙春旻：《口述实录：话语权的挑战》，《当代文坛》2010 年第 2 期。

体结构、串连起了整个文本，连《四个四十岁的女人》中从隐含作者角度对这个叙事群体的由来所做的必要交代都省略了，这是一种典型的轮言叙述，体现了集体型叙事进一步强化的特征。

20世纪90年代以降，受私人化写作的影响，集体型叙事多在不受主流道德规约的隐秘欲望层面发言，但并未真正关注边缘化的“性少数”群体，而是与市场经济转型期的时尚文化、中产阶级伦理媾和，出现了像安顿《绝对隐私》、之川《天亮以后说分手》等都市人婚外恋、一夜情等非道德化私密情感的畅销书。多人讲述、口述实录，尽管外壳上符合集体型叙事的模式，但因为描写了众多迎合市场经济转型期欲望横流、及时行乐精神的消费期许，逐渐背离了我们这里所说的集体型叙述关注弱势群体的初衷，而向大众文化倾斜，在另一个层面体现出了“形式的意识形态”的复杂性和尖锐性，在此不再赘述。

二、非虚构写作与集体型叙事

“今天，文学是什么？……内容打破了形式，也改变了形式……在真实和虚构之间没有界限，它们相互流动……讲故事时，人们会进行加工创造……他们是演员，也是创作者。”[①] 这是2015年诺贝尔文学奖得主白俄罗斯女作家阿列克谢耶维奇（Svetlana Alexievich）在瑞典斯德哥尔摩音乐厅领奖时所做的演讲中的一段话。有着新闻记者背景的阿列克谢耶维奇以非虚构写作见长，而非虚构写作则是其所言的“内容打破了形式，也改变了形式”，文学“超出了原有的边界”的产物。关于非虚构的概念界定，其本身的创意与尴尬，其在西方与中国具体使用上的微妙差异，其在与纪实文学、报告文学的联系与区别，其在新世纪中国引发的潮流之势与被争议的原因等诸多学理问题，前人已有不少相关论述。这里，笔者只是想沿袭这一概念，将其与集体型叙事——这一需要多人完成的复数性言说方式联系起来进行论证，并从其与女性话语的纠结角度，进行女性主义叙事学视野下非虚构写作与集体型话语方式的连接点研究。

从文体层面，新世纪非虚构写作潮中涌现出的女作家书写在一定程度上可以说是新时期以来女性小说向前发展延续的产物。因为从我们下文要重点论述的代表性作品的文本形态而言，这些作品尽管有着新闻化、实地采访的一面，但多是以纪实性手法充实文学的真实性品格，而其“非虚构性”并不是太纯粹，都或多或少地包含了小说式的美学笔法。因此，中国

① 〔白俄罗斯〕阿列克谢耶维奇：《我是人们的耳朵》，吕宁思编译，《中国青年》2016年第5期。

不少非虚构写作其实是文学性的非虚构小说，与新闻体的纯粹非虚构写作还是有一定区别的。① 再从新时期以来女性小说的发展谱系来说，新世纪初年，女作家非虚构书写的兴盛是与私人化写作的落潮紧密相连的，其是近年来文学现实主义情怀与弱势群体意识在女性写作中发展壮大的一个鲜明体现，也有着对新时期女性小说的社会关怀向度进行精神承袭的一面。

集体型叙事则是这种精神承袭在叙事形式层面的典型体现。因为比起虚构型小说类种，集体型叙事与建立在采访、调研、实地考察基础上的非虚构小说联系更为密切。当然，这是有着内在的文体原因的：既然是访谈、调研，而采访对象多为复数的群体，非虚构写作就会比写作者个人苦思冥想的虚构类小说创作更容易牵涉“别人”的声音、集体的视角，而这会增加作品的生活性和现实感。像梁鸿的《中国在梁庄》基本采取叙述人为农民群体发言的方式，以知识女性“我”返乡为叙述线索和叙述视角，观照人口、教育、医疗、卫生、养老等形形色色的农民问题，由于叙述人需要应对的人与事是集体性的复数，也由于亲历采访的方式会强化叙述人对“他者”世界的认知程度，这个叙述人“我”的视点没有像《妇女闲聊录》中虚构叙述人木珍那样个人化与趣味化。比如《中国在梁庄》也写到了王家少年强奸 82 岁的老太太、留守妇女春梅因为想念外出打工的丈夫根儿犯了“花痴”等与私密性情感相联系的命题，却没有《妇女闲聊录》的眉飞色舞、津津乐道之态，不仅叙述话语相对节制，着眼于社会问题探讨（而非个人情感表达）的意图也很明显，增强了集体型叙述声音的现实感与表现力度。

口述实录体写作是集体型叙事的一种典型形态。张辛欣曾说：“这种体例更接近真实，它能够使文字与读者，文字所表达的内容与现实之间的空间缩小。”② 在张辛欣所在的 20 世纪 80 年代的文学谱系中，口述实录体借助了当时在中国社会还比较新异的录音机、摄像机、现场追踪仪等设备，为了同普通的新闻报道相区别，略去采访人的提问，以被采访人自我言说的方式结构全篇，强调的是口头表达的如实记录，有着活生生的现场感和泥土般的原生态气息。在当时众多虚构小说有关政治创伤的玄想和抚摸声中，的确发出了与现实中国无缝对接的异乎寻常的真实之声。与之相比，在新世纪文学的新的知识语境中的非虚构写作则增强了对采访行为本

① 参见孙桂荣：《非虚构写作的文体边界与价值隐忧——从阿列克谢耶维奇获诺奖谈起》，《文艺研究》2016 年第 6 期。

② 石万鹏：《从“先锋性”文本到“商业化”写作——新时期“纪实小说”的兴起与没落》，《济南职业学院学报》（社会科学版）2007 年第 4 期。

身的记录，将叙述人设定为与写作者本人的职业、身份、经历、趣味相一致的采访人（而非被采访人），以亲历性、经验性叙事增强真实性效果，并形成了被采访群体的声音通过采访人/叙述人的视点和口吻表达出来的代言式/单言式集体型叙事方式。这种叙述方式不仅出现在梁鸿以真实的大学教授身份返回故乡为农民群体代言的《中国在梁庄》中，在不少其他非虚构写作中也较为常见，像孙惠芬的《生死十日谈》是以作为作家、知识女性的“我”参与专业研究课题组的经历，摹写了农村自杀群体的痛苦与悲哀。丁燕的《低天空：珠三角女工的痛与爱》则通过故意隐瞒作者个人的知识女性身份、与打工妹同吃同住同劳动的叙述人眼睛，写出了珠江三角洲女工的生活与情感。郑小琼是打工妹出身的诗人，写女工既是个人自叙传，也是对与己同呼吸共患难的姐妹们的如实描摹，她以诗歌方式在诗集《女工记》中摹写了女工的集体群像，100 首诗中有 91 首直接以女工的名字命名，叙述视角上依然有“我”的在场，而且是“我”以旁观者与亲历者的双重身份进行了女工群体的形象塑造。

经由不同个体围绕着一个共同关心的话题进行轮番讲述、共同发声，是集体型叙事的一种常用的表达方式，其特点是有利于形成某种集体的合力，扩大声势，提高影响力度。像梁鸿的《出梁庄记》写到了从家乡梁庄走出去，分散到全国各地十来个城市的梁庄打工者。每一个地方的农民工都可以看作一个小的集体讲述者，尽管其言说不一，但指向却大体相同，那就是言说他们在各个行业中的苦乐生活，叙述主体其实是复数的“我们”。像在西安蹬三轮车的一帮人，三哥、二哥、大哥、二嫂轮流叙述，生意不错时有人说“挣疯了”，其他人就几乎异口同声附和，“那可是，那可是”；遇到交黑钱、打群架、被歧视等不如意的事情时，大家则七嘴八舌、同仇敌忾。[①] 在言说的人中，二哥比较活跃，其他人多起辅助的作用，但并不代表他们不发声，而是形成了自然生成的有主有次、有先有后，但言说指向均一致或大体一致的情形。这是一种集体型的“同心圆”叙述，与本书第三章第三节中“视角‘混移’：新的视角样式的出现”部分的“复数叙述人的非同声性视角”并不相同，基本是一种复数叙述人的同声性叙述。同声性叙述壮大，而非消解了言说的话语力量。对富裕生活的向往与对自我尊严的追求，在这些从梁庄出来的打工者那里，并不矛盾，他们不是见利忘义之徒，而在对故乡的眷恋层面也有着近乎一致的集体型声音。像虎子有能力在西安买大房子，但他更愿意回到梁庄去盖房，

① 参见梁鸿：《出梁庄记》，广州，花城出版社，2014，第 27 页。

二哥生了病也想回家乡去救治，他最常念叨的是“回家清是美”。这些人的故事是各异的，但故事所表达的意旨却是相似的。而且因为大家是老乡，形成了一个小团体，往往是一人讲述、众人帮腔，这就形成了“我们”中有“我”、“我”言说“我们”的集体型声音，是整个中国进城打工的农民工的代表。积少成多，滴水成河，卑微的声音汇到一起就会形成强大的力量，one by one 的相继发声的方式则越发壮大了这种异口同声之力。这是集体型叙事中的轮言方式。

以复述主语“我们”为叙述人的叙述方式则是一种典型的共言式集体型叙事。这在萧相风的《词典：南方工业生活》中体现得最鲜明。这部作品以解释“关键词”的方式对南下打工者的生存景观进行了具体揭示，作者本身也是一个产业工人，对自我辗转多处的南方打工生活的描述也是一种亲历性写作。但在叙述视角的选取上，该文并不都是取自“我”的眼光和口吻，而是在很多地方用了复数的“我们”：“我们四处流浪，仿佛只有爱情成为唯一的梦想。有时候，我们偶尔在一个工厂停靠……工厂成为爱情的驿馆，老板也成为我们客观上的最大的媒婆……”① 这个“我们”与前面论述的《大老郑的女人》《献给艾米丽的一朵玫瑰花》等文本中作为叙述人的“我们”不一样，其并非是以居高临下的反讽姿态叙说末代贵族的故事，而是“我”的扩大化与复数化。这部作品重点描写了“我们”加班、倒班、出粮、打卡、轮休、走柜、夜晚生活等集体生活的方方面面。此前潮流化底层书写中情节化、戏剧化的“乡下人进城”故事让位于日复一日、年复一年的流水一般的日常生活记录，因为非此不足以表现出闭塞、困窘、平淡、机械、单调、琐碎的底层生活本身。在叙事形式上，“我”的个人悲欢让位于“我们”的群体性挣扎与普遍性生存疼痛，“我”没有个人化的戏剧性生活，只有融入“我们”之后普泛化的生活、工作情态，是非虚构写作中为数不多的“我们”叙述的共言式集体型叙事。作品几乎对“我”的个性、情感、趣味不着一词，完全让“我”融入打工者“我们”洪流中的无名状态书写，也在很大程度上强化了“我们”的同质化声音。尽管这种复数的“我们”叙述有时候会以某种变体的方式出现，像结尾处展现保安生活的“他们”叙述：“他们将顶着大盖帽站成工业区的一塑雕像……他们向拦截的车辆致以有力的军礼……他们吼叫着，在早晨和傍晚的操场上演练……”无论是“他们”还是“我们”，发出的都是特定群体的声音。再渺小的个人融汇成一个千百人的集体也是一种壮观的

① 萧相风：《词典：南方工业生活》，《人民文学》2011 年第 10 期。

存在，个人声音的涓涓细流融汇成集体声音便是龙鸣狮吼，大大增强了其社会能见度与话语力量，这便是集体型叙事的“形式的意识形态”，也是新世纪以来个人化写作相对落潮之后文体创新的鲜明体现。

第三节　集体型叙事中的女性声音

将非虚构写作、集体型叙事与女性话语相联系，并不是说前二者都必然体现女性立场。事实上，非虚构写作在内容上五花八门，集体型声音亦有各种指涉，尚不能说其与性别问题有着某种天然的联系，这一点无可否认。

不过，从女性书写在非虚构文体中的大量存在及其在20世纪90年代私人化写作渐趋沉寂时期的异军突起盛况来看，我们说非虚构叙事掀起了一个女性写作的小高潮。对于女性非虚构写作在内容上拓宽话语空间，接地气、彰大气的“大女人”品格，学界已多有论及，像张莉《非虚构女性写作——一种新的女性叙事范式的生成》、王晖《论近年女性非虚构文学写作》、吴雪莉《论女性的“非虚构”书写与文学传统的对话》、张小平《非虚构——新世纪女性写作的转向与突围》、刘亚美《论“非虚构写作”〈梁庄〉的作者主体性》等。本章这里主要是联系前面讲的集体型叙事的逻辑线索，谈一下女性视域中的集体型叙事问题。

一、“我”在场的集体型言说

非虚构的作品重视的是真实性和亲历性，很多作家在进行写作的时候采用了“我”在场的第一人称的叙述方式。当然，这个“我”不同于20世纪90年代私人化写作中自传体叙述的“我”，其不是文本主人公，“我”讲述的不是“我”的故事，而是“他/她们”的故事。作为叙述者的“我”只是起一个采访、见证的旁观作用，目的是让叙述更真实，让“我”的目光、“我”的足迹引领整个叙述场域，将笔端的所思所见、所悟所感均投射一种现场感、亲历感的氛围，让读者与文本间的距离更加贴近、亲和。

“我”在场的集体型言说在新世纪以来的这股非虚构写作热潮中是很常见的一种集体型叙事方式。像梁鸿的《中国在梁庄》是作者历时5个月走访故乡村落写成，《出梁庄记》则用了两年的时间，走访了十余个省市340余人，积累了将近200万字的图文资料撰写而成；孙惠芬《生死十日谈》是作者跟随着国家自然科学基金赞助的“农村自杀行为家庭影响评估与干预”项目课题组深入辽宁农村，用真实的笔触记录了一个个悲伤的故事；郑小琼的《女工记》讲述了自己的女工生活和所处的女工群体；丁燕则隐姓埋名，亲自去东莞体验女工生活，《到东莞》是根据她历时200多天的工厂工作经历写成的；李娟的《羊道》是她跟随哈萨克牧民扎克拜妈妈一家共同生活、放牧、转场的记录，以恬淡、美丽的文字书写了哈萨克游牧民族在我国新疆阿尔泰地区生活、劳作的场景；王小妮的《上课记》更是直接取材于作者在大学任教的亲身经历。这些非虚构写作在文本中将创作过程、自身亲历性体验与感知，以第一人称“我”叙述的方式如实写了出来。正如梁鸿所言：“因为我的存在，他们的生活状态、场景变得鲜活，更有同在感和现场感。”[①]“我”增强了非虚构写作叙事场景的亲历和共在性，这几乎是毋庸置疑的。

“我”在场的集体型叙事也可以称之为第一人称叙述的单言式言说。“我”是叙述者，却是作为某群体中的一员在叙述，表达的是集体型的、“我们”的声音。以丁燕的《到东莞》为例，丁燕隐瞒自己的女作家身份，去东莞工厂与女工同吃同住同劳动，进行了200多天堪称“卧底”的生活体验，写出了这部作品。叙述者是“我”，言说对象是女工群体，表达的不是“我”个人的爱恨情仇，而是那个女工群体的酸甜苦辣、喜怒哀乐。在作品中，丁燕几乎没透露多少自己的个人生活，而是对女工流水线上的工作与吃喝拉撒的日常生活进行近乎原生态的描摹，这对20世纪90年代的个人化女性写作来说是很少见的。严格来说，这是以“我”为女工说话的代言式写作，可这种代言式并非追随、诠释主流意识形态的歌功颂德书写，恰恰是为弱势群体发声的社会良知的体现。文本中，丁燕有着两重叙述身份：“卧底”的女作家与普普通通的工厂女工。她不是以旁观者身份进行采风、报道，而是应聘试用的打工一员。丁燕这种双重叙述人的身份，赋予了她既作为女工说话又为女工发声的权利。初到东莞的丁燕目睹了各种街头景观，叙述姿态以外视角的描摹为主，显示出的是一种有距离的关照，像“拥挤在街道上的……有推木板车卖桔子的黝黑老妇……提着菜兜的主妇……拽着孩子奔向校车的母亲”[②]。而后，随着她隐姓埋名进入女工群体，不是作家去“体验生活”，而是真正地作为一名女工去“讨生活”。也就是说，在她的双重身份中，从第一重慢慢转向了第二重。这时，她的叙述姿态也改变了，感同身受的况味逐渐改变了原先的旁观者姿

① 梁鸿：《中国在梁庄》，北京，台海出版社，2016，第320页。

② 丁燕：《到东莞》，《人民文学》2013年第2期。

态，与女工同呼吸、共命运的感情越来越鲜明，叙述语言也充满了为她们鸣不平的充沛激情。“她们……浑身都蕴藏着疯狂气息，像不断膨胀的气球，鼓胀到了最后一秒，即将狰狞爆炸……”① 这里的“她们”是包含“我”的，也只有深入工厂生活中的人才能有这样的体会。“我”是“她们”，“我”为“她们”；“她们”是“我”，“她们”有“我”。双重叙述身份在这里已经叠印、胶着，女作家丁燕在以女工丁燕的身份写作，女工丁燕则以女作家丁燕的身份思考着生活的重担与真谛。流水线上的生活像雷声轰鸣的庞然大物，将女工鲜活的生命挤压、吞噬，丁燕则以两个“我”合二为一的方式，全方位展示东莞女工生活的笑与泪、痛与哀、歌与哭。

毋庸置疑，“我”叙述的方式增强了非虚构的现场感、真实感。某种意义上说，“我”在场的叙述人在这里实际上是作品中隐含的自我，是作者的“第二自我”，其“一方面受‘第一自我’的制约，另一方面也受到创作实践的影响，具有自己的特点”②。作为一个十分重要的叙述类型，第一人称叙述广泛征用了“我”的叙述话语，但“我”非“我”，在不同文类中“我”的叙述功能并不一致。私人化写作中的“我”往往是孤绝的个体，甚至有着越边缘越自我的“个人主义意识形态”倾向；非虚构写作中的“我”并非如此另类和偏执，而是体现为个人性和社会性的结合。一方面，作家们关注点异常广泛，涵盖乡村治理、拆迁改造、城市扩建、南水北调、希望工程等社会生活的方方面面，体现了写作者对历史文化、政治经济等广阔命题的深切关怀；另一方面，这些重要社会事件又并非冷冰冰的材料事实的堆砌，而是通过运用第一人称“我”叙述的方式，增添了文学的个人性、感性化色彩，因为“第一人称叙述的亲切感也往往意味着鲜明的主体性与浓郁的抒情性”③。用第一人称叙述使作者更易于表现自己的情感，具有主观性，从这个角度出发，非虚构作品中难免会带有作者的主观感受，但是由于其“非虚构”的真实性要求，作者在写作时一般会适当控制自己情感的抒发，以更好地表现广阔的现实世界。

因此，总体来说，尽管非虚构写作中的女性写作采用第一人称“我”叙述者居多，但不同于20世纪90年代私人化写作中讲述自己故事的自传体叙事，是从“我”的眼中看到的“我们”（更确切的说法应该是“他/她们”）的世界。出现的问题或争议只是，相对于《北京人》等以被采访人

---

① 丁燕：《到东莞》，《人民文学》2013年第2期。对丁燕研究参见晏杰雄《双重文化视阈下的微观痛感叙述——丁燕非虚构写作论》，《中南大学学报》（哲学社会科学版）2021年第4期。

② 徐岱：《小说叙事学》，北京，中国社会科学出版社，1992，第73页。

③ 徐岱：《小说叙事学》，北京：商务印书馆，2010，第307页。

轮流发言的方式营造的集体型叙述，这种“我”在场的集体型叙述固然在经验性、亲历性上有着得天独厚的优势，但会不会因为“我”的在场而遮蔽或压抑了人物自己的声音？这可以说是非虚构写作的争议焦点之一。学者刘莛曾委婉批评梁鸿的创作，“让人物或者一草一木来说话，比作者自己说更有说服力”①。的确，经由叙述人视点与眼光的群体性声音，固然不像自传体个人型叙述那样只滔滔不绝地言说自己的故事，但叙述人视角的“过滤”对弱势群体心声的表达不能说没有一点影响，像《中国在梁庄》有着知识分子特有的悲悯情怀，农民人物本身的个性并不是太鲜明。

不过，对于让人物自己来现身说法会让集体型叙述更有力的说法，笔者并不苟同。事实上，如果从确保所塑造弱势群体声音的强大来看，代言性的集体型叙述声音未必不如人物本身直接发言的轮言性集体叙述更有优势，因为同一群体中不同叙述人轮番上场的叙述方式，固然可能会造成叙述个体间的叙述内容与观点的相互支撑和补充，但也有可能造成观点的分离甚至矛盾，从而破坏了所塑造集体型叙述声音的完整性和典型性。像《北京人》中那个因种粮和卖貂致富的“万元户主”在天津登瀛楼饭店设宴时的言说，因经济致富而气壮腰粗的自豪之情与其他小人物稍显悲哀落寞的独白并不是太协调，而其自身夸夸其谈的品性，尤其是看重金钱、蔑视文化的粗鄙之气，体现了改革开放初期中国社会生机勃勃却也物欲横流、丧失了精神操守的一面，以至于让人感到“含颦带忧”②。这使得这一百位普通中国人的集体型叙述声音里有太多“众生喧哗”的嘈杂感，很难有一个统一的主题和风格，只能以“一百位普通中国人的生活和想法”宽泛说明其大意，至于要传达他们怎样的生活与想法则是较难概括的，要为他们解决什么问题更是无从谈起，这种群体声音事实上难以增强话语权威，甚至会降低言说的公众效力。而《中国在梁庄》《到东莞》等“我”在场的集体型叙事经由女性叙述人的视点和中介所体现的群体声音则明显一致了许多，共同服务于“还原一个乡村的变迁史、直击中国农民的痛与哀”（《中国在梁庄》）或表现东莞女工的工作生活、喜怒哀乐（《到东莞》）这样的写作主题，并提升了其所关注的“城市化进程中边缘群体何处去”这一问题的深度与力度。这些作品发表出版后引发了媒体对中国农民（工人）命运的热议，与其选择这种叙述方法不无关系。

---

① 刘莛等：《〈梁庄〉讨论会纪要》，《南方文坛》2011年第1期。

② 李振声：《延伸和限制——读口述实录文学〈北京人〉》，《当代作家评论》1985年第6期。

二、女性立场的集体型表达

集体型叙事、集体话语容易让人联想到“宏大叙事”一词。当然，何为“宏大叙事”，不少人的理解与列奥塔德的原意拉开了一定距离，但这不妨碍这一语词在后现代主义、新历史主义表述意识形态，尤其是反抗主流政治话语力量时被频频提起，像中国现当代文学研究界一度颇为盛行的主流/边缘、民族国家/个人、阶级意志/自由伦理等二元对立思维等。集体话语意味着公共言说，公共言说类同于主流意识形态，主流意识形态必然以男权文化为表征，男权文化则是对女性个人话语的深重压制，这是20世纪90年代以边缘、逃离姿态挑战意识形态中心观念的写作伦理，基本秉承了男性与女性、公共与私人、群体与自我、意识形态与边缘身份等两项话语相对立的内在逻辑，将群体声音、公共关怀当成了女性个人主义、自由主义的对立面。

但事实上，正如齐格蒙·鲍曼（Zygmunt Bauman）所说，私人生活与公共空间、个人言说与集体声音的二元对立思维是简单、偏狭的，它们之间并不是泾渭分明、水火不容的零和博弈关系，而是有一定联结纽带的，私人焦虑可以转换成公共关怀，同时，社会伦理的尴尬也可以从私人麻烦中得以烛照映射；而二者之间倘若失去了这种内在连接，则是个人与集体的双重“无能”。① 在私人生活与公共空间之间建立必要的联系对新世纪以来的女性写作来说尤其重要：一方面，20世纪90年代的私人化写作就是因为过分拘泥于边缘化的个人声音而陷入了渐趋沉寂的格局；另一方面，女性倘若走出“自己的一间屋”后会陷入男权文化的无物之阵，需要重新以“女扮男装”的姿态压抑和隐匿自身性别，这显然不是女性解放的坦途。性别身份在场的另一种叙述方式，是新世纪女性写作首先寻找到的一个目标和参照。所幸的是，非虚构写作的集体型叙事一定程度上为女性提供了这样一种资源，或曰途径。

如前所述，目前这股非虚构女性写作浪潮中多采取的是第一人称“我”叙述方式，而这种“我”在场的叙述在通过叙述人的设置体现女性声音层面上，比拱手让出叙述权、让人物自己说话的叙述能够占据更为有利的位置。因为集体型叙述关注的是一个群体共同面临的问题，除非专门针对女性群体，在内容上不会特别突出性别话题，言说对象往往有男有女，这固然迎合了上文所说的新世纪文坛“去主义、去性别”的召唤，但

① 参见〔英〕齐格蒙·鲍曼：《寻找政治》，洪涛等译，上海，上海人民出版社，2006，第2页。

对女性写作者的自我性别经验却是某种无形的压抑。像孙惠芬在访谈中曾反复提及自己并不是在有意识、刻意地进行女性关怀，对访谈对象的选取更多是因为直觉的作用，不少篇幅中写到女性更多是缘于“女性的坚韧和内心的强大一直是我的真实认知”[①]。可以说，对女性感同身受的朴素认知成就了孙惠芬集体型叙事中“不经意”的女性意识。对于这些并非借由个人化、“我”叙述方式登上文坛，没有话语“转型”之虞的女性写作者而言，设置携带自身经验、身份、性别、趣味的“我”作为叙述人的集体型叙述可以说是一种双赢的叙述策略。一方面，通过讲述弱势群体的故事展示了“他者”世界的存在；另一方面，通过“我”的在场又公开保留了个人与女性的些许声音，像并不专门关注女性问题的《生死十日谈》对徐大仙、万母、李燕、爱打电脑的儿媳妇等农村妇女的格外关注等，就是这种女性写作者直觉的无意识流露。可以说，在广义的人性关怀与狭义的女性关怀的双重烛照方面，集体型叙述做出了贡献。这也是林白《妇女闲聊录》、朱文颖《戴女士与蓝》等在新世纪中更多是“个案”文本，而这种非虚构文本却能彼此呼应、形成潮流在叙事形式上的原因吧。

回到个案文本。尽管非虚构写作处理的是公共题材，表达的是他者的世界，但不能说其叙事话语中没有隐含性别立场，即使同为采访人、见证者的“我”作为叙述人，写作者的不同性别倾向性亦会有所表露。下面以丁燕的《到东莞》与萧相风的《词典：南方工业生活》两部均属打工文学的非虚构文本做一具体说明：

> 我费劲地将米饭塞入口中……像猪饲料般的粗糙饭食，吃两口就唇焦舌燥。本来就渴，现在变得更难受。碗里的汤，两口就喝完。没有茶。店里卖一种瓶装可乐……我抵挡不住诱惑，也要了一瓶，啜饮了一口，即刻知道是在地下加工厂制作的，但是，依旧有可乐味。[②]
>
> ——丁燕《到东莞》
>
> 饭菜在集体食堂的厨师眼里叫“食物”……在批量采购、大量操作中，大米、肉类、蔬菜不再是“粮食”或“食品”，而是生产过程中的原料。这些原料在食堂里被制成了半成品，最终进入我们的肠胃变成了成品。集体主义的饭菜也就没有DIY那么精致和个性。[③]
>
> ——萧相风《词典：南方工业生活》

---

① 何晶：《孙惠芬：我想展现当代乡下人的自我救赎》，《文学报》2013年1月24日。

② 丁燕：《到东莞》，《人民文学》2013年第2期。

③ 萧相风：《词典：南方工业生活》，《人民文学》2011年第10期。

《到东莞》是丁燕在东莞工厂卧底200多天完成的对工厂女工日常生活的记录，《词典：南方工业生活》则是萧相风以自己10年打工经历写成的“南漂一族”的打工生活的缩影。两部作品同样是以自己的切身经历来写打工生活，不过细读下去，就会发现其呈现出不同的样貌。以上述描写工厂生活中的食堂为例：丁燕在表现食堂饭菜的难以下咽时，她表现的是细节，尤其是切身的感受，以“费劲”“像猪饲料般”“唇焦舌燥”等具有描述性的词语来形容难以下咽的食堂饭菜；买瓶装可乐一段，也非常有画面感，体现了作为女作家的细腻和敏感。而同样是对打工者食堂饭菜的描述，萧相风描写南方工业生活中的食堂饭菜，却没有使用“我”个人的直觉、感受进行直接性描写，而是用了复数的“我们”，并不是具体书写饭菜的难吃与否，而是以“食物”“食品”“粮食”“原料”“半成品”“成品”这些具体总括式词语来形容，体现出某种置身事外的抽象性和概括性。而像“这些原料在食堂里被制成了半成品，最终进入我们的肠胃变成了成品。集体主义的饭菜也就没有DIY那么精致和个性”之类的语句，则有着消解、颠覆的气息，对笔下的言说对象（集体食堂的食物）有着不言而喻的揶揄、调侃甚至反讽之意。从叙事学上说，这种并非旨在触发读者感同身受之情，而是将叙述主体与叙述对象保持一定距离表达叙述人的高姿态和叙述权威感的话语方式叫做“疏离型叙事”（本书第十章将有翔实论述），其更多体现出男性写作者的俯视性写作姿态。而丁燕的写作则含有注重感性和细节，并设身处地地从写作对象出发的女性化特征。

也可以说，尽管《到东莞》与《词典：南方工业生活》都是集体型叙事（前者是叙述人代女工发声的单言性叙事，后者是以群体性“我们”作为叙述人的共言性叙事），但其性别立场并不甚相同。21世纪的阔大背景毕竟给女性写作带来了宽松的文化环境，非虚构写作中的女性叙事在关注大千世界的时候，并没有违心地将自己的性别身份自我遮蔽，而是有意无意地灌注进了一定女性视角或姿态。当然，对这种女性姿态的辨识需要一定的深度探究。在接下来的章节中，笔者拟以作家作品的个案研究为例，对集体型叙事的两种代表性性别姿态进行具体论述。

三、集体型叙事的两种性别姿态

是否有一种可以概括、抽取出带有一定普遍性特质的“女性写作”？女性主义叙事学学者沃霍尔是拒绝的，她强调的是摒弃整体化、概括性思维，“辨认那些于特定时间、地点内被认为属于女性或男性作家的叙事形式”①。的确，若只从题材、人物、情节等层面界定女性写作，像以身体写作相号召等就有可能陷入本质主义窠臼，正如一个人的个性气质并不完全由其生理性别决定，世间并没有天生的、固定不变的女性题材或女性风格。看似中性化的集体型叙事也隐含着不同写作主体的不同观念倾向性，其中便包括性别立场问题，这在笔者看来主要是以以下两种方式呈现出来的：

其一，是直接关注女性群体的写作，不管是代女性群体发言，还是让女性群体中的个人轮流发言或以复数的“我们”共同发声，女性声音的表达是以容易辨识的显性方式体现的。像郑小琼的《女工记》是在自身辗转多地打工经历的基础上，用上百首诗从不同角度绘出了一幅“被固定在卡座上的青春”的女工群像，因为叙述人直接来自女工群体，所以不但摆脱了文人“代言”式的精英姿态，也如实写出了女工在“一百次地重复，一万次地重复，一万次乘以一万次地重复”的机械劳动背后的鲜活个性。丁燕的《低天空：珠三角女工的痛与爱》则通过叙述人“我”特意隐瞒自身的知识女性身份实地到工厂求职、与农村来的打工妹同吃同住同劳动的方式写出了珠三角女工痛与爱的方方面面，因为关注对象相对集中和类似，这两部作品一个用诗歌、一个用报告文学的形式发出了被主流社会漠视与压抑的女工声音。

其二，在那些并不是主要关注女性群体的集体型叙事中，女性视角与女性立场更多是以曲折隐晦的方式体现出来的。像在感性、细腻、温情的叙事基调中，体现出一定程度上的女性直觉与善感心理等。前文我们曾引述过孙惠芬有关“女性的坚韧和内心的强大一直是我的真实认知”的创作谈，其关注农村自杀群体的《生死十日谈》便在一定意义上流露出了作者的这种性别无意识心理。比如在讲到农村妇女因为舆论的压力自杀身亡的事件时，叙述人自述“妈，我不想死”的话触动了她作为母亲最脆弱的神经。在与丈夫和杨柱吃完饭后，她因着作为女人的敏感和感性而痛斥杨柱，尽管在张申看来杨柱实际上是“哦，一个真诚的人”，但因为对女性的欲望与情感有着感同身受的体验，她无法接受一个常年孤独的女人因为一次不道德行为而受到深重伤害，最终导致自杀的结果。那些疼痛和绝望因为叙述人女性视角的设身处地，才会给人留下比其他人的自杀故事更深的印象，这其实是叙述人的个人化情感同表述底层人生命的脆弱与虚妄的公共话语/社会问题联系在一起的深刻体现。还如《中国在梁庄》中的乡

① 〔美〕罗宾·沃霍尔-唐：《形式与情感/行为：性别对叙述以及叙述对性别的影响》，王丽亚译，《江西社会科学》2008年第1期。

愁问题，作者梁鸿曾这样写下了其冷峻而深广的忧思："我希望，通过我的眼睛，能使村庄的过去与现在、村庄所经历的欢乐与痛苦、村庄所承受的悲伤慢慢浮出历史地表……一个村庄如何衰败、更新、离散、重组？这些变化之间有哪些与现在、未来相联系……"① 这样一些深广的忧思透露出作者浓重的学院派背景和强烈的"宏大叙事"情结，可谓典型的面对公共话语/社会问题诉求的发言。不过，当落实到具体文字上时，由于采取的是第一人称"我"的叙述方式，这个"我"虽然不像私人化写作那样以个人隐秘情感为叙述主旨，但其并不掩饰自己的身份与性别，在叙述村民各类诉求与心声的同时，也表露了自己的个人声音，而这些个人声音与其整体上所要表达的启蒙主义立场上的乡村现代性忧思之间的复杂关系是颇值得玩味的，下面是笔者从文中摘录的两段：

> 一排排崭新的房屋和矗立在道路两旁全是尖顶的欧式建筑，却显得有些不伦不类……由于整体方位的变化和房屋的破旧，他们的存在给人一种奇异的陌生感和错位感……每次走在路上，都有强烈的异地异乡之感。②

> 整个乡村给人一种温暖自在的感觉……自在的变化，没有时间与速度，因此，也就没有危机与焦虑……在这里，这些都只是生活的一部分。③

表现城市化进程中以梁庄为代表的中国乡村的"悲哀、痛苦、无奈"是这部作品的整体基调，这不仅从上文引述的作者宏大创作意图中体现出来，还体现在各章的问题设置中，其各章题目便呈现出敬致鲁迅的鲜明启蒙立场与期盼家乡融入时代大潮的现代性精英情怀。然而，就我们上面引述的两段文字来看，叙述人的个人情怀对这种现代启蒙理性却有所偏离：在第一段中家乡在拆迁改建过程中的新旧杂陈景观让叙述人难以接受，作者将新式建筑称之为"不伦不类"，无法适应心目中的故乡已面目全非的"异地异乡之感"，这是种美学化的乡愁感喟，着眼点在怀旧式的个人情调上，同祈愿家乡人过上好日子的现代性向往之间有着不小的话语距离。而在上述第二段引文中，作者也暂时忘却了"哀其不幸，怒其不争"的启蒙

① 梁鸿：《中国在梁庄》，南京，江苏人民出版社，2010，第2页。

② 梁鸿：《中国在梁庄》，南京，江苏人民出版社，2010，第7页。

③ 梁鸿：《中国在梁庄》，南京，江苏人民出版社，2010，第193页。

主义、精英主义立场，写出了凋敝中的乡村仍在一定程度上有所保留的温暖和自由的一面，甚至在字面上进行了某种程度上的自我否定。

对于《中国在梁庄》的这些内在话语褶皱或裂隙，研究者往往将其归咎于叙述人心底深处的乡愁意识：“乡愁于《中国在梁庄》是一把双刃剑……没有乡愁，也没有这部作品的广受欢迎……但是，乡愁也遮蔽了其他一些东西。”① 在笔者看来，乡愁这种个人化情感的在场也是与叙述人女性视角的无意识流露相关的。沃霍尔曾言：“作品中的性别策略源自作者一系列的修辞选择，无论这些选择是故意的还是无意识的。”② 女性意识、女性视角的问题并不是作者避而不谈就可以规避的，这需要在文本中细细甄别，正如20世纪90年代陈染曾大谈“超性别立场”，但其在作品中体现的却是典型的性别立场。或许是囿于私人化写作落潮后学界“去性别、去主义”的主流倡导，这些非虚构写作者已经不再将性别作为主打元素，有些人甚至讳莫如深，集体型叙事强调的是社会关怀、群体性声音、底层意识等，被有些学者戏称为开创了“后‘私人化写作’”的新天地。但这不等于说性别姿态不在场，像《中国在梁庄》这几段文字同文本整体基调的张力与突兀感，就来自第一人称女性叙述人感性情怀的自然流露，其冲破了作者自我设置的民族国家、城市乡村、现代性、启蒙理性等宏大叙事框架，听凭感性和直觉的召唤，回到了女性个人化情感的最深处。在男/女、理性/感性、群体/个人、农民/自我的二元话语向度中，后者并没有缺席，而是以隐性的方式悄然存在。女性个人话语以第一人称叙述的方式介入发农民之声的集体型叙事之中，丰富了女性写作的叙述类种，也使集体型叙事与女性话语间的联系丰富、复杂起来。

四、集体型叙事与女性需要的“两个世界”

将集体型叙事与女性文学研究中有关女性需要“两个世界”的论争联系起来，为从新时期到新世纪的女性话语从叙事形式层面拓展了新的研究空间。“两个世界”问题最初是由女作家张抗抗在1985年的一次演讲中提出的，触及的是人的解放与女性解放的二元命题。“妇女的解放不会是一个孤立简单的‘妇女问题’。当人与人之间都没有起码的平等关系时，还有什么男人与女人的平等?”③ 这种女权与人权的二分法在当时的女性学

---

① 张莉:《非虚构写作与想象乡土中国的方法——以〈妇女闲聊录〉、〈中国在梁庄〉为例》,《文艺研究》2016年第6期。

② 转引自孙桂芝:《罗宾·沃霍尔女性主义叙事学理论研究》,山东大学博士学位论文,2014。

③ 张抗抗:《我们需要两个世界》,《文艺评论》1986年第1期。

界曾引发了一些后续论争，像“女作家的文学眼光既应观照女性自身的‘小世界’，同时也应投射到社会生活的‘大世界’”①，“女作家应以‘女人’的意识表现‘内在的世界’，以超越‘女人’的‘人’的意识表现‘外部世界’”② 等，这些说法力求完整地关照女性有关人的困惑与性别的困惑的双重命题，却在无形中暴露了女性/人性、小世界/大世界、内在世界/外部世界的二元对立思维，并有将女性对应于“小世界/内在世界”，而且在价值上低于男性对应的“大世界/外部世界”的性别本质主义倾向，因此遭到了当时正全力拥抱西方形形色色女性主义思潮的激进学者的批判。至于当时女性学者王绯提出的“女性文学的第二世界是女作家对外在世界的艺术把握，是女作家与男作家站在同一地平线上，不仅作为女性，而是作为一个人创造出的一种不分性别的新文化”③，更是被认为是一种抹杀女性特殊性的观点而备受争议。应该说 20 世纪 80 年代的女性文学论争，主要就是围绕女性需要的这“两个世界”的内在关系而来的。

不过，经过强调“女人性”、以女性“小世界”的无限张扬颠覆男权文化的“大世界”的私人化写作之后，女性学界亦开始反思自身，普遍注重“将社会性别（gender）同社会身份的其他构成成分协调起来”④ 进行宽泛意义上的女性书写，非虚构写作内容上涉及“三农”、移民、拆迁、灾难、奥运、西部大开发、南水北调、反腐倡廉等重大题材，形式上则以集体型叙事消解了个人化自传体叙事的单一与单薄，并囊括口述实录体、田野调查体、史料钩沉体、图文并茂体等各类亚文体，可谓又回到了 20 世纪 80 年代女性学界关注的“大世界”传统中。从叙事基调上说，集体型叙事因为关注的是他者，发出的是群体性的声音，与新世纪以来研究界对女性写作“走出自我/身体，走向他者/社会”的主流呼吁是相一致的，也回应了西方女性学者在更深广层次上的社会性别言说，像西苏所说的“从潜意识场景到历史场景”，斯皮瓦克所说的“把性别解放与生殖解放等同，等于宣告了反性别歧视自身的末日”⑤ 等。

---

① 马婀如：《对“两个世界”观照中的新时期女性文学——兼论中国女作家文学视界的历史变化》，《当代文艺思潮》1987 年第 5 期。

② 林树明：《论 20 世纪 80 年代我国文学评论中的性别意识》，《南开学报》（哲学社会科学版）2015 年第 2 期。

③ 转引自贺桂梅：《当代女性文学批评的三种资源》，《文艺研究》2003 年第 6 期。

④ 〔美〕苏珊·斯坦福·弗里德曼：《超越女作家批评和女性文学批评——论社会身份疆界说及女权/女性主义批评之未来》，王政、杜芳琴：《社会性别研究选译》，上海，上海三联书店，1998，第 424 页。

⑤ 〔美〕斯皮瓦克：《在国际框架里的法国女性主义》，张京媛主编：《后殖民理论与文化批评》，北京，北京大学出版社，1999，第 103 页。

从对外部社会“大世界”的眷顾到返回女性“小世界”的执着，再到重返“大世界”的勇气与能力，非虚构写作的集体型叙事似乎是走了一条改革开放以来中国女性话语的“否定之否定”之路。不过，应该明确的是，经过20世纪后期思想解放与大规模的世界性学术思潮冲击之后，新世纪的文学环境已大为宽松，作家们的创作心态也不再像20世纪80年代那样对“两个世界”问题如此敏感和各执一端，叙事话语亦开始相对成熟和多元。或者说，正像上文详细论证的那样，集体型叙事并不排斥个人话语与女性声音，而是以或隐或显的方式将女性对“大世界”的现代性忧思与对自我“小世界”的个人情怀联系了起来，从而在一定程度上能够摆脱“两个世界”论争时研究者有意无意流露出来的各执一端思维，甚至在一定程度上破解了女性写作的性别/超性别、女性/人性、女权/人权、公共空间/私人生活等观照视域的二元对立难题。对此，我们以女性作家张辛欣20世纪80年代创作的“两副面孔”（两种叙事姿态）为例做一下简单对比。

张辛欣是以《在同一地平线上》《我在哪儿错过了你》《我们这个年纪的梦》等女性心理小说在文坛崭露头角的，她所采取的第一人称日记体、内心独白体等个人型叙事方式在当时具有女性主义的尖锐和激进色彩，体现了改革开放后伴随个性解放而来的女性主体性的上升。当然，她这种决绝的个人型叙事因为在当时看来太过尖锐和极端，也受到了不少质疑和争议。1985年后，正当学界还在为其女性写作众说纷纭之际，张辛欣突然推出了系列新闻体、纪实性的非虚构之作，并旋即震惊了文坛。除上文分析的《北京人》（与桑晔合作，五家刊物同时推出）外，还有《在路上》（《收获》1986年第1期）、《寻找合适去死的剧中人》（《北京文学》1986年第1期）、《去死》（《中国法制文学》1986年第3期）等。在叙事方式上，正如本章上一节以《北京人》为例分析的那样，它们与《我在哪儿错过了你》等日记体的个人型叙事正相反，采取的被采访人轮番登场的“轮言”式集体型叙事方式，基本放逐了其自身的女性个人声音。有研究者发现，“张辛欣转向新闻写作并非完全出于‘本意’……一些人担心张辛欣正在‘退步’，甚至担心她对非虚构文体的运用，是对文学创造力的‘威胁’……内因受外部条件的严格限制使张辛欣转向新闻”①。联系这些作品与张辛欣此前的女性写作在内容与形式上的巨大差异，我们说这种观点是有一定道理的：张辛欣在着力书写女性心理体验、个人独立意识受批评的苦闷与

① 金介甫、董之林：《现代派与新闻之间的张力与共鸣——关于张辛欣的文学创作》，《广东民族学院学报》（哲学社会科学版）1990年第5期。

焦虑背景下，由对“小世界”的挖掘转向了对无“我”、无“女”的“大世界”的摹写，这恰恰是女性写作在那个年代不得不将“两个世界”相割裂、只能在不同作品中辗转徘徊于“两个世界”的各执一端精神的体现。

同样是非虚构、集体型叙事，同样是对女性“小世界”倾情泼墨之后直面“大世界”的写作转向，新世纪以来的女性非虚构叙事热潮在延续了张辛欣所代表的20世纪80年代集体型叙事的社会关怀意识、群体精神、时代参与感的同时，对其辗转徘徊于“两个世界”之间、各执一端的创作尴尬进行了一定程度的修正。或者说，近年来的集体型叙事尽管是以弱势群体声音的集体性爆发为基调，并以此构筑比单纯和单一的个人言说强烈得多的话语权威感，但写作者并没有完全迫于环境的压力而放弃、压抑女性个人声音。像本章前面对《中国在梁庄》《生死十日谈》《去东莞》等非虚构文本所做的分析那样，不管是以“我”作为采访人、见证人的在场性叙述的方式，还是多人围绕一个话题轮番讲述的共言方式，女性写作者的集体型叙事多以或隐或显的方式流露出了一定程度上的女性声音。当然，因为集体型叙事大多秉承了新闻体书写基于个别的、现实中发生之人或事的具象思维（而非典型性、隐喻性、“源于生活，高于生活”的文学形象思维），切切实实书写大千世界中的人间疾苦的写作精神，其所表达的女性立场多是以为包括女性在内的弱势群体鼓与呼的形式来体现的，揭示具体社会问题中或隐或显的男性权威有时候是其在不经意中完成的。因此，也可以说这是一种与以逃离、幽闭的边缘化姿态挑战男性文明大相径庭的“向中心挺进”的女性策略。

在这个意义上，我们说尽管集体型叙事中叙述人的女性个人声音或许更多只是一种隐形的存在，却昭示了“去性别”“去主义”之类对文学文本主流倡导的单一、偏狭和非现实性。如同新世纪以来的女性话语已越来越强调将女性性别同其他身份构成的社会性在场联系起来的开放性和包容性理念，文学文本中的女性声音也是一种复杂性存在，集体型叙事中女性话语的隐性在场便是一个鲜明的体现。

第十章　从碎片性结构到碎片性微文本的性别言说

本章中让我们集中探讨一下以碎片性叙事为特征的女性小说文本结构问题。碎片（fragmentation）原是对完整的东西破裂成诸多零散的片段状态后的称谓，其理论肇始于20世纪后期兴起的后现代主义。目前，有关碎片的研究已波及经济学、政治学、传播学、社会学、文学、艺术学等各个领域，并出现了磁盘碎片化、信息碎片化、营销碎片化、传播碎片化、消费碎片化以及碎片化学习、碎片化阅读、碎片化影像等各个领域的相关词汇。作为现代社会的一个特征，碎片化现象是与社会的发展与民主化进程的加剧相关的，个性主义、自由主义思潮必然带来社会各成员间利益、兴趣、诉求的差异化、多元化，整合化思维也日渐被碎片化意识所取代。

20世纪末期的女性小说已出现了碎片性结构的迹象，新世纪以来不但愈演愈烈，而且衍生到了新媒体时代的碎片性微文本中，其社会文化的发生及其性别意涵迄今尚未引起学界的必要关注，而本书就在本章中对这一问题进行一番深入翔实的分析论述。

第一节　碎片性叙事与性别话语的理论联结

目前文学研究界广泛使用了“碎片化”这一语词，以对文学文本疏离既定的线性秩序之后零散性、无序性状况进行研究。不过，本章中笔者更愿意启用目前学界尚运用不多的“碎片性”一词来指涉女性小说叙事形式中这一问题的社会性别研究。因为“碎片化”的后缀“化”从汉语语法结构上来说是动词词性，主要描述整体性思维转为零散性状态的过程或行为；而“碎片性”的后缀“性”则表示事物所保持片段性、无序性、散絮状的特征属性，汉语语法结构的应用上则是既有形容词词性（像“碎片性的信息、知识等”中作为形容词来用的“碎片性”），又有名词词性（像“权力

/文化分布的碎片性”中作为名词短语的“碎片性”）的双重指涉。所以，在具体指称对象上，“碎片化”多指正在进行的动态化碎裂过程，而“碎片性”相对静态化，已完成与未完成的碎片状态均可以容纳其中。因此，比较起来，“碎片性”比“碎片化”指涉面会更广一些，本章据此沿用这一说法，对私人化写作落潮之后的“碎片性”叙事进行一番社会性别研究。

一、碎片性叙事与“女人话”

> “她”说起话来，话头四散流去……她在陈述的时候——至少在她敢于开口说出的时候——女人不断地自我修正……才刚起了个头，没说完，一转身，就从另一个话头开始说苦道乐……总是迂回行转，不断拥抱字词，同时又丢弃它们，以免被固定化、僵化。①

> 她所说的不与任何事情完全相同，宁愿是相互临近的，当它离临近点太近，就会中断并从“零点”开始：她身体的性……②

这是法国女性主义学者伊瑞格瑞（Luce Lrigaray）在《非单一的性别》中所分析的“女人话”（*le parler femme*）的情形，这些含混、琐碎、不连贯、非逻辑性、旁逸斜出、爱节外生枝的女性言说方式，传统上往往被视作负面性的“婆婆妈妈”品格，而伊瑞格瑞却认为“女人话”是与女性特殊的自体快感方式相一致的，女性由于特殊的生理构造，其快感方式相比男性身体快感基于性与生殖器官的单一性、集中性更加多元和繁富。女性以多元性、流动性的阴性力比多打破了男性阳刚的单一神话，“女人话”也颠覆了将与男性修辞相联系的理性、逻辑性、完整性、权威性视为“正宗”的话语模态，可以“被拿来引申为对抗逻格斯中心同一逻辑的他途再现方式”③。因此，我们说尽管伊瑞格瑞在追溯“女人话”来源时与女性特殊身体构造联系起来，带有一定程度上的经验化、生理决定论色彩，但其正面倡扬的这种女性言说方式，却为对多元话语模态的理解提供了另类性、差异性视角，并将社会性别观念与更符合现代社会中个人

---

① 转引自宋素凤：《多重主体策略的自我命名：女性主义文学理论研究》，济南，山东大学出版社，2002，第133页。

② 转引自吴秀莲：《性别差异的伦理学——伊瑞格瑞女性主义伦理思想研究》，《哲学动态》2011年第5期。

③ 宋素凤：《多重主体策略的自我命名：女性主义文学理论研究》，济南，山东大学出版社，2002，第132～133页。

主义、自由主义思潮的碎片性叙事伦理联系了起来，因为女性这种说东道西、节外生枝、不连贯、琐碎、唠叨的“女人话”模式与“完整的东西破裂成诸多零散的片段”的碎片性叙事是有着某种内在联系的。这一切都为我们对碎片性叙事进行社会性别立场的阐释提供了一定程度上的理论依据。

二、细节修辞与阴性特质

“女人话”彰显了碎片化修辞的某些特征，只是一种随机和偶然的巧合吗？要是对女性美学有着更深入探究的话，我们就会发现碎片化与女性之间的联系广泛而深入。如与“女人话”类似，女性服装同样有着枝蔓丛生、不讲章法、缀品堆砌、细节过剩的特征。1943 年，张爱玲在其英文版散文《中国人的生活和服装》（中文版改名为《更衣记》）中，就饶有趣味地讲到了女性时装“另生枝节、放恣，不讲理”的美学冗余现象：

> 袄子有“三镶三滚”、“五镶五滚”、“七镶七滚”之别，镶滚之外，下摆与大襟上还闪烁着水钻盘的梅花、菊花。袖上另钉着名唤“阑干”的丝质花边，宽约七寸，挖空镂出福寿字样……制造一百种相仿而不犯重的图案，固然需要艺术与时间；欣赏它，也同样地烦难。①

张爱玲在这里讲的主要是古典样式的中国女装，繁琐冗赘的确是晚清时尚的一大特征。现代女装呢，尽管相对以前有所收敛，但比起同时期男装的单一，还是多了蕾丝、流苏、滚边、绉纱、刺绣、喇叭口、泡泡袖、荷叶领、束腰褶等千姿百态的花样与修饰。这些不但没有多少保暖御寒等实用功能，反而有时会喧宾夺主破坏这些实用功能的女装细节，节外生枝、妖娆多变、缀物丛生，冗余与过剩的特征依然鲜明。要是将简洁挺阔的现代男装比作整饬、条理、逻辑、权威的逻格斯语言的话，女装这种“放恣，不讲理，在不相干的事物上浪费了精力”的奇特美学是不是有点像服装界的“女人话”呢？老实说，将整体拆分成无数意义的小点，在脱节、砸碎、捣烂、枝蔓、庸缀处彰显非功利、非逻辑、非整体的美，这种女性化的服装美学，同片段、零散、说东道西、爱节外生枝的“女人话”在碎片化修辞层面还真有点相似性。

① 张爱玲：《更衣记》，《张爱玲名作欣赏》，北京，中国和平出版社，1996，第 326 页。

与碎片性叙事相关的文学修辞是细节描写。从叙事学上说，繁复铺排、不厌其烦的细节描写会导致叙事时间上的停顿、叙事节奏上的缓慢甚至停止，因为大段大段的细节性描写，“不占故事时间，只占话语时间，因此构成故事时间的停顿”①。一般来说，这种叙事时间上的停止、叙事节奏上的滞缓，会对叙事主题或人物形象的连贯性和深入性造成某种程度上的干扰和破坏，影响了开端、高潮、结局等传统意义上文学线性秩序的表达。因此，在这个层面上，细节也无可避免地被纳入碎片性修辞的行列。而细节性描写对于传统意义上的现代性观念也有一定的背弃与疏离。张爱玲在《更衣记》中，提出了“细节繁生代表了社会的停滞不前”的著名观点：

> 这样不停地另生枝节，放纵，不讲理，在不相干的事物上浪费了精力，正是中国有闲阶级一贯的态度……时装的日新月异并不一定表现活泼的精神与新颖的思想……由于其他活动范围内的失败，所有的创造力都流入衣服的区域里去。②

在此意义上，细节成了现代性的冗赘部分，保罗·德曼（Paul de Man）认为：“现代性以欲望的形式存在，根除以往一切，期望最终能达到所谓真正的呈现（a true present），达到标识崭新开始的起点。”③ 但细节所代表的节外生枝、旁逸斜出在某种意义上却往往与“欲根除以往一切”的“现代性”需求正好相反。如同革命现代性、启蒙现代性、改革现代性等总是以对反革命、非革命、落后保守势力进行彻底革除为号召，这种一往直前的现代性愿景往往与细节所联系的“感官的、琐细的与浮面的文本呈现”有一定矛盾性。像王安忆《长恨歌》中贯穿了大量边缘的、琐碎的、芜杂的细节描写，而且大多是有关服饰、街景、饮食等生活的细枝末节，这与轰轰烈烈的时代进程是相悖的，不但在文本结构层面上干扰了其连贯性与逻辑性，也在所反映的社会历史风貌上遮蔽了意识形态变迁对人的重要影响，张扬乃至夸大了吃喝拉撒等日常生活的价值。海外学者周蕾通过对中国现代文学的考察甚至认为，细节“往往与困陷、毁灭与荒寂

---

① 申丹、王亚丽：《西方叙事学：经典与后经典》，北京，北京大学出版社，2011，第124页。

② 张爱玲：《更衣记》，《张爱玲名作欣赏》，北京，中国和平出版社，1996，第326页。

③ 〔美〕周蕾：《妇女与中国现代性：西方与东方之间的阅读政治》，蔡青松译，上海，上海三联书店，2008，第133页。

有关……是叙事中所深藏的意识形态‘残余’”①。叙事学上的碎片性修辞成了解构民族国家宏大话语的颠覆性元素，这一点在不少新历史小说中均有所呈现。

细节与女性话语的联系同样可以在其作为现代性修辞的“剩余”性力量这一层面得到理解。正如蕾丝、滚边、皱褶、刺绣、泡泡袖、荷叶领等衣服上各式各样的细节追求多为女性服装或女性时尚一样，作为在美学上消解民族国家宏大叙事的细节修辞也往往与女性、阴性特质相关，或者说细节在纳入碎片性修辞的同时，也有着性别化、女性化特质。这一点，西方学者或身在西方学院的海外学者似乎体味得更深刻一些。像美国女性主义学者乃欧米·肖尔（Naomi Schor）在《仔细阅读：美学与女性》（*Reading in Detail*：*Aesthetics and the Feminism*）一书中认为，“关于细节的考量无可避免地牵涉到性别化（gendering）”②。对此，周蕾的《妇女与中国现代性：西方与东方之间的阅读政治》通过对鲁迅《祝福》、巴金《家》、茅盾《虹》的分析进行过深入解读，而这种颠覆性力量主要是通对女性心理的见微知著阐释得来的，“细节历史不仅只是与平常、俗世与装饰本身相关联，而且也与传统上这些领域所意味的阴性特质（femininity）相关联”③。

在笔者看来，细节描写是将整体拆分成无数意义的小点，是脱节、砸碎、捣烂，是碎片性修辞的重要内容，而碎片性叙事与“女人话”的特殊联系，也不可避免地会影响到细节修辞，或者说细节性修辞如果从言说方式的社会性别视角而言，是具有一定程度上的女性化意味的，其在不同时代语境下所呈现出的殊异碎片性景观，则是需要从对相应文学文本/现象层面的具体甄别中而来。在接下来的章节中，让我们走进文学现场，具体探讨一下社会性别视野下的碎片性叙事问题，让我们先从长篇小说的碎片性结构谈起。

第二节　碎片性结构与女性言说

碎片性叙事是在结构层面对既有文学成规的颠覆与消解，这在新时期

---

① 转引自朱崇科：《重读〈色戒〉》，《中国现代文学研究丛刊》2011 年第 2 期。

② 赵元蔚：《消费社会的“阴性化”特质》，《读书》2015 年第 9 期。

③ 〔美〕周蕾：《妇女与中国现代性：西方与东方之间的阅读政治》，蔡青松译，上海，上海三联书店，2008，第 133 页。

以来的长篇小说中体现得更为鲜明。如果说碎片性结构的现象本身已被有些研究者所注意的话，其与性别话语的特殊联系，或者说碎片化叙事中体现的女性声音，却尚未在女性小说研究学界引起广泛关注，而这正是本节要谈的主要内容。

一、碎片性结构概说

所谓的“碎片性结构”是指某些打破传统“开端—发展—高潮—结局”的戏剧性情节，不以线性秩序的逻辑推进为叙事线索的散片性文本，其文本结构特征是零散、破碎状态的。或者说文学文本结构层面的破碎状态与片段性构成是碎片性叙事的主要特征，其以局部、感性、非规则性、非连续性的片段性拼贴，对讲求有机性、整体性、逻辑性、线性秩序的传统文学成规进行了某种消解与颠覆，属于后现代理论范畴。像有学者指出的那样，“后科学的使命不是建构庞大而统一的知识体系，而是描述碎片性知识的分布系统”①。碎片性结构是碎片性叙事的重要表达方式，在20世纪90年代的私人化写作浪潮中曾以意识流、时空变幻、虚实交错、自叙传等文体策略被广泛运用过。如果我们承认前面一节所说的碎片性修辞与不连贯、非理性的“女人话”之间的联系有一定道理，就会发现私人化写作不仅仅以通常所说的身体写作、成长体验、私密性展示等文本内容为特征，还通过碎片化的诗性表达体现节外生枝、旁逸斜出、拉拉杂杂的女性声音，像《一个人的战争》《私人生活》等文本所昭示的那样。

不过，必须明确一点的是，碎片性结构并非只存在于私人化写作中，在私人化写作逐渐退潮的新世纪，其非但没有相应沉寂，反而有愈演愈烈之势，并表现出了新的文化症候，下面我们会对此有详细论证。这里，笔者想先概括两点：第一，理论上，碎片性结构以其与女性话语的特殊联系，通过非显在的隐性方式表达了某种女性声音，对某些并非女性第一人称自传体的叙事文本在一定程度上起到了某种性别“补偿”的作用。第二，话语实践上，碎片性叙事从进入新世纪以来有泛化蔓延的趋向，其不仅被私人化写作广泛运用，还延伸到了有些“不那么女性化”的社会历史写作之中，不仅为女性写作者所用，还延伸到了男性写作者笔下。

二、叙述人的在场与不在场

理论上，碎片性结构与叙述人设置层面的第一人称叙事或第三人称叙

① 黄鸣奋：《碎片美学在“超现代”的呈现》，《学术月刊》2013年第6期。

事之间并没有必然联系。也就是说，不管叙述人是否是文学虚构世界的参与者，均可以进行碎片性叙事。不过，叙述人的在场或不在场、是“我”讲述自己故事的个人型叙述抑或无明确叙述人的作者型叙述，对碎片性结构所传达女性声音的具体方式是有影响的，用女性主义叙事学创始人之一苏珊·兰瑟的话说就是，这两种文类所体现的女性“话语权威”意识的表达方式是不甚相同的。关于女性小说以何种方式建构“话语权威”的问题，本书在第六章有过论述，这里我们主要是从叙述人在场或不在场的角度，将碎片性叙事与女性小说的“话语权威”现象联系起来进行论述。如果说作家写作寻求出版、发表，以及借此要赢得受众和尊重、建立社会影响力的企图是一种“话语权威”意识的流露的话，叙述人的在场与不在场对这种“话语权威”的建构却是有着直接影响的。

在“我”作为叙述人讲述自己故事的自传体写作之中，由于碎片性叙事与“女人话”的特殊联系，携带自身性别身份的叙述人“我”也特别容易青睐这种旁逸斜出的碎片性“絮语”方式。这是因为，一方面其能够与女性多元性、流动性的阴性力比多联系起来，在一定程度上体现了女性独特生理、心理特质；另一方面，如上文所言，可通过挑战讲求有机性、整体性、逻辑性、线性秩序的传统文学成规，彰显对男性中心的文学主流体制的颠覆性。就这样，“我”在场的个人型叙述声音依循着女性言说“女人话”的本能，对碎片性叙事的追求显然是最鲜明体现女性主体性与话语权威意识的一种表达方式。然而，这里还不能忽视文体的另一方面。正如苏珊·兰瑟所言：“女性个人型的叙事如果在讲故事的行为、故事本身或通过讲故事建构自我形象诸方面超出了公认的女子气质行为标准，那么她就面临着遭受读者抵制的危险。”[①] 私人化写作某种程度上就是如此，其叙述人喋喋不休的碎片性讲述，包括随意介入其他人物言辞及心理、个性情绪的肆无忌惮外露等叙述法则的自我建构[②]，因为对主流文化规范的颠覆性太强，尤其是大大疏离了女性气质的传统公众认知，并没有达到其预期的建构话语权威的目的，反而因并未塑造出令人可信的权威而降低了女性写作的公信力。也可以说碎片性叙事尽管有着一定程度上的性别修辞性特征，并被自传体、“我”叙述的言说方式所青睐，但过强的颠覆性与随意性所导致的“絮语”型话语的狂欢与泛滥也容易成为女性写作“自恋独

① 〔美〕苏珊·S. 兰瑟：《虚构的权威——女性作家与叙述声音》，黄必康译，北京，北京大学出版社，2002，第 21 页。

② 参见孙桂荣：《性别诉求的多重表达——中国当代文学中的女性话语》，北京，人民文学出版社，2011，第 283～295 页。

尊”的口实，这在20世纪末学界对“60后”“70后”私人化写作的批评中体现得非常明显，在此恕不赘述。

因此，从一定意义上说，叙述人“我”不在场的碎片性叙事可在一定程度上规避上述过于外露的个人型叙述声音。无明确叙述人的叙述在叙事学上有作者型叙述、第三人称叙述、全知叙述、异故事叙述等各类说法，这些说法或概念界定的着眼点或许略有不同，但基本都是用来指称叙述人不是文学虚构世界参与者的叙述类型。与个人型同故事叙述相比，这种叙述者因为被事件加以人格化的程度相对低一些，发出的是种故事外的声音，所以被称为“异故事叙事者”，因其与隐含作者联系紧密，带有某种代言人性质，也被称为“作者型叙事”。在叙事类型中，因为叙述人是以非人格方式出现，就可以超出自然人的权限而与故事中的具体人物处于不同的层理中，确切地说，是居于高出文本中任何一个人物的结构性位置中，异故事叙述者也时常被称为“全知（全能）叙述者”，原因就在于此。而这种异故事叙述在赢得受众、建立社会影响力的话语权威方面比个人型叙述还有着某种形式上的便利。对于女性写作来说，其特殊之处还在于，“我”这一不在场的叙述人因为不参与虚构世界的叙述，与虚构人物分属于不同的系统存在，可以用非性别化的中性方式进行叙述，“异故事的叙述者毋须具有性别特征……女性作品中的叙述声音如果没有明确的女性标记，那么这些作品可能负载更为有效的公众权威”①。这也解释了相对于私人化写作的各种争议，采用异故事叙述、面向社会历史的第三人称女性写作，像迟子建的《群山之巅》、孙惠芬的《上塘书》、王安忆的《天香》等，何以会获得更多主流认可。具体来说，无明确叙述人的叙述可以规避女性叙述人外露性别有可能逸出“女子气质”所导致的诸种风险，采用更加中性化、公众化的叙事方式分享主流社会的话语权威感。

当然，如同依照既有原则行事也会无形中强化已有的规则范式，以一种相对“正统”的叙述声音自我权威化的过程本身，也会在一定程度上强化男性中心的传统叙述陈规，并压抑了写作者本人的经验性性别感知，第三人称的异故事者叙述某种意义上也难逃此种窠臼。或者说，以不容易表露女性性别的叙述人不在场的叙述方式在强化全知全能叙述的同时，也会以“女扮男装”的方式混迹于男性叙述，并以此强化男性权威。而在这个层面上，“我”不在场的碎片性叙述可以说对女性声音的流露起了一定作用：一方面，叙述人的隐退和中性化降低了前述自传体式、个人型碎片化

---

① 〔美〕苏珊·S.兰瑟：《虚构的权威——女性作家与叙述声音》，黄必康译，北京，北京大学出版社，2002，第19～20页。

叙事的过于“冒犯”公众之处；另一方面，则以同“女人话”联系更紧密的碎片性结构有意无意之间挑战了以理性、逻辑性、线性秩序为中心的男性叙事陈规，从而在一定程度上释放了被压抑的（女性）个人情怀。

三、从碎片性私密叙事到直面公众的写作

新世纪以来，90年代先锋小说中已现端倪的琐碎、日常、拉拉杂杂的碎片性结构在新世纪文学叙事中继续存在，像林白《致一九七五》、魏微《一个人的微湖闸》、朱文颖《莉莉姨妈的细小南方》等长篇小说，如本书第三章所论述的那样，在经过写作者短暂的话语“调整”之后又回到了“‘我’叙述”、意识流、时空闪回、说东道西、拉拉杂杂的“絮语”状态。如《致一九七五》除了以第一人称回忆性视角写“我”的故事之外，还写到了安风美、雷红雷朵姐妹、孙向明、邱丽香、童小萌、郑放歌等多人的故事，基本采取穿插闪回的“枝杈”式写作方式，与“我”的故事主线并没有太多必然联系，有着明显的随心所欲、随遇而安的散漫和随意状态。尤其是上部，一盘散沙的“反结构”状态更为明显，这种诗性化的碎片性结构和写作格局同林白私人化写作时期的《一个人的战争》《致命的飞翔》等文本基本类似，只不过相对于此前的幽闭性、私密性书写，所关涉人物和故事更繁杂、散乱一些，观照视野因为涉及“文革”、政治、意识形态，也有了一定程度的开放性与开阔性。

不过，本节此处重点并不是论及与私人化写作相联系的自传体、“我”叙述的碎片化结构，而是新世纪文学中一个相对新异的话题——不少看似与女性自传体浪潮中的碎片化先锋实验没有任何联系的实力派女作家，新世纪以来也写出了明显的碎片性文本，像迟子建的《群山之巅》、孙惠芬的《上塘书》、王安忆的《天香》、张翎的《流年物语》、付秀莹的《陌上》等。这种情况在这些女作家此前的创作中并不是太明显，像迟子建此前的《世界上所有的夜晚》《额尔古纳河右岸》等尚有贯穿始终的人物主线、明确的在场性叙述人、程度不一的戏剧性情节的痕迹，而《群山之巅》则完全采取了散片式的无中心人物、无中心情节的碎片性书写。《上塘书》《天香》《流年物语》《陌上》等作品也是这样，碎片性叙事与叙述人不在场但却对文本一切了然于心的异叙述者全知叙述的结合，是这些作品的一个共同特征。

与第一人称自传体写作的同故事者叙述相比，“全知叙述者通常与人

物保持一定距离”[1]，在权威性与客观性上有着得天独厚的文体便利。像《天香》中“嘉靖三十八年，上海有好几处破土动工，造园子”，《上塘书》中“夜一旦降临，上塘便黑下来，上塘黑下来，房屋、院子、屯街、草垛、田畴、土地便统统睡着，进入梦乡”，一开头便将读者拉入了身临其境的“聆听”状态。当然，对女作家而言，更关键的问题是其可以借用上文所说的“异故事的叙述者毋须具有性别特征”的便利进行中性化叙述。应该说，这些作家作品比起那些争议不断的私人化写作来说在当代文坛中有着更高的主流认可度，这与写作者的这种文体选择是不无关系的。然而，正如借用性别反串的男性叙述人进行故事叙述的《戴女士与蓝》仍留有一定程度上的“‘我’叙述”、女性叙述的影子一样，在貌似客观的中性化叙述背后，女作家的性别也没有完全退场，而是通过与伊瑞格瑞所言“女人话”相联系的碎片性结构的方式曲折地表达了出来。像《群山之巅》以17个章节写到发生在一个叫龙盏的东北小镇上的17个故事，故事之间联系并不太紧密，人物众多而繁杂，主人公的故事主线已无法涵盖这些旁逸斜出的叙事情节，文本呈现出一种“去中心”的离散状态。《上塘书》也是拉拉杂杂、汤汤水水的农村风物志手法，没有中心人物，没有故事主线，没有激烈的矛盾冲突与线性秩序，只是以绵密的乡土场景将上塘的地理、政治、经济、文化、交通等娓娓道来。《天香》的碎片性方式则体现在对刺绣、园林、器物、民俗、书画、掌故等晚清世情进行的浮世绘般的细节铺排上。王安忆在《天香》中说：“我写了他们（人物）对奢华的无限追求，表现在很多细节描摹上。”[2] 大量细节的呈现使文本表现空间更加充实、丰满，从叙事学上说则拉长了叙事时间，减缓了叙事节奏，也使结构更加散漫、松弛、琐碎。

四、在新近文本中的新发展

碎片性叙事的碎片性程度在各具体文本中并不一样，在近年来的长篇小说中，碎片性叙事不但有愈演愈烈之势，还出现了某些以往女性小说中并未充分表达的新景观。接下来我们以张翎的《流年物语》、付秀莹的《陌上》这两部作品为例，对这些碎片性叙事的新样式做一下具体的解析。

---

① 申丹：《叙述学与小说文体学》，北京，北京大学出版社，2005，第222页。

② 转引自刘昱君：《莲开遍地，暗香浮动——王安忆小说〈天香〉刍议》，《牡丹江师范学院学报》（哲学社会科学版）2014年第2期。

1.“套娃式”碎片性叙事

以“套娃式”碎片性叙事形容张翎的《流年物语》源自其本人的创作谈。她在一次访谈中曾提到，《流年物语》在叙述方式层面用了“物语”加“人语”的手法，“这些物件本身又有自己的故事，像俄罗斯套娃似的，故事里套着故事，人的故事和物的故事成了交织在一起相互映射的故事网”①。这部作品在叙事形式上有以非人格化物品进行叙述的“物语”的一面，本书第三章第三节第三部分已有所论述。这里我们重点看一下这种作者自述的“套娃式”碎片性叙事。

《流年物语》打破传统因果、时间的叙述顺序，显示出多中心、不连续等碎片性特点，关键是其各碎片之间并非完全的一盘散沙，而是像“套娃”似的既相互独立又能够勾连成一个整体。这种叙事方式使得人物在文本中来去自由——不必深入叙述的人物可以随时选择在某一片段中消失。这些物语和小故事之间存在着相互勾连的点或暗线，交织成了庞大的故事网，但是它们各个之间是具备很强的独立性的，每一小节拿出来，又是一个俄罗斯套娃中的“小娃娃”。而且，这些“套娃”并非按照时间或者因果顺序排列，如第一章“河流物语”的叙事时间是 2009 年 9 月，第二章又成了 2009 年 8 月，第三章则直接回溯到了 1958～1969 年，时间上具有闪回、跳跃、不连续性。这些碎片性章节之间的关系也较为复杂，小说并未按照因果顺序来排列，而是在打破因果、时间顺序的同时，每一个碎片都有自己的独立叙事主轴，像第一章“河流物语”是所有物语的果，最后一章“铅笔盒物语”是“老鼠物语”的一部分果与一部分因，二者互有交叉，同时又是“苍鹰物语”与“戒指物语”的因。

如果要再做一下细读分析，我们可以第六章“手表物语”为例。手表的独白被正常的“人语”叙述隔成了四部分，要各自还原这四部分的时间线索，再从中抽取仿宋体的独白部分才可以得到这样一个相对完整的故事：一个向往大海（参与海战）的意大利青年的父母为庆贺儿子不参军而转做潜水教练，为儿子买了一块价值不菲的沛纳海手表。青年却瞒着父母戴着这块表参了军并阴差阳错奔赴朝鲜战场，最终淹死在一条小溪之中。独白的第二部则是讲述一块有名的沛纳海手表在朝鲜战场被一位首长所获，最终手表作为避免桃花运的警戒辗转来到了男主人公手中，而男主人公凭借它遭遇了各种情感纠葛。故事的趣味性来自这些都不是平铺直叙地讲出来的，而是读者通过碎片性叙事的线索拼贴一点一点自己感悟出来

① 张翎、付小平：《时间会把我们从局部里解救出来》，2017 年 5 月 30 日，http://csw66.com/html/2017/Writer_0530/4334.html。

的。在较大的拼贴板块中，还有“铅笔盒物语”一章，我们可以读到这样的故事：一个叫两双的贫苦男孩，因母亲用肉体换来的铅笔盒而不耻，却在学校受肉体诱惑而留下记忆的污痕。简单的故事因为叙事的零散而充满了悖论反讽的元素，女性被男性玩弄是为了另一个男性，而男性在蔑视为自己付出肉体的女性的同时又控制不住自己的下半身。而在“瓶子物语”一章里，我们看到一个失落的女人（某人妻子）到巴黎寻找她男人瞒了她一辈子的情妇，企图报复，却在了解真相并与男人情妇进行一番斗智斗勇之后丢弃了装满硫酸的瓶子。这瓶子原来的男主人经历了什么，又怎么拥有了外遇是故事暗线，小说自始至终也未给予明确答案，只出具了某种模糊的暗示，读者可以自己进行创造式的想象，而想象过程中又会牵涉其他叙事枝蔓，可以扩大小说给人的想象空间，乃至使叙事进一步“碎片化”。

可以说，《流年物语》是近年来碎片性结构体现得较为典型的文本，其每一章“物语”见证下的人与事在发生时间上有很大的不连续性，有正序，有倒序，更多的却是相互重叠，时间是打散的。即便在“人语”之中，小说也处于一个相对破碎的状态，虽然组成每章“人语”的几大段情节具有相关性，但连续性、衔接性不强，甚至转换略显突兀。如在“钱包物语”一章，“人语”被“物语”割裂成了四大部分：第一部分是全力在熟睡时遭傻子强奸，其母讨要公道；第二部分是全知父母想对策给女儿解决终身大事；第三部分是全知失踪，刘年与全力偷情；第四部分是刘年预谋改制。每个部分又分为数个阶段，每一阶段是一个场景。如在第一大部分，上一秒是全力母女私语，下一秒就变成了全力刚刚睡醒，刘年到访。只用一句“这是全力在陈香底的第二个年头”，便进入全力遭强奸的叙述部分，在另一部分一句“女性走进院子里的时候”，朱静芬便开始为大肚子女儿讨公道，跳跃性十足。每跳到一个板块，就有一个板块的重心。看似屡见不鲜的情感纠葛被叙述得画风清奇、摇曳多姿，碎片性叙述策略在这其中起了很大的作用。

2.“‘情景不交融’式”碎片性叙事

付秀莹的《陌上》也是近年来在碎片性叙事的形式创新层面上别具匠心的一部长篇小说。从叙事结构上说，它是由 23 个相对独立的短篇杂乱式链接、拼贴而成的，放弃时间轴，只留有一点空间切片，“即使用抓阄方式打乱其组合，也不会影响这部小说的大体旨意”①。从这个角度来说，

① 老领航员：《评付秀莹小说〈陌上〉的语言》，2016 年 12 月 14 日，http://www.chinawriter.com.cn/n1/2016/1214/c404014-28949020.html。

《陌上》碎片性叙事的程度前所未有地在加强，不仅仅故事主线散漫、琐碎、凌乱，前后情节旁逸斜出，有些地方甚至出现了情与景、事与理之间的脱节与失序。乡村风物描写中亦出现了“情景不交融”的破碎、奇特状态，这为新世纪乡土文学带来了某种异样的新景观。鉴于这部小说已被不少学者从其他角度做过解读，下面本节主要从其“情景不交融”角度谈一下它的碎片性状态。这是笔者从这篇小说中随意抽取的几处风景描写：

文段一：廊檐下栽了一大丛月季，盛开着红的粉的黄的花……夹竹桃却只有粉色的，是那种最娇气的粉，粉中带着那么一点点奶白……

文段二：芳村的夜，又安静，又幽深。月亮在天上游走着，穿过一朵云彩，又穿过一朵云彩……地上的庄稼啊房屋啊草木啊……竟然像是被洗过一样，清亮亮的格外分明。玻璃窗上影影绰绰的，落满了树影子……

文段三：月亮慢慢升起来。天空是那种很深的蓝，湿漉漉的……月亮却是淡淡的黄，也不怎么圆，挂在树枝子上……星星很稠，在天上一亮一亮的。

文段四：西天上的云彩烧成一片……好像是碎锦烂绸子一般。夕阳挂在树梢上，把树木们剪成枝枝杈杈的影子，映着半天的彩霞，好像是一笔一笔画上去的……①

优美典雅的语言、田园诗般的格调、清丽怡人的风格，曹文轩教授在为《陌上》所做的序言中说：“这是一个失去风景的时代，阅读她的作品，我们随时可以与风景相遇——一路风景……她的风景背后，似有中国古典诗歌的神韵。”② 因为与孙犁先生同为河北人，付秀莹也被有些学者称为荷花淀派的当代传人，具有某种“古典美”，“她承接的是废名的传统，而非鲁迅的传统”③。不过，细细品读，我们会发现《陌上》的风景描写并

① 付秀莹：《陌上》，北京，北京十月文艺出版社，2016，第68、97、224、282～283页。

② 付秀莹：《陌上》，北京，北京十月文艺出版社，2016，“序”第5～6页。

③ 《付秀莹写〈陌上〉：她承接的是废名的传统，而非鲁迅的》，2017年5月22日，https://ibook.ifeng.com/68149/news.shtml?&back。

未像废名、孙犁那样同诗情画意的人物与故事融为一体，风景描写的田园风同乡土社会的颓败、沦丧形成了鲜明对比。在她笔下，乡村社会的亲情、爱情、友情等故有的人情世故伦理已被权力、金钱、色欲等严重污染，这样的恶俗伦理使得其抒情格调的风景描写与所在文本语境并不协调，更多像“补丁”般地拼贴在作品各处，呈现出景与情、事与理相疏离的碎片性状态。

具体来说，上面的几段引文中，文段一后面紧接着就是“素台立在廊檐下，呆呆地把那些花们看了半晌，忽然一捂脸，蹲在地下嘤嘤嘤嘤哭了起来”，这是素台与丈夫增志吵架，增志不顾素台情绪，强行离开家后的情形。花的美丽与素台的憋屈心理、痛苦情绪很不协调，叙事并未进行必要的情调转换。文段二后面紧接着是“蛋子早哭累了，歪在沙发上睡着了。占良正在厨房里收拾一地的残局”，这些与景物描写中“安静、幽深、清亮、树影婆娑、花香浓郁”的芳村夜晚美景之间反差太大了。文段三后面跟着的也是恶俗的村委会里吵架的场景。文段四的描写在前后文语境中所体现的断裂般“陌生化”效果最为典型。芳村的傍晚彩霞满天，色彩斑斓，如诗如画，然而这一段描写恰恰是嵌在因为芳村环境污染，村主任建信接到上级重罚指令而焦头烂额、建信媳妇因为建信与别的女人有染而恼羞成怒地四处寻夫的字里行间。这一段前面是建信媳妇的破口大骂，“一辈子的大事，还叫人过不过了？狗日的们，臭不要脸的”，紧接着这段诗情画意描写的则是“建信媳妇立在门口，她嫂子坐在门槛上，低着头抹眼泪，一面嘴里骂骂咧咧的”，美景的描写不但与前后语境全然不协调，形成奇特的反差，也与上级要查处的芳村“环境污染”问题相矛盾。

也可以说，芳村的美景已无法像废名《竹林的故事》一样成为前现代社会中农人田园牧歌生活的唯美背景，更不能像汪曾祺的民俗风情小说那样作为人物与故事的发生源而成为叙事的主体，其散落于小说的结构缝隙中，只能自足自立而特立独行。小说为强调乡村的颓败，特意在文中这样写道：“这地方做皮革，总也有三十多年了。这东西厉害，人们不敢喝自来水不说，更有一些人，不敢进村，一进村子，就难受犯病，胸口紧，喘不上来气，头晕头疼。”① 从现实主义角度，如此重污染下能否有这般异彩流光的绚烂风景是让人质疑的，诗情画意的自然景观与污染颓败的人伦景观之间不但形成了某种奇异的反差，甚至彼此成了某种反讽般的存在。

可以说，对于本章所论述的碎片性叙事而言，《陌上》典型地说明了

① 付秀莹：《陌上》，北京，北京十月文艺出版社，2016，第316页。

新世纪文学的“一盘散沙”状态已逾越了结构、情节层面，而进入情与景、事与理的脱钩与失序层面，这无疑强化了这一后现代叙事伦理。

五、碎片性“小叙事”在传媒时代的可能性

波德里亚（Jean Baudrillard）曾有“铁路带来的‘信息’，并非它运送的煤炭或旅客，而是一种世界观、一种新的结合状态”[①] 的著名言论。对此，我们可以将之延伸为，电脑写作与互联网的普及所带来的“信息”，并非传言中的信息爆炸，而是那种稳定、有序、均衡、统一的线性思维的改变与唯美、圣洁、典雅的古典情趣的结束。

值得注意的是，碎片性叙事不仅在新世纪以来的女性写作中呈愈演愈烈之势，同时期部分男性写作者的作品也沿用了这一结构方式，像贾平凹的《秦腔》、毕飞宇的《平原》、阿来的《空山》、阎连科的《受活》、史铁生《我的丁一之旅》等，也有鸡零狗碎、琐屑飘忽、婆婆妈妈、絮絮叨叨、零散片段的“絮言”特色。像贾平凹在《秦腔》后记中说：“我不是不懂得也不是没写过戏剧性情节，也不是陌生和拒绝那一种‘有意味的形式’，只因我写的是一堆鸡零狗碎的烦泼日子，它只能是这样一种写法。”[②] 毕飞宇在有关《平原》的创作谈中也说，因为平原上的人们过的就是这样一种平凡而无聊的生活，再大的悲剧也是埋在波澜不惊的生活常态下面，因此以日常化的语言和散漫的结构作为《平原》的主要叙事手法。[③] 对于贾平凹、毕飞宇等人的创作，研究者们一般援引作家本人的创作谈，将其解读为“文体与现实的同构”，作家的写作对象——支离破碎的生活本身——决定了其碎片化的文体选择。[④] 的确，乡土写作的碎片化叙事往往与城市化进程中乡村生活本身的颓败、凋零、衰退、破碎状态相联系，显出一种内容与形式的水乳交融之势。

然而，这并不能解释有些非乡土题材的作品，像王蒙的《尴尬风流》、毕飞宇的《推拿》、史铁生的《我的丁一之旅》、王安忆的《天香》、张翎的《流年物语》等都采取了碎片化方式。它们并非乡土题材。《尴尬风流》写的是赋闲在家的老王面临的一地鸡毛的日常琐事，《推拿》写的是一群盲人们拉拉杂杂、事无巨细的家长里短生活，没有多少大开大合的中心主

---

① 〔美〕让·波德里亚：《消费社会》，刘富成等译，南京，南京大学出版社，2000，第 132 页。

② 贾平凹：《秦腔》，北京，作家出版社，2008，第 565 页。

③ 转引自晏杰雄：《新世纪长篇小说文体研究》，北京，作家出版社，2013，第 89、90 页。

④ 参见晏杰雄：《新世纪长篇小说文体研究》，北京，作家出版社，2013，第 88～90 页；刘海军：《论新世纪乡村小说的碎片化叙事》，《大连理工大学学报》（社会科学版）2011 年第 1 期。

题或贯穿始终的情节主线，甚至可以与新写实的平庸、琐碎、无聊比肩，均可以纳入广义的“碎片性叙事”行列中来，尽管不同作品碎片性叙事中的“碎片性”程度不甚相同。显然，对于这些文学现象，仅仅从其写作内容上来解释是简单苍白的，文学的发展嬗变与包括性别话语在内的时代审美风尚等也是需要考虑的阐释元素。

在笔者看来，碎片性叙事在新世纪文坛已经形成了一种广泛甚至普遍性存在的可称为碎片性“小叙事”的美学风格，其繁荣兴盛最起码还有这样几点原因：

首先，关注心灵破碎、混沌、缺失的幽微地带是文学往纵深处发展的标志，而碎片性叙述是与此相联系的最方便的表达方式。现代叙事的碎片性状态应在某种程度上列入认识论的范畴。“人的心灵以缺失作为自己的表征，而不是以完整作为自己的表征。而文学是一门心灵的艺术，文学对人心的进入，对人心的表述，一定需要一个碎片化的过程。”① 心灵是没有边界的，一切都是未知的，随时都有旁逸斜出的可能，文学要表现这一心灵的无序与精神的撕裂状态，显然碎片性表达比传统文学的线性成规更深入和契合。这也是采用碎片性叙事的现代、后现代文学最引以为傲的一点，碎片性写作最初是作为一种颠覆传统宏大叙事的“革命性”力量出现在纯文学领域中的。感性化、欲望化、经验化的“小叙事”写作取代过去的政治、阶级伦理，日常生活转向、世俗价值凸显对传统典型人物、典型环境写作的冲击，表述人生“常态”对戏剧性传奇的遮蔽等，这些改革开放以来中国文学的逐渐转型均在一定程度上促进了碎片性“小叙事”的生成与发展。因此，上述贾平凹在《秦腔》后记中的自我表述，在笔者看来还不够完整，碎片性方式对其写作来说不仅与“烦泼”的乡村日子相联系，还是有效实现其欲表达的暧昧幽深之人性深度的策略手段，否则便不足以解释何以他近年来的写作如《带灯》《古炉》等均无一例外地使用了碎片性叙事的方式。从这个角度上，我们甚至可以说，碎片性叙事是文学发展到一定阶段的必然产物。

其次，传媒时代信息传播整体上呈现出碎片性状态，尤其是碎片性阅读的读者状态对碎片性写作的作者状态也有一定的“倒逼”式影响。如果说前面我们的论述更多与纯文学、先锋文学联系在一起的话，那么这里牵涉的则是新世纪文学的新媒体语境问题。如前所述，碎片性叙事在当下的泛化程度比之先锋文学当道的 20 世纪 90 年代更加鲜明，而这是与当下文

① 郭小东：《现代小说的碎片化叙事》，《广东技术师范学院学报》(社会科学版)2013 年第 4 期。

学的写作与阅读对新媒体语境的依赖相关的。不止一个研究者发现，碎片性传播已成为当今时代包括文学在内的文化资讯的最重要传播方式，而且碎片性传播主要体现在两个层面上：一是信息来源、信息分布上的散片化、非整体性存在；二是信息意指、信息观念上的异质性、非统一、分裂性状态。前者一般被称为事实性信息传播碎片，后者被称为意见性信息传播碎片。在事实性信息碎片性传播方面，研究者们普遍发现，目前的文学阅读越来越依赖碎片性的时间阅读，文学文本的零散性、文学文本的不完整性对阅读者的情绪影响似乎越来越小，因为在快节奏生活的今天，人们往往依赖电子书、手机等阅读媒介，在上班路上、工作间隙等零散时间阅读文学作品，对意义完整性、逻辑性的要求相对降低，而对碎片性叙事的容纳度则大为提升，这对碎片性写作有着某种传播学意义上的鼓励。而从写作者层面上说，碎片性语境也对他们有一定程度上的影响，像不少写作者是身兼数职，在工作、日常事务的间隙写作，以碎片性的零散时间来写作，而且是在电脑、手机上以打字的方式电子写作，这种创作方式与讲求行云流水、一气呵成，需要长时间苦思冥想，在稿纸上涂涂改改的传统写作方式差别很大，而这种现实世界中的碎片性写作方式对文本世界中情节设置、结构运作等内容与形式上的碎片性，也不能说不会产生一定程度上的影响力。

再次，社会文化思潮层面，由个性主义、自由主义所带来的社会各成员间利益、兴趣、诉求日益走向差异与多元的时代审美风尚，内在地决定了这种碎片性叙事的存在缘由。现代社会中，“宏大叙事”之所以在一定程度上遭人诟病，并不仅是因为它是主流意识形态的代表，与权威、等级制、不平等、非民主化观念相联系，还因为其预设了一种整体性思维，即社会成员在一个特定的时间段落中有着相对一致和稳定的价值观念，达成了一定时代“共识”，甚至是无须证实或证伪的不言而喻之说。事实上，当今世界资源信息的多元化、认知视角的个体化、利益旨趣的分散化，使得这种整体思维早已付之阙如，“共名”被演绎成零散、破碎的“无名”状态。这便是我们在上面引用的传播学研究者所说的意见性信息传播的碎片性，“这个意义上的碎片，不仅指零散性，更指意见的异质性、分裂性”①。“大世界”分裂成了无数的“小世界”，目前时代的审美风尚是“小”字当头也能说明这一点——小时代、小清新、小确幸、小美好，而在文学叙事类型上便是追随意识形态的“大叙事”撕裂，演绎成了复数的

① 彭兰：《碎片化社会背景下的碎片化传播及其价值》，《今传媒》2011年第10期。

“小叙事”。从这个层面上说，碎片性写作是符合时代审美风尚的。因此，20世纪90年代私人化写作退潮后，其文类特征中的自传体写作、诗性化叙事、回忆性视角等自新世纪以来的确渐渐沉寂，而其同样具备的碎片性方式却意犹未尽，甚至有本章上文所说的愈演愈烈之势，是有着内在原因的，时代风尚的深层社会文化心理为之提供了相应的价值支撑。

最后，也是对本书来说最重要的一点是，由于碎片性叙事与上文所言的“女人话”、细节性修辞的阴性气质等问题的内在联系，其对女作家与女性写作来说，还有着某种以上碎片性叙事的普泛性溯源所不具备的特殊性别意义，那就是对某些非第一人称自传体写作的第三人称、异故事叙事起到了某种类似性别“补偿”的作用。前面我们曾提到，女性主义叙事学研究者沃霍尔曾说，作品中的性别策略源自作者一系列的修辞选择，无论这些选择是故意的还是无意识的。女作家对于《上塘书》《流年物语》《陌上》等文本的碎片性叙事的选择也是这样，或许与《秦腔》《平原》《空山》等类似，都是只为践行其日常化、家常里短文学理念而做的一种无心的选择。然而，从被压抑的女性声音角度，这些碎片性叙事则是对上文所述的“我”不在场的中性化书写进行了某种程度的性别“补偿”。关于以叙述人不在场，尤其是不以女性身份进行叙述的碎片性方式，何以会一方面以对接旁逸斜出的“女人话”思维的方式体现女性声音，另一方面又能在一定程度上规避第一人称自传体碎片方式在表达话语权威意识中过于外露的叙述风险，本章前面已有论述。这里，笔者只想对这种碎片性叙事的性别“补偿”作用总结如下：

（1）从表面来看，碎片性叙事是与女性散漫、飘忽、说东道西的言说方式相一致的，内在的契合则是女性所处的边缘化“第二性”位置使其更容易接受非主流思想，更愿意认同或践行碎片性叙事这种非中心、非一以贯之、非线性逻辑的旁逸斜出的写作笔法。（2）如同我们上一章所论述的女性个人声音以一种相对曲折、隐晦的方式存在于新世纪文学的集体型叙事中，以回应私人化写作退潮后学界对“走出自我，走向社会”的主流倡导，碎片性叙事至少在文本表面以对叙述人不在场（无“我”的第三人称叙述）的拉拉杂杂生活场景的缀断式描述，体现了对驳杂社会的关注，这对于彰显女性写作的宏阔姿态，“撇清”与私人化写作的关联等均是有益的。（3）如上文所言，碎片性叙事不但与现代人心灵深处的破碎状态相联系，还维系着新媒体时代快节奏的文化生活、自由个性思潮下差异与多元（非整体性、非整合性）的审美风尚等，这一切甚至会汇聚成某种波涛汹涌的时代潮流，并在有意无意中融合进零散、断片式的“女人话”中，从而无形中加剧了社会感性化、阴性化的声音建构。关于这最后一点，本章接下来还会以新媒体时代的碎片性微文本为例，加以具体说明。

第三节 新媒体时代的碎片性微文本及其性别分析

碎片性叙事是后现代文化的一个特征。詹姆逊指出，后现代主义的一个突出特征是碎片化，或曰非连续化。荷兰文学理论家佛克马也指出后现代主义打破了传统文学开头、中间、结尾三部分的线性秩序和逻辑性构成。在后现代主义碎片的文化谱系中，新媒体技术下催生的短小凝练的碎片性微文本——那些将碎片性写作、碎片性阅读发挥到极致的微博文学、微信文学等——是有着某种特殊“碎片性”症候的，因为其不仅是个性主义、自由主义思潮所带来的整体性思维付之阙如的鲜明体现，还以自身的破碎与芜杂加剧了这个时代的感性化、阴性化特征。

一、新媒体时代的碎片性微文本

碎片性微文本是指那些异常短小、散落于新媒体文化语境中的只言片语性文字，碎片一样的存在是其现实生成与生存的文本方式，因此可以称之为“碎片性微文本”或“碎片性文本”。它们均可以说是超出常规的“碎片性”叙事方式。

据称，截至2019年，中国的互联网用户已达8.29亿人次，新浪微博用户官方显示已超过3.3亿人次，微信用户更是达到11亿人次，一个全民使用数字技术的时代似乎到来了。而这些，深深改变了文学生成、传播、批评、研究等的存在方式，也衍生出了现在常说的新媒体/多媒体文学类种。通常新媒体文学给人的感觉就是网络文学，而从篇幅上说，网络文学是巨型文本，动辄就有几百万字，有的已达到上千万字，光章节数就成百上千，像那些类型化的玄幻、仙侠、穿越、耽美文字等。不过，这并不是新媒体文学的全部，随着生活节奏的加快，碎片性阅读的技术日臻成熟，与长篇小说碎片性结构相联系的零散化、片段化存在状态的碎片性微文本正在形成，并呈蒸蒸日上之势。限定在140个字符以内的微博文学就是一个例证，此外还有微信文学、短信文学等，文体形态上除了微小说、微散文、微诗歌等传统文学类种的微型化存在，还有微笑话、微故事、微演讲、微采访等有一定文学性、但也更为实用的文体样式。这些不但比“超长文本”的网络文学要短得多，就是比传统纸媒文学也更短小、凝练、简约的微文本，开启了碎片性时代中碎片性写作、碎片性阅读的新篇章。

从某种意义上讲，网络文学“越写越长”的叙事篇幅中隐含了相对商业化的趋向，而碎片化写作的微文本则更加强调表达个人情怀、传达自娱自乐的个性精神。不可否认，网络文学近年来的超长性与其愈益商业化的运作模式存在某种内在的联系。早期的网络文学是免费阅读的，写作者表达个人情怀是自发性创作的主要动因。新世纪以来，不少文学网站逐渐推出了付费阅读模式，因为通常是以字数为标准，这极大提高了写作者更新与“拉长”文本的积极性，像起点中文网规定每个签约作者每天要更新1万字的付费章节才能领到每月1000元的全勤奖。在此情形下，“写得长”维持和累加读者比另起炉灶、设计新的情节赢得新的读者要容易和轻松，这也内在地决定了书写字数与商业机制的联系，更不用说为了迎合越来越只注重消遣和宣泄的网络文学读者，有些写作者也不停地在文本中“注水”。与这种越来越商业化的网络文学运作机制相比，微文本的生产、传播却有着更为明显的业余、自发、原创性质，也更符合个性主义、自由主义思潮下的碎片性时代精神。或者说，正如本章在开篇时提到的，随着社会的发展与民主化进程的加剧，社会各成员间利益、兴趣、诉求的差异化、多元化趋势鲜明，碎片性逐渐取代整合性，异质性超过了同质性，这种碎片性精神是与个性张扬、自我表现、主体情感的表达等一系列时代特征相连的，微文本在这一层面上借助电子传媒的技术力量，比起目前相对商业化的网络文学与互动性较差的传统纸媒文学，似乎有着更为鲜明的文体优势。

微博写作是碎片性写作与即时性分享的最鲜明体现，用户可以通过手机、Email、网络等多种方式发布短消息，限140字以内，只能进行“只言片语”的话语表达。作家陈彤曾说：“相对于博客的长篇大论，微博算是短小精悍的了，绝大多数人写博客是坚持不下去的，但微博可以通过短信和彩信发布，像发布短信一样，就简单多了。”① 微博文学可以在寥寥数语中记述个人行踪或重大事件（叙事）、表达自我情感或抒发时代之情（抒情）、评说公共热点或身边事件（议论）等，具备传统文学的一切功能。而且微博虽然短小，但可以与QQ、MSN等交互使用，综合运用图片、声音等多媒体方式，其简约、即时、快捷、共享的“自媒体”性质尤其突出。在有限的篇幅内简洁明快地表达特定主题，并能够利用林林总总的方式将这种表达迅速传播出去，微博在迎合碎片性写作与碎片性阅读风

① 李亚菲：《浅谈微博的碎片化写作》，《新闻世界》2011年第5期。

潮方面可以说是有着得天独厚的优势。而短信文学是以手机为写作、传播、阅读载体的文学类种，2003 年以来不但在数量上呈几何式增长，还通过各类短信写手专栏、短信文学大赛积累了各式各样的作品。短信文学虽然短，却运用了多种文体、多种文学形式，“中国第一短信写手”戴鹏飞曾概括出短信文学的特征：“具有短（70 字以内）、‘不信’（区别传统服务信息）、幽默或言情三个特点。”[①] 可以说，作为人们内心世界或外在社会现象的一种崭新文学形式，短信文学与微博文学是以对博客的浓缩方式满足人们网上创作的冲动。稍有不同的是，它们是通过相对于电脑更方便携带的手机传播的，在移动通信已普遍智能化的今天，无疑更方便、用途更广、利用频率更高，赢得了更广泛传播，这是其形式上的优势。而在内容层面，上述微博文学叙事、抒情、议论等各个层面上的创作涵盖量，短信文学也都具备，还包括某些有着一定文学性的段子、随感、祝福语等。微信文学的兴起更晚一些，相比较而言，其社交功能更强大，除了文字、语音、图片、视频等的传输外，还有“朋友圈”“公众号”等独有功能，其“熟人社交”“自媒体”的特色更鲜明一些。按网络文学研究者欧阳友权的说法，目前微信文学主要存在三种形态：一是新媒体创作意义上的微信文学，即“基于微信平台创作并发布的原创文学作品”；二是传播学意义上的微信文学，即“通过微信公众号推送和网络阅读号接收的既有文学资源”；三是创作选材意义上的微信文学，即“以微信为创作题材的网络小说”。[②] 显然，在这三类微信文学形态中，第一类是我们研究的主体形态，第二类如同网上的作品是网络文学一样是个过于宽泛的描述性说法，而第三类又将微信文学限定为一个过分狭窄的技术性概念。

无论如何，这些文学现象都可以称为碎片性时代的微文本，其共同特征为：（1）篇幅短小凝练；（2）创作类型异常繁杂；（3）可以随时随地写作、阅读，高效、快捷、即时传输；（4）图片、视频、音频、表情符号等新媒体功能可以与文字同步传输；（5）借助于新媒体技术优势，其创作、阅读方式不断处于时时更新的动态过程之中；（6）作为大众，尤其是年轻人异常喜爱的新媒体类种，其本身往往成为文学创作的题材背景，形成基于微博、微信互动的文本构成，或曰微文本的狭义概念。

二、微文本与“吸引型叙事”

如果说微文本的一般形态及其碎片化特征已为社会和学界普遍关注，

---

① 转引自李存：《试论“短信文学”》，《文艺评论》2005 年第 1 期。

② 参见欧阳友权：《微信文学的存在方式与功能取向》，《江海学刊》2015 年第 1 期。

其叙事特征与性别话语的联系至今未得到学界太多关注。笔者看来，同前面我们讲过的碎片化、细节修辞与“女人话”理论的内在联系相一致，以新媒体技术为特征的碎片性微文也在某种程度上具有性别化的特征，这主要体现在其所秉承的吸引型叙事特征上。

“吸引型叙事”及与之相对的“疏离型叙事”是叙事学上的两个概念，沃霍尔在《性别化的干预》中将其看作两种叙事干预方式：“吸引型的”叙事干预是指叙事者与叙事接受者之间拥有更为真诚、亲近的关系，旨在让读者更加投入故事，并认真对待叙事者的评论；“疏离型的”叙事干预则是叙事者疏远接受者，旨在与读者保持一定距离。① 这两类叙事类型是通过一系列修辞策略体现出来的，像吸引型叙事中叙述人直接与受述者对话，真诚、亲和的叙事姿态，真实性氛围的营造，提升读者带入感体验的努力等，这在传统文学中应用较多，像讲求典型环境中的典型人物塑造的现实主义文学。而疏离型叙事则更强调叙事的虚构性，隐含作者对笔下人物的态度有所保留，反讽、暗嘲类旨在拉开叙述者与受述者距离的修辞性技巧运用较多，这在先锋文学写作中体现得更明显，像 20 世纪 80 年代末先锋实验的叙述圈套、“元小说”、结构的迷宫、叙述的空缺等就将疏离型叙事体现得较鲜明。而对于本节论述的碎片性微文本来说，笔者认为，它比传统纸媒文学，尤其是纯文学、先锋文学等，更鲜明地采取了与女性话语联系更紧密的吸引型叙事策略。

首先，情节单纯、细节精简、风格简约，较少以华丽的“非日常化”语言拉大叙述人与读者的距离是吸引型叙事的一个特点，这在新媒体微文学中体现得较为明显。

> 外婆离开人世的那个黄昏，外公在病房里陪伴着她走完了她生命的最后一段旅程。外婆临去前对外公说“放学了”。一直假装平静的外公听完这句话后像个孩子似的大哭起来。葬礼结束后我问起外公这三个字的含义，外公告诉我说这是从前他和外婆还在上小学时外婆常说的一句话：放学了，我们一起回家吧。②

这是 2010 新浪微博大赛中获“最佳催泪奖”的作品，以第一人称叙述，从日常生活中取材，以“放学了”这一学生们最普通不过的常用语为

① 参见孙桂芝:《罗宾・沃霍尔女性主义叙事学理论研究》,山东大学博士学位论文,2014。
② 《外婆离开人世的那个黄昏》,2015 年 8 月 20 日,https://www.duanwenxue.com/article/618782.html。

核心意象，书写了一对老夫妻青梅竹马、相伴一生的感人画面，符合当下人对“执子之手，与子偕老”的爱情神话的想象与期待。亲切质朴、率真自然、人物鲜活，在谋篇布局和遣词造句的文学修辞性上，与职业作家的长篇大论相比亦毫不逊色。艺术手法上，相对于有些过分张扬叙述人主体性的主流文学，或沉湎于臆想、玄幻的网络言情小说，其以一种朴实亲切的真实感的营造、云淡风轻的白描手法的运用，显然更鲜明地体现出接地气的吸引型叙事风格的一面。“叙事者首先付出对接受者的信任和亲切，把自己和读者的位置始终控制在面对面交流的虚拟对话模式上，以此拉近一个从未谋面、不曾接触的人成为自我理念可能的伙伴以及执行者，类似于书信的交流……彼此建立共享秘密。”① 而对于那些微文本中更倾向自我情绪的有感而发，兼具抒情与议论的双重功能，非刻意进行文学性创作的随意赋形之作，吸引型叙事的倾向性会更鲜明一些。

其次，第二人称“你”的有效运用，能够与普泛性的广大读者建立直接的联系与对话，有着提升言说内容凝聚力、吸引力的作用，这在中、长篇小说等纸媒文学中运用较少，但在新媒体微文本中却体现得较为鲜明。像以下几例：

> 一生中必然会遇到某个人，他打破你的原则，改变你的习惯，成为你的例外。
>
> 我给不了你多少温暖，但有个词叫尽我所能。②

> 你常吹嘘自己是那个年代的大学生，年轻时文艺，老了，也能把我的高考作文批得体无完肤……我还是无法原谅你病态的吝啬……你说儿子和老子是上辈子互相欠债的仇家……还记得你拿着录取通知书嘲笑般说，这下你可以远走高飞了……③

用第二人称“你”与普泛性的广大读者直接展开对话，而不是以第三人称方式将读者视为文本外受众或拘泥于某个特定受述者，这显然扩大了与大多数读者交流的程度。“第二人称叙事陌生化了叙事行为，使个体读者与主人公在不同向度上产生了高度的吸引力……一个吸引型叙事者常避

---

① 孙桂芝:《罗宾·沃霍尔女性主义叙事学理论研究》,山东大学博士学位论文,2014。

② 欧阳文风、都鹏飞:《微信文学的价值体认》,《江海学刊》2015 年第 1 期。

③ 《向世界告白,我为你们写微情书》,2017 年 5 月 21 日，https://www.sohu.com/a/142337302_652483。

免命名接受者，或常使用指向大量潜在读者群的受述者。"① 如同古代话本小说中的"客官""诸位"，"你"的直接出现能够将文本演绎成"建立作者与读者之间的直接联系，造成一种直接接入感与期待感"② 的类似书信体的写作。第二人称"你"及书信体的使用曾在"五四"时期被冰心《寄小读者》、丁玲的《莎菲女士的日记》等广泛应用过，目前主流文学界似乎只有在铁凝的《永远有多远》开头中"你在北京胡同里住过吧？你曾经是北京胡同里的一个孩子吧？胡同里那群快乐的、多话的、有点缺心少肺的女孩子你还记得吧？"③ 等少量文本中用过。在更多作品不是以第一人称"我"叙述，就是无明确叙述人的第三人称叙述的情形下，第二人称"你"叙述的缺失是一件让人遗憾的事情，因为"你"的有效运用是最大限度地拉近与读者距离、体现叙事的吸引型效果的一种方式，"吸引型叙事对一个'你'（代表实际读者）致辞时，是一个产生真正效果的交流，是一个小说家希望能对社会产生实际效应的交流"④。在这个层面上，相对于主流文学对第二人称"你"叙述的淡漠，大批新媒体时代的碎片性微文本重拾了这一传统，不仅拉近了写作者与阅读者的距离，还增强了叙述对象的参与感、现场感。

另外，传统文学的伏笔、悬念、戏剧性冲突、出人意料的结尾等，这些微文本也都具备，而且因为篇幅简短、语言凝练，其所体现的情感吸引力会更明显。像这样一篇以"红烧肉"为核心意象串连起来论述母子关系的微文本，人生的横断面的截取、言简意赅的对话、质朴率真情感的自然流露，无法不让读者深切动容：

5 岁："妈妈，烧红烧肉吧。"
"行，烧。"
15 岁："妈妈，别烧红烧肉了，换换味道。"
"行，买别的菜。"
35 岁："儿子，啥时候回家吃一顿啊？妈给做红烧肉。"
"不行，最近忙。"
50 岁："妈妈今天路过你家，给你带红烧肉。"
"不行，今不在家。"

---

① 孙桂芝：《罗宾·沃霍尔女性主义叙事学理论研究》，山东大学博士学位论文，2014。

② 〔美〕马丁·华莱士：《当代叙事学》，伍晓明译，北京，北京大学出版社，2011，第 59 页。

③ 铁凝：《永远有多远》，《名作欣赏》2003 年第 3 期。

④ 孙桂芝：《罗宾·沃霍尔女性主义叙事学理论研究》，山东大学博士学位论文，2014。

70 岁："妈，我想吃红烧肉。"

那边，已经没有了妈妈的声音。[①]

至于视频、音频、图片、表情符号的随意添加功能，微文本更是以纸媒难以达到的直观化方式快速、高效地与读者近距离交流。"朋友圈"、互粉、点赞、打赏等新媒体传播方式甚至使微文本阅读达到了"见字如见人"的程度，这些无疑更加强化了其吸引型叙事风格。或者可以说，这些更多由业余作者原创、自发性创作的微文本在价值取向与审美趣味上，更倾向于传统观念与大众喜闻乐见的主流样式，而与相对先锋性的疏离型叙事拉开了一定距离。

通过谋求与读者的近距离交流、直接对话来提高人气、"圈粉"，微文学有效运用了吸引型叙事策略，并以此与本书所主要研究的社会性别问题联系了起来。吸引型叙事与女性话语之间是有着某种特殊的联系的，因为真诚、谦卑的言说姿态恰恰与处于现实中的边缘位置的女性有着某种内在的契合，或者说只有采取相对亲和、谦卑的姿态才能为女性争取更多的言说机会。有关吸引型叙事的理论就是女性主义叙事学者沃霍尔通过对 19 世纪欧美文学的研究做出的学理总结。她发现，在女性话语空间相对有限的年代，女性往往被排除在演讲、集会、辩论等表达个人权威的公共场合之外。在写作这种公开表达自我声音的活动中，女性也受到某种无形的限制，如果她们像男性那样无羁地表达个人观点、体现对社会现实的某种干预性，就会冒犯公众关于女性应内敛、含蓄、温柔的传统认知，不仅不会像男性写作者那样获得尊崇，反而有可能因为"不像个女人"而遭到拒斥。而采取真诚、谦和、率真、迎合读者的低姿态叙述方式，强调与读者近距离直接对话、无缝交流的吸引型叙事（相比有着浓重先锋意识或意识形态观念、彰显权威感与距离感的疏离型叙事）则因为能够在一定程度上从叙事形式层面规避这一被指认的冒犯，而更容易被公众所认可接受，因此，沃霍尔认为"吸引型叙事干预是女性介入生活现实的策略性技巧"[②]。

事实上，吸引型叙事的这种女性用以介入、干预现实的策略性叙事手段与技巧，在中国新时期之初的女性小说中也有所体现。像张辛欣《最后的停泊地》《我们这个年纪的梦》中以第二人称"你"叙述的方式与读者相亲和的叙事类型（本书第三章第一节有过翔实论述），遇罗锦《春天的

① 《5 岁：妈妈，烧红烧肉吧，行》，2015 年 5 月 8 日，https://www.duanwenxue.com/article/560546.html。

② 孙桂芝：《罗宾 · 沃霍尔女性主义叙事学理论研究》，山东大学博士学位论文，2014。

童话》中也有将“读者”二字写进文本、直接与文本外的广大阅读者进行对话的吸引型叙事因子（本书第六章第二节对女性小说“话语权威”的解读中已有论述）。吸引型叙事由于叙事姿态的真诚、谦和，容易让人混淆艺术与真实的界限，作为一种“介入生活现实的策略性技巧”，女性在使用这一策略降低叙述人高高在上的精英姿态时，也需要有一定超越性，克服其所引发的与现实过近的美学风险。当然，吸引型叙事在新媒体微文本中被广泛采用，同话语空间相对有限年代的女性策略性技巧有所不同，更多是从直抒胸臆的自我表达与吸引读者参与、共鸣、分享，提升传播的深广度层面而言的。不过，既然微文本的碎片性写作与传播以更加女性化的吸引型叙事为主要方式，加之碎片性叙事本身也与女性话语有着千丝万缕的联系，其文体形式上的性别化特质相对于传统纸媒文本来说似乎也更加明显一些。下面，笔者想从碎片性微文本与“女人气”关系的角度对此进一步加以说明。

三、微文本与“女人气”

作为叙事策略的吸引型叙事，因为率真、谦卑、质朴、理论性不强，在讲求学理深度的主流批评中并没有引起足够重视，这在动辄言说暴露叙述、叙事空缺、逻辑迷宫、话语狂欢的先锋文学批评中体现得最明显，那种演绎成让读者猜谜的智性游戏的写作践行的是疏离型叙事，学界往往在解读、阐释其叙事策略的层面乐此不疲。而且，因为吸引型叙事与真诚、谦卑相联系，往往成为女性介入现实的叙事技巧。而疏离型叙事意味着先锋、权威，一般被视为彰显男性权力、理性、智慧的有效方式。所以，这两种叙事技巧亦带有一定程度上的性别化痕迹，其中吸引型叙事与“女人气”的联系值得关注，而碎片性微文本通过吸引型叙事推动、张扬了一定意义上的“女人气”，则是本节要论证的内容之一。

“女人气”（effeminacy）最初由女性主义叙事学者沃霍尔提出，其并非是一个表征女性气质的概念，而是要将女性气质与生理意义上的女性相区分，这是“一个新的对性别化指涉的敬称：其并不一定是或者说仅是性征化的”，“那些不符合文化决定的标准的‘男子气概’的人的特征”均可纳入“女人气”中，“‘女人气’包括同性恋者、雌雄同体的男人们、相像的女人们”。[①] 也可以说，“女人气”是从行为举止而非生理差异角度来界定的女性气质，“女人气”提出的初衷是为其正名，改变男权文化中对

① 参见孙桂芝：《罗宾·沃霍尔女性主义叙事学理论研究》，山东大学博士学位论文，2014。

"女人气"的贬抑性指称，提升"女人气"的文化价值，体现新的性别权力关系。

"女人气"问题的提出本身可以视为新媒体时代性别话语向前发展、跨越的一个表征，在这其中，碎片性微文本如上文所述，通过吸引型叙事策略的有效运用，可以说是建构"女人气"的重要一环，其有效加剧了碎片性潮流中的阴性化与感性化特质。比如，微文本所具有的"自恋化情感表达""个性化书写塑造自我镜像""与粉丝互动完成情感表达"① 等特征，使其与传统上以严厉、权威、不苟言笑为特征的男性气质拉开了相当的距离，而更切近"不符合文化决定的标准的'男子气概'"的"女人气"。而微文本细小、简短、直接，长句化为短句或关键词，长篇大论化为随时随地零星成文、即时发布的碎片化方式，也与女性（相比男性）因为经常要做家务劳动等造成的时间琐碎化状态更加契合。至于微文本在文字中时常插入图片、表情符号、自拍照等多项附加功能，也与传统上女性爱玩过家家、拍照等阴性化生活方式联系更为紧密。可以说互粉、转发、即时发布等微文本源于新媒体技术的传播学新质，在很大程度上加深了其本身的感性化、阴性化特性，而新媒体时代微文本的流行又反过来促进、推动了这种碎片性叙事的感性化、阴性化特质，即建构了这个时代的"女人气"风尚。

沃霍尔曾指出，20 世纪西方现代文艺理论中所体现的推崇元叙事、贬低真诚的"吸引性叙事"干预的倾向，实际代表着文学理论界对女性气质的偏见，"这样的忽略本是代表对'女人气'的焦虑，现在错误地替换为对叙事策略自身价值的评价"②。沃霍尔的这种说法尽管针对的是近年来的西方理论界，但在一定程度上亦同样适用于男权文化仍或隐或显的中国当代文学研究界，比如对碎片性微文本、微文学的研究目前尚相对薄弱，而且现有研究多集中于对微文学与"微时代"、微文学与传媒技术、微文学与"微传播"等有限领域的分析，从性别角度细致分析微文学的寥寥无几。至于"吸引型叙事"的问题，由于其以真诚、亲和、谦恭之态拉近与读者距离，在文化研究中往往被视为大众文化取悦读者以提高阅读/销售量的"不齿"行为，是文艺作品商品化的标志，不值得深究，至于其中所隐含的包括性别特质在内的具体美学元素似乎从来没有被严肃对待过。有研究者将这一现象称之为"大众文化意识形态"，"快感是大众文化

---

① 季水河、蔡朝辉:《轻逸与期许——微博文学的写作特征探析及发展前景展望》,《湖南社会科学》2011 年第 3 期。

② 孙桂芝:《罗宾·沃霍尔女性主义叙事理论研究》,山东大学博士学位论文,2014。

意识形态所忽略的范畴，在它的话语中，快感是不存在的。反之，它将责任感、批评距离或审美纯粹性一类东西放在中心——道德范畴使快感成为某种不相干的不合法的标准”①。在笔者看来，对流行于传媒时代的微文本内在美学原则的忽略、贬抑与回避不但是一种“大众文化意识形态”的典型体现，还是对其隐含的“女人气”文化的熟视无睹，对碎片性微文本的吸引型叙事关照不足就是一个例证。

接下来，让我们整合本章第二、三节的内容，将长篇小说的碎片性结构与传媒时代的碎片性微文本置于同一个框架中，看一下从新时期到新世纪碎片性叙事究竟是如何影响、促进乃至建构了这个时代的性别文化的。

第四节　碎片性叙事与传媒时代的性别建构

> 长篇小说原来是一种对整体的渴望，而现代性的特点之一就是全体的丢失，中心的损失……为什么好的现代长篇小说多半是未完成的，或是碎片式的？因为它抓不住现当代历史的本源。一百年的历史越来越复杂，连长篇小说也没办法全部反思清楚。②

这是德国汉学家顾彬在接受采访时说的一段话。顾彬曾因为说出了“中国当代文学是垃圾”而遭到了不少中国学者的口诛笔伐，但他作为一个文坛“局外人”，对中国文学现场的某些观察不是没有一点道理的，比如上文引述的他这段关于长篇小说“未完成”或“碎片式”状态的言论。现代人单一性的失去与当下时代整体性的丧失，内在地决定了碎片性叙事存在的合理与合法性，而这一点对于长篇小说的碎片性结构与碎片性微文本同样适用。将整体性、单一性的丧失这一点延伸到叙事形式的社会性别研究这一本书关注的话题中，我们说男权文化这一全称判断同样无法涵盖当下性别图景的方方面面，碎片性叙事在当下的流行恰恰昭示了社会性别认知的多样可能性。

自波伏娃以来，“女人不是天生的，而是后天形成的”的后现代女性主义性别建构理论逐渐为学界接受，而后朱迪斯·巴特勒（Judith

---

① 〔澳〕洪美恩：《〈豪门恩怨〉与大众文化意识形态》，陆扬、王毅选编：《大众文化研究》，上海，上海三联书店，2001，第196页。

② 张畅：《顾彬：中国当代作家最大的问题之一是不知疲倦》，《新京报》2017年11月5日。

Butler）解构生理性别与社会性别二元对立的“性别表演”观念也开始深入人心。同“自我”“主体”等观念一样，性别也是被社会文化建构、意识形态“询唤”的建构性范畴。当然，个人并非在这种性别建构中无所作为，像玛丽·塔尔博特（Mary Talbot）并不认为人的自我意识的形成与个体能动性相关，也不认为其是个人无所作为的被动产物，“人们同样积极地从事着社会性别身份的建构，尤其是每个人自己的社会性别身份建构”①，而阅读与写作则是这种性别建构中的重要一环。无论是长篇小说的碎片性结构方式，还是与吸引型叙事紧密相连的碎片性微文本，都以其上文所论述的感性化、阴性化特质，对写作者/阅读者自身的性别建构起了重要作用。像某些玄幻、仙侠类文化之所以能够在当下引发阅读/观影热潮，是与其碎片性制作迎合了现代人的快节奏生活方式分不开的。而这又进一步催生了碎片性语境中的感性化、阴性化情感，因为“文化充斥甚至意味着性别的技术，形式和结构对渗透男人和女人之间的社会性别起决定作用”②。

以一度被热议的仙侠之作《三生三世，十里桃花》为例，其之所以掀起了人们阅读与观影热潮的原因或许有很多，像典雅唯美的场景，俊逸的人物与造型，前世今生的执着感情，敢爱敢恨的率真个性等，体现了言情小说（剧）新的审美趣味。但让这部相对单薄苍白、未涉及多少深刻复杂的社会问题并有抄袭之嫌的作品在诸多大众文化制品中脱颖而出的并不是内容本身，而是其符合当下快节奏环境中碎片性阅读/观影的叙事形式。《三生三世》的情节简单松散，除去夜华和白浅这对男女主角的爱情线外，还有三对其他人神的爱情，这些故事之间并未有太多交叉与纠葛，这种非连贯性的结构设置为碎片性阅读/观影提供了条件。与传统文本需要购买一整本书，电视剧观看需要等待电视台播放，包括被动接受其插播广告、片头、片尾等有所不同的是，网络阅读与收看均可以按照自己的意愿和口味，“随时、随地、随意选择片段……网络播放打破了电视连续剧线性和完整的叙述模式，观众完全可以通过挑选剧集、拖动进度条，进行跳跃式的、碎片化的，甚至倒叙观看”③。这不仅节省了时间，还能根据自己的喜好自由取舍剧情，只观看自己欣赏的情节或演员，不喜欢的可以统统去

① 〔英〕玛丽·塔尔博特:《语言与社会性别导论》,艾晓明等译,武汉,华中师范大学出版社,2004,第170页。

② 〔美〕罗宾·沃霍尔-唐:《形式与情感/行为:性别对叙述以及叙述对性别的影响》,王丽亚译,《江西社会科学》2008年第1期。

③ 传奇小队长:《从〈三生三世〉看这个时代的趣味》,《东方文化周刊》2017年第13期。

掉。从根本上说，碎片性观影或与之相联系的碎片性阅读模式是符合约翰·费斯克（John Fiske）所说的大众文化的相关性原则的，即“大众的辨识力并不作用在文本之间或者文本内部的文本特质层面上，而是旨在识别和筛选文本与日常生活之间相关的切入点”，“相关性的标准和审美的标准不同，它着眼于读者的社会情境……受到时间与空间的制约”。[①] 可以说，碎片性叙事与文化相关性原则的契合激发了读者/观众对讲求个人化、趣味化、差异化的碎片性时代氛围的参与精神。

如果将这一时代参与精神具体到性别话语层面，我们则可以说，与“女人话”“女人气”“吸引型叙事”相联系的碎片性阅读/观影机制成了建构读者/观众社会性别观念的重要一环。因为按照性别叙事学的理论，“当读者阅读叙事文本，他/她就经历了对自己性别表述进行修正的可能，这是对其阅读行为的反观，通过这种方式，性别不仅影响了叙事，阅读叙事作品也影响了读者本人的性别”[②]。考虑到目前尽管男权依旧，但有关男性/女性、阳刚/阴柔、刚毅/温和的二元对立的性别气质规约，比之以前的确有一定松动之势，这与碎片性写作与阅读/观影模式在当下的流行是分不开的。比如男性偏离以刚毅、冷峻、威严、不苟言笑为特征的传统男子汉特质、所呈现出来的“女人气”问题，是与男人对碎片性微文本及其传播方式的喜爱（像在博客、微博、微信朋友圈中进行自我情绪的感悟式抒发、晒美照等行为）分不开的，这些以往更多同女性相联系的自恋行为已为越来越多青年男性所认可、效仿，势必会影响到传媒时代的性别建构。还如“暖男”“花样美男”“小鲜肉”等对有着一定女性气质的男性的称谓，在当下的现实生活中也不再像20世纪八九十年代“奶油小生”“娘娘腔”那样有着负面性指涉，而是为越来越多的大众所接受。他们往往注重细节、爱美、擅做家务、心思细腻、开口温润委婉，与琐碎、飘忽、散漫、碎言絮语的“女人话”有着某种内在的联系，这是与身处这样一个“微时代”，在“微文本”“微叙事”浸染下形成的“微思维”分不开的，其愈往感性、细腻、敏感处发展，便愈呈现出中性化乃至女性化、“女人气”特征。而在另一个层面上，以往更多以权威面孔出现的主流机构或主流人物在民主自由的时代洪流下更多呈现出了谦顺、随和、亲民的一面，也体现了与女性话语相联系的吸引型叙事的内在影响，这些都在某种程度

① 参见〔美〕约翰·费斯克：《理解大众文化》，王晓玉、宋伟杰译，北京，中央编译出版社，2001，第137～138页。

② 〔美〕罗宾·沃霍尔-唐：《形式与情感/行为：性别对叙述以及叙述对性别的影响》，王丽亚译，《江西社会科学》2008年第1期。

上呈现出时代宽松下的感性化特征。可以说，一种以弹性、柔性风格为特征的文化正在新世纪的中国逐步形成，并有时尚化趋向，这是与现代人在碎片性语境下的精神浸淫分不开的，阴柔审美便是其中之一。

因此，本章前面提到的那种文学现象（从新时期到新世纪，碎片化叙事出现了愈发蔓延之势，从私人化写作延伸到“不那么女性化”的社会历史写作中；不仅为女性写作者所用，还延伸到了男性写作者笔下），如果要追溯其深层原因的话，笔者认为除了上文所说的写作者在碎片性语境下会以碎片性叙述的方式对“我”不在场的中性化书写进行某种性别“补偿”（这一点以女性写作者为主）之外，还与这个碎片性时代的感性化、阴性化氛围相关。也就是说，写作者在传媒时代感性化、阴性化趣味的感召下，更容易体会到世界与人性的支离破碎状态，并由此不由自主地进行某种碎片性叙述尝试，而这一点在男性写作者身上体现得会更明显一些，像贾平凹的《秦腔》《古炉》《老生》等系列作品，均有不同程度的琐碎、飘忽特征，贾平凹自己也说这与其内心深处由迷惘而来的“碎碎念”相关，“作家能做些什么呢，他的认知如地震前的老鼠，复杂的矛盾的东西罩住了他，他所能写出的东西就只能是暧昧、晦暗和多元混杂……”①。从内容上，或许不能说这些作品体现出多少阴性特质，但这些作品与“女人话”相联系的闲言碎语、旁逸斜出的形式品格，汇入了新媒体时代的碎片性潮流之中，体现了当今社会共识性的破灭，也加剧了这个时代的感性化思维。

毋庸讳言，形式问题涉及作家认知世界的方式和情感。汪晖在其《反抗绝望——鲁迅及其文学世界》中借用鲁迅小说叙事方式的新颖独到，对内容与形式的关系发出了这样的深刻洞见：

> 形式本身体现着主体对世界和自我及其相互关系的理解，如果主体的精神结构呈现着内在分裂，那么就一定存在着反映或体现这种分裂的形式，如果说主体对世界的把握方式发生着变化，那么反映这种变化的形式也必然是变化的形式。②

显然，在“如果主体对世界的把握方式发生着变化，那么反映这种变化的形式也必然是变化的形式”这一点上，绝不仅仅适用于鲁迅小说这种经典作品，它还是时代精神症候的反映，是文学对时代精神在叙事形式层

① 贾平凹、黄平：《贾平凹与新时期文学三十年》，《南方文坛》2007 年第 6 期。

② 汪晖：《反抗绝望——鲁迅及其文学世界》，石家庄，河北教育出版社，2000，“原版导论”第34 页。

面的反馈与回应。碎片性叙事在碎片性时代的出现与蔓延，就在这个意义上成为某种顺势之举。正如前面我们曾援引过的陈平原有关具体研究中，不主张以社会变迁来印证文学变迁，而是从小说叙事模式转变中探求文化背景的某种折射，或者说探求小说叙事模式中某些变化着的“意识形态要素”的言论，可以说，不管是长篇小说的碎片性结构，还是新媒体文化中的碎片性微文本，碎片性叙事在新世纪以来的大肆流行就表征了某些“意识形态”的时代症候，其中就包括以感性化为特征的女性文化之社会认同度有所提高的性别新症候。

因此，尽管如同碎片性叙事无论如何尚不能在文学形式技巧中占到主流（戏剧性情节、有头有尾的故事仍是虚构类文学的主要表述方式），与阴柔审美相联系的中性化趋势在性别格局中亦仍是一种边缘性的存在（“女汉子”“小鲜肉”更多停留在时尚领域），但只要社会在进步，个性主义、自由主义思潮必然会对铁板一块的男权文化有所冲击。更不用说性别认同的多元化、性别气质的流动化、性别权力的平等化，不仅是女性学界孜孜以求的目标，更成为社会学、政治学、经济学、传播学等各个领域无法回避的命题。文学界的碎片性叙事，在这一层面上亦加入了这种以感性化为特征的性别多元建构中，同样是一个需要正视的话题。本章有关传媒时代的碎片性文本结构及碎片性微文本的研究目的就在于此。

第十一章　从“她写作”到“她阅读”：“女性向”叙事

从叙述者（在文本中现身还是退场、由谁来当、与隐含作者有无叙述距离等）角度索解叙述形式中的女性声音，是从新时期到新世纪，女性小说叙事形式之社会性别研究的新视角与新路径。但是，这并不是全部，还有受述者层面的研究，而这也是叙事形式视角下社会性别研究的重要一环。所谓“拒绝接受一种普遍存在的‘妇女写作’，辨认那些于特定时间、地点内被认为属于女性或男性作家的叙事形式”① 便与此相关。因为，若只从题材、人物、情节等内容层面界定女性写作，有可能陷入本质主义、经验主义窠臼，叙述形式上的社会性别研究亦并非只是“我叙述”层面的叙述主体研究，还包括“我阅读”层面的叙述对象研究，这主要体现于将女性设置为目标受众（读者/观众）的“女性向”叙述中。本章就让我们对这一新媒体语境下新的叙述模态进行一番研究论述。

第一节　“女性向”及其“她经济”时代的文化发生

“女性向”是一种叙事形式上的女性文化，因为“女性向”叙事是以女性为目标读者/观众，而非以写作内容上的女性生活或写作主体上的女性性别为主要特征。这是符合叙事学意义上的女性写作概念的，如沃霍尔所说，“男性写作与女性写作文本的差异毕竟不在于所谓的内容，而在于他们的讲述方式、话语的特征（感伤的、反讽的或是科学的等）”②。苏珊·S. 兰瑟更是进一步阐释为，女性主义叙事学应放弃“以性别差异为前提”的“演绎法”，采用“不预设任何性别差异”的“归纳法”，即考察

① 〔美〕罗宾·沃霍尔-唐：《形式与情感/行为：性别对叙述以及叙述对性别的影响》，王丽亚译，《江西社会科学》2008 年第 1 期。

② 孙桂芝：《罗宾·沃霍尔女性主义叙事学理论研究》，山东大学博士学位论文，2014。

“叙事（或作家、人物）如何运用于特定的历史时刻或特定的地理文化场所之中”①。当然，与女性主义叙事学在解构先验性的性别本质主义、发掘叙事与性别之间内在联系等方面的苦心经营相比，“女性向”文化既没有明确的理论建树意识，也没有理性思辨的社会性别观念，其并非文学艺术中有着一定理论渊源的文化思潮，而更多是一种针对女性受众惊人的消费能力，为女性群体量身打造文化产品的叙事策略。

一、何为“女性向”?

鉴于“女性向”这一语词在目前的学术界尚未被完全理解、阐释和应用，本章一开始拟先从其概念界定入手，探讨其在新世纪、新媒体知识背景下的文化发生，并对其在大众文化中的发生、叙事策略、分野流变等做深入细致的分析。

“女性向”是新世纪文学研究中一个新的性别术语，尽管也包含“性向”两字，但此“性向”与同性恋研究中用以指涉性倾向、性取向、性指向、性位向（英语中的对应语词一般是 sexual orientation）的“性向”是有一定区别的。后者的关键词是“性”，强调在性爱（及由此引发的情感、心理）上的兴趣、偏爱、方向等。而本章所讲的“女性向”一词，如果用现代汉语划分音节的方式，其内部结构关系应该是“女性—向”，而不是“女—性向”，其区别在于：“女—性向”以“女”字来修饰“性向”，意为女性的“性向”，落脚点还在与“性”相关的兴趣偏向上；而在“女性—向”中“女”与“性”合成“女性”，共同修饰后面的“向”，意为“女性的趣味、偏好等”，包括但不限于性爱（及由此引发的情感、心理）上的取向、指向等。因此，这是一种广义上的“女性向”，其最初是一个外来词，来源于日本，日语写作“女性向け”，意为“面向女性的”“针对女性的”。最早是从漫画的分类方法中衍生出来的，也叫“少女向”，奠定这种命名基础的是手冢治虫作家的漫画《蓝宝石王子》。在 ACGN 界②，“女性向”主要是指针对女性需求开发的动漫、游戏和小说等文化产品，是大众文化中的一种重要分类方式。

对于“女性向”的研究，目前学界多是针对某些类型化网络文学的零星个案解读，学理意义上的概念界定尚不多见。笔者认为“女性向”是一种将女性定位为主要受众（读者/观众）群体的文化类型，既指文本内以

① 〔美〕苏珊·S. 兰瑟:《我们到了没——“交叉路口”的女性主义叙事学的未来》,胡安江、唐伟胜译,《外国语文》2010 年第 3 期。

② ACGN 为英文 Animation,Comic,Game,Novel 的缩写,是动画、漫画、游戏、小说的总称。

女性受众为中心的一系列叙事模式、风格特色、模式规则，也指文本之外基于女性受众的策划、营销、平台、社群建设等不无商业色彩的文化手段。可以说，从叙事形式的受众层面而言的“女性向”既不是某些研究者所提出的“网络女性主义”的代名词，也与传统意义上的女性写作相疏离，只是借用了某些更符合女性认同的叙事方式与运作方式而已。在大众文化汹汹如此的今天，“女性向”叙事已悄然进入到这个时代，并以一种“她文化”姿态加入当代社会的“她经济”潮流之中。

当我们把“女性向”叙事理解为以女性读者/观众为主要接受群体的叙事策略、技巧形态时，就会发现“女性向”文化实际是一种符合消费终端决定上游产品的商品法则的文化类型，其在大众文化语境下的汹涌之势是同新世纪以来女性群体惊人的文化消费能力联系在一起的。因此，本章首先结合当下大众文化市场中的“她经济”“她文化”现象谈一下这种“女性向”叙事能够在中国发生、发展的现实社会缘由。

二、“她经济”背景下的“她文化”热潮

在《中国语言生活状况报告（2006）》中，“她经济”作为一个语词首次出现，意指以女性为中心的经济现象，目前已经成为旅游、医疗美容、职业教育等各行业绕不开的课题。① 女性购买力惊人已是不争的事实，在20～50岁的女性消费群体中，女性不光购买与自己有关的物品，还为家人置办各种物品，由于女性在家庭中担任多重角色，掌管家中生活琐事，已成为家庭成员和家庭生活用品的最主要购买者。家庭中的消费权往往被女性垄断，女性成为家庭消费的“把关人”。当下各种网购平台数不胜数，接二连三的造节运动如火如荼，都是看中了“她经济”时代下女性强劲的购买力。2019年“双十一”，只用1分36秒，淘宝成交额就超过100亿元，马云的一句“感谢中国妇女”则道出了这巨额成交背后的“性别秘密”——女性在当下消费时代掌握了大部分的购买力。“得女性者得天下”已成为消费时代的一个铁律。可以说，“她经济”的形成是消费时代的必然结果，而“她经济”中的文化消费浪潮便是一种以女性为结构性群体的“她文化”。

“她文化”中的女性阅读热潮在中国大陆的初现端倪，可以追溯到20世纪80年代的“琼瑶热”现象。从20世纪六七十年代脍炙人口的《窗外》《婉君》《三朵花》《几度夕阳红》《我是一片云》《烟雨蒙蒙》《心

① 参见陈爱平、徐晓青：《“她经济”10年：“她”带来几多机遇》，2017年3月7日，http://www.cs.com.cn/xwzx/201703/t20170307_5198674.html。

有千千结》《匆匆，太匆匆》《在水一方》《聚散两依依》《一帘幽梦》等，到后来的《梅花三弄》《青青河边草》《苍天有泪》《还珠格格》《情深深雨蒙蒙》《花非花雾非雾》等，琼瑶小说及其衍生的电影、电视红遍了大江南北。但最值得注意的一个现象是，围绕着琼瑶小说形成了一个庞大的女性阅读群体。琼瑶小说的一个最大特征便是因为纯美爱情的描写吸引了众多女性捧读。有人在研究中指出，“据统计，言情小说的读者女性人数占到93%以上，琼瑶作品的女性化现象比较突出”①。因此，将“琼瑶热”说成是一个主要由女性阅读/观看的“女性向”“她文化”热潮大致是可以成立的。

2006年，“开卷”书业信息服务机构发布的《中国六城市图书零售市场读者调查报告》显示：女性阅读比例出现大幅度提升，女性阅读首次在2005年度超越男性3.8个百分点，男女读者的总体比率也从10年前的79∶21转变为12∶13。② 2016年4月16日，当当网举办了“第十届网络书香节文化论坛”，并发布《书香十年·当当国民图书消费报告》。报告指出，女性悄然成为图书消费的主力，占领图书消费的高地。图书消费比例在2006年男女基本持平，为1∶1，到2015年，女性的图书消费量已经是男性的1.5倍。③ 2010年，华坤女性生活调查中心于第十五个世界阅读日开展的城市女性调查问卷调查报告显示：女性读者每周用于阅读的平均时间为9.6小时，大约每天为1.4小时。④ 来自《女性阅读调查分析报告》的研究显示：女性每周用于阅读的平均时间为9.6小时，每年购买书刊的平均费用为427.5元，有95.9%的女性会参与孩子的阅读。⑤ 女性阅读在中国当下的图书市场中不但不容小觑，而且已超越男性阅读力与消费力，成为主导力量，图书市场上专门针对女性读者群体的“女性向”叙事就是在这一背景下诞生的。

与女性阅读相联系的是女性观影热潮，这是一种相对于印刷媒介的视觉文化，“视觉文化是指文化脱离了以语言为中心的理性主义形态，日益转向以形象为中心，特别是以影像为中心的感性主义形态”⑥。视觉文化

① 刘峥嵘：《琼瑶热现象分析》，湖南师范大学硕士学位论文，2008。

② 参见《中国六城市图书零售市场读者调查报告 2006》，《文汇报》2006年1月11日。

③ 参见《十年图书消费报告：两性阅读差距悄然拉开》，2016年4月18日，http://cul.sohu.com/20160418/n444738798.shtml。

④ 参见王方园：《公共图书馆开展女性阅读推广的必要性及发展策略》，《河南图书馆学刊》2011年第6期。

⑤ 参见韩湘景主编：《中国女性生活状况报告 No.5(2011)》，北京，社会科学文献出版社，2012，第295～316页。

⑥ 转引自李蕾：《现代媒介视域下的中国当代文学》，南昌，江西科学技术出版社，2018，第170页。

的这种“感性主义形态”相对于理性而静止的文字艺术同女性特征联系更密切一些。目前，女性观影消费占据了华语票房的一半以上。根据猫影电影的统计数据，“90后”已经超越“80后”成为观影主力，性别比例上女性占据53%，男性占据47%，女性消费撑起了华语票房的半边天。因此，为吸引女性的注意力，电影中的“女性向”叙事也是愈演愈烈。消费文化时代的视觉审美与传统文学艺术中的审美有了很大的区别，由凝神专注向消遣的方向转变的趋向较为明显，从而宣告了以获得感官欲望为中心的大众审美时代的到来，而其在某种程度上也汇入了以女性为受众主体的“她文化”之中。

互联网中的女性点击热潮也是“她文化”的重要组成部分。2016年，中国互联网信息中心（CNNIC）《第38次中国互联网络发展状况统计报告》指出，中国网民规模达到7.1亿，其中女性网民规模达3.34亿，占据网络半边天的位置。2017年，《第39次中国互联网络发展状况统计报告》分析指出：女性网民的数量增长带来了更加针对女性用户体验、情感思维和沟通互动特点的App平台的增长，女性群体更加容易成为网上的活跃群体，甚至成为各类新媒体文化的狂热“粉丝”，粉丝的集群形成了粉丝群。新媒体的普及加速了信息的交互性传播，使得信息共享更加方便，粉丝行为往往从个人行为发展成为一种群体性行为，文化市场利用网络这个媒介为受众提供粉丝客体的各种资料。从性别与粉丝的关系来看，女性一直是追星的主力，尤其体现在对异性明星的关注方面，比如20世纪60年代对披头士的狂热，是“第一次以女性为主体的群体性骚乱”①。因为这些男性为女孩们提供了不同于她们在传统中认定的那种男性形象，“女性粉丝总是倾向于追随那些颠覆常规模式的明星”②，这是女性粉丝的特点，也成为“女性向”文化经常关注到的一点。

三、“她文化”催生的“她叙事”

在以上的论述中，之所以引用社会学统计、数据分析的大量资料来说明当今中国社会中“她经济”中的“她文化”现象的繁盛状况，是因为本章主要论述的“女性向”叙事从根本上来说就是一种由消费时代的“她经济”催生出来的“她文化”叙事法则，也就是消费时代的文化阅读机制催生出的一种“她叙事”。这种“她叙事”是新世纪以来的新媒体文化中同社会性别问题联系最紧密的一种话语模式，其与主流文学叙事的最大不同

① 陶东风编：《粉丝文化读本》，北京，北京大学出版社，2009，第236页。
② 陶东风编：《粉丝文化读本》，北京，北京大学出版社，2009，第235页。

则是将以往被忽略或轻视的“向谁叙述/叙事”的问题推向了前台。

如果说传统叙事形式研究更多的是叙述人、叙述视点、叙述时间、叙述空间等文本结构性要素，那么“她叙事”的“她”却并非叙述人意义上的“她”，而是作为读者/观众的“她”，这是其与传统女性叙事的最大区别，因为它是一种脱离主流文学体制、由消费终端决定的叙事法则。如果要对“女性向”叙事在理论上做一番界定和说明的话，笔者认为可以借用同样与传统文学机制相对疏离的“80后”青春文学体制的形成来做进一步的论述。对于青春文学，学界是有一定争议的。有人从写作主体的年龄角度，将“80后”“90后”一代的写作笼统地称为青春文学，但有些“80后”“90后”作者所写的并不指涉青春主题，有些青春指向的写作又并非由“80后”“90后”一代写成。也有人用相对传统的少年文学概念，不管写作主体是青少年还是成人，只要关涉青春生活就是少年文学[1]，但它遮蔽了青春文学近年来形成潮流的根本原因是其独特的生产机制——青少年惊人的阅读消费能量“倒逼”着主流社会对之进行关注——这一事实。命名一个事物就是承认并强化了它的存在，新时期以来出现了如此多的关照青少年生活的文学作品，但只有在青少年读者市场足够强大的新世纪才出现了青春文学的命名，这本身就耐人寻味。所以，笔者同意有些学者提出的对青春文学的界定应该由写作主体转向阅读主体的看法。[2]

从某种程度上说，“女性向”文化的命名和界定与围绕“青春文学”概念而来的争议有点类似。传统的女性文学概念也有“女性写的”和“写女性的”等不同层面界定的争议。从写作主体角度而言的“女性写的”就是女性文学的界定，显然会出现写作者的生理性别是女性，但所写的内容未必有多少性别议题的情形；而从写作内容、对象层面的“写女性的”就是女性文学的定义，更会泛化到无边的程度，因为人分男女，只要涉及人类社会的作品中都会或多或少涉及女性形象的书写。在抛弃这些泛化的描述性界定的基础上，女性学界又将女性文学与女性主义思潮联系起来，给出了一个相对狭义的界定，即不但对象主体、写作主体以女性为主，还要灌注一定的女性主义思想、立场的写作才是女性文学，也就是有着特定内涵的“女性写作”，为此，20世纪90年代的女性学界曾出现了不少围绕概念命名的研究成果。但在笔者看来，“何为女性主义”思想、立场本身就是一件仁者见仁、智者见智的事情，而由于女性主义思潮的多元性和差

---

① 参见黄云生：《少年儿童文学》，北京，高等教育出版社，2004，第1页。

② 参见陈进：《1999～2009：中国青春文学十年——以“先锋与常态”模式阐释》，《南方文坛》2011年第5期。

异性，“何种的女性主义”更是众说纷纭，因此将灌注一定“女性主义精神、立场”当做女性文学的一个必备条件也必然离不开一些主观性的价值判断，并会引起各种争议，像20世纪90年代的私人化写作在某些学者的此类女性文学命名框架中是典型的“女性写作”，但在另一些学者看来恐怕便是一种相对狭隘与极端的看法。因此，这一“女性文学”/“女性写作”界定也留有一定话语纷争的余地。

“女性向”“她文化”则绕开了学界这些从写作主体、写作对象、写作立场等对女性文学（文化）的复杂考辨。同“青春文学”一样，“女性向”形成潮流的根本原因同样是由于女性惊人的阅读消费能力“倒逼”着主流社会对之关注，而非学术界或文学界主流人士的主观力推的结果。可以说，只消将上文针对青春文学提到的“青少年”一词类推为“女性”，对“女性向”文化从写作主体转向阅读主体的概念界定便大体能够成立，这也说明“女性向”“她文化”同青春文学类似的鲜明市场经济性质。同样，新时期以来从琼瑶小说就开始出现的女性阅读热潮自从新世纪以来“她经济”愈益彰显之后才有“她文化”之名，本身亦耐人寻味，说明时代的发展使得学界到了不得不开始正视从阅读主体来界定女性文学/文化的时候了。

的确，大众文化消费产业的大环境以及商业利润的驱使使得文学评价机制发生了嬗变。女性市场的壮大与固定化使女性读者以其庞大的数量形成一股不可小觑的力量，深刻影响着当下的文化走势，“女性向”“她文化”潮流由此而来。而既然是由女性受众（阅读、观看、点击等文化消费行为）来界定的叙事潮流，“她文化”中的“她叙事”便不像传统的女性文学/文化那样以写作者的（女性）生理性别为特征之一，也不以写作内容上表现女性人物、女性生活为依据，更非以学理化的女性主义为价值导向，而是更多侧重于发展、衍生、开发出了一套顺应女性心理、迎合女性情感、表达女性欲望的叙事方式与表达技巧。这是一个相对复杂的过程，牵涉到了叙事形式、女性消费、何种的性别意识表达等学理命题。

接下来，本章想先以新世纪以来大众文化市场中“女性向”文化的典型代表对这套“顺应女性心理、迎合女性情感、表达女性欲望”的修辞策略进行具体分析，然后再就基于女性受众的策划、营销、平台、社群建设等的“女性向”叙事学展开细致的学理阐释。

第二节　叙事策略与性别迷思：以“郭敬明现象”为例

如上文所言，“女性向”是一种相对宽泛的叙事类种，既指涉文本内以女性受众为中心的一系列叙事策略、风格特色、模式规则，也指文本之外基于女性受众的策划、营销、平台、社群建设等不无商业色彩的文化手段等。顺应女性欲望，力求吸引女性注意力，想方设法赢得女性受众，是“女性向”叙事的主要特征，它有一定的商业色彩，但也不乏一定程度上的女性主义意识。当然，这一叙事类种的社会性别观念是比较复杂、模糊甚至暧昧的，不同的文本、文类中其“女性向”的具体指涉内容与指涉方法是不同的。本节中，笔者想以在青年女性中引发巨大反响与争议的郭敬明作品为例，谈一下大众文化领域中的“女性向”叙事。

一、郭敬明与“女性向”文化

如果说“女性向”文化新时期以来从琼瑶小说（影视剧）开始，就在中国大陆崭露头角的话，新世纪以来最鲜明的代表则是“郭敬明现象”。

郭敬明作品的畅销最早可以追溯到 2003 年，其成名作《幻城》创造的百万销量，使郭敬明一夜之间成为文学市场中的“黑马”，而后其《梦里花落知多少》《悲伤逆流成河》等作品，尤其是“小时代”系列小说及影视剧获得了市场上异乎寻常的成功。在收入方面，郭敬明成为连续六年登上福布斯名人榜的作家，其在 2006 年 9 月与长江文艺出版社合作创办的青春文学杂志《最小说》的销量也迅速跃居同类期刊前列，“每期发行量超过 100 万，是中国最畅销纯文学期刊的 10 倍”[①]。“2008～2009 年度中国出版机构暨文学刊物十强”评选中《最小说》以 6835 票高登榜首，独占 40%以上杂志份额，而由一代文学大师巴金所创办的《收获》以 459 票名列第六，另一本老牌文学期刊《人民文学》位列第七……[②]这一系列数据似乎都在表明读者市场上的“郭敬明神话”不是虚构的。

不过，需要明确一点的是，郭敬明现象的由来更多是拜女性读者/观众所赐，其与本章所讲的“女性向”叙事有着千丝万缕的联系。据百度文

---

① 《消费主义创神话，谁成就了“竖子”郭敬明》，2010 年 7 月 19 日，http://culture.ifeng.com/gundong/detail_2010_07/19/1794256_0.shtml。

② 参见《08～09 年文学刊物十强 郭敬明〈最小说〉夺冠》，2010 年 1 月 4 日，http://ent.sina.com.cn/s/m/2010-01-04/08532832719.shtml。

库郭敬明微博粉丝数据分析，郭敬明的粉丝 79％为女性，年龄25 岁及以下的占 69％，25 岁以上的占据 31％，可见年轻女性是郭敬明作品的绝对受众主体。当然也可以说，在新世纪舞台上引发阅读/观看热潮的“郭敬明现象”是目前中国“女性向”文化的一个典型代表。以郭敬明作品为例，可以清晰地看到“女性向”文化的很多内在运作痕迹，像从营销上的“女性向”策略到文本中的“女性向”叙事，从“她经济”中的“她文化”到“她文化”中的女性主义扣问等。下面就让我们走进“郭敬明现象”的深处，具体阐释这一系列学理命题。

二、营销上的“女性向”策略

2013 年，郭敬明的电影《小时代》上映，在一片争议声中，成本仅 2000 万元的《小时代》获得了接近 5 亿元的票房，成了当年“最赚钱”的华语电影。调查数据显示，观影人群的平均年龄为20.3岁，性别以女性为主；在“小时代”的 9 万多位微博原发作者中，女性占到了八成以上，接近半数还是微博达人。[①] 年轻、女性或者说年轻女性成为主导受众群体，这当然不仅为电影《小时代》所独有，还是涵盖郭敬明大部分作品的一个主要特征。郭敬明及其团队宣传、营销的一个重要方面，便是极力打造面向女性的“作家偶像化/读者粉丝化”式“女性向”策略。

打造符合女性受众的偶像形象。粉丝文化研究中有一个说法，“年纪较大的男性粉丝比年纪较小的女性粉丝更多采用更为官方的或审美的标准”[②]，即相对于男性粉丝用官方标准来界定流行文化，女性粉丝更习惯用大众标准来选择流行文化，尤其倾向于追随那些颠覆常规模式的明星。不太为主流文化认同的郭敬明却能在女性粉丝那里得到更多的追捧，是有一定理论依据的，而其团队也在不遗余力地打造其“非主流”偶像形象。作为一个男性写作者的郭敬明，最初是以清瘦纤细的外表与细腻忧伤的文字风格吸引女性读者的，他的形象本身便是对孔武阳刚的传统男性形象的极大颠覆，而后他和他的团队便开始有意识打造这样精致华丽的公众形象。不仅如此，他所创建的最世公司的签约作者也被要求和他一致，即需要保持敏锐、感性、超尘脱俗，甚至刻意表现出某种让人心疼的羸弱、脆弱特质，这其实是一种女性化的“示弱”，能够强化其与处于社会边缘位置的女性读者/观众的亲近感。这些其实与女性粉丝的某些内在特征有一

---

① 参见《小时代观影人群平均 20.3 岁，女性占八成》，2013 年 8 月 6 日，http://www.chinanews.com/yl/2013/08-06/5128250.shtml。

② 陶东风编：《粉丝文化读本》，北京，北京大学出版社，2009，第 5 页。

定暗中契合之处。

关注女性受众的读者定位。郭敬明在品牌图书的内容建构上着力向言情方向发展，无疑是看中了庞大的女性阅读市场。研究发现，当前中国言情小说的读者中女性人数占到93%以上。这一趋势在世界范围内都概莫能外。据欧洲文学所的调查显示，女性在欧洲情色小说的读者队伍中占了3/4的比例。① 郭敬明将品牌读者定位为女性群体，并将校园生活与言情元素相结合，这就把读者范围由社会女性延伸到校园女学生，进一步扩大了读者范围。同时，在书籍的装帧与内容方面，郭敬明也刻意迎合女性的审美兴趣：书籍封面选择色彩性和故事性比较强烈的漫画，多数为唯美、伤感人物与环境，给读者眼前一亮之感；内容上不同于以往书籍借助文字来叙述故事的模式，而是在品牌图书的内容中插入众多漫画、作者肖像画等，通过文字与图像的结合讲述故事；图书纸张的采用上，无论厚薄、质量，还是颜色的选择，都是与故事风格相融合的。毋庸置疑，这些都是郭敬明品牌图书在内容和形式上不断向女性靠拢的鲜明体现。郭敬明的《最小说》更是一种专门针对潜在女性客户开发的青春文学杂志。据《中国六城市图书零售市场读者调查报告2006》显示，2005年起女性阅读率“首次超过男性”，而且“爱好阅读新闻、时事、传记、文学艺术类图书的女性读者人数超了偏好生活时尚和娱乐类图书的人数”。报告还显示，女性读者比男性读者更爱读杂志，女性多根据兴趣进行阅读，而男性多为自身发展、求职、学习而阅读。② 同时，当当网发布的十年图书报告也指出女性读者在阅读类型上更喜爱小说、文学、青春文学，这三者便是《最小说》的核心，可谓投女性所好。2017年，当当网发布的十年消费榜青春文学Top20中，郭敬明的作品有五部榜上有名，足足占了1/4的数量，可以看出这种“女性向”的定位已取得了相应的市场回应。③

建构女性中心的视觉吸引力法则。郭敬明小说的影视改编在大众娱乐市场中比较火爆，这似乎已无需赘言，其小说中亦出现了许多视觉元素（详见本节下面的文本细读），而这却是与其“女性向”的市场定位相关的。视觉吸引力是“女性向”文化屡试不爽的一个法则，因为按照文化研究者的分析，相对于文字中心的语言文化，视觉文化是一种更为感性化、

① 参见《核心词汇是爱情？情色小说3/4的读者是女性》，《环球时报》2005年8月1日。

② 参见《〈中国六城市图书零售市场读者调查报告〉显示女性阅读率首次超过男性》，2006年1月11日，http://ent.sina.com.cn/x/2006-01-11/0800955800.html。

③ 参见《当当网发布十年图书消费报告》，2016年4月18日，http://www.chinawriter.com.cn/news/2016/2016-04-18/270133.html。

主观化，与人的本能反应联系更为紧密的文化。现象学大师胡塞尔曾有一句著名的口号："直面于事情本身！"而后期维特根斯坦的一句名言说得更为直接："不要想，而要看！"① 可以说，比起相对理性化的语言文化，更明显体现现代、后现代思维的视觉文化同人的感性仪式联系最为紧密，而女性高度发达的直觉本能在这个过程中无疑起到了更大的作用。郭敬明及其团队在文化市场上占尽先机，更是深谙其道，将针对女性受众的视觉吸引力发挥到极致。他的"小时代"等系列作品除了展现了大量美丽、性感的美女形象，还塑造了众多温柔体贴、帅气精致的"花样美男"形象，高度迎合了女性观众越来越开放的"美色"欲望需求，尤其是那些"不拒斥撒娇、不排斥化妆、不介意女性讨论他们的长相，满足了女生对于容貌和性格的全部幻想"② 的男性形象（俗称"小鲜肉"），在郭敬明及其最世公司旗下作品中反复出现或闪回表达。作为欲望的载体，他们释放了阅读者/观看者被主流社会压抑的隐秘情感，提升了心理愉悦感。尤其是对爱美的女性受众的审美诱惑和情绪挑逗都是不言而喻的。

大量物化形象，尤其是奢侈品的运用，也迎合了女性受众的视觉观感。奢侈品是符号消费的代表，所谓符号消费即重视商品背后的象征意义，忽视商品的使用价值，追求商品的非实用性价值。作为高品质、高身份地位的象征，奢侈品在当下中国消费量惊人，女性则是消费主力。2019 年的《中国奢侈品市场研究报告》指出，近几年奢侈品遭遇"寒流"，海外代购大不如前，但即便如此，女性奢侈品的服装消费却反增 10 个百分点，这种购买主体的逆袭，也印证了奢侈品市场中的女性主体性。③ 郭敬明的"小时代"系列等作品也抓住了这一点，作品中香奈儿（Chanel）、芬迪（Fendi）、迪奥（Dior）、古驰（Gucci）、普拉达（Prada）等国际大品牌一应俱全，衣服、鞋帽、化妆品、首饰等女性钟爱的物品一律走奢华风，让大多数钟爱但无力实际消费奢侈品的女性受众在阅读或观影的过程中获得了某种"想象性消费"的快感。这也是其团队极力建构的文化营销上的"女性向"策略之一。

三、文本中的"女性向"方式

除了在"外围"层面上打造迎合女性受众的文化营销策略，郭敬明作

---

① 参见甘阳：《从"理性的批判"到"文化的批判"——从卡西尔的〈语言与神话〉谈起》，《读书》1987 年第 7 期。

② 曲琳：《小鲜肉的崛起》，《创业邦》2016 年第 1 期。

③ 参见《最新〈中国奢侈品市场研究报告〉发布，解析中国奢侈品市场发展四大引擎》，2019 年 3 月 25 日，https://www.sohu.com/a/303635761_481910。

品的文本叙事技巧也有着为女性读者/观众着想，迎合、激发女性潜在情感体验和心理诉求的一面，并在此层面上构建了一种唯美、梦幻、忧伤、迷离的言情小说叙事模式，以适应上文所说的言情/爱情/情色小说约有3/4读者是女性的受众现实。可以说文本内的“女性向”叙事比文本外的“女性向”策略更能够强化郭敬明作品的“女性向”“她文化”特征。具体说来，此类“女性向”叙事主要体现在这样一些层面：

1. 忧伤叙事情感

忧伤是郭敬明作品叙事的一个基本感情基调，郭敬明的作品中总是蕴含着浓浓的忧郁情怀。《幻城》中的王卡索得到了天下却失去了自己最想保护的人的落寞与孤寂、《梦里花落知多少》中人去楼空梦醒之后的无尽伤感、《悲伤逆流成河》中的悲惨结局等，郭敬明创造了自己的“专属”忧伤，同时他将这种“郭式忧伤”贯穿到每一部作品中。当然，需要注意的是，郭敬明的忧伤并非惨烈事件后大悲大痛的伤痛，而是鲍德里亚所说的某种贵族气质引发的忧郁症候。通俗一点说，就是一种贵族病，不是大悲大恸，而是“清细的、微渺的、飘飘忽忽、隐遁无形、转瞬即来、飘忽即逝”①，这种忧伤超脱于情绪层面，成为一种普泛性的精神症状，其来源与当下的社会环境以及文化语境有很大的关系。后现代语境对宏大叙事和主流话语进行消解，注重表征和个人主义之风盛行，受此影响，青少年标榜特立独行，追求个性与个人主义。这种文化环境之下，私人领域的个人主义与公共领域里压抑逼仄的生存环境之间的矛盾不断升级强化，出现认同危机，导致了虚无与忧伤情绪的泛滥。“忧伤”从青少年“为赋新词强说愁”的特定青春期心理，变成了一种个性化、时尚化的“小资”流行符号，是与郭敬明等人的忧伤类青春文学的泛滥分不开的。郭敬明就是从成长的孤独与迷惘、爱而不得的忧伤与无奈、被夸张的人性恶以及宿命论观念的张扬等，来迎合“80后”“90后”一代的忧伤情感症候。

善感情绪与女性群体的特殊关联则使郭敬明的忧伤表达不但时尚化，还在一定程度上女性化了。一项在全球55种不同文化背景下进行的调查发现：“女性相比男性更加能够读懂他人的情绪和反应，无论这种情绪是通过言语还是肢体进行表达的”②，“女性的移情水平高于男性。女性比男性更有同情心，更有利他性，更能了解他人的感受和需要”③。这些来自

① 曾于里：《“忧伤”的文学生产与消费——郭敬明作品畅销现象研究》，华东师范大学硕士学位论文，2013。

② 罗慧兰：《女性心理学》，长沙，湖南大学出版社，2014，第127页。

③ 徐红红：《解读两性之情绪情感》，《中国性科学》2011年第1期。

社会学、心理学的研究显示，女性相对于男性情感更丰富、感性化程度更高，这与通常人们的一般认识基本一致。因为社会文化和女性个人生活空间的狭窄赋予了女性情感细腻、敏感的特性，这种特性使得女性更容易陷入一种哀怨忧伤的氛围之中，即使是一花、一草、一叶也能触动她们感伤哀怨的阀门，甚至春夏秋冬、万事万物都能融于愁绪之中。因此，感时伤怀的情绪特征似乎成为女性专属的一种情感类型。

在这一层面上，郭敬明的忧伤叙事恰恰触动了女性敏感、细腻的情感神经。比如《幻城》中的王卡索一生都在寻找重生自己弟弟的方法，但最终却与弟弟在战场上兵戈相见、互相残杀之后相认，浓浓的宿命论观念和悲剧意识贯彻作品始终。《爱与痛的边缘》面对应试教育的压力以及青春期的迷惘和落寞，悲伤爬满了整本作品，“忧伤是嵌在心里不可名状的灼热，不可言说”，“你永远也看不到我最寂寞时候的样子，因为只有你不在我身边的时候，我才最寂寞”，这种关于悲伤的句子在作品中比比皆是。《悲伤逆流成河》更是用“悲伤”做题目，并用“成河”予以夸大，更凸显悲伤的氛围。作品中对社会现实残酷的描写以及主人公易遥痛苦而又悲惨的短暂人生的描绘，更是激起了女性无限的同情心，不禁掬一把同情的泪水。《夏至未至》中关于青春少年以及青葱校园生活的描绘，更加唤起了女性关于美好青春生活的回忆，怀旧和感伤之情溢于言表。《小时代》中奢华、时尚的都市生活的描绘，以及对四个女生姐妹情谊的言说，以吸引小资女性眼球的元素为出发点建构作品，着实吸引了不少女性的追捧和关注，加之最后的人去楼空、物是人非的悲惨结局，也令不少女性唏嘘不已。读者受众就这样与作品中主人公的情感遭遇产生情感共鸣，甚至通过情感的类比获得一种带入与认同，情感上随作品中人物的命运跌宕起伏而波动，“大哭一场”在这种感受中由痛感甚至变成了一种快感体验，而郭敬明的此类作品也在“投女性所好”这一层面上加入“她文化”的大潮之中。

2. 玄幻叙事氛围

玄幻是用语言系统堆砌打造的一个虚拟空间，“将心中的欲求、冲动，以及当冲动无法实现时所压抑下来的欲望，以一种虚幻的视觉和意象在脑海中再现”①。玄幻叙事通过对现实世界的架空，颠倒自然世界物理定律以及社会世界理性法则制约，将与现实世界相去甚远的仙术、幻术、仙境、幻境等“异世界”“异时空”“异元素”等融入其中，追求一种与现实

① 刘桂茹：《玄幻、差异美学与后现代主义》，《福建论坛》（人文社会科学版）2010 年第 11 期。

拉开偌大距离的超验性的差异美。玄幻叙事的流行，与快节奏的现实生活中人们的精神压力过大相关。在这中间，女性则是易感人群。相关调查结果表明，女性罹患抑郁症的人数是男性的两倍。[①] 根据美国国家心理健康协会的数据，每8个女性中就有1个会在她一生中的某个阶段患上抑郁症。由此可见抑郁症离女性有多近，防止得抑郁症，逃避和释放压力成为女性的首要选择。而阅读则是女性释放压力的重要途径，钟爱远离现实的玄幻性叙事，就是女性寻求灵魂乌托邦的一个重要途径。郭敬明作品就是在这一点上契合了"女性向"需求的。

郭敬明成名作《幻城》可以说将玄幻风格的特质发挥到了极致。在架空世界方面，从它的题目中便可以看出这是个不同于现实世界的异世界。"很多年以后，我站在竖立着一块炼泅石的海岸，面朝大海……面朝天空的霰雪飞鸟，泪流满面。"[②] 这一开头便点明了想象的基调。小说中有着常年积雪造就的幻雪帝国、冒着熊熊烈焰的火焰之城、神秘莫测的深海鱼宫这三大幻境。还有前世因果轮回、梦境操纵、巫乐暗杀等玄妙灵异之事，各类神秘幻术，以及卡索、樱空释、梨落、岚裳、潮涯等众多不食人间烟火之人。这些都给小说奠定了一个玄虚、幻想的基调，给女性读者以无限遐想的空间。而随着叙事的展开，卡索父皇的侧室莲姬成了灵力最强的人，传说中无所不能的神，控制着整个世界的因果轮回以及恩恩怨怨。将"化不可能为可能""化非常态为常态"的神异法术设置为女性角色，无疑满足了女性想要操纵一切的想象性快感，弥补了其现实社会中主体地位缺失的遗憾，这也是其吸引女性的一个亮点。

另外，在玄幻世界中获取随心所欲的精神自由，也契合社会边缘位置求生存与发展的"女性向"心理。卢梭在其著作《社会契约论》中谈道："人是生而自由的，但却无往不在枷锁之中。"自由是人类思想史上永不陨落的一个主题，但现实世界却处处充满枷锁，而且越是弱势群体受压抑越大，受压抑越大就越渴望摆脱现实的羁绊。郭敬明的玄幻叙事处处张扬对自由的追求和渴望，像《幻城》中即使是神也要遵循规矩，便是对现行社会的一种影射。但卡索偏要触碰这禁忌，为了在幻雪神山深处寻到能拯救自己亲人的隐莲，他要打破这个禁忌。于是他克服艰难险阻，打破众多规矩，甚至冒着生命危险闯入幻雪神山，最终拿到了隐莲，但也付出了生命的代价。帕特里克·亨利（Patrick Henry）所言的"不自由，毋宁死"

---

① 参见《女性患抑郁症的人数是男性的两倍》，2011年4月1日，http://www.cnkang.com/dzjk/201104/110543.html。

② 郭敬明：《幻城》，武汉，长江文艺出版社，2008，第16页。

的精神在这里得到了彰显。这种玄幻叙事的极致性书写，对女性受众有着很强的精神吸引力。

3. 唯美叙事格调

唯美格调也是“女性向”文化一个屡试不爽的叙事法则。比如琼瑶就一再用到古典诗词来强化作品的唯美情调，作品题目（《一帘幽梦》《庭院深深》《在水一方》）、主人公的名字（梦竹、寒烟、紫菱、雨殇）、意象设置（雁儿在林梢、烟锁重楼、月满西楼、心有千千结）等更是煞费苦心，以唯美语言全力打造唯美故事中的唯美氛围。郭敬明的语言也是极尽华丽浓艳之能事，他往往用长句、浓丽的色彩、绚烂的修辞来刻画场景，像《幻城》中用参天、遮天蔽日、碎片般、白色、无边无际等修饰词来形容古木、绿荫、阳光、瞳孔、溪涧等名词，两者交相辉映，描绘了一幅世外桃源般的雪雾森林图，勾勒了雪雾森林不同于凡世的优美场景。《夏至未至》中大段关于浅川以及学校环境的描写，高大浓密的香樟树、蔓延的黄色的爬山虎、淡淡的夕阳余晖、与世隔绝般的唯美环境，更是上演一出唯美爱恋的绝佳场地，这无疑激起了无数女性对校园文艺气息的怀旧之感。

除了场景描写，人物形象的刻画也是极尽唯美之能事，像《爵迹》中的主人公，温暖乖巧的性格、棱角分明的脸部轮廓、高大挺拔的身材、白皙细嫩的皮肤、神采飘逸的装扮，都符合了当下“小鲜肉”时代的男性审美。再加上这种唯美语言刻画的人物形象，有一种漫画的即视感，俨然是一种漫画中的男性主人公走出来的样子，无论是容貌，还是体形上，抑或是人物的能力或身份地位上，这些男性主人公都是完美无缺的，满足了女性对爱情中理想男性的所有期待。

唯美而凄凉的语言也浸透在郭敬明小说的爱情描写中。像《夏至未至》的感伤之恋、《悲伤逆流成河》的暧昧情愫、《小时代》中“爱情像糖，甜到忧伤”的惆怅叹惋，这一切无不刻画出了一个童话般的爱情梦境，满足了人们对青春少年/少女时期纯情之爱的怀旧与向往。而相比男性，女性受众对唯美爱情有着某种特别的向往，一方面是对现实生活中完美爱情缺失的一种补偿，是对于纯洁之爱的渴望。现实生活中的爱情一般注重门当户对与郎才女貌，而且受到很多物质条件以及利益的牵绊，一般男女的恋爱是以婚姻为前提、以传宗接代为最终任务的一种目的性活动，所以很少有浪漫可言。正因为现实生活中这种唯美之爱的缺失，才使得女性渴望从虚幻世界中得到一种情感补偿，所以这种描写唯美之爱的小说，才能够吸引女性的注意力，赢得女性的追捧。另一方面，这种向往源于女性对自己性别身份缺乏安全感的顾虑，现实爱情生活中的女性，相对于男性来说本身就对爱情期冀更多，但在爱情中得到的却与期冀的分量不成正比，且大多数处于爱情中的弱势地位。同时，伴随着现实生活中的男性家庭暴力、包养小三、外遇出轨以及连年暴涨的离婚率，都使女性对自身的性别身份缺乏安全感，渴望得到保护，所以对唯美爱情中的完美无瑕的主人公更是充满了无限的憧憬与渴望。

四、何种的“她叙事”：“女性向”的另一面

营销上的“女性向”策略与文本中的“女性向”叙事使得郭敬明小说在针对女性受众、迎合女性心理的“女性向”路上走得步步为营，并由此以一种“她文化”的方式融入了当下社会中风头正劲的“她经济”潮流之中。目前在很多领域，女性成为消费主力，得女性者得天下，各类迎合女性的“她文化”类种应运而生，郭敬明的异军突起也与此相关。否则不足以说明他何以能够在青春文学中拔得头筹，与之“齐名”的韩寒在市场占有量上远逊于郭敬明，这与韩寒叛逆、反讽的文本风格相对“男性化”不无关系（“男性化”文本在市场上也能畅销，但在“她经济”时代，在文化衍生产品开发的“带货”能力上似乎要逊于“女性化”文本）。

但正如本书前述所言，“女性向”叙事更多是借用了某些迎合女性受众心理的叙事模式、审美风格、营销手段等，其运作方式主要是设定女性喜欢和青睐的角色、场景、桥段，描写女性经历、情感、喜怒哀乐等，投女性所好，甚至不惜以夸饰、滥情的方式吸引女性注意。主要表现为以女性作为叙述和描述的主体对象，描写女性经历、情感生活，表现女性的喜怒哀乐，站在女性心理角度思考问题，终究是一种浅层次的吸引女性的策略。这种“女性向”策略，更多属于“眼球经济”的一种，没有深层次的精神独立层面的思虑，更多是俘获女性读者情感，并以此催生、诱惑女性消费。尤其在泥沙俱下、鱼龙混杂的大众文化领域，“女性向”叙事与通常意义上的女性叙事是有一定距离的，后者能够在“女性向”的基础上向前更进一步，它不但反映女性的即时渴求、欲望、困惑、焦虑，还要进一步追问为什么，是否真正建立在女性自在自为的个人主体感受基础上的渴求、欲望、困惑、焦虑。对虽然打着女性立场，但受到男权文化或隐或显、或深或浅影响的各种所谓“女性关怀”，女性主义充满了深深的怀疑与警惕。女性主义派别林立，但在拒绝商业文化的男权话语改编层面是一致的。与“女性向”文化在性别权利/权力层面的暧昧与模糊相比，女性主义思想中蕴含着女性性别的深深自觉与清醒认知。郭敬明作品屡遭女性

学界质疑与批判的原因也在这里，有人甚至以极端的姿态认为郭敬明的作品造成了“妇女地位的大跃进式后退”[①]。

应该说，造成“女性向”文化与女性主义观念相背离的原因是多方面的，本节只是结合郭敬明作品从叙事学层面做一阐释。韦恩·布斯（Wayne Clayson Booth）在其《小说修辞学》中曾说：“小说修辞的终极问题，就是断定作家应该为谁写作的问题。”[②] 赖特·莫里斯（Right Morris）更是强调了读者对作者写作的潜在制约与巨大影响，他认为读者是与小说密不可分的一部分，是作者能够感受到但却秘而不宣、隐而不见的部分，“他在作者犹豫不决而寻求解决办法的时候，就出现在作者的脑海里”[③]。叙事学一般将隐含作者心目中的理想读者称为“隐含读者”，即文本预设的能够完全理解隐含作者意图的读者。“女性向”叙事是一种针对女性受众的文化产品，其隐含读者是女性不假，但并非关照到具体每一个女性个体，而是以最大限度地赢得女性消费为目标。现实生活中浸润于男权文化而不自知的女性，相对于具有颠覆性先锋精神的女性来说具有数量上的绝对优势。而当她们成为“女性向”叙事孜孜以求的隐含读者时，也便内在地决定了这一文化类种对女性情感、心理的迎合在很大程度上是顺应，而非颠覆了既有的不乏男权色彩的性别格局。郭敬明的忧伤、梦幻、唯美风格，可以说是琼瑶等人的言情小说模式在新世纪的延续与发展。它们能够屡次在大众文化市场上掀起波澜，根本上源于将这种男权文化无意识内在化的女性大众设置为隐含/理想读者的叙事原则。如前所述，在女性主义叙事学看来，男性写作与女性写作的文本的差异，并非是以创作主体的性别或写作内容上是否关注女性来定，而是以是否创作出了符合女性接受的创作样式、风格等。作为男人的郭敬明以一种感伤型文本的创制，在此意义上加入叙事学意义上女性写作之列，但此“女性向”叙事却非通常所说的学理意义上的女性主义叙事。

可以说，隐含读者的设定影响了“女性向”叙事的整体走向，尽管在其文本表面上会以女性生活为主要描述内容，但其背后却往往回荡着一个男性叙述人的声音，以有效回应、撩拨对男权文化无意识臣服的“大多数”女性的心理或情感。像在郭敬明小说与影视作品中，公主型、泼妇型、灰姑娘型三种类型化女性，几乎都是以男性视点为中心，其所刻意表

---

① 《〈小时代〉：中国女性地位大跃进式后退》，《电影世界》2013年第8期。

② 〔美〕韦恩·布斯：《小说修辞学》，付礼军译，南宁，广西人民出版社，1987，第408页。

③ 转引自李建军：《哪一种更好——论小说修辞中作者与读者的两种关系形态》，《小说评论》1999年第6期。

现的女性美（像《小时代》里的“四朵金花”）也都预设了一个男性凝视的目光。那种不惜对身体进行自我摧残也要与时尚为伍的“拜美主义”，早超出了女性主体范畴而落入了“女为悦己者容”的陈词滥调。另外，他还特别爱好编制女性情谊因为男性的介入而破裂的叙事情节，像《小时代》中卫海之于南湘和唐宛如，《夏至未至》中小司之于七七和立夏，《梦里花落知多少》中陆叙之于文婧和林岚等，男性角色的介入使得这种坚固的姐妹情出现了裂痕、松动甚至瓦解，以此体现女性情谊的虚弱与虚妄性，隐含了女性需要借助男性来确立自己的主体地位与社会角色之意。与此相关的是，与其塑造的近乎完美的理想男性相比，叙述人在内聚焦式地表现女性心理时，往往将传统观念中所谓的女性善妒、猜忌、怀疑等特点赋予人物形象中，并以此为催化剂写出女性情谊的破碎状态，像《小时代》中“四姐妹”之间微妙的彼此较劲、暗中争胜等，这同样将女性推到对异性恋、言情模式的认同与依赖之中，从另一层面彰显了男性秩序的霸权性和宰制性。尼采曾有句名言：“男性为自己创造了女性的形象，而女性则模仿这个形象创造了自己。”这一为女性主义者所批判的言论，却不断在文化再现系统中被模仿、复制，郭敬明的“女性向”叙事某种意义上就是这其中的一种，其与消费机制的联手让女性沉迷在这种满足浪漫幻想、释放快感情怀、经历想象性高峰体验中不能自拔，越发不自觉地以男性定制的标准来要求自己，不知不觉将其内化为“应该的”甚至是“必须的”，还以此教化自己的下一代。这是我们在遭遇“她世纪”“她经济”“她文化”“女性向”等令女性欢呼雀跃的语词或现象时，尤其需要注意的一点。

如前所述，笔者认为大众文化语境中的这股“女性向”潮流有点类似于新世纪以来方兴未艾的青春文学。同样是读者“买方市场”的倒逼和催生，同样是主流体制中原本弱势的一方（女性或青少年）唱了主角，也同样不可避免地融入了消费文化机制之中，而关于青春文学鱼龙混杂、泥沙俱下的描述，很大程度上也适用于“女性向”叙事。事实上，如同网购中女性消费占主导的数据统计并不总是代表女性个人消费量的飙升，有些情形下女性是为全家人“买买买”。以女性受众为导向的“女性向”文化，也未必都代表着女性情怀的全方位释放，其总是张扬了一部分精神或欲望，又压抑了另一部分内容。但愿本节以郭敬明作品为例进行的分析，对目前这股在新世纪中国愈演愈烈的“女性向”文化浪潮之复杂面目的揭示，能够有一定启示价值。

第三节 “她江湖”建构与新媒体时代的“女性向”方式

如果说大众文化语境中的“女性向”叙事是从商业原则出发，以赢得受众、争取更多女性消费者为目的，因此不可避免地仍留有一定男权文化印痕的话，相对小众化的“女性向”阅读机制的建构则略有不同：从女性心理出发、表达女性欲望、由女性评价接受，势必会牵涉一定程度上的女性主体性在场。这在某些“女生频道”的新媒体文学中体现得较为鲜明，并被某些学者称之为“网络女性主义”。

需要提及的是，“新媒体文学”一词在本章中频繁出现，对于“新媒体”这一概念，新闻传播学领域有不同层面的界定。从传播方式角度，将新媒体界定为“所有人对所有人的传播”；从与传统媒体相区别角度，将新媒体界定为包括“互联网媒体、掌上媒体、数字互动媒体、车载移动媒体、户外媒体等”的各种媒体样态；从技术应用角度，认为新媒体是与计算机信息处理、应用等密切联系的媒体样式；从社会关系角度，认为“构成新媒体的基本要素是基于网络和数字技术所构筑的三个无限，即需求无限、传输无限和生产无限”①。笔者是在新媒体为文学提供新语境这一层面上援引这一概念的，即文学的写作、传播、阅读、衍生产品制作等各个环节，均纳入以计算机信息处理技术为基础的媒体形态中，并由此构成了新的文学场机制。

这种新媒体文学场机制对传统上作为古老文字艺术的文学文本的影响和冲击是十分巨大的，自然也波及女性主义叙事学研究领域，但有关“网络女性主义”的论述在已有的女性主义叙事学研究成果中较少被提及。本节中，笔者愿就这一层面的“女性向”叙事展开尝试性论述，重点研究“女性向”小说的阅读机制是如何形成的，其对传统女性写作与女性阅读带来哪些层面的冲击，以及在新世纪以来的新媒体文学中是如何具体展开的。让我们先从理论层面“女性向”机制的建构说起。

一、“看/被看”的文化尴尬与女性阅读“异托邦”

“女性向”叙事以女性为目标读者，而非写作内容上的女性生活或写

① 杨振英、刘石检：《新媒体时代的语境解读》，《今传媒》2013年第5期。

作者的女性性别，这是符合叙事学意义上的女性写作概念的，因为如前所述，女性主义叙事理解的女性写作与男性写作的差异，以讲述方式、话语特征（感伤的、反讽的或是科学的等）为标识，而非写作内容上是否关注的是女性故事。这种理解是与传统上从“女性写的”或“写女性的”角度来界定女性写作的思路大相径庭的，但与从受众感受层面来言说的“女性向”叙事有不谋而合之处。是的，“女性向”并不拘泥于“谁叙述”层面的叙述人、叙述视点等传统叙事学关注的范畴，而主要是在“谁阅读”层面的受众构成、传播渠道、接受方式、感受认知等层面发言。对于“女性向”叙事而言，最重要的是建构一种相对女性化的阅读接受机制，其性别意义在于破解了私人化写作时期“看”与“被看”的文化尴尬。

从某种程度上说，“女性向”叙事首先是一种新媒体技术催生的大众文化，是新世纪以来文学分众化传播的结果，似乎与中国当代文学研究界关注的纯文学领域中的私人化写作浪潮没有太多关联。但事实上，它摒弃男性为主体的大众化阅读市场，衍生出以女性为主体的“我阅读”理念，对20世纪90年代“看”与“被看”的女性写作难题有一定的缓解作用。在私人化叙事遭受热议的年代，女性本色的身体写作往往被文化市场上以男性读者为主体的阅读机制所误读。即使是卫慧、棉棉这样几乎成了负面性指涉的写作者，也有不止一个的研究者在仔细研读了其文本后发现，这类作品是透露出了特定读者指向的。或者说，在“为谁写作”问题上，她们是有所选择地将读者群设定并限定在“未被男性阅读所整合的”同胞姊妹以及对女性真正具有一定同情心的部分男性读者身上。① 因此，他们向社会呼吁，“女性写作呼唤‘女性阅读’”②。不过，大众阅读市场从来没有理会这种“小众化”的读者设置，而是以奇观化的目光来窥视这些文本，将其阐释为情色化的女性文艺，这便造成了金惠敏所言的“超前的女性写作与滞后的女性阅读”之间的矛盾。或许卫慧、棉棉是否将读者设置成了“小众化”读者是有争议的，但这种本色的女性写作只有在“小众化”读者范畴（即“女性向”阅读空间）中才能真正被阅读、接受的思路却值得学界注意。

如何理解这种“小众化”“女性向”阅读机制的现实可能性呢？为了更充分地阐释这种小众化“女性向”阅读机制与以男性为中心的大众化市

① 参见金惠敏：《超前的女性写作与滞后的女性阅读——关于卫慧与棉棉的小说及其争议》，《中国女性文化》2001年第2期。

② 吴照明、陈雪梅：《女性写作呼唤“女性阅读”》，《淮南师范学院学报》（社会科学版）2002年第2期。

场机制的联系与区别，笔者这里想联系女性主义批评史上对男性中心逻格斯进行解构与颠覆的法国女性主义理论加以对比说明。克里斯蒂娃、西苏、伊瑞格瑞的名字对中国女性学界来说并不陌生，表面看来，她们的学理性言说同本章所论述的“女性向”文化并无关联，但事实上，其以“重建女性文明”相号召的主张与以女性受众为核心的后者，在一定程度上有着某种思想上的一致性，只不过她们更多是将语言和文本当做颠覆父权制的主战场，正如女性主义学者宋素凤所言，“伊瑞格瑞与西苏的方法是诉诸女性，释放阴性能量。克里斯蒂娃则是期许一个性别符码不再具有文化位置意义的社会”①。是的，无论是伊瑞格瑞的“女人话”、埃莱娜·西苏的阴性书写/身体写作，还是克里斯蒂娃改写拉康镜像说的符号态理论，都将语言、文本放置于女性解放的中心位置，而非只将其视为某种解放的工具和手段。这种文本意义上的后现代主义反抗被另一些女性学者认为精英气、经院色彩太明显，现实建设性不足，像丽塔·菲尔斯基（Rita Felski）认为，所谓的“阴性书写”基本上是一种“反写实主义的文本性美学观”，并对其所表征的女性解放之途进一步解释道：

> 从女性主义者的观点来看文学文本的政治价值，只能由它们在一特定的历史背景中对妇女权益所具有的社会功效来决定；而不是靠演绎那些背离文学生产与接受的社会状况，把文本区分为“男性”与“女性”、“颠覆”与“反动”的抽象文学理论。②

无独有偶，这种基于文本社会历史功能的女性批评在中国学界也有一定呈现。像针对20世纪90年代将男性塑造得较为恶俗，以“边缘”“逃离”号召对男权社会进行反抗的私人化叙事，有学者指出这种情形是将写作本身视为一种“姿态性”的女性反叛，一种与现实空间的社会问题相对隔膜的“纸上的女性主义”。这种“纸上的女性主义”或许“可以把男性写得非常丑陋、卑鄙，可以一千次一万次地诅咒男权文化，却损伤不了男权文化半点皮毛”。③ 这种悖论也让女性写作陷入了文本与语言学意义上的“超前的女性写作”之境，文化市场里的男性中心则进一步加剧了其接

---

① 宋素凤：《多重主体策略的自我命名：女性主义文学理论研究》，济南，山东大学出版社，2002，第152页。

② 宋素凤：《多重主体策略的自我命名：女性主义文学理论研究》，济南，山东大学出版社，2002，第152～153页。

③ 参见薛毅：《浮出历史地表之后》，《文学评论》1999年第5期。

受语境上的“滞后的女性阅读”情态，而让女性批评陷入两难境地的“看”与“被看”的矛盾也就在这里。因此，如何避免仅从美学与符号学意义上建构女性写作伦理是问题的关键，小众化“女性向”文学场的必要性就是从这个层面而言的。按照布尔迪厄（Pierre Bourdieu）的说法，文学并不是单一的文本，而是存在各类文学场中，所谓“场”（Field）就是一个由拥有不同权力（或资本）的团体或个人，按照其占据的不同位置之间的关系构成的网络或构造，这种网络或构造是与资本、权力，甚至意识形态紧密相连的，占有“场”就“意味着对这个场的特殊利润的控制”，文学场便是这样一个“遵循文学自身的运行和变化规律的空间”。[①] 以文学场理论反观女性写作上述问题，会更加凸显将作品传播、接受纳入观照范畴的“女性向”视域的必要性，即需要一个遵循女性阅读“自身运行和变化规律的空间”的出现与壮大，才能有效化解“女性化写作”被大众文化市场中“男性化阅读”窥视、误用、改写的尴尬。

当然，在私人化写作只能通过大众市场机制才能公开化、公众化的20世纪90年代，这种女性小说的“女性向”文学场的完整性建构几乎是不可想象的，女性从“被看”到“看”的转换需要相应的社会基础，既有文化心理层面的，也有物质技术层面的要求。因为在整个社会的性别机制还是男权文化的前提下，要建构一方“女性向”天地并不容易，但并不是没有一点可能性。早在1967年福柯就曾放言：“存在着这样一些真实的场所、有效的场所，它们被书写入社会体制自身内，它们是一种反位所的场所，它们是被实际实现了的乌托邦……这些场所是外在于所有的场所的，尽管它们实际上是局部化的。”[②] 这种场所被福柯称之为“异托邦”（Heterotopias），以区别于作为现实中不能实现的想象性空间的乌托邦。“异托邦”并非空想社会主义的乌有之乡，在天时地利人和等因素都具备的情景下，是能够在一定时空中发生的，对于本章论述的“女性向”叙事而言，新世纪以来新媒体技术的发达便为此提供了一定条件。

二、“她江湖”文学场的建构

布尔迪厄认为文学场域本质上是关系网的建构，就是从社会大集体下分离独立出来的小集体，并且这个小集体内部充满着复杂性与斗争性，而

① 参见〔法〕皮埃尔·布尔迪厄：《文化资本与社会炼金术——布尔迪厄访谈录》，包亚明译，上海，上海人民出版社，1997，第142页。

② 邵燕君：《从乌托邦到异托邦——网络文学“爽文学观”对精英文学观的“他者化”》，《中国现代文学研究丛刊》2016年第8期。

复杂性与斗争性的来源则是文化权力的争夺。“女性向”文学场域意味着女性在这场性别角逐中的胜利和一种堪称“她江湖”的女性为大的文学机制的建构，这在新媒体文学的“女生频道”类种中体现得最明显。像红袖添香、潇湘书院、起点女生网等原创文学网站，从写作者、阅读者、评论者、组织者、衍生产品策划者等多个角度被研究者阐释为一种“‘她’的江湖”领地，“不仅产生了自己的文坛‘领袖’、评论家、策划人、活动组织者，还发展出了许多周边衍生活动：插图、配乐、制作 MV、广播剧、cosplay 等”①，更重要的是，这些活动目前虽然已有部分商业资本的介入，但总体来说是以情感、爱好、志趣而非完全商业化原则维系的。这是一个不同于滋生琼瑶、岑凯伦大众化言情小说的文化社群，在这种相对封闭的虚拟女性空间中，才可能发展出一种屏蔽生活中无处不在的男性目光的女性阅读视点，与本色的女性叙述视点相对接，并形成“女性向”叙述声音的可能性。

该场域内女性作者和读者数量的庞大，从大范围的网络文学阵地来看，是女性争取文化地盘的胜利。当前我国的网络文学用户还是以男性为主，但在晋江、红袖添香等大型“女性向”原创网站上，女性用户数量却远远超过男性，充分体现出了女性群体的壮大，女性不再是囿于家庭生活单位的个体，她们以“创作者”“读者”“评论者”的身份群居在网络社区当中，成为网络新性别小说中不可忽视的重要力量。“女性向”文学场的形成不是偶然的，女性将现实生活里日常经验的累积以及个人的生命情感体验借助网络平台以文本的形式表达出来。由于女性在社会历史中经常处于被压制的地位与作为男性附属品的文化象征符号的相似性及一致性，迅速吸引了大批女性读者的追捧，有种“同呼吸、共命运、同唱一首歌”的惺惺相惜之感。在这种近乎一致的情感氛围笼罩下，新媒体文学的“女性向”叙事奠定了专属于女性的浪漫唯美的创作风格、梦幻独特的绮丽想象、唯爱至上的情感态度和价值观等。而网络写作的低准入门槛为“女性向”文学场的形成提供了良好的写作空间，传统纸质出版印刷曾经垄断了文化符号的输入与输出，也一度是男性发挥历史见证者作用和彰显性别优势的文化场。女性书写是处于边缘化的非常态写作，她们围绕自身生命体验的文学写作在男性掌控的文学场看来只是无关痛痒的自怨自艾，因而也无法进入书店里醒目的畅销书列。出版社和印刷行业将女性的文学创作局限在一类固定单一的写作模式中，因为不得不向男权文化中心低头，所以

① 徐艳蕊：《网络女性写作的生产与生态》，《北京大学学报》(社会科学版)2015 年第 1 期。

丧失了形成文化集群的可能性。然而，网络新媒介的出现解放了女性的思想和天性，她们不需要顾忌社会历史的压制以及出版商的眼光，可以将女性自身的生活、日常经验以及情感思想态度尽情地表达出来。文学场域的形成除了风格的一致性，基本前提是建立在相当规模的数量上，有了数量才能从众多文章中挑选出质量上乘的文章，才能在其之上归纳总结出作品的风格和作者的气质。显然，新媒体语境的出现为当下“女性向”文学场的形成提供了物质基础。

文学场的出现也意味着象征资源与权力支配权的确定与争夺，“在文化领域，竞争的利益通常是象征性的，其中包括对权威、声望和认可的争夺”①。在文学场中权威的确立便是承认文学符号的价值性，这也意味着进入文学场的参与者必须携带一定的社会资本，这种资本可以是文化的、象征意义的，也可以是社会的、经济的、实质意义的。关于文学场域内资本的权力运作和发展在传统的印刷文学领域是基本适用的，男性携带着大量的社会历史资本以及经济资本进入当代文学场内，凭借着经年累月积累下来的文化资本操控了几乎全部的文学场资本运作，女性在文学场内的符号输出不断受到挤压和控制，处于场内的边缘化位置。另外，女性还受到来自男权社会源源不断的文化符号的暴力，像男强女弱、白马王子与灰姑娘等各类刻板化的人物形象塑造不断强化传统性别格局。而女性作家也有形无形地受到了男性中心的主流文化的影响，自身创作符号不断弱化，呈现出向暴力符号妥协并同化的姿态，表现在文学现实中就是女性貌似自觉地退出了书写民族、历史、家族的文学舞台。文学场所把关人的出现也进一步弱化了女性写作才能，文学把关人既包括杂志社、出版社这些机构，及这些机构之中一个个的编辑、出版人，也包括能够以自己的推荐和评论影响新人作品发表的知名作家和评论家等。② 在以男性文化经验为主的时代，这些把关人的权力是非常大的，在他们的运作下，女性作家作品很难流入文学市场，出现在显眼的畅销书行列，因而在印刷业操持的文化语境中，女性作者难以集中形成规模化、自觉化的群体创作，无法掌握和控制自身应有的话语权。新媒体语境则为“女性向”文学场的最终确立提供了有利条件：女性作者操控着小说剧情的发展以及主人公之间的关系，按照心中理想的样子以及爱情范式来着力塑造男人形象；女性“中介人”取代过去的文学“把关人”，负责网络文章的推送、运行、监管，使作品朝更

① 张意：《文化与符号权利——布尔迪厄的文化社会学导论》，北京，中国社会科学出版社，2005，第282页。

② 参见王小英：《网络文学符号学研究》，北京，中国社会科学出版社，2016，第48页。

加灵活和自由的向度发展；女性读者的主体性亦日益彰显，通过直接留言、发帖、续写、改写、创作接龙等各类方式，她们可以彼此之间或与作者之间进行直接的对话交流。

与本章上一节我们以“郭敬明现象”为例分析的大众文化语境中的“女性向”叙事有所不同的是，商业利润因素在新媒体语境的“女性向”文化运转中并不能起到决定性作用。无论是女作者、女读者还是女“中介人”，情感投入的作用远超普通文艺现象。像粉丝众多的穿越小说《梦回大清》的作者金子在博客中曾坦言，她是一个面孔和才能都较为普通的女孩，但拥有各种绚烂多彩的梦，写作就是给她做梦的机会。穿越小说被精英研究者视为精神鸦片的“白日梦”，但事实上却是女性写作者宣泄自身情感和欲望的场所。“起点女频”的资深作者希行（代表作《名门医女》，曾获粉红票榜第一名）在访谈中也说：“写网络小说是从 2008 年开始……偶然的机会看到了第一本网络小说《回明》，当时就震惊了……顿时一发不可收拾。”① 作者的肺腑之言也验证了新媒体语境中的这种“女性向”叙事在宣泄制作者情绪方面的作用。来自读者层面的回应更加证实了在“她江湖”建构层面“女性向”文学场的巨大影响力，像有研究者发现斜线文化、耽美文化等这些在当下较为流行的网络文化现象的一个很惊人的事实是，女性群体（无论是作者群、读者群，还是评论群、跟帖群等）都占了绝对优势，甚至“这个粉都几乎百分之百地由女性组成”②。女性粉丝作为“‘过度’的读者”（exsessive readers）不仅在数量上有着绝对优势，还通过对小说文本的公开参与实现文化符号的挪用和情感上的迁移，从而直接促成了文本意义的再生产，鲜明体现了“女性向”叙事以读者/受众为中心的文学场特质。

以耽美小说为例。耽美是“女性向”文化中读者群最多、女性参与意识最鲜明的一个小说类种，其粉丝是“腐女”③，她们有着共同的目标：第一，沉迷于双倍的男色；第二，对喜欢的男性强行组 CP。“腐”文化的盛行表明了女性粉丝公众参与能力的增强。耽美界的“大神”尔雅就是因为喜欢《三侠五义》中的展昭跟白玉堂而将两人进行配对，本身一个是带刀侍卫，一个是江湖侠盗，一正一邪，本来应该是正邪不两立，可是尔雅却将两个人凑在一起，组成“猫鼠”CP，这一新奇的组合迅速得到了腐女们的拥护和爱戴。除了对原著人物的改编之外，受当下视觉文化、眼球

① 徐艳蕊：《网络女性写作的生产与生态》，《北京大学学报》（社会科学版）2015 年第 1 期。

② 陶东风编：《粉丝文化读本》，北京，北京大学出版社，2009，第 260～261 页。

③ “腐女”源自日语“腐女子”（ふじょし，fujoshi），指喜欢男男爱情（即男同性恋）的女性。

经济的影响，腐女还对动漫、影视作品甚至是真人明星配对情有独钟。以改编率最高、影响力最大的动漫改编为例，对日本热血动漫《火影忍者》人物角色的改编就有各种不同的配对，比如火影里超高人气的木叶上忍旗木卡卡西，有些腐女将其跟另一位中忍伊鲁卡配对，组成“卡伊”CP，有的则将卡卡西与木叶的叛忍宇智波鼬组合在一起，组成“卡鼬”CP或者“鼬卡”CP。值得注意的是，组成的CP名字在前的一方为“攻”(seme)，名字在后的一方为“受”(uke)，在百度贴吧里有专门的“卡伊吧”“卡鼬吧”以及“鼬卡吧”。这些贴吧里面都是腐女们对两位主人公的爱情书写，腐女们的书写有的就其小说情节和走向来看与《火影忍者》原著毫无关联。腐女们的创作除了强组CP之外，还有一部分是创作出原著中没有的男性人物形象，这种新创立的形象满足了腐女们所有的幻想和要求：武功高强，提前知道原著的后续发展并且能准确做出预判，挽救众人于水火之中，获得一众女主的爱慕。这方面的代表作品如《火影凤凰传》，讲述的是一个身在21世纪的火影动漫迷，穿越到火影的世界，凭借在现实世界中提前知晓的剧情，以及本身强大的外挂属性，最终成功拯救了火影这个世界，取代了原著中的主人公成为超级英雄，并且获得了一众女人的青睐与追慕。还有些“女性向”叙事对爱情的描述符合了腐女们内心的愿景，她们幻想自己与爱人像小说主人公一样，没有外界现实因素的干扰，纯粹为了爱情在一起，并且永远相爱。《探虚陵》中的洛神和师清漪、《十年》中的李维森和高郁、《青莲记事》中的翘楚和姚锦梓，都符合这种“一生一世一双人”的“女性向”爱情愿景。

三、“她江湖”中的“她叙事”：女性主义的可能性

之所以在“她江湖”文学场中谈论“她叙事”女性主义的可能性，是因为正如前面一节所述，如果仅仅在“她经济”“她文化”的范畴中论述“女性向”问题，就有可能像“郭敬明现象”昭示的那样，把“女性向”演绎成利益驱动下对女性受众中的“大多数”的迎合，或者说将有着男权观念的大众商业原则对象化。俘获“大多数”女性读者/观众，并不等于女性主体欲望的最大限度表达与接受。本色的女性自赏、自视、自伤、自审等女性写作，被阅读成窥视女性私人生活细节的“他者”文本，是与受众的性别构成与文化趣味密不可分的，也离不开商业原则的暧昧引导。而由女性作者、读者、评论者、策划者等构成，洋溢着鲜明情感投入（而非仅仅商业原则）的“她江湖”文学场，则可以在一定程度上规避这些大众文化语境中的难题。或者说，由女性网络社群提供支持的“她江湖”文学

场使“女性向”阅读在一定程度上得以实现，而也就是在这样的知识语境中，“她叙事”中的女性主义内涵才能成为某种可能，其颠覆了20世纪90年代的女性主义表达，呈现出了某些新世纪女性文学的新症候。

比如身体叙事“看”与“被看”的主体与聚焦对象发生了变化。本书第八章我们曾集中论述过“叙事学视野下的身体写作”命题，分别从“怎样的身体”“谁叙述的身体”“怎样叙述的身体”“未叙述的身体”等不同层面探讨从新时期到新世纪女性小说的身体写作现象出现的新景观。但是，在那一章中我们并未涉及“向谁叙述的身体”的问题。而在“怎样的身体”与“怎样叙述的身体”层面我们曾论述到残缺、病态、“不美”的身体渐次在私人化写作落潮后的女性叙述中出现了，而简约、隐喻、轻描淡写乃至“未叙述”的身体在文学文本中也不鲜见，但这并非文坛中身体叙事的全部。事实上，20世纪90年代常见的那种繁富叙述的美丽灼灼、欲望灼灼的身体美学在新世纪文学中仍有一定市场，其主要体现在新媒体文学中的“女性向”叙事，尤其是耽美文类中。但与90年代私人化写作聚焦于女性身体的浓墨重彩铺排不同的是，女性在耽美文本中不在场或只居于次属性角色，但她们却是主要的写作主体和阅读主体，被繁复细致书写的聚焦客体是男性的身体，作为叙述者和阅读者的女性却历史性地承担了“看”（聚焦者）的角色。

以网络小说《入川之夜》和《恨》为例。两篇小说都是对中国古典名著《三国演义》的恶搞改写之作，均为涉及男男之恋的耽美之作。与前面第七章提到的私人化写作中感性化、欲望化、细节化身体写作相类似，但与前者多体现为女性身体的自赏、自恋式描写正相反，着力铺排的是男性身体之美，乃至带有挑逗气息的男性色相。这两篇小说将诸葛亮塑造为男男之恋中的“受”（uke），凸显其男色之美，与影视界愈演愈烈的“小鲜肉”现象有点类似。如同具有男色美的“小鲜肉”演员在目前的主流影视机制中遭到了各界批评一样，耽美叙事中表征感官化的男性身体书写也往往被主流文学批评诟病为欲望化消费气息浓厚。然而，考虑到耽美叙事的“女性向”文学场，在“女性作者为女性读者所讲述”的男性身体写作语境中，我们会发现其颠覆了20世纪90年代私人化叙事中“看”与“被看”的身体写作模式。一方面保护了女性自己的身体隐私，另一方面又以文化想象的方式意淫男性的身体，释放被男权文化压抑的女性欲望，这在非“女性向”叙事中是很难实现的。将男性美女性化也在一定程度上体现了性别权力的翻转之势，以上网络小说以“眉如远黛、眸如春水、唇如凝露”来形容诸葛亮，对其身体书写也“盗用”了很多女性修辞，颠覆了传统上以阳刚、健硕为特征的男性主流审美及其暗含的“男强女弱”蕴含。但其并没有完全类同于对女性身体的描写，“精巧的喉结”“平滑白皙的胸膛”等均保留了一定程度上的男性生理特征，这进一步突出了其将女性定位于受众群体的“女性向”特征，并实现了从“强攻弱受”“强攻强受”，到“美攻强受”的叙事模式的发展。[①] 从某种意义上说，这些均体现了女性无视男权文化的限制，尽情释放包括欣赏男色在内的自我欲望，而且将之扩大化与公开化，是以“女性向”叙事的方式对20世纪90年代女性主义理念的进一步深化与发展。

除了身体写作新症候，女“穿”男、男“穿”女的性别穿越（又名“变身”）“女性向”叙事还以投胎转世的方式表达了变性者、双性者、跨性别者等“性少数”人群的雌雄同体（androgyny）理念，其不再纠结于“复数”性别身份的迷惘与困惑等传统文学命题，而是以戏剧性、喜剧性的方式描述现代女性借用男性身体在古代社会政治经济领域有所成就，实现自我价值（如《青莲纪事》）；或以变身为女性身体的男主人公以双性同体的混合气质征服古代人的故事，张扬被男权文化束缚的女性才能与跨性别的自由性、现代性（如《太子妃升职记》）。一如巴特勒所言，“性别是在时间的过程中建立的一种脆弱的身份，通过风格/程式化的重复行动在一个表面的空间里建制……”[②]。性别并非一个经验化和本质主义的所在，而是流动性的社会文化建构，这在主流社会中较为深奥和复杂的反本质主义性别观念却在《太子妃升职记》等网络穿越小说中以喜剧性与戏剧性的方式展现了出来。

当然，现代传播讲求分众化（customization），即将传播对象与服务受众从普泛性、模糊性的大众转向具有特殊兴趣与具体利益诉求的群体。将传播媒介的服务对象从广泛的整体大众，分化为各具特殊兴趣和利益的“小众”，践行的是一种尊重差异、消解同质性神话的精准传播理念。从“女性向”写作需要伴随“女性向”阅读才能实现其释放女性欲望、满足女性心理需求的层面看，“女性向”叙事的文化传播目前更需要的是分众化原则，而不是雅俗共赏、多多益善的大众化市场伦理。《太子妃升职记》网上走红，所改编影视剧却在2016年被迫下架的复杂境遇，也表明“女性向”叙事要想在更大的范围内获得社会性别认同还需要一个磨炼的过

---

① 参见肖映萱：《“女性向”网络文学的性别实验——以耽美小说为例》，《中国现代文学研究丛刊》2016年第8期。

② 〔美〕朱迪斯·巴特勒：《性别麻烦——女性主义与身份的颠覆》，宋素凤译，上海，上海三联书店，2009，第184页。

程。离开了“‘她’江湖”文学场，“女性向”阅读并不容易取得其应有成效，这也是“变身”类性别穿越小说多被阐释成意淫、消遣性“白日梦”通俗读本的内在原因。另外，“女尊”“女强”小说除了部分践行西方女性主义的激进主张①外，还改变了叙述人以谦卑姿态刻意迎合受众的吸引型叙述模式，代之以无限张扬、纵恣的女性权威感的表达，在一种近乎“恶搞”的气息中将父权制颠覆为母权制。像《四十花开：还魂女儿国》以缺钱、缺爱、卑微、普通的女主死后重生来到女儿国，“丑小鸭变白天鹅”，获得了权力、地位、才能及多个男人的爱的戏剧性故事，把“我的地盘我做主”的“女性向”诉求发挥到了极致。

可以说，从“她写作”到“她阅读”，“女性向”叙事呈现出与酷儿理论结缘的某种性别新质，但没有导向艰深的后现代女性主义，而是以语言的混搭，戏剧性、喜剧性美学风格，中国传统元素的渗透等，同20世纪90年代以边缘、逃离、幽闭、偏执为关键词的私人化写作拉开了偌大距离。“女性向”文化有张扬、外露的一面，但其是通过新的叙述机制，及新时代中人们对女性利益、欲望有着更高接受度的新的阅读/观影机制的建构达成的，如对《甄嬛传》中借男人达到自己目的的“坏女人”认可度的提高，体现了社会性别意识在新世纪中国向前发展的一面。因此，“女性向”叙事也被一些学者阐释为“女性解放的正向文化力量”，甚至冠之以“网络女性主义”“大众女性主义”等新语词。尽管这些语词目前仍有不少争议，但如同一个时代的文化书写也模塑了其性别再现一样，新媒体语境中的“女性向”叙事及其在类型化书写中反复出现的过程本身也成了再造女性主义话语的操演环节，并可能以更符合女性利益的方式从想象性文化书写逐步推演到日常实践，并进而影响到公众的性别认知。

---

① “女尊”小说《女权王国》中有婴儿全由高科技手段下的人造子宫产生，儿童养育法禁止母亲单独喂养婴儿，国家统一抚育孩子的情节，同“激进—自由”派女性主义者宣称的“生物性的母亲身份使妇女在身体和心理上都精疲力竭”，期待“能够在人工胎盘上进行体外受孕，由体外的人工培育完全取代自然的妊娠过程”有类似之处。参见〔美〕罗斯玛丽・帕特南・童：《女性主义思潮导论》，艾晓明等译，武汉，华中师范大学出版社，2002，第4～5页。

第十二章　女性小说叙事形式的个案解读

本章以个案文本解读为主，目的是以典型个案为中心，对社会性别角度的女性小说叙事形式研究进行具体的深度文本剖析。文本选取的原则是：第一，选取在社会上产生一定文化影响力或时代性、代表性强，具有一定研究价值的文本；第二，选取在叙事形式层面有一定开创性或独特性，具有“可分析性”的文本。让我们先从林白 2003 年出版的《万物花开》谈起。

第一节　林白《万物花开》与“不可靠叙事”中的女性声音

相对于其他叙事样式，“不可靠叙事”似乎更是有着一望而知的降低（而非提升）叙述人“自我权威化”的形式特质。当然，对于何为“不可靠叙事（者）”，该怎样界定一部作品究竟是失败的“不可靠叙事”还是有意运用“不可靠叙事”来营造某种特殊的修辞效果，是需要具体问题具体分析的，而“不可靠叙事”与女性作家话语权威间的关系也需要更深入、具体地辨析厘清。

从“不可靠叙事”角度重读林白出版于 2003 年的小说《万物花开》是因为：(1) 这部小说选择脑子长五个瘤子的乡村智障少年大头为叙述人“我”，叙述语中有不少矛盾分裂之处，可以与“不可靠叙事”联系起来进行解读；(2)《万物花开》作为私人化写作的主将林白新世纪以来的转型之作，为探讨“不可靠叙事”中的女性声音提供了有效的文学资源；(3) 无论是从“不可靠叙事”角度对《万物花开》进行分析，还是对“不可靠叙事”与女性话语进行联系研究，在目前学界都很少，甚至几乎是空白，本书在此层面上有一定开拓性。下面让我们先从“不可靠叙事”与性别话语的理论连接谈起。

一、“不可靠叙事”辨析与性别言说

关于“不可靠叙事”及与之相关的“不可靠叙述者”，学界是有争议的。概括起来，主要有三种观点：

第一种观点是以现实作为参照，将在心智、精神、思维等层面不健全、非常态的叙述人称为“不可靠叙述者”，而将由这样的人充当叙述人的叙事文本称为“不可靠叙事”。像中国批评家李建军就将“那些在智力、道德、人格上存有严重问题和缺陷的叙述者”称为“不可靠叙述者”，因为“从这样的叙述者角度展开的叙述通常有着混乱和不可靠的性质”①，阿来的《尘埃落定》因为采取了“痴傻叙述”的方式，有着明显的前后不一、人物形象断裂的倾向，而被称之为“失败的不可靠叙事”就是从这一角度而言的。

第二种观点是叙事学理论界经常采取的以“隐含作者的规范”作为判定可靠与不可靠叙事的标准。正如詹姆斯·费伦所指出，第一人称叙事中的“我”作为人物的功能与作为叙述人的功能并不一样，不能简单地根据叙述者的人物角色去判定其可靠还是不可靠，需要分析叙事者与隐含作者的思想规范是否一致，即叙述人本身的弱智、痴傻并非必然导致“不可靠叙事”，需要结合隐含作者的叙述姿态来看。如果隐含作者有意以一个弱智、痴傻的人作为叙述人，并以此凸现非弱智、痴傻的“正常者”无法言说的无限况味，那么这个非常态的“不可靠叙事者”的文学叙述并不能称之为“不可靠叙述”。而如果判定一个叙事者的叙述是“不可靠叙述”，则意味着他的叙述与隐含作者的写作姿态并不一致，“他关于事件、人、思想、事物或叙事世界里其他事情的讲述就会偏离隐含作者可能提供的讲述”②。或者说，所叙述的话语意旨不与隐含作者相契合，甚至本身成了隐含作者调侃、嘲弄、反讽的对象，这种叙述者的叙述才是“不可靠叙述”。韦恩·布斯、詹姆斯·费伦等修辞学理论家均持这种观点，一般认为这是西方叙事学理论界关于“不可靠叙事”的主流观点。

第三种观点是采用认知叙事学的策略，转而以具体时代语境中实际读者的判断作为衡量可靠或不可靠叙事的标准。像安斯加·扭宁（Ansgar Nunning）聚焦于读者感知层面，认为“不可靠性与其说是叙述者的性格

---

① 李建军：《小说修辞研究》，北京，中国人民大学出版社，2003，第 374 页。

② 〔美〕詹姆斯·费伦：《作为修辞的叙事：技巧、读者、伦理、意识形态》，北京，北京大学出版社，2002，第 78 页。

特征，不如说是读者的阐释策略”[①]，他与塔马·雅克比（Tamar Yacobi）均强调社会历史语境对判定某文本或叙述类种可靠还是不可靠叙事的重要性，声称只从叙述者的人物身份与角色设定角度是无法判定其所叙述的话语内容是可靠还是不可靠的，真正的不可靠叙述分析应当是将文学作品意义建构过程中的“历史可变性”考虑其中，即将文本的时代语境与文化背景，写作、阅读和评论作品的特定时期的价值标准，具体的历史的文学场建构等，与文本相关的诸多要素考虑在内，这种可靠或不可靠叙事的甄别、梳理才是有效的。[②] 如果只在文本内进行修辞性阅读可能会忽略时代文化、读者接受等层面的因素，无法解释某个时代被视为可靠叙事的文本，为何在另一个时代又会被视为不可靠叙事。这是结合具体的社会历史文化语境中的读者反应来“倒推”叙事文本的可靠或不可靠性的认知叙事学的最大依据。

笔者看来，针对不可靠叙事的上述三种观点体现了研究者论述侧重点的不同，既有各自的理论优势，也有诸多未关注到的研究盲区：第一种观点将第一人称叙述人现实化、生活化，将其与日常原则中的自然人相提并论，未意识到其只是小说叙事中隐含作者的代言人的文学想象特质；第二种观点将第一人称叙述人姿态与隐含作者主体姿态联系起来，凸显了小说的修辞性质，比第一种观点相对辩证，但其主要囿于文本内的修辞性解读，未关照到社会历史接受层面；第三种观点将现实世界中的读者接受纳入研究对象，分析具体的历史的时代语境中的叙事可靠性与不可靠性，时代性强，视域亦更加宏阔，关照到了不同读者秉承不同美学趣味对不可靠叙事的不同理解，但也有可能模糊、遮蔽了文本本身的写作特质，甚至会人为地颠倒作者或作品原有范式，造成阐释标准的丧失。因此，对可靠或不可靠叙事的判定应综合上述观点，各取所长，亦各补所短，才能更客观、准确、辩证地进行文本叙事研究。本节在接下来的具体文本分析环节就是采取这种相对综合、整合、具体问题具体分析的理论视角。

除了理论资源的辨析，本节涉及的另一个问题是不可靠叙事与性别视域、话语权威的理论联系。不可靠叙事与女性写作有某种内在的特殊联系，因为幽深的内视角、独特的心理分析与敏锐的直觉体验，一直是女性写作的突出之处，也使其具有某种不可言说的神秘魅力。而不管是由于叙述人或人物叙述眼光、视角的局限造成的叙事“不可靠”，还是由于叙述

① 转引自申丹、王亚丽：《西方叙事学：经典与后经典》，北京，北京大学出版社，2010，第86页。

② 参见〔美〕詹姆斯·费伦等主编：《当代叙事理论指南》，申丹等译，北京，北京大学出版社，2007，第93页。

人或人物心智、道德、人格上的缺陷等造成的叙事“不可靠”，都使文本形成了奇幻莫测、非理性、无法自圆其说的审美模糊现象，这与女性写作的神秘魅力有着某种异曲同工之妙。目前，具体作家作品的“不可靠叙事”阐释在中国文学研究界以针对外国文学的研究为主，针对中国当代文学“不可靠叙事”的研究并不是很多，主要有针对余华《鲜血梅花》、贾平凹《秦腔》、王朔《看上去很美》、阿来《尘埃落定》、白先勇《永远的尹雪艳》、池莉《绿水长流》、田中禾《父亲与她们》等的“不可靠叙事”研究。以单篇作品分析的个案研究为主，从社会性别角度切入的研究少之又少。这些均成为笔者进一步开拓研究的知识背景。

本节在接下来的篇幅中拟以林白2003年出版的《万物花开》为中心，谈一下其文本的“不可靠叙事”策略及其所造成的叙述人、隐含作者、真实作者、隐含读者、真实读者、评论者等各类真实或虚构人物间的复杂关系，并由此进入女性作家话语权威建构的另一些问题之中。

二、“不可靠”叙述人设置

在林白的创作中，《万物花开》比《妇女闲聊录》早两年出版，鲜明体现了林白小说新世纪“转型”的痕迹。从叙述人设置层面，它一改林白成长自传体、女性为叙述人或主人公的写作惯性。尽管依然是以“我”的口吻和视角的第一人称叙事，但却以脑子里长了五个瘤子的乡村少年大头为叙述人。

从“我”（大头）的自述来看，“我”是一个濒死的乡村智障儿。“十一岁。感到口渴，每天要喝一桶水……十三岁，医生说我脑袋里长了五个瘤子，最多只能活一年。十四岁，四处游荡……瘤子使我不上学，不干活”；因为五丫姨与四姨夫私通，四丫姨寻死觅活，“我”想毒死五丫姨，可吃了她的一碗面后，香喷喷的面条“一直香到我的瘤子”，“就把毒药的事情给忘了”；最明显之处是细胖杀了跳“开放”的小梅，但要“我”承认是“我”杀的，因为“我”还差几天16岁，并说可以给“我”四千块钱，“这样我就点了头”①，后来入狱。可以说，这是一个以心智不健全的“我”作为叙述人的“痴傻叙述”文本。理论上，“痴傻叙述”的叙述人是文本给出的心智不健全者，这是一种有美学风险的叙述人设置，如果处理不当，就会沦为李建军所言的“失败的不可靠叙述者”。具体到《万物花开》而言，又该如何判断其叙述的可靠与不可靠呢？

---

① 林白:《万物花开》,北京,人民文学出版社,2003,第17、70、164页。

笔者认为，从现实角度，“我”（大头）的叙述内容中的确有着诸多分裂、矛盾的“不可靠叙述者”特质。小说一方面通过“我”的叙述，明确地告诉了读者“我”的病情、“我”在村中的傻子身份、“我”的痴傻愚钝行为，而医院机器照出的那五个瘤子是“我”弱智的源头。另一方面同样是通过“我”的叙述，又不遗余力地描述了“我”因为脑子中的五个瘤子而有着某种近乎特异功能的超常心智，不但不傻，而且是个有着非凡洞察力与预见力的智者。比如：“我的瘤子则成为了天才，它灰色的花瓣越过墙壁，越过时间，总能准确地回到早已消失的现场”，“我的瘤子带着我的眼睛飞到半空中”，“我的瘤子比我记得的东西更多，它飞翔在王榨的上空”，“我之所以出口成章，除了学智哥的熏陶，主要是我脑子里长了五个瘤子，瘤子是文明的结晶”，“这种流派现在被称作身体派，这是我脑子里的瘤子告诉我的”，“当然这一切情景只存在于我的瘤子里”，“只有脑子里的瘤子是天才……我脑子里的瘤子会看见另一些东西，它们像动画一样在阳光下跳动”，“我的瘤子精神为之一振……它们一个接着一个，从我脑子里飞出，像狗一样”。①

可以说，作为核心意象的瘤子在这种两极化的叙述中变成一个分裂的物种，在有些地方造成了“我”的痴傻、愚弱，在另一些地方又是“我”超常智慧的源泉，给人某种臆想、荒诞、不真实、不可靠的感觉。另外，叙述场景与语言风格上的妖娆、诡异、狂放、神秘，也与小说对叙述人大头（“我”）所设定的年龄、阶层、文化等社会身份不太符合。大段大段的诗性化表述，繁富绚烂的文学修辞，底层欲望化场景的反复渲染铺排，都与“我”因病而早早辍学、没接受多少文化教育的乡村少年身份有一定出入，像“瘤子就是我脑子里的花，灰色、重叠、花瓣紧凑”，“我看到了那张片子，瘤子像一朵不规整的花，长着灰色的花瓣，花瓣之间重叠紧凑，使这朵花看上去讲究、精美”，“我看见瘤子像花瓣那样，它们从我的头顶飞出……灰色的花瓣在月光里上下翻飞，有时也像蝴蝶，也像树叶，也像眼睛，它们像号子夜晚的空气那样深灰……它们长在我的身体里，又从我的身体飞升，整个世界历历在目”。② 从人物语言、风格要与其身份、趣味一致，“文如其人”“风格即其人”“什么人说什么样的话”的传统文学法则来看，这些围绕瘤子的抒情性言说也超出了“我”（大头）的话语能力，从而具有了某些“不可靠叙事”的特征。对于女性写作的“话语权威”而言，这些叙述人言说内容自身的分裂及言说风格与言说者身份的不

---

① 参见林白：《万物花开》，北京，人民文学出版社，2003，第8、10、101、107、109、133、146页。

② 参见林白：《万物花开》，北京，人民文学出版社，2003，第15、20、167页。

一致，则在一定程度上降低了文本内叙述主体的权威性甚至真实感。

三、化“不可靠”为“可靠”的诗性修辞

如果从“隐含作者的规范”这一层面来看，问题会更复杂一些。把大头设置为叙述人是作者林白的有意为之，而且还毫不掩饰让这个叙述人发出本真自我声音的叙述企图。像《万物花开》前言中有这样醒目的文字，“无论如何，我就是大头”，而在后记中作者又深情地写道：

> 写作《万物花开》，首先是想满足自己，到达一个从未去过的地方，变成一个从未见过的人……这个大头，却是我……我不知道怎样到达那个叫王榨的地方，怎样成为一个叫大头的人。但我多想成为一个别人啊。①

结合这些坦述作者心声的文字，我们会对前述大头言说中的那些“不可靠”之处有某些更深层次的理解。以自传体、私人化叙事著称的林白在这部首次转向乡村的写作中，并不想建构真实作者完全退场的格局，而是将“我”以文本中的“第二自我”（隐含作者）的方式附着在了叙述人（大头）身上，以隐含作者的叙述干预推动作为叙述人的大头言说。那些妖娆、诡异、狂放、神秘的言说风格自是与现实层面的大头身份不符，可其恰恰是林白诗性化叙述风格的惯性体现；而作为核心意象的五个瘤子的两极化所指现象，则是为小说欲表达的“卑贱者最聪明”、被边缘化的乡村万物中孕育着勃勃生机与人性真实的主题服务的，即其与“隐含作者的规范”是一致的。要在现代文明的“背面”进行叙事，书写有悖于主流社会的阶层与伦理，就要渲染五个瘤子所造成的大头“痴傻”状态，唯其如此，叙述人才能百无禁忌地想说就说。而要提升边缘文化的价值，需要倚重一些民粹主义、反智主义、狂欢文化的东西，以“装疯卖傻”的言说方式讲出世界与人性的真相，则需要提升甚至“神化”大头和五个瘤子，各种有关瘤子“天才”的论断即由此而来。

戴维·洛奇（David Lodg）曾指出，小说家运用不可靠叙事“是想以某种诙谐的方式展现表象与现实之间的差距”②，以“荒诞式叙述者”的方式呈现世界或真相是如何被所谓“主流社会”歪曲或遮蔽的。要将“不可靠叙事”作为一种修辞手法来用，是需要一些艺术技巧的，只有尽管设

---

① 林白：《万物花开》，北京，人民文学出版社，2003，第 283～285 页。

② 〔英〕戴维·洛奇：《小说的艺术》，王峻岩等译，北京，作家出版社，1988，第 170 页。

置了“不可靠叙事者”但最终传达出来的文学信息能够被读者认可为像可靠叙事那样时，才能达到“不可靠叙事”的文本功效。像福克纳《喧哗与骚动》中也设置了傻子叙述的章节，但最后以第三人称全知叙事的方式对前面叙述人的叙述进行了概括性、补充性叙述，解释了此前叙述人言说中某些混乱、暧昧、割裂之处，深化主题的同时保证了表达的可靠性。《万物花开》则通过将真实作者的价值、情感移置到远离经验性自我的叙述人大头身上的“移情”方式，将其痴傻的癫狂叙事合理化，将鄙俗的乡野世界以“万物花开”的瑰丽隐喻诗性化，将非道德的行为（像妓女、跳“开放”、大头与牛媾和等）人性化、自然化，即以隐含作者支持大头言说的方式，使看似不可靠的呓语狂言可靠化，化“不可靠叙事”为可靠叙事，同时将“不可靠叙事”中叙述主体话语权威的消解，转换为另一种叙述形式的权威建构。

当然，如同上文“不可靠叙事”的理论辨析部分所言，对一个文本是“可靠叙事”还是“不可靠叙事”的判定可以不必仅仅以文本为依据，以是否符合“隐含作者规范”为标准，还可以结合更深广的新世纪文化语境、读者反应等现实元素对这一问题进行更进一步的阐释。从这一层面来看《万物花开》，我们会发现它在新世纪之初（2003 年）的出版是获得了读者认可的。中国知网显示，截至笔者检索的 2022 年 4 月 8 日，专门以此为研究主题的期刊论文已达 29 篇、学位论文 20 篇、会议论文 1 篇。这些数字已逼近了对林白成名作《一个人的战争》的研究。而从学界的具体研究指向来看，不同于对《一个人的战争》的毁誉参半（尤其是 20 世纪末以来对其及与之相联系的身体写作、私人化叙事等的批评声音多了起来），对《万物花开》的研究声音相对一致，基本上对林白的这种从自我向社会、从城市向乡村、从自传性亲历性叙事向关注他人的叙事的“转型”姿态表示了欢迎和认可，并以此拓展了林白研究的空间。像从生态叙事、道家文化等层面切入《万物花开》的研究①，这在以往林白研究中是没有的，可谓为林白研究带来了话语增值。而从“不可靠叙事”角度进行的《万物花开》研究，在本书的集中性研究之前仍为零，这也说明在多数人心中默认为其是“可靠”的，尽管从现实主义角度来看其叙述人设置与言说其实是留有一定话语裂隙的，并有人物形象分裂的趋势。学界一般将《万物花开》中的“痴傻叙述”当成是某种超现实的荒诞、狂放的美学表

---

① 参见石群山：《从〈万物花开〉管窥林白的生态女性叙事》，《广西师范大学学报》（哲学社会科学版）2011 年第 2 期；张梦晨：《女性生命意志与道家文化——论林白的〈万物花开〉》，吉林大学硕士学位论文，2014。

达，而不去纠结这个第一人称叙述人“我”言说的内容与风格是否与文本所设置的大头的身份、趣味相一致。这也与当代文坛中痴傻叙述已不鲜见（像阿来《尘埃落定》、贾平凹《秦腔》均有过出色的运用），读者尤其是专业研究人员对此已有充分的审美感知相关。

四、女性话语权威的另类建构

最后，笔者要说的是，《万物花开》以乡村智障少年大头为第一人称叙述人的“不可靠叙事”方式，对女性写作话语权威的另类重构做出了可贵的文学探索。女性小说往往既是女作家个人经济收入的来源，又是其彰显自我、争取包括性别权在内的社会话语权力的显现。自传体、经验性、亲历性第一人称叙事经过私人化写作突飞猛进的发展，在20世纪末的中国文坛已广受瞩目，并建构了一种以张扬女性叙述权彰显其性别主体性的言说方式，其话语权威感是与叙述主体的张扬紧密联系在一起的，在广受瞩目的同时也产生了诸多问题（详见本书第五章第三节“‘经验自我’在场与叙述主体的张扬及膨胀”部分）。但是，《万物花开》却跳出了这种模式，以明显不具备权威意识的“不可靠叙述者”的叙述人设置体现了女性作家创新求变的文学企图。在《万物花开》后记中林白留下了这样一段被广为引用的文字：

> 原先我小说中的某种女人消失了……阴雨天的窃窃私语，窗帘掩映的故事，尖叫、呻吟、呼喊、失神的目光……有十多年了吧？但她们说不见就不见了，就像出了一场太阳，水汽立马就干了。①

研究新世纪文学创作“转型”的人通常会想到林白，而其创作谈中最鲜明体现转型意涵的则是上文引述的这一段。从自我意识到社会意识，从女性关怀到男性关怀，从带有“小资”情怀的都市知识女性叙事到直面广袤乡村的书写。尽管这种“转型”还不是很彻底（像以隐含作者之名对大头言说的各种叙事干预），但毕竟摆脱了以张扬叙述权彰显女性性别主体性的方式，把叙述权交给智障少年，将女性立场隐含于文本背后，以“不在场”的在场方式体现了与大地、乡野、万物融为一体的女性精神。联系到小说出版后读者、研究者的认可和接受，我们说，作为叙述人的“我”（大头）言说的某些“不可靠叙事”特质并未影响整个文本为作家获得名

---

① 林白:《万物花开》,北京,人民文学出版社,2003,第283页。

誉地位、赢得公众尊重、建立社会影响力的权威建构。

甚至可以说，恰恰是因为其以男性“不可靠叙事者”为第一人称叙述人的文本设置，彰显了以自传体写作著称的林白的某种文体自信。在女性写作的第一人称自传体叙事已经在文坛形成潮流、站稳脚跟的新世纪之初，女作家有着不惮以虚拟的“不可靠叙事者”作为第一人称叙述人，并将自我情怀投射于其之上的性别选择。一如苏珊·兰瑟所言：“话语权威的构成因素还包括随历史进程而变化的文本写作策略……非主流作家和叙述者必须保持微妙的平衡，对主导修辞行为方式或吸纳接受，或拒斥颠覆。”①《万物花开》的“不可靠叙事”可谓林白对主导女性叙事修辞的自传体写作的自我颠覆，体现了女性写作随历史与文学发展进程而主动调整文体策略的一面，因此有意无意促成了话语权威建构的另一种表达方式。

第二节　《房思琪的初恋乐园》与自传体叙事的多元形态

《房思琪的初恋乐园》是林奕含生前最重要的代表作。主要讲述了一个漂亮聪颖的女孩房思琪从十三岁起便被辅导班老师李国华“以爱为名”长期性侵，最终变得疯癫，好友刘怡婷翻开房思琪的日记才揭开多年来隐藏在思琪心中的秘事。小说共分为“乐园”—“失乐园”—“复乐园”三个部分，其中主体“失乐园”部分是刘怡婷在房思琪疯了以后，不经意间发现她之前写的一本日记引出来的故事叙述。

一、作为性别修辞的日记体形式选择

《房思琪的初恋乐园》的主体部分是“失乐园”，即房思琪发疯之后刘仪婷读到的她的日记，日记因此成了该书一种重要的文体选择。不过，这部书的“日记体”同丁玲《莎菲女士的日记》等完全是以日记主人的口吻讲述故事不同，除了有一部分采取了房思琪视角的日记体个人言说外，还有一部分通过房思琪“灵魂的双胞胎”刘仪婷“读日记”的方式，以受述者刘怡婷为中介人物，间接地传达了日记中的房思琪声音（这一点本书第七章第二节曾有所涉及），还有一部分是跳出日记范畴，以作者型第三人称叙述的方式言说的许伊纹遭受家暴的故事。因此，这是一种很有意思的

① 〔美〕苏珊·S. 兰瑟：《虚构的权威——女性作家与叙述声音》，黄必康译，北京，北京大学出版社，2002，第6页。

文体再造，这种亦实亦虚的日记体对小说表征的女性话语起到了某种隐秘而独特的作用。

首先，日记体给了女作家打破禁忌的言说自由与出版自由。文艺理论家赵宪章曾提出过“真体日记”与“假体日记”的说法，即“真体日记”是现实世界里自我倾诉的私密性本真日记，而“假体日记”则是文本化、文学化了的日记，“言说对象从‘自我’转向‘他者’，使原本‘隐身’的听者‘显形’，自我倾诉及其私密性不再是日记书写的真实动力及其语体特征”①。可以说，作为文学形式的日记随着作品的公开出版本身变成了公共话语的一部分，其私密性受损，但其社会影响力却可以借助日记的公开化有所提升，因为日记比别的文体似乎更能激发人的窥视欲，尤其是当日记与女性、性、未成年等相联系的时候。《房思琪的初恋乐园》在社会上引发的巨大反响显然是与这些要素相关的：借用“假体日记”的方式，女性可以冲破叙述的禁忌，将心中最隐秘、不堪的经历和盘托出，不仅获得了言说的自由，还可以让言说公众化、社会化，以女性声音受重视、被倾听的方式建构女性权威。

其次，以多重视角下立体透视的日记体，构建“‘不可信’的可信叙事”。日记体因为多以内心独白的方式直抒胸臆，往往被视为最能体现文学真实性的文体样式，而如果日记内容与社会禁忌相关，又可以以“我”讲述“我”的内心、无须他人证实的“第一人称权威”为自己赋权，（至少部分地）减少与社会伦理的冲突，像中国现代文学史上的《沉沦》《莎菲女士的日记》就是利用了这一文本策略。不过，房思琪的日记与这些作品中的日记形式有一点不同的是，它是一部“疯人”日记。小说在第一章“乐园”中对这部日记的来源有所交代，它是刘怡婷在警察局整理房思琪发疯后的失物时找到的，在文本结构层面上这一点可以与鲁迅笔下的“狂人”日记联系起来。“疯人”日记也好，“狂人”日记也罢，如果要让其发挥影响人、感染人的作用，需要以文学修辞的方式化“非常态”为常态、“不可信”为可信。《狂人日记》运用了大量的隐喻、象征、寓言的方式，像“狼子村”“吃人”“陈年流水簿子”等，并将背景牢牢定位于阴郁黯淡的清王朝封建社会末期，让人很容易触摸到狂人呓语狂言背后反封建战士的社会指涉性。《房思琪的初恋乐园》显然没有《狂人日记》的寓言性高度，它对房思琪发疯的表述是确凿的，但对其日记的书写却是文学化的，其第二章“失乐园”并没有完全依照房思琪的日记体来写，而是将房思琪

① 赵宪章:《日记的形式诱惑及其第一人称权威》,《江汉论坛》2006年第3期。

写日记的视角、刘仪婷读日记的视角以及二人视域之外许伊纹的故事相交融，强调了房思琪从小就有写日记的习惯，辅之以周围人认真对待其日记的态度。即使是有一些个人形象前后不一致的地方（像前面我们引述的房思琪一方面看透了李国华性侵女生的嘴脸，但另一方面又因为身体被占有而不自觉的心理沉迷），也因为房思琪发疯的结局被理解为疯子日记的“疯言疯语”性质而不被追究，反而以其真实、自然、流畅的叙述而被理解为原生态的日记展示。这就使得“假体日记”（而且是疯子的“假体日记”）达到了真实、可信的目的。或者说，读者读后不觉得其是“疯子日记”，而是感觉异常真实和震惊，这对小说来说是异常可贵的，它使女性声音可以借助日记体的内心独白功能淋漓尽致地表达出来，并降低了因为公开性事等隐秘活动而挑战社会禁忌的言说风险。

二、“虚实相间”的文艺指涉

当然，最鲜明体现这部作品性别意涵的是其日记体的性质。房思琪的发疯与作者林奕含同样因为补习班老师的性侵而导致的抑郁症之间，是形成了相互指涉的高度同构性的，而林奕含在作品出版后的自杀在台湾社会引发了轩然大波（义愤者要求起诉补习班的某老师），则成了“文学事件化”① 的典型。

日记体比一般的第一人称叙述更容易让读者将主人公与写作者之间进行对号入座式的理解，而女作家又比男作家更容易被进行穿凿附会的比附。有西方女作家曾言：“我把自己看作变形人，拥有各种各样的人生。别的作家也会这样，米兰·昆德拉如此，保罗·奥斯特也是如此。当他们这么做的时候，小说会被冠以‘元虚构作品’的美名，可女作家这样做，别人就会说‘自传体’，这真是不幸。”② 既想融入自我经验，又怕有暴露隐私的风险，是女性写作普遍面临的一个问题。《房思琪的初恋乐园》也难以摆脱这种性别修辞问题。如前所述，这部作品在有关房思琪看清了李国华本性还是对他无法自拔、是清醒还是错乱等问题的描述上，是存在一

① “文学事件化”是指文学作品与作品外作者的身世、命运或与之相关的现实事件纠结在一起引发了社会关注，并由此“反哺”到作品，扩大了其社会关注度与文学影响力。陶东风曾言：“只有当文学被媒介关注，成为公共事件甚至新闻事件之后，才会受到公众关注，才能摆脱所谓‘边缘化’的命运。”（陶东风：《博言天下》，合肥，安徽文艺出版社，2012，第334页）。《房思琪的初恋乐园》因为作者林奕含的自杀引发了社会的广泛讨论，迅速推高了其社会知名度，可谓“文学事件化”的一个典型。

② 转引自舒凌鸿：《真实的“虚构”与虚构的“真实”：论女性小说叙述声音的形式选择》，《思想战线》2014年第3期。

定矛盾的。与之有一定联系的是，对于这部日记中所写的性侵是否是作者个人经历的如实书写，该小说也有某种程度上的“以假乱真、似是而非”的性质。在小说后记中，林奕含透露给读者的信息是有一点模糊性的：

> 那天，你跟我说你的故事，我逃命一样跑出去，跑去平时写文章的咖啡厅，到了店门口，手上不知道怎么有计算机。整个季节当头浇灌下来，像汤霜刑……[1]

> 后来，我长大了，我第二次自杀，吞了一百颗普拿疼，插鼻胃管，灌活性炭洗胃……我身上阡陌纵横，小小一张病床，一迷路就是八年。[2]

在以上两段后记文字中，第一段文字告诉读者这是好友“等待天使的妹妹”的经历，“我”听后非常震惊，于是将它写成了小说，整个后记用了大量篇幅讲述了“我”与她的姐妹情谊，这是小说中房思琪与刘仪婷惺惺相惜的映衬式写照。第二段文字透露的则是“我”的反应并不像仅仅为好友鸣不平那样简单，这件事让“我”自杀了两次，一痛就是八年。结合作品出版后林奕含自杀，父母在接受采访时所说的女儿少女时期被性侵等，我们说这是林奕含的经历不假，因为事关公众禁忌的性问题，其后记与访谈中采取了某种似是而非的模糊策略亦情有可原，问题是以“虚构”方式呈现的真实如何能发挥其警示世人的最大功效？

詹姆斯·费伦曾言，“女性经验要求被文本化，而一旦它们进入文本，又消失于文本之中”[3]，也就是说女性经验被文本化后往往止步于文本，成为人们茶余饭后的谈资，但其所涉及的社会、伦理乃至法律问题，却会因此被淡化、遮蔽。就《房思琪的初恋乐园》“虚实相间”的日记体写作而言，即使因为具体证据等问题，对性侵女学生的“狼师”无法马上做有罪推论（报道称“狼师”最后未被起诉），但整个社会要正视这种利用幼女、少女的懵懂与师长崇拜对她们进行的身心践踏，推动更严厉的道德与法律惩戒。只有这样，才能不负女作家用生命书写的这部书。

---

① 林奕含：《房思琪的初恋乐园》，北京，北京联合出版公司，2018，第 241 页。

② 林奕含：《房思琪的初恋乐园》，北京，北京联合出版公司，2018，第 243 页。

③ 〔美〕詹姆斯·费伦等主编：《当代叙事理论指南》，申丹等译，北京，北京大学出版社，2007，第 227 页。

三、类自传·准自传·拟自传·泛自传

林奕含《房思琪的初恋乐园》的文本境遇与本书第五章"'经验自我'的在场：第一人称自传体叙事的发生与流变"相互印证，昭示了自传体叙事形式在性别建构方面的重要意义。应该说，第一人称自传体叙事是最鲜明体现写作者个性、经验、人格的文类。与遇罗锦以"私语"的方式促成了这一文体在中国改革开放之初的新时期发生相对照的是，诞生在新世纪的《房思琪的初恋乐园》则大大推动了这一文体的发展。尽管同样有着一定虚实相间、将现实事件融入文本中的色彩，《房思琪的初恋乐园》以相对醇熟的艺术性克服了后者在主观臆断、个人恩怨影射、现实材料堆积等层面的局限，还拓宽了第一人称自传体小说的叙事边界。第一人称自传体小说是最适合进行知人论世研究的叙事形态，并与女性写作以边缘性自我言说世界的性别批判意识有着某种特殊的联系，其不仅联系着作为文学艺术的创作，还与自传、新闻、历史等社会事实紧密相关。

最容易在社会上引发轩然大波的女性书写形式就是第一人称自传体叙事。无论是20世纪80年代初遇罗锦的《一个冬天的童话》《春天的童话》《求索》自传体三部曲，虹影的《饥饿的女儿》《好儿女花》，还是林奕含的《房思琪的初恋乐园》，这些与自我经历高度叠合的故事讲述都曾在社会上引发轩然大波，这是其他女性小说叙事类种无法比拟的，体现出了自传体叙事在女性写作中的特别重要之处。《房思琪的初恋乐园》所带来的现实喧嚣，随着作者林奕含的离世沉寂了下去。但是，这并不代表其所引发的性别文体思考有所减弱。事实上，自传体叙事在当下愈益向多元叙事形态发展，并形成了"类自传小说""准自传小说""拟自传小说""自小说"等不同的文学亚类种。这些亚类种之间既有一定独立性、个性化特质，又彼此有一定交叉、叠合之处，是我们探索女性小说自传体发展时需要特别注意的，现大体阐释如下：

1. 类自传小说

尽管不像《冬天的童话》那样直接以作者的名字命名主人公，但视角人物、主人公、作者之间有太多相似、叠合之处，所书写的情感纠葛也几乎是现实人际关系的比附，因此与遇罗锦一样引发了各种知人论世的评论、猜测、争议、纠纷。像张爱玲的《小团圆》、林奕含的《房思琪的初恋乐园》等。《小团圆》里不仅九莉之于张爱玲、邵之雍之于胡兰成的指涉十分明显，而且张爱玲母亲、圈内好友，甚至胡兰成女友等也能够在文中找到对应人物。《房思琪的初恋乐园》尽管用了化名，但所写教师性侵

女学生事件在台湾引起了轩然大波。这些都有浓重的作者“写自己”的现实影射因子。不过，遇罗锦“实话文学”中的泄私愤倾向在这些作品中却不是很明显。有人指出《小团圆》中的邵之雍是“侠肝义胆”“才华横溢”，与九莉“彼此欣赏”的人。① 这与张爱玲写作此文时早与胡兰成分手交恶，与友人通信时称其为“无赖人”有较大出入。张爱玲美化胡兰成的这种忆旧引发了某些“张迷”的不满。在笔者看来，这与写作者隔了一段时空距离的回望式书写方式相关，有距离的美学观照会对当年的爱恨情仇有所稀释，并不自觉地疏离以写作解决现实问题的泄私愤倾向。而《房思琪的初恋乐园》也没有在李国华个人品性上过多着墨，其以迷惘、痛楚心态的自我剖析为中心，并非完全拘泥于房思琪视角，而是辅之以刘仪婷、许伊纹视角，巧妙地将房思琪的“疯子日记”转为“可信”的艺术。回忆性视角、套嵌式结构、时空转换，这些文学性、美学性笔法已与现实材料的直接罗列不可同日而语，不仅增加了写作的美学内涵，还有效规避了直接回应生活纠纷的世俗功利性，提升而非降低了写作者在文本中透露出来的艺术人格，这与遇罗锦的“越描越黑”并不太一样。

2. 准自传小说

准自传小说以成长、日常体验、私密性情感抒发为叙述中心，视角人物与主人公也设置为与作者性别、年龄、身份相一致或基本一致的“我”，但文中主要具体事件的考证却难以与作者生平、人际交往等有着直接联系。像普鲁斯特的《追忆逝水年华》以“我”的种种细腻感受和日常经验为中心，往往被视为自叙传小说的代表，但其主要情节与人物却难以与作者真实经历一一对应，留给后人各种猜测、争议。20 世纪 90 年代中国女性写作中蔚为大观的私人化写作也是这样，在以女性个人经验、私密性情感为中心，有着非道德化叙事因子方面与遇罗锦很相似，但作品言说的核心事件并不能与写作者本人的生平经历有着直接的比附性，而其诗性化语言、碎片性修辞等也有意制造了某种似是而非、朦胧多义的虚实相间效果，离间了作者与人物的对号入座式解读。这大概是女作家为规避男权文化对本人的评头论足进行的自觉或不自觉的艺术调整，使得作品与作者本人保持了一定美学距离。如果说私人化写作是因为写到了性、身体的隐秘细节而引发男权社会围观的话，那么新时期初年最早以“童话”系列（《一个冬天的童话》，《当代》1980 年第 3 期；《春天的童话》，《花城》1982 年第 1 期；《求索》，《个旧文艺》1983 年第 4 期）进行第一人称自传

① 参见潘亚莉：《张爱玲笔下的胡兰成——从张爱玲的自传体小说〈小团圆〉分析》，《档案与建设》2018 年第 11 期。

体叙事的遇罗锦也曾遭遇过奇观化的被窥视经历。像1982年的《花城》第1期因为发表《春天的童话》遭疯抢，当时定价才1元，但“在地摊上涨到了10元”，“很多读者根本不在乎有没有版权页，没有版权页的照样买”。[①] 在“由文及人”层面上，遇罗锦显然更明显，这是与其将自我生活写进文本的影射式写作与简单直白的艺术方式相关的。而《房思琪的初恋乐园》尽管也引发了一定“‘被看’性”，但这种讨论、围观更多针对的是社会问题言说，甚至是建立健全法律、法制观念层面上的，显然比街谈巷议更理性、成熟一些。这是与《房思琪的初恋乐园》并非以暴露身体隐秘的叙事手法相关的。

3. 拟自传小说

拟自传小说保留了第一人称自传体写作的叙事外壳，但三位一体的视角人物、叙述人、主人公被有意设置为一个远离写作者自身职业、身份、阶层、性别的“我”，使得从文本推及作者个人的比附式索解变得困难。这是一种文体实验色彩较强、与遇罗锦“实话文学”距离最远的自传体叙事，在私人化写作落潮后的女性写作中有所体现。像林白的《妇女闲聊录》通篇讲述的是“我”（农村妇女木珍）和“我们村”（王榨村）的故事，话语风格也变为拙朴、粗粝、直白，与私人化写作时林白的诗性神秘相去甚远。魏微的《拐弯的夏天》、朱文颖的《戴女士与蓝》都有着成长、记忆、迷惘、忧伤等自传体叙事的影子，言说方式也是第一人称叙述，但却是男性身份的“我”，而所叙述情节与女作家本人的亲历体验差别较远。这自然没有遇罗锦那种被由文及人窥视的担心，但因为要将其他性别、身份、趣味的人拟写为“我”，会遭遇写得像不像、是否真实自然的拷问。早在20世纪30年代，穆木天所说的“在现在中国，写工人农民用第一人称难以使文章与主人公的身份相适合，因之减少作品的真实味”[②] 便是就此而言的。拟自传小说可谓是从遇罗锦、林奕含等过分拘泥于作者个人生活经历走向另一个极端的文体实验，也是第一人称自传体叙事中虚构性最强、最需要以艺术技巧的娴熟弥补个人体验不足的一个类种。

4. 泛自传小说

泛自传小说自媒体时代普通大众自我发表、出版的原创“自小说”写作。第一人称自传体叙事是最为彰显和强化写作者个人主体性的文类，普通人个性、表达欲的提升，“晒”文化的流行，博客、公众号等网络传播

① 参见范汉生、申霞艳：《风雨十年花城事·声誉及风波》，《花城》2009年第2期。

② 转引自吴福辉：《二十世纪中国小说理论资料》第3卷，北京，北京大学出版社，1997，第231页。

技术的便利，必然会助长“自小说”的勃兴。“传记留给大人物，自小说留给每个人。”① “自小说”与自拍、自画像、自电影、个人短视频一道，成了当下个人表现的最佳载体，有的已引发公众各种反响，如《我是范雨素》等底层打工妇女的“我手写我心”之作。因为是小人物自发写作，其一般没有对号入座式解读的忌惮，真名实姓、生存波折、悲欢离合、爱恨情仇，自己的一切事无巨细地和盘托出，生活气息浓厚、艺术技巧相对弱一些，文体形态上是与遇罗锦在前媒体时代所写的“实话文学”最接近的类种，与林奕含《房思琪的初恋乐园》将自我经历融入叙事之中的写法也有一定相似之处。而“童话”系列、《房思琪的初恋乐园》等以自传体叙事影射人际遭遇、情感纠纷，对包括自己在内的当事人产生了一定社会影响的情形，在“自小说”中也时有发生，如常艳 12 万字的第一人称纪实小说《一朝忽觉惊梦醒，半世浮沉雨打萍》引发了巨大波澜。当然，从艺术性来说，林奕含的作品要比遇罗锦新时期之初的“实话文学”精致、圆熟不少。而如果抛却秦兆阳、孟伟哉、何净等人对《冬天的童话》的修改，遇罗锦作品的文字水准则与自发、业余、不求精致圆熟、只为不吐不快的“自小说”更契合一些。可以说，不但是真名实姓、还与作者本人的生平遭际高度互证互释的“自小说”，比其他自传体叙事类种更鲜明体现了“自传性”，任何一个年代理论上都存在大量这类写作，只不过在遇罗锦的年代并非所有“自小说”都有公众化的机会，而自媒体时代则为它们浮出文化地表提供了条件，这也就是我们可以看到更多大量“自小说”的原因。

第三节 结构·语言·人性：池莉《大树小虫》的修辞性探析

《大树小虫》（江苏凤凰文艺出版社 2019 年版）共 40 余万字，该书构思于 2010～2015 年，2015～2018 年三年内三易其稿，2018 年底又做了大幅度的修改与调整，从 70 万字精简至 40 万字，这在池莉几十年的创作生涯中还是第一次。在当下这个讲求速战速决的年代，这份对写作的认真与执着确实令人动容。这是一部一反池莉以往直抒胸臆性书写，有着鲜明“苦心经营”特质的作品，而这种对结构、语言等的苦心经营，则为我们

① 赵毅衡：《论“自小说”》，《江海学刊》2019 年第 2 期。

从叙事形式层面的社会性别分析提供了文本依据。

一、不平衡结构中的“弯弯绕”叙事

“弯弯绕”叙事是指具有曲里拐弯、盘根错节“弯弯绕”特征的叙事方式，具有对已述情节进行解构、重述、推倒重来的“绕弯子”特性。小说在叙述同一个人于故事前后或与不同人交往过程中呈现的性格特质、行为方式等并不一致，有着不乏裂隙、矛盾的复沓回环式叙事特征，但并不像某些先锋文学作品那样故意以支离破碎、非理性、非整合的状态示人，而是以“弯弯绕”的方式螺旋式深入发展，婉转迂回中交代故事主线。有些作品可能也会运用这种叙事方式，但都没有像池莉的长篇小说《大树小虫》那样运用得如此鲜明、直接，成为其叙事结构的最主要特征。而前人对这种叙事方式的研究较少，本节愿以对《大树小虫》的文本细读展开这方面的尝试。

从结构上说，《大树小虫》这部容纳40多万字却只有两章的小说，是极其不平衡的。第一章是以“人物表情关键表述”的方式给两个家庭、三代人中的10个人物分头立传，似乎只是正文的背景交代部分，但实际上第一章是足有35万多字的重头戏。第二章名为“故事只是男女主角2015年度实施造人计划始末”，实际上则是2015年从1月到12月的12次拉拉杂杂、汤汤水水的生活流记录，算是正文，但是总体不过5万字，简短而琐碎。这种结构的编排，从长篇小说传统来看，已经不算是一般的头重脚轻了，用“虎头蛇尾”来形容也不过分。这种结构上的冒险、激进，是对读者耐心的考验，青年作家笛安在《大树小虫》的首发式上说：“看这本书千千万万不要着急……这本书让我有一个特别真实的感觉，其实看到一半才理解作者在干什么，所以千万不要跳过去读。”① 是的，只有细品才能体会到这种非同寻常的结构安排的独具匠心。池莉将这种结构方式称之为“方块＋线条”式，“第一章是方块，第二章是线条”②，这是从第一章是分别交代各人物来龙去脉的多线并行、第二章则集中于男女主人公怀二胎的单线发展这个角度而言的。笔者认为仅用“方块＋线条”还无法涵盖其结构上的技巧与机巧，因为第一章中的多头并进并非相互之间没有多少关联的平行式“多头”，而第二章围绕造人计划的单线发展也不是没有对

① 《池莉新作〈大树小虫〉：文字的视觉感比电影高级得多》，2019年5月13日，http://www.chinawriter.com.cn/n1/2019/0513/c403994-31082253.html。

② 《池莉谈新作〈大树小虫〉》，2019年6月10日，https://www.sohu.com/a/319513648_661185。

前述线索进行聚拢、消化、拆分、变异的“单线”。事实上，这种结构上的不平衡并非只是为了营造某种“不对称”的特殊美学氛围，其是为内容服务的，尽管这部小说将俞思语、钟鑫涛定为男女主角，但并不只是关注他们才子佳人结合与生二胎这么单薄的一点事，其意欲囊括“两个家族、三代人百年跌宕命运”的野心，使得“主角不主、配角不配”，家族其他人的形象同样鲜活生动，而这主要得益于这种多线索、多视角并进的特殊“方块＋线条”式结构。

当然，这种结构上的“不平衡”是为叙事上的“不平直”做铺垫的。从男女主角“被设计”的一见钟情开始，小说就开始了对已述情节的拆解、颠覆、推倒重来的“绕弯子”之旅。像小说中格瑞丝这个人物，尽管在人物表中被冠以“配角”，起初是以俞思语闺蜜的身份出现在小说中，“去年暑假，格瑞丝来武汉旅行，一见俞思语就喜欢，俞思语一见格瑞丝也喜欢，她俩成了双方有话说不完还不可以让别人听见的那种闺蜜”①，但随着故事“剥洋葱”般的推进，格瑞丝与俞思语公公钟永胜、父亲俞亚洲之间均有着“不足为外人道”的暧昧关系，“法国老公”名不副实，她与俞思语的相遇亦绝非“旅行中相识”这么简单，而其作为俞思语爱情婚姻中关键“推手”的一面也逐渐浮出水面。这个风情万种、八面玲珑的女子不但在“运作”自己，也在暗中运作别人，而这一切并不是作者一股脑交代给读者的，而是在其他人物的故事进展中、蛛网般的立体结构中逐渐呈现出来的。

再如从小说开篇就提到的俞奶奶与俞爷爷之间“彭厨子”的梗，草蛇灰线一般，在前后几个章节中均时不时出现。彭厨子是谁？为什么对俞思语比父母还要和蔼慈善的爷爷奶奶说话时会有“是你杀了彭厨子”“我没杀了彭厨子”之类的激辩，而且不止一次两次？小说最后给出了是由于1949年前后时代动荡的原因，但这丝毫没有缓解这一情节制造的“弯弯绕”之感。一是因为通过俞奶奶这一“心病”的描写，小说间接地消解了俞奶奶、俞爷爷之间相濡以沫的感情，前面所讲的俞思语对爷爷奶奶情感生活的印象、记忆事实上被推翻了；二是时代风云、阶级仇恨的宏大叙事对个体的裹挟终究要落实到日常生活的点点滴滴，它不仅影响了爷爷奶奶的感情，还对后代俞亚洲、俞思语的培养产生了影响。“彭厨子有另一种活法，他活在活着的人生活当中。彭厨了一直生活在俞正德、彭慧莲的生活之中。又跟随他们，进入了他们子孙的生活。”② 这种描写本身增加了

① 池莉：《大树小虫》，南京，江苏凤凰文艺出版社，2019，第8页。

② 池莉：《大树小虫》，南京，江苏凤凰文艺出版社，2019，第358页。

结构的见招拆招、推倒重来、回环往复特征，体现了小说叙事形式层面“弯弯绕”“卖关子”的苦心经营的一面，可谓“弯弯绕”叙事的最鲜明体现。

二、异质叠加的叙事语言

从池莉小说谱系的纵向梳理来看，《大树小虫》不像其第一部长篇小说《水与火的缠绵》那样是以主人公为中心、以时间先后顺序为线索的带有自传体特质的写作，也不是其影响力较大的《来来往往》《生活秀》那种以核心人物的人际交往为线索铺展的扇形结构，而是开启了不对称、不平衡、不顺畅、不平实的“弯弯绕”追求之旅。因此，其在艺术结构上无疑是池莉最标新立异和煞费苦心的一部。而在具体的语言表达方面，这部小说在发挥池莉作品一贯好看、有趣、耐读优点的同时，又进一步强化了其时尚性、既视感的一面。

早在1998年，池莉在接受专访时就谈到了对语言的追求：“想把文字结构得富有弹性和张力……特别注意语言的感觉，注意技术、技巧，注意色彩的气息。”[①] 对于这部《大树小虫》，池莉更进一步，对自己提出了“文字画面感”的要求，要让古老的文字艺术有画面的视觉效果。小说别出心裁的语言设计也处处体现了这种精益求精的目标设定，如给人印象较深的“表情”一词的创造性使用。《大树小虫》第一章对出场人物的介绍一改传统的说法，“人物表以及人物表情的关键表述”以简短、凝练、时代感鲜明、带入感强烈的文字来概括人物形象的主要特征，给人鲜活的“表情感”。比如对钟永胜的描述，“成为中国先富起来的人之一。喜欢说话，容易动情，更容易被流行歌曲打动。敢于冒险，十分强势，九分自恋。非常顾家，血缘姓氏观念极强，在骨子里不自觉地私心一直渴望女性的崇拜与仰慕，并喜欢与她们的亲密感，始终苦恼和不明白这与他的家庭有什么不能兼容的”[②]。同样是对“新富人”的描写，比起《来来往往》中的康伟业与《小姐你早》中的王自力，这三言五语的“表情”概括既没有美化或丑化之嫌，又风趣、讥诮、入木三分，可谓池莉所言“不惜打破既定语法，去掉能够去掉的虚字虚词，字字句句都是骨头，都有动词为主导”[③] 的鲜明例证。正文中频频出现的“人生表情”一词，更是自带喜感，

---

① 蔡毅：《注重文学的超越性》，《南方文坛》2003年第6期。

② 池莉：《大树小虫》，南京，江苏凤凰文艺出版社，2019，第149页。

③ 《池莉谈新作〈大树小虫〉》，2019年6月10日，https://www.sohu.com/a/319513648_661185。

给小说语言带来了难以言传的修辞性和时尚性，像“俞思语 18 岁的青葱人生，她的人生表情，果然就变到了青葱的直白和水嫩”[①]；“2015 年，依然一刻不停地朝钟鑫涛走来。钟鑫涛的人生表情像他那圆乎乎的脸，完全是一种懵圈”[②]；“高红这个时候的人生表情，就是一杠杠的富婆了”[③]；“俞亚洲的人生表情：一张苦瓜脸。又苦，又瓜”[④]；“彭慧莲 77 岁的人生表情，在俞思语婚礼上的人生表情，就是一位幸福的无名英雄”[⑤]；等等。星罗棋布地点缀着的“人生表情”字样，可以说是《大树小虫》的标志性文本元素，配合出版宣传的动漫版人物手绘图就是从这里来的，个个惟妙惟肖，让人忍俊不禁，可谓池莉对文化产业做出的贡献。

篇名“大树小虫”的选取，也既具有概括全篇的思想力度，也有语言上异质元素叠加的创造性。该小说出版之前，大树与小虫的组合一般只出现在儿童读物中，是对两种物象的实物指称。池莉在小说扉页的醒目位置援引了爱因斯坦的名言：“一只盲目的甲虫在弯曲的树枝表面爬动，它没有注意到自己爬过的轨迹其实是弯曲的，而我很幸运地注意到了。”爱因斯坦以这样的方式向年幼的儿子解释广义相对论，阐释运动轨迹未必都是直线的原理；池莉则将其延伸到了人与人之间你中有我、我中有你的网状复杂关系之中，量子纠缠，互为语境，彼此指涉，前面我们论述的小说“弯弯绕”结构能够从这里找到伦理依据。但在具体的语言表达上，池莉化繁为简，以简单明了的“大树小虫”概括这一场景。小说直接写到大树小虫的地方其实很少，只在第二章 2015 年惊蛰部分有所提及，“浑然不觉是浑然不觉，内在苏醒的万钧之力，还是会突破重重隔膜，来到人间，大树小虫齐被震撼。惊蛰之时，俞思语醒了”[⑥]，这里的“大树小虫”有万物之意，两个语词是并列关系，与由量子力学原理延伸出来的题目的寓意还不完全一致。有心的记者找到这一细节向池莉求证时，她并没有正面回应，只是淡淡地回答：“书名的寓意都在内容里，读完了也就知道了。大约每一个读者都有自己的解释，我不解释它的寓意。我有一万个说不清。”[⑦] 以笔者拙见，题目中的“大树小虫”更切近爱因斯坦言说中的小虫在大树上弯曲爬行的所指，有着“生活如大树，我是一小虫”的寓意。

---

① 池莉：《大树小虫》，南京，江苏凤凰文艺出版社，2019，第 8 页。

② 池莉：《大树小虫》，南京，江苏凤凰文艺出版社，2019，第 89 页。

③ 池莉：《大树小虫》，南京，江苏凤凰文艺出版社，2019，第 293 页。

④ 池莉：《大树小虫》，南京，江苏凤凰文艺出版社，2019，第 358 页。

⑤ 池莉：《大树小虫》，南京，江苏凤凰文艺出版社，2019，第 336 页。

⑥ 池莉：《大树小虫》，南京，江苏凤凰文艺出版社，2019，第 379 页。

⑦ 《大树小虫》，2019 年 4 月 26 日，http://read.ybxww.com/Info/View.Asp? id=7806。

小虫在枝繁叶茂、盘根错节的大树中盲目穿行，轨迹是弯曲的，并非直线，但它本身却是不自知的，这更契合小说表述的人生百态。不要说俞思语、钟鑫涛这两个缺乏父辈能力和心计的“傻白甜”“高富帅”的人生是“被设计”的，小说中哪个人能彻底摆脱造化的操控与他人的影响，真正主宰自己的命运呢？就连最长袖善舞的格瑞丝也无能为力。当然，从大树滋养小虫、小虫却能掏空大树这一角度，又可以延伸出人对支配自己的生存语境的有形无形抗争这一命题，小说对此亦不无揭示。无论如何，“大树小虫”凝练精当、寓意深远，作为该书题目不但恰如其分，也有望成为一个新的流行词，活在人们的口耳相传中。

三、“俗”“准”“狠”的人性修辞

再来说一下这部小说的人性表现。将其放在最后当然不是说它不重要，事实上它是小说能够“立”起来的根基，不过相对于作者在结构、语言上的苦心经营，其人性表达与池莉此前的作品相比变化并不是太明显，依然有着力透纸背的“俗”“准”“狠”的一面。

“俗”性人生的表达是与池莉本人的价值观、婚恋观联系在一起的。“我首先希望自己是一个大众意义上的正常人……我希望我具备世俗的感受能力和世俗的眼光，还有世俗的语言”①，这是池莉艺术人格的起点，“世俗”是其关键词。与个人化、边缘化写作正相反，她喜欢描写居于秩序、伦理、规范之内的“常理、常情、常态”的人物与事件，曾被批评为丑化知识分子，“小市民，名作家”也是从这个角度而来的，决绝的反抗、疯狂的精神叩问、执迷的激情飞扬等极端状态在她的小说中是较为少见的。《大树小虫》也不例外。像俞思语从“被设计”的爱情进入婚姻后，也是过着一地鸡毛的日子，按说一个受过高等教育的现代女性在社会上找份体现自身价值的工作最正常不过，可小说中她因为不谙世事被强暴一次后，就再也没有了独立面对社会的勇气和能力，生二胎的各种准备和“没怀上”事无巨细的铺陈，与池莉此前的新写实写作如出一辙。俞思语这种父母地位高、嫁给富二代、婚后以生孩子保家庭为主的女性，在现实生活中当然为数不少，但这是一种世俗理性观照下的女性与人性表达，与独立自主的现代女性意识尚有一段距离。另一个女性人物钟欣婷更是经历了“从叛逆到还俗”的过程。非法二胎、佯装由农妇生出，东窗事发后父母受处分，回到家庭后不受待见，这一切使她没有长成富家公主，反而成了

① 池莉：《我——代后记》，《池莉文集》第5卷，南京，江苏文艺出版社，2006，第2页。

一个玩世不恭、愤世嫉俗的“愤青”。小说写到钟欣婷喜欢鲁迅杂文，成为班里的“刺头”，做事说话混不吝、愣头青，有着池莉《生活秀》中来双媛的影子。后者作为来双扬的对比，没有得到叙述主体的多少认同，反而有被揶揄、嘲讽之态。当然，钟欣婷没有仅停留在来双媛的阶段，由于长篇小说故事的推进，小说写到了她与简单粗暴的清华博士董金泉的失败婚姻，以及由于这次婚姻钟欣婷的“成长”。“回到原点：钟欣婷还是回到了自己父母家。女儿离婚了又带着吃奶的小宝贝，不回娘家回哪儿”①，尽管这次离婚让钟欣婷分到了自己的住房，小说还是让她带着孩子回到了原生家庭，与父母的关系和好了，传统伦理秩序得到修复，钟欣婷的暴戾霸气也所收敛，其人生表情开始往常理常态处靠拢了。这是与小说对世俗化人性的理解分不开的。

“准”是就池莉对芸芸众生情感把握的精准度而言的。从《烦恼人生》开始，池莉就对准了饮食男女的“过日子”哲学。在一篇散文中，池莉对她所理解的爱情婚姻提出了极富个性的“谬论结构”的说法：

> 世间万事万物，凡立得住站得稳的，无不是结构得好……男女自然也是结构。爱情是结构上长的草。结构一散，爱情便不复存在了……除非一个人不正常，正常男女谁也逃不出结构。你可以不结婚，但不可能不与人形成结构。结婚是一种公认的合理结构，除此还有许多其他形式的不受公认的结构……爱情这东西当然是有的。它像春天的花，夏天的雨，雨后的虹，孩子的游戏。它可以是婚姻的基础和台阶，也可以不是。②

将婚爱关系的实质以“结构”呼之，这曾招致了某些倡扬婚姻自由、个性解放的浪漫主义者的批评，但不妨碍因其说中了中国人感情生活中某些秘而不宣的事实而得到了另一些人的共鸣。池莉的不少作品其实是对这种“结构化”婚姻观的文学性诠释。像《小姐你早》中借对戚润物婚姻的离散所说的“婚姻的实质是实力平衡。人们说这个与那个相配或者不相配都是根据实力来掂量的……实力不相当的，结不了婚，即使一个恍惚结了婚，日后也得离婚，谁轻了谁重了分分钟都能感觉得到，人都敏感着呢”③。《大树小虫》中钟永胜与高红、俞亚洲与任菲菲两对夫妇，尽管属

① 池莉：《大树小虫》，南京，江苏凤凰文艺出版社，2019，第120页。

② 池莉：《谬论结构》，《家庭科技》1994年第2期。

③ 池莉：《池莉文集》，南京，江苏文艺出版社，2001，第242页。

于社会上有财富、有地位的精英名流，但小说通过他们隐秘生活细节的展示，道尽了这种靠“结构”维持的婚姻生活的酸甜苦辣。不同于《来来往往》中康伟业想离婚娶情人但碍于原配阻力而放弃，也不同于《小姐你早》中王自力毫无伦理家庭观念，一心离婚只求个人风流，钟永胜一如前文提到的其“人生表情”所言，是家庭伦理和快活潇洒都想要的财富新贵，不但有情人，就连家里的保姆、情人的妹妹都没放过，还被老婆、儿媳当场拆穿，结局是她们走的走、散的散，“每天全家还是一桌子吃饭，都当没有发生任何事情”，这就是“谬论结构”在起作用，钟永胜与高红之间的“结构”没散，这个婚姻还会维持下去。《大树小虫》因为用了多声部叙述视角的方式，给每个当事人言说自己的机会与权力，这个结局并不让人意外，反而让人读到了力透纸背的真实。小说正文之前援引了韦洛斯·安德拉德的诗，“大地上的罪行，怎么可以原谅？我参与了其中一些，另一些我躲在一旁围观”，是大有深意的，小说从养尊处优的繁华与时尚写起，转向生活背面的罪恶与欺瞒，在一家人迎接 2016 年元旦吃晚饭的结局中，欢乐里透着隐忍和苍凉，研讨会上该作被称作“武汉动态版的《清明上河图》”，不是没有道理的。

“狠”则是指其向人性深处开掘的力度与尖锐性。出版过池莉小说的责任编辑林金荣曾这样评价池莉：“在尖刻与狠之中，她抵达人性的深处，她触及了人性的隐秘，她留给你一个挥之不去的印象：真实。真实并不是容易达到的，或者有些作家追求极端个性化的真实，读者难以获得共鸣，或者一些作家根本认识肤浅，到达不了真实，这真的很见功夫。”① 池莉小说中男人有钱会变坏、女人风情得不到善终、夫妻同床异梦这样的情节设置，被某些批评家视为“媚俗”，这当然容易成为大众茶余饭后的谈资，但池莉的特别之处在于她的作品不是像一般言情读物那样流于讲述故事本身，而是渗透了对人性堪称老辣的深度叩问。像格瑞丝这一人物，全程以英文名（grace，优雅的意思）的中文音译出场，出身贫苦，但人美歌甜、有心机、擅风月，步步为营接近钟、俞两家，不但是俞思语公公、父亲的共同情人，还是婆婆高红信得过的朋友，俞思语的闺蜜死党，甚至也能与俞奶奶交心谈天，这是一个池莉以往小说中较少出现的“尤物”型人物。但结局又如何呢？东窗事发后格瑞丝人间蒸发，“格瑞丝就像空气一样存在过，又不存在了，没人理会”，“影响了俞思语人生和婚姻的格瑞丝啊！格瑞丝人走了，涟漪却在俞思语这里久久荡漾，俞思语也不知道会荡漾到

---

① 林金荣：《池莉小说为什么会畅销》，《大众科技报》1999 年 10 月 28 日。

什么时候”①。三个男人没有一个给人到中年的格瑞丝婚姻和真爱，俞思语反而“被设计”着嫁给了“高富帅”，并努力造人，以求儿女双全，池莉在揭示人生残酷方面不可谓不“狠”。再如对俞爷爷、俞奶奶的描写，因为怀疑彭厨子的死与俞正德有关，也因为听信传言错过了去台湾的原未婚夫“白麻子”，俞奶奶一直对俞爷爷心存芥蒂，晚年更是到了“恶言恶语，互相刻薄，彼此嫌弃，叮叮角角，没完没了，也都是真生气”② 的地步。然而，“俞正德、彭慧莲被生活习惯紧紧捆绑在一起了。煮熟的粽子了。捆绑成性。离婚已然没有意义——这是他俩最后的默契——那就还是要个面子吧。这么大年纪了就剩面子了”。两人唯一的共同之处就是疼爱孙女了，“在外面要面子，在家里要面子，特别是在思思那里要面子——岂止是他俩老脸的问题——是不能够让思思毁灭美好婚姻的神圣感”，这种描写入木三分，戳中了“死要面子活受罪”的中国人家庭生活的实质。③

四、大众化叙事的性别表达

在中国作家网的名人推荐中，王蒙对《大树小虫》的推荐语是：“池莉的写实风格在读者中大受欢迎，她的不少小说可以卖到几十万册，这是我辈不能望其项背的。”未对小说的内容、形式做过多描摹，单单指出了她作品的“畅销”，这大概是文坛对她的一般看法。笔者对此曾以“大众”为关键词写了一本专著来阐释池莉小说的“大众化”特征与“畅销”的缘由，提出了大众化艺术人格、“为大众”文学观的确立、给大众化美学原则赋权等系列命题。④ 这主要是针对池莉此前的中短篇小说而言的，我们上文所做的细读阐释表明，《大树小虫》这部厚积薄发的长篇小说在很大程度上是同样适用的。

如果说池莉小说的大众化叙事已为不少人所熟知的话，那么《大树小虫》所代表的这种大众化叙事所蕴含的独特性别表达至今还缺乏足够关注。在笔者看来，可以从这样几个层面展开思考：

（1）亲和型叙事姿态中的性别曲衷。不管是结构的“弯弯绕”，还是极富时代性的语言，池莉小说均与艰深晦涩的现代主义或一味消解颠覆的

---

① 池莉：《大树小虫》，南京，江苏凤凰文艺出版社，2019，第 421 页。

② 池莉：《大树小虫》，南京，江苏凤凰文艺出版社，2019，第 346 页。

③ 参见池莉：《大树小虫》，南京，江苏凤凰文艺出版社，2019，第 346 页。

④ 参见孙桂荣：《大众表述与文化认同——池莉小说及其当代评价研究》，长春，吉林文史出版社，2009，第 1～84 页。

后现代主义无缘，而是呈现出“曲里拐弯之后有真相”“轻松时尚之中有真情”的亲和型叙事特征，即写作者将自己的价值判断融于字里行间，以读者熟悉的“好看”“好读”“好玩”的美学呈式提升其情感代入感，通过与读者的共情共鸣达到文学效果。沃霍尔在《性别化的干预》中曾提出，不应该去“去追问男性作家与女性作家的叙述结构差异，而是去追问文本结构如何为读者建立男性意识或女性意识”①。如果要从读者层面探究文本形式如何参与了读者的性别身份建构的话，我们说池莉这种大众化叙事方式是与女性心思细腻、婉转多变、情感丰沛、更喜欢在阅读中寄托自我情感相联系的。同样是“弯弯绕”结构，《大树小虫》在盘根错节地绕弯子之后给了读者“真相大白”的交代，像究竟是谁杀了彭厨子的谜底在小说最后揭晓了，使得这一情节更像是一种吸引读者欲罢不能读下去的悬念设置，而不是像格非《敌人》《迷舟》等先锋叙事在“弯弯绕”之后是剪不断、理还乱的不知所终，智性的隐喻或干脆游戏化的话语狂欢，是与公共社会中有着足够言说空间的男性更多将小说写作当成是一种虚构的艺术相关的。而池莉的这种“弯弯绕”叙事则不但能满足读者的阅读期待，还能与女性喜欢支离破碎中的刨根问底、伊瑞格瑞所说的“女人话”中获得情感认同的心理相联系。

（2）在传播方式上，池莉小说与“女性向”文化亦联系密切。西方有句谚语，“One man’s meat is another man’s poison.”。对应中国话里的俚语，大概就是“萝卜青菜，各有所爱”。趣味人人不同，有人喜欢阎连科、余华，也有人喜欢池莉，这本不足为奇，至于喜欢池莉的读者在数量上占一定优势。笔者认为，这是需要从其受众群的特征来考虑的。池莉小说以市井细民琐碎庸常的婚爱、生孩子、过日子为写作重心，女性（市民）读者更容易将她的小说与自己的生活“无缝对接”，而这些读者是当前文学书籍买方市场中的主流人群，否则也不会有“女性向”（详见本书第十一章第三节）文化的说法出现。而其日常生活流叙事也特别适合电视剧改编。这些并非都是池莉的主动迎合，但其作品内容（“过日子”）与形式上（戏剧性强、情节具有连续性、语言煽情生动等）的特点，客观上的确契合了这些人群的需求。影视剧改编又反过来提升了池莉小说的社会知名度。《大树小虫》刚一出版就有影视改编等事项的接洽，道理也在于此。

（3）非“有意”与“典型”性的女性写作。以描绘普通工人印家厚的“烦恼人生”登上文坛的池莉并非典型的女性文学创作者，她的《烦恼人

① 转引自徐敏：《版图的刷新：女性主义叙事学对女性主义批评的发展》，《华中学术》2009 年第 1 期。

生》《不谈爱情》《你以为你是谁》《来来往往》《有了快感你就喊》《托尔斯泰围巾》等均体现的是以男性为中心人物的社会与人性观照，并不特意强调女性问题，在女性写作风头正健的20世纪90年代，曾有人称池莉是男性的“红粉知己”，便是就她这种对男性心理的精准刻画而言的。说池莉是非“有意”与“典型”性的女性写作，应该没有太多异议，因为她既关注男性问题，也关注女性问题，但也始终没有放松对男权文化的批判与警惕。《大树小虫》就是这样。俞思语、钟鑫涛作为男主人公与女主人公只是这个“弯弯绕”故事的形式外壳，小说真正走进人物内心，写活了其内心世界的是张永胜、高红、格瑞丝等池莉的同龄人。对于张永胜的滥情、自私、虚伪，池莉做了尖锐的批判，而又因为这种批判是随着“弯弯绕”的叙事进程迂回曲折推进的，这种批判亦格外精准、深刻、意味深长。总的来说，池莉这部新作在市场上比起其以前的作品，反响并不算太热烈，这可能是与新的文化环境下读者有了新的审美需求相关，要是放在池莉创作谱系的纵向流程中，这种独特叙事格局中的性别思考是彰显了隐而不露的女性主义之思的。它不是没有池莉此前作品的影子，像俞思语、钟鑫涛小两口备孕二胎的拉拉杂杂描写能够从之前的《太阳出世》《来吧，孩子》中找到某些端倪，俞爷爷、俞奶奶之间有关彭厨子的家庭悬疑也能让人联想到她的中篇小说《云破处》等，此前的作品也将性别问题融入人性透视之中，但池莉在《大树小虫》中又进行了一定程度上的改造、化用，不但不给人重复雷同之感，还加深了性别批判意味。像那个一家人装作若无其事地聚餐庆新年的结尾，还是以张永胜为中心的“夫唱妇随”设置，但却有了池莉以前作品及《大树小虫》前半部较少见的讽刺、荒诞、怪异之感。笔者曾将《大树小虫》称为“匠心与慧心”之作就是从这个层面来说的。[①] 或许，池莉家长里短的“过日子”哲学可能会让某些不习惯这种风格的人产生厌倦心理，但同样的描写也会让另一部分人倍感亲切。毕竟，在一个文化泡沫泛滥的年代，《大树小虫》即使算不上艺术精品，也是一部写作者厚积薄发、用心良苦的上乘之作，这也是笔者在本书最后将其作为个案进行文本细读的最主要原因。

---

① 参见孙桂荣：《直面人性百态的匠心与慧心之作——池莉新作〈大树小虫〉的阅读札记》，《中国当代文学研究》2019年第5期。

结语　从新时期到新世纪的女性小说多样叙事形态

叙事形式并不是“器物”层面的单纯小说技法，还能对作品的主题表达、情境旨趣、美学风格等产生重要作用，以叙事策略为中介，形式可以直接影响（甚至最终决定）内容的建构。对于女性小说而言，叙事形式还能彰显或深或浅、或隐或显的性别意涵。为从新时期到新世纪的女性小说勾勒一幅叙事形变的文学图景，是笔者在本书中一直念兹在兹的学术追求。行文最后，让我们总结一下改革开放 40 多年来在女性小说发展历程中出现的那些带有社会性别观念折射的叙事图景。

一、第一人称自传体叙事的发生与流变

前文提到，第一人称叙述的增多同主体位置的上升存在着微妙的联系。新时期最初的一两年，谌容《永远是春天》、茹志鹃《草原上的小路》、张抗抗《爱的权利》、张洁《谁生活得更美好》都描写了女性情感问题，但基本采用的是叙述人不在场的第三人称叙事，或以男性化身的叙述人言说方式，张洁《爱，是不能忘记的》将叙述人设置为第一人称“我”，向女性经验性叙事迈出了一步，这是其社会反响强烈的叙事学原因。而后，张辛欣《我在哪儿错过了你》《我们这个年纪的梦》的“我”/“她”交替叙事、《在同一地平线上》中的两个“我”分头叙述、《最后的停泊地》中的以“你”代“我”，则慢慢改变了《爱，是不能忘记的》中“我”以旁观者视角讲述母亲故事的倾向，逐渐走向“我”的故事“我”来讲。刘索拉《蓝天绿海》中生猛不羁的“我”、万方《在劫难逃》中自省自思的“我”，表明“我”的风格化和个人化叙述也初露端倪。到了陈染的《与往事干杯》《私人生活》和林白的《一个人的战争》《致命的飞翔》，女性自传体叙事达到了 20 世纪 90 年代的高潮，自我言说的叙述权与个性张扬的性别权紧紧联系了起来。新世纪以来私密性叙事的“我”转向底层叙事的“我”，无论是《妇女闲聊录》中木珍的口述实录，还是《我是范雨

素》中乡村妇女自己拿起笔来“我手写我心”，都让世界从第一人称叙事中听到了女性的声音，当然是既有共时性分野，亦有历时性差异的女性声音。

二、视角人物的设置、转换、越位及与叙述人视角的纠结

女性从谌容《永远是春天》、叶文玲《心香》等文本结构中外聚焦的被叙述者，到王安忆《雨，沙沙沙》、王小妮《有人找你，一个穿黄夹克的青年》中作为视角人物出现，其心理流程可以架构文本的起承转合，是性别意识随时代前行的体现。因为其他人物需要经过视角人物的中介才能进入读者视域，视角人物的转换某种意义上也是主题意旨的转换。像对于婚外恋的描写，航鹰《东方女性》、陆星儿《美的结构》与海男《私奔者》《我的情人们》已大异其趣，前者有道德修辞之嫌，后者则被诟病为非道德化叙述，它们在不同时代都俘获了一定数量的读者，除了语境变更，也是与其选取婚外恋中不同结构位置的女性作为视角人物相关的。叙述人突破自然人的生理限制，对人物视角的压抑、遮蔽，则是叙述人视角与人物视角话语争夺的一种体现，像王安忆《叔叔的故事》、蒋子丹《桑烟为谁升起》中的“元小说”策略，叙述人主体意识的膨胀是其性别意识在文本中的一种策略性投射。而非人格化的“物语”叙述则是近年来的一种新动向，像张翎《流年物语》的河流叙述、瓶子叙述、麻雀叙述，林白《万物花开》的木床叙述、南瓜叙述、油菜花叙述等，文体创新中体现了女性表述不仅拘泥于情感纠葛，而是有着放眼万物的包容性精神。

三、从直接引语到自由间接引语的人物话语修辞

在张洁《方舟》、胡辛《四个四十岁的女人》等新时期之初的文本中，女性解放的言论通过人物之口、以冒号引号标识的直接引语表达出来，个性化、风格化、感情化色彩鲜明。自由直接引语省略了冒号、引号，也不用“说”“道”等引导词，“与读者距离最近、受叙述人话语干预最少”①，像池莉《怀念声名狼藉的日子里》豆芽菜的部分言论以自由直接引语的方式走到文本前台现身说法，坦荡自然、率性而为的个性无须任何中介直接呈现在读者面前，更易让人产生共鸣。付秀莹《陌上》通篇没用冒号、引号，为谨慎、内敛、不轻易敞开心扉的农村妇女提供了叙事学层面上自我展示的便利。间接引语从叙述人角度转述或概述人物话语，拉开人物与读

① 申丹：《叙述学与小说文体学研究》，北京，北京大学出版社，2014，第299页。

者的距离，便于叙述人对人物的话语干预，像王安忆《长恨歌》中的人物似乎都有凄清阴郁的色彩，个性既不鲜明，也不热辣，绝少大喜大悲、大开大合，是与避免让人物直面读者的间接引语的大量使用分不开的。徐坤《白话》《游行》等也用了此类引语修辞，嬉笑怒骂、妙语连珠、玩世不恭的人物言说与其本身的身份、职业、年龄联系不大，更多体现的是叙述人的话语风格。自由间接引语比直接引语少了引导词和标点的约束，比自由直接引语多了叙述人的介入，又不像间接引语受叙述人干预那么深，但与其他三类引语的区分度不是很高，尤其在中文语境中，有着混融性的一面，女作家用它往往表达更为复杂的多重性别意涵，像张抗抗《北极光》中岑岑走到叙述人位置的自由间接引语式独白是个性解放与理想主义精神的糅合，王晓鹰《春无踪迹》中邵心如个人欲望与伦理禁忌的心理矛盾、池莉《小姐你早》中不无偏激的女性主义与消费主义暧昧地杂糅也以这种引语方式体现了出来。

四、与个人型叙事相对应的集体型叙事

个人型叙事的叙述人是单数的个人，以表达自我心声为主，已为中国学界所熟知。集体型叙事的叙述人则是复数的群体或化身为复数群体的代言人，弱势群体的小人物可以借助“人多力量大”的方式壮大群体性声音，在此意义上其对居于“第二性”位置的女性有启示价值。张洁《方舟》在新时期之初产生强烈反响是与其对三个（而非一个）女性故事的讲述分不开的，小说中有不少直接针对“她们”的共言叙事。胡辛《四个四十岁的女人》则采用四个女人分头叙述各自人生历程的轮言方式，表达时代动荡中女性群体的酸甜苦辣，并以多元化的声音表述了女性内部的相似性和差异性。王安忆《弟兄们》、徐坤《相聚梁山泊》、池莉《小姐你早》中也有“多个女人一台戏”的集体型叙事的影子，而将这一叙事模式与弱势群体关怀更密切联系起来的则是新世纪以来的非虚构写作。孙惠芬《生死十日谈》、丁燕的《低天空：珠三角女工的痛与爱》中叙述人以调研走访、田野考察的方式为女农民、女工代言，书写她们的喜与乐、痛与哀，以集体型叙事反映社会问题，呼吁对底层女性的关注，言说效果是个人型叙事难以比拟的。

五、碎片性叙事中的女性声音

碎片性叙事以叙述时间上的跳跃闪回、结构上的非连续性拼贴、修辞上反复铺排的细节展示等为特征，对讲求有机性、整体性、逻辑性、线性

秩序的传统文学成规进行了颠覆和消解，与细腻、委婉、迂回、曲折的女性心理相契合。琐碎、日常、拉拉杂杂的碎片性叙事在20世纪90年代的个人化写作浪潮中已初露端倪。新世纪以来，不但林白《致一九七五》、魏微《一个人的微湖闸》、朱文颖《莉莉姨妈的细小南方》等“絮语”式写作触手可及，王安忆、孙惠芬、迟子建等面向社会历史的实力派女作家也在《天香》《上塘书》《群山之巅》等文本中对散漫、松弛、琐碎的写作方式进行了尝试。碎片性叙事不但近年来有愈演愈烈之势，还出现了像张翎《流年物语》中的“套娃式”碎片性叙事，碎片结构间并非完全一盘散沙，而像“套娃”似的既相独立又勾连成一个整体；付秀莹的《陌上》不仅故事主线散漫、凌乱、枝蔓，还出现了情与景、事与理的脱节与失序，甚至乡村风物的“情景不交融”。碎片性叙事与文学的碎片化传播相呼应，以女性心理、思维、言说方式的特殊亲和性，在体现了社会共识性破灭的同时，也加剧了当今时代的感性化、阴性化趋向，甚至能够推动社会性别机制的多元性、流动性发展。

六、媒介变迁中的“女性向”叙事

当前，微信、微博等网络新媒体与文学的联姻已成为一种常态，文学形式要素亦不仅仅是视角、人称、结构、情节、语言等文本修辞特质，深刻影响文学生产、传播、评价方式的媒介特质已成为新媒体文学最重要的形式载体。“形式论……讨论此种文学形式隐含的文化意义，产生这种形式的社会条件，或产生这种文学形式的历史进程”[①]，叙事媒介研究既是这种形式论的题中之义，也能为其提供新的学术生长点，而新媒体文学的性别话语也只有从这种媒介转换的性别形式分析中才能得到更深刻的阐释。某些女生频道的网络App，基本形成了“女性写—女性看—女性评”的立体化“女性向”文学场，受众对象的女性化，可以避免一定程度上的男性化误读，这对破解私人化写作时期女性本色的身体书写（“看”）成为文化市场上的窥视对象（“被看”）的尴尬不无助益。耽美文学中女性悬置自己的身体、专事男性身体细节的摹写行为，也只有在这种“女性向”媒介中，在女性模拟男性视角、口吻进行抒怀寄托的性别投射中，才能阐释为一种女性主体欲望的自我张扬。打破男/女二元对立格局、构筑性别身份的多元流动性空间，也是“女性向”文学场的一个重要内容，如网络文学中的性别穿越文类中变性者、双性者、跨性者等现实中居于边缘

① 赵毅衡:《形式论在当代中国》,《社会科学》2019年第4期。

位置的“性少数”族群的性别流动愿景，以戏剧化、奇幻化乃至喜剧化的方式加以彰显与放大，没有一个庞大的网络阅读群体是难以想象的。而将这种性别逆转的亚文化推演到男女角色的影视混剪（如 Bilibili 网站的《巾帼英雄》《伪·三国群像》等）或网络游戏的“做性别”中（如《剑网3》等），则进一步增强了受众亲身践行一个“异性的自我”的代入感。在识破操演性的性别建构本质、实现性别流动性认知层面，从读到看，再到演、玩，对受众性别观念的影响是随着媒介的电子化、技术化而逐步加深的。“女性向”的叙事媒介研究能够将想象性文学书写逐步推演到受众参与的日常实践，并结合最新发展的媒体动态，拓展性别形式的研究空间。

七、叙事形变下的女性小说研究

叙事形变是小说文本中的叙事形式随着时代与作家文学理念的推进所发生的自然演变。正如本书用 30 多万字的篇幅在前面论证的那样，在从新时期到新世纪的女性小说发展过程中，产生了不少叙事形式上的变化发展。新的叙事样态出现，旧有的叙事方式有的逐渐沉寂，有的融入新的元素，演化出新的形式特质，或隐或显的社会性别意涵亦往往孕育其中。这既是女作家随时代文化发展或主动或被动调整艺术技法的结果，也是社会性别观念的悄然变动在文本中留下的文体印记，并反过来对一个时代的性别建构起了一定作用。传统女性文学研究多以性别政治的内容研究为主，而传统叙事学研究则往往忽略了性别元素，因此该研究有着叙事学与女性文学双重领域的突破性。当然，因为叙事学在中国文学研究中还相对薄弱，女性主义叙事学理论又有一定的西方背景，有些层面未必适合中国语境，而泥沙俱下的当代文坛也未必能提供足够多的具有性别形式研究价值的有效文本，这一切都影响了其长足发展，性别形式研究在中国的本土化发展依然任重而道远。

笔者认为可以从三个方面推进新时期女性小说叙事形式的社会性别研究：一是对西方女性主义叙事学的某些概念范畴进行理论争鸣。像苏珊·兰瑟的“话语权威”理论在学界影响很大，但在女性文本是否隐含着“话语权威”追求、女性作家叙述权的争取是否“话语权威”性别权追求等层面，苏珊·兰瑟的论断有一定绝对化之嫌，某些中国文本能够提供更加多样化甚至相反的佐证。苏珊·兰瑟的“公开型/私下型叙述”言说也可以从叙事学与文体学的不同层面展开争鸣。二是从中国文学语境出发，对西方学者基于西方文本分析的理念进行补充、修正。像沃霍尔“性别化的干预”理论针对的是 18、19 世纪的英美文学、凯西·梅齐对自由间接引语的女性主义分析针对的是基于英语语法、句法的英美小说，这些都需要对其在中国文学语境中的文化“适用性”进行具体甄别。三是寻求更鲜明体现“中国范式”的文体形式阐释框架。如关注中国古代小说的“书场”叙述、性别拟代体式、章回体叙事对现代女性小说的影响与变异，将与百年中国女性解放历程共生纠结的文体变动（如第一人称自传体叙事在20世纪的浮沉变迁、特定时期的“女作男声”表达等）纳入研究视野。从中国文本实践出发，补充、修正性别形式研究对西方理论的过分依赖。

八、女性主义叙事学在新时代中国的研究前景

叙事学视野下的女性声音研究并非一种“以西律中”的学术舶来品，本书对中西女性主义叙事学研究的现状与问题做了细致入微的对比分析，并从宏观层面上对中国女性主义叙事学研究的特征、价值、局限等进行了具体分析论证，就新世纪以来在新媒体语境与新时代文艺思想影响下，女性主义叙事学研究中出现的新现象、新症候、新问题做了一番系统的研究梳理。相对于女性主义叙事学的已有成果多是对纸质文本的剖析梳理，本书还涉及了新媒体文学的女性主义叙事学分析。这些是以往女性主义叙事学研究领域成果中较少触及的内容，既体现了本书的学术前沿性，又为下一步研究提供了再深入、发掘的研究起点。

女性主义叙事学在新时代中国的研究前景十分广阔。因为对于女性主义叙事学视野下的新世纪文学研究这一选题而言，既然研究对象位于新世纪文学中，与新时代文艺思想有着密切的联系，那么其女性主义叙事学研究也必然难以脱离这一语境而带有一定新时代印记，这对于改变其给人的西方化刻板印象、增强中国性美学元素无疑是个有力的明证。对于当下的文学批评，文艺理论家南帆提出了打破横亘在当代文学与经典、审美与历史、内部研究与外部研究、文本中心主义与理论霸权等二元对立思维的“永远历史化”思路，“‘历史化’是众多方案遵循的基本原则：当科学主义成为某种霸权的时候，‘个性’或者‘审美’将被赋予更大的权重，当大众文化的娱乐乃至庸俗泛滥成灾的时候，必须及时地重提经典或者精英主义”①。历史化并非一种简单的平衡主义，而是将文学问题置于历史语境的一种必须，因为所有的元素都要从历史提供的起点上开始，又要交织于庞大而复杂的历史网络中。本书的两个核心关键词——“叙事”与“性别”——就是在这一层面上成为一种打破文本与理论、形式主义与女性主

① 南帆:《文学批评:八个问题与一种方案》,《文学评论》2018 年第 1 期。

义、内部研究与外部研究之二元对立思维的“历史化”研究方案的。而女性主义叙事学视野下的新世纪文学研究也基本证实了这一点。如绪论中所言，目前针对女性小说叙事形式学研究的成果还很薄弱，但愿本书能够丰富、充实这一研究领域，笔者愿在力所能及的范围内对女性主义叙事的本土化文学研究实践贡献自己的力量。

本书尽管用12个章节、40多万字的篇幅对改革开放以来的女性小说叙事形变进行了深入的分析，但肯定会挂一漏万，还有些未涉及的地方，唯愿能有学界同仁对这一问题感兴趣，共同推进女性小说叙事形式的社会性别研究。

附录　学术访谈：从文学研究边缘处入手，在社会性别实践中求索

作者注：这篇访谈的缘起首先要感谢《文艺论坛》编辑部主任佘晔女士，最终完成要感谢曲阜师范大学的张文娟教授。在山东师范大学任教以来，感谢《文艺论坛》（曾用刊名《理论与创作》《创作与评论》）对我研究成果的接纳，曾陆续在该刊发表《"真实再现"下的暧昧之声——对女性小说的一种批判性阅读》《一个需要警醒的女性学话题》《错位：在消费时代的女性小说与女性主义理论之间》《女性主义的当代分歧及其在文学批评中的展开方式》《在火热的文化市场面前：对青春文学当代研究的思考》等文章。《文艺论坛》是活跃于当代文坛的重要学术期刊，佘晔女士热情推介我作为 2021 年第 6 期"新锐批评家"的撰稿学者，也促成了这篇学术访谈的诞生。我与文娟教授共处一省，都偏重女性文学研究方向，志趣相投、交流颇多，对于学术研究中的甘苦有很多共同的看法，我们的谈话就是从女性文学研究开始的，也涉及性别形式研究的问题，对于理解我个人的文学研究生涯以及本书的价值理路是一个有力的补充。因此，将该访谈作为附录放在该书正文最后，以便与更多学友交流。

一、从"边缘"处入手

张文娟（以下简称"张"）：生理性别与一个人的研究兴趣并没有必然联系，但在中国从事女性文学研究的人中女性占了绝大多数，这是一个有意思的现象。我从事女性文学研究最初是因为阅读女作家的作品能够产生更多的共鸣与认同感，你是如何走上女性文学研究道路的呢？

孙桂荣（以下简称"孙"）：女性文学研究对于我来说，首先不是一种学术的选择，而是个人生活、日常经验思考的结果。我出生在鲁西北的乡村，我们家就两个女孩，父母很开明，我并没有在原生家庭中感受到多少性别歧视，但周围人不断鼓动我父母再生或抱养一个男孩，这让我感觉到了性别问题的存在。后来在求学、就业的过程中男权文化不断凸显，加

深了我对性与性别等话题的思考。而且因为身为女性，女性写作很容易就与我的个人阅读兴趣产生共鸣，我读硕士阶段正是女性文学研究在中国蓬勃发展的时期，所以很自然地就选择了女性文学作为我的学位论文选题，并一直延续了下来。

张：咱们都是做女性文学研究的，你的研究我比较熟悉，发现你从最初博士论文阶段对消费时代性别修辞的批判，转向了对女性文学文本的细致梳理，这几年又集中精力在女性文学的叙事形式研究上出了很多成果，让我感到你似乎有源源不断的“新发现”。你究竟是怎样选择自己的学术切入点的呢？

孙：“新发现”谈不上，我一直努力从学界谈得较少的研究“边缘”处寻找自己的研究方向倒是真的。我读博时正值女性文学在蓬勃发展中但也产生了各种问题和争议的新世纪初期，我以“后女权主义”一词对它们进行了学理总结和批判。恩师吴义勤教授非常鼓励和支持我的学理创新，也指出要将理论发现落实到具体细致的文本分析、现象思潮解读中去。在几年的学术沉潜中，我集中精力读了不少书，恶补了各种西方女性主义理论，还关注国内重要的女性文学现象，对王安忆、池莉、林白、冰心、余秀华等女性作家作品做了专门论述，完成了我的第一个国家课题。但后来我发现，我的这些成果基本都是性别政治的内容研究，而这也是中国女性学界的主调，我想从“边缘”处找一个新的研究视角。最近这几年，我转到了女性文学的叙事形式研究领域。

张：性别形式研究的确在中国现当代文学研究中较少有人涉猎，但要从叙事形式中挖掘出社会性别意涵，还要论证清晰、严谨、细致、有说服力，并不容易。

孙：是的。在女性学界，文体与形式之间的关系是有争议的：一种观点认为，二者之间并没有必然联系，男性作家所写的文体样式女性作家也可以书写，反之亦然；另一种观点则认同叙事文体与性别话语之间有一定联系，但出发点上又有所不同，有的从“有性”的人出发解释女性叙事的殊异性，有的则从为女性赋权的角度张扬某些特定文体、叙事样态。这些都需要具体问题具体分析。理论资源上，也要时刻警惕女性主义叙事学、女性主义文体学的西方印记，要不断摸索、发现、总结具有中国特色的性别形式理论与资源。

张：我看到最近几年你集中发表了不少性别形式研究方面的论文，还在 2019 年成功立项了一项国家社科后期项目，说明你的这种学术努力已经得到了一定的学界认可。你是如何从纷繁的文体现象中寻找具有社会性别意涵的研究资源的呢？

孙：感谢你对我近年来研究趋向的关注，这几年我集中写作了几十篇性别形式研究的论文，有些论文已被《新华文摘》《高等学校文科学术文摘》《社会科学文摘》《中国妇女报》等转载，这些都是我对性别形式研究的思考。我将叙事学中中性化的叙述人、叙述视角、叙述结构等放置在具体的历史的文本语境中，通过对文本细读、史料文献、档案材料等的爬梳，来考察它们的社会性别意涵。像新时期之初女性小说的叙述人设置，就经历了从无“我”到有“我”、从“我”的旁知叙述到直接言说、从真名实姓的暴露展示到有距离的美学调控，这种并非一蹴而就的过程本身就体现了叙述人设置层面上女性主体意识的曲折发生，也隐含了性别立场的确立。这在张洁、张辛欣、张抗抗、谌容、遇罗锦等人的女性小说中都有着鲜明的体现，我以《叙事形变与新时期女性小说的发生》为题写了一篇论文。

张：这种研究的确突破了内容研究的套路。私人化写作落潮后，女性文学研究进入了波澜不兴的相对沉寂期，性别形式研究可以成为激活这一领域的一个切口。最近这几年文坛看起来是现实主义回归，但实际上各种文体创新也在暗潮涌动，可以为性别形式研究提供一定的话语资源。

孙：是的，我注意到近年来女性小说中的一些形式异动，像第一人称全知叙事、非人格化叙述人叙事、集体型叙事、复数叙述人的非同声性叙事、碎片式非叙事性话语等，这些叙事新风貌都能够拓展性别形式研究的话语空间。

张：哦，只有专业水准的研究才会发现这么多的文体异动。现在文坛众声喧哗，不少人在言说“小说死了”“纯文学已死”等等，女性叙事在有些人看来恐怕是也要“死了”。你却从中发现了这么多的新的研究生长点。

孙：哈哈，女性叙事永远不会“死”的。马克思和恩格斯在《共产党宣言》中说，“一切新形成的关系等不到固定下来就陈旧了”，“一切等级的和固定的东西都烟消云散了”。女性小说叙事如今也逐渐弥散、蔓延到了各种“非文学”领域，像与新闻、历史相联系的非虚构叙事，与影视文化相联系的影像性叙事，与广告、新媒体等文化创意产业相联系的文案性叙事等。私人化写作时代再本色的女性身体书写，在男性中心的文化市场中流通，也往往会有被窥视、误读的可能，女性化的写作与男性化的阅读这种“看”与“被看”的悖论在纸媒时代是很难破解的。但在网络时代却可以建构“女性写—女性读—女性评”、以女性为中心的“女性向”文学场，这种场域的形成对将身体编码与解码的话语权牢牢抓在女性手中是有利的。从这样一个文化前提出发，有些新媒体文学的女性书写也可以算做一种新的“叙事场”。我个人感觉这些都可以在性别形式分析层面上做出一定阐释。

二、“写作式”阅读与研究的“与时俱进”

张：期待你在叙事形式的社会性别研究方面有更多的新突破。我有一个研究中的困惑想与你交流。我读了一堆古今中外的理论文献、作家作品等方面的书，也有一个博览群书的愿望，但感觉读得多，并不一定能够写得多、出成果多，你是如何处理学术研究中“读”与“写”的关系的呢？

孙：这个问题我们学校外语学院的一个老师也与我交流过。我感觉我们现在也都有了一定的学术积累，纯兴趣阅读没有那么多时间了，应该有选择地进行文献阅读，可以用“写作式”阅读理念。也就是先确定自己要做的研究、要写的论文，再划定一批文本、文献的阅读范围，根据与自己要做研究“相关性”的密切程度，来决定是精读还是泛读。要摆脱布鲁姆所说的被前人或经典文本所左右的“影响的焦虑”，需要在熟知相关文献的研究范畴中进行。我对中英文版的女性主义叙事学、女性主义文体学理论文献的阅读就是在确定选题之后又去精读、细读的。

张：俗话说“良好的开端是成功的一半”，对于学术研究来说，应该就是“良好的选题是成功的一半”，选题可以说是重中之重。该如何寻找一个具有创新性、可行性，自己又能驾驭的具有可持续性的选题呢？

孙：我认为除了上面提到的找“冷门”、从学术边缘处入手，还可以随着文学发展和时代语境的变换，不断调整自己的研究思路和研究方法，做到研究的“与时俱进”。我个人除了女性文学研究外，还集中做了青春文学研究，就是在根据研究对象的变换调整自己的研究目标。

张：记得你是主持了一个“‘80后’文学”教育部青年基金项目。

孙：是的，我的教育部课题“‘80后’文学的生成、传播、分野、流变研究”立项时正是韩寒、郭敬明、张悦然等“80后”青春文学作家在文坛形成一股潮流之时，这个项目从文本分析、文化研究的角度对“80后”文学进行了全面分析。“80后”文学分化、流变很明显，在我研究结题后的最近几年，作为群体的“80后”文学已经式微，青春文学转向了“90后”“治愈系”等，与“80后”青春文学的整体风格差别已经很大了。玩世不恭、愤世嫉俗的愤青式叛逆少了，“以病为美、以悲为美”的刻意忧伤也有所降低，生活化、常态化的青春书写多了起来，青春文学出现了由“冷”到“暖”、由“残酷青春”向“微笑青春”的转向。

张：嗯，青春文学是以成长、校园、青春期心理等为中心的写作，随着“80后”一代写作者也慢慢步入中年，“80后”作家产生了分化和创作转型，而新近的“90后”一代作家呈现出了与以往很不相同的青春文学创作风貌。

孙：在这种情形下，我调整了自己的研究思路和研究方法。因为“90后”青春文学、“治愈系”青春文学等文化影响力还较弱，经典化的文本细读研究对它们并不太适合，若是用青年亚文化、粉丝文化、消费文化等理论来研究呢，它们又不及影响力更大的网络文学更典型。我想开拓新的研究理路或许会更好一点。青春文学文本的生活化、常态化、励志价值凸显等新的文学异动，以及它们更多是在青少年群体中传播、流通的特性，可以与教学、青少年写作能力提升等联系起来。我写了篇题为《青春文学教学与中国当代文学课程改革》的论文，在《中国大学教学》发表，并获得了山东省教育科学优秀成果奖，这更加坚定了我从文学教育这种跨学科领域探究青春文学研究新视角的信心。

张：不错，青春文学是青少年喜爱的畅销书，从创意写作角度切入能正本清源，改变人们对它浅薄、消费的一般印象，还能对提升青少年写作能力提供切实指导，值得深入挖掘下去。这带有实证研究的性质，我也刚刚完成了一个借助影视文学作品构建女性领导者德性教育的文化支持系统的课题，其间对基层妇联干部进行过相关调研，也有田野考察的意味，跟我们文学研究的美学分析不太一样。

孙：嗯，这种研究视角的开拓有利于研究方法的新拓展。现在我尝试将青春文学与如今方兴未艾的创意写作相联系，开拓青少年创意写作研究的新空间。目前的创意写作教学研究在上海大学、北京大学、复旦大学等高校已经如火如荼地开展起来了，但多在高等教育领域开展，青少年创意写作教学还很薄弱，我尝试将青春文学作为“抓手”，夯实青少年创意写作教学研究的基础，进行提升青少年写作能力的探索。

张：是的，这个研究方向与教学研究、专硕培养联系了起来，现实性更强。

孙：利用暑假时间，我组织部分专硕研究生与我一起完成了一部暂名为《青春文学与青少年创意写作教学研究》的20多万字的书稿，将国内方兴未艾的创意写作研究与青春文学相结合，既有青少年创意写作研究的理论篇，也有青春文学作品导读的实践篇。所选作品既是在社会上影响力较大的青春文学代表性作品，也是体现出鲜明的文化创意产业属性、文化改编活动活跃的上游青春文学畅销书，还是读者群高度集中于青少年的亚文化作品。这在青春文学研究领域也实现了一定“与时俱进”的新突破。

三、读好“生活”这本大书

张：现在我们可以说人到中年，学校教学任务很重，身为女性上有老、下有小，还有家务事要处理，总感觉时间不够。这几年我对一些有代表性的女作家，如张洁等人的作品，进行了重新系列阅读，希望能够发掘这些经典文本中某些还未被充分阐释的精神特质，但感觉还很不够，学术突破是一个艰难跋涉的过程，需要各种契机的推动。你有哪些现实经历推动了你女性文学研究的逐步深入呢？

孙：我很喜欢在中外学术交流中提升我的研究能力。2013 年，我参加了复旦—密歇根大学社会性别研究所的高级研修班，在一个多月的时间中，与王政、David 教授等人学习、交流、分享了大量社会性别经典文献，感觉受益匪浅。2014 年，我去英国诺丁汉大学中国研究中心访学，还拜访了爱丁堡大学中国现代文学研究的 Christopher Rosenmeier 教授，开阔了学术视野。2016 年，我参与了韩国梨花女子大学亚洲妇女研究中心的 EGEP 项目，与洪昔灼、成谨济教授交流了中国当代文学研究的看法，还有幸参与了声援慰安妇的女性主义活动。这些学术经历都有利于我的女性文学研究。

张：是的，女性文学研究不但需要女性主义理论知识，还需要跨学科视野，海外交流非常重要，你外语系出身，有一定语言优势。我自己也曾利用在韩国做交换教授的机会，尽可能地去了解和接触当地女性文学创作和研究的相关情况，感觉视野得到了拓展。

孙：我在海外交流时不但检索文献、参与会议讲座，还特别注意与当地人交流女性问题。像在英国时通过与女房东、越南留学生交流，了解到了他们国家的妇女生活状况。在韩国梨花女大时我的室友是一个印度女子，各自国家的男权文化是我们最主要的交流话题。这些都有利于我对性别问题的感性理解。

张：是的，跨文化交流能够给人带来学术灵感。

孙：生活经验比书本知识更鲜活，我们搞学术的还是要读好生活这本大书。我还用英语陆续在海外发表了几篇论文，像“The Rising Tide of Chinese Youth Literature and Its Gender Representations”“Patterns, Characters and Problems: Chinese Youth Literature in 21st Century”等，并被海外期刊 *Contemporary Social Sciences* 和 *Journal of National Development* 聘为审稿专家。

张：太棒了，还是双语背景好啊。国内的个人经历有催生你学术思考的吗？

孙：嗯，有的，印象最深的是教学经历。大学老师一般是科研带动教学，将自身研究成果传授给学生，但在有些情况下教学也会反哺科研，学生启发了老师的研究视角。像我给本科生上过“当代小说研究”这门选修课，有个学生交上来的课程论文是韩寒作品的男性化研究，这让我眼前一亮，我研究“80后”，从性别角度分析过郭敬明作品中的女性化、“女性向”问题，但没想过从男性气质建构角度分析韩寒，是学生作业打开了我这方面的思考。还比如，在给研究生上中国现当代文学专业英语这门课时，我让学生阅读英文原版的周蕾《妇女与中国现代性》，有学生反映词汇太生僻、阐释太晦涩，连三联书店的中译本都挺难读。这引起了我的思考，这些问题的出现不仅是语言方面的，它的学术理路跟我们差别太大，既有学理创新的地方，也有堆砌西方理论、对中国文本/文化语境相对隔膜的一面。在总结教学经验与教训的基础上，我对这本书写了专门的批评文章。

张：真是个有心人，让教学经验反哺学术研究是一个很不错的方法，强化教学是高校今后的一个趋势。

孙：是的，这段时间我还做了大量教学工作，承担了教改项目、录制教学视频，进行教学平台的线上资源建设，还参加了优秀教学成果奖评选等。我主持申报的“中国当代文学（2）”入选了2021年山东省一流课程。这些工作耗去了我不少的精力，但能够实实在在地为学生做点事，也推动了我个人的教学研究水平。我在《中国大学教学》《语文教学与研究》等专业教学期刊上发表了教学论文，履行了一个大学教师的职责。

张：挺好的，现在教育部正大力提倡高校本科教学、课程思政建设，文学类课程本就承担着立德树人的重要职责，大有可为。做教学也算咱们分内的工作吧，就是感觉工作多、任务重。你是怎样调剂自己业余生活的呢？

孙：哈哈，我喜欢练瑜伽，晚上躺在床上有时还用手机写诗、散文等。

张：不错啊，现在经常会看到学者与作家的“跨界”现象，学者作家化、作家也学者化了。我自己也很想尝试一把呢。

孙：我读博之前一直是搞创作的，后来事情太多不太写了。创作是最直接表达个人情怀的方式，比研究更质感、随性、日常，不但能宣泄情绪，还是一种放松的方式。我最近参与了“都市头条”新媒体写作活动，就是想在做学术论文之余，也能有动力写点小文章。

张：哦，期待，期待！

孙：一点小爱好哈，咱们共同努力啊！

（该文原名《从学术边缘处入手，在社会实践中求索——孙桂荣访谈录》，载《文艺论坛》2021 年第 6 期，收入本书时做了一定修正）

参考文献

一、中文著作

曹晋、〔英〕格雷姆·默多克等:《新媒体、社会性别、市场经济与都市交往实践》,上海,复旦大学出版社,2015。

陈平原:《中国小说叙事模式的转变》,北京,北京大学出版社,2003。

陈淑梅:《声音与姿态:中国女性小说叙事形式演变》,广州,中山大学出版社,2011。

陈顺馨:《中国当代文学的叙事与性别》,北京,北京大学出版社,2007。

陈晓明:《中国当代文学主潮》,北京,北京大学出版社,2010。

董丽敏:《性别、语境与书写的政治》,北京,人民文学出版社,2012。

贺桂梅:《女性文学与性别政治的变迁》,北京,北京大学出版社,2014。

胡亚敏:《叙事学》,武汉,华中师范大学出版社,2004。

李建军:《小说修辞研究》,北京,中国人民大学出版社,2003。

李敬泽:《见证一千零一夜——21世纪初的文学生活》,北京,新世界出版社,2004。

林树明:《多维视野中的女性主义文学批评》,北京,中国社会科学出版社,2004。

林树明:《迈向性别诗学》,北京,中国社会科学出版社,2011。

罗钢:《叙事学导论》,昆明,云南人民出版社,1994。

孟繁华:《文学革命终结之后——新世纪文学论稿》,北京,现代出版社,2012。

南帆:《文学的维度》,北京,中国人民大学出版社,2009。

欧阳文风:《短信文学论》,北京,中国社会科学出版社,2011。

欧阳友权:《数字媒介下的文艺转型》,北京,中国社会科学出版社,2011。

乔以钢、林丹娅:《女性文学教程》,北京,高等教育出版社,2017。

邵燕君:《倾斜的文学场——当代文学生产机制的市场化转型》,南京,江苏人民出版社,2003。

申丹、王亚丽:《西方叙事学:经典与后经典》,北京,北京大学出版社,2010。

申丹:《叙述学与小说文体学研究》,北京,北京大学出版社,2005。

宋素凤:《多重主体策略的自我命名:女性主义文学理论研究》,济南,山东大学出版社,2002。

谭君强:《叙事理论与审美文化》,北京,中国社会科学出版社,2002。

陶东风编:《粉丝文化读本》,北京,北京大学出版社,2009。

王春林:《新世纪长篇小说研究》,太原,北岳文艺出版社,2006。

魏天真、梅兰:《女性主义文学批评导论》,武汉,华中师范大学出版社,2011。

文一茗:《叙述与自我》,成都,四川大学出版社,2019。

吴义勤:《长篇小说与艺术问题》,北京,人民文学出版社,2005。

西慧玲:《西方女性主义与中国女作家批评》,上海,上海社会科学院出版社,2003。

谢有顺:《文学的常道》,北京,作家出版社,2009。

徐艳蕊:《媒介与性别——女性魅力、男子气概及媒介性别表达》,杭州,浙江大学出版社,2014。

许苗苗:《性别视野中的网络文学》,北京,九州出版社,2004。

晏杰雄:《新世纪长篇小说文体研究》,北京,作家出版社,2014。

杨莉馨:《异域性与本土化:女性主义诗学在中国的流变与影响》,北京,北京大学出版社,2005。

杨联芬:《浪漫的中国:性别视角下激进主义思潮与文学(1890～1940)》,北京,人民文学出版社,2016。

杨义:《中国叙事学》,北京,人民出版社,1997。

叶舒宪:《性别诗学》,北京,社会科学文献出版社,1999。

张京媛:《当代女性主义文学批评》,北京,北京大学出版社,1992。

张莉:《姐妹镜像:21 世纪女性写作与女性文化》,北京,中国社会科学出版社,2014。

赵毅衡:《形式之谜》,上海,复旦大学出版社,2016。

曾繁亭:《网络写手论》,北京,中国社会科学出版社,2011。

中国作家协会创作研究部编:《长篇小说艺术论》,北京,作家出版社,2012。

〔英〕安吉拉·默克罗比:《后现代主义与大众文化》,田晓菲译,北京,中央编译出版社,2001。

〔美〕戴卫·赫尔曼:《新叙事学》,马海良译,北京,北京大学出版社,2002。

〔美〕迪克·赫伯迪格:《亚文化:风格的意义》,胡疆峰、陆道夫译,北京,北京大学出版社,2009。

〔美〕华莱士·马丁:《当代叙事学》,伍晓明译,北京,北京大学出版社,2005。

〔美〕杰拉德·普林斯:《叙事学:叙事的形式与功能》,徐强译,北京,中国人民大学出版社,2013。

〔美〕杰拉德·普林斯:《叙述学词典》,乔国强、李孝弟译,上海,上海译文出版社,2011。

〔以色列〕里蒙·凯南:《叙事虚构作品》,姚锦清、黄虹伟、傅浩、于振邦译,北京,生活·读书·新知三联书店,1989。

〔法〕罗兰·巴尔特:《小说的准备》,李幼蒸译,北京,中国人民大学出版社,2010。

〔美〕罗斯玛丽·帕特南·童:《女性主义思潮导论》,艾晓明译,武汉,华中师范大学出版社,2002。

〔英〕马克·柯里:《后现代叙事理论》,宁一中译,北京,北京大学出版社,2003。

〔美〕佩吉·麦克拉肯:《女权主义理论读本》,艾晓明、柯倩婷译,桂林,广西师范大学出版社,2007。

〔法〕皮埃尔·布尔迪厄:《艺术的法则——文学场的生成与结构》,刘晖译,北京,中央编译出版社,2001。

〔美〕浦安迪:《中国叙事学》,陈珏译,北京,北京大学出版社,1996。

〔法〕热拉尔·热奈特:《叙事话语　新叙事话语》,王文融译,北京,中国社会科学出版社,1990。

〔美〕苏珊·S. 兰瑟:《虚构的权威——女性作家与叙事声音》,黄必康译,北京,北京大学出版社,2002。

〔美〕W.C.布斯:《小说修辞学》,华明、胡晓苏、周宪译,北京,北京大学出版社,1987。

〔美〕西摩·查特曼:《故事与话语——小说和电影的叙事结构》,徐强译,北京,中国人民大学出版社,2013。

〔挪威〕雅各布·卢特:《小说与电影中的叙事》,徐强译,北京,北京大学出版社,2011。

〔美〕约翰·费斯克:《理解大众文化》,王晓珏、宋伟杰译,北京,中央编译出版社，2006。

〔美〕詹姆斯·费伦：《作为修辞的叙事：技巧、读者、伦理、意识形态》，陈永国译，北京，北京大学出版社，2002。

〔美〕周蕾：《妇女与中国现代性——西方与东方之间的性别政治》，蔡青松译，上海，上海三联书店，2008。

〔美〕朱迪斯·巴特勒：《性别麻烦：女性主义与身份的颠覆》，宋素凤译，上海，上海三联书店，2008。

二、中文期刊

陈淑梅：《新时期女性小说话语权威的建立》，《文学评论》2005 年第 5 期。

董丽敏：《历史转折中的人文知识重构——以新时期中国女性文学研究的发生为中心》，《开放时代》2021 年第 4 期。

凌逾：《女性主义叙事学及其中国本土化推进》，《学术研究》2006 年第 11 期。

卢悦宁：《林白〈致一九七五〉的女性主义叙事学解读》，《柳州师专学报》2011 年第 6 期。

任媛媛：《从女性主义叙事学角度解析〈雌性的草地〉》，《文学教育》(下) 2016 年第 4 期。

申丹：《叙事形式与性别政治——女性主义叙事学评析》，《北京大学学报》(哲学社会科学版) 2004 年第 1 期。

申丹：《"话语"结构与性别政治——女性主义叙事学"话语"研究评介》，《国外文学》2004 年第 2 期。

沈凝芬：《叙事形式与性别政治——〈在我的开始是我的结束〉女性主义叙事学解读》，《长春理工大学学报》2014 年第 6 期。

唐伟胜：《性别、身份与叙事话语：西方女性主义叙事学的主流研究方法》，《天津外国语学院学报》2007 年第 3 期。

王晖：《别样的在场与书写——论近年来女性非虚构文学写作》，《文学评论》2015 年第 5 期。

王萌：《海峡两岸女性小说的叙述声音对话语权威的建构》，《中州学刊》2013 年第 3 期。

王蒽：《〈方舟〉的女性主义叙事学解读》，《牡丹》2015 年第 18 期。

夏野：《女性的声音：〈春天的二十二个夜晚〉的女性主义叙事学解读》，《赤子》(上中旬) 2015 年第 2 期。

肖映萱：《"女性向"网络文学的性别实验——以耽美小说为例》，《中国现代文学研究丛刊》2016 年第 8 期。

徐艳蕊:《网络女性写作的生产与生态》,《北京大学学报》(哲学社会科学版)2015 年第 1 期。

杨永忠、周庆:《女性主义叙事学的研究目标、原则与方法》,《山东女子学院学报》2012 年第 4 期。

于磊:《媒介技术、身体与叙事的共构:数字媒介时代女性主义媒介研究进路的初探》,《全球传媒学刊》2021 年第 1 期。

张莉:《非虚构女性写作:一种新的女性叙事范式的生成》,《南方文坛》2012 年第 5 期。

〔美〕罗宾・沃霍尔-唐:《形式与情感/行为:性别对叙述以及叙述对性别的影响》,王丽亚译,《江西社会科学》2008 年第 1 期。

三、英文著作

Aijun Zhu, 2007: *Feminism and Global Chineseness: The Cultural Production of Controversial Women Authors*, New York: Cambria Press.

Alison A. Case, 1999: *Plotting Women*, Charlottesville: University of Virginia Press.

Bonnie S. McDougall, 2003: *Fictional Authors, Imaginary Audiences: Modern Chinese Literature in the Twentieth Century*, Hong Kong: The Chinese University Press.

Carlos Rojas, Eileen Cheng-yin Chow(eds.), 2009: *Rethinking Chinese Popular Culture: Cannibalizations of the Canon, Routledge Contemporary China Series*, London: Routledge.

Daniel Punday, 2003: *Narrative Bodies: Toward a Corporeal Narratology*, New York: Palgrave Macmillan.

Deborah L. Madsen, 2006: *Feminist Theory and Literary Practice*, Beijing: Foreign Language and Research Press.

Elisabeth L. Engebretsen and William F. Schroeder (eds.), 2015: *Queer/Tongzhi China-new Perspectives on Research, Activism and Media Cultures*, Copenhagen: NIAS Press.

Haiping Yan, 2006: *Chinese Women Writers and the Feminist Imagination, 1905~1949*, London: Routledge.

Jason McGrath, 2008: *Postsocialist Modernity: Chinese Cinema, Literature and Criticism in the Market Age*, Redwood City: Stanford University Press.

Jin Feng, 2013: *Romancing the Internet: Producing and Consuming Chinese Web Romance*. Leiden: Brill Academic Publishers.

Kate Rose, 2016: *China from Where We Stand: Readings in Comparative Sinology*, Newcastle: Cambridge Scholars Publishing.

Kwok-kan Tam (ed.), 2010: *Gender, Discourse and the Self in Literature: Issue in Mainland China, Taiwan and Hong Kong*, Hong Kong: The Chinese University of Hong Kong Press.

Peter Brooks, 1992: *Reading for the Plot: Design and Intention in Narrative*, Cambridge: Harvard University Press.

Robyn R. Warhol, 1989: *Gendered Inventions: Narrative Discourse in Victorian Novels*, New Brunswick: Rutgers University Press.

Robyn R. Warhol, 2003: *Having a Good Cry: Effeminate Feelings and Pop-culture Forms*, Columbus: The Ohio State University Press.

Susan Sniader Lanser, 1981: *The Narrative Act: Point View in Prose Fiction*, Princeton: Princeton University Press.

Sara Mills, 1995: *Feminist Stylistics*, London: Routledge.

后记

本书的写作经历了漫长的过程。大约在六七年前，我萌发了进行性别形式研究的想法。这是一个十分边缘的领地，形式分析在我国强大的意识形态批评传统下比较薄弱，内容研究的性别政治批判一直是女性文学研究的主调，更不用说女性文学研究本身这几年也已沉寂黯淡下来。这样一个“小众”的研究选题，可借鉴的资料也不多。女性主义叙事学、女性主义文体学理论主要是西方的，很多没有中文译本，研究者一般是外国文学、文艺理论专业，文本分析也以针对外国文学的研究为多，中国现当代文学专业的同道较少。

究竟为什么要“自虐”性地选择这样一个领域呢，我自己也说不清。明明是读作品、写评论更容易出成果，但或许是因为我有种“理论偏好”，就像十多年前写学位论文时，不是不知道自己学养有限、知识结构单薄，却偏偏要搞什么“后女权主义”理论建构。不管怎样，反正是在学术迷惘的阶段误打误撞地走上了这条道路。通过这几年的研究，与性别视角下的叙事学、文体学结缘，也算是开拓了我的学术人生。在我看来，女性主义叙事学、女性主义文体学等对于学界来说既是某种理论资源，也是文本分析实践的方法论，其极大地拓宽了女性文学研究的话语边界。当然，它们本身有太多西方化的痕迹，必须在中国文本、中国语境下有一个类似脱胎换骨的变化，本书对此做了一定努力，但还很不够，期待有更多感兴趣的学友做进一步的工作。

写作本书的过程也是检视我学术道路的过程。记得我有一段时间很投入，复印了一摞一摞的原版理论文献，参加英语系举办的叙事学研讨会，不放过每一篇性别形式研究的前人成果，买的资料太多入境过海关时都遇到麻烦。也有一段时间比较困惑甚至说颓废，感觉可切磋的人太少，写出来的东西没地方发，发出来也没有人看，做的是没有前景的无用功，干的是无甚价值的“闭门造车”，以至于好长时间连碰都不愿碰一下这个选题，与别人交流也羞于提及这种需要解释上半天的研究。在努力与怀疑间徘徊的状态，或许不少学者都曾有过，而我在写作本书的过程中也体验甚深。

在书稿即将出版的时刻，我要感谢所有对这本书的写作有帮助的人。国家项目评审专家给了切中要害的批评意见，促成了书稿的后期修改。女性文学研究专家乔以钢教授、万莲姣教授、翟瑞青教授在他们主编的学术刊物上辟出宝贵的版面刊发了本书的阶段性成果，并在论文编辑的过程中对本项目的顺利实施提供了一定参考指导。《中国妇女报》主编蔡双喜老师转摘了本项目的多篇论文成果，在此一并表示诚挚的谢意。还有省内外众多女性文学研究界的朋友，在学术会议、日常交流中都对该书的写作提供了不少启发帮助，恕我在此无法一一列举，但都铭记在心。《文艺研究》《当代作家评论》《江淮论坛》《文艺论坛》《山东师范大学学报》《烟台大学学报》《山东青年政治学院学报》《百家评论》等期刊发表了本书部分内容，鼓舞了我做下去的勇气和信心。还有为本书全篇文字进行过辛苦校对工作的我的博士生朱妍，对部分章节进行过文字梳理的我的硕士生陶新远、邱桂梅、袁盼盼、蔡昊韦等。所有为本书的最终出版做过辛勤工作的朋友，我都要衷心地说一声：感谢你们！

我还要感谢山东师范大学文学院领导、老师对本书出版的大力支持。“我叹世事多变换，世事望我却依然。”蓦然回首，我在文学院工作已近20个春秋，是一个老员工了。刚入职时每周还到山师北校区、长清校区去上课，现在主要在千佛山校区了。东方红广场的一草一木、教学三楼的一砖一瓦、3129室的一桌一椅，都是我一步步成长的见证。在我工作的这些年里，学院各项工作蒸蒸日上，汉语言文学专业获批国家级一流本科专业，中国语言文学专业获批山东省高水平学科·优势特色学科。我各项工作的顺利开展都是乘学院发展的东风，学院领导、老师的大力支持是我进行学术研究的根本保障。本书的出版获得了山东师范大学中国语言文学山东省高水平学科·优势特色学科建设经费资助。我心中的感恩、感动、感怀之情无以为报，唯有将学院的支持化作前行的动力，鞭策自己继续努力。

在文学研究的园地中，我只是清代袁枚诗《苔》中一枚小小的苔花，不求有朝一日如牡丹般华丽绽放，唯愿默默积蓄力量，不负这灿烂的春日阳光。

2022年4月16日于济南